충직한 검이
되려 했는데

충직한 검이 되려 했는데 1부 2권

초판 1쇄 발행 2022년 11월 15일

지은이 시이온

발행인 이재진 **단행본사업본부장** 신동해
기획총괄 석혜원 **책임편집** 조아라
제작 정석훈 **마케터** 박성훈
디자인 이호 디자인

브랜드 사막여우
주소 경기도 파주시 회동길20
문의전화 02-6744-0056(편집) 02-6744-0036(마케팅)
블로그 blog.naver.com/wj_fennecfox
트위터 @wjt_fennecfox

발행처 ㈜웅진씽크빅
출판신고 1980년 3월 29일 제406-2007-000046호

ISBN 978-89-01-26504-9(2권), 978-89-01-26502-5(세트)

충직한 검이 되려 했는데

시이온 로맨스 판타지 소설

I was going to be a loyal sword

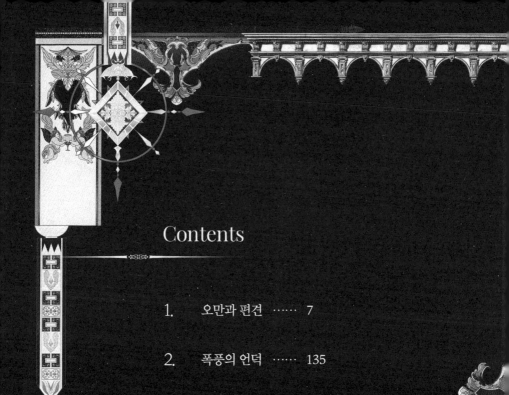

Contents

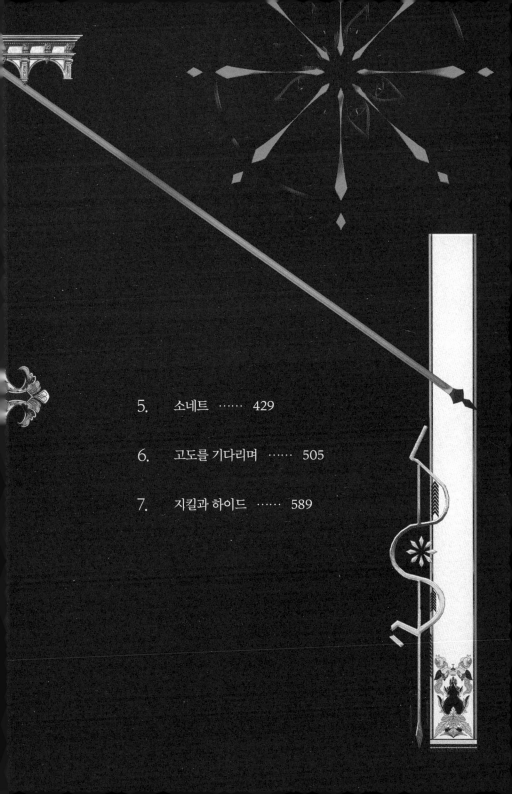

Chaphter 1

오만과 편견

"슈슈! 계획을 말해!"

날아오는 바실리스크의 머리를 빠르게 피한 레오가 크게 외쳤다. 바실리스크의 뒤쪽으로 움직이며 설명을 시작했다.

"바실리스크의 몸엔 이렇다 할 만한 약한 부위가 없어! 하지만 약점은 있지!"

서걱.

초승달 모양을 그리며 날아간 검은 오러가 바실리스크의 몸통을 베었다. 베인 곳에서 검은 피가 울컥 솟구쳤다.

캬아악!

바실리스크의 거대한 몸이 뒤틀렸다. 꽤 깊게 베인 자국은 치명상으로 봐도 될 것 같았다.

'하지만……'

천천히 붙기 시작하는 상처를 보며 표정을 굳혔다. 바실리스크의 비늘은 하라바나의 가죽만큼 두껍지 않다. 허나 바실리스크의 회복력은 어떤 마수보다도 뛰어났다.

'바실리스크는 불태워 죽이는 게 가장 깔끔하지만, 그건 너무 위험해. 바실리스크가 몸부림쳐서 주변 나무들에 불이라도 붙으면 바로 산불이 나니까.'

마나로 산불을 잠재우지 못하는 건 아니다. 하지만 그 짓을 하느니 오러로 지지는 게 마나 효율이 훨씬 좋았다. 검은 오러로 바실리스크의 목 부분을 베어 내며 소리쳤다.

　　　　　　　　　　　　　　　　　　　충직한 검이 되려 했는데 2

"바실리스크는 체력이 약해!"

체력. 그것이 이 괴물을 공략할 틈이었다.

"체력? 이렇게 팔팔한데?"

쾅!

바실리스크의 공격을 가까스로 피한 레오가 어이없다는 듯 되물었다. 레오를 노린 바실리스크의 머리가 땅에 박히며 거대한 구멍을 만들었다. 방금 전까지 자신이 서 있던 곳에 자신의 키만 한 구멍이 뚫린 것을 확인한 레오가 섬뜩하다는 표정을 지었다.

"그래, 체력! 바실리스크를 지치게만 만들면 쉽게 처리할 수 있어! 바실리스크가 지치는 순간 회복 속도는 현저히 느려지니까!"

"허…… 우선 알겠어! 그럼 이 괴물을 지치게 하려면 어떻게 해야 하는데? 이짓만 계속하고 있으면 돼?"

콰쾅!

바실리스크가 거칠게 휘두른 꼬리로 인해 주위 나무들이 무너졌다. 바실리스크는 집요하게 레오만 노렸다. 레오는 그런 바실리스크의 공격을 피하고, 나는 바실리스크가 레오를 공격하는 틈을 타 거듭 치명상을 내는 구도.

'확실히 이렇게 하면 끝낼 수는 있지. 하지만……'

딱딱하게 굳은 눈으로 레오를 살폈다. 레오가 미끼가 되어 준 덕분에 바실리스크를 공격하는 것이 쉬웠지만, 레오는 바실리스크의 집중 공격을 받으며 점점 더 다치고 있었다.

'이러다간 레오가 크게 다쳐.'

게다가 옆에 있는 레오 때문에 광역기를 사용하기도 곤란했다. 레오를 잠시 피하게 할 수 있다면 좋았겠지만, 바실리스크는 레오만 따라다녔기에, 아예 주위를 뒤덮는 공격인 흑풍을 사용하면 반드시 레오도 다쳤다.

'차라리 나 혼자 남는 게 제일 좋았을 텐데…… 하지만 순간 이동 마석이 두 개밖에 없었으니까. 세레논은 반드시 가야 했으니, 라이너와 레오 중 하나는 남아야 했어. 그렇다면 차라리 레오를 이용해서라도 바실리스크를 처치하는 게 나으니까.'

분명 이것이 최선이었음에도 계속 죄책감이 들었다. 흔들리는 마음을 애써 정리하며 다시 마나를 다잡고 생각에 집중했다.

'처음 생각했던 대로 진행하면 돼. 그럼 레오도 크게 다치지 않을 거야.'

이를 악물고 심호흡했다. 바실리스크의 공격을 피하느라 고군분투하고 있는 레오에게 외쳤다.

"잘 들어, 레오! 우린 이제부터 바실리스크를 지치게 할 거야!"

마나 회로가 타오를 듯 빠르게 돌아간다. 소드 마스터의 막강한 마나를 받아낸 검날이 시리게 울린다. 마나를 더욱 활발하게 순환시키는 검에 박힌 붉은 마석. 마석이 핏빛으로 번뜩이며 검은 오러를 폭발시켰다.

스읍.

숨을 크게 들이킨다. 마수의 역겨운 악취와 숲의 상쾌한 내음이라는 모순적인 두 향이 후각을 자극했다. 검을 꽉 잡고, 범위는 좁으나 파괴력은 꾹꾹 담은 오러를 바실리스크의 얼굴로 날렸다.

캬아아아악!

바실리스크가 이제껏 지른 비명들보다 훨씬 시끄러운 비명을 질렀다. 분수처럼 터져 나온 검은 피가 웅덩이를 만들 듯 땅 위로 고이고, 바실리스크의 붉은 눈동자에서 눈물과도 같은 피가 터져 나왔다. 눈을 정면으로 공격당한 바실리스크가 미친 듯이 몸부림쳤다.

"저쪽으로 전속력으로 달려! 지금!"

북서쪽을 가리키며 소리쳤다. 이해하지 못하겠다는 표정을 짓던 레오는 입술을 꾹 물더니 물음 없이 내가 가리킨 방향으로 달리기 시작했다. 그는 이해하지 못한 작전을 군말 없이 따를 만큼 나를 믿고 있었다. 레오가 달린다. 달리는 그의 주위로 마나가 솟구치며 속도를 가속시켰다.

키아아아악!

그가 공터를 벗어난 지 얼마 지나지 않아, 눈의 상처를 회복한 바실리스크가 분노 어린 비명을 지르며 거대한 몸을 놀라울 만치 빠른 속도로 움직여 레오를 쫓기 시작했다.

턱.

그리고 나는, 그런 바실리스크의 몸에 올라탔다.

'윽.'

역겨운 흑마법의 기운과 악취가 나를 괴롭혔다. 거대한 뱀의 몸에서 스멀스멀 퍼져 나오는 독의 기운은 내 몸을 무겁게 만들었다.

바실리스크의 비늘에 닿은 구두의 밑창이 천천히 녹기 시작했다. 클라키의 가죽으로 만든 구두였기에 아직까지 신발의 형태를 갖추고 있는 것이지, 평범한 구두였다면 벌써 녹아 사라졌을 게 뻔했다. 내쉬는 숨과 잿빛 비늘, 흘리는 침과 피까지 모두 맹독이 서려 있다. 바실리스크는 온몸이 독 덩어리였다.

'성기사와 사제들을 데려오라고 한 건 그 때문이지.'

목숨이 끊기는 순간부터 바실리스크의 시체는 공기를 통해 체내의 모든 독을 배출했다. 흑마법에 걸린 마수의 시체는 1시간 안에 부식되어 사라지지만, 그 1시간 동안 독으로 인해 숲 전체가 썩어 들어갈지도 모른다.

'신성력이 있는 이들은 독에 대한 내성이 강해. 신성력은 마수의 독을 두 번째로 빨리 해독할 수 있는 방법 중 하나고.'

가장 빠르고 확실하게 마수의 독을 해독할 수 있는 것은 요정들의 치유력이었다. 허나 지금 당장 요정들을 부를 수는 없었으니, 신전의 인력들이 힘을 써줘야 했다.

마나 회로가 퍼져 오는 독을 해독하기 위해 더욱 빠르게 돌아가는 것을 느끼며 잠시 숨을 참았다. 빠르게 움직이는 바실리스크의 몸 위에서 중심을 잡기 위해서는 집중해야 했다. 내가 몸 위에 탔음을 모를 리 없음에도, 바실리스크는 닭 쫓는 개처럼 레오만 쫓았다.

'레오……'

거대한 바실리스크의 몸뚱이 사이로 공격을 피하며 필사적으로 도망가는 레오가 보였다. 그는 벌써 오래 사용한 가죽처럼 너덜너덜했다. 어쩐지 내가 더 아픈 것 같아 입술을 지그시 물었다.

'이젠 도와줘야지.'

검은 오러로 물든 검을 치켜올렸다.

푹.

그리고 거대한 뱀의 몸통을 향해 힘껏 찔렀다.

키야아아악!

바실리스크가 잠시 움직임을 멈췄다. 검 손잡이를 잡은 손 너머로 느껴지는 바실리스크의 몸부림은 작살에 꿰뚫린 물고기의 필사적인 파닥거림을 방불케 했다.

"……슈슈?"

내 오러의 기운을 느꼈는지, 필사적으로 달리던 레오가 내 쪽으로 몸을 돌렸다. 어둡던 연둣빛 눈동자가 해를 맞이한 듯 반짝였다. 그는 나를 향해 반가운 듯 웃었지만, 또 바실리스크가 레오를 공격할까 다급했던 나는 마주 웃는 대신 크게 외쳤다.

"뭐 하는 거야! 다시 움직이기 전에 빨리 도망가! 뒤돌아보지 마!"

"……뭐?"

순간 레오의 표정이 빠르게 굳었다. 연둣빛 눈동자가 세차게 흔들렸다. 나를 멍하니 바라보는 죽은 눈. 순식간에 심각할 정도로 창백해진 낯이 패닉으로 물들었다.

'왜 저러지?'

과한 레오의 반응에 나도 덩달아 당황해 미간을 좁혔다. 갑자기 굳어 버린 레오는 발을 움직여 보려는 듯 애써 꿈틀거렸지만, 몸이 말을 듣지 않는 것 같았다.

나는 바실리스크가 금방이라도 움직일 것 같아 불안해하면서도 상태가 이상해진 레오에게서 눈을 뗄 수 없었다. 저건 꾸짖음을 들어서 속상한 수준의 표정이 아니었다.

'분명 저건…….'

공포. 그것도 일생일대의 공포와 마주한 사람의 얼굴.

"유모……."

레오는 트라우마를 자극받은 것 같은 표정을 하고 있었다.

'아.'

머리가 지끈거린다. 레오의 무언가를 잘못 건드린 것 같은데, 그게 무엇인지 쉬이 떠오르질 않았다. 되는 대로 인상을 찌푸리다, 꿰뚫렸던 바실리스크가 다시 꿈틀거리기 시작함에 다급하게 외쳤다.

"레오, 빨리! 빨리 가!"

지금은 달래고 자시고 할 시간이 없었다. 비명과도 같은 내 외침에 레오는 가까스로 정신을 차려 다시 달리기 시작했지만, 그의 몸이 덜덜 떨리며 속도가 느려졌다는 것을 내가 모를 리 없었다.

'젠장, 뭘 잘못 건드린 거지?'

어쩐지 이대로 가면 안 된다는 생각이 드는데, 그 이유가 무엇인지 떠오르질 않아 답답했다. 나는 얼굴을 있는 대로 구기면서도 바실리스크의 움직임을 느리게 하기 위해 검을 마구 휘둘렀다.

키아아악!

바실리스크의 끊임없는 비명이 숲을 가득 채웠다.

'징그럽군.'

뺨에 튄 검은 피를 거칠게 닦아 내며 역겨움을 담아 바실리스크의 몸 위로 침을 뱉었다. 라이너에게 빌려 입은 하얀 셔츠에도 온통 검은 피가 튀어 차라리 검은 셔츠 같았다. 내 검에 몇 번이고 꿰뚫리고도 금방 회복하는 바실리스크의 몸은 대단하다 못해 징그러웠다.

용병 미르로서 처음으로 바실리스크를 상대했을 때, 바실리스크를 죽이는 요령을 몰라 거의 사흘간 사투를 벌였던 걸 떠올리며 잠시 얼굴을 구겼다.

'그래도 확실히 움직이는 속도도, 회복 속도도 느려졌어.'

뱀들의 왕 바실리스크라고 해도 소드 마스터의 맹공에 멀쩡할 리는 없었다. 죽어 가는 지렁이 꼴을 한 바실리스크를 보다 한숨을 쉬었다.

'하지만 문제는 레오도 지쳤다는 거지.'

레오의 속도 또한 처음보다 현저히 느려졌다. 게다가 내게 도망치라는 말을 들은 이후로 창백해진 그의 낯은 나아질 기미를 보이지 않았다.

'이제 슬슬 끝을 내야지.'

목적지에 가까워지고 있었다. 그곳에서, 바실리스크를 단번에 끝낼 생각이었다. 나는 바실리스크의 몸에서 뛰어내린 뒤 필사적인 속도를 내어 바실리스크를 따라잡고 레오 옆까지 다다랐다.

"레오!"

"슈, 슈슈."

답지 않게 말을 더듬은 레오의 연록 빛 눈동자가 나를 돌아본다. 동공이 확장된 멍한 눈이 그의 심리 상태가 심각함을 표했다.

'뭘 잘못했던 거지?'

원인으로 예상되는 건 도망치라고 했던 말뿐인데, 거기서 무엇이 그를 자극했는지 통 알 수 없었다. 아니, 어쩐지 알 것도 같은데 기억이 나지 않는 느낌이다. 그래서 더 답답했다.

'우선 바실리스크부터 처치해야 해.'

다른 걸 생각할 시간이 없었다. 마음을 굳게 먹은 채 레오에게 손을 내밀었다.

"레오, 잡아!"

느려진 그를 잡아끌기 위함이었다. 흔들리는 눈으로 내 손을 바라본 레오는 이내 굳게 내 손을 잡았다.

검은 피로 얼룩진 손 너머로 닿아 오는 따뜻한 온기. 이 대재앙 앞에서 혼자가 아니라는 것을 느끼게 해 주는 피부의 촉감. 잠시 오간 시선에서 나를 향한 신뢰와 애정이 느껴진다. 으스러져라 내 손을 붙드는 커다란 손을 마주 잡으며, 나는 뒤도 돌아보지 않은 채 가까워진 바실리스크를 향해 들고 있던 검을 내던졌다.

키에에에에엑!

보지도 않고 뒤로 던진 검이 명중했다는 건 들려오는 소리만으로도 알 수 있었다. 솟구친 검은 피가 나와 레오를 덮었다. 눈가로 떨어진 핏방울만 급하게 닦은 채, 느려진 바실리스크를 뒤로하고 레오를 이끌어 전속력으로 달리기 시작했다.

"슈슈!"

"왜!"

바실리스크와의 거리가 꽤 벌어졌을까, 레오가 나를 불렀다. 숲의 나무들을 피하며 정신없이 대답하니, 그가 미심쩍다는 듯 물었다.

"그런데 왜 하필 이쪽으로 뛰라고 한 거야?"

어느새 앞으로 밝은 빛이 보인다. 나무들에 가려져 보이지 않던 태양이 저 너머를 비추고 있었다.

나와 라이너는 어제 하라바나를 상대한 뒤 꽤 깊은 숲속 동굴에서 휴식하고 오늘 아침 이곳까지 나왔다. 오는 길에 어느 정도 숲의 지형을 확인했다는 소리였다. 나는 레오를 돌아보며 씨익 웃었다.

"그야, 이 끝은 낭떠러지니까!"

그리고 곧 펼쳐진, 까마득한 절벽.

"……뭐?"

레오의 얼굴이 새파랗게 질렸다.

숲의 끝을 알리는 절벽은 까마득했다. 보는 것만으로도 등골이 쭈뼛할 정도의 높이.

'이 정도는 뭐⋯⋯.'

나나 레오같이 마나를 사용하는 자들에겐 가뿐한 높이였다.

"자, 잠깐, 잠깐! 잠깐 슈슈! 지금 무슨!"

거침없이 절벽으로 돌진하는데, 창백해진 레오가 내 손을 꽉 잡았다.

'⋯⋯얘 왜 이래?'

소드 엑스퍼트가 이 높이에서 뛰어내리지 못할 리 없었다. 그의 기이한 반응에 미미하게 미간을 찌푸렸다.

"우리가 절벽 아래로 내려가면 바실리스크는 너를 쫓아 뛰어내리겠지. 그때 절벽에서 끝내려고."

"그, 그럼, 여기서 뛰어내리겠다는 거야?"

레오의 목소리가 꽤 다급했다. 맞잡은 그의 손이 바들바들 떨려 오는 것까지 느껴졌다. 의아해하면서도 나는 절벽으로 향하는 발걸음을 멈추지 않았다.

"물론이지. 못 할 건 없잖아?"

곧이어 펼쳐지는 나무들의 끝. 나무들에 가려졌던 태양이 아찔한 절벽을 비춘다. 나는 끝조차 희미한 절벽 그 아래로 몸을 던졌다.

툭.

그리고 동시에 내 손에서 떠나가는 온기. 순간 무슨 일이 일어난 것인지 자각하지 못했다.

'어?'

까마득한 높이를 떨어지는 와중에도 몸을 돌려 뒤를 확인했다. 그곳에는, 내 손을 놓은 채 공포에 질린 레오가 있었다.

'아.'

　　　　　　　　　　　　　　　충직한 검이 되려 했는데 2

그리고 섬광처럼 떠오르는 소설 속 어느 장면. 나는 떨어지며 빠르게 마나로 몸을 보호하던 와중, 잊고 있었던 중요한 사실을 떠올렸다.

'알렉산드로는 도망치는 것과 높은 곳에서 떨어지는 것을 두려워한다.'

그것은 한 왕국의 힘없는 왕자로 태어나 소중한 이의 목숨을 제물로 살아남아야 했던 소년의 트라우마였다.

'젠장! 어떻게 이걸 잊고 있었지!?'

이걸 이제야 떠올린 스스로가 믿기지 않을 정도였다. 발 위로 마나를 씌워 떨어지는 속도를 늦추며 욱신거리는 관자놀이를 꾹 눌렀다.

'아무래도, 원작에 대한 기억은 뇌가 억지로 지우는 것 같아.'

원작의 분기점과도 같은 중요한 부분들은 모두 적어서 잘 보관 중이었으나, 어쩐지 암기를 해 두어도 시간이 지나면 금방 잊어버리고 말았다. 저택에 돌아가면 다시 암기해야겠다고 결심하며, 몸을 살짝 웅크렸다.

콰콰콰쾅!

수직 낙하하던 몸이 착지했다. 땅이 시원하게 파이며 발이 땅에 닿았다. 마나의 돌풍으로 흙먼지를 거칠게 걷어 내곤 까마득한 절벽 위를 휙 올려다보았다.

"레오!"

내 쩌렁쩌렁한 부름에 그의 몸이 움찔했다. 공포에 질린 레오가 가까운 나무에 등을 기대며 고개를 절레절레 저었다.

"모, 못해. 난 못한다고!"

"젠장! 그건 알겠는데 해야 해!"

"못한다고!"

"빌어먹을, 빨리……!"

"무섭단 말이야!"

거의 부르짖음에 가까운 외침. 그 목소리에서 공포가 절절히 드러나서, 나는 흠칫할 수밖에 없었다.

레오, 그러니까 알렉산드로 레안드로 레오네 드 아타라는, 왕위를 잇는 자질로 태어난 순서를 가장 중시하는 아타라 왕국의 후계 서열 7위로 태어난 막내 왕자였다.

그의 어머니는 천민 출신의 후궁이었다. 그가 갓난아기였을 적엔 왕의 사랑을 받은 어머니의 가호가 있어 여차저차 살아남았지만, 그마저도 다섯 살이 되던 해에 어머니가 독살당하며 6남매의 왕위 다툼으로 살얼음판인 왕궁에 방패도 없이 덩그러니 남게 된다.

'하루가 멀다 하고 침실로 암살자가 들어왔다고 했지.'

알렉산드로의 다른 형제들은 안 그래도 개판인 왕위 다툼 판에 하나가 더 끼어드는 것을 원치 않았기에, 그의 목숨은 늘 위태로웠다. 왕위를 노리긴커녕, 끊임없이 쏟아져 들어오는 암살자들을 막아 내는 것조차 버거운 상황.

'왕자님. 반드시 제 말을 따르셔야 합니다. 징징거리지 마세요. 살아남고 싶다면 강해지셔야 합니다. 그런 태도로는 이 피바람 부는 왕위 다툼의 희생양이 될 뿐입니다.'

그런 알렉산드로를 도운 유일한 사람은, 바로 그의 유모였던 레이샤였다.

레이샤는 상당히 특별한 유모였다. 그녀는 상당한 수준의 마법사로, 한때 제국의 마탑조차 탐냈던 천재였으니까.

'레이. 내 아이를 부탁해.'

그런 레이샤가 알렉산드로의 유모가 되었던 건, 다름 아닌 알렉산드로 어머니의 부탁 때문이었다. 어째서 레이샤가 그 부탁을 들어 주었던 건지. 이에 대해선 자세히 얘기가 나오지 않는다.

소설에서 중요한 건 유망하던 여자 마법사가 어째서 한낱 7왕자의 유모가 됐느냐가 아니라 그녀가 어떻게 남주인공의 성장에 이바지했느냐니까.

현명하고 강한 레이샤는 덩그러니 남겨진 레오를 암살의 위험에서 지켜 주었다. 그가 유년기에 왕궁에서 살아남을 수 있었던 건 모두 레이샤 덕분이라고 해

충직한 검이 되려 했는데 2

도 과언이 아니었다.

'레, 레이! 내, 내 방에 시체가……!'

'소란 피우지 마시죠. 어젯밤 왕자님 방에 침입했기에 제가 죽인 겁니다.'

'뭐? 그, 그래도 죽이는 건……!'

'적당히 하세요, 왕자님.'

'……'

'아직도 깨닫지 못하셨습니까? 이곳에선 죽이지 않으면 죽습니다. 이 정도 각오도 없다면 빨리 말하세요. 암살자 동정하다가 죽으시든지. 나도 살기 싫다는 애 데리고 이런 짓 하고 싶지 않습니다.'

'나, 나는……'

'이 전쟁의 희생양으로 죽거나, 다 죽이고 왕이 되거나. 둘 중 하나입니다. 다른 선택지는 없습니다.'

레이샤는 지나치다 싶을 정도로 레오를 거칠게 키웠다. 소설 속 그녀의 말투를 보면 저게 열 살배기 애를 다루는 게 맞나 싶을 정도로 직접적이고 날카로웠다.

'어쩐지 애가 발톱 세운 사자 새끼 같더니…… 그렇게 자랐던 거면 이해가 되지.'

레이샤가 레오를 다루는 방법을 떠올려 보면 레오와 처음 만났을 때 그가 보였던 태도를 이해할 수 있었다. 냉혹한 레이샤의 가르침과 비호 아래, 알렉산드로는 살아남는 방법과 왕의 덕목을 배웠다. 그리고 그의 평생의 트라우마가 되었던 사건은, 그가 열두 살 소년이었을 때 일어났다.

그날은 늘 삼엄하던 레이샤의 경계가 조금 풀어진 날이었다. 그녀가 평소보다 조금 여유로웠고, 조금 더 누그러졌을 때. 레이샤가 처음으로, 알렉산드로를 향해 웃어 주었던 날. 그날 알렉산드로의 악몽이 시작됐다.

누군가 선물한 독이 섞인 음식을 먹은 레이샤가 몸이 약해진 틈을 타 암살자들이 알렉산드로의 궁으로 침입했다. 레이샤는 독으로 몸을 가누기 힘들었고, 알렉산드로는 그런 레이샤를 지킬 힘이 없었다.

'빌어 처먹을! 도망치세요! 당장! 뒤돌아보지 마요! 정원에 텔레포트 마법진이 있으니 창문으로 나가세요!'

알렉산드로는 도망쳐야 했다. 그에겐 힘이 없었으니까. 독화살을 어깨에 맞고, 온몸이 상처투성이가 되어도 뒤를 돌아보지 못했다.

'반드시 강해지셔야 합니다. 그래서 복수해 주셔야 합니다! 전 한낱 왕자의 유모로 남고 싶지 않습니다! 왕이 돼 주십시오. 왕이 돼서, 제가 왕의 기틀을 닦은 신하로 남게 해 주십시오!'

레이샤는 강력한 마법사인 동시에 야망가였다.

알렉산드로는 떨어졌다. 좁은 성의 창문을 넘어, 정원사 하나 없어 삭막하기 짝이 없는 정원으로. 그의 몸이 땅에 닿기 직전……

'어! 여기 사람이……!'

그는 레이샤의 마지막 마법으로 무려 왕국에서 제국까지 텔레포트를 해 아리아와 마주한다. 이것이 원작 속 알렉산드로의 과거였다.

'뭐야, 이 넝마 덩어리는.'

그것이 뒤틀리며 아리아가 아닌 나를 만나긴 했지만, 왕자로서의 그의 과거는 변한 것이 없었다. 알렉산드로는 도망치는 것과 높은 곳에서 떨어지는 것을 두려워했다.

쾅!

'젠장!'

내 칼에 정통으로 찔리고 잠시 멈춰 있던 바실리스크가 다시금 움직이는 소리가 들렸다. 이를 악물며 패닉 상태로 굳어 버린 절벽 위의 레오를 올려다보았다.

'칼. 칼이 없어!'

바실리스크에게 칼을 찔러 넣은 채로 도망쳤기에, 내 손엔 칼이 없었다. 잠시 레오에게 네 칼이라도 던져 달라고 할까 했으나, 여기서 절벽 위로 오러를 날리면 레오도 다칠 게 뻔했기에 관두었다.

'그렇다고 내가 저 위로 다시 올라가기엔 너무 늦었어!'

절벽의 높이는 말 그대로 까마득하다. 내가 다시 올라가는 것보다 바실리스크가 레오를 덮치는 것이 빠를 것 같았다.

결국 방법은 하나뿐이다. 레오가 이 절벽에서 뛰어내려야 했다.

'질책으론 안 돼.'

레오는 공포에 질린 열 살배기 아이처럼 보였다. 겁에 질린 아이를 몰아붙여 봤자 상황을 악화시킬 뿐이었다. 입술을 짓씹다, 애써 부드러운 표정을 지었다.

"레오, 레오! 착하지. 여기 봐!"

내 부름에 떨리던 그의 몸이 움찔한다. 가까스로 희미하게 눈을 뜬 채 절벽을 내려다보던 레오가 다시금 눈을 질끈 감았다.

"모, 못 보겠어……."

새파랗게 질린 얼굴이 애처로울 정도였다. 점점 가까워지는 바실리스크의 기척에 입술을 앙 물다, 어쩔 줄 모르는 그를 향해 최대한 상냥하게 말했다.

"레오. 아가, 괜찮아. 낭떠러지 말고 나를 봐!"

그가 흠칫했다. 레오의 이마에서 식은땀이 비처럼 쏟아지는 게 보였다.

상처라는 것이 그랬다. 아무리 해묵은 상처라도 건드리면 건드리는 대로 아팠고, 자국이 남았다. 특히 상실의 상처는 잊을 만하면 울컥 붉은 피를 뱉는 낙인과도 같아서, 끝끝내 소드 마스터 경지까지 다다른 나조차도 가끔은 고통스러웠다.

'레오에게 레이샤는 어떤 의미였을까. 내게 있어…… 카라쇼와 같은 의미였을까.'

잠시 머릿속을 스쳐 지나가는 한 여자의 웃는 얼굴.

내 스승의 얼굴.

레오에게 있어 레이샤가 내게 카라쇼와 같다면, 그의 공포 또한 이해할 수 있었다.

'내가 극복했듯이, 너도 극복했으면 좋겠어.'

아무리 죽은 자의 흔적이 짙고 깊어도 산 자는 살아가야 한다. 나 또한 그것을 받아들이기까지 꽤 시간이 걸렸다. 다 괜찮다는 뜻을 담아, 그를 향해 달래듯 웃었다.

"나를 봐, 레오. 아래를 본다고 생각하지 말고 나를 본다고 생각해!"

어찌 보면 우습기까지 한 가벼운 생각의 전환이었다. 허나 친구를 마주한다는 것과 낭떠러지를 마주한다는 것은 너무도 다른 의미였기에, 나는 그를 달래듯 속삭였다.

"레오. 나를 봐 줘."

질끈 감겼던 그의 눈이 천천히 열린다. 희미하게 눈꺼풀이 들린 예쁜 눈 아래로 반짝이는 연둣빛 눈동자가 비쳤다. 레오가 내게로 고개를 돌렸고, 나는 두려움으로 얼어붙은 동공과 마주했다.

나는 그 두려움을 향해 부드럽게 웃어 주었다. 과거의 기억은 괜찮아질 것이고, 지금의 우리 또한 괜찮다고.

"괜찮아. 내가 있어. 네가 발걸음을 떼는 그 순간에도 계속 여기 있을 거야. 반드시 널 잡아 줄게. 걱정하지 말고 내게로 와! 넌 떨어지는 게 아니라 내게로 오는 거야."

질려 있던 형광 연둣빛 눈동자 위로 멍한 기색이 깃든다. 덜덜 떨리던 그의 몸이 조금은 진정되는 것을 확인하고, 그를 향해 방긋 웃었다.

"이리 와, 레오. 내가 안아 줄게."

이것은 내가 그에게 하는 위로. 추락하는 너를 반드시 잡아 주겠다는 결단이었고, 두려움을 넘어서면 꼭 안아 주겠다는 응원이었다.

"……아."

목울대를 울렁인 레오가 옅은 숨을 뱉었다. 멍하게 잦아든 눈동자가 나를 집요하게 머금었다. 공포에 질린 얼굴. 식은땀이 흐르는 몸. 그는 여전히 두려워하고 있다.

"……그거, 정말이지."

허나 그럼에도 레오는 낭떠러지를 향해 걸음을 떼고 있었다. 신을 바라보는 성도처럼 맹목적인 두 눈을 직시하며 받아 낸다. 나는 누군가의 구원이 되기에 부족한 사람이지만, 수렁을 벗어나고자 하는 이를 돕는 것 정도는 여러 번 해 본 경험이 있었다. 부드러운 미소를 머금고 그를 향해 두 팔을 활짝 벌렸다.

"어서 와. 기다리고 있어."

결심이 굳은 표정을 지은 레오가 발걸음을 뗀다. 한 발자국. 두 발자국. 발걸음이 떨려 와도 그는 계속 걸었다. 그리고 레오의 발이 허공을 딛는 그 순간.

카아아아악!

숲을 뚫고 나온 바실리스크가 소름 끼치게 울부짖었다. 나는 마나를 최대로 발동해 땅을 박차고 올랐다.

탐욕스럽게 벌어지는 바실리스크의 아가리. 벌어지는 그 아가리를 피해 아슬아슬하게 떨어지는 레오. 떨어지는 레오를 잡으려 있는 힘껏 박차 오른 나. 그 모든 것이 찰나에 파노라마처럼 펼쳐졌다.

나는 낭떠러지 한가운데에서 떨어지는 레오의 몸을 꽉 안아 들었고, 그는 공포에 질린 표정으로 나를 마주 안았다.

스릉.

그의 허리춤에 걸려 있던 검이 내 손에 뽑혔다. 한 팔로 눈을 질끈 감은 레오의 몸을 안고, 다른 손으로 검을 쥔 나는 씨익 웃었다.

"눈 떠, 레오."

허공에 결집되는 거친 마나의 기운. 빛 한 점 없는 오러의 구가 금세 완성되었다. 아득한 오러가 응축된 동그란 구 앞에 검날을 세우며, 레오에게 속삭였다.

"네 친구가 얼마나 강한지 봐야지."

검은 구를 향해 유려하고 부드럽게 검을 그었다.

그리고 세상이 암흑으로 덮였다.

검은 구가 터져 나가는 찰나, 세상이 진공 상태가 된 것 같았다. 숲 안 마나의 흐름이 한곳으로 모여드는 것 같은 감각. 검 끝에서 나간 오러가, 검은 구를 반으로 갈랐다.

콰쾅! 콰콰쾅!

귀를 마비시킬 듯 터져 나온 굉음이 숲을 덮었다. 절벽이 뭉텅이로 떨어져 나가고, 주위 나무들은 잡초 뭉그러지듯 바스러졌다.

키에에엑!

내 공격을 정통으로 맞은 바실리스크는 온몸이 검게 지져진 채 무너지는 절벽과 함께 떨어져 내렸다. 그리고 떨어지는 건 나와 레오도 마찬가지였다.

세찬 바람이 양 귀를 스쳤다. 어떤 안전장치도 달지 않은 맨몸이 중력을 따라 속절없이 추락하자 등골에 오싹하고 생리적인 소름이 돋았다.

"하, 슈, 슈슈."

새하얗게 질려 영혼이 없는 것 같은 얼굴. 그가 내 어깨를 꽉 잡은 채 흔들리는 눈으로 나를 바라보고 있었다. 동공이 확장된 채 빛이 들지 않는 두 눈은, 내게 구원을 원하는 것만 같았다.

"괜찮아. 괜찮아, 레오."

나는 그런 그를 꽉 안은 채, 발 위로 마나를 덧씌웠다. 마나가 공기를 긁으며 속도를 서서히 늦추었다. 나와 그 사이를 덮은 내 방대한 마나가 중력을 거부했다. 나는 점점 더 속도를 늦추며 떨리는 레오의 몸을 꽉 안아 주었다. 다 괜찮다는 뜻을 담아. 흔들리는 눈동자와 계속 마주 보았다. 그가 떨어지는 동안 주변 광경을 보지 않도록.

속도는 점점 잦아들어, 발이 땅에 닿을 때쯤 되었을 땐 꽃잎이 내려앉는 속도와 진배없을 정도였다.

탁.

발이 땅에 닿았다. 나는 안도의 한숨을 쉬고는, 여전히 나만을 바라보고 있는 레오의 어깨를 턱 잡았다.

"레오. 수고했어."

어깨를 살짝 밀어 맞닿아 있던 몸의 거리를 벌렸다. 그가 저항 없이 떨어졌다. 나는 새까맣게 탄 채 꿈틀거리고 있는 바실리스크를 향해 다가갔다.

"이제 쉬어. 끝은 내가 낼 테니까."

바실리스크는 레오와의 추격전으로 이미 지칠 대로 지쳐 상처도 제대로 회복하지 못하고 있었다. 이제 숨통만 끊으면 되는 일이었다.

다시금 검 위로 검은 오러를 덮었다. 조금 전 광역기는 내 속의 모든 오러를 긁어모으듯 뭉쳐 한 번에 터트려 버리는 기술이었기에 나도 지쳐 있었으나, 영혼이 탈곡된 것 같은 레오보다야 나았다.

푸슉.

그에에에엑…….

바실리스크의 몸에 깊숙이 박혀 있던 검을 뽑아냈다. 바실리스크가 힘없이 신음하며 꿈틀거렸다. 바실리스크는 더는 도망치지 못했다.

'집에 돌아가는 대로 검을 씻어야겠군.'

검 전체가 점액질의 검은 피로 덮여 끈적거렸다. 지독한 악취에 구역질이 나려는 걸 참으며, 검 위로 오러를 불어넣었다.

지이잉.

검은 오러를 머금은 검이 진동한다. 손잡이 중심에 박힌 붉은 마나석이 번뜩거렸다. 나는 바실리스크의 머리를 발로 꾹 누른 채 두 손으로 손잡이를 잡았다.

햇빛에 번뜩이는 은빛 날.

꾸에에에엑…….

머리와 몸의 이음새 부근에 검이 처박힌 바실리스크가 힘없이 꿈틀거린다. 마수의 피와 살이 오러로 지져질 때 나는 냄새는 언제 맡아도 끔찍했다. 이윽고, 바실리스크가 숨을 멈추었다.

'끝났다.'

흑마법의 기운이 바스러지듯 사라지는 것을 느끼고 있자니 온몸의 긴장이 탁 풀리는 느낌이었다. 짙게 한숨을 뱉으며 바실리스크 머리에 올렸던 발을 내렸다.

'이틀 동안 대재앙 둘을 죽이다니……'

하라바나와 바실리스크, 둘 모두 재앙 중의 재앙이라 불리는 최강의 마수들이다. 미친 듯이 마수를 잡고 다니던 용병 시절에도 이런 업적을 세운 적이 없었다. 하루 간격으로 대재앙 두 마리를 죽인 인간은 대륙 역사상 나뿐일 것 같았다.

'우선…… 심장을 챙겨야겠군.'

서늘하게 식은 눈으로 바실리스크의 사체를 바라보던 나는, 바실리스크의 몸 중반쯤에 검을 꽂아 거칠게 찢어 냈다. 역겨움을 참아 내고 사체 속을 긁어내다 보면 기이한 형태의 거대한 보랏빛 살덩이를 발견할 수 있었다. 이는 바실리스크의 심장이었다.

애써 숨을 참으며 심장을 뽑아냈다. 심장에서는 흑마법의 기운이 진동했다.

흑마법은 마수가 죽은 즉시 해체되고, 흑마법에 조종당한 마수의 사체는 숨통이 끊긴 뒤 1시간 안에 산화되어 사라진다. 그래서 누군가가 마수를 흑마법으로 조종했다는 증거를 찾는 것은 무척 어려운 일이었다.

'흑마법의 흔적이 남는 부위는 딱 하나, 그 마수의 심장이지.'

마수의 코어와도 같은 심장에는 흑마법이 해체된 뒤에도 주술의 흔적이 남아 있었다. 여전히 역한 흑마법의 기운을 풍기는 바실리스크의 심장을 주머니에 있던 자루에 넣고, 독이 새어 나가지 않도록 마나로 몇 번이고 밀봉한 뒤 다시 주머니에 넣었다. 이것은 쓸 곳이 따로 있었다.

'……힘들어.'

힘 빠진 발걸음을 터덜터덜 옮겼다. 바실리스크에게서 흘러나온 보랏빛 독이 내 발 아래 짓밟히며 절벅거리는 소리를 냈다. 아무리 나라도 하라바나를 상대한 바로 그 다음 날 몸이 완벽하게 멀쩡할 리는 없다. 그 상태에서 바실리스크까지 상대했으니, 당장 쓰러져도 이상하지 않을 만큼 지치는 게 당연했다.

'하지만 아직 쉴 순 없지.'

바실리스크에게서 1미터쯤 떨어졌을까, 나는 이미 지쳐 버린 마나 회로에 애써 시동을 걸어 마나를 끌어올렸다.

화악.

반투명한 막이 바실리스크 사체 주위를 감쌌다. 땅을 녹이며 사방으로 퍼지려던 보랏빛 독과 독의 기류들이 막 안에 갇혔다.

'성기사와 사제들이 올 때까지 버텨야 해.'

바실리스크가 이동한 곳은 이미 독으로 황폐화되어 있다. 이 상태에서 체내 모든 독을 배출하기 시작한 사체를 그냥 내버려 두었다간 성기사와 사제들이 오기도 전에 숲이 황폐화될지도 몰랐다. 무리한 마나 회로가 금방이라도 타오를 듯 과부하되어 있었지만, 나는 막을 지탱해야만 했다.

"카슈미르!"

어느새 정신을 차린 레오가 빠르게 내게로 달려왔다. 어깨를 잡는 그의 손길에 잠시 몸을 기대며 작게 웃었다.

"레오. ……아니."

여태껏 알고 있던 그의 이름을 부르다 정정한다. 더 기다려 주기에는 내 참을성이 기다려 주지 않았다.

"이제 알렉산드로 국왕 폐하라고 불러야 할까."

알렉산드로 레안드로 레오네 드 아타라. 그것이 그의 진짜 이름이었다.

가까스로 진정한 듯싶었던 레오의 얼굴이 다시금 하얗게 질린다. 내 어깨를 잡았던 큰 손에 힘이 빠졌다. 입을 열었다가 닫기를 반복하던 그가 기이한 신음 소리를 뱉었다.

"……왜, 왜 그렇게 생각했어?"

그야 내가 원작을 알기 때문이다. 허나 그리 대답할 순 없었으니, 생각해 두었던 대답을 입에 담았다.

"2황자 저하가 널 폐하라고 불렀지. 넌 아타라 왕국에서 왔고."

"그, 그건 그냥 2황자가 장난을……."

"무엇보다 네 오러의 색, 아타라 국왕의 오러와 색이 똑같잖아."

알렉산드로 아타라는 치명적인 맹독을 닮은 형광 연둣빛 오러로 유명했다.

'원작에선 흰색이었는데 왜 그렇게 변한 걸까. 나랑 같이 지냈던 시간이 영향을 준 건가?'

원작에서는 모든 걸 불태우고 남은 순백의 재를 오러로 담아냈던 그가 이 세계에서는 어째서 형광 연둣빛을 오러로 담아낸 것인지 나는 알 수 없었다. 정곡이 찔렸는지 입술을 뻐끔거리던 레오가 시선을 피하며 변명했다.

"색, 색이 비슷한 것뿐이야. 그럴 수도 있잖아."

"레오."

나지막이 그를 부른다. 조금 슬픔이 깃든 눈으로 그를 응시했다.

"내게 계속 숨길 생각이니."

그래. 나는 꽤 속상했다. 내가 그에게 믿을 만한 사람이 아니라는 것에. 그가 계속해서 스스로를 숨기는 것이 섭섭했다. 그 마음을 그대로 표정에 담은 채 지그시 입술을 깨무니, 레오, 아니, 알렉산드로의 눈동자가 흔들렸다.

"슈슈. 그러니까 나는……."

"내가 네게 있어 그리 믿지 못할 사람이야?"

섭섭한 마음에 툭 뱉으니 알렉산드로의 얼굴이 굳었다. 잠시 헛숨을 들이켠 그가 앓는 소리를 내뱉는다. 알렉산드로의 손 아래에서 연갈색 머리카락이 마구 헤집어졌다.

"하…… 그래. 나는……."

수많은 감정이 뒤엉킨 눈동자가 나를 바라본다. 목울대를 울렁인 그가 가까스로 입을 열었다.

"……나는, 아타라의 국왕이야."

드디어 그가 직접 자신의 정체를 밝혔다. 비밀 많은 레오가 알렉산드로가 된 순간이었다.

'그런데 넌…… 왜 그러는 걸까.'

무언가 대단히 잘못한 사람처럼 푹 숙인 고개. 꽉 쥔 두 손. 그의 입으로 직접 듣고 나면 속이 시원할 거라 생각했건만, 그의 반응을 보고 있자니 무언가 잘못한 기분이었다. 고개를 돌려 버린 알렉산드로를 지그시 바라보다 느리게 입을 열었다.

"내가 모르길 바랐어?"

"……응."

"영원히 숨길 생각이었던 거야?"

"그건 아니야. 나는 그냥……."

그가 천천히 고개를 든다.

마주한 눈동자는 조금 전과 비슷한 빛을 띠고 있었다.

"내가 이런 사람이라는 걸 네가 최대한 늦게 알기를 바랐어."

알렉산드로는 두려워하고 있었다.

'……이런 사람?'

이해하지 못한 나는 미간을 좁혔다.

"무슨 소리야?"

"너도 알잖아. 현 아타라 국왕이 어떤 사람인지. 내가…… 어떻게 왕위를 찬탈했는지."

'현 아타라 국왕은…… 제국과 손을 잡음으로써 힘을 기르고 자기 형제를 모두 죽여서 왕위에 올랐지.'

알렉산드로의 왕좌엔 수많은 이들의 피가 묻어 있었다. 알렉산드로가 참혹한 표정으로 한숨을 쉬었다.

"너 어려서 착한 사람이 좋다고 했잖아. 얼마 전에도 그 말 했었고."

'……아. 아!'

퍼뜩 떠오른 기억에 입을 벌렸다.

'야.'

'…….'

'야!'

'누나라고 불러.'

'……누나. 너, 그…… 어떤 사람이 좋아?'

'갑자기 왜?'

'아, 그냥 대답해!'

'허, 이 부룩송아지 같은 놈이.'

'대답하라니까!'

'참나. 깊게 생각해 본 적은 없는데…….'

'그, 그래도 이번 기회에 한번 생각해 봐!'

'음…… 나는 아마 착한 사람이 좋을걸.'

'…….'

'자신만큼이나 타인을 소중하게 여기고, 스러지는 생명들을 아끼는 사람. 그냥 다른 사람을 함부로 대하지 않는 사람이 좋아.'

'넌 어떤 사람이 좋아?'

'아마, 착한 사람.'

'……착한 사람?'

'그러니까 알렉산드로는…… 자기가 수많은 피를 흘려 왕좌를 쟁취한 알렉산드로 국왕이라는 걸 내가 알면, 자신을 좋지 않게 볼 거라고 생각한 건가?'

이내 도달한 하나의 결론에 어이가 바스러진 표정을 짓고 말았다. 내가 어이없어하든 말든, 알렉산드로는 심각한 표정을 지우지 않았다.

"너는 날 어린 레오로만 기억하고 있을 테니까."

그가 나를 바라본다. 알렉산드로의 눈동자는 지독하게 가라앉아 있었다.

"이렇게 자라 버린 나는, 네가 싫어할까 봐……."

흐려지는 말끝이 애처로웠다. 나는 잠시 할 말을 잊은 채로 그를 바라보았다.

확실히, 나는 어려서부터 착한 사람을 좋아했고, 지금까지도 나쁜 사람과 착한 사람 중 고르라고 한다면 후자가 좋았다. 실제로 나는 레오가 알렉산드로임을 알면서도 형제를 몰살하고 왕위에 오른 잔인한 군주가 아니라 어려서 보았던 새침한 소년으로 생각할 때가 많았고.

'분명 그렇지만…….'

어려서의 윤곽은 가지고 있으나 꽤 달라진 알렉산드로를 지그시 올려다본다.

'그가 내게 있어 레오로 남고 싶었던 건, 내가 아리아에게 있어 그저 슈슈 언니로 남고자 했던 것과 비슷한 마음일까.'

공작가로 온 뒤 담담하게 내가 미르였음을 밝히긴 했지만, 사실 나는 아리아에게 카슈미르로 남고자 하는 마음이 컸다. 사랑하는 동생에게 평범한 언니로 남고 싶었으니까.

'언니가 미르인 줄 알면 내가 싫어할 것 같았다고? 어이가 없네. 대체 왜 그런 생각을 한 거야?'

'그야, 알잖아. 미르에 대해선 헛소문도 많고…….'

'허…… 그럼 이렇게 생각해 봐. 만약에 내가 살인자라고 한다면, 언니는 나를 경멸할 거야? 언니가 알던 순진한 아리아가 아니니까?'

'그럴 리가 없잖아!'

'그래. 나도 그래. 언니가 검은 재앙이든, 지옥의 마왕이든, 나는 여전히 언니를 사랑해. 내가 사랑하는 건 언니 그 자체니까.'

'…….'

'누군가를 마음 깊이 아낀다는 건 그 사람의 뒷면까지도 받아들이겠다는 거잖아.'

허나 아리아는 내가 예상했던 것보다 훨씬 더 잘 자라 주었다. 아리아가 했던 말을 떠올리며, 나는 느리게 입을 열었다.

"나는…… 잔인한 사람이 싫어."

그의 어깨가 흠칫 떨렸다. 휙 고개를 든 알렉산드로의 얼굴은 물에 빠져 죽은 시체처럼 창백했다. 나는 천천히 말을 이었다.

"사람의 목숨을 함부로 여기는 것도 싫고, 잔인한 것도, 난폭한 것도 싫지."

나는 알렉산드로 국왕의 성향을 좋아하지 못할지도 모른다. 아무리 평생을 용병으로 살아오고, 전쟁을 결심했어도 여태껏 살인을 해 본 적은 단 한 번뿐이었다.

나는, 사람의 생명을 함부로 다루는 이를 좋아하지 않았다.

"슈슈, 나는……!"

알렉산드로가 변명하려는 것처럼 황급히 입을 열었다. 절박하게 내게 내미는 손길. 그의 눈동자엔 미움받고 싶지 않다는 감정이 확실했다. 그런 그를 똑바로 바라보며 천천히 입을 열었다.

"하지만, 그 모든 것을 배제하고서라도 널 친애하고 있어."

알렉산드로가 움직임을 멈췄다. 바실리스크의 검은 피가 이마를 타고 흘러내려 내 시야를 살짝 가렸으나, 그럼에도 계속해서 그를 응시했다.

'불의에 대한 증오보다 더 소중한 사람.'

내게 있어 알렉산드로는 그랬다. 멍하게 서 있는 그를 향해 부드럽게 웃었다.

"걱정하지 마. 나……."

화악.

순간 주위를 덮는 밝은 빛. 강대한 마나가 가까이에서 요동쳤다. 나는 잠시 말

충직한 검이 되려 했는데 2

을 멈추고 눈을 가렸다. 그리고 눈을 떴을 땐.

"슈슈!"

익숙한 이들의 얼굴이 보인다.

카이사르, 라이너, 세레논, 율리안, 엘. 신관들과 성기사들.

그들을 보자마자 긴장이 풀렸다. 나는 안도의 한숨을 쉬며 여태껏 남은 마나
를 죄다 끌어 지키고 있던 바실리스크 사체 가까이의 방어막을 해체했다.

'다른 사람들이 오니 가는군.'

여태껏 우리를 지켜보던 오른편 나무 위의 기이한 인기척이 멀어지는 것을 느
꼈다. 굳이 추적할 필요는 없었다. 누구인지 짐작이 가니까. 그 존재에게서는 늑
대의 향이 났다.

나는 슬슬 정신이 옅어지는 것을 느끼며 아연한 표정의 알렉산드로를 돌아보
고는 싱긋 웃었다.

"나, 널 많이 아끼고 있어."

칼을 지팡이처럼 사용해 애써 지탱하고 있었던 몸이 중심을 잃고 무너진다.
내 몸을 잡아채는 단단한 팔과 코끝을 찌르는 백합 향을 끝으로, 나는 정신을 잃
었다.

"으음……."

정전되었던 방에 불이 켜지듯 정신이 돌아왔다. 잠들기 전보단 몸이 한결 가
벼워졌음을 느낄 수 있었다.

"……슈슈."

천천히 몸을 일으키다가, 내 이름을 부르는 나지막한 목소리에 고개를 휙 돌
렸다. 나는 눈을 크게 떴다.

"엘?"

하나로 낮게 묶어 늘어뜨린 하늘빛 머리. 아침 이슬처럼 반짝이는 은빛 눈동자. 엘리오르 라였다.

나는 조금 당황한 채 주위를 휙휙 둘러보았다. 내가 누워 있는 곳은 천막이라는 게 믿기지 않을 정도로 휘황찬란했다. 하얀색과 하늘색으로만 이루어진, 어쩐지 신성해 보이는 내부. 바닥에 깔린 카펫에 새겨진 신전 상징 문양. 무엇보다 사방에서 은은히 풍겨 오는 백합 향기. 이곳은 엘의 천막이 분명했다.

'내가 왜…… 여기 있지?'

정신을 놓기 직전 텔레포트로 도착한 엘을 보긴 했지만, 엘이 나를 자기 천막으로 데려왔으리라고는 상상하지 못했다. 함께 도착한 카이사르가 나를 맡아 줄 거라고 생각했으니까. 머쓱하게 그를 바라보고 있자니, 엘의 눈매가 날카로워졌다.

"당신은 스스로 몸을 지켜야 한다는 자각은 있어요? 지원이 오기까지 기다렸어야지, 어떻게 두 사람이 바실리스크를 상대할 생각을 해요? 죽고 싶은 건가요? 내 눈앞에서 당신이 픽 쓰러지는데 얼마나……!"

"자, 잠깐만요, 엘."

와르르 쏟아지는 잔소리에 당황하며 그를 저지했다. 엘은 무척 화난 기색이면서도 내 저지에 말을 멈췄다. 도르르 눈을 굴려 그의 눈치를 보던 나는 조심스레 입을 열었다.

"음, 그러니까…… 우선, 제가 얼마나 잤습니까……?"

"……이제 겨우 3시간쯤 잤어요."

한숨을 쉰 엘은 손을 들어 부스스한 내 머리를 정리해 주었다. 나는 살짝 움츠러들면서도 그의 손길을 군말 없이 받아들였다. 꽤 익숙한 손길이었으니까.

"더 자도 괜찮아요."

"어, 하지만 제가 어떻게 감히 엘의 천막에서……."

"내 천막에서 잘 수 있는 사람이 당신 말고 달리 누가 있을 것 같나요?"

가라앉은 은빛 눈동자가 나를 또렷이 담았다. 나를 꿰뚫는 것 같은 짙은 시선에 민망해져 뒷목을 긁적였다.

'바실리스크 숨통을 끊은 이후로 3시간이면…… 슬슬 사냥 대회 시상식이 시작할 시간이군.'

아직 몸이 지쳐 있었기에 엘의 말대로 조금 더 잘 수 있다면 좋겠지만, 이 사냥 대회의 끝을 보기 위해서는 일어나야 했다. 이불을 살짝 걷어 냈다.

"배려해 주신 것은 감사하지만, 슬슬 일어나는 것이 좋을 것 같습니다."

'아우디 자식이랑 끝을 봐야지.'

아우디와 나의 내기는 사교계에서 무척 유명했다. 지금 나가지 않는다면 아우디와의 내기를 포기한 것으로 소문이 퍼질 게 뻔했다.

'대재앙을 둘이나 죽인 상황에서 겨우 동물 사냥감으로 우위를 다툰다는 게 웃기긴 하지만.'

피식 웃음 짓고는 몸을 움직여 침대에 걸터앉았다. 그러다 새삼 내 몸 속을 맴돌던 바실리스크의 독이 깔끔하게 사라졌다는 것을 느끼고 어리둥절한 표정을 지었다.

"중독되어 있던 슈슈의 몸은 제 신성력으로 치료했어요."

내 의문을 느낀 건지, 엘이 묻기도 전에 대답했다. 가뿐한 어깨를 휘휘 돌려보다 그를 보며 눈을 동그랗게 떴다.

'어쩐지 독이 완벽하게 해독되었다 했더니…….'

일반인은 바실리스크의 독에 5분만 노출되어도 즉사하는 맹독이었다. 소드 마스터인 나도 자연 회복으로 완전히 해독하려면 3일 이상이 걸렸다. 교황인 엘 정도는 되어야 단번에 독을 해독할 수 있다는 소리였다.

"회복에 도움 주셔서 감사합니다."

작게 웃고는 정중히 인사했다. 나를 복잡한 눈으로 바라보던 엘이 짙게 한숨을 쉬었다.

"……바실리스크 독에 노출된 숲은 내가 정화시켰어요. 완벽하게 정화시키려면 며칠 더 걸릴 것 같지만, 무슨 영문인지 바실리스크의 시체가 산화되어 사라져 버려서 독이 더 퍼지는 일은 없을 거예요. 그리고 당신과 함께 있었던 아타라 사절단의 남자."

은빛 눈동자가 나를 지그시 응시했다.

"……그 사람 정체, 알고 있나요?"

'레오가 알렉산드로인 걸 아느냐고 묻고 있는 거겠지.'

어떻게 대답해야 할지 잠시 고민하다, 그저 조심스레 고개를 끄덕였다. 엘에게 숨길 이유는 없었으니까. 옅은 숨을 뱉은 엘이 눈을 느리게 깜빡였다.

"황제나 공작을 비롯한 주요 인물들은 이미 그의 정체를 알고 있지만, 대외적으로 밝혀지는 건 곤란해요. 아무리 동맹국이라고 해도 한 나라의 국왕이 정체를 숨기고 제국을 방문했다는 이야기는 어떻게 퍼져도 좋은 소문은 아닐 테니까."

구구절절 맞는 말이었기에 꾸준히 고개를 끄덕였다. 잠시 내 안색을 살핀 그가 조심스레 말을 이었다.

"당신과 그 작자가 바실리스크를 죽인 일을 묻지는 못해요. 이미 사냥 대회에 참가한 온 귀족들 사이에서 소문이 났거든요. 이 일에 대한 전말을 묻는 이들로 온통 시끄러운데…… 사건의 전말을 솔직히 밝히면 그 작자에게로 시선이 몰려 버릴 거예요. 그럼 누군가 그 작자가 국왕임을 눈치채 버릴지도 모르죠."

'아하…….'

요컨대, 제국의 주요 인물들은 알렉산드로에게로 귀족들의 시선이 몰리는 것을 꺼리고 있다는 것이다. 그들의 입장은 충분히 이해되는 바였기에 고개를 끄덕였다.

"당신이 잠들어 있는 동안 황가와 신전, 공작가와 두 후작가, 그리고 아타라 사절단 사이에 회의가 있었어요. 이 일을 어떻게 잠재울 건지. 우선 나와 크리시스 공작, 황태자와 아인하르트 소후작, 그리고 그 국왕 작자까지 나선 덕분에 사건 현장에 있었던 당신을 심문하는 절차는 생략하기로 했어요. 죄 지은 일을 심문하는 게 아니긴 해도, 알다시피 제국의 심문은 무척 고된 일이라서."

'와, 그걸…… 생략할 수가 있는 건가……?'

이렇게 큰 사건의 당사자인 나를 심문조차 하지 않는다는 건 내 편의를 봐줘도 지나치게 봐준다는 뜻이었다. 새삼 내가 친하게 지내고 있는 이들이 정말 대단한 이들이라는 생각을 하며 입술을 뻐끔거렸다.

"하지만 당신이 그 사건 현장에 있었다는 사실을 입단속하기엔…… 내가 온 귀족들 앞에서 독에 중독된 당신을 안고 내 막사로 데려온 참이라……."

'허……'

엘은 내가 쓰러지는 걸 보고 지나치게 놀란 모양이었다. 조금 식은 눈으로 엘을 바라보고 있자니, 그가 슬쩍 시선을 피했다.

"그래서, 당신이 그 사건 현장에 있었다는 걸 이미 온 귀족이 알아 버렸어요."

'집중을…… 받길 바라긴 했는데.'

슬슬 사교계에서 검사로 이미지가 굳어야 하는 시기다. 허나 이렇게까지 거대한 사건의 장본인이 되는 것은 예상하지 못한 바였다. 나는 기뻐해야 할지 슬퍼해야 할지 알 수 없어 입꼬리를 뒤틀었다.

'현재까지 엘의 설명을 조합하면……'

그가 말하고자 하는 바는 명확하다. 느리게 턱을 쓸어내리고는 엘을 똑바로 바라보았다.

"사건의 장본인은 저와 레오, 아니, 국왕 폐하, 이렇게 두 사람이지만, 국왕 폐하는 신분을 위장하고 있는 고로 이번 사건에 연루되었다는 사실을 밝히기 힘들다. 그러니, 이미 사건에 연루됐다는 것이 밝혀진 나를 이 사건의 유일한 당사자인 것으로 공식 발표하려 한다."

"……"

"엘이 말하고 싶은 게 이거 맞습니까?"

엘이 붉은 입술을 짓씹었다. 죄악감이 가득 들어찬 표정을 지은 그가 눈을 질 끈 감은 채 고개를 끄덕였다.

"……이렇게 하자는 황제의 의견이 너무 강경했어요."

그러니까, 윗선에서는 사냥 대회가 벌어지는 숲속에서 거대 마수가 나타난 이 사건을 나를 희생양으로 일단락시키겠다는 소리였다. 심문을 하지 않는다는 건 이 사건을 공식적인 안건으로 만들지 않겠다는 뜻이다. 물론 마수가 들어오게 된 경로는 추적하겠지만, 나를 의심하진 않겠다는 뜻. 허나 공식적으로 내가 사건의 당사자임을 공표하게 되면, 나는 비공식적인 소문들을 피할 수 없었다.

'거대 마수를 혼자서 쓰러트린 기이한 공녀.'

나는 그 타이틀을 걸고 사교계 귀족들의 입에서 입으로 퍼져 나가게 될 것이 다. 잠시 숨을 들이마시다 엄지로 입술을 매만졌다.

'……완전 좋은데?'

치솟으려는 입꼬리를 애써 진정시켰다. 그러니까 나는, 지금 예상치도 못한 돈벼락을 맞은 기분이었다.

'이제 슬슬 이름을 알려야 할 때인데…… 알아서 내 명성을 날려 준다고 하면 나야 고맙지.'

갑작스럽게 출몰한 거대 마수를 해치운 의문의 공녀. 아주 좋은 타이틀이다. 같이 처치했으면서 공을 독식하는 것 같아 알렉산드로에게 미안하긴 하지만, 하 여간 이번 사건으로 인한 소문들은 내게 커다란 이득이 될 것 같았다.

"……미안해요, 정말."

올라가려는 입꼬리를 애써 진정시키고 있을 때 들려오는 가라앉은 목소리에 퍼뜩 고개를 돌렸다. 미안하다는 말에 어리둥절해져서 고개를 기울였다.

"엘이 뭐가 미안하십니까."

"슈슈, 미르인 걸 숨기고 있잖아요. 그런데, 내가 실수해서, 다른 사람들이 슈슈를 의심하게 되었으니까……."

아무래도 엘은 공식적인 발표를 막지 못한 것에 죄책감을 가지고 있는 듯했다.

"소문이 이상하게 퍼지지 않도록 잘 단속할게요. 그러니까, 용서해 주세요. 네?"

내 손을 살며시 잡아 올린 그가 내 손에 제 뺨을 비볐다. 창백한 피부 위 장밋빛 홍조가 든 따뜻한 뺨에 손끝이 닿았다. 은빛 눈동자가 애처롭게 반짝였다.

'강아지 같아……'

보고 또 봐도 경악스러운 미모다. 엘은 교황 선발 기준이 얼굴 아닐까 의심이 들 정도로 아름다운 이였다. 심장이 뽑혀 내던져지는 것 같은 기분을 느끼며 그의 얼굴에 딱 달라붙은 시선을 애써 떼어 냈다.

"소문, 단속하실 필요 없습니다."

"……네?"

내 단호한 말에 엘이 한 차례 늦게 반문했다. 나는 씨익 웃었다.

"소문은 이상하게, 또 과장되게 퍼질수록 좋습니다. '거대 마수에게서 단신으로 살아남은 정체불명의 괴상한 공녀' 느낌으로 말입니다."

"네?"

엘이 알아듣지 못한 표정으로 계속 반문했다. 나는 계속 웃었다.

'보통의 귀족들은 이런 구설수에 오르는 것을 아주 싫어할 테지만, 나는 이런 구설수가 절실하니까.'

이름을 알려야 했다. 최대한 많은 이들이 나를 알도록. 앞으로 일어날 일들에 반대하지 않도록.

"괜찮습니다, 엘. 저는 앞으로 생겨날 그 모든 소문들보다 대단한 사람일 테니까."

미르.

앞으로 사람들의 입에 오르내릴 과장된 소문들보다 훨씬 대단하고 무거울 이름.

"그러니 미안해하지 마십시오. 모든 건 제 생각보다 더 순탄하게 흐르고 있습니다. 엘은 그냥 앞으로 제가 펼쳐 낼 길을 지켜보고 따라와 주시면 됩니다."

눈꼬리를 휘며 엘의 뺨을 쓸어내렸다. 손끝에 쓸리는 부드러운 피부. 나를 바라보던 은빛 눈동자에 멍한 기색이 감돌았다.

'무엇을 기대하든, 내게 실망하는 일은 없겠지.'

나는 검은 재앙 미르. 불가사의이자 영웅으로 불리는 이름.

앞으로 사람들이 무엇을 기대하든, 그 기대 이상의 모습을 보여 줄 자신이 있었다.

⚜

숲속 벌판. 사냥 대회의 시상식이 시작될 그곳은 웅성임으로 가득했다.

"독에 중독된 2황자 저하를 아인하르트 경이 업고 왔을 땐 얼마나 놀랐는지…… 저하께선 무사하신 걸까요?"

"교황 성하께서 직접 치료하셨다고 하니 괜찮으실 겁니다. 그런데…… 크리시스 공녀는 대체 어떻게 된 건지……."

"그러게요. 혼자서 거대 마수 앞에서 살아남았다죠? 그것도 거대 마수를 죽인 채로! 크리시스 공녀가 검을 쓴다는 소문은 들은 적이 있지만 거대 마수를 죽일 수준이라니…… 믿기지가 않아요. 대체 무슨 일이 있었던 걸까요?"

"이곳에서 갑자기 고위 귀족 회의가 열린 것을 보아 무슨 일이 있는 것은 분명한데……."

시끄러운 웅성임. 멈추지 않는 추론과 예측들. 그 사이에서 가장 먼저 대두된 주제는 분명했다.

카슈미르 크리시스는 대체 뭐 하는 인간인가? 제국의 사냥 대회가 벌어지는 숲속에 거대 마수가 침범했다는 이 말도 안 되는 상황을 더 말도 안 되게 만들어 버린 장본인. 바실리스크에게서 살아남은 자. 그 믿을 수 없는 미스터리로 사방이 시끄러웠다.

"크흠. 지금부터 사냥 대회 시상식을 시작하겠습니다!"

웅성거리는 주위의 눈치를 살피던 시종이 황제의 신호를 받고 크게 외쳤다. 주위가 잠시 가라앉았다.

"5위는 여우 두 마리, 늑대 한 마리, 오소리 한 마리를 사냥하신 폰테논 채플턴 백작님이십니다!"

이어지는 의례적인 박수. 당당히 단상으로 올라선 채플턴 백작의 시선이 한곳으로 향했다.

"전 제 사냥감을 데카르도 후작 영애께 드리고 싶습니다."

채플턴 백작이 르웰린 데카르도를 마음에 두었다는 건 사교계 전체가 알고 있는 사실이었기에 누구도 놀라지 않았다. 의자에 앉아 부채로 입가를 가리고 있던 르웰린이 희미하게 올린 입꼬리를 살짝 보이며 짧게 고개를 숙였다.

얼핏 보기엔 흠 잡을 데 없을 만큼 우아한 모습. 허나 가까이에서 보면, 부채를 잡은 르웰린의 손은 떨리고 있었다.

'슈슈…….'

녹빛 눈동자에 수많은 염려가 뒤섞인다. 소중한 친구를 염려하는 르웰린을 뒤로, 시상식은 계속되었다.

"4위는 늑대 세 마리, 토끼 한 마리, 사슴 한 마리를 사냥하신 아우디 프라마 영식이십니다!"

아우디 프라마, 라는 이름이 들리자마자 많은 이들의 미간이 찌푸려진다. 특히나 팔꿈치를 의자 팔걸이에 얹은 채 깍지 낀 두 손 위로 턱을 얹고 산만하리만큼 다리를 떨고 있던 칼의 표정은 금방이라도 사람 하나를 찢어 죽일 듯 난폭해졌다.

"아, 감사합니다."

거드름 피우는 발걸음으로 단상에 올라선 아우디가 비죽 웃음 지었다. 이를 지켜보던 라이너의 표정이 조각상처럼 굳었다. 잠시 자신의 검집으로 손을 올리던 그는, 이내 입술을 살짝 깨물며 주먹을 꽉 쥐었다.

"저 새끼를 진즉에 죽였어야 했어. 그랬다면 언니가 사냥 대회에 참가하지 않았을 텐데……."

양옆에 칼과 카이사르를 두고 앉은 아리아가 소름 끼치도록 차가운 목소리로 중얼거렸다. 그녀의 두 눈엔 흉흉한 살기가 도사리고 있었다. 두 눈 아래 눈가는 울고 난 사람처럼 붉게 달아올라 있었다.

"그래. 차라리 그러는 게 더 나았겠군."

심해에 닿을 듯 낮은 목소리가 무감각하게 중얼거렸다. 너무 차가우면 오히려 뜨겁게 느껴지는 것처럼, 지나치게 무감각해 오히려 격분한 것 같은 목소리. 카이사르의 핏빛 눈동자가 시리게 번뜩였다.

"슈슈 모르게…… 저치의 사지를 찢었어야 했다."

그의 몸에서 살기가 뿜어져 나오다 갈무리되고, 또다시 뿜어져 나오기를 반복했다. 소드 마스터인 카이사르가 살기를 통제하지 못한다는 건 그의 분노가 극에 다다랐음을 뜻했다.

크리시스 공작가의 혈육들이 자리 잡은 곳은 다른 귀족들과 떨어진 상석이었기에 망정이지, 누군가 지금 그의 얼굴을 봤다면 공포로 정신을 잃었을지도 몰랐다.

"사실 사냥감을 바치고 싶었던 영애가 있습니다만…… 그 영애께선 아쉽게도 이 자리에 없으시군요."

아우디의 눈꼬리가 가증스럽게 축 처졌다. 의자 팔걸이를 쥐고 있던 카이사르의 손에서 콰득, 하고 부서지는 소리가 났다. 자신에게 향하는 수많은 이들의 따

충직한 검이 되려 했는데 2

가운 눈총을 읽지 못한 아우디가 환하게 웃었다.

"하지만 앞으로 많이 보게 될 분이니 염려치 않습니다. 이제 많이 가까워질 분이시죠. 다음 사냥 대회에선 그분에게 사냥감을 바치도록 하겠습니다."

"네게 다음이란 없을 거다, 이 개자식, 윽……!"

의미를 내포한 게 확실한 아우디의 한마디에 금방이라도 마법을 발동시킬 듯 거칠게 마나의 흐름을 휘어잡은 칼이 자리에서 벌떡 일어섰다. 아니, 일어서는 듯싶다, 무언가 걷어차지는 소리와 함께 다시금 무너지듯 앉았다.

"감정 통제도 못하는 애새끼처럼 굴지 말고 얌전히 있어."

아리아의 서늘한 목소리에는 지배자의 카리스마를 닮은, 사람을 휘어잡는 힘이 있었다. 아리아의 차가운 일갈에 칼이 이를 악물었다.

"너는 지금 저 소리를 듣고도 진정이 되나!"

"내가, 지금 진정이 된 것 같아?"

하늘빛 눈동자가 천천히 칼에게로 고정된다. 많은 이들이 순하고 아름답다 칭송하던 두 눈에 가득 들어찬 것은 깊은 분노와 광기에 가까운 살의였다.

"우리가 지금 나서면 언니는 승패를 인정하지 못하고 강한 가족들을 이용해 상대를 다치게 한 비겁한 사람밖에 안 되는 거야."

"그렇다고 저치를 내버려 둘 순 없지 않나!"

"그래. 내버려 둘 수 없지…… 그러니 언니에게 피해가 가지 않도록 계획을 세워야지. 암살 계획을……."

가느다란 목소리가 섬뜩하게 속삭였다. 이들이 머리를 맞대고 암살 계획을 세우고 있는 한편, 시상식이 이어졌다.

"1위는 사슴 네 마리, 늑대 두 마리, 곰 한 마리를 사냥하신 노아 아인하르트 후작님이십니다!"

나이가 지긋해 보이는 백발의 사내가 곧은 발걸음으로 단상에 올랐다. 그의 얼굴엔 근심이 가득해 보였다.

"좀 이상하네요. 아인하르트 후작님께서 1위를 한 것이 이상한 것이 아니라, 잡아 오신 사냥감이 지나치게 적어요. 무려 소드 마스터신데……."

"제가 후작님과 크리시스 공작님, 두 분과 함께 사냥을 다녀왔습니다만, 두 분 모두 사냥엔 관심이 없으시더군요. 공작님께선 검조차 한 번 꺼내지 않으셨고, 후작님은 보이는 것들의 숨통만 끊으셨습니다."

수군거리는 사람들을 뒤로하고 단상에 오르는 그의 발걸음이 느렸다. 노아 아인하르트가 단상에 완전히 오르려는 찰나.

"잠시만 기다려주십시오!"

귀족들을 가로지르며 한 인영이 단상 앞에 나타났다.

"지금 사냥감을 제출하면 너무 늦습니까?"

달려오며 살짝 흐트러진 칠흑빛 머리칼. 빛을 받아 선명하게 반짝이는 진분홍빛 눈동자. 올곧은 시선. 이 모든 논란의 주인공, 카슈미르 크리시스였다.

"네, 네? 하지만…… 지금 이미 시상식이 끝난……."

"잠깐."

낮은 목소리가 당황스러운 표정의 시종을 저지시켰다.

"크리시스 공녀는 사정이 있었네. 늦을 만한 사정 말이야. 조금의 양해가 필요할 것 같군."

햇빛 아래 황금빛으로 반짝이는 금발을 빙빙 꼰 남자가 푸른 눈을 재밌다는 듯 번뜩이며 씨익 웃었다.

황제 헬리오스 솔라티네였다.

"하, 하지만 이미 사냥감 집계가 끝난 시점 아닙니까!"

의기양양한 표정으로 상황을 지켜보던 아우디가 눈을 크게 뜨며 소리쳤다. 확실한 자신의 승리를 흐트러트리는 상황에 당황해 상대가 누구인지도 자각하지 못한 행동이었다. 정면으로 자신의 의견을 반박당한 헬리오스의 눈썹이 크게 꿈틀거렸다.

충직한 검이 되려 했는데 2

"지금 누구 앞에서 언성을 높이는 건가, 프라마 영식."

지켜보던 노아가 짧게 내뱉었다. 내뱉는 말은 가벼운 경고에 불과했지만, 짙은 소드 마스터의 기백은 그것만으로도 사람의 등골을 쭈뼛하게 만들었다.

"그, 그렇지만……!"

"아무래도 지금 프라마 영식의 의견을 들을 시간은 아닌 것 같군. 아인하르트 후작. 어떤가. 그대가 현재 우승자 아닌가. 우승자인 그대의 의견대로 하는 것이 맞는 것 같네만."

헬리오스의 느긋한 물음에 노아가 어깨를 으쓱였다.

"애초에 늙은이가 이 자리에 껴서 우승을 거머쥔 것도 웃긴데 젊은이의 참가를 말려서야 되겠습니까. 전 아무래도 좋습니다."

카슈미르가 포식한 맹수처럼 웃는다. 불안함으로 새하얗게 질린 아우디가 다시금 소리쳤다.

"하, 하지만! 지금 영애의 사냥감은 어디에도 없지 않습니까! 언제 사냥감을 다 가지고 오시려 하십니까!"

"아, 그건 문제 될 거 없네."

담담히 대답한 카슈미르가 주머니를 뒤적이더니 매끈한 형태의 돌을 꺼냈다.

"바로 보여 줄 수 있으니까."

툭.

그리고 그녀의 손짓 아래 땅에 떨어지는 돌.

화악!

밝은 빛과 함께, 땅 위로 마법진이 펼쳐졌다.

"저, 저게 대체……!"

많은 이들의 경악 서린 웅성거림이 사방을 채운다. 아우디의 눈이 정처 없이 흔들리기 시작했다. 노아가 '호오.' 하고 탄식을 뱉고, 헬리오스가 재밌어 죽겠다는 듯 웃음 지을 때. 제 앞머리를 쓸어 넘긴 카슈미르가 씨익 웃었다.

"굳이 셈이 필요하겠습니까?"

땅 위로 소환된, 산이라고 보아도 될 법한 짐승의 사체들. 그것은 카슈미르 크리시스가 어제 낮 3시간 만에 사냥한 짐승들이었다.

모든 이들의 시선이 한곳으로 향한다. 경악과 놀람, 불신 등이 담긴 눈동자들. 그 시선을 덤덤히 받아 내고 있는 인영은 무척 작고, 가녀리고, 약해 보였다.

"거기, 괜찮다면 우승자를 발표해 주지 그러나."

그렇게 보일 뿐이었다.

"이번 사냥 대회의 우승자는 카슈미르 크리시스라고."

그녀가 웃는다. 새하얀 치아를 드러내며, 한없이 밝고 또 당당하게 웃었다.

"이, 이건 말도 안 됩니다!"

아우디가 크게 소리쳤다. 무심한 표정으로 들어 넘긴 카슈미르가 어깨를 으쓱였다.

"대체 무엇이 말인가?"

"이런, 이런 양의 사냥감을 영애가 혼자 사냥할 수 있을 리 없지 않습니까! 필시 누군가의 도움을 받거나, 수를 쓰신 게 분명합니다!"

카슈미르의 번뜩이는 눈동자가 싸늘하게 그를 담았다. 아우디는 몸을 움찔 떨었다.

"사냥은 라이너 아인하르트 경과 함께했네. 필요하다면 경께 증언을 부탁해 보지."

"아, 아인하르트 경과 말을 맞춘 것일지도 모르지 않습니까!"

"프라마 영식."

그녀의 고저 없는 목소리엔 가장 원초적인 감정인 두려움을 이끌어 내는 기묘한 힘이 있었다. 퍼뜩 몸을 떠는 아우디를 바라보며, 카슈미르는 느리게 고개를 기울였다.

"계속 웃기는 소리를 하는데. 내가 왜 내 무죄를 증명해야 하지? 증명을 해야

　　　　　　　　　　　　　　　　　　　충직한 검이 되려 했는데 2

하는 건 나를 의심하고 있는 자네야. 내가 무언가 조작했다는 증거쯤은 가져와서 그런 소리를 해야 하는 게 아닌가. 이런 기본적인 상식조차 배운 기억이 없나?"

무죄는 증명할 수 없다. 증명될 수 있는 건 유죄뿐. 당연한 상식이었다. 얼굴이 수치심으로 붉어진 아우디를 뒤로 한 채, 카슈미르는 시종에게 눈짓했다.

"진행 안 하나?"

"아, 그, 네……"

땀을 뻘뻘 흘린 시종이 침을 꿀꺽 삼키곤, 무겁게 선포했다.

"1위는…… 사슴 아홉, 아니, 열 마리에…… 음…… 가장 많은 짐승을 사냥하신, 카슈미르 크리시스 영애십니다……."

전체에 흐르는 무거운 침묵. 믿기지 않는다는 듯 오가는 시선들과 경악 어린 표정들. 그 모든 것을 당당히 받아 낸 카슈미르는, 가벼운 걸음으로 단상에 올라섰다.

"감사합니다."

좌중을 훑어보는 눈동자는 잔잔했으나, 번뜩이는 진분홍빛은 향하는 것만으로도 대상을 얼어붙게 했다. 그러다 문득 한곳에서 멈추는 시선. 그녀가 웃었다.

"저는 제 사냥감을 모두 아리아 크리시스 영애께 바치겠습니다."

다시금 좌중에 퍼지는 소란. 카슈미르가 나타난 순간부터 부릅뜬 눈으로 그녀만을 지켜보던 아리아의 눈동자가 크게 흔들렸다.

"그, 그렇다면……"

혼란스러운 듯 눈을 이리저리 굴리던 시종이 입을 열었다.

"이번 사냥 대회의 퀸은…… 아리아 크리시스 영애십니다……."

카슈미르가 만족스럽게 웃었다. 시선들을 덤덤히 받아 내며 느지막한 걸음으로 단상에서 내려온 그녀는 경악으로 입을 떡 벌린 채 굳어 버린 아우디 앞에 섰다.

"내가 이 내기에서 이기면 그대가 내 구두에 입 맞추기로 했지만…… 생각해 보니 취소하고 싶네. 그럴 필요 없어."

주먹을 꽉 쥔 채 부들거리던 아우디가 놀란 표정을 지었다. 자신의 안위를 봐 줬다고 생각한 모양이었다. 그런 그를 보며, 카슈미르는 유쾌하게 입꼬리를 올렸 다.

"그대 같은 자에게 내 구두에 입 맞추는 영광을 줄 순 없지 않나."

툭.

어깨가 맞부딪치며 카슈미르가 아우디를 지나쳐 갔다. 사실 둘의 키 차이 때 문에 어깨로 팔을 쳤다는 표현이 더 어울렸지만.

아우디가 분을 못 이겨 땅을 걷어차든 말든 그를 스쳐 지나친 카슈미르는 망 설임 없이 발걸음을 옮겼다.

탁.

그리고 멈춘 곳은, 크리시스 공작가의 일원들이 자리한 곳이었다.

"다녀왔습니다."

카슈미르 크리시스는 그녀의 가족들을 향해 웃었다.

"저…… 아리아."

"조용히 해."

"그……."

"손 똑바로 안 들어!?"

이미 완벽한 11자로 들고 있는데 더 어떻게 똑바로 들란 말인가. 허나 아리아 가 분노로 괜한 심술을 부리고 있음을 알았기에, 심기를 거스르지 않기 위해 자 세를 바로 하는 척 몸을 움직였다. 이미 자세는 완벽했지만.

"……아리아. 이제 슬슬 그만하는 게 어떤가."

"댁은 가만히 있어요. 댁이 너무 너그러우니까 언니가 계속 이런 짓을 벌이는 거 아니야! 그렇게 오냐오냐 해 주니까 목숨 아까운 줄 모르고 자기 혼자 사지로 튀어 나가잖아!"

나를 일렁이는 눈으로 바라보던 카이사르가 옹호해 주려는 듯 말문을 떼었으나, 격노한 야차 같은 아리아에게 가로막혀 바로 입을 닫았다. 엄한 어머니와 너그러운 아버지 아래에서 자란 사고뭉치 아이 같은 기분을 느끼며 눈을 도르륵 굴렸다.

"아리아 말이 맞습니다. 슈슈는 이렇게 해서라도 정신을 차리게 해야 합니다."

카이사르, 아리아와 함께 티 테이블 앞에 앉아 있던 칼이 차가운 표정을 하고서 홍차가 담긴 잔을 매끄럽게 기울였다. 웬만해선 내가 무얼 하든 지지해 주는 칼까지 냉혹해진 것을 보며 조금 우울해져 눈을 내리깔았다.

"또, 또! 또 귀여운 척하지! 그러면 용서해 줄 줄 알지? 절대 안 해 줘! 10시간 채우기 전까진 어림도 없어!"

눈썹을 크게 꿈틀거린 아리아가 쾅 소리 나도록 티 테이블을 내려쳤다. 나는 체념 어린 한숨을 쉬었다.

'이번으로 스물두 번째인가…….'

바로 직전엔 손가락을 꾸물거렸다고, 더 전엔 눈을 빠르게 깜빡거렸다고 귀여운 척으로 이 상황을 벗어나려 한다는 소리를 들은 나는 해탈의 경지에 올라 있었다.

'이번엔…… 내가 잘못하긴 했으니까.'

사냥 대회를 간다고 나가 놓고, 그 다음 날 바실리스크와 싸우고 맹독에 중독되어 졸도된 채 실려 왔다. 그걸 본 가족들의 심정이 어땠을지 어렴풋이 상상되었다.

'다들 많이 놀라고 걱정했겠지.'

나 같은 건 관심도 없는 사람처럼 무심하게 차를 휘적거리고 있지만 사실 분주하게 내 몸 상태를 살피고 있는 칼. 격노한 표정을 짓고 있지만 눈가가 한참 운 사람처럼 붉은 아리아, 시선을 숨길 생각도 없이 나만 뚫어져라 보고 있는 카이사르.

사냥 대회가 끝난 직후엔 세 사람이 쏟아내는 잔소리와 화를 들으며 하루 종일 명의에게 몸을 검사받아 내가 지나치게 건강함을 증명해야 했다. 그 이튿날엔 식사를 하려 포크를 드는 행위조차 금지당하며 14시간을 취침하고, 10시간 동안 침대에서 꼼짝 안 하고 쉬어야 했다.

그리고 사냥 대회가 끝난 지 사흘이 지난 지금. 나는 이 볕 좋은 날 공작가 정원 테라스에서 3시간째 무릎 꿇고 손을 들고 있어야 했다.

'다들 내가 이 정도론 전혀 힘들지 않다는 걸 알면서.'

나는 소드 마스터다. 내게 진정 벌을 주고 싶었다면 거대 마수 세 마리를 1시간 안에 죽이라고 하든지, 불 속에서 팔굽혀펴기 5천 번을 하라고 해야 맞았다. 무릎 꿇고 손드는 건 10시간이 아니라 열흘도 하고 있을 수 있었으니까.

'뻔히 알면서.'

내게 이건 장난에 지나지 않는다는 걸 알면서도, 이걸 벌이라며 시키고 이것조차 수행하는 게 힘들까 내 기색을 살핀다. 나는 이런 내 가족이 사랑스러워 견딜 수가 없었다. 벌을 받고 있다는 것도 잊고 푸스스 웃고 말았다.

"웃어? 지금 이 상황이 웃겨!?"

쾅!

눈앞에 놓인 디저트에 무척 관심이 많은 척 굴면서 계속 나를 힐끔거리던 아리아는 내가 웃음소리를 내자 테이블을 다시 내려쳤다. 나는 빠르게 얼굴에서 웃음기를 지워 냈다.

정색한 나를 곁눈질한 칼이 냉정한 표정을 유지한 채 포크로 제 앞의 스콘을 부스러뜨렸다.

"……슬슬 반성한 것 같으니 묻지. 뭘 잘못했는지 네 입으로 말해 봐."

칼의 물음에 눈을 도르르 굴렸다.

잠시 생각을 정리하고는 느리게 입을 열었다.

"우선…… 하라바나를 보고도 도망치지 않았습니다."

처음에 나는 하라바나와 싸웠다는 것을 밝힐 생각이 없었다. 그럼 더 걱정할 테니까. 시체는 이미 산화되어 사라져 버렸으니 흔적도 없다. 라이너만 입단속시키면 그만. 그렇게 하라바나를 처치한 일은 라이너와 나만의 추억으로 묻으려 했었다.

'슈슈의 신체 검사 결과가 나왔다. 바실리스크의 독은 신성력으로 완벽하게 해독됐다더군. 문제는…… 아직 여운이 남은 독이 하나 검출되었다는 거다. 무려, 하라바나의 독이라는군.'

나는 그날 나를 보던 세 사람의 표정을 아직도 잊지 못한다. 무섭도록 얼굴을 굳힌 채 눈을 부릅뜬 세 사람의 얼굴은 금방이라도 내 사지를 결박해 탑에 가둬 버리고 싶다고 말하고 있었다.

'솔직히 말하지 않으면 강제로 내 기억을 파헤칠 기세였으니까…….'

세 사람의 닦달을 못 이겨 자초지종을 설명한 나는, 그 직후 하라바나에게 물렸던 어깨를 아리아의 치유력으로 몇 번이고 치유받아야 했다. 작은 흉터가 남은 것 빼곤 멀쩡했음에도 말이다. 아리아가 상당히 불만족스러운 표정으로 찻잔을 기울였다.

"그리고?"

"허락도 안 받고 외간 남자와 외박을 했습니다."

세 사람의 미간이 단번에 구겨진다. 나는 잠시 그들의 눈치를 봤다. 사실 나는 이걸 잘못이라고 생각하지 않았다. 용병으로 살면서 이성과 외박쯤은 일상이었으니까.

내가 라이너와 밤을 보냈다는 것을 들은 카이사르가 검을 뽑고, 아리아가 암살자 연락처를 찾으며, 칼이 순간 이동 마법을 전개하는 것을 보고 오해하기 좋은 일이라는 걸 자각했을 뿐이었다. 팔짱을 낀 카이사르가 손가락을 까닥였다.

"……그리고."

"어, 음…… 지원을 기다리지 않고 무모하게 바실리스크를 해치워 버렸습니다."

사실 이것도 잘못했다고는 생각하지 않는다. 아무리 소드 마스터인 카이사르와 노아가 지원을 왔어도, 그들은 나보다 더 능숙하게 바실리스크를 해치우지 못했을 테니까. 나보다 나이가 두 배 이상 많은 카이사르와 노아가 나보다 약하다고 생각하는 게 아니다. 그들은 확실히 나보다 강했다.

'하지만 마수를 죽이는 데 있어서는 달라.'

마수를 토벌하는 것은 강하기만 해서 잘할 수 있는 일이 아니었다. 강한 것은 기본이고, 마수들의 특징과 약점을 잘 알아야 했다.

'이 분야에서 나보다 뛰어난 사람은 이 대륙 내에 존재하지 않아. 다른 사람들이 상대하다 다치는 것보다 내가 처리하는 게 나았어.'

이건 오만이 아니라 당연한 자부심이었다. 허나 이 생각을 입 밖으로 내뱉었다간 혼나도 크게 혼날 것이 뻔했으니, 나는 잘못을 아는 사람처럼 눈을 내리깔기만 했다. 충족되지 않은 얼굴을 한 칼이 턱을 괴고 발을 까닥거렸다.

"그리고?"

'……그리고? 더 있나? 있는 거 같긴 한데…….'

무려 세 가지나 말했는데 아직도 표정이 딱딱한 세 사람을 살피며 눈을 굴렸다. 이것 말고도 뭐가 더 있는지 감이 잡히지 않았다. 눈을 이리저리로 도르륵 굴리며 심각하게 고민했다.

'진짜 모르겠는데…….'

허나 그럼에도 도통 알 수가 없어, 결국 눈치를 보다 솔직히 고백했다.

"잘…… 모르겠습니다."

세 사람에게서 동시다발적으로 한숨이 튀어나온다. 짜기라도 한 듯 하나같이 참혹한 세 사람의 표정을 보고 있자니 저절로 동공이 흔들렸다.

'그렇게 한심한가……?'

뭔가 지어내서라도 말해야 하나 고민하고 있을 때, 자리에서 일어난 카이사르가 천천히 걸어 내 앞에 섰다.

"넌 가장 중요한 것을 놓치고 있다."

그가 내 앞에서 한쪽 무릎을 꿇었다. 커다란 손이 내 주머니를 뒤적였다. 나는 뭔가 싶으면서도 얌전히 카이사르가 하는 양을 지켜보았다.

"네게는 통신 마도구가 있었지. 분명 내가 줬다. 이 마도구엔 나, 아리아, 칼, 공작가 저택, 황실, 신전, 심지어는 황궁 기사단 직통 번호도 있어."

카이사르가 꺼낸 건 동그란 수정구슬 형태의 통신 마도구였다. 가라앉은 핏빛 눈동자가 나를 똑바로 바라보았다.

"이걸 가지고 있었으면서도 왜 우리에게 연락하지 않았나."

'아.'

잠시 입술을 벌렸다. 머릿속이 복잡하게 뒤엉키는 느낌이었다.

연락하기 싫었던 것은 아니었다. 그럴 리 없지 않은가.

'그러니까, 나는 그저…….'

여태껏 내 인생에서 도움을 청한다는 선택지는 없었다. 단신으로 재앙과 마주하는 것만이 유일한 선택지였으니까. 그래서 새로운 선택지가 생겼다는 것을 잊었다. 습관처럼 유일한 선택지를 선택해 버린 것이다.

"저는, 그러니까……."

입술이 바짝 마른다. 눈을 도르르 굴리다 혀로 입술을 축였다. 나는 고개를 푹 숙였다. 어쩐지 세 사람을 마주하기 힘들었다.

"저는, 이게 최선이라고 생각했습니다."

생각해 보면, 여태껏 내겐 최선조차 없었다. 애초에 선택지는 딱 하나뿐인데 차악과 최악 같은 것이 어디 있겠는가. 단 하나뿐인 좁은 길을 최선이라고 생각하며 걸어왔을 뿐이었다.

카이사르가 뱉은 옅은 한숨이 내 머리카락을 간지럽혔다. 고개를 숙인 탓에 그의 표정을 볼 수는 없었다.

'내게 실망한 걸까.'

그의 표정을 보기가 두려웠다.

나는 테라스 바닥만을 눈이 빠져라 들여다보았다. 그래야만 눈동자의 흔들림이 잦아들 것 같았으니까. 그래야만, 눈물이 흐르지 않을 것 같았으니까.

스륵.

내 머리를 쓰다듬는 손길에 나도 모르게 몸을 움찔했다. 내 머리를 한 번에 덮는 큰 손은 귀중한 도자기 인형을 다루듯 내 머리카락을 쓸어내렸다.

"잘 들어라, 슈슈. 우리 모두가 함께하는 것이 바로 최선이다."

엄중한 선언과도 같은 카이사르의 한마디가 내 마음 위로 무겁게 떨어졌다. 심장이 내려앉는 것 같은 느낌. 나도 모르게 살짝 고개를 들어 그를 바라보았다.

"네가 부르기만 하면 모든 걸 내팽개치고 달려갈 이들이 셋이나 있는데 대체 왜 부르질 않는 게냐. 종처럼 부려 먹어도 다들 기뻐할 터인데."

붉은 눈동자에 내가 똑바로 담겼다. 처음 마주했을 땐 금방이라도 피가 흐를 것 같은 오싹한 눈동자라고 생각했는데. 이제는 생각이 좀 달라졌다.

카이사르의 붉은 눈동자는, 겨울날 마주한 모닥불처럼 따뜻했다.

"너는 혼자가 아니야. 네 곁엔 늘 우리가 있다. 너는 더 이상 혼자 위험에 맞설 필요가 없다. 나는 늘 너와 함께 싸워 줄 것이다."

혼자가 아니다. 신박하지도, 새롭지도 않은 진부한 위로. 누구나 할 수 있을 단순한 한마디.

허나 나는 카이사르가 건넨 말의 무게를 알았다. 농담조차 허투루 하지 않는 그가 이 말을 하기까지 얼마나 숙고했을지, 위로엔 재능이 없는 그가 이 말을 하기 위해 얼마나 고민했을지 또한 알았다.

"그러니 이제 더는 혼자서 위험에 맞서는 것을 최선이라 생각하지 마라."

이제 내게는 이런 말을 해 줄 가족이 있었다. 왈칵 치솟는 감정에 입술을 꾹 문다. 무언가 흘러내릴 것만 같았다.

시리도록 추운 겨울만을 보내다 이제야 따뜻한 모닥불과 마주한 것 같은 기분. 마음이, 얼었던 것들이 천천히 녹아내렸다.

와락.

아무 말 없이 카이사르의 허리에 두 팔을 둘러 꽉 껴안았다. 놀란 듯 잠시 움찔하던 그는, 이내 작은 웃음을 흘리며 나를 마주 안아 주었다.

좁고 험한 외길뿐이던 카슈미르의 인생에 집으로 가는 길이 트인 날이었다.

공작가 저택 안, 공작 집무실에 자리를 잡은 네 사람 사이에서 짙은 침묵이 감돌았다. 네 사람 모두가 책상에 놓인 편지 한 장을 노려보고만 있었다.

바닥엔 황실의 도장으로 인봉된 편지봉투가 떨어져 있었다.

"……어떻게 할까요."

무거운 침묵 끝에 카슈미르가 입을 열었다. 허공에 외치는 것 같은 공허한 목소리에 대답은 돌아오지 않았다. 모두가 답을 몰랐으니까.

"황제, 이 미친 새끼가 진짜……."

결국 아리아의 입을 비집고 튀어나오는 욕지거리.

[오늘부로 카슈미르 크리시스 공녀를 세레논 솔라티네 2황자의 검술 스승 및 황제의 말벗으로 삼는다. 반드시 일주일에 두 번 이상 황궁으로 출석하도록.]

멋들어지는 필기체로 쓰인 편지는 이런 개소리를 담고 있었다.

이 말도 안 되는 편지가 도착한 건 사냥 대회를 마친 지 여드레째 되는 날이었다. 온 사교계가 나에 대한 소문으로 미친 듯이 달아올라 있을 때.

나는 그럴 때에도 지금까지와 같이 수련과 가족들과의 교제로 여유롭게 시간을 보냈다. 이럴 때 바로 나서기보단, 사람들이 나에 대해 더욱 궁금해하도록 좀 더 잠적하는 게 좋았다. 그리고 공작가를 뒤집어 놓은 편지는 내가 내 수련을 마치고 아리아와 칼의 마법 대련을 구경하고 있을 때 도착했다.

"그러니까, 황실에서 공식적인 안건으로 공작가에 편지를 보냈다는 말씀이십니까."

"그렇다."

"저를 이유로 말이죠."

"그래."

카이사르의 부름으로 집무실에 도착한 내가 떨떠름하게 상황을 정리했다. 덩달아 따라온 아리아와 칼이 아니꼽다는 표정으로 편지를 바라보았다.

'황실에서 공식적으로 내게 편지를 보낼 일이 뭐가 있지?'

턱을 느리게 쓸며 고민했다. 황실에서 보낸 편지라고 해서 디에고의 서신인 줄 알았는데—디에고와 나는 거의 매일 서신을 주고받고 있었다. 추문의 위험도 있고, 우리 둘 다 바빠 자주 만나기는 어려웠으니까—들어 보니 공작가에 내려진 황제의 공식적인 명령이란다. 그것도 나를 콕 집어서 내린.

"제가 뭔가 잘못한 게 있을까요."

포효하는 용이 새겨진 금빛 인봉을 보다 머리를 긁적였다.

'사냥 대회 때 나를 보는 황제의 눈빛이 심상치 않기는 했지만.'

사냥 대회 1등을 거머쥔 나를 보는 그의 눈이 광기에 가까운 흥미로 번뜩였던 것을 기억했다.

나는 원작을 본 사람으로서 현 황제 헬리오스 1세가 얼마나 흥미에 미친놈인지 알았기에, 등골이 섬뜩한 건 어쩔 수 없었다.

툭.

"걱정 마라. 네가 잘못을 지었을 리도 없지만, 무슨 잘못을 저질렀더라도 덮어 줄 수 있으니."

수심에 잠긴 나를 바라보던 카이사르가 제 손으로 내 머리를 덮었다. 머리를 슬슬 쓰다듬는 손길을 익숙하게 받아들이며 살짝 고개를 끄덕였다.

투툭.

카이사르가 레터 나이프를 사용해 유려하게 편지를 열었다. 무려 황궁에서 온 편지 봉투를 바닥에 아무렇게나 던져 버리는 행동은 조금 경악스러웠지만.

그의 큰 손이 접힌 편지를 펼치고, 붉은 눈동자가 종이 위를 굴러 글자를 읽었다. 그리고 카이사르의 얼굴이 한없이 딱딱하게 굳었다.

"……아버지?"

답지 않게 뻣뻣해진 그를 조심스럽게 불러 보았다.

내 부름에도, 아리아가 사탕을 자기 머리로 던져도 반응이 없던 카이사르는 한참 뒤에야 입을 열었다.

"이 새끼가…… 미쳤나?"

"네?"

평소 카이사르라면 하지 않는, 지나치게 가벼운 욕설. 황제의 서신에 대한 반응이라기엔 너무도 불손했다. 누가 보았다면 황족 모독죄로 고발했을지도 모르는 언행에 나는 눈을 크게 떴다.

"대체 뭐기에 그러십니까?"

소파에 앉은 내 어깨에 머리를 느슨하게 기대고 있던 칼이 카이사르의 반응을 보며 미간을 좁혔다.

"설마 황태자비가 되라든가, 그런 건 아니지?"

내 무릎에 머리를 베고 있던 아리아가 상상만 해도 끔찍하다는 목소리로 물었다.

"그랬다면 황실과의 전쟁을 선포했을 거다."

'황태자비'라는 소리에 얼굴이 구겨진 카이사르가 무섭게 부정했다.

"그럼 대체 뭔데 그러십니까?"

내가 고개를 갸웃하자, 착잡한 눈으로 나와 편지를 번갈아 본 카이사르가 손짓했다.

"우선…… 네 일이니 네가 직접 보는 게 좋겠군. 이리 와라."

어리둥절하며 책상 앞에 앉은 그에게로 다가갔다. 내게 기대고 있던 칼과 아리아도 덩달아 나를 따라왔다.

[크리시스 가의 깜찍한 사랑둥이에게, 아빠 친구가…….]

맨 위와 맨 아래에 받는 이의 이름과 보내는 이의 이름만으로 미쳤음을 가감 없이 드러낼 수 있는 건 헬리오스가 유일할 것이다. 나는 초장부터 어이가 사라진 채로 길지 않은 편지를 읽기 시작했다.

편지에 대한 내 감상은 이러했다.

'헬리오스 솔라티네, 이거 완전히 미친놈이군.'

그는 내 생각보다 더 미쳐 있었다.

"미친 새낀가?"

"미친 모양이군."

아리아와 칼이 번갈아 가며 말했다. 누가 가족 아니랄까 봐 감상도 똑같았다. 우리는 한참 아무 말 없이 편지를 들여다보기만 했다.

"그러니까. 지금 황제는, 언니한테 2황자 보모 겸 지 친구 하라고 명령을 내린 거야?"

기이한 침묵을 끊은 건 아리아의 신랄한 한마디였다. 황제에게 그런 언행을 하면 안 된다고 지적할까 하다 입을 다물었다. 솔직히 나도 입을 열면 비아냥부터 튀어나갈 것 같았다.

"원래 미친놈인 줄은 알고 있었지만…… 완전히 미친놈이었군. 슈슈를 자기 종으로 아는 건가?"

칼이 상당히 언짢은 목소리로 중얼거렸다. 금방이라도 황궁으로 쳐들어갈 듯 흉흉한 기세를 내뿜는 그를 달래듯 어깨를 매만져 주고 복잡한 머릿속을 정리했다.

"황자의 스승을…… 이렇게 통보식으로 갑작스럽게 정해도 되는 겁니까?"

"그럴 리가. 황제가 미친 짓을 한 것뿐이다."

딱 자르는 카이사르의 말에서 황제를 향한 경멸이 묻어났다.

'확실히…… 황제가 너무 미친 짓을 하긴 했지.'

이런 중요한 안건을 일언반구 논의도 없이 통보식으로 전달하다니 해도 해도 너무했다.

나야 황제가 원래 이런 미친놈이라는 걸 알기에 그나마 담담할 수 있었지만, 다른 이가 이 상황에 있었다면 당황하다 못해 황실이 자신에게 시비를 거는 건가 고민했을 게 분명했다.

'그런데 검술 스승이라니.'

검술 스승. 유독 진하게 쓰인 것 같은 그 단어를 보며 침을 꿀꺽 삼켰다.

세레논은 현재로 열여덟 살. 열아홉 살인 나는 그보다 한 살 많긴 했지만, 황족의 스승은 나이가 지긋한 지혜로운 노인들이 대부분이다. 아직 10대도 벗어나지 않은 나에게 그의 스승이 되라고 하다니, 이치에 맞질 않았다.

'게다가 세레논은 소드 엑스퍼트를 직전에 둔 꽤 실력 있는 검사인데…… 나를 그의 스승으로 붙이겠다는 건, 내 검술 실력이 세레논보다 높다고 판단한 게 아

닌가.'

미친 농담처럼만 보이는 이 편지가 황제의 치밀한 덫이라는 생각이 문득 들어 등골이 섬뜩했다.

"……황제 폐하는 어디까지 눈치채신 걸까요."

조금 무겁게 뱉은 질문에 모두들 생각에 빠진 듯 대답이 없었다.

'사냥 대회 일로…… 내 무력에 대해 관심이 생긴 건가.'

황제는 사냥 대회 거대 마수 출몰 건에 대한 자세한 전말을 몰랐다. 아마 여러모로 추리하고 보고를 듣는 식으로 예측은 하고 있겠지만, 아직 내가 미르라는 진실에 도달하진 못했을 터. 그 진실에 도달하지 않는 이상 상황은 풀리지 않을 것이 분명했다.

'만약 그게 궁금했다면 나를 그의 말벗으로 삼는 정도로 충분했을 텐데…… 2황자의 검술 스승은 대체 왜 시키는 거지?'

아무리 무소불위 권력의 공작가라도 형식적으로는 황가를 섬기고 있다. 황제가 나를 말벗으로 삼고자 했다면 그 정도는 군말 없이 수용할 정도였단 말이다. 허나 2황자의 검술 스승을 시키는 건 아무래도 이상했다.

'기묘하단 말이지…….'

편지지를 뚫어져라 바라보았다. 황제의 속은 알 듯 모를 듯 어려웠다. 내가 곰곰이 생각하고 있을 때, 어이없음의 늪에서 빠져나온 아리아가 두 눈을 차갑게 번뜩였다.

"논의조차 없이 이런 사항을 결정했다는 건 언니를 우습게 봤다는 거잖아. 의견조차 묻지 않다니……."

"맞습니다. 이건 슈슈를 모욕한 것 같은데요."

서늘한 표정의 칼이 아리아와 합세했다. 마찬가지로 차가운 얼굴의 카이사르 가제 입술을 쓸었다.

"내 괜한 마찰이 싫어 웬만해선 황제의 명에 따랐건만…… 이런 식으로 내 딸까지 마음대로 하려 하는 건 도가 심하군. 슈슈. 많이 불쾌했겠구나. 걱정하지 마라. 내가 오늘 직접 황궁으로 가서…….”

“아니. 그러실 필요 없습니다.”

“……뭐?”

금방이라도 검을 들고 황궁으로 쳐들어갈 것 같은 카이사르를 단호하게 제지했다. 단번에 가로막힌 그가 되물었다.

'황제의 속셈이 뭔지 모르겠어. 이게 함정일지도 모르겠고.'

정말 내게 악감정을 가진 황제가 나를 모욕하려 하는 걸지도 모른다. 나는 아직 몰랐다. 하지만.

'나는 어차피 황제의 눈 안에 들어야 해.'

내 미래 계획을 위해선, 좋든 싫든 황제의 눈 안에 들고 인정을 받아야 했다. 그러는 데 있어 2황자의 스승 자리와 황제의 말벗 자리는 무척 유용할 게 뻔했다.

'갑자기 호박이 넝쿨째 굴러 들어온 기분이네.'

황제의 눈에 들 절호의 기회가 두 가지나 생겼다. 내 생각과는 다르게, 내 생각보다 훨씬 더 잘 흘러가는 상황에 입꼬리가 올라갔다.

'그리고…… 검술 스승이면 2황자와 접촉하기도 좋은 자리잖아.'

나는 개인적으로 2황자가 궁금했다. 디에고와의 사이라든지, 권력을 대하는 그의 태도라든지, 묘하기 짝이 없었기에.

'이건 2황자를 합법적으로 캐낼 기회야.'

나는 이미 디에고를 내 시대의 태양으로 결정했다. 고로 세레논이 태양을 꿈꾸면서 아닌 척하는 가식쟁이인지, 그저 태양을 노리는 이들에 의해 놀아나는 꼭두각시인지 알아야 했다.

'뭐야. 너무 좋은 기회인데.'

처음에는 당황스러움에 뭐지 싶었지만, 생각할수록 잘된 일이었다. 이번만큼은 황제의 충동적인 결정에 감사하며 씨익 웃었다.

“저, 하겠습니다. 2황자의 검술 스승과 황제의 말벗 둘 다요.”

내 단언에 세 사람의 얼굴로 경악이 깃든다. 심각한 표정을 한 카이사르가 내 어깨를 잡았다.

“슈슈. 설마, 가문에 누가 될까 봐 억지로 하는 거리면 그만둬라. 크리시스는 이런 것을 거절한다고 큰일 날 정도로 위태롭지 않으니까. 내가 황제와 결판을 내고 오마. 그러니…….”

“아닙니다. 진심으로 하고 싶어서 그래요.”

내 사적인 호기심도, 내 공의를 위한 계획도 다 충족시켜 줄 기회. 나는 내 품으로 날아든 기회를 놓칠 생각이 조금도 없었다. 나는 걱정스러운 표정을 짓는 세 사람을 향해 환하게 웃어 주었다.

“이거, 무척 즐거울 것 같거든요.”

“도착했습니다.”

“그래.”

마차 등받이에 기대고 있던 몸을 느리게 들어 올렸다. 시종의 손길 아래 부드럽게 열린 마차 문을 지나 땅을 밟았다.

‘오랜만이네.’

새삼스레 생각하며 눈앞의 거대한 건물을 바라보았다. 카이사르, 아리아와 함께 왔던 이후로 디에고를 만나기 위해 여러 번 방문했었다. 그러나 요 근래는 구설수가 많아져 발걸음을 줄였던 차였다. 늘 그렇듯 휘황찬란한 궁전을 지그시 바라보다 발걸음을 옮겼다.

‘2시에 정원 테라스에서 황제를 만나고, 4시에 세레논과 만나야지.’

계획들을 머릿속에서 정돈하며, 황궁 시종을 따라 정원으로 이동했다. 봄을

충직한 검이 되려 했는데 2

맞이한 황궁의 정원은 황홀경이라고 칭해도 될 만큼 아름답게 관리되고 있었다. 원체 자연 풍경을 좋아하는 나는 잠시 상황도 잊은 채 정원을 둘러보았다.

'비싼 약초들이 그냥 들의 풀이네……'

아리아의 병을 고치기 위해 약초학을 수준급으로 공부했던 내 눈엔 황궁 정원이 약초밭처럼 보였다. 마비를 완화시키는 데 탁월한 프루드페라가 꽃나무 아래에 들풀처럼 피어 있는 것을 발견하고 조금 질려 버렸다.

'디에고와도 황궁 정원에서 티타임을 여러 번 가져 봤지만 이런 느낌은 아니었는데.'

물론 그때도 아름답긴 했다. 허나 그땐 겨울이었고 지금은 봄이었으니 분위기부터가 새로웠다.

자꾸 두리번거리며 시종을 따라 발걸음을 옮겼다. 시종이 멈춘 곳은, 다름 아닌 정원 한가운데에 외벽을 수정으로 지은 온실 정원이었다.

"황제 폐하께서 안에서 기다리고 계십니다."

기사 넷이 지키고 있는 정원의 문 앞에서 시종이 물러섰다.

수정으로 된 외벽이 햇빛을 받아 아름답게 빛나는 모습에 잠시 시선을 두다, 온실 안으로 들어섰다.

'진짜 멋있다……'

수정 온실의 내부는 외부 못지않을 정도로 아름다웠다. 공중에 둥둥 뜬 마석들이 온도를 조절하는 덕분에 현 계절에선 볼 수 없는 꽃들도 이곳저곳에서 피어나고 있었다. 색색의 장미들이 모인 곳을 바라보며 붉은 장미는 카이사르와 칼에게, 파란 장미는 아리아에게 주고 싶다는 생각이 잠시 들 정도였다.

넓은 온실을 꾸준히 가로지르다 보면 다다르는 고풍스러운 티 테이블. 수정으로 만들어진 외벽을 통해 새어 들어오는 햇빛에 황금빛 머리칼이 환하게 반짝인다. 푸른 유리구슬처럼 동그랗고 예쁜 눈동자. 중년의 나이라는 것이 믿기지 않을 만큼 아름다운 얼굴.

"여어, 카슈미르 왔는가!"

그 앞에 앉은 것은 나를 보며 환하게 웃는 황제 헬리오스였다.

'여어…… 카슈미르, 왔는가……?'

황제가 했다고는 믿기지 않는 저렴한 추임새부터 허락받지 않은 퍼스트네임 호칭까지. 대체 어디서부터 지적해야 할지 알 수 없는 놀라운 말본새였다.

'게다가 저건 하네스잖아……'

황제의 옷차림은 가벼운 하얀 와이셔츠 한 장. 그 위를 덮은 것은 꽤 촘촘한 하네스였다.

'중년 남성이 저렇게 외설스러워도 되나.'

잠시 말을 잃은 채 헬리오스를 바라보기만 하다, 겨우 정신을 차리고는 허리를 숙였다.

"황제 폐하를 뵙습니다. 카슈미르 '크리시스'입니다."

"하하! 그래! 어서 앉게, '카슈미르'!"

부러 '크리시스'를 강하게 발음하기까지 했으나, 헬리오스는 되려 '카슈미르'를 강하게 발음하며 꿋꿋이 내 이름을 불렀다. 나는 미묘한 표정을 지으며 그의 맞은편에 앉았다.

'나야 원작을 아니까 그러려니 하지만……'

헬리오스는 원래 이런 놈이다. 자신의 흥미와 주관이 세상에서 가장 중요한 부류의 인간이었다. 나야 그걸 아니 덤덤하지만, 다른 사람이 이런 상황을 맞닥뜨렸다면 시비를 거는 거라고 생각했을지도 몰랐다.

"차는 뭐가 좋은가?"

"무엇이든 좋습니다."

"정말 무엇이든 좋은 게 맞나?"

'……뭐지?'

보통 티타임에선 주최자가 준비한 차를 마시는 게 예의였다. 그래서 평범하게 대답했건만, 되묻는 헬리오스의 표정은 꽤 의미심장해 보였다.

잠시 헬리오스를 지그시 바라보았다. 그의 두 눈은 나이답지 않은 장난기로 반짝이고 있었다. 누가 봐도 장난을 작정한 사람의 얼굴.

'차에 뭔가 꿍꿍이가 있나 보군.'

소드 마스터의 감이 아니더라도 쉽게 읽을 수 있는 기색이었다. 나는 살짝 미소지었다.

겉으로 보기에 헬리오스는 황제인 것이 믿지 않을 정도로 가볍고 장난스러운 사람이다. 대체 진지한 순간이 있기는 할까 싶은 이. 허나 저것은 헬리오스의 연막이었다.

'헬리오스 솔라티네는 독니를 숨긴 독사지.'

태양은 아무나 될 수 있는 게 아니다. 그는 가벼움이라는 연막으로 그 치밀한 성정과 끝없는 계산을 가리고 있는, 완벽한 군주였다.

'물론 헬리오스가 흥미주의자이긴 하지.'

그는 재미있는 것이라면 눈이 돌아가는 사람이었다. 허나 흥미가 그의 삶에 가장 중요한 것이라고 한다면 그건 틀린 말이었다.

헬리오스에게 가장 중요한 것은 자신의 제국.

그는 냉정한 통치자. 그의 최우선 순위는 제국의 안녕이었다.

'그런 사람이, 내게 황궁에 합법적으로 출입할 수 있는 길을 열어 줬단 말이지. 그것도 황자의 스승이자 황제의 말벗이라는 가볍지 않은 직무로.'

헬리오스는 공적인 일에 사적인 감정을 더하는 멍청이가 아니다. 때문에 그가 나를 황실의 일원으로 만든 이번 일을 절대 헬리오스의 충동에 의한 가벼운 사건이라고 보아서는 안 됐다.

'헬리오스는, 나를 시험하려 하고 있다.'

이것이 내가 내린 결론이었다. 갑작스럽게 공작가에 입적된 정체불명의 공녀. 바실리스크와 정면으로 마주해 살아남은 것도 모자라 바실리스크의 시체까지 보게 한 사람. 헬리오스는 그런 나를 탐색하기 위해 이런 자리를 만든 것이 분명했다.

'그 탐색에 응해 주지 못할 건 없지.'

헬리오스가 내게 관심을 가지는 건 바라던 바였다. 나는 그가 어떤 장난과 시험들을 준비했든 기꺼이 응해 줄 생각이었다.

"물론입니다, 폐하. 폐하께서 내리시는 것인데 무엇일랑 괜찮지 않겠습니까."

나는 헬리오스를 똑바로 마주하며 그보다 더 환하게 웃었다. 응수해 주겠다는 뜻을 담아. 나를 바라보던 그의 눈이 살짝 가늘어지고, 잠잠한 바다 같던 푸른 눈동자에 이채가 감돌았다. 그가 웃었다.

"……재밌군. 시종장. 차 가져오게."

헬리오스의 손짓에 나이 지긋한 노인이 트롤리를 밀고 들어왔다. 능숙한 손길로 찻잔을 배치한 시종은, 내 찻잔에 차를 따랐다.

그리고 김과 함께 올라오는 역겨운 향.

'……검은색?'

걸쭉한 검은빛의 액체, 아니, 액체라고 부르기도 힘든 애매한 점액질의 무언가를 루비로 장식된 고풍스러운 잔에 채웠다.

'허……'

장난질을 할 거라고 예상하긴 했지만, 이렇게까지 직접적으로 할 줄은 몰랐다. 눈을 느리게 깜빡이다, 찻잔에 든 것을 보곤 헛웃음을 뱉었다. 그건 내게 너무도 익숙한 것이었으니까.

'마수의 피.'

황제는 정말 미친놈이었다.

제국의 귀족들은 마수와는 거리가 먼 삶을 살기에 마수에 대한 지식이 부족했다.

'마수에게 닿기만 해도 죽는다고 생각하는 귀족들이 태반이지.'

겁 많은 머저리 같지만 정말 대부분이 그렇게 생각하곤 했다. 그런 와중에 황제라는 작자가 공녀와의 티타임에서 차랍시고 마수의 피를 내왔으니, 놀랍지 않을 수가 없었다.

'보통 귀족들은 황제가 자신을 크게 모욕하고 있다고 생각하겠지. 티타임에서 마수의 피라니.'

귀족들이야 마수에 대해서는 아는 게 하나도 없으니, 아마 분명 그랬을 것이다. 자기 혼자 부글부글 끓고 있는 얼핏 보기에도 수상한 액체를 지그시 들여다보던 나는 턱을 괸 손으로 볼을 톡톡 쳤다.

'어떻게 반응해 볼까.'

장난에 응해 주듯 기겁해 볼까, 아니면 태연하게 응수할까. 느리게 고개를 기울였다. 황제가 내게 어떤 반응을 원하는 건지는 예측할 수 없었다. 허나 내가 황제에게 보여 주고 싶은 이미지는 확실했기에, 내가 보일 반응은 하나뿐이었다.

'나는 황제의 노리개가 아니라 황제의 동업자가 되어야 하니까.'

기겁하며 장난스러운 반응을 보이면 그가 나를 반응이 재밌는 영애로 생각할지도 모른다. 허나 나는 거기서 끝나는 존재가 되어서는 안 됐다. 나는 헬리오스에게 충직하고 현명하며, 쓸 만한 사람으로 보여야 했다.

유려한 손길로 찻잔을 들었다. 폴폴 오르는 김 사이로 풍기는 악취는 내게 너무도 익숙했다.

'뭐, 이런 좋은 걸 준다면 나야 고맙지.'

태연하게 향을 음미하듯 숨을 들이쉬고 환하게 웃는 낯으로 헬리오스와 마주했다.

"마도루스의 피같이 귀한 것을 대접해 주시니 감사해 몸 둘 바를 모르겠습니다."

내 반응을 집요하게 살피던 헬리오스의 눈이 커진다. 놀라움이 담긴 그의 눈빛을 당당히 마주하며 눈꼬리를 휘었다.

'보통 마수의 피는 약이 아니라 독이지. 하지만 마수 마도루스의 피만은 달라. 가공하면 최고의 약재로 사용되니까.'

가공한 마도루스의 피는 마나를 강화시키고 긴장을 완화시키며, 에너지를 단숨에 회복케 하는 보약이었다. 상당히 비싼 값으로 유통되기에 용병으로 지낼 적엔 마도루스가 보이는 대로 잡아다 피를 뽑아 팔았다.

"……그걸 어떻게 안 거지?"

얼마나 놀란 건지 시도 때도 없이 짓고 있던 웃음마저 지운 헬리오스가 믿기지 않는다는 듯 물었다. 나는 태연히 웃었다.

"마수의 피라면 몇 번 본 적이 있습니다."

"아니. 내 말은, 그게 '마도루스의 피'라는 걸 어떻게 알았냐는 뜻일세."

헬리오스의 눈동자가 날카롭게 빛났다. 나는 눈을 나긋하게 내리깔았다. 하기야, 마수의 피가 검은색에 점액질이라는 건 누구나 알았다.

'허나 마수의 피와 마도루스의 피를 구분하는 건 아무나 하지 못하지.'

그래서 시장판에는 가짜 마도루스의 피가 판을 쳤다. 그냥 마수의 피를 마도루스의 피인 줄 알고 구매하고 섭취해 병에 걸린 이들도 한둘이 아니니, 꽤 심각한 사회적 문제이기도 했다.

'내가 여태껏 죽인 마도루스가 몇 마린데…… 나야 냄새만 맡아도 알지.'

질리도록 마주했던 게 마도루스의 피다. 그냥 스쳐 지나치기만 해도 알아낼 수 있었다. 허나 그걸 헬리오스에게 그대로 말할 수는 없었다. 나는 잠시 눈을 굴리다, 찻잔을 앞으로 내밀었다. 투명한 수정 외벽을 넘어 옅게 들어오는 이른 오후의 태양빛이 찻잔 위로 스며들었다.

"마도루스의 피는 빛에 비추면 옅은 파동이 일어납니다. 다른 마수들의 피와는 다르게요."

이것이 전문가들이 구분하는 방식이었다. 나를 뚫어져라 쳐다보던 헬리오스가 허, 하고 헛웃음을 뱉었다.

충직한 검이 되려 했는데 2

"그 파동을 느꼈다고."

마도루스의 피가 빛을 받으면 내는 파동은 지나치게 미미하다. 일반인은 감지조차 하지 못할 만큼. 마도루스의 피가 내는 파동을 잡아내기 위해서는 여러 전문 도구들과 전문가가 필요했다.

"네. 어렵지 않더군요."

그걸 알면서도, 나는 미친 듯이 번뜩이는 헬리오스의 푸른 눈동자 앞에서 태연하게 대답했다.

"하, 하하하!"

헬리오스가 웃는다. 유쾌해 죽겠다는 듯 커다란 웃음을 터트렸다. 한참을 웃던 그가 상체를 숙이고 나를 바라보았다.

"공녀는 정말 재밌는 사람이네. 아냐?"

"여태껏 무뚝뚝한 사람이라는 소리만 들어왔습니다만, 칭찬에 감사드립니다."

내 태평스러운 대답에 헬리오스가 다시금 웃음을 터트렸다. 유쾌하기 짝이 없다는 듯 눈꼬리를 휜 그는 마찬가지로 마도루스의 피가 든 자신의 잔을 들어 올리더니, 내 앞으로 내밀었다.

"그래. 내 재밌는 말벗을 얻게 되어 무척 기쁘니, 우리 건배나 한번 하세."

찻잔으로 건배라니. 미친 소리였다. 허나 어쩐지 나도 유쾌해져, 나는 별말 없이 잔을 들어 그의 잔 앞으로 내밀었다.

"그럼, 우리의 우정을 위하여."

챙.

고급스러운 찻잔이 위태로운 소리를 내며 맞부딪혔다. 찻잔 너머로 오가는 시선이 치열했다.

'당신이 뭘 기대하는지는 몰라도, 그 이상을 보여 주지.'

진분홍빛과 푸른빛, 사뭇 다른 두 눈동자가 동시에 휘어들고, 우리는 단숨에 잔을 비웠다. 마도루스의 피는 생김새나 냄새와는 다르게 꽤 청량한 맛을 가지고 있었다.

••⋅⋆⋅❦⋅⋆⋅••

"그러니까 그대는 이번에 발안된 토지세에 관한 법이 조금 변형되었으면 한다는 거지."

"네. 지금 법안 자체는 소작농들을 위한 법이긴 하나, 영주들이 악용할 틈이 여럿 보입니다."

결론부터 말하자면, 헬리오스와의 대화는 상당히 즐거웠다. 살얼음판을 걷는 어색한 대화가 되리라 예상했던 것과는 달리 헬리오스는 대화를 이끄는 데에 익숙했고, 또 나와 생각이 아주 잘 맞았다.

'일이 될 줄 알았는데, 나도 즐기게 생겼네.'

헬리오스와 대화하며 나도 모르게 자연스럽게 올라간 입꼬리를 매만지며 그를 바라보았다. 그 또한 나와의 대화가 즐거운지 꽤 진심으로 웃고 있었다.

"그래. 내 공녀와의 대화가 무척 즐거웠네."

"폐하를 즐겁게 해 드렸다니 영광입니다."

4시에 가까워진 시간은 슬슬 헬리오스와 일별해야 함을 뜻했다. 짧은 인사를 나누며 나설 준비를 하다, 문득 그를 바라보았다.

"혹시 괜찮으시다면 하나만 여쭈어도 되겠습니까."

"음? 무엇인가."

'말벗으로 삼은 것까지는 이해가 가. 나를 탐색해야 되겠다고 느낀 모양이니. 그런데……'

"어째서 저를 2황자 저하의 검술 스승으로 삼으신 겁니까?"

이게 문제였다. 황자의 스승은 엄격한 엄선 끝에 이루어졌다. 황자를 해하지 않으리라는 확실한 신뢰와 상당한 덕, 지식과 품위를 쌓은 사람만이 황자의 스승이 될 수 있었다.

'나를 스승으로 삼는 것엔 다른 이들의 반대가 컸을 텐데…… 왜 무리하면서까지 나를 세레논의 스승으로 삼은 거지?'

이해가 되지 않았다. 살짝 미간을 좁힌 채 입술을 꾹 무니, '아.' 하고 탄성을 뱉은 헬리오스가 씨익 웃었다.

"그거 내가 한 거 아닌데?"

"네?"

예상치 못한 대답에 눈을 크게 떴다. 턱을 괸 채 나를 바라보던 그가 내 반응이 재밌다는 듯 눈꼬리를 휘었다.

"그건 세레논이 직접 청했던 거야. 내부에서 반대가 있었는데도 강경하게 주장하더군."

'세레논이? 직접?'

헬리오스의 농간일 거라 생각했건만, 세레논이 직접 청했다는 얘기에 머리가 하얘졌다. 세레논이 나를 스승으로 삼고자 하는 이유가 뭐가 있나 싶어 눈을 데구르르 굴렸다.

"이유가 궁금하다면 세레논에게 직접 물어보지 그러나. 물어봤는데 도통 대답을 안 해서 나도 자세한 이유는 모르거든. 그대가 직접 물어보면 대답할지도 모르지."

'흐음…….'

내 예상과는 다른 상황이 의아하면서도 흥미로웠다. 세레논이 무언가 눈치챈 건가 싶어 조금 염려되긴 했지만, 역시 재밌다는 생각이 강했다.

"알겠습니다. 대답해 주셔서 감사합니다. 저는 이만 물러가 보도록 하겠습니다."

"그래. 그러도록 하게."

헬리오스의 허락을 들은 뒤 의자를 끌어 자리에서 일어났다. 허리를 굽혀 인사한 뒤 뒤돌아서던 찰나, 헬리오스의 목소리가 내 걸음을 붙잡았다.

"아, 그리고 카슈미르. 나는 말일세, 청춘이라면 화끈해야 한다고 생각하네."

갑자기 무슨 소린가 싶어 멀뚱히 그를 바라보자, 그가 악동처럼 웃었다.

"내 아들 두 놈과 한 번에 사귀어도 묵인해 주겠다는 소릴세."

헬리오스는 역시 미친놈이었다.

·──·ЄᎧЄ·──·

시종의 안내를 따라 향한 곳은 궁 밖 넓은 공터였다. 그곳 한가운데에 선 누군가에게 저절로 시선이 갔다.

차라리 백발에 가까울 만큼 옅은 채도의, 희뿌연 연보라색 머리카락이 바람에 날려 나부낀다. 이미 수련을 한바탕 한 건지 머리카락을 타고 땀방울들이 떨어졌다. 아득히 하늘을 바라보던 뿌연 하늘빛 눈동자가 천천히 굴러 내게로 향했다.

'세레논.'

2황자, 세레논 솔라티네였다.

"2황자 저하를 뵙습니다. 카슈미르 크리시스입니다."

"그래. 왔는가, 공녀."

허리를 굽히며 정중히 인사했다. 무감각하던 그의 표정 위로 부드러운 미소가 피어났다.

"갑작스러운 요청이었을 텐데 응해 줘서 무척 감사하게 생각하네."

"아닙니다. 전 괜찮습니다만…… 저하께서 괜찮으실까 싶습니다."

"무엇이?"

세레논의 눈썹이 꿈틀거렸다. 나는 잠시 옅게 숨을 뱉었다.

'나야 결혼이고 사교계 평판이고 구설수고 조금도 관심 없다지만…… 세레논

은 황자이니 과년한 이성과 주기적으로 만난다는 소문이 돌아서야 좋을 게 없을 텐데.'

이성이라고 무조건 눈이 맞는 것이 아니고, 주기적으로 만난다고 연인이 아닌데, 세상엔 그런 이치를 모르는 이들이 너무 많았다.

'그렇게 따지면 난 지금 연인이 열 명쯤 되는 건가.'

속으로 쯧, 혀를 차고는 세레논을 바라보았다.

"저를 스승으로 삼으셔도 괜찮으시겠습니까? 저는 황족의 스승이라는 무거운 직책을 맡기엔 너무 어립니다. 게다가 검술 실력이 대외적으로 보증되지도 않았죠. 그리고 무엇보다……."

잠시 머뭇거리다 짧게 내뱉었다.

"여태껏 여자는 남자 황족의 스승이 된 적 없습니다. 아시잖습니까."

제국 역사상 여자가 남자 황족의 스승을 맡은 전적은 없었다. 내가 최초란 소리였다.

모든 최초엔 수많은 난행이 있다. 나는 세레논이 대체 어떻게 나를 스승으로 삼겠다는 의견을 관철시킨 것인지 예상도 가지 않았다.

조금 생각이 많아진 나를 지그시 바라보던 세레논이 피식 웃었다. 그가 어깨를 으쓱였다.

"글쎄. 그것들이 뭐가 문제인지 잘 모르겠군. 나이가 검의 척도를 말하진 않고, 난 그대의 정확한 검술 실력은 모르지만 마나 운용 실력은 알지."

"……마나 운용 실력?"

"바실리스크와 마주했을 때 바실리스크가 우리를 발견하지 못하도록 방어막을 쳤던 게 그대 아니었나."

'젠장. 눈치챘었나.'

라이너나 알렉산드로가 만든 것으로 오해해 주기를 바랐는데, 세레논은 내 생각보다 마나의 흐름을 잘 읽는 모양이었다.

"웬만한 마나 운용 실력이 아니고서야 거대 마수에게서 인기척을 숨길 만큼의 방어막을 만들 수 없어. 게다가 나를 보내고 남은 뒤에 큰 상처 없이 살아남았다는 건 실력이 이미 증명된 거 아닌가."

세레논이 멍청이가 아닌 이상 눈치챌 수밖에 없다고 생각했지만, 이리 직접적으로 들으니 기분이 꽤 이상했다. 잠시 눈을 굴리다 그를 보았다.

"그럼 제가 여자라는 것엔 문제가 없다고 생각하십니까? 구설수에도 휘말리실 텐데요."

아무리 나아졌다고 한들, 제국에선 여자가 남자를 가르치는 것이 허용되지 않았다. 법적으로 금지되진 않았으나, 사람들의 생각이 그러했다. 지긋한 시선으로 세레논을 바라보고 있으니, 눈을 깜빡인 그가 씨익 웃었다.

"검이 성별을 가리던가? 그대가 여자든 남자든 내겐 하등 상관없어. 구설수는…… 나도 원하는 바니까."

'……구설수를?'

마지막 말은 조금 이상했다. 분명 시끄러운 소문들은 그가 황좌에 다다르는데 악영향을 줄 텐데, 그는 이에 대해 조금도 유감이 없고, 오히려 원하는 것 같은 태도를 보이고 있었다.

'이상한 사람이란 말이지.'

느리게 턱을 쓸었다. 아무래도, 그의 스승이 된 것은 잘한 선택 같았다. 그를 알아볼 필요가 있었으니까. 냉철하게 가라앉은 눈으로 땅을 바라보며 생각하다, 천천히 시선을 들었다.

"그래도 저는 잘 모르겠습니다, 저하. 제가 검술에 실력이 있다는 것은 부정하지 않겠습니다만, 가르치는 것엔 그리 능하지 않습니다. 게다가 아무리 제 실력을 예측하셨다 해도 저하께선 제가 검을 휘두르는 것조차 보신 적 없지 않습니까. 수많은 스승 후보가 있으셨을 텐데…… 왜 하필 저입니까?"

나를 검술 스승으로 만들면 감수해야 할 것이 너무 많다. 그 모든 것을 감수하

74   충직한 검이 되려 했는데 2

고도 굳이 나를 선택한 이유를 알 수 없었다.

"……그냥 넘어가 줄 생각은 없군그래?"

"그럴 만한 안건이 아니라는 거 아시지 않습니까."

내 굳건한 태도에 세레논이 한숨을 쉬었다. 아무래도 유야무야 넘어갈 생각이었던 모양인데, 나는 그렇게 넘겨 줄 생각이 없었다. 날카롭게 눈을 뜬 채 그를 바라보고 있으니 그가 항복하듯 두 손을 들었다.

"알았네. 내 솔직하게 말하겠네."

안개 낀 하늘처럼 뿌연 하늘빛 눈동자가 나를 똑바로 응시했다.

"어머니께서 그대가 나와 어떻게든 엮이기를 바라셨어. 그 방도를 궁리해 보라고 하시기에 이런 식으로 틈을 만든 거고."

세레논의 어미는 현 황후 티나 키프로스였다.

'티나 키프로스가, 나를?'

눈을 깜빡였다. 티나는 막강한 권력을 손에 쥔 황후다. 그녀가 관여했다면 이번 일이 어떻게 이렇게 빠르고 쉽게 이루어졌는지 단번에 이해할 수 있었다. 그녀는 황궁 내에서 황제 다음가는 영향력을 끼치는 이였으니.

'하지만…… 여태껏 티나 키프로스는 나와 접점이 없었는데……'

원작 속 그녀는 세레논을 황제로 만들기 위해 물불을 가리지 않는 인물이었다. 오직 그것에 사활을 거는 잔인하고 매정한 인물. 그래서 원작에선 악녀로 불리었다.

'그런 사람이 왜 내게 관심을 가진 거지.'

대충 짐작은 가지만 확신하기가 애매해 고민하고 있을 때, 머리를 긁적인 세레논이 내 주의를 흐트러뜨렸다.

"이런 일에 영애를 연관시키게 되어 미안하게 생각해. 형님께도…… 상당히 죄송하고. 어머니의 명으로 그대를 이리 연루되게 하긴 했지만, 사실 나도 그대에게 개인적인 관심이 있긴 하네."

그의 눈동자에 날카로운 빛이 감돌았다.

"대체 어떻게, 바실리스크에게서 살아남은 걸까."

사교계는 지금까지도 온통 나에 대한 소문으로 시끄러웠다. 내가 어떻게 생존했느냐에 대한 문제로 말이다. 세레논의 경우 눈앞의 바실리스크를 마주했다가 내 지시에 따라 도망간 뒤 내가 멀쩡한 것을 확인한 경우이니 더 궁금할 게 뻔했다.

"그래서 이런 식으로라도 그대와 접점을 만들고자 했네. 거절하지 않은 걸 보니 그대도 이 기회에 날 알고자 하는 것 같은데. 아닌가?"

'예리하군.'

역시 세레논은 감이 좋았다.

'디에고가 완벽한 군주의 상일 뿐이지, 사실 세레논도 상당히 현명한 사람인데⋯⋯.'

태양에 가려져 빛을 보지 못하는 달. 사람들은 세레논을 그리 칭했다.

"⋯⋯맞습니다."

"그럼 우리는 서로에게 이로움을 줄 수 있는 거 아니겠나. 어렵게 생각하지 말게."

세레논이 유하게 웃었다.

'역시, 내게 악의는 없어.'

수상한가 싶으면서도 악의는 읽히지 않는다.

'우선⋯⋯ 검술 수업은 해야겠지.'

여기까지 온 이상 안 할 수는 없다, 명색이 검술 스승이었으니까.

"⋯⋯좋습니다. 우선, 한번 해 보죠."

허리춤에 달린 검집에서 검을 꺼내었다. 스르릉, 하는 소리와 함께 날 선 검이 모습을 드러냈다.

"우선 황자 저하의 실력을 봐야겠지요. 실력을 보고, 어떤 식으로 수업을 할지 다음 주까지 스케줄을 편성해 오겠습니다. 가벼운 대련 괜찮으십니까?”

“물론이네. 그런데…… 영애는 보호구를 착용하지 않아도 괜찮겠나?”

실제 검으로 하는 대련에서는 보호구를 다닥다닥 착용하는 것이 보통이었다. 내가 오기 전 이미 수련을 하고 있었던 것 같은 세레논은 보호 마석이 삽입된 보호구를 착용하고 있는 반면, 나는 가벼운 와이셔츠 한 장에 재킷이 전부였다.

“걱정에 감사드립니다만, 괜찮을 것 같습니다.”

툭.

재킷을 벗어 가까이에 있던 바위 위에 올려 두었다. 나는 마수를 토벌할 때도 몸이 무거운 게 싫어 보호구 하나 착용하지 않는 사람이었다.

“안 다칠 거라서 말입니다.”

자신감 넘치는 웃음을 지었다. 눈을 깜빡이던 세레논이 하하! 하고 웃음을 터트렸다.

“그래! 자신 있는 모양이군. 그리 말한다면 더 권하진 않겠네. 그럼 진심으로 해 주길 바라네.”

스르릉.

그가 자신의 검을 뽑아 내세웠다.

“나도 내 스승님의 실력을 알아야 할 것 같으니.”

세레논이 씨익 웃었다.

‘내가 진심으로 하면 넌 죽어…….’

하지 못할 말은 삼키고 그를 똑바로 바라보았다.

‘오러를 사용하지 않는 선에서만 상대해 주면 되겠지.’

내가 숨기는 건 내가 미르라는 사실이지, 내가 강자라는 것이 아니었다. 미르의 상징과도 같은 검은 오러를 보이지 않는 선에서는 마음껏 싸워도 괜찮을 것이다.

‘재밌겠군.’

카이사르가 요 근래 계속 바빴기에 나 역시도 혼자서 수련을 해야 했다. 실제 인물과 하는 대련은 꽤 오랜만이었다. 나도 모르게 작게 미소 짓고는 검을 앞으로 내세웠다.

2미터쯤 벌어진 거리에서 오가는 시선. 늘 사람 좋은 미소를 머금던 희뿌연 하늘빛 눈동자가 진지하게 돌변했다. 세레논의 진지한 태도에 나도 예를 갖춰 웃음을 지워 냈다.

"그럼, 가겠네."

햇빛 아래 반짝이는 두 검날. 그와 나를 에워싸는 부드러운 봄바람.

챙!

그 아래에서, 우리의 검이 부딪쳤다.

챙! 챙!

날붙이들이 부딪치는 소리와 함께 세레논과 내 검이 몇 번 부딪쳤다. 탐색전처럼 짧게 이어지는 접전. 사실 내겐 장난 같은 대련이었으나, 몸을 가볍게 푸는 정도로는 나쁘지 않을 듯했다. 세레논의 공격들을 가볍게 받아 내며 한편으로 생각했다.

'힘은 나쁘지 않아. 공격도 꽤 날카로워. 하지만…….'

슈욱.

"윽!"

세레논의 검을 피해 살짝 몸을 틀고, 그의 왼쪽 어깨에 검을 찔러 넣었다. 정말 공격하려는 작정으로 움직인 검은 아니었기에 허공을 가른 검 끝은 어깨에 살짝 닿을 듯하다 방어막에 튕겨 나갔다. 당혹스러운 표정으로 어깨를 부여잡는 그를 보며 덤덤히 말했다.

"검을 오른손으로 다루시면서 모든 움직임이 오른쪽에만 치중되셨습니다. 왼쪽에 빈틈이 많이 보입니다."

소드 마스터인 내 눈엔 지적해야 할 게 한둘이 아니었다. 세레논이 전력으로 휘두르는 검을 가볍게 내치며 눈을 날카롭게 떴다.

'마나를 운용하긴 해. 꽤 나쁘지 않게 운용하는데…….'

세레논은 정말 소드 엑스퍼트를 앞둔 검사가 맞는 것 같았다. 그는 꽤 유려하게 마나로 검을 강화시켰고, 움직일 때도 마나를 이용해 빠르게 움직였다. 세레논은 마나를 잘 다뤘다.

'그 마나를 어떻게 오러로 치환시키는 건지 감을 못 잡았군.'

마나를 보조 도구처럼 사용하며 검을 휘두르는 것과 마나를 오러로 치환시켜 오러로 싸우는 건 차원이 달랐다.

'자신만의 답이 뭔지 감을 잡아야 뽑아낼 수 있는 것이니 직접적으론 못 도와주겠지.'

오러는 그 본인이 한계 앞에서 찾아낸 답을 기반으로 형성된다. 그걸 찾아내는 건 누구도 대신해 줄 수 없었다. 스스로가 해야만 했다.

'내가 오러를 사용할 수 있었던 건…… 그때부터였지.'

내가 오러를 쓰게 된 계기. 새삼 떠오른다. 그 기억은 떠올리기만 해도 목구멍으로 피가 솟아나듯 울컥하는 감정에 잠시 입술을 깨물었다. 인간이 시련 없이도 성장할 수 없다면 얼마나 좋을까. 그저 시간이 지남으로써, 삶을 경험함으로 성장할 수 있다면 좋았을 거다.

'세레논은 나처럼 시련을 계기로 오러를 발현하지 않았으면 좋겠네.'

6년 전, 내가 오러를 발현하게 된 계기는 스승의 죽음이었다.

'이 생각은 그만하자.'

아직도 떠올리면 괴로운 기억이었다. 심호흡으로 빠르게 생각을 지우고, 검손잡이 끝으로 내겐 엉성하게만 보이는 세레논의 손을 퍽 쳤다.

"윽!"

"속도가 너무 느리십니다. 손을 잡을 수도 있을 것 같군요."

세레논의 검술은 민첩함과 예리함 부분에서 떨어졌다. 이를 악문 세레논이 휘두른 검을 빙 돌아 피하고는 그의 다리를 걸어찼다.

"크윽."

"반응도 늦으시고요. 감이 너무 무디십니다. 공격을 예측하지 못해서야 아무리 강해도 이미 목이 잘린 후일 겁니다."

또다시 지적하며 크게 그어져 온 검을 무심하게 막아 냈다. 나는 세레논을 봐주고 있었지만, 그렇다고 그를 놀게 두진 않았다. 나는 그가 크게 다치지 않는 선에서 잘근잘근 밟고 있었다.

"계속 이런 식으로 하실 겁니까? 이게 저하의 최선이냔 말입니다. 저는 저하께 검을 가르쳐 드리러 온 거지 저하의 소꿉놀이 파트너를 하러 온 게 아닙니다. 이런 식으로 하시려면 검술은 그만두시고 책이나 읽으시는 게 어떠십니까. 이리 해서야 더 하시는 건 시간 낭비인 것 같은데."

이번엔 꽤 거칠게 독설을 뱉었다. 도발은 유치한 방식이긴 했지만, 도발만큼 사람의 한계를 확인하기 좋은 촉진제도 없었다.

"……뭐?"

계속해서 지적당하고 얻어맞으면서도 침착하던 세레논의 푸른 눈동자가 검을 그만두라는 말에 기이한 빛으로 번뜩였다.

'눈빛 하나는 나쁘지 않군.'

눈동자 위로 치밀어 오르는 감정에는 분노, 오기, 그리고 처절함이 응어리처럼 뭉쳐 있었다. 그 눈빛을 묵묵히 마주하다 한 가지 결론을 내렸다.

'가벼운 마음으로 검을 잡고 있는 건 아니군.'

취미나 교양 정도로 검을 다루는 건 아닌가 생각했던 마음을 지워 냈다. 검을 부딪쳐 본 결과, 세레논의 검은 '잘한다.', '재능 있다.' 정도가 아니었다. 그의 검엔 간절한 무언가가 있었다.

'이런 사람이라면 가르치는 게 재밌지.'

나는 옅게 입꼬리를 올렸다. 그 웃음을 오해한 건지, 눈을 번뜩이던 세레논이 으득 이를 갈더니 내가 피하기 쉽게 준 공격을 허리 숙여 피하고는 검을 앞으로 세웠다.

'……호오.'

그의 검 위로 여태껏과는 다른 기운의 마나가 모였다. 나는 눈을 날카롭게 떴다. 그의 머리칼 아래로 허공을 나는 땀방울들이 햇빛을 받아 은구슬처럼 반짝인다. 세레논은 이미 상당히 지친 상황. 이번이 그의 마지막 공격이라는 것은 쉽게 읽을 수 있었다.

위잉.

세레논의 검으로 밀집된 마나가 단단해진다. 검을 머리 위로 높이 든 그가 나를 향해 내리치듯 검을 휘둘렀다.

챙!

날붙이가 맞부딪치는 거친 소리. 검 한 자루가 허공을 날아 빈 땅에 꽂혔다.

털썩.

온몸이 멍과 땀범벅인 세레논이 쓰러지듯 몸을 기울이더니 땅에 한쪽 무릎을 꿇고 거친 숨을 들이쉬었다.

'대단하군.'

애초에 이건 세레논이 이길 수 없는 싸움이었다. 지렁이와 용의 정면대결 같은 것이었으니. 오러도 쓰지 못하면서 나를 상대로 이 정도로 버텨 낸 것만 해도 놀라운 일이었다.

'게다가…… 방금 그건 오러의 기운이었어.'

조금 전 세레논의 검을 덮었던 기운. 미미할 정도로 형체가 불분명했지만, 나는 읽을 수 있었다. 세레논의 오러는 달빛을 닮은 은색이었다.

'소드 엑스퍼트가 코앞이군.'

지금은 무의식적으로 끌어낸 듯하지만, 조금만 더 수련하면 자의로 오러를 출력하는 방법을 알아낼 것 같았다. 꽤 만족스러운 실력에 작게 웃다 세레논을 바라보았다.

"……저하."

하늘을 바라보는 그의 눈이 멍하다. 세레논은 넋이 나간 사람 같았다. 수심과 고뇌로 깊어지던 눈이 천천히 내게로 향한다.

"내가…… 검에 진심이 아닌 것으로 보이나?"

낮은 목소리가 무겁게 흘러나왔다.

'……이런. 역린인가.'

세레논에 한계를 본 것은 확실하나, 너무 예민한 걸 건드린 모양이었다. 나는 깊이 허리를 숙였다.

"죄송합니다. 제가 뚫린 입으로 실언했습니다."

"아니, 아니네. 불쾌했던 것은 아니야. 그냥 새삼…… 내가 왜 검을 배우고 있는지 싶어서."

무슨 말인가 싶어 눈을 깜빡이니, 땅에 털썩 앉은 세레논이 눈을 굴렸다.

"참 열심히, 처절하게 검을 배워 왔는데…… 생각해 보면 그 계기가 참 우스워서."

"그 계기가 무엇인지 여쭈어도 됩니까?"

상당히 생각이 많아 보이는 세레논을 바라보다 나지막이 물었다. 그는 저물어 가기 시작한 하늘을 지그시 바라보았다.

"검은…… 형님께서 발을 들이지 않으신 유일한 종목이었거든."

'세레논의 형님이라면, 디에고.'

뛰어난 카리스마와 통솔력. 지략에 대한 천재적인 두뇌와 젊은 나이임이 믿기지 않는 현명함. 디에고 솔라티네는 완벽하다시피 한 인간이었다. 세레논은 아마

　　　　　　　　　　　　　　　　　충직한 검이 되려 했는데 2

도, 그런 디에고가 할 수 없는 것을 해 보고 싶었던 모양이었다.

"꽤 간절했고…… 가장 열심이었던 것이었네. 유일하게 잘하는 것이라고 생각했어. 그런데 생각해 보면 시작한 이유도 별게 아니고, 이로 인해 얻고 싶은 것도 확실치 않거든. 새삼 내가 한심하다는 생각이 들었네."

세레논이 멍한 표정으로 중얼거렸다. 빛을 잃은 그의 눈동자를 가만 들여다보다 한숨을 쉬며, 아무렇게나 바닥에 앉아 있는 그에게로 손을 내밀었다.

"겨우 한 번 진 것으로 깊게 생각하지 마시죠. 저라고 세계를 제패하겠다는 마음으로 검을 들었던 건 아닙니다."

세레논이 천천히 내게로 시선을 돌렸다. 내민 내 손을 빤히 바라보던 그가 입을 열었다.

"그럼 공녀는 어쩌다 검을 잡았나?"

"살기 위해서요."

계기는 간단명료했다. 그저 살고자 했고, 살길이 용병이 되는 것밖에 보이지 않았기에 검을 들었다. 내 대답에 눈을 깜빡이던 세레논이 '아.' 하고 탄식을 뱉으며 내 손을 붙잡았다.

"그러고 보니 영애는 평민 출신이라고 했지. 예법이 완벽해서 잊곤 하는군."

"저는 저하께서 왜 검을 잡으신 건지 잘 모르겠습니다. 아마 이해할 수도 없을 겁니다."

냉정하게 말했다. 개개인마다 사정이 다를 텐데 그걸 이해하려 드는 건 오만일 뿐이다.

"다만. 이렇게 스승과 제자로 만나게 된 이상, 제가 할 수 있는 최선을 다해 저하의 성장을 돕겠습니다."

맞잡은 손을 힘주어 당겨 그를 일으켰다. 나는 그를 모른다. 아마 그는 내게 해가 될 사람일지도 몰랐다.

'카라쇼가 날 가르쳐 주겠다고 했을 때…… 이런 기분이었을까.'

허나, 나는 한 사람의 검사로서, 또 한때 스승의 덕을 크게 받은 사람으로서, 간절해 보이는 세레논을 돕고 싶었다.

"저는 반드시, 저하께서 다다를 수 있는 최대의 경지로 저하를 이끌어 드릴 겁니다."

비틀거리며 일어선 세레논이 알 수 없는 눈으로 나를 응시했다. 잠시 파란이 이는 두 눈동자.

"영애는 분명 소드 엑스퍼트겠지. 나를 이리 쉽게 이겼으니."

세레논이 확신 어린 추측을 내뱉었다. 아무래도 소드 마스터라는 건 상상조차 하지 못하는 모양이었다. 나는 잠시 눈을 굴리다 그저 어깨를 으쓱여 보였다.

"분명 그럴 텐데, 왜 나와 대련할 때는 오러를 사용하지 않았지?"

'그야…… 내 오러 색을 보여 주면 안 되니까.'

실제 이유는 이것이었으나, 솔직히 말하면 무척 수상해 보일 게 뻔했다. 잠시 고민하던 나는 느릿하게 입을 열었다.

"오러를 사용했다면 저하께서 다치셨을 겁니다. 제 실력을 자랑하는 시간도 아니고 가벼운 대련이었을 뿐인데 오러를 사용할 필요는 없었죠."

스르릉.

가뿐한 손길로 검을 검집에 넣었다. 피식 웃은 세레논이 마찬가지로 자기 검을 검집에 넣었다.

"보통 사람이라면 내게 자기 실력을 자랑하려 했을 거네. 영애는 정말 재밌는 사람이야."

다시금 반짝이기 시작한 세레논의 눈동자를 올곧이 마주했다. 늘 생각하지만, 이 때 묻은 황궁에서 평생을 살았다고는 믿기지 않을 만큼 좋은 눈빛을 가진 사람이었다.

"칭찬 감사합니다. 허나 이제 제가 저하의 스승인데 좀 더 예의를 갖춰 말씀하셔야 할 것 같습니다. 누가 영애입니까?"

냉정하게 눈을 번뜩이며 단호히 말했다. 그를 가르치기로 한 이상 대충할 생각은 없다. 세레논의 스승으로서, 그를 철저히 가르치고 얻어 낼 수 있는 모든 것을 얻어 낼 생각이었다.

세레논이 멍하니 나를 바라보았다. 입을 살짝 벌리던 그는 이내 상황을 읽었는지 진지한 표정으로 허리를 숙였다.

"제자의 무례를 용서하십시오, 스승님. 앞으로 실수는 없을 겁니다."

솔라티네 제국은 스승과 제자에 대한 위계질서가 확실하다. 아무리 황자라 해도 제 스승에겐 확실한 예를 갖춰야 했다. 나는 그제야 웃었다.

"좋습니다. 그럼 앞으로 잘 부탁드리겠습니다."

그의 앞으로 내 손을 내민다. 누구도 손만 보고선 공녀라고 예측하지 못할 흉터투성이 험한 손. 세레논이 내 손을 지그시 바라보는 것이 느껴졌으나, 부끄러워하거나 숨기진 않았다. 나는 이 흔적들을 토대로 강해져, 세레논을 가르칠 수 있는 사람이 된 것이니.

"당신 같은 사람을 스승으로 만나게 되어 행운이군요."

그가 내 손을 맞잡고 흔들었다. 담백하지만, 전과는 다르게 생기가 든 목소리. 대련으로 지친 그의 다리는 덜덜 떨리고 있었으나 세레논은 아무렇지 않은 듯 웃고 있었다.

"그럼……."

무어라 말을 하려다 느껴지는 인기척에 미간을 좁히며 황궁 쪽으로 시선을 돌렸다. 누군가, 오고 있었다.

"말씀 나누시는 중에 실례합니다만, 크리시스 공녀님."

공손한 걸음으로 나와 세레논 앞에 다다른 시종이 허리를 숙였다.

"황후 폐하께서 공녀님을 호출하셨습니다."

세레논의 표정이 빠르게 굳었다.

"……어머니께서 스승님을 왜 호출하시는 거지?"

"송구하옵니다만, 저 또한 이유는 듣지 못하였고 모셔 오라는 명만 들었습니다."

시종과 대화를 나누는 세레논의 표정은 지나치게 굳어 있었다. 무척 심각해 보이는 그를 잠시 바라보다 눈을 굴렸다.

'왜 부르는지는 대강 예상이 되니…… 못 갈 건 없지. 늦게 돌아가서 한소리 들을 것 같지만.'

벌써 노을이 지고 있었다. 집에 돌아가면 가족들에게 늦게 돌아왔다고 꾸중을 들으리라 예상하면서도 시종 앞으로 발걸음을 옮겼다.

"갈 수는 있네만, 보다시피 내 상태가 황후 폐하를 보러 갈 상태는 아니라서. 괜찮나?"

"상태가 어떻든 즉각적으로 와 주길 바란다고 하셨습니다."

대련을 직전에 마친 탓에 나는 살짝 땀이 나고 흐트러진 상태였다. 시중의 확답에 고개를 끄덕이곤 바람에 날린 머리를 대강 정리했다.

"아무래도 가 봐야 할 것 같습니다, 저하."

"자, 잠깐!"

세레논이 급하게 나를 잡았다. 흔들리는 그의 동공. 그가 당황했음이 생생하게 전해져 왔기에 미간을 좁혔다.

"문제가 있으십니까?"

"그, 러니까, 안 가시는 게 좋을 것 같습니다만…….''

눈을 피한 세레논이 우왕좌왕 말했다.

'하기야. 티나 키프로스는 잔혹한 사람이니.'

아마 세레논은 티나가 내게 무슨 짓을 할까 걱정이 되는 것 같았다. 나는 공작가의 일원이었기에 정 끌리지 않으면 호출을 거절할 순 있었다.

'하지만, 한 번쯤 얼굴을 봐야 하는 사람인걸. 티나가 멍청한 사람도 아니니 날 대놓고 해하려 들리는 없고, 해하려 들어도…… 쉽게 당해 주진 않을 테니까.'

충직한 검이 되려 했는데 2

나는 티나의 호출을 거절할 생각이 없었다. 걱정스러워 보이는 세레논에게 작게 웃어 주었다.

"괜찮습니다. 저하의 스승이 된 이상 학부모를 한 번쯤은 뵈어야 하지 않겠습니까."

학부모라는 단어에 세레논의 표정이 말로 형용할 수 없을 만큼 미묘해졌다. 조금 웃음을 참으며 허리를 숙여 인사했다.

"부디 평안하시기를. 먼저 물러나 보겠습니다."

황궁 쪽으로 몸을 돌려 시종에게 길 안내를 종용했다. 잠시 세레논과 나를 번갈아 보던 시종은 세레논에게 짧은 인사를 남긴 채 나를 안내했다.

티나의 궁은 세레논의 궁 바로 옆에 위치해 있었다. 차가운 색들이 메인 컬러가 되는 엄숙한 궁 안을 걸으며 무섭도록 깨끗하다는 생각을 했다.

"이곳입니다."

긴 복도를 걸어 다다른 알현실 앞은 기사 둘이 지키고 서 있었다. 나와 시종을 확인한 기사 하나가 알현실의 문을 열었다.

"왔군."

문이 열리는 순간, 내 귀를 사로잡는 차갑고 단조로운 목소리.

'……역시. 지배자는 지배자인 건가.'

분명 무력의 기운이라고는 하나도 없는 일반인이었음에도 공기를 압도하는 아우라가 대단했다. 소드 마스터인 나조차 잠시 미간을 좁히게 한 그녀의 위압감에 감탄하며, 사뿐한 걸음으로 그녀 앞에 서서 허리를 숙였다.

디에고가 황제와 똑 닮은 반면, 세레논은 황후와 닮았던 모양이었다. 세레논의 머리카락보다 조금 더 채도가 높은 연보랏빛 머리카락이 어깨에 닿을 듯 말 듯한 길이로 짧게 다듬어져 있다. 나를 기다리는 잠시의 시간도 기다리지 못하겠다는 듯 알현실에서도 서류를 읽고 있던 두 눈동자는 희뿌연 파란빛. 색깔부터 처진 눈꼬리까지 마치 복사 후 붙여넣기라도 한 듯 세레논과 똑같았다.

그녀와 세레논의 얼굴에서 가장 큰 차이점은, 단연 눈빛이었다. 비록 뒤에서 뭔가 생각을 하고 있을지언정 드러내는 눈빛은 유들유들한 세레논과는 달리, 티나의 눈빛은 금방이라도 상대의 목덜미를 물어뜯을 맹수의 눈빛 같았다.

나는 그 눈빛을 피하지 않고 받아 내며 천천히, 그리고 정중하게 허리를 굽혔다.

"황후 폐하를 뵙습니다. 카슈미르 크리시스입니다."

티나 키프로스. 이 제국의 황후였다.

'디에고를 끊임없이 죽음의 위기에 처하게 만든 사람.'

그 생각을 하면 머릿속이 싸해진다. 저 우아한 얼굴로 디에고 암살을 명했으리라 생각하면 소름이 끼치기도 했다. 하지만 이를 티내는 것은 바보 천지만도 못한 행동이다. 애써 태연함을 가장하고 묵묵한 표정을 유지했다.

"갑작스러운 호출에 응해 줘서 고맙네. 부디 앉게."

티나가 가리킨 그녀 맞은편의 의자에 앉았다. 얼마 지나지 않아 시녀가 들어와 내 차와 다과들을 의자 사이 책상에 배치시키고는 조용히 물러갔다.

'독은 없군.'

홍차가 든 잔을 들어 올리고 잠시 향을 맡다 결론 내렸다. 티나가 직접적으로 나를 공격할 만큼 멍청한 이는 아님을 앎에도 그녀를 잘 모르다 보니 습관처럼 경계하게 됐다. 완벽한 예법으로 몸을 움직여 홍차를 입에 머금었다.

"갑작스러웠을 텐데, 군말 없이 세레논의 스승이 되어 준 점 고맙게 생각하고 있네. 세레논과의 첫 수업은 어땠나."

"아. 황자 저하께선 습득력이 무척 빠르시더군요. 즐거웠습니다."

어쩐지 정말 학부모와 면담을 하는 느낌이라 기분이 이상했다. 조금 어색하게 답변하니 우아하게 잔을 들어 올린 티나가 고개를 끄덕였다. 그녀의 작은 손짓과 몸짓엔 고귀함과 우아함이 깃들어 있었다.

"세레논은 영특한 아이지. 그나저나, 그대가 황제 폐하의 말벗도 겸하게 되었다는 얘기를 들었네."

"아, 네."

"혹시 폐하께서 특별히 하시는 이야기 있으시던가? 예를 들면……."

티나의 푸른 눈동자가 세차게 번뜩였다.

"황태자비가 되라고 했다던가."

"쿨럭."

갑작스러운 발언에 헛기침이 흘러나왔다. 다행히 얕은 기침이라서 찻물을 뱉어 내는 일은 없었다.

'이런 걸…… 왜 물어보는 거지?'

깜짝 놀란 마음을 애써 정리하곤 티나와 마주했다. 먹잇감을 눈앞에 둔 맹수처럼 번뜩이는 눈은 한 점의 장난기도 없이 진지했다.

'마지막에 디에고와 세레논을 겸해서 사귀어도 된다는 미친 소리를 하긴 했지만…… 그건 농담이었을 거고. 황태자비가 되라는 소리는 없었는데……'

잠시 생각하다 고개를 저었다.

"아뇨. 그런 말씀은 없으셨습니다."

"그럼 다행이군. 내가 영애를 부른 이유가 궁금하겠지. 단도직입적으로 말하겠네."

탁.

티나의 잔이 책상 위에 놓였다. 냉정하고 이성적인 시선이 나를 향한다. 그녀의 시선 앞에 서 있으면 마치 저울에 매달리듯 계산되고 계량되는 것 같았다. 지긋한 시선으로 나를 바라보던 티나가 입을 열었다.

"그대, 황자비가 될 생각 없나?"

황자라면 2황자 세레논이 유일하다. 저건 세레논의 아내가 되라는 소리였다. 순간 찻잔을 떨어트릴 뻔했으나 정신력으로 버텼다. 동요를 보일까 홍차에 고정시켰던 얼굴, 홍차 위로 흔들리는 내 동공이 비쳐 보였다.

세레논에게서 이번 일에 티나가 연루되어 있다는 소리를 듣고, 그녀가 나를 2황자를 지지하는 귀족파로 끌어들이고 싶어 하고 있음은 예측했다.

'그런데 이렇게까지 깊이 끌어들이고 싶어 하다니…….'

황자비가 되라는 소리는 '같은 배를 타 보자.' 정도의 제안이 아니라, '배의 1등 항해사가 돼라.'는 제안과 맞먹는 수준이었다. 갑작스러움에 할 말을 잃고 있으니, 티나가 말을 이었다.

"알아. 당황스럽겠지. 조금 조급한 제안이었다는 거 아네. 허나…… 그대가 황태자와 친분이 깊다는 걸 아니 나도 조급해서. 크리시스 공작가의 공녀라는 좋은 패를 황태자에게 넘겨줄 수는 없지 않은가."

단호하고 차가운 목소리가 정말 단도직입적으로 상황을 말했다. 그녀는 나를 패라고 부르는 데 거리낌이 없었다.

'그러니까 티나는 내게 세레논과의 정략결혼을 제안하는 거군.'

귀족들에게 있어 결혼은 두 조직의 결속을 단단히 할 최고의 도구쯤으로 이용된다는 건 알고 있었다. 허나 이렇게 직접 제안을 받으니 조금 멍한 느낌이었다. 말없이 눈을 깜빡이고 있으니, 티나가 말을 이었다.

"크리시스 공작이 그대와 아리아 크리시스 공녀를 정략결혼시킬 마음이 없다고 공표하긴 했네만, 아비와 당사자의 마음은 다를 수도 있지 않은가."

'카이사르가 그런 것도 공표했었나.'

입술을 느리게 축이며 턱을 쓸었다. 차가운 눈으로 나를 관찰하던 티나가 입을 열었다.

"나는 세레논을 황제로 만들 걸세. 세레논이 황제가 되면, 그대는 저절로 황후가 되겠지. 이 제국에서 가장 고귀한 여인이 되는 걸세. 모든 권력이 그대 손에 모이는 거야."

티나가 다리를 꼬고 상체를 숙여 내게 얼굴을 가까이했다. 짙은 푸른빛 드레스가 잠시 펄럭였다. 그녀의 눈에 도사리고 있는 것은 집착 같은 야망이었다.

충직한 검이 되려 했는데 2

"여자가 한번 세상에 태어났으면 큰 꿈을 꿔야지. 황제를 남편으로 두는 삶, 탐나지 않는가? 그대가 황자비가 되어 공작가가 힘을 보태 준다면 세레논이 황제가 되는 것은 시간문제네."

"……."

"우리와 함께해 볼 생각 없는가."

티나는 내게 크리시스 공작가의 힘을 빌려주면, 황후로 만들어 주겠다는 제안을 하고 있었다.

'황제를 남편으로 둬야만, 가장 고귀한 여인이 될 수 있는 건가.'

고민에 빠진 채 잠시 찻잔을 쓸어내리던 나는 느릿하게 입을 열었다.

"……몇 가지, 질문을 좀 드려도 되겠습니까?"

"내가 대답할 수 있는 사항이라면 대답해 주겠네."

티나가 한 점 흔들림 없는 우아한 손짓으로 찻잔을 다시 들었다. 조금의 허점이나 흐트러짐조차 없는 몸가짐과 옷매무새를 보며 잠시 헛숨을 들이쉬었다.

'황후는 저래야 하는 걸까.'

무섭도록 철저해 인간이 아니라 기계 같다는 느낌을 지울 수 없었다. 잠시 코르셋으로 힘껏 조여진 그녀의 허리에 시선을 두다, 신중하게 입을 열었다.

"우선, 왜 제게 이 제안을 하신 건지 궁금합니다. 크리시스 공작가의 힘이 필요하심은 알겠으나, 아시다시피 공작가의 딸은 하나가 아닙니다. 저보다 훨씬 훌륭하고 사교계의 파급력이 큰 아이도 있죠."

"요컨대, 황후로선 아리아 크리시스 공녀가 더 적합하다는 거군."

짧게 고개를 끄덕였다. 티나가 피식 웃었다.

"나도 당연히 그 생각을 했지. 그래서 아리아 공녀에겐 이미 한 번 제안했던 적이 있어."

"……이미 제안했었다고요?"

눈을 크게 떴다. 들어보지 못한 이야기였다.

'설마…… 그때인가.'

아리아가 이에 대해 직접적으로 언급한 적은 없었다. 허나 대강 예측이 가는 상황은 있었다.

몇 달 전쯤, 카이사르와 아리아가 답지 않게 사이좋게 둘러앉아 심각한 얘기를 나누고 있을 때가 있었다.

'황후 쪽에서 연락이 왔지만…… 역시 싫어요. 내가 결혼을 왜 해? 난 평생 언니랑 살 거예요.'

'너라면 그럴 줄 알았다. 놀랍지도 않군. 어차피 크리시스는 여태껏 중립이었고, 그 제안 하나 거절한다고 위태롭지 않다. 네 마음대로 해라.'

'두 사람, 뭐가 그리 심각합니까?'

'아, 아무것도 아니야!'

'별거 아니다.'

웬만해서는 붙어 있지도 않는 둘이서 머리를 모으고 속닥이기에 뭘까 했던 적이 있었다. 황궁, 황후 어쩌고 하기에 조금 이상하다 싶었는데 티나의 제안에 대해 얘기하고 있었던 모양이었다.

"그래. 그대에게 한 것과 똑같이 제안했었어. 허나 단호하게 거절하더군. 그래서 그대에게 제안한 거야."

티나가 담담히 말했다. 손끝을 매만지던 나는, 느리게 시선을 들어 그녀를 바라보았다.

"하나 더 여쭙겠습니다. 황후 폐하께서는 2황자 저하가 사랑하지 않는 사람과 결혼해도 괜찮으신 겁니까?"

"……웃긴 소리를 하는군."

내 물음이 떨어지자 말없이 나를 바라보던 티나가 차갑게 웃었다.

"황족의 결혼은 사랑의 결실 같은 게 아니네. 최선의 결속을 위한 도구 같은 거지."

"압니다만, 그래도요. 저와 결혼한 황자 저하께서 행복하실 거라고 생각하십니까?"

잠시 멈칫한 티나가 시선을 내린다. 잔을 느리게 매만진 그녀는 자리에서 일어났다.

"사랑은 한 계절 동안 잠시 피었다가 지는 꽃 한 송이 같은 거야."

우아한 걸음으로 방을 가로지른 그녀가 창가 앞에 섰다. 창가를 장식하던 붉은 튤립 다발. 이를 지그시 응시하던 그녀가 유려한 손길로 화분에서 한 송이를 뽑아냈다. 티나의 하얗고 작은 손 안에 아름다운 꽃 봉우리가 들어찼다.

"시기가 지나면 시들어 버리고, 너무 쉽게 바스러지지."

꾸욱.

하얀 손이 주먹을 쥔다. 바스러진 붉은 튤립이 피를 쏟아내듯 그녀의 손 틈새를 비집고 나왔다. 죽은 튤립의 잔해가 잔뜩 묻어난 자신의 손을 서늘한 눈으로 바라보던 티나는, 미련 없이 잔해들을 땅에 흩뿌리고 다시 자리로 돌아왔다. 잠시 방 안을 덮은 튤립 냄새가 피 냄새를 닮았다는 생각이 들었다.

"사랑은 한순간이지만, 권력은 영원하네."

다시 자리에 앉은 티나가 붉은 꽃잎의 잔해가 남은 손을 털어 냈다. 목소리는 지나치게 차갑고 매정해 무서울 정도였다.

"나는 영원할 권력을 내 아들에게 물려주고 싶었네. 그뿐이야."

'하지만 그 권력을 받은 세레논이 기뻐할까.'

비록 잠시 동안이라고 해도 내가 봐 온 세레논은 그럴 사람이 아니었다. 무어라 덧붙이고 싶어 입을 빼끔거리다 그저 닫아 버렸다.

'대단한 사람이군. 여러모로.'

두 눈동자에 들어찬 단단함은 산전수전을 겪으며 하나의 신념으로 굳어진 그녀의 정의였다. 내가 감히 건드릴 수 있는 것이 아니었다. 비록 나와 방향은 다를지라도 정말 대단한 사람임을 인정하며 담담히 고개를 끄덕였다.

누군가의 신념에 대해 함부로 왈가왈부해서는 안 된다. 무엇보다 티나는 내가 하는 말을 들을 만한 사람이 아니었다.

'원작에서 티나 키프로스는 어떤 결말을 맞았더라.'

잠시 눈을 굴리며 생각을 더듬어 보았다. 어제 『요정의 밤』의 내용을 적어 놓은 노트를 정독해서 그런지, 조금 가물가물하긴 해도 생각이 났다.

원작에서 디에고는 황제의 갑작스러운 죽음으로 황급히 황위에 오른다. 그 후 세레논을 처형하라는 황제파 귀족들의 원성 속에서도 디에고의 강력한 주장으로 인해 대공이 되고, 티나는 옥에 갇히는 것으로 일단락이 된다.

'*자신의 아들을 황제로 만들기 위해 수단과 방법을 가리지 않은 희대의 악녀 황후의 최후는 그러했다.*'

원작에 적혀 있던 문장을 가만 떠올려 보았다. 왜인지 기억에 아주 깊게 남아 아직도 생생히 떠오르는 문장. 기분이 가라앉은 나는 턱을 느리게 쓸었다.

'티나 키프로스는 그저 '희대의 악녀 황후'라는 호칭만으로 정의될 수 있는 단면적인 악역이었을까.'

티나의 악역을 옹호하는 마음은 아니었다. 그녀가 디에고에게 해 온 짓들은 디에고의 친구로서 절대 용서할 수 없는 짓들이었으니까. 다만 소설을 현실로 맞이한 내 입장에서 문득 그런 의문이 들었다.

인간은 그렇게 단순한 생물이 아닌데, 티나 키프로스는 정말 뼛속까지 악역일 뿐이었을까? 눈앞의 그녀를 지그시 응시했다. 사실 이런 의문을 느끼는 데는 이유가 있었다.

마수들 사이에서 실력을 기르던 내 감은 단연 독보적이었다. 나보다 강한 소드 마스터인 카이사르조차 내 예민한 감은 따라오지 못할 정도였다.

'그런데 티나 앞에선 감이 울리지 않아.'

아무리 인상이 좋고 행동이 선량해도 조금이라도 위험 요소가 있다면 내 감은 어김없이 울렸다. 그런데 티나 키프로스 같이 겉보기에도 위험한 사람에게 울리지 않는다니, 이건 정말 기묘한 일이었다.

'감이 많이 죽었거나, ……티나가 위험한 사람이 아니거나.'

둘 중 하나였다. 허나 둘 다 가능성이 없어 보여, 나는 잠시 고민에 빠질 수밖에 없었다.

'우선 상황부터 정리하고.'

이런 고민을 하고 있을 시간이 없었다. 고개를 휘저어 생각을 일단락시키고 티나를 똑바로 바라보았다.

"제안에 대한 대답부터 해 드려야 할 것 같군요. 결론부터 말씀드리자면, 저는 황자비가 될 생각이 없습니다."

조금의 여지도 남기지 않고 끊어 냈다. 차분하던 티나의 얼굴에 잠시 파문이 일었다. 서늘하게 눈매를 세운 그녀가 쯧, 하고 혀를 찼다.

"……그대는 언니이니 아리아 공녀보다 현명하리라 생각했거늘."

"제안을 거절한 것은 유감입니다. 허나 저는 훗날 황후로 기억되고 싶지 않습니다."

"……무슨?"

티나가 눈썹을 꿈틀거렸다.

"황후는 여인으로서 다다를 수 있는 최고의 자리야. 그대는 그 영광이 탐나지도 않나?"

"황후가 대단한 자리라는 것은 압니다. 허나 저는 훗날에 누군가의 아내로 회자되고 싶지 않습니다."

흔들림 없이 티나와 마주했다.

'나는 카슈미르 크리시스, 그와 동시에 미르이며, 검사.'

이것은 나의 불변할 정체성이다. 나는 이대로 기억되고 싶지, 황후로서 기억되고 싶지 않았다.

'이 제국에서 여인이 다다를 수 있는 최고의 자리는 황후겠지.'

여태껏 제국엔 여자 황제가 없었다. 법으로 금지된 것이 아님에도 없었다. 여자에겐 암묵적으로 금지된 자리. 그리하여 제국의 여자가 오를 수 있는 가장 높은 곳은 황후의 자리가 맞았다.

'하지만 내가 오르고 싶은 최선의 자리는 황후가 아니야.'

하지만 나는, 카슈미르 크리시스는, 황후가 되고 싶지 않았다. 카슈미르 솔라티네로서 황후가 되어 티나같이 살고 싶지 않았다. 애초에 황후가 될 자신이 없기도 했다. 나는 통치자의 그릇이 아니었고, 그런 무거운 자리를 버티고 싶지도 않았으니까.

'나는 검사로 기억될 거야. 소중한 것들을 지킨 검사로.'

그것이 내 결론이다. 옅은 파장이 감돈 티나의 눈동자를 잠시 바라보다 옅게 숨을 뱉었다.

"저는 결혼을 하지 않을 겁니다. 제 성이 무척 좋거든요. 줄곧, 카슈미르 크리시스로 남아 있을 겁니다."

나지막하지만 분명하게 말했다. 입술을 꾹 물고 있던 티나가 차갑게 식은 눈으로 나를 바라보았다.

"잘난 남편이야말로 귀족 여성의 명예다. 알 만큼 아는 그대가 어찌 결혼을 하지 않겠다고 하나."

잠시 티나를 응시했다. 냉기만을 품은 듯 보이는 뿌연 푸른빛 눈동자는 아주 희미하게 일렁이고 있었다.

'그렇게 생각하지 않으면서.'

그녀의 눈동자에서 읽을 수 있었다. 그녀는 실제 생각과 다르게 말하고 있음을.

"송구합니다만 제 명예 정도는 제가 만들겠습니다."

어떤 답을 듣고 싶어 하는 것만 같은 그녀에게 확실하게 말했다.

새하얀 치열 아래에 짓눌리는 티나의 붉은 입술. 그녀가 제 앞머리를 거칠게 쓸어 넘겼다. 완벽해 보이던 그녀의 연보랏빛 머리카락이 흐트러졌다.

"……그대의 마음은 알았네. 이미 그대를 황자의 스승으로 삼은 이상 바로 철회할 수는 없으니 한동안은 세레논을 잘 부탁하겠네. 이만 가 보게."

단호한 축객령이었다. 티나의 눈동자에서 옅은 동요를 읽은 나는 군말 없이 자리에서 일어났다.

"귀한 시간을 내 주셔서 감사합니다. 즐거웠습니다."

순순히 허리를 굽혀 인사하곤 몸을 돌렸다. 등에 닿는 시선을 느끼며 당당하게 걸음을 옮겼다. 내가 방에서 나와 사라질 때까지, 등 뒤에 붙은 시선은 떨어질 줄을 몰랐다.

'힘들다.'

하루 동안 만만치 않은 세 사람을 만나는 바람에 기가 쭉 빨린 느낌이었다. 팔팔한 몸에 비해 지쳐 버린 정신을 애써 다잡으며 발걸음을 옮겼다.

티나와 얘기를 마치고 나왔을 땐 이미 하늘이 어두워져 있을 때였다. 마석을 이용한 가로등이 비추는 길을 걷다, 마차가 있는 곳으로 나를 안내하는 시종에게 말했다.

"이제 슬슬 돌아가 보지 그러나. 도착지도 얼마 남지 않았고, 여기서부턴 나도 갈 수 있으니까."

"네? 혼자 가셔도 되겠습니까?"

"괜찮대도. 얼른 가게."

조금 머뭇거리던 시종은 내 종용에 얌전히 돌아갔다. 시종의 기척이 완전히 사라졌음을 느끼고, 나는 하늘을 바라보았다. 별이 박힌 밤하늘은 고고했다.

"거기 있는 거 다 아니까 나오시죠."

그리고 나무 뒤에서 들려오는 작은 웃음소리. 움직이는 구두 아래 잡초가 사르륵 소리를 내며 짓눌렸다.

"눈치 못 챌 거라고 생각하진 않았다만, 이렇게 대화할 자리까지 만들어 줄 줄은 몰랐네."

"이리 친히 와 주셨는데 자리를 만들지 않을 수 없죠."

하루 종일 긴장하고 있었던 나는, 오랜만에 만난 친구가 꽤 반가웠던 모양이다. 어둠 속에서 나타난 인영을 보며 살포시 웃었다.

"그간 평안했습니까, 디디."

달빛 아래 고고히 웃고 있는 이는 황태자 디에고였다.

"살얼음판 같은 황궁에서 평안하고 말고 할 것이 있겠는가. 살아남는 데 급급했지."

"……또 암살 시도가 있었습니까?"

미간을 찌푸렸다. 디에고와 친밀해지며 알게 된 바로는, 그가 매일같이 암살의 위험에 시달린다는 것이었다. 나는 그 주범을 조금 전에 만났던 것을 자각해 조금 불쾌해졌다. 디에고가 아무렇지 않게 웃었다.

"알지 않나. 내겐 일상이라는 거. 이젠 익숙하네."

자신을 죽이려는 끊임없는 시도들에 익숙해진다는 건 어떤 느낌일까. 나는 조금 아득해졌다. 그런 말을 하면서도 태연해 보이는 디에고를 보자니 가슴이 아릿한 느낌이었다. 나는 슬픈 눈으로 속삭였다.

"익숙한 게 괜찮은 건 아니지 않습니까."

'익숙하다.'와 '괜찮다.'는 동의어가 아니다. 나는 이 두 단어가 동의어라고 스스로에게 최면을 걸며 살아왔지만, 역시 익숙해진다고 괜찮아지는 것은 아니었다. 눈을 몇 번 깜빡이던 디에고는 천천히 눈을 내리깔았다. 기다란 속눈썹에 가려져 그의 눈빛이 보이지 않았다.

'친구인데. 도와줄 수 있는 게 없구나.'

나는 디에고의 친구이며, 소드 마스터였음에도, 그를 위협하는 것들에게서 그를 도와줄 수 없었다. 황위 다툼에서 일어나는 일들은 황제조차 관여할 수 없었으니까. 그것이 못내 속상해 입술을 꾹 깨물었다.

"내가 이래서 그대를 좋아해."

나지막이 속삭인 디에고가 사뿐한 걸음으로 다가왔다. 높아진 시야에 살짝 고개를 들었다.

"그대와 함께 있으면 간신히 살아남고 있는 게 아니라 진짜 살아 있다는 느낌이 들거든."

디에고가 눈꼬리를 휘어 웃었다. 오랜만에 보는 그 나긋하고 아름다운 웃음을 보고 있자니 마음이 풀어지는 느낌이었다.

'어쩜 저렇게 태연하지.'

매일 밤 암살자를 맞이하는 사람이라고는 믿기지 않는 밝은 낯. 분명 밤이 찾아왔는데 디에고에게만 태양이 머물고 있는 느낌이었다. 밤바람에 휘날려 반짝이는 금빛 머리카락이 빛무리 같았다. 사랑스럽게 웃고 있는 그를 지그시 바라보다, 푹 한숨을 쉬었다.

"호위는 어쩌고 또 혼자 나오셨습니까."

디에고가 움찔했다. 그가 내 눈치를 살피다 자기 머리를 매만졌다.

"어차피 궁 앞에 짧게 나온 거 아닌가. 그 사이에 무슨 일이 일어날 가능성은 낮으니……."

"그러다 죽는 겁니다. 아시잖습니까."

대강 얼버무리려는 디에고에게 단호하게 말했다. 디에고와 처음 만났을 때를 기억한다. 호위 없이 나왔던 그가 어떤 위험에 처했었는지도.

'하지만 디에고가 왜 호위를 두는 걸 싫어하는지 아니…… 참…….'

어색하게 웃고 있는 디에고를 보며 한숨을 쉬었다. 무려 황태자라는 직위에 다른 면에 있어서는 무섭도록 철저한 그가 툭하면 호위를 놓고 다니는 데는 이유가 있었다.

'어려서 친구가 하나 있었지. 평민 출신에 호위 기사였지만 분명 친구라고 생각했어. 몇 년간 그 아이와 함께 형제처럼 지냈는데, 어느 날 내 잔에 독을 탔던 자가 그 아이라더군. 돈이든 뭐든 내가 더 많이 줄 자신이 있는데 왜 그런 짓을 했느냐고 물었지. 그랬더니 그냥 내가 처음부터 싫었다더군. 내 모든 것이…… 그냥 질투 나고 싫었다고. 내게 보여 준 모습은 다 거짓이었다고 했네. 그 이후론 호위를 데리고 다니는 것이 꺼려지더군. 나를 지켜 주는 이들은 하나같이 내 뒤를 노리고 있을 것 같아서.'

담담히 과거를 말하던 디에고의 두 눈에 진 응어리는 너무 크고 깊어 무어라 첨언할 수 없었다. 늘 생각하지만 디에고는 여태껏 미치지 않은 것이 용한 것 같았다.

"……호위와 함께 다니십시오. 전 디디가 다치는 걸 원치 않습니다."

조금 속상한 마음으로 중얼거렸다. 그가 빙긋 웃었다.

"사실 그대와 만나러 오는 길이니 두지 않았던 걸세. 무슨 일이 생기면 그대가 지켜 줄 거 아닌가."

참으로 무책임한 말을 당당하게 하는 모습에 어쩔 수 없이 웃음을 터트렸다. 내 웃음을 만족스럽게 바라보던 그가 내게로 손을 뻗었다.

"이런 말들은 그만하고. 나와 별 보러 가지 않겠나? 그대가 궁에 올 때마다 보여 주고 싶었는데 그대는 밤이 지나기 전에 늘 가 버렸으니. 내 비밀 장소를 공유해 주겠네."

그야, 어둑해질 때쯤 들어가면 아리아와 칼이 나를 붙잡고 놔 주질 않으니 그랬다. 내게 뻗은 그의 손을 빤히 바라보다, 눈을 들어 그를 보았다.

'아.'

별을 볼 필요가 없을 것 같았다. 디에고의 눈동자에 이미 별이 담겨 있으니. 푸름 그 자체를 마구 풀어놓은 것 같은 짙은 푸른빛 눈동자는 별이 박힌 것처럼 반

　　　　　　　　　　　　　　　　　　충직한 검이 되려 했는데 2

짝이고 있었다.

"……특별히, 한번 같이 봐 드리긴 하겠습니다."

이미 별을 보고도 그의 손을 잡았던 건, 내 거절로 그의 눈동자 속 별빛이 꺼지지 않기를 바랐기 때문이다.

"이곳은 내가 어려서부터 즐겨 찾던 곳이네."

느긋하게 걸어 도착한 곳은 황궁 뒤쪽을 둘러싸고 있는, 언덕 같은 산이었다. 아무렇게나 풀밭 위에 앉은 디에고를 바라보다 나도 그의 옆에 앉았다. 따라오던 인영도 뒤쪽에 잘 자리 잡은 것 같았다.

"황궁에서도 별은 보이지 않습니까."

"그렇긴 하지. 하지만 황궁은 밤에도 환해서 별빛이 묻히지 않나. 궁들이 빽빽해 답답하기도 하고."

나지막이 말한 디에고는 하늘을 올려다보았다. 어쩐지 조금 지쳐 보이는 그를 곁눈질하다, 나도 가만히 하늘을 올려다보았다. 반짝이는 수많은 별들. 휘황하게 떠오른 밝은 달. 밤의 고요함에 순응하듯 잔잔해진 바람.

'……나오길 잘했네.'

용병으로 살 적엔 보기 싫어도 자연 풍경과 밤하늘을 보아야 했다. 마수를 잡으려면 숲으로 가야 했고, 숲에서 야영할 땐 하늘을 지붕 삼아 잠들 때가 많았으니까.

허나 공작 영애가 된 후엔 하늘을 구경할 여유가 없었던 것 같다. 밤하늘의 아름다움에 속으로 탄복하며 오랜만에 하늘을 하염없이 응시했다. 감히 그 수를 예상할 수 없는 까마득한 별들이 고고하게 빛을 반사하며 언덕 위를 비추었다. 나는 수백억 개의 눈동자가 나를 주시하고 있는 것만 같은 아득함을 느꼈다.

한참 동안 서늘한 밤공기에 스며들어 별들을 헤아렸다. 코끝을 스치는 밤의 향취가 온몸을 노곤하게 만들었다. 이 순간만큼은 아무 생각도 들지 않았다. 미래에 대한 걱정도 없이, 그저 주어진 아름다움을 만끽할 뿐이었다.

'아, 이러고 있으면 안 되지.'

퍼뜩 정신을 차렸다. 옆에 디에고가 있다는 사실조차 까맣게 잊고 있었다. 재빨리 그에게로 고개를 돌렸다. 그리고 짙은 푸른빛 눈동자와 정면으로 마주쳤다.

'날…… 보고 있었나?'

별을 보러 오자고 했으면서 왜 나를 보고 있는지 알 길이 없었다. 내가 눈을 도르르 굴리든 말든, 그는 나를 보고 눈꼬리를 휘었다.

나는 별에 정신이 팔려 있었던 게 조금 머쓱해져서 헛기침을 뱉었다.

"하고 싶은 말이 있어서 오신 것 같은데, 말씀하시죠."

"……그게 티가 났나?"

디에고가 조금 놀란 표정을 지었다. 그가 말하기도 전에 눈치챈 것이 놀라운 듯했다. 나는 피식 웃었다.

'디에고가 아무 이유도 없이 이렇게 찾아올 이는 아니니까.'

내 앞에선 꽤 풀어지는 모습을 보여 주긴 해도, 기본적으로 그는 철저한 계획과 계산 아래 움직이는 사람이었다. 그런 디에고가 약속도 잡지 않고 갑자기 찾아왔다는 건 급하게 할 말이 있음이 분명했다.

"제가 디디의 기색 하나 읽지 못할 것 같습니까. 한번 말해 보시지요."

내 확언에 디디가 헛웃음을 뱉었다.

"대체 어떻게 안 거지……."

작게 중얼거린 그가 운을 뗐다.

"그대가 폐하의 말벗이자 세레논의 검술 스승이 되었다는 소식을 들었네."

"벌써 들으셨군요."

"그것 때문에 궁이 뒤집어졌으니까. 심지어 폐하께선 공작가와의 상의도 없이 결정했다 하셨으니 궁 안 사람들은 크리시스 공작의 칼부림을 각오하기도 했네. 오히려 그대가 별말 없이 수긍한 것에 다들 놀라워했지."

"그랬군요."

"나도 그대가 궁으로 들어오는 것을 반대하는 처지였으니…… 많이 놀랐네."

"……네?"

'디에고가 반대를 했다고?'

디에고라면 내가 황궁에 들어오는 것을 찬성하리라 생각했기에, 이건 예상치 못한 속사정이었다. 눈을 크게 뜬 채 그를 바라보았다. 눈이 마주치자 그가 쓰게 웃었다.

"귀족파 측에서 그대를 궁으로 들이고자 하는 이유를 눈치챘으니까. 그대가 궁에 들어오는 순간부터 황가의 더러운 진흙탕 싸움에 발을 들이게 될 것이 뻔하여 걱정했네. 분명 그대도 위험해질 테니까."

"……아."

옅게 탄식했다. 디에고는 평생을 황위 다툼 아래서 고생한 사람이다. 쓸쓸함이 그득히 담긴 푸른 눈동자를 잠시 하늘로 돌린 디에고가 한숨을 쉬었다.

"그래. 그대는 강한 사람이니 이 더러운 황궁에서도 잘 살아남겠지. 알아. 그대가 잘할 거라고 믿네. 허나 정보통을 통해 소식을 들어서 말이지."

그가 내게로 천천히 시선을 돌렸다. 늘 보석 같다는 감상을 주는 푸른 눈동자가 짙게 일렁였다.

"귀족파가 그대를 황자비로 만들려고 한다고."

디에고의 새하얀 치열 아래 붉은 입술이 꽉 눌렸다. 그는 눈에 띄게 동요하고 있었다. 그는 자기 다리를 끌어안더니 무릎에 뺨을 대며 고개를 돌렸다. 푸른 눈동자가 집요하게 나를 응시했다.

"오늘 제안을 받았나?"

"……네."

"수락했나?"

애써 태연하게 말하고자 하는 것 같았지만, 이미 낮아질 대로 낮아진 목소리는 그르렁거리는 것 같았다. 나를 볼 때마다 따사로워 보이던 두 눈은 이번만큼은 온도가 없어 보였다. 어쩐지 섬뜩한 느낌에 목 뒤를 쓸어내리고는 천천히 고개를 저었다.

"저는 결혼을 하지 않을 겁니다. 그 누구와도요. 전 누군가의 아내로 살고 싶지 않습니다."

나는 카슈미르 '크리시스'로서 죽을 것이다. 새롭게 갖게 된 이 이름을 너무 사랑하게 되어 버렸으니까. 다른 이름을 붙이고 싶지 않았다.

"너무 그대다운 대답이라 놀랍지도 않군."

눈을 깜빡이던 디에고가 작게 웃음 지었다. 나는 그를 바라보다 느리게 입을 열었다.

"비록 디디는 저를 동등한 선상에 있는 사람으로 봐 주고 있지만, 그래도 제게 있어 주군은 디디입니다. 제가 황자비가 되면 다른 주군을 섬기는 것과 진배없죠."

달빛이 깃든 푸른 눈동자를 마주했다. 파문이 이는 호수 같은 두 눈을.

"하늘 아래 태양은 하나이고, 제 태양은 디에고입니다. 전 두 주군을 섬기지 않습니다."

디에고는 달빛 아래에서도 아름다웠지만, 역시 태양 아래가 가장 잘 어울리는 사람이었다.

"하, 하……."

내 굳건한 표정을 멍하니 바라보던 디에고가 허탈하게 웃음을 뱉었다. 그의 눈동자가 슬프게 반짝였다. 디에고는 무언가 말하려는 듯 입술을 열다, 다시금 꾹 닫았다.

금세 평소의 웃음을 띤 디에고가 느릿하게 말문을 열었다.

"오늘 세레논을 만났겠지."

"네."

"어땠나?"

나는 눈을 굴렸다.

"생각보다…… 좋은 분이셨습니다."

"그렇지?"

반짝이는 디에고의 두 눈엔 세레논을 향한 애정이 담겨 있었다.

"착한 아이일세. 너무 착한 아이라 저를 줄에 매달고 조종하려는 인형사들조차 내치지 못해. 권력엔 그다지 관심이 없고 늘 애정을 갈구하지."

그의 입에서 의미심장한 말들이 비집고 나왔다. 나는 눈을 가늘게 떴다. 디에고의 말은 상당히 애매했지만, 말하고자 하는 바는 확실해 보였다.

'세레논 솔라티네가 디에고와 황위를 두고 다투는 건 그의 의지가 아니다.'

이 사실은 내 마음을 무척 복잡하게 만들었다.

'이 황궁에선 어쩌면 모두가 피해자겠구나.'

완벽한 가해자는 없다. 시작과 끝이 없는 구 모양의 세상에선 모두가 가해자이자 피해자일 뿐이었다.

'그리고 어쩌면, 디에고는 이 진흙탕 싸움의 최대 피해자고.'

그 순간 찌릿하고 건드려지는 감각에 나는 짙은 한숨을 쉬었다.

시위에 걸리는 화살, 당기는 손길.

"디디. 앞으론 절대 혼자 나오지 마십시오."

스르릉.

콰드득!

서늘한 소리와 함께 뽑은 검.

일반인의 눈엔 보이지도 않았을 속도로 움직여 디에고를 등 뒤에 둔 나는, 그를 향해 날아온 화살을 거침없이 베어 냈다. 반으로 잘린 화살이 맥없이 땅으로 추락했다.

"혼자 나오시니 이런 잔챙이들이 디디를 노리지 않습니까."

나는 눈을 차갑게 뜨고 언덕 뒤쪽의, 검은 옷을 입은 인영들에게로 검을 세웠다.

"젠장! 저년 뭐야! 귀족 영애라며!"

"빌어먹을…… 검은 장식인 줄 알았더니…… 골치 아프게 됐군."

나를 평범한 귀족 영애라고 생각했던 건지, 공격이 가로막힌 살수들 사이에서 당황스러운 웅성거림이 터져 나왔다.

'총 네 명. 다들 소드 엑스퍼트도 안 되는군.'

내겐 식후 운동 수준도 안 될 일이라 걱정도 안 됐다. 한심함에 옅게 혀를 차고 있자니, 내 뒤에 선 디에고가 앓는 소리를 냈다.

"젠장. 어제 보냈으니 오늘은 안 올 줄 알았는데…… 이틀 연속으로 살수를 보내다니……."

"어제도 암살자를 만났는데 오늘 칠렐레팔렐레 혼자 나오신 겁니까?"

디에고가 슬쩍 눈을 피했다. 걱정 섞인 화가 울컥 치밀어 올랐으나, 평소엔 그렇게 철저한 사람이 호위에 한해서는 이렇게 구는 이유를 알아서 화를 낼 수도 없었다.

"그래도, 그대가 지켜 줄 거 아닌가."

머쓱한 듯 눈을 굴리던 그가 나를 바라보며 흐드러지게 웃었다. 내가 지리라고는 조금도 예상하지 않은 듯 확신 어린 목소리. 나를 향한 신뢰로 가득 찬 두 눈. 어이가 없으면서도 그 굳건한 믿음에 가슴이 벅차올랐다. 결국 작게 웃음을 흘리며 검을 세웠다.

"2분 안에 끝내겠습니다. 여기서 움직이지 마십시오. ……아. 아니네."

콱.

"으아악!"

충직한 검이 되려 했는데 2

여태껏 뒤쪽에서 잠복하고 있던 인영이 움직이며 살수들을 치기 시작했다. 나는 익숙한 기운을 가진 인영을 보며 피식 웃었다.

"1분 안에 끝날 것 같습니다."

휙.

마나를 불어넣어 가볍게 도약해 한달음에 싸움 현장으로 도착했다. 네 명의 살수를 상대하던 인영이 나를 발견하고 살짝 미간을 찌푸렸다.

"당신은……."

촤악.

"끄아아악!"

남자의 말은 살수의 비명 아래 흩어졌다. 살수의 어깨를 거침없이 베어 낸 나는, 비틀거리는 살수의 오금을 걷어차 중심을 무너뜨렸다.

"우선 이 상황을 정리하고 얘기하시죠."

퍽.

검 손잡이로 살수의 목덜미를 후렸다. 살수가 신음조차 뱉지 못하고 풀썩 쓰러졌다. 힘이 조금 많이 들어가긴 했지만 목뼈는 부러지지 않았음에 위안하며 검을 놀렸다.

할 말이 많아 보이는 눈으로 나를 바라보던 남자는, 역시 지금 상황을 마무리하는 게 먼저라고 생각했는지 체념한 표정으로 검을 움직이기 시작했다.

"으악!"

이 난리통 사이에서도 디에고에게 화살 날리기를 시도하던 살수의 팔이 서걱, 하는 소리와 함께 툭 떨어지며 붉은 피가 터졌다. 얼굴로 튄 피를 대강 닦아 내고 살수를 엎어뜨린 뒤 꿈틀거리는 놈의 목 뒤를 걷어차 기절시켰다.

'저쪽도 끝났군.'

실력을 지나치게 내보이지는 않기 위해 설렁설렁 처리하는 사이, 반대편에서 싸우던 남자도 대충 상황을 정리한 것 같았다. 기절한 살수들을 걷어차 한곳에 모아 두고 주머니에 있던 손수건으로 몸에 튄 피를 닦아 냈다. 디에고에게 피 묻은 모습을 보여 주긴 아무래도 좀 그랬다.

'……이젠 사람을 베는 게 아무렇지 않은 건가.'

무덤덤하게 몸에 묻은 붉은 피를 닦는 스스로에게서 이질감을 느꼈다. 잠시 숨을 가쁘게 들이쉬었다가 한탄하듯 뱉어 냈다.

'칼. 혹시 수련 인형을 사람과 최대한 비슷한 형태로 만들어 줄 수 있습니까?'

'……사람과 비슷하게?'

'네. 피부도 사람이랑 비슷하고 찌르면 피가 나오는 형식으로 만들어 줬으면 합니다. 가능하겠습니까?'

'어렵진 않아. 그런데 너…… 괜찮나?'

'……익숙해져야 해서요. 괜찮습니다.'

여태껏 셀 수 없는 수의 마수들을 잡아 왔지만, 나는 여전히 사람을 베는 것엔 익숙하지 않았다. 허나 나는 곧 전장에 나가야 하는 처지. 그래서 선택한 길이 사람과 비슷한 수련 인형에게 칼을 휘두르며 살육에 익숙해지는 것이었다.

'한동안은 수련을 마치고 속을 게워 냈지.'

칼은 정말 대단한 마법사였다. 검날에 베이는 피부의 질감부터 터져 나오는 피까지. 사람이 죽어 갈 때 만들어 내는 형태와 너무도 닮아 있어서, 나는 수련을 마친 뒤엔 한동안 화장실에서 나오지 못했다.

'네가 이렇게 괴로워하는데 나보고 널 괴롭게 하는 걸 계속 만들라고? 대체 왜! 슈슈, 넌 크리시스 공작가의 사람이다! 내 동생이란 말이다! 너는 사람을 벨 이유가 하등 없어. 다른 이들에게 시키면 되니까! 네 명령 한마디에 기사단 하나가 통째로 움직일 수도 있는데 대체 왜……!'

'칼, 제발…….'

'…….'

'그냥, 그냥 이유는 묻지 말고, 만들어 주세요. 저는 익숙해져야 합니다.'

내가 한동안 밥을 먹지 못했던 이유가 자신이 만든 인형 때문임을 안 칼이 미친 듯이 화를 낸 적도 있었다. 그런 칼의 손을 잡고 칼에게도 못할 짓을 강요한 것은, 오직 인간의 피부를 가르는 감각에 익숙해지기 위해서.

'전장에 나가서도 사람 하나 못 죽여 벌벌거릴 수는 없어.'

괴물이 되기 위해서였다.

'……수련의 효과가 있어서 다행이군.'

울렁거리는 속과 흔들리는 시야를 무시한 채 그리 생각했다. 곧바로 게워 내지 않았으니, 그것으로 충분한 발전이었다. 울컥 치밀어 오르는 무언가를 애써 억누르며 주위를 둘러보았다.

'아.'

마수의 피와는 다른 양상을 보이는 붉은 피비린내. 검에 묻은 살점. 피로 뒤범벅되어 쓰러진 인영.

모두 익숙하지 않다. 사실은 끔찍했다. 나는 평생 용병으로 살긴 했으나, 실질적으로 사람을 죽인 것은 겨우 한 번이었으니까.

열세 살 겨울, 그 악몽 같던 날 단 한 번. 내 스승과 단 하나뿐이던 친구를 모두 잃어야 했던 사건에서.

'이제는 익숙해져야 해.'

애써 마음을 가다듬고 부러 피가 자욱한 현장을 꿋꿋이 눈에 담았다. 나는 괜찮았다. 아마 괜찮을 것이다.

'슬슬 상황을 정리해야지.'

짧게 심호흡하자 잠시 불안정했던 호흡이 천천히 잦아들었다. 표정을 한 차례 가다듬은 뒤, 여태껏 나와 디에고의 뒤를 쫓고 실수를 제압하는 것을 도와준 남자에게로 몸을 돌렸다.

"오랜만이군, 페퍼 엘러바인 경."

짧은 진녹색 머리칼에 연갈색 눈을 가진 남자.

엘러바인 백작가의 차남이자 디에고의 호위 기사, 페퍼 엘러바인이었다.

"……어떻게 제가 여기 있다는 걸 아셨습니까?"

묘한 표정을 지은 페퍼가 믿기 힘들다는 듯 물었다.

나는 의미심장하게 웃었다.

"글쎄. 감으로?"

페퍼의 표정이 더 묘해졌다.

디에고와 친밀하게 지내며 자연스레 안면을 튼, 디에고의 호위 기사 페퍼 엘러바인. 디에고를 처음 만났을 당시 그를 데리러 온 이이기도 한 이 남자는 소드 엑스퍼트였다.

'소드 엑스퍼트인 자신의 기척을 읽어 낸 게 수상한 거겠지.'

날카로운 페퍼의 시선 앞에서 그저 웃었다. 그렇다고 내가 소드 마스터임을 밝힐 수도 없으니, 모르는 척 넘어갈 수밖에 없었다.

"우선 상황부터 정리하도록 하지."

태연한 걸음으로 페퍼를 지나쳐 디에고에게로 향했다. 조금 걱정스러운 눈으로 이쪽을 보고 있던 디에고가 내 검에 묻은 피를 발견하고 표정을 굳힌 채 내게 다가왔다.

"슈슈. ……괜찮나?"

검을 타고 흘러내리는 핏줄기가 땅으로 툭툭 떨어진다. 옅게 떨리는 손을 꽉 쥐고 급조해 낸 태연한 웃음을 입가에 걸었다.

"물론입니다. 괜찮지 않을 이유가 없지 않습니까."

살수들이다. 사람의 생명을 앗는 것으로 품삯을 받는, 인간 같지도 않은 것들. 그들을 공격했다고 죄책감을 가질 필요는 없다.

'하지만, 같이 피를 본 순간 나도 같은 쓰레기 아닌가.'

얼핏 떠오른 생각 하나가 목구멍에 걸린 가시같이 나를 괴롭힌다. 속이 울렁이며 조금씩 금이 가는 웃음. 불어나는 생각들과 함께 가시가 점점 커져 가는 것

충직한 검이 되려 했는데 2

같았다. 손가락을 목구멍으로 넘겨서라도 토해 내고 싶었다.

"—슈, 슈슈!"

그리고 내 어깨를 잡아 오는 손길. 멍하니 허공을 바라보던 나는, 귓전을 가르는 디에고의 목소리에 퍼뜩 눈을 깜빡였다.

"네, 네? 뭐라고 하셨습니까?"

디에고의 표정이 어두워졌다. 잠시 넋을 놓고 눈을 깜빡이던 나는 머쓱해져 뒷머리를 긁적였다. 동요를 보였다는 것이 못내 민망했다. 눈을 도르르 굴리고 있자니, 내 어깨에서 손을 뗀 디에고가 짙게 한숨을 쉬었다.

"괜찮지 않은 것 같군."

"아닙니다. 저는……."

스르륵.

"그냥, 좀…… 힘들다고 좀 하게. 사람 피를 보는 게 괴로웠다고 해."

그의 한 팔이 내 허리를 가볍게 끌어안았다. 내 몸에 묻어 있던 피가 디에고의 깨끗한 옷에 배어들었다. 옅은 바닐라 향이 코끝을 스쳤다.

'아.'

들이쉰 헛숨을 허무하게 내쉬었다. 심장이 꽉 조이는 느낌. 그 짧은 포옹에 위로를 받는 것 같았다.

나는 한숨처럼 웃었다.

'나는, 이 사람을 지켜야 하지.'

나는 지키기 위해 검을 들었다. 그것이 내가 실수들과 다른 점이었다.

"……이제 정말 괜찮아졌습니다. 디디 덕분이에요. 감사합니다."

옅게 웃으며, 나를 품에 안은 디에고의 등을 툭툭 쳐 주었다. 어쩐지 나보다 더 동요한 것은 나를 그만큼 걱정하고 있기 때문임을 알았기에 마음이 짠해졌다.

"거짓말."

"정말입니다. 이제 괜찮아요."

작게 속삭이고 그를 마주 보았다. 디에고는 잔뜩 속상해하는 표정이었다.

"제가 걱정되십니까?"

"그걸 말이라고 하나!"

"디디보다 훨씬 더 강한 사람인데요."

조금 놀리듯 말하자, 한숨을 푹 쉰 디에고가 나를 똑바로 바라보았다.

"그대는 내게 소중한 사람인데, 어떻게 걱정하지 않을 수가 있겠나."

따스함이 심장께로 퍼진다. 나는 느리게 웃었다.

"황태자 저하. 이런 일이 일어날까 봐 제가 함께 가자고 한 것입니다."

그리고 디에고와 나 사이를 가르는 차가운 목소리.

디에고의 얼굴이 서늘하게 굳었다.

"내가 분명 따라오지 말라고 했을 텐데, 페퍼 엘러바인 경."

내게는 익숙하지 않은 매정한 목소리로 잘라 말하는 디에고는 냉철한 황태자 그 자체였다. 시리도록 차가운 디에고의 태도에도 개의치 않고 성큼성큼 다가온 페퍼는 나를 차가운 시선으로 힐끗 보더니 디에고를 똑바로 마주했다.

"저하를 지키는 것이 제 사명입니다. 혼자 나가시는 것을 볼 수는 없었습니다."

"내 명령을 듣는 것이 바로 그대의 사명이네."

"방금 살수들을 보지 못하셨습니까? 제가 오지 않았다면 위험하셨을 겁니다."

낮은 목소리로 정중하지만 치열하게 대거리하는 페퍼와 지지 않고 쏘아붙이는 디에고를 보다 한숨을 쉬었다.

오랫동안 디에고의 호위를 담당한 페퍼 엘러바인은 충직하고 유능한 기사였다. 페퍼 덕분에 여태껏 디에고가 살아남을 수 있었던 게 아닐까 싶을 정도로. 그는 디에고를 위해서라면 당장 목숨을 던질 수 있을 만큼 충성스럽기도 했다.

'저하! 혼자 화장실 가시면 안 된다고 말씀드렸지 않았습니까!'

그의 단 하나뿐인 문제라고 한다면, 자신의 일에 너무 집중한다는 것이다.

너무.

호위 기사에 대해 좋지 않은 기억을 가진 디에고는 페퍼를 꺼렸으나, 페퍼는 디에고를 과보호하려 들었다. 페퍼가 오직 디에고에게 충성하고 함께해 온 시간이 깊에도 두 사람이 엇나가는 이유였다.

'디에고는 페퍼를 깊게 신뢰하고 있지만 정은 붙이지 못하고, 페퍼는 디에고를 군주로서 충실하게 섬기고 있지만 자기 뜻을 몰라주는 디에고에게 섭섭해하지.'

두 사람의 입장 다 이해가 되었다. 여전히 티격태격하는 두 사람을 바라보았다.

"그대가 안 왔어도 카슈미르 영애가 날 지켜 줬을 걸세."

"하! 카슈미르 크리시스 영애를 어떻게 믿으십니까! 이젠 2황자 저하의 스승인 사람입니다. 그새 황후의 수족이 되었을지도 모르는 거 아닙니까!"

"페퍼 엘러바인!"

디에고가 드물게 극노한 표정을 지었다. 늘 이성적인 그에게서는 보기 힘든 모습이었다. 서릿발 같은 냉기를 뿜는 디에고를 힐끔 보다 조금 경탄스러운 눈빛으로 페퍼를 보았다.

페퍼의 조금 전 발언은 상당히 무례했다. 내가 실수와 한패라는 뜻으로 해석할 수 있기도 했으니.

나는 크리시스 공작가의 일원. 내가 조금 전 발언을 걸고넘어진다면, 페퍼는 책임을 피할 수 없었다.

'진짜 대단한 충성심이군.'

슬쩍 웃음을 지은 채 입가를 쓸었다. 페퍼는 바보가 아니었다. 그 발언으로 문제가 생길 수 있다는 걸 모를 리 없었다. 그럼에도 내겐 시선도 주지 않은 채 디에고를 똑바로 바라보고 있는 그는 무척 강직해 보였다. 페퍼는 자신이 봉변을 당하더라도 디에고에게 소신대로 발언하는 것이었다.

'역시. 참 강한 사람이야.'

전생에 원작을 읽었을 당시엔 페퍼가 좋게 보이지 않았던 기억이 어렴풋이 난다. 그는 너무 뻣뻣하고 고지식한 사람이었으니까. 허나 이리 직접 보니 그의 깊은 충성심이 절절히 느껴져 미묘하게 호감이 올라왔다.

나는 페퍼가 싫지 않았다.

"지금 그 발언이 어떤 뜻인지 아나?"

보통 사람들이 분노하면 언행의 온도가 높아지던가. 디에고는 진정으로 분노하면 오히려 온도가 내려가는 사람이었다. 안 그래도 채도가 낮은 푸른 눈동자에 시린 분노가 채워지니 설원 한복판 같았다.

디에고의 분노를 오롯이 받아 내던 페퍼가 울컥한 표정을 지었다.

"크리시스 영애가 뭐라고……!"

"지금 이럴 시간이 아닙니다."

페퍼의 말을 끊고 둘 사이에 끼어들어 만류했다. 여기서 내버려 두었다간 페퍼는 빼도 박도 못할 하극상을 저지를 것이다. 그의 충성심은 참 지극했지만, 충성심이 너무 강하다 보니 선을 넘을 듯 말 듯 아슬아슬해지곤 했다.

"저하. 갑작스러운 일로 피로하실 텐데 이만 들어가시는 게 좋을 듯합니다."

"이건 저하와 제 사이의 일입니다! 크리시스 영애는……!"

"페퍼 엘러바인."

내게 반박하려는 페퍼를 무감각한 눈동자로 돌아보았다. 나와 눈이 마주친 페퍼가 크게 움찔했다. 나는 그를 똑바로 바라보며 서늘한 미소를 띠었다.

"내가 그대의 무례를 몇 번이나 눈감아 줘야겠나?"

그는 나와 마주치고 내게 인사조차 하지 않았다. 그것도 별말 없이 넘겼건만, 계속 이런 식으로 나온다면 나도 계속 너그러울 생각은 없었다. 내가 페퍼를 좋게 보고 있는 것과는 별개로 서열 정리는 확실히 해야 했으니까.

나는 공작가의 공녀, 그는 백작가 출신의 기사. 나는 이 이상 그의 무례를 두고 볼 생각이 없었다.

"……제가 공녀님께 실례했습니다. 용서해 주십시오."

더는 용납하지 않겠다는 내 마지막 선을 눈치챈 건지, 입술을 꾹 깨문 페퍼가 정중히 허리를 굽혔다. 고개를 까딱여 인사를 받고 디에고를 돌아보았다. 순간 올라온 분노를 그사이 어느 정도 정돈한 것 같은 그는 나를 지그시 바라보고 있었다.

"저하. 많이 피곤하시겠습니다. 이만 들어가시지요."

"……그대가 돌아가는 것까지 보고 싶네만."

"저도 저하가 돌아가는 것을 봐야 할 것 같습니다. 오늘 위험에 처했던 건 저하이시니 저하가 한 수 접어 주시지요."

표정이 한층 풀린 디에고를 향해 작게 웃어 주었다. 결국 같이 웃은 디에고가 힘없이 고개를 끄덕였다.

"……제가 황태자 궁의 마법사들을 호출하겠습니다. 순간 이동으로 이동하시지요."

나와 디에고를 빤히 지켜보던 페퍼가 무뚝뚝하게 말했다.

나는 눈을 끔뻑였다.

'황태자 궁은 걸어서 5분 거린데……'

"어차피 가까운 거리인데 마법사들까지 호출할 필요가 있나."

나와 같은 생각을 한 건지, 디에고가 떨떠름한 표정을 지었다. 우리 둘의 반응에도 페퍼는 강경했다.

"다른 살수들이 돌아가는 길에 잠복해 있을지도 모르는 일 아닙니까. 금방 호출하겠습니다."

페퍼가 주머니에서 통신용 마도구를 꺼냈다. 디에고는 체념한 표정으로 한숨을 쉬었다.

'참…… 하극상인지, 과잉 충성인지 애매하단 말이지.'

저게 페퍼의 문제였다. 디에고를 너무 걱정한 나머지 독단적이다 싶을 정도로 디에고를 과보호하는 것. 저 태도 때문에 둘의 사이는 좁혀질 듯 좁혀지지가 않았다.

"황태자 저하를 뵙습니다. 궁까지 모시겠습니다."

페퍼의 호출로 한 명의 마법사가 나타나 디에고에게 허리를 숙였다. 내게도 인사를 하는 마법사에게 고개를 끄덕여 주었다.

"그럼 나는 이만 가 보겠네. 엘러바인 경. 가지."

가까운 거리로 가는 마법진이라 그런지 마법사는 금방 마법진을 그렸고, 디에고가 마법진 안으로 발걸음을 옮겼다. 그런 디에고를 지켜보던 페퍼는 고개를 저었다.

"송구합니다만, 저는 아무래도 실수들의 뒤처리를 하고 돌아가야 할 것 같습니다."

디에고의 눈이 가늘어졌다. 디에고의 미심쩍다는 표정에도 페퍼는 당당했다.

"……알겠네. 정리하고 돌아오게."

한숨과 함께 수긍한 디에고가 마법사에게 손짓했다. 그리고 퍼져 나가는 빛. 마지막으로 본 디에고는 나를 향해 부드럽게 웃고 있었다.

'달이 예쁘군.'

고요해진 언덕. 피가 튄 주위를 보지 않으려 괜히 밤하늘로 시선을 돌렸다. 반짝이는 별들이 세상의 눈이 되어 나를 단죄하는 것만 같아 더 불편해졌지만. 멍청하게 떨리는 손을 드러내지 않으려 주머니에 박아 버렸다. 잠시 눈을 감고 심호흡을 하던 나는, 나지막이 입을 열었다.

"그래. 이제 말해 보지 그러나."

내 옆을 지키고 있던 인영이 살짝 움찔했다.

"……무슨 소리십니까."

페퍼의 목소리가 불퉁했다. 피식 웃은 나는 느리게 눈을 뜨며 그에게로 고개

충직한 검이 되려 했는데 2

를 돌렸다. 연갈색을 띤 두 눈동자가 나를 똑바로 주시하고 있었다.

"그대 용건은 실수가 아니라 내게 있지 않나, 엘러바인 경."

그는 내게 할 말이 있어 보였다.

"……어떻게 아셨습니까?"

페퍼가 잔뜩 경계하는 투로 물었다. 소드 엑스퍼트의 위엄이 담긴 낮은 목소리는 꽤 커다란 위협이 될 법도 했으나, 내 눈에는 솔직히 털 세운 고양이처럼 보였다.

나는 어깨를 으쓱했다.

"솔직히 그리 강렬한 눈으로 줄곧 나를 보고 있는데 모르기도 어렵지 않나."

이글거리는 연갈색 눈동자가 담은 빛은 호의와는 거리가 멀었다. 경계와 의심, 미심쩍음이 뒤섞인 기묘한 눈빛. 적의에 한없이 예민한 내가 이런 기색을 느끼지 못할 리가 없었다.

"늘 내게 할 말이 많다는 눈으로 바라보더니 오늘에야말로 허심탄회하게 털어놓으려는 건가?"

페퍼 엘러바인은 내가 디에고와 만날 때마다 저런 눈빛으로 나를 노려보곤 했다. 얼마나 강렬하고 시건방진지, 눈빛을 이유로 모독죄를 물어도 되겠다 싶을 정도였다.

'이제야 저 눈빛에서 탈피할 수 있는 건가.'

피식 웃으며 페퍼를 응시했다. 내게 들킨 게 부끄러운 건지 입술을 앙다문 페퍼가 나를 사납게 노려보았다. 늘 생각하지만 참 불손한 눈깔이었다.

'나야 페퍼가 어떤 사람인지 아니 넘어가지만…… 참 미련할 만큼 올곧은 사람이야.'

그러니까 페퍼 엘러바인은, 자신을 숨길 줄 모르는 사람이었다. 보통 귀족들처럼 가면 같은 미소를 짓고 속내는 꼭꼭 숨기면 될 터인데, 그것도 못할 만큼 지나치게 솔직한 사람. 그는 의심을 하면 의심을 하는 대로 얼굴에 다 드러났다.

'게다가 원체 인상도 안 좋지.'

날카롭게 올라간 눈매는 예민함을 넘어 사나워 보였다. 게다가 그냥 봐도 째려본다는 오해를 낳는 불손한 눈빛이 그의 기본 표정이었다. 여기저기서 오해를 당할 만한 인상임은 분명했다.

'하지만…… 나쁘지 않아.'

그럼에도 나는 페퍼에게 점수를 후하게 주고 있었다. 그가 나를 아니꼽게 보고 있어도 말이다.

전생의 나는 그가 마음에 들지 않았을지 몰라도, 지금의 나는 검사 대 검사로서 그가 마음에 들었다. 솔직함과 올곧음, 강직함은 내가 검사의 덕목으로서 높게 치는 요소들이었으니까.

"……그럼 단도직입적으로 말하겠습니다."

'지금도 봐.'

누가 감히 크리시스 공작가의 영애에게 이렇게 말하겠는가. 목 위에 달린 게 소중한 사람이라면 내 앞에서 언행을 조심 또 조심할 터인데, 페퍼는 조금의 두려움도 없어 보였다. 늘 열정적으로 이글거리는 그의 눈동자를 바라보다 웃음을 흘렸다.

"그래. 내 들어줄 터이니 한번 말해 보게. 단도직입적으로."

"솔직히 저는 공녀님을 믿지 않습니다."

공도 아닌 폭탄을 직구로 던지는 페퍼를 보며 헛웃음을 쳤다. 나를 똑바로 바라보는 연갈색 눈동자는 거짓말을 한 게 아니라는 듯 날선 경계를 품고 있었다.

그가 나를 믿지 못한다는 건 이미 예측하고 있었던 바이니 놀랍지는 않았다. 이유도 짐작이 갔고, 허나 예의상 고개를 기울여 주었다.

"그런가? 어째서?"

"공녀님께선 출신이 불분명한 분 아니십니까. 무얼 하셨는지 모르지만 이성적이고 경계심 많으신 황태자 저하와도 급속도로 가까워지셨죠. 상당히 수상합니다. 게다가 이젠 2황자 저하의 스승까지 되었다고 하니, 황후 폐하의 끄나풀이 됐을지도 모르는 거 아닙니까."

'앤 진짜 내가 안 무서울까?'

나는 다시금 허탈한 웃음을 내뱉었다. 평민이었던 내 출신부터 시작해서 황후의 끄나풀 아니냐는 소리까지 들먹이는 페퍼는 죽음이 두렵지 않은 사람 같았다.

'하지만 밉지가 않네.'

용병으로 살며 욕설에 무뎌진 것도 있었지만, 무엇보다 페퍼의 말이 비아냥거림이 아니기 때문이었다. 그는 정말 솔직하고 담백하게 자신의 의견만을 말하고 있었다.

나는 표정에 불쾌함을 띠지 않은 채 곰곰이 생각했다. 확실히, 페퍼는 내가 디에고를 실수들에게서 구해 낸 사실을 모르니 디에고와 내가 가까워진 계기 역시 모른다. 그의 눈엔 내가 상당히 수상해 보일 게 분명했다.

"요컨대, 내가 저하께 폐가 될까 염려가 된다, 거리를 두어라, 이런 거 아닌가?"

결론은 이것일 것이다. 페퍼는 디에고에게 맹목적이었고, 그의 모든 주의는 디에고의 안전에 쏠려 있었으니까. 어쩐지 아들과 헤어지라는 시부모의 호통을 듣는 기분이었다.

"맞습니다. 공녀님께선 황태자 저하와 너무 가까우십니다. 저하께선 공녀님께 지나치게 마음을 주셨습니다. 그러다 공녀님께서 잔에 독이라도 타면 저하께서 상심이 얼마나 크시겠습니까."

'진짜 저 직설적인 입은…… 약도 없을 거야.'

감히 공녀에게 당신이 황족을 살해할까 봐 의심된다고 직언하는 저 위험한 입을 지적할까 하다가 말았다. 지적한다고 고쳐질 말투는 아니었으니까.

'디에고에게도 저런 식으로 말하다 잘릴 뻔한 게 한두 번이 아니라고 했지.'

지적한다고 고쳐졌으면 디에고가 늘 페퍼의 입을 박아 버리고 싶다고 하지도 않았을 거다. 페퍼가 제 명을 못 살고 죽게 된다면 이유는 저 자유분방한 입 때문이 아닐까 생각하며 고개를 기울였다.

"그대는 어쩌다 황태자 저하를 주군으로 삼게 되었나?"

내가 던진 것은 뜬금없다 싶은 질문이었다. 페퍼가 미간을 좁혔다.

"그건 왜 물으시는 겁니까?"

"궁금해서지. 군소리 말고 어서 말해 보게."

디에고를 향한 페퍼의 지극한 충성심은 원작에서 몇 번이고 서술되었다. 허나 그가 어째서 그렇게까지 디에고에게 맹목적이게 되었는지는 서술된 바가 없어 늘 궁금했던 참이었다. 페퍼는 미심쩍은 표정을 지으면서도 말문을 열었다.

"……아마 아실 겁니다. 제가 엘러바인 백작가의 사생아라는 것을."

페퍼가 사생아라는 것은 사교계에서도 어느 정도 알려진 사실이었기에 묵묵히 고개를 끄덕였다. 그가 말을 이었다.

"전 필사적으로 검을 연마해 소드 엑스퍼트가 됐지만, 사생아라서 들어갈 수 있는 곳이 얼마 없었습니다. 황궁 기사단은 꿈도 꾸지 못했습니다. 헤매고 있는 저를 거두어 주셨던 게 그 당시엔 황태자 책봉을 받지 못해 1황자였던 디에고 저하셨습니다."

페퍼의 연갈색 눈동자가 추억에 젖어 반짝였다. 허공을 바라보는 그의 얼굴에선 지극한 충성심이 엿보였다.

"지금에서야 황태자가 되시면서 경비가 강화됐지만…… 1황자이셨던 당시엔 상당히 취약했습니다. 매일 들어오는 암살자를 감당해 내기도 벅찼습니다. 아마 매일 오는 그 쪽지가 없었다면 황태자 저하고 저고 다 죽었을 겁니다."

"쪽지?"

페퍼의 사연을 경청하다 갑작스럽게 튀어나온 단어에 미간을 좁혔다. '아차.' 하는 표정을 지으며 입을 턱 닫은 페퍼는 잠시 내 눈치를 살피며 눈을 굴렸다.

'말하면 안 되는 사항인 모양이군.'

디에고를 살렸다는 쪽지의 정체가 궁금했지만, 공연히 페퍼를 곤란하게 만들고 싶진 않았다. 나는 고개를 까닥여 계속 말하라는 뜻을 표했다.

"아, 아무튼. 사실 그때 당시엔 저하의 호위 기사 자리가 그리 마음에 들진 않았습니다. 무척 고단한 자리였으니. 그러다 마음을 바꾸게 된 계기는 저하가 황제 폐하가 낸 시험을 풀어 내셨던 날이었습니다."

"황제 폐하의 시험?"

"네. 황제 폐하께선 저하의 기질을 판단하신다면서 자주 난해한 문제를 내곤 하십니다."

'하기야. 그 사람 성정으론……'

공녀와의 티타임에서 대뜸 마수의 피를 내온 헬리오스를 떠올리면 충분히 그럴 만했다.

"그날은 황제 폐하께서 지나친 문제를 내셨습니다. 황제 폐하로부터 도착한 시험 문제는…… '네가 진정으로 내게 충성한다면, 네 가장 가까운 그림자를 죽여 내게 바쳐라.'"

"허."

헛웃음을 뱉었다. 확실히 너무한 문제였다.

'그림자는 예로부터 귀족의 호위 기사를 뜻했지.'

디에고에게 그림자, 그것도 가장 가까운 그림자를 죽이라고 한 의미는 분명하다. 황제는 디에고더러 페퍼를 죽이라고 명했던 것이다.

"저는 그날 죽음을 각오했습니다. 황족의 호위 기사는 위험한 자리이니 명이 길진 못할 거라고 처음부터 각오하기도 했죠."

"……그런데?"

페퍼는 자신이 죽을 뻔했던 날을 얘기하는 사람이라고는 믿기지 않을 만큼 덤덤했다. 도리어 내가 마음이 무거워진 채로 이야기를 이을 것을 종용했다.

"그거 아십니까?"

"음?"

"저하의 왼손 새끼손가락엔 잘렸다 붙은 흉터가 있습니다."

"그건…… 갑자기 왜?"

떨떠름하게 눈을 깜빡였다. 그건 알고 있었다. 디에고의 손을 본 게 한두 번이 아니니까. 왼쪽 새끼손가락 끝마디 홈에 새겨진 희미한 흉터. 아주 희미하긴 해도 내 눈엔 확실히 보여서 어쩌다 그런 흉터가 생긴 건지 물어본 적도 있었다.

'이건…… 음, 작은 사고였지.'

그때 대답이 조금 애매해 이상하다 싶긴 했건만.

"설마……."

"저는 황태자 저하께 제 검을 바쳤습니다. 그리고 목을 내드렸죠. 저하는 검을 받으시더니, 망설임 없이……."

"자기 새끼손가락을 자르신 건가?"

경악 서린 내 물음에 페퍼가 묵묵히 고개를 끄덕였다.

"폐하를 위해서 그림자는 몇 번이고 죽일 수 있지만, 폐하께서 자신의 충성을 의심하시는 건 참을 수 없다고…… 편지를 쓰고 자기 손가락과 함께 황제 폐하의 궁으로 보내셨습니다."

'부자가 쌍으로 미쳤군…….'

나는 질린 표정을 지었다. 아마 헬리오스가 진심으로 낸 문제는 아닐 것이다. 그는 지나치게 짓궂긴 해도 공연히 사람의 목숨을 빼앗는 이는 아니었으니까.

디에고는 그걸 알 텐데도, 자신의 손가락을 스스로 자르는 미친 짓을 한 것이다.

"황궁이 난리가 났겠군."

"네. 놀란 황제 폐하께선 대신관을 거느리고 직접 저하를 찾아오셨습니다. 전 황제 폐하께서 욕을 잘하신다는 걸 그때 처음 알았습니다."

헬리오스 같은 미친놈도 기절초풍을 했을 거다. 반쯤 장난으로 낸 문제에 아들놈이 손가락을 잘라 보냈으니, 듣기만 해도 머리가 아파지는 기분이라 끙, 앓는 소리를 내었다.

"손가락은 대신관의 치료로 완벽하게 붙고, 사건이 일단락된 뒤에 저는 저하께 물었습니다. 그냥 절 죽이면 간단했을 일에 왜 그렇게까지 하셨냐고."

사생아로 태어나 도구로 이용될 각오로 디에고의 호위 기사가 된 페퍼 엘러바인. 하늘을 바라보는 그의 눈동자가 짙게 가라앉아 있었다.

"저하께선 그리 답하시더군요. 계기가 어찌 되었건, 그대가 내 사람이 된 이상 그대를 절대 허황되게 죽게 하지 않겠다고. 더 좋은 세상을 만들어 보여 주는 것으로 그대의 충성에 보답하겠다고, 말씀하셨습니다."

그의 목소리가 먹먹했다. 참으로 디에고다운 말이었다.

"전 그날 결심했습니다. 반드시 저하를 황제로 만들겠다고 말입니다. 제게 태양은 저하뿐이라고 맹세했습니다."

결연한 눈동자가 나를 바라본다. 얼핏 생기가 없어 보이는 눈은 디에고에 대해 말할 때만 빛났다. 나는 페퍼가 디에고에게 지독하도록 맹목적인 이유를 수긍할 수 있었다.

"그랬군."

"전 저하의 그림자로서 저하께 위해가 되는 모든 것을 내치기로 결심했습니다."

그의 눈동자가 번뜩였다.

"그렇기에, 수상한 공녀님을 그냥 내버려 둘 생각이 없습니다."

페퍼가 위협적으로 목소리를 깔았다.

'으음……'

나는 아기 너구리에게 위협을 당하는 기분이었다.

"다행이군."

나를 잔뜩 경계하는 페퍼를 바라보다 피식 웃었다. 내가 김을 빼자 불만스러운 건지 페퍼의 미간이 왈칵 찌푸려졌다.

"……제 말이 장난 같으십니까?"

"나는 지금 장난하는 것 같나?"

얼굴의 웃음기를 지우고 진중한 표정으로 그를 마주했다. 올곧게 눈빛을 보내는 나를 보던 페퍼의 눈동자가 희미하게 흔들렸다.

"그대 같은 사람이 내 주군을 섬기고 있어서, 정말 다행이야."

페퍼가 없었다면 디에고는 진즉에 암살당했을 것이다. 이렇게 충성스럽고 강직한 이가 디에고를 지키고 있어서 참 다행이었다.

'주군'이라는 단어에 페퍼의 눈동자가 더 흔들렸다. 어쩐지 갈팡질팡하는 듯싶던 그가 애써 날카롭게 표정을 굳혔다.

"그렇게 말하신다고 속지 않습니다. 이미 저하께선 공녀님께 마음을 주신 것 같지만, 저는 끝까지 믿지 않을 겁니다."

"나는 이미 저하께 충성 맹세를 했네."

충성 맹세라는 소리에 페퍼의 눈동자가 다시금 흔들린다. 아무래도 나를 믿어야 하나 말아야 하나 갈피를 잡지 못하는 것 같았다.

"그, 그걸 제가 어떻게 믿습니까!"

"저하께 직접 여쭈어 보면 되는 일 아닌가."

페퍼의 입이 턱 다물렸다. 군신의 구분이 확연한 솔라티네 제국에서 충성 맹세는 절대 가볍지 않다. 내 말을 의심할 것도 없이 충성 맹세를 받은 당사자에게 직접 물어보면 끝날 일이었다.

"……그래도 저는 공녀님을 끝까지 믿지 않을 겁니다."

입술을 꾹 물었다 놓은 페퍼가 결연한 눈동자로 나를 응시했다. 굳은 의지와 충성심으로 들끓는 연갈색 눈동자. 의심할 대상을 잘못 잡긴 했지만, 호위 기사로선 좋은 태도였다.

"눈빛이 좋군."

옅게 웃은 나는, 꺼림칙한 표정의 페퍼를 뒤로한 채 검을 검집에 넣었다.

"같은 주군을 섬기게 된 사람들로서 잘해 보자고."

"흐지부지 넘어가지 마십시오! 전 공녀님을……!"

"믿지 말게."

단호하게 끊어 내자 페퍼가 흠칫 굳었다. 그에게 나에 대한 믿음을 강요할 생각은 없다. 호위 기사로서 아무나 믿지 않는 것은 좋은 습관이기도 했고.

잔잔한 눈으로 그를 마주했다.

"믿지 말고, 계속 의심하게. 내가 저하에게 방해가 되는 이는 아닌가 끊임없이 경계하며 살피게. 나는 경을 의심할 거니까."

"……저를?"

"경계해 주는 사람이 있어야 더 열심히 하지 않겠나. 나는 그대가 진정 유능한지 곁에서 지켜볼 걸세."

당당한 웃음을 입가에 걸친 채 페퍼에게 손을 내밀었다.

"내가 수상한 사람이라는 걸 부정치는 않네. 그러니 어디 의심해 보게. 의심하고 경계하다, 믿을 만한 사람이라는 판단이 들었을 때 믿어 달라는 말이야. 그때까지 감시 잘 부탁하네. 같은 주군을 섬기는 자들끼리 잘해 보자고."

나는 길게 말하는 것을 좋아하지 않았다. 구구절절한 대화보다는 역시 행동으로 보여 주는 게 확실했다. 그러니 페퍼가 나를 완전히 믿게 될 때까지 그의 경계를 기꺼이 받아들일 생각이었다.

페퍼가 내밀고 있는 내 손을 지그시 응시했다.

내가 조금 머쓱해질 때까지.

그렇게 한참을 바라보다, 눈을 들어 나와 마주했다.

"저하께서…… 공녀님을 마음에 두신 이유를 어느 정도 알겠군요."

금방이라도 물어뜯을 것같이 굴던 그가 갑작스럽게 칭찬을 하니 조금 민망해졌다. 눈을 굴리며 뒷머리를 긁적이고 있자니 페퍼가 내 손을 턱 잡았다. 거칠고 두툼한, 기사인 것이 티가 나는 커다란 손을 맞잡았다.

"……쉽게 믿지는 않을 겁니다. 저하와 거리를 두라는 말을 취소한 것도 아닙니다. 하지만…… 지켜는 봐 드리죠."

여전히 백작가 출신 기사가 공녀에게 사용하는 말투라고는 믿기지 않을 만큼 오만방자하다. 그럼에도 나는 어쩐지 즐거워져서, 피식 웃으며 맞잡은 손을 흔들었다.

"살수들은 그대가 처리할 건가?"

"네. 이런 일을 공녀님께 맡길 수는 없잖습니까."

저 퉁명스러운 말투조차 정이 들 것 같다.

볼 안쪽을 깨물어 웃음을 참고 살수들을 돌아보았다. 붉은 피가 낭자한 주위. 그 사이에서 죽은 듯 기절한 살수들. 조금 괜찮아졌던 기분이 다시 수직으로 하락하는 것을 느끼며 입술을 혀로 쓸었다.

"살수들은 어떻게 할 건가."

"죽여야지요."

"……지금?"

스르릉.

페퍼가 망설임 없이 발검했다.

"아시잖습니까. 황족 살해 미수는 즉결 처분 대상입니다."

안다. 알고 있었다. 살수들은 죽어 마땅한 존재. 숨통을 끊어야만 했다.

그런데도.

"잠깐. 괜찮다면, 내가 가고 나서 숨통을 끊게."

아직은, 시체를 볼 자신이 없다.

상상만으로도 무언가 울컥 치미는 느낌이었다.

단숨에 숨통을 끊으려는 듯 살수들에게로 다가가던 페퍼가 나를 보며 의아하다는 표정을 지었다. 살수들을 제압할 땐 망설임 없이 칼을 휘두르더니 죽이는 모습은 못 보겠다는 듯 구는 게 이상한 모양이었다. 나는 구토하고 싶은 기분을 참으며 억지로 웃음 지었다.

"부탁하네. 조금만 뒤에 하게."

아직은 전쟁이 시작되지 않았으니까. 나는 그렇게 스스로를 달랬다.

"……알겠습니다."

잠시 내 안색을 살피며 뜸을 들이던 페퍼가 뒤늦게 대답했다. 그는 군말 없이 검을 집어넣었다.

"마차가 있는 곳까지 모셔다 드려야 하겠습니까?"

"됐네."

"알겠습니다."

세 번까지 권하는 것이 보통이건만, 그는 철회가 너무 빨랐다. 이런 무뚝뚝함이 이제는 페퍼의 매력 같다고 생각될 정도였다.

"그럼 들어가시지요."

"그래. 경도 수고하게."

덤덤히 허리를 굽히는 페퍼의 태도는 이전의 내 지적으로 인해서인지, 한층 공손해져 있었다. 고개를 끄덕여 주고 발걸음을 옮겼다.

푹. 푹.

어느 정도 걸음을 옮기자 뒤쪽에서 들려오는, 살덩이가 날카로운 것에 뚫리는 소리. 그리고 퍼져 오는 진득한 혈 향. 소드 마스터인 나는 한참 떨어진 거리에서 일어나는 상황을 생생히 느낄 수 있었다.

'괜찮아. 다들 몰랐을 거야.'

떨리는 손과 초점이 잘 잡히지 않는 눈동자가 많이 티 나지 않은 것 같아 다행이었다.

카슈미르 크리시스가 나간 뒤, 황후의 알현실은 고요했다. 숨 막히는 침묵 한 가운데 찻잔을 든 티나 키프로스가 짙은 숨을 뱉었다.

"내 명예는 내가 만든다고."

작은 속삭임엔 카슈미르가 퍼트리고 간 물감의 자국이 묻어 있었다.

티나는 찻물을 머금으려 찻잔을 들었으나, 입맛이 뚝 떨어져 잔을 놓았다. 그녀의 얼굴엔 시름이 가득했다.

징—

통신 마도구의 발신 소리가 고요한 알현실을 가로질렀다. 주머니에서 통신 마도구를 꺼낸 티나 키프로스는 그것을 한참 물끄러미 바라보다가 한숨과 함께 통신을 받아들였다.

－카슈미르 크리시스 포섭은 어떻게 되었지.

감히 제국의 황후에게 인사조차 없이 말문을 여는 낮고 거친 목소리. 티나는 그 지긋지긋한 목소리에 속으로 한숨을 쉬었다. 그는 티나 키프로스의 아버지, 하비스트 키프로스 백작이었다.

그녀의 입은 쉬이 열리지 않았다. 솔직한 대답 후에 돌아올 것이 무엇인지 알기 때문이었다. 침묵의 의미를 알아들은 하비스트가 거칠게 혀를 찼다.

－한심한 것.

"……."

－아리아 크리시스도 실패하더니, 또 실패를 해? 멍청한 어린애들 포섭하는 것이 뭐 그리 어렵다고. 그냥 예쁘고 비싼 것이나 좀 들이밀고 꼬드기면 되는 것 아니냐!

'그렇게 쉬워 보이면 네가 해 봐, 개자식아.'

티나 키프로스는 혀끝까지 튀어나온 욕설을 삼켰다. 그녀는 현명했기에 이 말을 뱉었다간 수습할 수 없음을 알았다. 그녀에겐, 자신의 아비를 이길 수 있는 권력이 없었으니까.

티나 키프로스가 황후가 될 수 있었던 건 그녀가 키프로스 백작가의 일원이었기 때문이지 황제 헬리오스와 사랑에 빠져서가 아니었다. 그녀가 이런 옷을 입고, 이런 호화를 누릴 수 있는 것도 그녀가 키프로스이기 때문이었다.

티나 키프로스의 모든 것은 키프로스로부터 비롯된 것. 그러니 그녀는 키프로스에게서 받은 것을 이용해 키프로스에게 은혜를 갚아야 했다. 그것이 그녀가 어려서부터 그녀의 아버지에게 귀에 딱지가 앉도록 들은 불변의 원칙이었다.

티나의 것들 중 진정한 티나의 것은 아무것도 없었다. 피가 나도록 입술을 짓씹은 티나는 크게 심호흡을 해 감정을 잠재웠다.

황후가 되었음에도 백작에게 이리 굴복해야 한다는 사실이 죽도록 비참했지만 그런 티를 낼 수는 없었다.

"죄송합니다."

-쯧. 이래서 계집들에게 일을 시키면 안 된다니까. 제대로 해 내는 게 없군.

'그럼 네가 해 보라고.'

"……더 열심히 해 보겠습니다."

-열심히만 하면 뭘 해, 성과가 없는데! 결국 디에고 그놈이 황태자가 되었고, 크리시스를 포섭하는 것도 실패했잖아! 이 쓸모없는 것!

티나 키프로스는 쏟아지는 독설을 담담히 받아들였다. 매일같이 오는 아버지의 연락. 그리고 쏟아지는 독설들. 그것은 매일을 마무리하는 하나의 규칙과도 같았기에, 그녀에겐 너무도 익숙했다.

'던져 버릴까.'

허나 익숙하다고 해서 괜찮은 것은 아니었다. 머리가 지끈거리는 것을 느낀 티나는 마도구를 던져 버리고 싶었다.

-다음에도 실패하면 황후 자리에서 내려올 생각을 해야 할 게다!

쿵.

티나의 심장이 무너졌다.

제 아비가 습관처럼 뱉는 협박일 뿐, 아무리 하비스트 키프로스라도 단번에 황후를 끌어내릴 수 없었다. 그걸 알아도, 항상 아찔해진다.

'황후 자리는 내가 가진 유일한 권력이야.'

'황후'라는 직책은 티나 키프로스가 자신의 것이라 칭할 수 있는 유일한 권력이었으니까. 비록 그것을 제멋대로 휘두를 수 없을지라도, 황후라는 이름은 온전히 그녀의 것이었다.

"……죄송합니다, 아버지. 더 잘하겠습니다."

티나의 순종적인 목소리에 하비스트가 만족스럽게 웃었다. 티나는 입술을 짓씹었다.

—그래야지. 아, 그리고 오늘 밤도 황태자 측으로 암살자를 보낼 거다. 네 명 정도.

"오늘도 말입니까? 하지만 어제도 보내지 않으셨습니까. 연속으로 보내는 건……."

—보낸다는데 왜 말이 많지? 세레논을 황제로 만드는 가장 간단한 방법이 디에고를 죽이는 것인데 주저할 게 뭐 있느냔 말이다.

"……."

—세레논이 황제만 되면 모든 것이 덮일 거다. 수단과 방법을 가릴 필요 없어.

티나가 입술을 짓씹었다. 그녀에겐 반항할 수 있는 힘이 없었다.

하비스트가 음침한 웃음을 흘렸다.

—그리고 그자와도 얘기가 잘 되었다. 얼마 전에 제대로 얘기를 나누었지.

티나가 눈을 커다랗게 떴다. 그녀는 저도 모르게 자리에서 일어났다.

"서, 설마…… 북부에……?"

—그래. '하이드' 말이다.

하비스트가 확인 사실하듯 단호히 말했다. 티나의 동공이 확장되고, 몸이 옅게 떨려 왔다.

'권력에 미쳐 있는 줄은 알았지만 설마 이 정도일 줄은……'

하비스트가 전에 한 번 언급하기는 했으나, 정말 내통을 시도하리라고는 상상도 하지 못했다. 이건 미친 짓이었다.

"하지만 그자와의 내통은 너무 위험합니다! 어떻게 그런……!"

-시끄럽다! 성공만 하면 되는 일이다!

'실패하면 다 끝나니까 그렇지!'

광기 섞인 하비스트의 웃음소리를 들으며 티나는 이를 악물었다. 이건 빼도 박도 못할 반역죄다. 들키면 키프로스 일가가 몰살당할지도 몰랐다.

-쯧. 네 오라비는 듣자마자 찬성했건만 너는 왜 겁먹은 쥐새끼처럼 구는 게냐.

하비스트가 혀를 찼다. 티나는 차오르는 울분을 간신히 억눌렀다.

-반란은 성공한 이상 반란이 아니다. 혁명이지. 역사는 승자의 기록일 뿐이야. 북풍이 불어올 때, 이 제국에서 살아남는 이들은 우리 키프로스다.

티나 키프로스는 눈을 꾹 감았다. 그녀는 이렇게까지 스스로가 키프로스가 아니기를 바란 적이 없었다. 이런 미친놈들과, 한패가 되고 싶지 않았다.

-내일은 디에고의 사망 소식을 기대하지.

짤막하게 내뱉은 하비스트가 연락을 뚝 끊었다. 알현실엔 다시금 고요가 찾아왔다.

쨍그랑!

"빌어먹을……"

벽에 부딪힌 찻잔이 산산조각 났다. 티나 키프로스가 한 손으로 제 눈을 덮었다. 많은 이들이 그를 권력에 미친 악랄한 황후라 불렀다. 하지만 그 호칭은 반만 맞는 것이었다. 그녀는 권력에 미쳐 있었으나, 악랄하진 못했다.

"프로피."

삐익!

티나의 나지막한 부름에 얌전히 책상 위에 있던 종이 새가 실제 새와 무척 유사한 소리를 내며 그녀에게로 날아왔다.

"'오늘 밤 살수 네 명 습격 예정'. 황태자 궁의 디에고 솔라티네와 페퍼 엘러바인에게로."

삐익! 삑!

경쾌한 울음소리를 낸 종이 새가 허공에서 바스러져 사라진다. 발신인의 흔적을 조금도 드러내지 않으면서, 지정한 인물에게만 정보를 제공하는 통신용 마도구.

티나 키프로스는 그녀의 가문이 디에고의 암살을 꾀할 때마다 자신의 정체조차 드러내지 않은 채, 황태자 궁으로 암살자의 정보를 전했다.

'권력을 원하지만, 디에고를 죽이고 싶지는 않아. 헬리오스도…… 죽이고 싶지 않아.'

비록 자신이 낳지 않았을지라도 디에고 솔라티네는 그녀의 아들이다. 그녀는 세레논을 황제로 만들고 싶었지만, 그렇다고 디에고를 죽이고 싶은 건 아니었다.

헬리오스 솔라티네 또한 마찬가지였다. 비록 사랑 없는 결혼이었다 한들 그는 그녀의 남편이었고, 남편이기 이전에 한 명의 인간이었다. 티나 키프로스는 살인을 하고 싶지 않았다.

'누군가에게 알려야 해.'

이 미친 짓을 내버려 둘 수는 없다. 실패하면 그녀 또한 무사치 못할 거라는 것은 문제였으나, 성공해도 문제였다.

'많은 이들이 죽을 거야.'

그녀는 권력을 위해 학살을 감행할 정도로 괴물이 아니었다. 이 거대한 음모를 막아야 했다.

'누구에게 도움을 요청하지?'

허나 그녀에겐 도움을 청할 곳이 없었다. 헬리오스에게는 분명 그녀를 도울 힘이 있었다. 허나 그는 매정한 군주였다. 내부고발자인 그녀와 반란의 핵심 인물인 세레논을 살려 줄 거란 확신이 없었다.

디에고 또한 그녀를 도울 힘이 있다. 허나 디에고는 티나 키프로스가 그의 암살을 의뢰하는 주범이라 생각하고 있을 터였다. 그런 그녀를 믿어 줄 거라는 확신이 없었다.

'나는 도움조차 남편과 아들에게서 받아야 하나.'

힘없는 스스로에 대한 자괴감이 울컥 치밀어 오른다.

수많은 고민 사이에, 불쑥 떠오르는 하나의 이름. 그 사람은 아주 강직한 시선을 가졌다. 지나치게 올곧고 초연해 인간보단 차라리 초월자에 가까워 보이는 이.

자연적으로는 존재할 수 없을 것만 같은 짙은 분홍빛을 담은 투명한 눈동자. 그 시선이 제게 닿으면 티나는 숨이 턱 막히는 느낌이었다.

한없이 올곧고, 티나 키프로스를 도와줄 힘이 있는 사람.

'……카슈미르 크리시스.'

티나 키프로스는 카슈미르 크리시스와 내통할 방도를 궁리하기 시작했다.

'내겐 막을 수 있는 힘이 없으니까. 할 수 있는 거라곤 정보를 흘리는 것뿐이니.'

이래서 그녀는 세레논을 황제로 만들고 싶었다. 덧없는 사랑과는 달리 권력은 영원하니까. 권력이 있다면, 세레논은 이런 취급을 당하지 않을 테니까.

티나 키프로스는 세레논 솔라티네가 자신의 전철을 밟지 않기를 바랐다.

그녀는 두 손에 얼굴을 묻었다. 그러나 눈물은 흘리지 않았다. 이 척박한 황궁에서 살아오며 눈물샘은 말라 버린 지 오래였다.

그저 가슴이 아렸다. 두 손 가득 무언가를 쥐고 있으나, 그중 어떤 것도 자신의 것이 아니라는 사실이.

"나도, 내 힘으로 내 명예를 만들고 싶네."

뱉지 못했던 대답을 조용히 중얼거렸다. 누구도 모를 악역의 속사정이었다.

Chaphter 2

폭풍의 언덕

그러니까, 이 복잡한 상황을 설명하기 위해서는 많은 시간이 필요하다.

"누구를…… 호위 기사로 써? 슈슈가 네 부하냐? 제국의 망조가 훤하군. 교황이 이런 개수작이나 부리고 있으니까!"

"난 슈슈에게 물었으니 넌 닥치고 있지 그래. 아타라 왕국은 천년만년 사고유탈하기만을 바라고 있어. 슈슈, 대답해 주세요. 나랑 같이 가 줄 거죠?"

아타라의 국왕과 제국의 교황이 나를 사이에 두고 짖어 대고 있는 이 상황 말이다.

사건의 발단은 편지 한 통이었다.

"카슈미르님. 신전에서 보내온 편지입니다."

"신전 말인가?"

나는 내 어깨에 기댄 아리아의 머리와 무릎 위에 누워 있는 칼의 머리를 사뿐히 치우고 편지를 받아 들었다.

간만에 사교계 약속이 없는 아리아와 마탑에 가지 않은 칼. 둘과 함께 나른한 아침을 보내고 있었다. 반쯤 졸고 있다가 머리가 들린 칼과 아리아의 얼굴이 구겨졌다.

"신전? 그 고자들 집단에서 언니한테 왜?"

"아리아."

"……그 '고고한' 집단이라고 했어."

낮잠을 방해받은 아리아의 입은 그리 정중하지 못했다. 급히 정정하는 아리아의 말에 피식 웃으며 편지를 앞뒤로 돌려 보았다. 편지 봉투 앞쪽에는 삐뚤빼뚤한 글씨로 이름 여섯 자가 적혀 있었다. 익숙한 악필에 또 웃음이 터져 나왔다.

"누구의 편지인가?"

"율리안 대신관의 편지군요."

칼과 아리아의 얼굴이 더 구겨졌다.

"그 자식이 왜 네게 편지를 보내는 거지?"

"음…… 글쎄요. 아직 열어 보질 않아서 이유는 모르겠습니다. 친구니까 편지 좀 보낼 수 있는 거 아닐까요."

"……율리안이 언니 친구라고?"

아리아의 표정이 조금 떨떠름해졌다. 율리안을 어느 정도 알고 있다는 투라, 나는 고개를 기울였다.

"……아리아 크리시스, 율리안 대신관과 친분이 있나?"

내가 묻기도 전에 칼이 물었다. 이를 묻는 칼의 목소리가 어쩐지 들끓는 것 같아 기묘하다는 느낌이 들었지만, 깊이 생각하지 않고 넘겼다.

"뭐…… 대신관이면서 사교계에 자주 나오거든, 율리안. 만나면 만나는 대로 말을 걸어서…… 친분이 있는지 없는지 양자택일로 물으면, '있다' 쪽일걸."

아리아가 귀찮다는 듯 눈을 굴렸다. 어쩐지 칼의 표정이 전보다 나빠진 것 같았으나, 곧바로 이어진 아리아의 말에 신경이 그쪽으로 쏠렸다.

"그 인간, 나랑 만날 때마다 언니 좀 신전으로 오게 해 달라고 간청을 하더라고."

"……나를?"

나는 멀뚱히 눈을 깜빡였다. 아리아가 고개를 끄덕였다.

"응. 신전은 카슈미르 공녀님의 도움이 필요하다나 뭐라나…… 유쾌한 사람이긴 한데…… 언니 얘기를 자주 하는 게 마음에 안 들어."

아리아는 짜증스러운 표정이었다. 불만 많은 고양이 같은 아리아의 머리칼을 슬슬 쓰다듬어 주다 사뿐한 손길로 편지를 뜯었다.

'……뭐야?'

나는 어이없는 표정을 지었다. 네모난 카드 위에 섬뜩한 핏빛 잉크로 마구 번진 채 적혀 있는 것은 단 세 글자였다.

[살려줘.]

"그놈 우리 저택에 찾아왔을 때 보고 느끼긴 했다만…… 미친놈인가?"

옆에서 카드를 같이 보던 칼이 신랄하게 말했다. 제국의 대신관에게 거침없이 욕설을 뱉는 그의 태도는 이제 담담하게 넘기게 되었다. 크리시스 가문 사람들의 험한 입은 유전인 것 같았다.

'이건 대체…….'

앞뒤 설명도 없는 살려 달라는 말에 무슨 숨겨진 의도라도 있는 것은 아닌지 고민하다 그만두었다. 율리안이 숨겨진 의도 같은 것을 담을 리는 없었다. 그라면 황제를 욕하는 내용을 보낼 때도 당당하게 제국어로 쓸 테니까. 율리안은 칼의 말처럼 미친놈이었다. 의도를 숨길 위인은 아니었다.

'어.'

무심코 카드를 뒤로 돌리니 다른 글씨들이 보였다.

[미친개가 매일같이 날뛰고 있습니다. 우리 신전은 공녀님의 도움을 필요로 합니다. 공녀님을 이런 시답잖은 일로 부르는 점 무척 죄송하게 생각하지만 저는 살고 싶습니다. 빠른 시일 내에 신전 한 번만 방문해 주시면 제가 단 거 싫어하는 미친개

몰래 모아 둔 초콜릿 다 공녀님 드릴게요.]

"큭."

나는 작게 웃음을 터트렸다. 다급함이 드러나는 악필에 담겨 있는 말투는 참으로 율리안다웠다.

'엘의 기분이 좋지 않은 모양이네.'

율리안과 꽤 알고 지낸 지금은 율리안이 엘을 '미친개'라는 애칭으로 부른다는 걸 알았다. 엘은 절친한 친구인 내게 관대했으니, 아마 내가 엘과 시간을 가지면서 그의 기분이 조금 풀어지기를 바라는 모양이었다.

'사냥 대회 이후로 한 번도 못 봤으니 오늘 한번 보러 가는 것도 좋겠지.'

마음을 정한 나는 편지를 대강 밀어 두며 테일러에게 정리하라 명하고 자리에서 일어났다. 늘어져 있던 칼과 아리아가 내 움직임에 소파에 제대로 앉았다.

"언니, 갈 거야?"

아리아의 물음에 나는 웃었다.

"응. 미친개를 보러 가야 할 것 같아서."

신전에 가 볼 생각이었다.

불가피한 일을 제외하면 집에 틀어박혀 검술 수련에 매진하느라 오랜만에 하는 외출이었다.

오늘은 바깥 공기를 만끽해 보고 싶었기에 망토를 뒤집어쓰고 느긋한 걸음으로 걸어 신전으로 향했다. 신분을 밝히고 들어선 신전 내부는 언제나처럼 웅장하고 엄숙했다. 새삼 엘이 이 거대한 신전의 주인이라는 것이 실감이 나지 않았다.

숨소리조차 허투루 내선 안 될 것 같은 신전을 둘러보다, 다가오는 인기척이 느껴져 고개를 돌렸다.

"공녀님! 와 주셨군요!"

안도가 가득한 율리안의 얼굴을 보고 있자니 웃음이 튀어나왔다. 나는 짧게 고개를 숙였다.

"오랜만입니다, 율리안. 잘 지내셨습니까?"

"아뇨……."

고개를 젓는 율리안의 얼굴이 무척 수척했다. 가냘프고 연약해 보이는 얼굴에 박힌 연보라색 눈동자가 처연하게 반짝였다. 반쯤 죽어 가는 것처럼 보이는 율리안이 안쓰러웠다.

"이런 일로 호출해 죄송합니다. 그런데…… 하…… 이 새끼가…… 아니, 왜 그렇게 살지?"

힘이 쭉 빠져 보이던 율리안이 말하다 말고 갑작스럽게 분노했다. 아무래도 쌓인 게 많아 보였다. 나는 율리안을 측은한 눈으로 바라보다 어깨를 툭툭 두드려 주었다.

"제가 얼마나 도움이 될지는 모르겠지만, 두 사람의 친구 된 도리로서 최대한 도와 드리겠습니다."

"걱정하지 마세요. 아마 그놈은 공녀님 머리카락 한 가닥만 봐도 좋아서 승천할 겁니다."

과장스러운 율리안의 말에 웃었으나, 의외로 그의 표정은 진지했다.

"부디 함께 가 주시죠. 하…… 이제 저는 한동안 그놈의 히스테리에서 구원받을 겁니다."

'죽는 줄 알았다거다.'거나 '정말 감사하다.'는 이런저런 소리를 주절거리는 율리안을 따라 신전을 가로질렀다. 그는 나를 교황의 집무실로 이끌었는데, 신성한 성지라 불리는 그곳이 가까워질수록 보초를 서는 성기사들이 많이 보였다. 신성력이 점점 더 농밀해지는 것을 느끼며 발걸음을 옮겼다.

"여깁니다."

점점 더 가벼워지던 율리안의 발걸음은 교황 집무실 직전에 왔을 땐 거의 날아다니고 있었다. 나는 봄바람을 타는 나비처럼 살랑거리는 그의 걸음을 따라 조깅하듯 가볍게 뛰다 율리안을 따라 멈췄다.

"음…… 이곳이 교황 집무실입니까?"

"네. 문제가 있나요?"

확실히 교황의 집무실답게 화려하고 웅장한 문 앞에 선 나는 느껴지는 이질감에 미간을 찌푸렸다.

"문 앞에 경비가 없는 것이 조금 이상해서요."

오는 복도엔 널린 것이 성기사였는데 정작 문 근처엔 사람이 코빼기도 보이지 않았다. 내가 고개를 기울이니 율리안이 피식 웃었다.

"그놈 사람 혐오증 때문에 경비를 다 물리거든요. 그 지랄을 감당할 수 있는 사람이 없어서요."

"그래도 위험할 텐데요. 괜찮은 겁니까?"

엘의 신성력은 막강하다. 소드 마스터인 나는 그의 곁에만 있어도 넘쳐흐르는 신성력을 느낄 수 있을 정도였다. 허나 그에게서 무력의 기운은 전혀 느껴지지 않았기에, 교황이라는 위험한 자리에 오른 그가 경비 없이도 안전한 건지 염려되었다.

"그놈이요? 위험이요?"

허나 율리안은 그럴 리 없다는 떨떠름한 얼굴이었다.

"그놈이 위험할 일은 없을 겁니다. 오히려 덤비는 쪽이 위험하겠죠."

율리안의 단언에 나는 눈을 굴리면서도 우선 고개를 끄덕였다. 저렇게까지 단언하는 걸 보니 보호 장치 같은 것이 있는 모양이었다.

"우선 들어가죠."

율리안이 문 앞에 서더니, 노크 한번 없이 문을 벌컥 열었다.

"야! 나 왔…… 어엉?"

크게 자신의 존재를 알리려던 율리안이 멈칫했다. 나는 뭔가 싶어 율리안 너머로 방 안쪽을 보았다.

'대체…… 방에서 뭘 한 거지.'

엘의 집무실은 난장판이라 불러도 손색이 없을 것 같았다. 구겨진 채 잉크에 절어 있는 종이들이 사방에 난자했고, 폭탄이라도 맞은 것처럼 기물들이 손상되어 있었다. 그 가운데 엘은 없었다.

"신전엔…… 청소하는 사람이 없습니까?"

잠시 뜸을 들이다 중얼거렸다. 율리안이 이마를 짚었다.

"그럴 리가요. 이놈이 다른 사람을 자기 방으로 들이질 않아서 이 꼴이 난 것뿐입니다."

아무래도 엘은 사춘기를 겪고 있는 모양이었다. 내가 잠시 할 말을 잃고 있으니, 율리안이 발길을 돌렸다.

"아마 신전 안에 있을 겁니다. 다른 곳을 찾아보죠."

이를 가는 율리안을 따라 나도 발길을 돌렸다.

[친애하는 카슈미르에게. 잘 지내나요? 나는 잘 못 지내아아악.]

[카슈미르에게. 보고 싶어허어엉……]

[카슈미르, 카슈미르, 카슈미르, 카슈미르.]

간혹 구겨지다 만 종이들에서 보이는 내용은 모르는 척하기로 했다.

'많이 외로웠던 모양이네…….'

신전 생활은 엘에게 많이 힘겨운 모양이었다. 나는 일이 없을 때도 자주 찾아오기로 마음먹었다.

중간에 만난 성기사의 도움으로 엘이 있는 장소를 알게 된 나와 율리안은 손

충직한 검이 되려 했는데 2

님들이 머문다는 신전의 손님실로 발걸음을 옮겼다. 꽤 오래 걸은 끝에 도착한 손님실 안쪽에서는 익숙한 기운이 풍겼다.

'엘. 그리고…… 얜 여기 왜 있는 거지?'

엘 옆의 익숙한 기운에 나는 미간을 좁혔다.

"……그러니까, 뭘 좀 찾아 줬으면 좋겠어."

문 가까이로 다가가자 들려오는 목소리는 역시 그 사람의 것이었다. 무척이나 진지한 목소리에 나도 모르게 마나를 운용해서 나와 율리안의 기척을 죽여 버렸다. 어리둥절한 표정을 짓는 율리안에게 검지를 올려 입술에 대어 보이고 조용히 문으로 다가가며 오가는 대화를 엿들었다.

나도 내가 왜 이러는지 모르겠으나 어쩐지 들어야 할 것만 같았다. 본능이 그리 말했다.

"내가 정보상도 아니고 그걸 왜 나한테 맡기는지 모르겠군. 그 잡초 같은 눈엔 교황도 정보상으로 보이나 보지? 그러다 신벌이라도 받아야 대가리에 빛이 번쩍 들지……."

"너한텐 어렵지 않잖아. 아타라와 솔라티네의 완만한 사이를 위해서 잠시 봉사 좀 해 주시지 그래. 대외로는 선한 척 사람 좋은 척 다 하더니 입에 쓰레기를 물고 있군."

"어렵진 않지만 해 줘야 할 이유도 없지. 국왕이면 정보상 정도는 여럿 알고 있을 텐데 왜 나한테 맡기는 거지? 완만한 사이 따위…… 알 바인가. 아니꼬우면 전쟁이라도 하든지. 때와 상황도 안 가리고 짖어 대는 그 아가리보단 훨씬 낫겠지."

"돈이든 뭐든 준다니까. 제국 정보상을 알긴 하지만…… 이건 지나치게 개인적인 일이라서. 아니 근데 이 새끼가……."

"내가 지금 돈이 궁해 보이나? 이 새끼 저 새끼 하지 말지 그래. 무척 저렴해 보이니까."

"둘이…… 뭐 하십니까?"

금방이라도 전쟁을 벌일 것 같은 두 나라 지배자들의 대화를 듣다 못해 문을 열어 버렸다. 정말 둘이 붙어 앉아 뭐 하는 건가 싶었다.

"……슈슈?"

"슈슈!"

나를 발견하고 얼어 버린 둘은 한참 멍하니 굳어 있다, 맞춘 것처럼 동시에 어색한 웃음을 만면에 띠었다.

"와, 왔나요, 슈슈! 아타라와 솔라티네의 경제 협력과 사회적 문화 교류에 대한 얘기를 하고 있었어요!"

"슈, 슈슈! 이 사람 말이 맞아! 국가의 미래와 앞으로 대륙의 전망에 대한 토의를 나누고 있었지!"

두 사람이 버벅거리며 어깨동무를 했다. 어깨동무한 손들이 서로의 어깨를 으스러져라 쥐고 있는 것이 훤히 보였다. 웃기지도 않는 변명들이었다.

방 전체에 기이한 침묵이 감돌았다. 나는 여전히 어깨동무인지 어깨 공격인지 모를 기이한 자세를 한 채 내 눈치를 보는 엘과 알렉산드로를 보다 한숨을 쉬었다.

"둘이 그러고 있는 거 정말 부자연스러우니까 편하게 하시죠."

말이 떨어지기가 무섭게 두 사람이 서로를 밀쳤다. 서로가 벌레라도 되는 듯 멀찍이 떨어진 둘을 보고 있자니 웃기면서도 대체 뭐 하는 건가 싶었다.

"그럼 저는 이만 가 보도록 하겠습니다!"

문밖에 서서 상황을 지켜보던 율리안이 경쾌하게 말했다. 그의 목소리엔 웃음을 참는 기색이 역력했다.

"율리안? 벌써……."

"안녕히 계십시오!"

내 말까지 끊은 율리안은 쌩 소리를 내며 쏜살같이 사라졌다. 불구경은 재미있지만 화재에 휘말리기는 싫은 사람 같았다.

율리안이 사라진 자리를 잠시 바라보다 얌전해진 두 사람을 돌아보았다. 알렉산드로는 침대에 기대어 앉아 있었고, 엘은 침대 옆 의자에 앉아 있었다.

"몇 가지 물어봐도 됩니까?"

"아, 물론이죠."

"당연하지."

두 사람이 동시에 대답했다. 동시에 대답한 것조차 싫다는 듯 서로에게서 한 뼘 정도 더 떨어지는 둘은 마치 사이가 좋지 않은 다섯 살 아이들 같았다.

"레오. 넌 대체 왜 여기 있는 거야?"

우선 레오가 신전에 있다는 것 자체가 어색했다. 이해할 수 없다는 표정으로 그를 바라보니, 레오가 눈을 굴렸다.

"그때 사냥 대회에서 바실리스크랑 맞닥뜨리고 몸에 잔상처들이 조금 났었잖아. 심각하지 않아서 치료할 생각이 없었는데…… 하나같이 치료받으라고 난리기에. 미루다가 이제야 왔어."

'사냥 대회 끝난 지가 언젠데……'

한 나라의 국왕이 이때까지 상처 치료도 안 받고 있었던 것도 웃기지만, 이쯤이면 소드 엑스퍼트의 재생력으로 상처가 다 회복되고도 남았을 시기였다. 어이없다는 표정으로 알렉산드로를 응시하자 그가 눈을 피했다.

'분위기를 보아 거짓말을 하는 것 같지는 않은데……'

상처 치료를 받으러 왔다는 게 거짓말은 아닌 듯했지만, 그것만을 위해 온 건 아닌 것 같았다. 눈을 가늘게 뜨고 엘을 보았다.

"그럼 엘은……."

"전 이 사람 치료해 주려고 여기 온 거죠. 그래도 명색이 국왕이니……."

엘의 눈빛에 잠시 인생에 대한 환멸이 깃들다 사라졌다. 이내 나와 눈이 마주친 엘은 무마하려는 듯 활짝 웃었다.

"알겠습니다. 그럼 조금 전에 찾아 달라는 이야기는 뭐였습니까?"

그냥 넘어갈까도 했지만, 역시 조금은 궁금했다. 내가 직접적으로 얘기를 꺼내니 알렉산드로가 움찔했다.

"……어디까지 들었어?"

"뭘 찾아 달라고 할 때부터 둘이 전쟁 운운할 때까지."

두 사람이 내 눈치를 봤다. 시답잖은 말싸움에서 전쟁까지 언급했던 게 민망하긴 한 모양이었다. 나는 팔짱을 낀 채 둘을 번갈아 보다 어깨를 으쓱였다.

"내게 말하기 곤란한 얘기라면 더는 묻지 않을게. 그냥 궁금했던 것뿐이니까."

혹여 내가 들으면 안 되는 얘기일까 싶어 나지막이 알렉산드로를 달래자, 그가 황급히 고개를 저었다.

"그건 아니야. 내가 네게 못 해 줄 얘기가 뭐가 있겠어. 그냥…… 정말 별거 아닌 거라서 말하기가 뭐했던 것뿐이야. 지금 말할게."

알렉산드로의 표정이 진지해졌다.

"나는, 내 유모의 유품을 찾고 있어."

"……유모?"

미간을 좁힌 엘이 되물었다. 그도 자세한 이야기는 못 들은 모양이었다.

'레이샤의 유품을 찾는 건가.'

나는 눈을 가늘게 떴다. 알렉산드로의 유모는 레이샤뿐이다. 그는 레이샤가 죽고 나서 유모를 들이지 않았을뿐더러, 들일 나이도 아니었으니까.

'레이샤의…… 유품 같은 게 있었나.'

원작에서는 등장하지 않는 내용 같았다. 원작에 대한 기억이 점점 옅어지는 만큼 확신은 못 했지만, 확실히 내 기억 속엔 없었다.

'애초에 레이샤는 엑스트라였으니까.'

『요정의 밤』은 남주인공들 중 한 명에게 트라우마를 만들기 위해 필요한 일회용 캐릭터에게 많은 내용을 할애할 만큼 다정한 소설이 아니었다.

'분명, 한 명의 인간이었을 텐데.'

충직한 검이 되려 했는데 2

창조주의 세계에서 기록할 만한 가치가 없는 피조물이란 어떤 것일까.

원작의 카슈미르 크리시스 또한 그런 존재였다. 잠시 갈등만 만들어 주고 사라지는 소모품.

'그런 식으로 소비되는 캐릭터들도 기록되지 못한 저마다의 이야기를 가지고 있었겠지.'

어쩐지 잠시 우울해졌으나, 이어지는 알렉산드로의 말에 금방 마음을 다잡았다.

"레이샤'라는 사람이야. 성은 몰라. 한때 마탑 소속 마법사였고, 제국 아카데미 마법학과에서 차석을 했다고 들었어."

"……그런 대단한 사람이 네 유모를 했다고?"

엘이 이해할 수 없다는 듯 미간을 좁혔다. 확실히, 레이샤는 고작 '왕자를 지키다 죽은 유모'로 스러질 인물은 아니었다. 표정이 무거워진 알렉산드로가 느리게 고개를 끄덕였다.

"……응. 6년 전에 죽었지만."

알렉산드로의 연둣빛 눈이 슬픔에 잠겨서일까, 방 안의 분위기가 무거워졌다. 팔짱을 낀 채 손가락을 까닥이던 엘이 고개를 기울였다.

"그래서, 유품은 어디 있는데?"

"나도 몰라."

"……뭐?"

엘이 얼굴을 구겼다. 나조차도 어이없다는 눈으로 알렉산드로를 바라보았지만, 그는 당당했다.

"확실한 장소는 몰라. 제국에 있다는 것만 들었어."

"지금 제국이 시골의 어느 저택 이름인 줄 아나 본데, 그대가 사막에서 바늘을 찾아오면 나도 찾아보겠네."

부드럽게 웃은 엘이 신랄하게 비꼬았다. 나는 착한 얼굴에 그렇지 못한 말투를 들으며 잠시 웃음을 찾을 수 있었다.

얼굴을 구긴 알렉산드로가 자기 머리를 헤집었다. 부드러운 연갈색 머리가 나풀거렸다.

"정확한 장소는 모르지만 찾아낼 수 있는 방법은 알아. 레이샤는 13년 전에 제국에 한 번 왔던 적이 있거든. 그때 이곳에 유품을 남겨 뒀다고 했어. 그러니까 13년 전 레이샤가 갔던 곳만 추적해 내면 찾아낼 수 있겠지."

확실히, 일리가 있는 방법이다. 나는 짧게 고개를 끄덕여 수긍했다. 나를 슬쩍 본 알렉산드로가 과장스럽게 한숨을 내쉬었다.

"제국에 온 김에 반드시 찾아가고 싶은데…… 신의 사자라는 양반은 자기 일 아니라고 도와주지도 않고. 어떻게 해야 할지 모르겠네."

엘의 어깨가 움찔했다. 둘을 번갈아 본 나는 고개를 살짝 기울였다.

"어…… 그럼 내가 찾아 줄까?"

"정말? 그래 줄 수 있어?"

알렉산드로의 연둣빛 눈동자가 반짝였다. 그에 반해 엘의 표정은 구겨지고 있었다. 화사해진 알렉산드로의 낯을 향해 고개를 끄덕였다.

"응. 실력 있는 정보상들과는 두루두루 알고 있으니까. 정 도움받을 구석이 없다면 내가 도와줄 수 있어."

용병들과 정보상들은 직업상 밀접한 거리를 유지하곤 했다. 미르로 활동하며 알게 된 정보상들이 있으니, 한 사람의 과거 행적 정도는 가볍게 알아낼 수 있었다.

"네 부탁이라면 못 할 건 없지."

친구의 부탁인 이상 더 어려운 것도 기꺼이 해 줬을 것이다. 그를 향해 빙긋 웃자, 알렉산드로가 흠칫 굳었다. 헤집어진 연갈색 머리카락 아래 귓바퀴에 붉은 물감이 번지듯 붉어지기 시작했다.

"잠깐."

잠시 이어진 시선 교환을 끊어 낸 것은 어쩐지 냉랭한 빛을 띠나 여전히 나긋한 엘의 목소리였다. 그를 돌아보니, 엘이 환한 미소를 가득 피워 냈다.

"생각이 바뀌었어. 아무래도 도움이 필요한 이를 돕는 것이 신의 사도로서의 도리지."

"그 도리는 왜 슈슈가 온 뒤에나 발동하는지 모르겠군. 네 도리는 그렇게 오락가락하나?"

알렉산드로의 말투는 조금 전의 설욕을 갚듯 신랄했다. 엘의 미간에 미세한 주름이 생겼으나, 금방 사라졌다. 엘의 은빛 눈동자가 유리알처럼 반짝였다.

"이 사람은 내가 도와줄게요, 슈슈. 이런 일에 슈슈의 귀한 손을 쓸 필요는 없죠."

"잠깐. 난 슈슈에게 도움을……."

"슈슈에게 도움이나 받아야 하는 무능한 인간인 걸 티 내고 싶으면 계속하든가."

웃는 얼굴로 싸늘하게 읊조리는 엘의 말에 알렉산드로가 입을 턱 닫았다. 자존심 상한 얼굴로 까드득 이를 간 알렉산드로가 썩은 미소를 지어 보였다.

"……그렇게 도와주고 싶다면 거절하진 않지. 한번 해 보라고."

엘과 알렉산드로 사이에 서늘한 눈빛이 오갔다. 표정으로는 이미 서로를 죽이고도 남은 것 같지만, 내 눈엔 그저 어린아이들이 투덕거리는 것으로 보일 뿐이었다. 나는 속으로 피식 웃으며 입을 열었다.

"그래서, 유품을 찾는 일을 엘이 대신해 주면, 내가 따로 도울 일은 없어?"

"응. 아, 아니면……."

수긍하다 잠시 고민하는 듯싶던 알렉산드로가 나를 향해 씨익 웃었다. 이가 드러나는 환한 웃음이 무척 상쾌해 보였다.

"오늘 많이 바쁘지 않으면, 내게 제국 수도를 소개시켜 주지 않을래?"

그는 다정한 목소리로 내게 제안했다.

'하기야, 알렉산드로는 이번이 두 번째 제국 방문일 테니 안내가 필요하려나.'

오늘 하려던 일이라고는 신전 방문밖에 없었고, 엘의 얼굴을 보니 율리안이 말한 것만큼 기분이 안 좋아 보이지도 않으니 함께 가도 나쁘지 않겠다 싶었다. 내가 고개를 끄덕이려는 찰나, 사뿐한 손길이 내 소매를 살짝 잡아당겼다.

"아니. 슈슈는 나랑 가 줬으면 좋겠어요."

기다란 연하늘색 머리카락이 내 옷자락을 스친다. 가만히만 있어도 신의 축복 같은 얼굴에서 눈꼬리가 안쓰럽게 처지니 내 속에 있던 보호본능이 울컥 올라오는 느낌이었다.

"나는 저 사람 부탁을 들어주기 위해 오늘 정보 길드를 찾아갈 거예요. 그런데 혼자 가기는 무서워서…… 슈슈가 하루만 내 호위 기사를 해 줬으면 좋겠어요."

옥구슬이 굴러가는 듯이 청량하고 부드러운 엘의 목소리가 달콤하게 속삭였다.

제국의 지배자가 되려면 사람을 사로잡는 기술은 필수인 모양이다. 목소리를 듣는 것만으로도 제비꽃 설탕 절임을 입안 가득 문 것 같은 느낌이라 나는 잠시 멍하니 눈을 깜빡였다.

"무슨 말도 안 되는…… 교황 직분은 장식인가? 왜 네가 직접 가는 거지? 신전에 가득한 성기사들은 다 약골인가 봐? 대체 왜 슈슈를 호위 기사로 삼는 거지?"

"시끄럽군. 치유하다 확인했는데, 넌 지금 뇌가 오락가락하는 위급한 상태니까 나갈 생각은 하지 말고 신전에나 붙어 있어."

"하! 슈슈가 네 부하냐? 이거 안 될 놈이네! 제국의 망조가 훤하군. 교황이 이런 개수작이나 부리고 있으니까!"

"난 슈슈에게 물었으니 넌 닥치고 있지 그래. 아타라 왕국은 천년만년 사고유탈하기만을 바라고 있어. 슈슈, 대답해 주세요. 나랑 같이 가 줄 거죠?"

알렉산드로와 엘은 개와 고양이 같았다. 나는 서로가 철천지원수라도 되는 듯이 으르렁거리는 둘을 보다 피식 웃었다.

"둘이 꽤 친하네요."

동시에 나를 돌아본 둘의 얼굴 위로 귀를 의심하는 표정이 피어올랐다. 허나 나는 진심이었다.

'저렇게 티격태격하는 것도 어느 정도 안면이 있으니까 저러는 거겠지.'

알렉산드로가 엘에게 도움을 요청한 것부터가 둘이 친분이 있다는 것을 뜻했다. 엘이 절대 해 주지 않으리라 생각했다면 도움을 청했을 리 없었다.

나는 서로가 다리 백 개 달린 지네라도 되는 양 멀찍한 거리감을 유지하는 둘을 뒤로한 채 자리에서 일어났다.

"우선 오늘은 엘이랑 가는 게 맞는 것 같네."

"왜!"

두 사람의 얼굴 위로 희비가 교차했다. 이해할 수 없다는 표정의 알렉산드로를 향해 달래듯 웃어 주었다.

"정보 길드들이 들어선 지역은 위험해. 성기사들이 정체를 숨기고 가는 것보단 내가 미르로서 엘의 호위가 되는 게 좋겠지. 누구도 감히 시비를 걸지 않을 테니까."

엘에겐 미르로서 받아 온 게 많았고, 아직도 그 도움을 전부 갚지 못했다. 나는 이런 식으로라도 엘을 돕고 싶었다. 손을 들어 침대에 기대어 있는 알렉산드로의 머리를 쓰다듬었다. 부드러운 연갈색 머리가 손가락 사이로 얽혔다.

"시내는 다음에 구경시켜 줄게. 착하게 기다려. 할 수 있지?"

알렉산드로의 얼굴 위로는 불퉁한 표정이, 엘의 얼굴 위로는 승리자의 미소가 떠올랐다.

"조심하십시오."

휙.

기이하게 변조된 목소리가 입 밖으로 튀어나왔다. 나는 엘의 소매를 살짝 잡고 그를 안쪽으로 끌었다. 엘이 살짝 놀란 표정으로 끌려오고 얼마 지나지 않아 엘이 있었던 자리에 아슬아슬하게 마차가 지나갔다.

"고마워요."

로브 후드로 가린 얼굴 아래로 희미하게 보이는 엘의 입가에 미소가 피어올랐다. 후드 안으로 마도구를 사용해 색을 바꾼 갈색 머리카락이 삐죽 보였다.

'갈색 머리도 어울리는구나.'

제일 흔한 머리색인 갈색조차 아름답게 소화해 내는 엘의 미모를 보며 새삼 감탄했다.

내게 닿는 사람들의 시선을 익숙하게 무시하며 살짝 삐뚤어진 가면을 고쳐 썼다. 그도 나도 정보 길드에 가면서 정체를 드러내면 곤란한 사람들이었다. 공녀와 교황이 함께 정보 길드에 가는 상황은 어떻게 보아도 이상했으니. 검은 로브를 뒤집어쓴 그와 검은 로브에 가면까지 쓴 나는 충분히 수상해 보였으나, 공녀와 교황이라는 것을 들키는 것보단 나았다.

"엘은 평소에 자주 찾는 정보 길드가 있습니까?"

"신전에서 주로 이용하는 정보 길드는 있죠. 하지만 이번엔 사람 행방 하나 찾는 간단한 의뢰라서 원래 가던 곳 말고 다른 곳으로 가려고요. 내가 직접 정보 길드를 찾는 건 오랜만이지만요."

하기야, 교황이 직접 정보 길드를 찾아 나설 일이 뭐가 있겠는가. 시킬 사람이 한가득인데. 살짝 고개를 기울였다.

"그럼 이번 일은 왜 직접 나서셨습니까? 아무래도 국왕의 부탁이니 확실히 하시려고?"

엘이 나를 돌아보았다. 고개가 움직이며 검은 로브 아래 은빛 눈동자가 살짝 드러났다. 그가 눈꼬리를 휘었다.

충직한 검이 되려 했는데 2

"내가 그 사람 부탁에 관심을 둔 것 같나요? 내게 필요한 건 슈슈랑 함께할 구실뿐이었어요."

그의 얼굴을 가득 채운 부드러운 미소에 잠시 정신이 아득해졌다. 기분이 이상했다.

"……아. 이제 정보 길드의 골목입니다."

잠시 멍하니 눈을 깜빡이며 엘을 바라보다, 퍼뜩 정신을 차리고 말했다.

누군가에게 함께하고 싶은 사람이 되었다는 건 기분 좋은 일이었다. 귓가가 미미하게 달아오른 느낌이 들었다.

수도 시내를 빙글 돌아 깊은 곳으로 들어오면 정보 길드들이 모인 골목이 나왔다. 나는 개인으로 활동하는 정보상 가운데 안면이 익숙한 자들에게 개인적으로 의뢰를 맡기곤 했기 때문에 정보 길드 골목은 그리 자주 오는 편이 아니었다.

내가 진짜 미르인지 아닌지 가늠하며 수군거리는 사람들을 헤치며 얼마나 걸었을까, 엘이 문득 발걸음을 멈췄다.

"저기로 갈까요? 이용해 본 적은 없지만 꽤 유명한 곳이니까. 사람 한 명의 행적 캐는 데엔 문제가 없을 것 같네요."

나는 엘이 가리킨 건물로 시선을 돌리고 눈을 깜빡였다.

'Hide & Ceek'. 약 5년 전에 만들어진 정보 길드로, 지금은 상당히 이름을 날리고 있었다. 정보 길드를 이용하지 않는 나조차도 그 명성은 알고 있을 정도였다.

'문제는 없는데…… 기분이 좀 이상하네.'

살짝 미간을 좁힌 채 표지판을 지그시 들여다보았다. 보라색과 진분홍빛이 섞인 색에 필기체로 쓰인 'Hide & Ceek'. 'Hide & Seek'의 틀린 철자 같은 이름은 나로 하여금 기묘한 감정을 불러일으켰다.

"이곳은 싫나요? 다른 곳으로 갈까요?"

한참 표지판을 바라보고 있는 내 안색을 살핀 엘이 물었다. 퍼뜩 정신을 차린 나는 잠시 눈을 굴리다 고개를 저었다.

"아닙니다. 괜찮습니다. 이곳으로 가죠."

'멍청하게.'

아직도 과거의 망령에 벗어나지 못한 스스로를 욕하며 먼저 문 쪽으로 향했다.

"아, 잠깐."

그리고 안으로 들어서려는 나를, 엘이 막았다.

"혹시 괜찮다면 밖에서 기다려 줄 수 있을까요? 내가 처리하고 올게요."

"하지만…… 내부에서 위험해지시면 어떻게 합니까?"

나는 미간을 좁혔다. 위험하다는 말에 미묘한 표정을 짓던 엘은 작게 웃었다.

"걱정하지 말아요. 정말 괜찮으니까. 슈슈가 있으면…… 음, 내가 직접적으로 말하기가 어려워서 그래요."

어쩐지 곤란해 보이는 엘을 보다 고개를 끄덕였다. 엘이 내부에서 위협을 당한다면 그 누구보다 내가 더 빨리 느낄 수 있을 테니, 밖에서 기다리는 것은 문제가 되지 않았다. 내가 위험하다 느끼는 즉시 뛰어들어 가도 엘이 위험해지는 것보단 빠를 터였다.

"그럼 다녀오시죠."

"다녀올게요."

내가 순순히 물러나자 엘이 고맙다는 듯 웃고는 문을 열고 들어갔다. 그가 사라진 곳을 잠시 바라보다, 정보 길드 건물 벽에 몸을 기대었다.

꽤 북적거리던 골목길에 인적이 줄어드는 것을 지켜보았다. 어두워지는 거리에서 인적이 아예 없어질 때까지 보다가, 잠시 사색에 젖었다.

'……그 새끼는, 잘 있을까.'

눈앞에 아른거리는 인영에 얼굴을 구겼다. 떠올리고 싶지 않은데, 그러기엔 너무 깊이 새겨진 인물이었다.

　　　　　　　　　　　　　　　　　충직한 검이 되려 했는데 2

나는 입술을 짓씹었다.

'개자식.'

그를 떠올리면 자동적으로 함께 떠오르는 얼굴 하나가 내 가슴을 저리게 만들었다.

어린 시절의 나를 붙잡아 주었던 유일한 인물. 여전히 내가 가장 동경하는 이상향.

'······카라쇼 스승님.'

한때는, 내게도 스승님이 있었다. 한없이 강직하고 올곧은 시선을 가지셨던 분. 용병이었던 카라쇼는, 세상을 향한 경계심과 아리아를 살리겠다는 집념밖에 없었던 나를 거두어 스승이 되어 주었다.

'검을 휘두를 땐 흔들림이 없어야 한다. 네가 베어 내는 것을 정확히 눈에 담고 대상을 확실히 베어라. 검의 흔들림은 생사의 위태로움과 직결된다.'

'이 세상에 죽어 마땅한 사람은 없다. 정말 어쩔 수 없이 누군가를 죽여야만 할 때가 올지도 모르지만 기본적으론 이 마음을 품어야 한다. 죽어 마땅한 사람이 있다고 생각하기 시작하면 모두가 죽어도 되는 인간 같거든.'

'사람의, 숨통을, 끊을 땐····· 절대 그의 눈을 피해선 안 된다. 네가 앗아가는 생명의 무게를 반드시 짊어져야 해····· 그게 상처받을지언정, 괴물이 되지 않는 방법이다.'

나는 그분에게서 검을 배우고 세상을 배웠다. 어쩌면 카라쇼가 내 세상이었을지도 몰랐다. 용병 일에 뛰어든 지 얼마 되지 않아 뭣도 몰랐던 나는, 그녀와 함께 다니며 마수를 토벌했다.

그리고 열세 살 겨울.

새하얀 설원이었다. 그 새하얀 눈송이를 어떤 것들이 물들였는지 나는 아직도 생생히 기억했다. 시각, 청각, 후각, 촉각 모두가 범인의 것을 뛰어넘던 그 순간, 발달된 감각은 여전히 나를 그때 그 악몽으로 끌고 갔다. 내 절망이 형태를 갖췄던 그 순간은, 여전히 내게 있어 지옥이었다.

'차라리 망각할 수 있다면 얼마나 좋을까.'

눈을 질끈 감고 울컥 치밀어 오르는 감정을 힘겹게 억눌렀다.

여전히 나는 겨울을 싫어했다. 특히 눈 오는 날을. 사람의 피 냄새를 맡으면 머리가 어지러웠고, 거대 마수 떼를 보면 속이 울렁거렸다.

나는 여전히, 그 기억 속에 사로잡혀 있었다.

'그러고 보니 작년 기일은 아무것도 못 하고 넘겨 버렸네.'

이전까진 스승님의 묘를 매년 찾아갔건만, 크리시스 공작가로 입적되고 이런 저런 일들을 처리하느라 바빠 묘를 찾는 것을 잊고 있었다.

'……나약한 놈.'

사실, 묘를 찾지 않았다는 것이 더 정확했다. 내가 그분을 잊을 리 없었으니까. 줄곧 기억하고 있었다. 허나 찾아갈 엄두를 내지 못했다.

'너무, 행복해서.'

그래. 너무 행복했다. 새로운 가족들과 보내는 시간이, 건강한 아리아와 함께 하는 일들이 벅차도록 즐거웠다. 친구들을 만나고 웃는 시간이 소중했다. 그래서 그 행복을 흐트러트리고 싶지 않았다.

'행복을, 유지하고 싶었어.'

카라쇼의 묘를 다녀온 뒤면 나는 죽어 갔다. 잠은 잘 생각조차 하지 못했다. 끝없는 악몽이 나를 기다렸으니까.

검을 잡을 때면 떠오르는 그날의 감각에 검을 휘두르는 것이 무리일 정도로 손이 떨려 왔다. 음식을 먹으면 입안을 가득 채우는 피비린내에 뭐든 게워 냈고, 눈을 뜨면 눈물부터 차올랐다. 숨이 막히나, 죽지 않았다.

이 악몽에서 괜찮아지기까지는 아주 오랜 시간이 걸렸다. 나는 그 시간 동안을 지옥으로 보내야 했다.

'비겁한 새끼…….'

두 손 위로 얼굴을 묻고 차오르려는 눈물을 삼켜 냈다.

결국 변명일 뿐이다. 비겁하기 짝이 없는 변명. 나는, 내가 지키지 못한 생명의 무게를 버티지 못할 뿐이었다.

'이런 걸 떠올리는 게 아니었는데.'

한숨을 뱉으며 입을 틀어막았다. 수면 아래 잠겨 있던 그때의 기억들이 다시 떠올라 나를 덮치는 느낌.

떠오른 생각들을 모두 지워 버리고 싶었다.

'진정해. 사사로운 감정에 빠져 있을 시간이 아니야.'

천천히 심호흡하며 어두운 감정들로 인해 탁해진 몸속 마나를 순환시켰다. 엘의 의도가 무엇이었건 나는 엘의 호위 기사로서 온 것이다. 이런 나약한 감정에 빠져 있을 때가 아니었다.

'그래. 괜찮아질 거야. 나는……'

그리고 세상의 시간이 멈춘다.

동공이 확장되고, 심장이 미친 듯이 뛰기 시작한다.

'말도 안 돼. 이건……'

끊임없이 울리는 본능의 경고음. 위험을 감지하는 감각이 터질 것 같았다. 허나 나를 경악시킨 건 다가오는 위험이 아니었다.

사람에겐 저마다 기운이 있다. 어쩌면 마나의 흐름이라고도, 어쩌면 아우라라고도 할 수 있는 고유의 무언가. 소드 엑스퍼트가 된 이후부터 나는 이 기운으로 사람을 읽곤 했다. 그리고 지금 다가온 기운은, 잊으려 했으나 여전히 기억하고 있는 어떤 이의 기운이었다.

숨을 멈춘다.

그 사람에게선 늘 이런 향이 났다. 겨울을 그대로 담아낸 것만 같은 한없이 차가운 향기. 땅 위에 소복이 쌓이는 눈송이의 내음. 뼛속까지 얼어 버릴 것 같은 지독한 냉기.

쉬익!

세찬 바람 소리와 함께 허공을 가르는 단도를 고개를 기울여 피했다. 충격으로 뇌가 굳어 버린 탓에 반응이 조금 늦었다. 단도 날에 긁힌 뺨에서 피가 흘러내렸지만, 나는 그걸 신경 쓸 때가 아니었다.

"소드 마스터가 됐다고 들었건만, 여전히 느리구나, 미르."

확인 사살이라도 하듯, 등 뒤에서 들려오는 익숙한 목소리. 귀를 사로잡는 매혹적인 낮은 목소리가 내 뇌를 흔들었다.

나는 콰득 입술을 악문 채 양손으로 주먹을 꽉 쥐었다.

쾅!

온몸에서 검은 살기가 폭발하듯 쏟아져 나온다. 밟고 선 땅이 옅게 흔들렸다. 데베라와의 대치 이후 처음으로 최대치까지 살기를 풀었다. 주위를 검은 연기가 감쌌다. 보통 사람이었다면 감당하지 못하고 쓰러졌을 살기에도 등 뒤로 다가오는 발걸음 소리는 여전했다.

나는 으르렁거리며 짓씹듯 욕설을 내뱉었다.

"감히, 내 앞에 얼굴을 들이밀어, 개새끼가."

스르릉.

물 흐르듯 발검하며 반원 방향으로 몸을 돌려 대상의 목 앞에 검 끝을 겨누었다. 온몸에 분노가 들끓어 오르는 듯했다. 그리고 마주치는 눈동자.

여전했다, 지독할 정도로. 그는 새파란 소년 시절보다 훨씬 더 성숙해졌지만, 그럼에도 여전했다.

죽음을 상징하는 색임에도 그의 보랏빛은 치명적으로 아름다웠다. 여전히 속내를 감춘 채, 자수정처럼 투명하게 반짝이는 눈동자. 날카롭게 올라간 눈매. 섬세한 속눈썹. 새하얀 얼굴. 그 얼굴 위를 덮은, 내 가면과 똑같은 형태이나 색만 하얀 가면도 여전했다.

짧게 다듬은 칠흑빛 머리카락이 바람에 날려 살랑거린다. 분명 봄인데, 봄바람을 타고 온 그의 향기는 겨울을 담고 있었다.

쓱.

부드럽게 찔려 들어가는 피부의 감촉에 떨리려는 손을 애써 진정시켰다. 눈처럼 새하얀 목 위로 붉은 피가 배어났다.

급소를 노리고 있는데도 조금의 물러섬도 없이 태연한 그의 태도가 내 속을 뒤집었다. 피어오르는 비린 피 냄새에 울컥 치밀어 오르는 것을 억누르며 분노로 이글거리는 눈을 그에게 똑바로 맞췄다.

"지그문트······."

지그문트. 그것이 한때 친구라고 생각했던 이 증오스러운 이의 이름이었다. 한없이 낮아진 내 목소리가 맹수의 울음소리처럼 거칠게 으르렁거렸다.

그와 나 사이에 치열하게 오가는 시선. 소드 마스터가 됐음에도, 6년을 더 살았음에도 여전히 읽을 수 없는 그의 눈동자가 나를 응시했다. 예나 지금이나, 나는 저 눈빛이 싫었다.

달칵.

제 얼굴로 천천히 손을 뻗은 그가 사뿐히 가면을 벗었다. 완전히 드러난 그의 얼굴은 여전히 숨 막힐 정도로 아름다웠다. 그리고 붉은 입술이 웃는다. 피어오른 초승달처럼 휘황하게 웃었다.

"오랜만이야, 슈슈."

아무 일도 없었다는 듯, 정말 오랜만에 만난 친구에게 인사하듯 태연한 목소리. 나를 붙잡고 있던 줄이 툭 끊어졌다.

쾅!

나는 망설임 없이 그를 향해 검을 휘둘렀다.

"그 더러운 성격은 여전하군."

인기척이 느껴진 곳은 검은 오러로 인해 길고 깊게 갈려 버린 길에서 살짝 비껴간 곳이었다. 순간 이동을 사용한 모양이었다. 그의 목소리는 여전히 태평하고 심지어 웃음기까지 서려 있었기에, 나는 더욱 분노했다.

"겁먹은 쥐새끼 같은 네 태도도 여전하군."

쾅!

검은 오러가 폭발하듯 검 위를 뒤덮었다. 머리가 아플 정도로 분노한 탓에 마나를 가다듬을 수는 없었지만, 오러는 내가 살기를 띠는 만큼 난폭함이 증가해 그 기세만으로도 흉흉할 정도였다.

나는 분노로 부릅뜬 눈으로 지그문트를 노려보았다.

"죽기 싫으면 검 뽑아, 개새끼야."

여전히 검집에 굳게 꽂힌 그의 검을 보며 으르렁거렸다. 검사들은 말로 이야기하지 않는다. 검을 맞대는 것이야말로 최고의 의사소통이었기에.

사실 지그문트와는 대화를 나누고 싶지도 않았다. 그저, 과거의 울분을 풀어내고 싶을 뿐이었다.

조금 떨어진 거리에 서 있던 지그문트가 말없이 나를 바라보았다.

고귀한 보랏빛 눈동자. 저런 치와는, 어울리지 않는.

나는 아득 이를 갈았다. 우주의 보랏빛 하늘을 담아낸 주제에 별은 없고 새까맣게 죽어 버린 눈동자가 휘어진다. 그에 따라 그의 오른쪽 눈가에 눈물처럼 새겨진 점이 살짝 움직였다. 명백한 비웃음이었다.

"그 더러운 입도 여전하고."

쾅!

지그문트가 서 있는 곳으로 망설임 없이 오러를 날렸다. 거대한 폭발이 일어나며 땅 위로 커다란 구멍을 만들어 냈다. 피어오른 흙먼지 때문에 잠시 눈을 감았다 떴을 땐, 그곳에 사람은 없었다. 지그문트가 또다시 순간 이동을 사용한 모양이었다.

'모를 줄 알고.'

검 손잡이를 으스러져라 쥔 채 허공에서 사라진 그의 마나를 읽었다. 조금 떨어진 곳에서 마나가 응집되는 것이 느껴졌다.

마나를 끌어올려 도약한 나는 망설임 없이 그곳으로 뛰어들었다. 예상한 대로 허공에서 나타나는 인영. 혹 다가온 나를 보고 놀랐는지 살짝 커지는 보랏빛 눈동자. 한 뼘 이내로 가까워진 거리라 그의 속눈썹 하나까지 모두 자세히 보였다.

마지막으로 보았을 때보다 확연히 자란 키와 몸. 더는 소년이라 부를 수 없는, 성숙하고 날카로운 성인의 인상. 원래도 놀랍도록 잘생긴 얼굴이었으나 이젠 잘생겼다는 단순한 표현 정도로는 표현할 수 없는, 차가운 조각상처럼 섬세한 외모.

그러나 눈은, 이전엔 아주 희미하게라도 띠고 있던 생기조차 완전히 사라지고 차가움만 남아 있었다.

속이 뒤틀린다. 떠난 건 자기인 주제에, 왜 사연 있는 눈을 하고 있는 건지. 원망스럽고 증오스러웠다.

'빌어 처먹을 놈.'

비린 맛이 올라올 만큼 입술을 짓씹은 나는, 지그문트와 부딪치기 직전의 거리에서 검을 휘둘렀다.

챙!

날붙이가 맞부딪치는 살벌한 소리가 울려 퍼졌다. 한 발자국 물러선 지그문트는 이제야 검을 뽑아 들고 내 검을 막아 냈다. 맞붙은 검 사이로 고고히 나를 응시하는 그와 치열하게 시선을 나누었다. 여전히 읽을 수 없는 짙은 포커페이스가 내 분노를 더 끌어올렸다.

캉.

내게 밀리던 지그문트가 내 검을 힘껏 밀어내며 대치를 끝냈다. 쉽게 밀려나 준 나는 무자비하게 검을 움직였다.

챙! 챙!

검이 몇 번이고 오간다. 내 머리카락을 태울 듯 날아온 불덩이를 가볍게 피하며 그의 어깨에 검을 찔러 넣었으나 지그문트는 순식간에 피하며 반격했다.

'……실력이 비교도 할 수 없을 만큼 늘었군.'

그간 6년 동안 자란 것은 나뿐만이 아니라는 것을 증명하듯, 지그문트의 실력은 급속도로 성장해 있었다. 그 시절 소년과는 비교하는 것이 실례일 정도로 대단한 강자의 기운이 내 피부를 자극했다.

'예측을, 못하겠어.'

놀랍게도, 지그문트는 내가 그와의 승부에서 승리를 점칠 수 없을 만큼 강해져 있었다.

파지직!

지그문트의 손짓 아래 허공에서 그려지는 마법진. 마법진을 뚫고 튀어나온 푸른 전격을 피해 몸을 돌렸다.

내가 피하는 틈을 타 내 복부 쪽으로 빠르게 검을 비집어 넣는 지그문트의 허벅지를 걷어차고 몸을 뒤로 젖혀 허공을 뛰어오르며 검을 아래에서 위로 그어 올렸다. 초승달 형태로 흉폭하게 날아가는 검은 오러는, 인간의 속도로 절대 피할 수 없는 공격이었다.

휙.

그리고 또다시 허공에서 사라지는 인영. 검은 오러는 순식간에 투명해진 지그문트를 통과해 땅을 갈랐다. 골목길에 거대한 싱크홀 같은 구멍이 생겼다.

싸움을 시작하며 이곳으로 들어오는 길목에 소음 및 충격, 입장을 막는 방어막을 쳤기에 망정이지, 그러지 않았다면 건물들이 무너지고 큰 소리를 들은 사람들이 사방에서 쏟아져 나와 다쳤을 게 뻔했다.

'소드 엑스퍼트, 거기에 상급 마법사.'

지그문트의 경지는 어렵지 않게 예측할 수 있었다. 그의 몸속에서 요동치는 오러의 기운부터, 손짓 몇 번으로 마법진을 전개하는 경악스러운 마법 실력까지.

'검의 경지도, 마법의 경지도 절대 뒤처지지 않아.'

보통의 마검사는 검술에 공격을 치중하고 마법은 들러리처럼 사용하거나 그 반대인 반면, 그는 둘 모두 뛰어났다. 이전에도 마법과 검술을 곧잘 병행해 사용하던 지그문트는, 현재 대륙 내 마검사 중에선 최강이 아닐까 싶을 정도로 뛰어난 실력을 선보이고 있었다.

　'게다가 순간 이동 실력은…… 저게 가능하다고?'

　현재 지그문트는 제대로 된 실력을 드러내지 않았다. 그럼에도 내가 그를 까다로운 상대라고 생각하게 하는 요인이 바로 저 순간 이동이었다.

　순간 이동은 수많은 마법 중에서도 고난이도에 속한다. 아주 복잡한 마법식을 필요로 하기 때문에 대부분의 마법사는 이를 허공에서 바로 전개하지 못하고 땅에 그려 사용했다. 게다가 한 번 시전하는 데에 많은 양의 마나를 필요로 했기 때문에, 연속으로 사용하는 것은 고사하고 한 번조차 제대로 쓰지 못하는 마법사가 태반이었다.

　'그런데 지그문트는…….'

　공격이 휘둘러지는 그 찰나에, 시동어조차 없이 곧바로 순간 이동을 사용한다. 그것도 물 쓰듯이. 잠깐 사이에 다섯 번을 사용했음에도 그의 마나는 고갈될 기미조차 보이지 않았다. 아무리 단거리를 이동하고 있다고 해도, 이런 순간 이동 실력은 거의 불가능에 가까웠다.

　'6년 동안 순간 이동만 연습한 건가?'

　얼굴을 한가득 구긴 채 날아오는 검을 받아쳐 냈다.

　이상하게 불쾌했다. 물론 지그문트의 얼굴을 봐서 그런 것도 있었지만, 그것보다 조금 더 근본적인, 내 본능을 건드리는 기이한 불쾌함이 있었다. 지그문트의 몸에서 피어나는 기운이었다.

　"6년이나 지났건만 겨우 이 정도 수준인가. 영웅이라느니, 대륙 최강자라느니 하더니 들려오던 미르의 명성은 다 헛것이었던 모양이군."

　내가 잠시 다른 생각에 잠겨 있을 때를 틈타 날카롭게 검을 휘두른 그가 비꼬았다. 잠깐의 방심으로 로브 자락을 내준 나는 서늘하게 눈을 떴다.

"전보다 퇴화한 새끼는 닥쳐. 네 이름은 내 귀에 들리지도 않더군. 6년간 어디 시골에서 요양이라도 하고 왔나 보지?"

내 비아냥에 그가 태연하게 어깨를 으쓱였다.

"뭐, 그럴지도. 그래서 내가 보고 싶었나?"

능청스러운 말투. 조금의 진심도 없는 웃음. 여전히, 읽을 수 없는 눈빛.

쾅!

그의 모든 것이 나를 미치도록 분노케 했다.

"검 잡는 새끼가, 뭐 이리 혀가 길어. 마법도 겸하는 잡종 새끼라 그런가."

폭발하듯 터져 나온 오러에 밀려 휘청거리는 지그문트를 내려다보았다.

진심으로 마검사를 잡종이라 생각하는 건 아니었다. 그들의 노력을 무시하는 것도 아니었다. 허나 저 자식의 속을 뒤집기 위해서라면 무슨 말이라도 할 수 있을 것 같았다.

나 스스로도 낼 수 있으리라 생각하지 않았던 낮고 차가운 목소리가 내 입술 사이를 비집고 나왔다. 공녀로 살며 억눌렀으나, 원래는 용병으로 살며 한없이 거칠었던 말투가 부활한 느낌이었다.

"과묵한 검사님이신 너는 참 잘났군."

다시 중심을 찾은 지그문트는 핏물 섞인 침을 내뱉으며 나를 비꼬았다. 달라진 듯 달라지지 않은 그를 보고 있자니 무언가가 울컥 올라오는 기분이었다.

지그문트는 그때와 똑같았다. 한 마디도 곱게 나오지 않는 저 주둥이부터, 비뚤어진 미소만 주야장천 지어 대는 저 붉은 입술, 남은 욱하게 만들면서 자신의 감정은 조금도 드러내지 않는 저 포커페이스까지.

그를 친구라고 생각하던 그때로부터 달라진 건 그를 향한 내 감정뿐일지도 몰랐다.

'너는 어째서.'

충직한 검이 되려 했는데 2

원수처럼 생각하면서도 미묘한 친애를 품고 있던 마음엔 들끓는 분노만 남아 있었다.

너는 어째서, 그날 오지 않았나.

"그날, 나를 친구로 생각하지 않아도 스승님을 생각해서 왔어야지. 그날은 불가피하게 못 왔더라도 한 번은 스승님을 찾았어야지!"

언성을 높이지 않으려 했는데. 화를 내면 지는 것 같아서, 그저 고저 없이 말하려 했는데. 결국 뱉은 것은 울분 섞인 원망이었다. 여전히 무덤덤하게 나를 바라보는 지그문트의 눈에 흙을 뿌려 버리고 싶었다.

그가 나를 친구라고 생각하지 않았다는 것은 이해할 수 있다.

그래. 나 혼자만 친구라고 생각했다는 게 조금 가슴 아플지도 모르겠다. 그래도, 괜찮았다. 나는 체념하는 것에 익숙했으니까.

"은혜를 몰라도 유분수지. 어떻게, 다른 사람도 아닌 네 은인 카라쇼에게 그럴 수 있나."

하지만 카라쇼에게 함께 배웠던 주제에, 나와 같은 카라쇼의 제자였던 주제에! 심지어 나보다 더 카라쇼에게 신세를 진 주제에 그녀가 죽은 뒤로 그녀를 찾지 않았던 것은 절대 용서할 수 없었다.

"네가 인간 새끼야?"

불같은 분노가 내 온몸을 지배했다.

지그문트의 보랏빛 눈동자에 파동이 일었다. 찰나였지만 분명했다.

기다란 속눈썹이 빛 없는 자수정을 잠시 감춘다. 바람에 휘날리는 짧은 칠흑빛 머리칼. 저 머리색 때문에 나와 그는 함께 다닐 때면 남매라고 오해받곤 했다. 무척 사이가 좋지 않은 견원지간 남매로. 굳게 닫힌 그의 눈가 아래, 내 눈물점과 좌우만 바뀐 것 같은 눈물점도 사람들이 그와 내가 혈연관계라고 오해하게 만든 큰 요소였다.

'지그문트와 형제냐고요? 이 자식과 형제였다면 같은 피가 흐른다는 것이 수

치스러워 자결했을 겁니다.'

'전 미르를 처단했을 겁니다. 이 녀석을 없애면 끝나는 것을, 굳이 제 소중한 생명을 끊을 필요는 없겠죠.'

'이 새끼가……'

'뭐.'

지그문트와 내 사이가 보통 친구처럼 좋았다고 말하기는 무리였으나 분명 우리는 가까웠다. 만나기만 하면 질색을 했어도, 같은 스승을 공유하고 같은 세상을 배우며 함께 싸웠다.

지그문트와 나는 가까운 친구였다. 어쩌면 친구 이상일, 생사를 함께한 전우. 적어도 나는 그렇게 생각했다.

"하, 하하!"

상황과 어울리지 않는 맑고 호쾌한 웃음소리가 내 귓가를 가득 채웠다. 친구였을 적에도 보기 힘들었던 큰 웃음을, 틀어진 지금에서야 보게 된 것이 기이했다.

갑자기 웃음을 터트리는 지그문트를 싸늘하게 바라보고 있으니, 그가 나와 눈을 맞추었다. 그의 얼굴에 남은 웃음기에는 여전히 진심이 조금도 없었다. 그의 눈은 조금도 웃지 않고 있었기에.

그의 웃음은 얼어붙은 호수 같았다. 너무 꽝꽝 얼어 그 속에 무엇이 있는지, 얼마나 깊은지 조금도 보여 주지 않는 호수 말이다. 허나 거짓으로 점철되었음에도 지그문트는 여전히 아름다웠다.

"멍청하구나, 카슈미르."

변성기가 끝나지 않아 미성이던 과거와는 달리, 완벽한 성인 남성의 태가 나는 낮고 굵은 목소리. 여전한 것은 사람을 휘어잡는 예의 분위기뿐이었다. 그는 어렸을 때도 지배자의 기세를 풍겼다.

"아직도 그 사사로운 감정과 미련한 정을 버리지 못했어."

나지막이 읊조리는 짙은 목소리. 검을 잡은 손에 저절로 힘이 들어갔다.

지그문트는 날카롭게 올라간 눈꼬리를 휘며 사르르 웃음 지었다.

"너는 말이야, 그 뭣도 없는 용병이 돼진 일이 내게 무슨 의미라도 될 줄 알았나?"

그는 기어코, 최후의 선이던 내 이성 줄을 무참히 끊어 버렸다.

쉬익!

세찬 바람 소리. 아니, 어쩌면 폭풍의 소음을 더 닮았을 거친 공기 소리가 일대를 휘감았다.

"나는 말이야, 한때 너를 괜찮은 놈이라고 생각했었어. 친구라고, 생각했었지."

내 입술 틈새를 가르는 고백은 스스로도 놀라울 만큼 침착한 목소리로 읊어졌다. 차갑지도, 뜨 겁지도 않은, 딱 0도에 맞춰진 느낌. 그 온도 없는 눈으로, 나는 지그문트를 요요히 응시했다. 그리고 웃었다. 쉴 새 없이 메마른 웃음을 터트렸다. 웃음에 젖어 아무런 생각도 들지 않을 때까지 웃다, 숨을 멈췄다.

"그런데 이제 보니 금수 새끼였구나."

쾅!

그리고…….

세상이 칠흑빛으로 뒤덮였다.

역린. 용의 목에 거꾸로 난 비늘.

예전에 사람들은 용을 길들이면 타고 다닐 수 있는, 유순하지만 강한 짐승으로 여겼다. 허나 그런 용에게도 약점 그 자체가 있었으니. 그게 바로 역린으로, 용은 이것을 건드리는 인간을 반드시 죽였다. 내게 있어 최대의 역린은 단연 아리 아였다.

나는 아리아를 건드리는 자들을 가만둘 마음이 없었다. 어쩌면 내가 지독히 꺼려 하는 살인까지 고려할 정도로, 아리아는 내게 있어 역린 그 자체였다.

그리고 그 다음가는 내 역린이라고 한다면.

콰직! 콰쾅!

카라쇼.

갈피를 잡지 못하던 어린 나를 붙잡고 이끌어 주었던 카라쇼 스승님이었다.

최대치까지 올린 오러가 주위를 난장판으로 만드는 것엔 시선도 두지 않은 채 내 눈앞의 인영만 쫓았다. 머리가 핑 돌아 버린 것만 같은 내 눈엔 지그문트만 보였다. 마나를 극치까지 끌어올린 탓에 몸이 용암에 불타는 것 같았지만 멈추지 않았다.

챙! 챙! 챙!

나는 표정을 지운 채 지그문트를 죽일 기세로 검을 휘둘렀다.

안다. 내겐 누군가의 생을 앗을 자격이 없다는 걸. 그 어떤 인간이라 해도 다른 인간의 생명을 앗을 권리는 없었다. 대상이 쓰레기일지라도.

'하지만 이 자식은 인간이 아니야.'

지그문트는 그래선 안 됐다. 세상 다른 모든 인간은 그래도, 지그문트만은 카라쇼에게 이래선 안 됐다. 동물조차도 저를 키워 준 인간을 기억하고 따르는데, 적어도 인간의 탈을 쓴 지그문트가 카라쇼에게 이럴 순 없었다. 조금 전 발언은 정말 금수만도 못한 것이었다.

'카라쇼 스승님이 네게 어떻게 해 주셨는데!'

치밀어 오르는 분노가 온몸을 지배했다. 나는 반쯤 정신을 놓은 채 오직 그를 죽이기 위해 태어난 사람처럼 미친 듯이 검을 움직였다.

지그문트의 검과 마법에 내 몸에 상처가 났던 것 같기도 하지만 아픔은 느껴지지 않았다. 나는 제정신이 아니었다.

지그문트가 제 입으로 말했었다. 눈 속에 파묻혀 죽을 뻔한 자신을 살려 주고 길러 줬던 것이 카라쇼라고. 카라쇼의 존재는 제게 있어 구원이었다고.

'그런데, 어떻게 네가!'

나는 카라쇼의 다른 제자로서 지그문트를 용서할 수 없었다.

쾅!

"윽."

본격적으로 휘두르기 시작한 검의 속도를 따라잡지 못한 지그문트의 오른쪽 어깨가 내 검 끝에 찔려 피를 뱉어 냈다.

붉은 입술 틈새로 가쁜 신음을 뱉어 낸 그가 곧바로 몸을 뒤틀었다. 상처를 살필 틈은 없을 것이다. 내가 그런 시간을 주지 않을 테니까.

'이 자식이 나를…… 무시해도 유분수지…….'

울컥 치밀어 오르는 감정을 꾹꾹 눌렀다. 여기서 더 분노할 수 있다는 게 놀라울 따름이었다.

"크윽."

내 검이 지그문트의 옆구리를 얕게 찌르고 들어갔다. 그가 아파할 틈도 주지 않고 검을 몰아쳤다.

"지금 장난하나? 목숨이 아홉 개는 있나 봐? 아니면 오만을 떠는 건가? 지금 그 실력으로? 겨우 그따위 실력으로 내게 시비를 걸었나? 뒈지기 싫으면……."

쾅!

마나를 덧씌운 발로 땅을 있는 힘껏 밟았다. 굉음과 함께 난폭한 마나가 사방으로 퍼져 나갔다. 나는 옆구리의 통증과 흔들리는 땅으로 인해 잠시 기운이 흐트러진 지그문트의 목 위로 검을 겨누었다. 검을 사이에 둔 채, 뜻을 읽을 수 없는 보랏빛 눈동자가 일렁이는 것을 부릅뜬 눈으로 마주했다.

"오러 꺼내, 개새끼야. 제대로 싸워."

오러는 검사에게 있어 최강의 무기. 오러를 꺼낼 수 있게 되기 전까지는 반쪽 짜리 검사라고 해도 과언이 아니었다. 지그문트는 소드 엑스퍼트. 그는 분명 오러를 사용할 수 있었다. 그럼에도 아직까지 오러를 꺼내지 않은 것은, 나를 기만하는 게 분명했다.

목에 검을 겨눈 탓에 고개를 젖히고 있는 지그문트가 나를 내려다보았다. 머리 하나쯤 위에 있는 키 차이 때문에 어쩔 수 없는 자세임을 알지만, 역시 사뭇 불쾌했다.

"윽!"

검을 잡지 않은 손으로 검집을 잡고 그의 무릎을 후려쳤다. 오러까지는 아니지만 강력한 마나를 담았던 탓에 지그문트는 속절없이 무너지며 내 앞에서 한쪽 무릎을 꿇었다. 드디어 나보다 시야가 낮아진 그를 차갑게 내려다보았다.

"검 들고, 오러 꺼내."

여전히 그의 목에 검 끝을 겨눈 채 고저 없는 목소리로 읊조렸다. 지그문트의 어깨가 살짝 튀고, 그가 잠시 숨을 멈추었다. 희미하지만 분명한 동요였다.

'오러를 꺼낼 수 없는 이유가 있는 건가?'

나도 평소엔 오러를 꺼내기 힘든 입장이긴 하다. 검은 오러는 미르의 상징이었고, 나는 미르임을 잠시 감추고 있었으니까. 허나 이곳엔 아무도 오지 않고, 우리는 서로 정체를 알고 있었다. 게다가 그는 지금 오러를 꺼내지 않았다가는 내 손에 죽을 게 분명했다. 이런 상황에서도 오러를 꺼내지 않는 지그문트를, 나는 이해할 수 없었다.

그가 알 수 없는 눈으로 나를 올려다본다. 어느새 동요는 사라진 뒤였다.

'싫어.'

나는 저 눈이 싫었다. 과거와는 달라진 생기 없는 저 두 눈이. 그래, 마치……

'마수 같아.'

저 기이한 보랏빛 눈동자는, 이미 죽었는데도 불구하고 움직이고 있는 마수 같았다.

'저렇지 않았는데.'

과거 소년이었을 적에도 그렇게 생기가 넘치는 사람은 아니었다. 오히려 지나치게 차갑고 고요해 섬뜩한 사람이었다.

'……멍청한 놈. 검은 그렇게 잡는 게 아니야. 마구잡이로 휘두른다고 뭐가 되는 줄 알아?'

그럼에도 분명 죽지는 않았었다. 한겨울을 품고 있을지언정 미묘한 생기가 있었다. 허나 지금의 지그문트는 생기는커녕 감정이라는 게 존재는 하는지 의문이 들 정도로 짙은 가면을 쓰고 있어, 나는 본능적인 거부감을 느꼈다.

"오러를…… 꺼내라고."

지그문트가 중얼거렸다.

내게 묻는 투는 아니었다. 무언가를 생각하는 기색이었다. 잠시 눈을 내리깔았던 그가, 이내 입꼬리를 올려 짙은 미소를 지었다.

시간을 멈추게 하는 매혹적인 미소였다.

"싫은데?"

쾅!

내 검 끝이 지그문트의 허벅지가 자리하고 있던 땅에 박혔다. 그는 재빨리 피했으나, 그의 허벅지엔 옅은 핏줄기가 흐르고 있었다.

"오러 꺼내."

"……싫어."

퍽!

있는 힘껏 그의 복부를 걷어차자 바닥에 널브러진 그가 밭은기침을 뱉어 냈다. 그 순간 복부를 마나로 덮어 장기가 파열되지는 않은 모양이지만, 이젠 피하지도 않는 꼴이 나를 더 분노케 했다.

"꺼내."

"싫, 컥!"

분노로 반쯤 이지를 잃은 나는 지그문트에게 쉴 새 없이 발길질을 하고 주먹을 날렸다. 놈의 사지에는 멍이 들었고 내 주먹질에 입술이 터졌다. 허나, 검을 사용하지는 않았다.

오로도 쓰지 않는 놈에게 검을 휘두르는 건 내 자존심이 허락하지 않았다. 나는 정말, 검을 모르던 시절에 싸웠던 것처럼 마나조차 덧씌우지 않고 지그문트를 마구잡이로 공격했다.

'사과해.'

'뭐?'

'내 동생한테 약골이라고 한 거 사과하라고!'

'무슨…… 컥!'

문득 떠오르는 비슷한 과거의 기억에 이를 악물었다. 떠올리지 않는 게 나았을 과거였다. 나는 지그문트의 몸에 올라타 뒷골목 개싸움하듯 그를 팼다. 어린아이가 된 것처럼.

퍽, 퍽.

어느새 마나로 몸을 보호하는 것조차 포기한 지그문트는 일반인과 다르지 않았다. 마나와 검을 버린 나 또한 그러했다. 지그문트는 자신의 몸이 만신창이가 되는데도 저항하지 않았다. 그저 알 수 없는 눈으로 나를 응시하기만 할 뿐이었다.

그답지 않았다. 내 기분은 형용할 수 없을 만큼 더러워졌다.

'개새끼.'

거칠게 숨을 들이켠 나는, 바닥에 만신창이가 되어 누운 채 내 두 팔 아래에 갇힌 지그문트를 불태울 듯 노려보았다. 흙먼지와 피로 엉망이 된 꼬락서니. 아플 법한데도, 지그문트는 그저 나를 올려다볼 뿐이었다.

"눈, 깔아, 개자식아."

마음에 들지 않는다. 이 상황도, 나도, 지그문트도, 모든 것이 마음에 들지 않았다. 눈앞이 잠시 뿌옇던 이유는 너무 화가 났기 때문에 시야가 잠시 뒤집어졌던 거라고 생각하기로 했다.

"……싫어."

지그문트가 얻어맞아 울긋불긋한 얼굴로 터진 입꼬리를 올려 웃었다.

아주 잠시, 그의 웃음에서 씁쓸함이 보였지만 내가 잘못 본 것일 터였다.

스르릉.

"마지막이다. 오러 꺼내. 오러 꺼내고, 정정당당하게 싸워. 아니면 그냥 죽여
버릴 거니까."

몇 번 세찬 숨을 들이쉬고 내쉬다, 그의 몸 위에서 일어나 그의 가슴팍을 짓밟
은 뒤 내팽개쳤던 검을 들어 지그문트의 목에 겨누었다. 벌써 세 번째 겨누는 검
이었다.

"죽여 버리겠다고……."

지그문트가 조용히 중얼거렸다. 그의 시선이 날 선 검으로 향했다. 검날에 비
친 그의 눈동자가 기이하게 빛났다.

콱.

지그문트는 망설임 없이 자신의 목에 겨누어진 검을 꽉 잡았다.

'이 미친 새끼가…….'

순간 당황한 나는 검을 빼려 했으나, 더 꽉 쥐는 그 때문에 빼지 못했다. 그가
검을 이렇게나 꽉 잡고 있는 상태에서 무작정 검을 뺐다간 그의 손바닥이 아예
작살날 게 뻔하기 때문이었다.

지그문트의 손을 감싸고 있던 얇은 검정색 장갑이 검날에 찢기고, 그 틈새로
피가 철철 흘러나왔다. 그의 살이 베이며 뭉개지는 느낌이 섬뜩했다. 나는 검날
을 타고 흐르는 피를 보고 올라오려는 구역질을 가까스로 참았다.

"……놔."

"이거 봐. 넌 아직도 나약하고 멍청해, 카슈미르."

신랄한 말과는 다르게 야살스럽게 올라간 입꼬리에선 달콤한 무언가가 뚝뚝

떨어지는 듯했다. 거짓임을 알아도 아름다운 미소였다. 끓어오르는 감정에 숨을 멈췄다.

찢어 죽이고 싶다는 내 눈빛에도 굴하지 않은 지그문트가 나와 눈을 똑바로 맞춘 채 고개를 기울였다. 흙먼지 묻은 검은 머리카락이 그의 움직임에 따라 나풀거렸다.

"그 미련한 정에 못 이겨서, 날 죽일 수 있는 기회가 수없이 많았는데도 결국 못 죽였잖아."

나는 이를 으득 갈았다. 온몸의 구멍에서 용암이 쏟아지는 느낌이었다.

검을 잡은 내 손이 떨려 오기 시작하자 피식 웃은 지그문트가 검을 꽉 잡은 채 자신의 상체를 들어 올렸다.

푹.

날붙이가 피부를 뚫는 소름 끼치는 소리. 자신의 목을 직접 검 끝에 가져다 댄 지그문트가 요요한 눈을 휘었다.

"죽여. 한번 해 봐."

"……내가 못할 것 같나?"

"그래. 넌 못해."

조금의 망설임도 없이 긍정하는 지그문트의 태도에, 더 뒤집어질 것도 없는 속이 형체도 알아볼 수 없을 만큼 뒤틀리는 느낌이었다. 나는 으스러져라 이를 악물었다. 무언가 하고 싶었지만, 할 수 있는 게 이것밖에 없었다.

"……네 그 근본 없는 아가리는 목에 칼이 들어가도 멈출 줄을 모르는군."

"그리 내 아가리가 아니꼬우면 나를 죽여. 죽일 자신도 없으면서 입만 놀리지 말고."

여유롭게 나를 도발하는 지그문트는 사람을 꾀어내는 악마의 낯을 하고 있었다. 나는 헛웃음처럼 숨을 내뱉었다. 더는 분노를 참을 수 없었다.

"그래. 소원대로 죽여주지."

충직한 검이 되려 했는데 2

지그문트의 가슴팍을 짓밟고 있던 발로 내 검을 잡은 그의 두 손을 걷어찼다.

나는 검 끝을 그의 목에 겨눈 채, 검을 잡은 손을 하늘 높이 들어 올렸다.

쾅!

굉음이 땅을 울린다. 사방으로 흙먼지가 퍼졌다. 검은 오러에 물들어 흡사 악령에 물든 듯한 기운을 풍기는 내 검. 검 끝은, 지그문트의 목 바로 옆에 박혀 들어가 있었다.

"하⋯⋯."

내 입에서 거친 숨소리가 튀어 나갔다. 그리 힘든 것도 아닌데, 숨이 턱 끝까지 차올랐다. 심해 속에 빠진 것 같았다.

숨이, 막혔다.

툭.

지그문트의 하얀 피부 위로 투명한 물방울이 떨어졌다. 이를 본 그의 보랏빛 눈동자가 파도처럼 너울거렸다.

나는 그 물방울이 나를 에워싼 심해가 흘러넘친 것뿐이라고, 절대 눈물이 아니라고 생각하기로 했다. 이런 개자식 때문에 눈물을 흘리기엔 내 눈물이 너무 아까우니까.

툭. 툭.

내 숨통을 쥔 심해가 계속해서 흘러넘친다. 어느새 물기가 가득해진 지그문트의 새하얀 피부는 빗물을 머금은 백합 같았다.

시야가 번져 그가 어떤 표정을 짓고 있는지 보이지 않는다. 그럼에도 나는 눈을 닦지 않았다. 닦아 내면 내가 울고 있다는 걸 부정할 수 없을 것 같아서.

내가 아직까지도 지그문트를 친구로 생각하고 있었음을 인정해 버리는 꼴이었다.

'나는, 왜 못 죽일까.'

목숨 끊는 것 하나에 벌벌 떠는 스스로에 대한 자괴감이 울컥 치솟았다.

지그문트 말이 맞았다. 나는 아직도 나약했다. 이런 금수 새끼 따위 죽여 버리는 게 나을 것이다. 살아 있어야 산소 낭비밖에 안 할 천하의 개자식. 은혜도 모르고 염치도 없는, 마수만도 못한 놈.

마수의 숨통을 끊듯, 그렇게 끊어 버리기만 하면 되었다. 저 새하얀 목덜미 위에 내 검 끝을 처박기만 하면 됐다. 허나, 알면서도, 그리 간단한 것을 못 하는 것은.

'슈슈. 지그문트와 친하게 지내라.'

'싫습니다. 저는 스승님이 그 빌어먹을 놈을 거두신 이유를 모르겠습니다. 속을 알 수도 없고, 늘 제게 시비만 걸고! 왜 그 음흉하고 재수 없는 새끼를……!'

'카슈미르!'

'……죄송합니다.'

'그래…… 지그문트는 상당히 날 선 아이지. 가까워지기 힘든 성격이고. 네가 지그문트를 좋게 생각하지 않는다는 거 안다. 하지만…… 그래도 나는 네가 지그문트와 친하게 지내 주었으면 한다.'

'……'

'네겐 삶의 이유가 있지? 검을 휘두르는 이유가 있잖아. 하지만 지그문트에겐 그것조차 없어. 그저 살아 있기에 살고, 죽지 않았기에 검을 휘두르는 거야. 슈슈. 나는, 네가 비록 용병으로 살아갈지라도 사람의 마음을 가졌으면 좋겠다. 부디 지그문트를 안쓰럽게 여기렴.'

'……그건 동정이지 않습니까. 그 자식이라면 분명 제가 자기를 동정한다고 싫어할 겁니다.'

'슈슈. 동정이라는 건 그렇게 나쁜 것만이 아니다. 타인을 아랫사람으로 여기는 동정은 잘못된 거지만, 동정 자체는 타인의 마음에 공감하는 것에서 시작되니까. 나는 네가 지그문트의 처지를 이해해 줬으면 한다.'

'……'

'네게 강요하는 건 아니지만…… 나는 훗날 내가 죽어도 너희 둘이 서로를 무너지지 않게 지탱해 주는 서로의 기둥이 되길 바란다.'

내 스승이, 지그문트를 사랑했기 때문에.

새하얀 설원을 떠올린다. 지그문트의 피부만큼이나 새하얗던 설원을. 그 하얗던 눈밭 위가 붉은 피로 물들던 순간을 떠올린다.

뚝. 뚝.

끊임없이 흐르는 물방울은 분명 투명했음에도, 왜일까, 나는 그것이 설원을 적시던 피 같아 보였다.

'사람의, 숨통을, 끊을 땐…… 절대 그의 눈을 피해선 안 된다. 네가 앗아가는 생명의 무게를 반드시 짊어져야 해…… 그게 상처받을지언정 괴물이 되지 않는 방법이다.'

나는 여전히 생명의 무게를 짊어질 준비가 되지 않았다.

"너는, 이제부터 내게 죽은 사람인 거야."

갈라진 내 목소리는 현악기 줄이 끊어지는 소리와 사뭇 닮아 있었다. 물기 어린 시야 때문에 지그문트가 보이지 않아도, 나는 계속해서 그의 눈으로 추정되는 부근을 응시했다. 비록 지그문트가 피 흘리게 죽도록 할 순 없어도, 내 속에서 죽이기 위해.

"내게 있어 너는 이곳에서 죽은 거야. 방금 휘두른 검 끝에 찔려 죽은 거야. 나는, 너를 죽인 거야."

죽일 자신도 없고, 계속 기억하고 있을 자신도 없다.

그래. 나는, 여전히 나약했기에. 그래서 나는 지그문트를 죽은 셈 치기로 했다.

"다시는 내 앞에 나타나지 마. 피차 보기 좋은 얼굴도 아니잖아. 오늘은 너도 이곳에 일이 있어서 우연히 만난 거라고 믿을게. 다음엔 우연히 만나도 아는 척하지 말자. 나를 죽이고 싶으면 암살자를 보내. 네 더러운 얼굴 들이밀지 말고."

갈라진 목소리를 신경 쓰지 않고 단호히 말했다.

나는 눈가를 거칠게 닦아 냈다. 간지러워서인 것처럼 벅벅 닦았다. 부어오른 눈가가 따가웠으나 신경 쓰지 않았다. 손등에 묻어난 물기는 모르는 척했다.

"그러니까, 너는……."

멈칫.

물기가 걷히고 깨끗해진 시야. 그 너머로 보이는 모습은 내 속을 뒤틀었다. 내 눈이 저절로 커졌다. 애써 진정시켰던 내 안의 심해가 끓어넘치는 느낌이었다.

내가 올라탄 탓에 꼼짝도 못하는 커다란 몸. 내게 얻어맞아 엉망이 된 얼굴. 흙 먼지로 더러워진 검은 머리카락. 나를 올려다보는, 상처 입은 보랏빛 눈동자. 나는 또다시 이성을 잃고 지그문트의 뺨으로 힘껏 주먹을 날렸다.

퍽!

그의 얼굴이 휙 돌아갔다. 작게 신음을 뱉은 그가 눈을 감았다. 더는 지그문트의 눈이 보이지 않았다.

다행이었다. 그 상처받은 눈을 계속 보았다면, 진짜 죽여 버렸을 것 같으니까.

'감히.'

나는 입술을 짓씹어 화를 참았다. 지그문트는 상처받을 자격이 없었다. 버리고 간 건 그인 주제에, 모든 과거의 연을 금수만도 못한 한마디로 끊어 낸 주제에 그런 눈을 해서는 안 됐다.

"너는, 이제부터 내게 없는 사람인 거야."

나는 치밀어 오르는 화를 가까스로 억누르고 말을 끝마쳤다. 목소리가 흔들렸던 건 그저 지쳤기 때문이라고 생각하기로 했다. 크게 심호흡을 한 나는, 올라탔던 지그문트의 몸 위에서 일어나 땅에 박힌 검을 뽑아냈다.

'왜, 이런 태도인 거지.'

마음에 들지 않는다. 지그문트가 얌전히 얻어맞은 것도, 조금 전 눈빛도. 그런 금수 같은 소리를 했으면 끝까지 뻔뻔하게 나올 것이지, 약한 모습을 보이는 게 싫었다.

'……이젠 아무래도 상관없겠지.'

더는 볼일 없는 사람이다. 지그문트가 어떤 감정을 품고 있던 내겐 하등 상관 없었다. 나는 그에게서 등을 돌렸다.

한계까지 마나를 끌어올린 탓에 욱신거리는 마나 회로를 무시하며 주위를 덮었던 방어막을 해체했다. 마나 과용으로 크게 뛰던 심장이 그나마 가라앉은 느낌이었다.

검에는 온갖 더러운 것들이 묻어 있었다. 깨끗이 닦아야겠지만, 그건 집에 가서 할 일이었다. 우선 대충 휘둘러 턴 뒤 납검했다. 이곳에서 그와 함께 숨 쉬고 있는 것 자체가 견디기 버거워서, 나는 차라리 엘이 있는 건물로 들어가려고 했다.

"네 할 말만 하고 가 버리는 나쁜 습관도 여전하군. 내 대답도 들어줘야지."

그리고 등 뒤에서 들려오는 낮고 매혹적인 목소리. 잠시 발걸음이 멈칫했으나, 나는 못 들은 척 가려 했다.

"싫어."

"……뭐?"

어이가 없어 나도 모르게 등을 돌렸다. 엉망이 된 상태로 휘청거리며 서 있는 지그문트가 눈꼬리를 예쁘게 휘었다. 짙은 보랏빛 눈동자에는 기이한 승부욕 같은 것이 들끓고 있었다.

"나는, 너에게 있어 죽은 사람으로 남지 않을 거야."

그의 나긋하고 부드러운 목소리. 순간 검으로 가려는 손을 꾹 쥐었다. 그의 웃는 얼굴에 다시금 주먹을 날리고 싶은 마음도 참았다.

'대꾸할 가치도 없어.'

지그문트의 의견을 듣고자 했던 얘기가 아니다. 조금 전 했던 말은 일종의 선전포고였다.

그 멍청한 미련으로 내 사람의 경계에 아슬아슬하게 걸쳐 두었던 너를, 완벽히 내칠 거라는 선포. 이제 더는 너를 내 사람으로 생각하지 않겠다는 결심. 그것에 지그문트의 의견은 필요치 않다.

나는 대답 없이 그를 등지고 다시 걸었다.

"미르."

나는 부름을 무시하고 꿋꿋이 걸었다.

"카슈미르."

입술을 지그시 깨물었다. 이미 여러 번 깨물어 피가 배어난 입술이 다시금 욱신거렸다. 심장을 울컥 뱉어 내고 싶었다.

"……슈슈."

멈칫.

수많은 감정들이 뒤섞인 낮은 목소리에 결국 멈추고 만다. 그 목소리를 타고 흐르는 내 애칭에, 내 귀로 마수의 피가 들어간 것 같았다.

나는 결국 뒤돌아보고 말았다.

"다시는, 날 그렇게 부르지 마, 역겨운 자식아."

거칠게 으르렁거리며 얼음장 같은 눈빛으로 지그문트를 노려보았다.

지그문트는 웃었다.

"우리, 여전히 친구야?"

지그문트와 나는 같은 스승을 둔 제자들로서 꽤 오랫동안 함께해 온 사이였다. 함께한 시간이 꼭 상대를 아는 지식과 비례하는 것은 아니었지만, 함께한 시간이 길수록 상대에 대해 더 많이 알아간다는 것은 부정할 수 없을 것이다. 지그문트는, 나를 분노케 하는 방법을 너무 잘 알고 있었다.

쉬익!

마나의 돌풍과 함께 단숨에 지그문트 앞에 선 나는, 그의 멱살을 뜯어 버릴 듯 쥐고 잡아당겼다. 지그문트의 상체가 구부러지며 내게로 속절없이 끌려왔다.

"6년 사이 그 반질한 대가리에 칼이라도 맞았나 봐. 생각 없는 말만 나불대는 걸 보면. 그 김에 뒈져 버리지, 왜 내 앞에 다시 나타났어? 네가 얼마나 망가졌는지 보여 주고 싶었나? 네 뇌가 얼마나 작고 멍청한지 내가 알길 바랐어? 그 금수만도 못한 아가리로 얼마나 잘 짖어 대는지 자랑하고 싶었던 건가? 내 친애하는 지그문트."

나는 스산한 목소리로 사납게 뇌까렸다. 그를 끌어당긴 반동으로 잠시 맞닿고 떨어진 이마의 감촉조차 역겨웠다.

'……짜증 나.'

투명한 보랏빛 눈동자는 쏟아지는 욕설에도 예상했다는 듯 태연했다. 그것이 내 속을 더 뒤집어 놓아서, 멱살을 쥔 손에 힘이 들어갔다. 지그문트의 고급스러운 하얀 셔츠가 살짝 찢어질 정도였다. 나는 섬뜩하게 입꼬리를 끌어올렸다.

"너는, 내게 친구였던 적이 없고, 앞으로도 그럴 거야, 대가리를 잘라 성문 밖에 걸어 놓을 개새끼야."

상황에 어울리지 않는 내 명료하고 유쾌한 목소리에서 반은 거짓, 허나 반은 진실. 그는 여태까지 내게 친구였다. 줄곧. 허나 앞으로는 아닐 것이다.

지그문트의 멱살을 놓고 그의 어깨를 거칠게 밀어냈다. 멱살을 놓으며 투둑 소리와 함께 그의 와이셔츠 단추가 떨어졌지만, 내 알 바는 아니었다. 지그문트는 반항 없이 밀려났다.

"……그래. 그렇군."

구겨진 자신의 와이셔츠를 멍하니 매만지던 지그문트가 중얼거렸다. 잠시 뭔가를 생각하는 듯 깊이 가라앉아 있던 보랏빛 눈동자가 나를 내려다보았다.

다시금 마주하는 두 눈. 그 순간, 지그문트의 손이 내 멱살을 잡아끌었다. 피할 수 있었으나, 순간 당황한 나는 그대로 그에게 이끌렸다.

키 차이 탓에 내 발꿈치가 들렸다. 그는 멱살을 잡았다기보다는 춤의 한 동작을 수행하는 것처럼 느껴질 만큼 사뿐히 나를 이끌었다.

오가는 시선. 젖혀진 내 고개. 지그문트의 상체가 살짝 휘어들며 나와 이마를 맞대었다. 코앞까지 다가온 그의 얼굴에 저절로 얼굴이 구겨졌다. 나는 그의 얼굴에 침을 뱉고 싶었다.

"이럴 생각까진 없었는데 마음이 바뀌었어. 나는 네게 살아 있는 사람으로조차 남을 수 없다는 거지."

지그문트의 눈이 예쁘게 휘어들었다.

"그렇다면 나는 네 인생 최대의 개자식이 되어 보일래. 네 인생에 끼어들어서, 지울 수 없는 내 흔적을 네게 남길 거야. 추억을 남길 수 없다면 흉터라도 남겨야지. 넌 그 흉터를 보면서 날 떠올릴 테니."

나긋하게 속삭인 지그문트의 엄지가 상황에 맞지 않는 부드러운 손길로 내 뺨을 쓸어내렸다. 엄지가 닿은 곳은 지그문트가 던진 단검에 베인 상처가 남은 곳이었기에, 나는 나도 모르게 움찔 눈가를 떨었다.

따가웠다. 곧게 뻗은 새하얀 손끝 위로 핏줄기가 묻어나자, 그는 먹잇감을 눈앞에 둔 맹수처럼 웃었다.

"상처가 치료돼도 흉터는 남는 거 알잖아. 슈슈. 넌 나를 영원히 잊지 못할 거야."

이해할 수가 없다. 우리의 모든 정과 기억들을 미련한 것으로 치부해 버린 주제에, 그는 내게 기억되고자 하고 있었다. 왜 이렇게까지 나를 몰아붙이는지 나는 결단코 이해할 수 없었다.

'그래…… 이해할 필요 없겠지.'

헛숨을 들이쉬었다. 어쩌면 미친놈을 이해하려는 시도 자체가 잘못된 것일지도 몰랐다.

퉤.

지그문트의 콧대를 타고 내 타액이 흘렀다. 반사적으로 눈을 감은 그가 미간을 찌푸렸다. 그의 얼굴에 침을 뱉은 나는, 그를 똑바로 바라보며 환하게 웃었다.

"소원 성취한 거 축하한다, 개자식아."

지그문트는 이미 내 인생 최대의 개자식이었다.

지그문트가 제 얼굴에 묻은 침을 손등으로 닦는 사이, 나는 그의 복부를 걷어차 멱살잡이에서 벗어났다. 그와 맞닿았던 이마에 벌레가 기어 다니는 느낌이라 팔로 벅벅 닦아 냈다.

'더러운 거 밟았다고 생각하자.'

내게 개자식으로 남겠다는 지그문트를 이해하기 힘들었지만, 더 이상 그와 어울려 줄 생각 따윈 없었으니 상관없을 터였다. 이 같잖은 대치를 끝내기 위해 움직일 때였다.

끼익.

'Hide & Ceek' 정보 길드의 문이 열렸다. 순간, 엘인가 싶었으나 엘의 기운이 아니었기에 미간을 좁혔다.

'내가 밖에서 기다릴 때는 들어가는 걸 못 봤던 얼굴인데.'

그럼 나와 엘이 이곳에 오기 전에 정보 길드를 들어간 사람이라는 것. 나는 별생각 없이 나온 인물을 확인하다 미간을 찌푸렸다.

'……티나 키프로스?'

중년의 사내를 보자마자 든 생각이었다.

희뿌연 연보랏빛 머리카락에 축 처진 검은 눈동자. 티나보다 나이가 든 것 같지만, 확실히 그녀와 닮은 얼굴이었다.

'……불쾌해.'

남자의 기운은 내 신경을 거스르게 하는 무언가가 있었다. 분명 외모 자체는 나쁘지 않았음에도. 안 그래도 좋지 않던 기분이 최악을 찍는 것을 느끼며 남자를 지나쳐 길드 안으로 들어가려 할 때였다.

턱.

나와 지그문트의 싸움으로 난장판이 된 거리를 놀란 눈으로 바라보던 남자가 거칠게 내 팔을 붙잡았다.

순간 손을 부러트리고 싶은 충동이 울컥 올라왔으나 간신히 눌러 참았다. 평민 용병 미르인 상태에서 귀족에게 상해를 입히면 무조건적으로 내게 불리했다. 나는 속으로 한숨을 쉬었다.

"………무슨 일이십니까."

"용병 미르, 아닌가?"

남자의 유려한 목소리가 내 귀엔 불쾌하게만 들렸다. 살기를 내뿜고 싶은 것을 참으며 고개를 돌려 그를 마주 보았다. 전투 후 살기가 차마 다 갈무리되지 않아서인지, 나와 눈이 마주친 남자가 움찔 몸을 떨었다.

"맞습니다만, 무슨 용건이십니까."

"아, 전부터 그대 얼굴을 보고 싶었거든."

남자의 입가에 서늘한 미소가 피었다.

"그대는 우리 가문의 스카우트를 다섯 번이나 거절한 용자가 아닌가."

'……다섯 번이나?'

나는 미간을 좁혔다.

소드 마스터가 된 후로 나를 집요하게 스카우트하려는 조직들이 있긴 했지만, 그중에서도 다섯 번이나 스카우트 요청을 해 온 조직은 많지 않았다. 소드 마스터를 고용하려면 어마어마한 봉급을 약속해야 하고, 그런 봉급을 지불할 수 있는 건 귀족들뿐이니까.

귀족들은 자존심이 높았다. 거절당하고도 다시 요청하는 이들은 적었다.

'……설마.'

문득 남자의 정체에 대해 유력한 추측이 떠올랐다. 내가 식은 눈으로 그를 바라보자, 남자가 입꼬리를 비틀었다.

"내 소개가 늦었군. 키프로스 백작가의 소백작, 파울로 키프로스일세."

파울로 키프로스. 티나 키프로스의 오라비였다.

'원작에선 어떻게 등장하는 인물이더라.'

머리가 지끈거려 눈을 꾹 감았다 떴다. 원작에서 키프로스 백작가는 디에고와 대립하는 단면적인 악역이었기에, 서술이 많지 않았다.

'내게 호의가 있는 건 아니군.'

파울로의 눈빛만 봐도 알 수 있었다. 애초에 스카우트를 거절한 나를 비꼬는 듯 말을 꺼냈으니. 나는 속으로 한숨을 쉬었다.

'원작의 파울로 키프로스는 몰라도…… 현재의 파울로 키프로스에 대한 소문은 알지.'

그는 사교계에서 꽤 유명한 인물이었다. 나를 바라보는 저열한 그의 눈빛에 치밀어 오르는 구역질을 참았다.

"참으로 아쉬워…… 우리 가문에 들어왔다면, 내 한 번쯤 같이 놀아 주려 했건만."

파울로 키프로스는 남녀노소를 불문하고, 자신보다 권력이 약한 이들을 함부로 건드리는 것으로 유명한 사교계의 탕아였다.

'어떻게 운수가 이렇게 나쁘지.'

지그문트에 파울로까지. 불운도 이런 불운이 없었다.

내 팔을 쓸어내리는 손길에 그의 복부를 걷어차고 가 버리고 싶었지만, 애써 참고 손을 살짝 내쳤다.

"키프로스 백작가에서 주셨던 관심엔 감사하게 생각합니다만, 조직에 들어가지 못하는 이유가 있어 거절하는 것은 불가피했습니다. 저는 이만 가 보겠습니다."

"누구 마음대로."

건물로 들어가려는 나를 그의 손이 다시금 저지했다. 내 팔을 얼마나 세게 잡았는지, 평범한 사람이었다면 멍이 들었을 것 같았다. 나를 훑어 내리는 것 같은 더러운 시선에 차오르는 분노를 꾹 눌렀다.

"내 잠시 그대를 보고 싶네만."

'죽일까.'

지그문트로 가열된 머리 때문일까, 과격한 생각부터 불쑥 머리를 들었다. 파울로의 얼굴에 주먹을 날리고 도망가는 데에 얼마나 걸릴지를 계산하던 나를 멈추게 한 것은 뒤에서 들린 목소리였다.

"소백작님. 그쯤 하시지요."

귓가를 울리는 매혹적인 저음.

목소리를 들은 파울로의 얼굴이 새파랗게 질렸다.

나는 익숙한 목소리에 얼굴을 구기며 뒤를 돌아보았다.

지그문트였다.

얼굴에서 타액과 흙먼지를 깨끗이 닦아 낸 지그문트가 우리에게로 다가왔다. 그 깔끔해진 얼굴이 재수 없었다. 그나마 나로 인한 멍과 상처들은 그 반반한 낯짝에 고스란히 남아 있다는 것이 위안이었다.

나를 힐끔 본 지그문트가 파울로를 향해 웃었다. 한파를 닮아 털을 쭈뼛 서게 하는 섬뜩한 미소가 그의 입가에 걸렸다. 기이하게도, 지그문트의 기운은 분노한 것처럼 들끓고 있었다.

"이제 슬슬 가야 하지 않겠습니까. 시간이 늦었습니다."

파울로를 대하는 지그문트의 태도는 기묘했다. 얼핏 보기로는 지그문트가 파울로를 섬기는 사람 같았으나, 파울로의 긴장한 눈빛이나 윗사람을 대하는 것 같지 않은 지그문트의 싸늘한 태도가 내 감을 건드렸다.

"그, 그래. 이제 가야지."

더듬거린 파울로가 내 팔을 잡은 손을 황급히 놓았다. 그의 눈빛에서 두려움이 감돌았다. 눈을 가늘게 뜬 나는 두 사람을 번갈아 보았다.

"둘이…… 무슨 사이입니까?"

궁금함을 참지 못한 내가 파울로에게 물었다. 내 질문에 잠시 지그문트의 눈치를 살핀 파울로가 무겁게 입을 열었다.

"여기는…… 내 호위 기사일세."

'호위 기사? 저 자식이?'

찡그린 눈으로 지그문트를 바라보자, 나와 눈이 마주친 그가 눈을 휘었다. 기분이 더 불쾌해진 나는 고개를 돌렸다.

'저 자식은 누구 아래에서 일할 사람이 아닌데…….'

지그문트는 타고나기를 지배자인 놈이었다. 나는 그가 누구 아래에서 일할 만한 사람이 아니라는 걸 잘 알고 있었다.

'하지만…… 여기서 뭐라고 반박할 순 없으니까.'

증거도 없고, 반박할 만한 상황도 아니었다. 나는 우선 고개를 끄덕였다.

"두, 둘은 무슨 사이인가?"

나와 지그문트를 번갈아 본 파울로가 물었다. 인상을 구긴 나는 아무 사이도 아니라고 답하려 했으나, 지그문트가 더 빨랐다.

"무척 긴밀한 사이죠. 아마 서로에게 유일할 겁니다."

'이 미친 새끼가.'

나는 이를 악문 채 지그문트에게로 고개를 돌렸다. 그는 나를 도발하듯 환하게 웃고 있었다.

'여기서 화내는 건 지는 거다.'

숨을 들이쉰다. 주먹을 으스러져라 쥔 나는, 서늘한 낯으로 그를 향해 마주 웃었다.

"맞습니다. 아주, 특별한 사이죠."

확실히, 그는 내게 특별할 것이다. 나를 이렇게까지 분노케 할 수 있는 사람은 전과 후를 통틀어 지그문트가 유일할 테니까.

내 대답에 지그문트가 느리게 눈을 깜빡인다. 내게로 향하는 알 수 없는 눈빛. 곧이어 그의 얼굴 위에 떠오른 것은 형식적인 웃음이었다.

"……오랜만에 옛 친구를 만나 반가웠지만, 이젠 들어가는 게 좋겠습니다. 이만 가시지요."

"아, 그, 그러지."

파울로가 허둥지둥 지그문트 옆에 선다. 아무리 봐도 주인과 호위 기사라고 하기에는 이상한 모양새였다.

"미르."

나긋한 목소리가 나를 불렀다. 나는 돌아보지 않았다.

"우리는 다시 만나게 될 거야."

마지막까지 나를 뒤흔드는 말을 남기고 멀어져 가는 발소리. 나는 두 눈을 질끈 감고 제발 그러지 않기를 바랐다.

나는 지그문트와 다시 만났을 때, 동요하지 않을 자신이 없었다.

⋯⋯⊰❦⊱⋯⋯

"미르! 많이 늦었죠. 정말 미안해요. 생각보다 얘기가 길어졌어요. 차라리 들어와서 앉아 있으라고……."

엘은 지그문트와 파울로가 간 지 얼마 지나지 않아 건물에서 나왔다. 황급히 달려 나오던 엘의 표정이 나를 보자마자 굳었다. 그의 은빛 눈동자가 달빛 아래 번뜩였다.

"……누가 그랬나요?"

하기야, 멀쩡해 보일 리는 없다. 아무리 방어막을 쳤다고 해도 지그문트와 내가 싸운 흙길은 거의 폭탄을 맞은 꼴인 데다, 내 매무새도 엉망이 됐을 테니까.

"슈슈. ……슈슈."

심해를 긁듯 낮은 목소리. 내 앞으로 다가오는 발이 보여서, 나는 고개를 더욱 숙였다. 대답을 할 수는 없었다. 목소리가 형편없이 갈라질 게 뻔했으니.

와락.

긴 두 팔이 나를 으스러져라 안았다. 흙먼지가 잔뜩 묻어 더러운 내 옷 때문에 그의 옷도 덩달아 더러워진다는 것을 지적할 틈도 없었다.

나를 필사적으로 안은 두 팔이, 내 후각을 마비시키는 짙은 백합 향이, 넓고 따뜻한 품이, 모두 나를 울고 싶게 만들었으니까. 지나치게 힘들었던 하루를 위로받는 기분이었다.

"말해 줘요. 뭐가 당신을 힘들게 했어요?"

"……아무것도 아닙니다."

거칠게 가라앉은 목소리를 최대한 다정하게 잠재우며 묻는 엘에게 나는 이렇게밖에 답할 수 없었다. 그의 기운이 흉흉해지는 것을 느꼈음에도 정정할 수는 없었다.

정말 아무것도 아닌 이였다. 그저 떠나간 옛 정일 뿐이었다. 아무것도 아니어야 하는 것에 이렇게 동요하는 나약한 내가 지독히 혐오스러웠다.

"……당신을 힘들게 하는 것들을 모두 짓이기고 싶어요."

엘에게서 기이한 기운이 풍겨 왔다. 나조차도 놀랄 만큼 사나운 살기였다. 늘 내겐 천사같이 굴던 엘이 처음으로 거칠게 말하는 것을 듣자 몸이 살짝 떨렸다.

"하지만 그러면…… 당신은 더 힘들어하겠지."

한숨처럼 뱉는 말에 나를 향한 걱정이 가득 들어 있었다. 막을 새도 없이 눈물이 떨어졌다. 피처럼 방울진 눈물이 엘의 어깨를 타고 흘러내렸다.

괜찮아졌다고 생각했는데, 이제 다 극복했다고 생각했는데. 다 나았다고 생각한 상처를 건드리니 또 울컥 피를 뱉어 낸다. 애초에 괜찮았던 적은 단 한 번도 없었다는 듯.

인정할 수밖에 없었다. 나는 나약했다. 나약해서, 아직도 극복하지 못했다. 나는 아직도 그 악몽 속에서 괴로워했다. 나는 위로받을 품이 필요했다.

"저, 는……."

"……쉬이. 다 말해 주지 않아도 괜찮아요. 아니, 아무것도 말해 주지 않아도 돼요."

더듬더듬 무어라 말하려는 나를 엘이 저지했다. 그가 나를 더욱 세게 끌어당겼다. 나는 그 어깨에 얼굴을 묻고 소리 죽여 울었다.

"당신을 울게 하는 것을 처리할 순 없어도, 우는 당신을 달래 줄 순 있겠죠."

부드럽게 속삭인 엘이 커다란 손을 내 후드 안으로 넣어 머리를 쓰다듬어 주었다. 나는 울음소리를 삼키기에 급급해 대답할 수 없었다.

"나는 늘 이곳에 있어요. 당신만을 위해. 언제나 당신이 기댈 품이 될게요. 그러니까……."

"……."

"……혼자 울지 말고 내게 와요. 내 온기는 늘 당신에게 허락되어 있으니까. 당신에게만 허락된, 당신만의 것이니까."

다정하게 달래 오는 목소리가 깃털로 눈물샘을 건드리는 것 같았다. 울고 싶지 않은데, 강한 모습을 보이고 싶은데, 상처에서 피가 흐르듯 눈물이 떨어졌다. 벌어진 흉터가 고통스럽다.

"괜찮아요. 내가 당신 옆에 있잖아요."

허나 엘은 신성력조차 쓰지 않고 천천히 내 상처를 치유했다. 그의 입에서 나오는 낱말 하나하나가 나를 부드럽게 보듬었다.

어린 날 내가 구해 주었던 소년은, 어느새 자라 이제는 내게 위로가 되어 주고 있었다.

"울어도 괜찮아요. 내가 아무도 보지 못하게 할게요."

폭풍과도 같았던 그날로부터 하루가 지나, 나와 엘, 알렉산드로는 다시 신전에 모였다.

충직한 검이 되려 했는데 2

"내가 어제 정보를 얻어내는 데 오래 걸린 이유가 있었어요."

엘이 무겁게 입을 떼었다.

"정보를 받아 내고 이상해서 몇 번이고 다시 조사하라고 했거든요."

서류를 든 엘이 제 이마를 짚었다. 무언가 심상치 않은 느낌에 알렉산드로와 나는 서로를 곁눈질했다.

"레이샤가 마지막으로 갔던 곳이 어디기에 그러십니까?"

내 물음에 나를 지그시 응시하던 엘이 한숨을 쉬었다.

그가 제 앞머리를 쓸어 넘겼다. 하늘하늘한 하늘빛 머리칼이 그의 큰 손 아래 나풀거렸다.

"슈슈. 혹시 이 레이샤라는 사람이랑 아는 사이예요?"

갑작스러운 물음에 나는 눈을 깜빡였다. 알렉산드로가 놀란 표정으로 나를 돌아보았다.

'아는 사람이긴 하지만…… 아는 사이는 아니지.'

내가 전생을 기억하기에 일방적으로 알게 된 대상을 아는 사이라고 할 순 없다. 나는 단호히 고개를 저었다.

"그럼 혹시 슈슈의 가족 중 레이샤와 아는 사이였던 사람 없어요?"

"제가 아는 한은…… 없습니다."

계속되는 엘의 기묘한 질문에 고개를 갸우뚱했다. 내가 모르는 내막이 있을지도 모르나, 적어도 내게 레이샤에 대해 얘기한 사람은 없었다.

"그럼…… 대체 어떻게 된 일이지."

"뭔데 그러십니까?"

엘이 푹 한숨을 쉬었다. 설명은 안 해 주고 혼자 착잡해하고 있는 엘을 가늘어진 눈으로 보고 있자니, 그가 내 앞으로 서류를 내밀었다.

"레이샤가 마지막으로 방문한 곳이에요. 슈슈도 보자마자 알 거예요."

서류를 받은 나는 천천히 내용을 읽기 시작했다. 그리고 딱딱하게 굳었다.

"······뭐야."

내 굳은 표정을 살피던 알렉산드로가 덩달아 진지해졌다. 믿기지 않아 몇 번이고 서류에 적힌 주소를 읽어 내린 나는, 허탈하게 중얼거렸다.

"여긴······ 내가 전에 살던 곳이야."

서류에 적힌 주소는, 내가 카슈미르 '크리시스'가 되기 전에 거주하던 작은 집이었다.

⊰❦⊱

"······여기가 네 집이었던 곳이라고?"

집을 멀거니 바라보던 알렉산드로가 착잡한 목소리로 물었다. 나는 묵묵히 고개를 끄덕였다.

크리시스 저택으로 거처를 옮긴 뒤로는 오랫동안 찾지 않은 탓에 집은 겉보기에도 관리가 전혀 안 되어 있었다. 그래서인지 안 그래도 작고 낡은 집은 더욱 초라해 보였다.

'······오랜만이군.'

새삼 이곳에서 지냈던 나날들이 떠오른다. 이 좁은 집에서 한때는 두 사람이 함께 지냈었다. 나, 아리아.

그리고 어머니.

'······내, 어머니는.'

이제는 잘 기억조차 나지 않는 얼굴. 희뿌연 안개에 가려진 듯 선명하지 않은 기억들.

사창가 부근에서 태어났던 내가 수도 외곽 평범한 동네 부근인 이곳으로 이사한 건 여섯 살쯤이었다. 갑작스러운 이사의 이유도 모르고, 그저 어머니를 따라 이곳에 정착했다.

'그래도 이 동네 사람들은 나와 아리아에게 모두 친절해서 다행이었지. 너무 친절해서 이상할 정도였으니까.'

이곳 동네 사람들은 내가 먹을 것을 구하러 동네를 서성일 때면 무언가를 쥐여 주곤 했다. 안쓰럽다며 말이다. 일곱 살쯤에는 그런 손길들이 뚝 끊기긴 했지만, 어찌 되었건 좋은 이들이었다.

"그런데…… 레이샤의 유품이 대체 왜 네 집에 있는 거지."

알렉산드로의 한숨 섞인 말에 퍼뜩 사념에서 벗어났다. 나는 한숨을 내쉬었다.

"나도 모르겠어."

'답답하네.'

나는 짜증스레 머리를 헤집었다.

레이샤와 나. 붙여 놓기도 어색할 정도로 접점이 없는 두 이름. 나는 단 한 번도 레이샤를 만나 본 적이 없었고, 간접적으로도 엮인 적이 없었다.

'그렇다고 아리아와 연관이 있느냐고 하면…… 그것도 아닌 것 같은데.'

아리아는 늘 아파 집에만 있었다. 사실 나는 돈을 벌기 위해 밖을 돌아다니느라 바빴기에 아리아가 정말 집에만 있었는지는 확신할 수 없지만, 적어도 아리아는 레이샤라는 사람에 대해 언급한 적이 없었다.

'집에 돌아가면 아리아에게 레이샤가 누군지 아느냐고 물어봐야겠네.'

"우선 들어가 보자. 나도 확인해 봐야 할 것 같으니까."

나는 그쯤에서 생각을 정리하고 집으로 발걸음을 옮겼다. 알렉산드로는 답답한 듯 얼굴을 구기면서도 나를 따랐다.

'그래도 여태껏 열쇠를 가지고 있었네.'

크리시스 공작가에 입적된 이후에도 내 주머니를 지키고 있던 집 열쇠를 꺼내 들었다. 다시 올 일은 없을 거라고 생각했으니 버려도 됐을 텐데, 미련이라도 있는지 줄곧 가지고 있었다.

'정말 이 집에 미련이라도 남아 있었나.'

스스로 생각하고도 어이가 없어 헛웃음을 지었다.

'이곳에서의 좋은 기억이라곤 하나도 없는데.'

그나마 집에 오면 아리아를 볼 수 있다는 게 유일한 위안이었으나, 한편으로는 이곳에 있는 내내 아리아가 아팠다는 뜻이었다. 그러니 지금에 와서는 악몽을 버티던 곳일 뿐이다. 새삼스레 차오른 생각들을 지우고 열쇠로 문을 열려 했다.

'……어?'

나는 우뚝 행동을 멈췄다.

이미 돌아가 있는 열쇠 구멍. 문이, 열려 있었다.

'……분명 문을 잠갔었어.'

내가 마지막으로 이 집을 방문했을 때는 공작가로 이사하기 전에 필요한 짐을 챙기기 위해서였다. 내가 멍청이도 아니고, 그때 문단속을 하지 않았을 리 없었다.

'실력자가 문을 땄군.'

열쇠 구멍을 살피며 결론을 내린 나는 문에 손을 얹은 채 천천히 마나를 읽었다. 그리고 얼굴을 굳혔다.

"레오. 기척 죽여."

"뭐? 갑자기 무슨…….'

"지금 당장. 빨리."

갑작스러운 지시에 반문하던 레오는, 내가 기척을 완벽하게 죽인 채 목소리를 낮추고 재촉하자 낌새가 좋지 않다는 걸 눈치챈 듯 기척을 죽였다.

나는 덩달아 표정이 심각해진 레오에게 속삭였다.

"집 안에 누가 있어."

그것도 기척이 익숙한 누군가가.

제발 내 예측이 틀렸기를 바라며, 마나로 소리를 차단한 채 천천히 문을 열었다.

'이게 무슨……'

나는 시야에 들어온 광경에 눈을 크게 떴다. 등 뒤에서 레오가 헛숨을 들이쉬는 소리가 들려왔다.

집 안은 말 그대로 강도가 든 것 같았다. 곳곳이 헤집어져 있었고, 바닥엔 물건들이 마구 널브러져 있었다. 무언가 쥐 잡듯이 찾은 흔적 같았다.

'뭘 찾는 거지?'

인상을 찌푸린 채 침입자의 목적을 유추해 보려 했으나, 실마리도 잡히지 않아 그만두었다.

이 가난한 집안엔 훔칠 가치가 있는 것이 없다. 그나마 조금이라도 쓸모가 있는 것은 크리시스 저택으로 모두 가져갔으니, 이 집은 텅 빈 것이나 다름없었다.

'저쪽이다.'

나는 마나의 흐름을 읽으며 익숙한 기척이 있는 장소로 소리 없이 걸음을 옮겼다.

'……어머니의 방.'

인기척은 집 안의 맨 끝 방, 내 어머니가 거주하던 곳에서 느껴지고 있었다.

「레오. 검 들어.」

잔뜩 날을 세운 채 레오에게 전언을 보냈다. 고개를 끄덕인 레오가 발검하는 것을 확인하고 나도 소리 없이 검을 뽑았다.

'저쪽에서도 눈치챘군.'

방 안의 움직임이 멎었다.

상대는 상당한 실력자. 내가 그를 느꼈다면, 그 또한 나를 느꼈을 게 분명했다.

나는 문 바로 앞에서 멈춰 섰다. 상대 또한 문 앞에 있었다. 낡은 나무 문 하나만을 사이에 둔 기이한 대치가 이어졌다.

이미 한계까지 팽팽해진 풍선을 누가 먼저 터트리느냐가 관건인 상황.

콱!

바늘을 먼저 집어 든 건 상대였다. 마법진의 눈부신 빛과 함께 박살 난 나무 문의 조각들이 나와 레오를 공격하듯 덮쳤다. 설상가상 충격의 여파로 바닥에 잔뜩 쌓인 먼지들이 날아들며 시야를 가로막았다.

쉬익!

마나의 돌풍이 일어나며 상대가 움직였다. 나는 날아드는 조각들을 피하면서도 재빨리 검을 놀렸다.

"……윽."

옅은 신음 소리가 작게 퍼졌다. 레오의 것임이 분명했다. 나무 조각들이 떨어지고, 먼지가 일어나고 잦아드는 그 찰나에 구도가 형성되었다.

"내가 아닌 네 새로운 동료가…… 겨우 이런 애새끼인 건가."

지하 단층을 긁듯 낮은 목소리가 들려와 이를 악물었다. 귀를 단번에 사로잡는 매혹적인 목소리는 무척 익숙했다. 예상은 했지만, 그럼에도 아니길 바랐던 인물.

"자존심 상하는군. 겨우 이런 놈으로 만족이 되나? 슈슈."

불이 들어오지 않아 어둑한 이곳에서도 짐승의 눈처럼 선명하게 번뜩이는 보랏빛 눈동자.

지그문트였다.

'젠장.'

상황을 살핀 나는 입술을 꾹 물었다.

벌써부터 분노가 끓어올랐다. 부르지 말라고 한 내 애칭을 부르는 것부터가 내게 시비를 거는 꼴이라 마음 같아서는 어제처럼 한바탕 싸우고 싶었지만, 지금은 그럴 수 없었다.

레오의 목에 검을 겨눈 지그문트와 지그문트의 목에 검을 겨눈 나.

'레오가 위험해.'

충직한 검이 되려 했는데 2

나 또한 지그문트의 숨통을 쥐고 있긴 하지만, 이 상태에서 내가 지그문트를 공격하면 지그문트는 레오를 공격할 게 뻔했다.

마검사인 지그문트와는 다르게 레오는 그저 소드 엑스퍼트. 지그문트가 마법과 검을 병행해 레오를 공격하면 그는 필시 다칠 터였다. 검 끝에 찔린 레오의 목에서 핏줄기가 배어나는 것을 보며 지그문트를 서늘하게 노려보았다.

"……어제 곤죽이 되도록 얻어맞은 것으론 만족하지 못한 모양이야. 오늘도 내 앞에 나타난 걸 보면."

레오가 위험한 상황이니 최대한 유하게 말하려 했으나 생각대로 되진 않았다. 지그문트의 얼굴을 보는 것만으로도 속이 배배 꼬인 탓이었다. 무감각한 눈으로 레오를 관찰하던 지그문트가 내 비아냥거림에 피식 웃었다.

"아아. 어제 워낙 거칠어서 짜릿하긴 했지. 다만 내가 네 앞에 나타났다는 건 인정하기 어렵군. 이곳에 먼저 온 건 나야. 네가 나를 찾아왔다고 해야지."

태연한 지그문트의 말에서 이질감을 느낀 나는 미간을 찌푸렸다.

"내 집에 쳐들어온 주제에…… 그게 무슨 개소리지?"

아무리 그가 이곳에 먼저 있었다고 해도 내 집에 멋대로 쳐들어와서는 내가 자기를 찾아왔다고 말하는 건 천하의 개소리와 다름없었다.

'이곳에 온 건 내가 목적인 줄 알았는데…… 아니었던 건가?'

지그문트에게 집 주소를 알려준 적은 없었지만, 조금 전까지만 해도 나는 내 집을 어떻게든 알아낸 그가 내게 해코지를 하기 위해 집 안을 망쳐 놓은 것이라고 생각하고 있었다. 그런데 그게 아닌 모양이었다.

"……여기가 네 집이라고?"

지그문트는 이곳이 내 집이라는 걸 몰랐다는 듯 살짝 당황한 표정이었다.

'내가 목적이 아니었다는 거군.'

예상에서 빗나간 상황을 침착하게 해석하려 노력했지만, 감은 오지 않았다.

'대체 지그문트가 이 낡은 집에 무슨 볼일이 있는 거지?'

진위 여부는 확실하지 않지만, 어찌 되었건 그는 키프로스 가의 기사라고 했다. 대귀족에 가까운 백작가에서 종사 중이니 돈이 없는 건 아닐 텐데, 어째서 강도처럼 내 집을 뒤지고 있었는지 이해할 수 없었다.

"네 집에서 왜 이게…… 젠장. 집주인이 누군지도 알아볼 걸 그랬나."

마찬가지로 혼란스러운 낯으로 무어라 중얼거리던 지그문트가 한숨을 쉬었다.

"이건 예상치 못한 상황이지만…… 어찌 되었건 난 이곳에서 뭘 좀 가져가야 해서."

"……지금 집주인 앞에서 도둑질 좀 하겠다는 말을 하고 있는 건가? 내가 내버려 둘 것 같은 모양이지?"

어이가 사라진 눈으로 그를 바라보았다. 설령 그가 원하는 것이 화장실 쓰레기통이라고 해도 지그문트에게 줄 생각은 없었다.

"우리 사이에 도둑질이라니. 뭘 좀 빌려간다는 정도로 해 두지."

"오, 그럼 나도 네 장기 좀 빌려도 되나? 폐랑 심장으로. 팔고 나서 돈으로 돌려주지. 그때까지 네가 살아 있다면 말이야."

사납게 비아냥거리며 그를 노려보았다. 나와 지그문트 사이에 팽팽한 기류가 감돌았다.

"미안한데, 그 사이가 어떤 사인지 나한테도 좀 알려주지 그래."

날카로운 기 싸움을 멈추게 한 것은 레오의 목소리였다.

지그문트에게 정신이 팔려 있던 나는 퍼뜩 레오를 돌아보았다. 레오는 상황을 파악하지 못한 듯 미간을 좁히면서도 본능적으로 지그문트를 경계하는 듯했다.

"아. 미안. 얜 그냥 찌꺼기야. 금방 담판 짓고……."

"네가 슈슈의 동료인가?"

내 말허리를 끊은 지그문트의 온도 한 점 없는 보랏빛 눈동자가 레오를 바라보았다. 레오의 표정이 차가워졌다.

"네가 알 필요는 없지."

"성질머리 더러운 것을 키우는군."

지그문트의 비소 섞인 중얼거림에 레오의 기세가 사나워졌다. 싸우면 이길 수 없는 강자라는 걸 느낀 건지 현명하게도 지그문트에게 덤벼들지는 않았지만, 내버려두었다가는 저 더러운 성질에 가만히 있을 것 같지 않았다.

"실력이 어느 정도인지 궁금하지만 오늘은 바빠서. 챙길 것만 챙겨서 가야겠군."

'진짜 미친놈이…….'

그가 뭘 가져가려 하는지 몰라도 쉽게 넘겨줄 생각은 없었다.

쉬익!

당당하게 물건을 훔쳤다는 소리를 하고 있는 지그문트에게 겨누고 있던 검에 오러를 불어넣었다. 난폭한 마나가 일대를 휘감고, 흑요석처럼 검게 번뜩이는 오러가 사납게 지그문트의 목덜미를 위협했다.

"지랄하지 말고 왼손 펼쳐."

지그문트는 왼손에 무언가를 쥐고 있었다.

나는 그게 그의 목적이라고 확신했다.

"……젠장."

한숨을 쉰 지그문트가 왼손을 펼쳐 보였다.

'……가죽 주머니?'

그의 손바닥 안에 있는 건 표면에 은빛 늑대가 정밀하게 수놓인 가죽 주머니였다. 그가 원하던 게 그 안에 있는 건가 싶어 열어 보라고 하려던 때였다.

쾅!

일대에 폭발적인 마나가 퍼졌다. 나는 놀라 그 마나의 주인에게로 고개를 돌렸다.

"그거, 나한테 넘겨."

그는 다름 아닌, 한눈에 봐도 이성을 놓은 것 같은 레오였다.

"레오!"

무턱대고 마나를 퍼뜨리는 레오에게 다급하게 소리쳤다. 검사가 자신의 마나를 퍼뜨린다는 건 짐승의 으르렁거림과 비슷한 의미를 지닌다. 지그문트의 검으로 위협당하고 있는 상황에서 이를 드러내는 건 현명하지 못했다. 그러나 그는 내 말을 들을 생각이 없어 보였다.

'젠장, 쟤가 왜 이러지?'

레오는 비록 난폭할지언정 멍청하진 않다. 그와 내가 동시에 지그문트를 치면 분명 승산은 있지만, 지그문트가 레오의 목을 위협하고 있는 지금 함부로 달려들었다가는 그 자신이 크게 다치리라는 걸 그가 모를 리 없었다.

나는 계속 지그문트를 경계하면서도 초조하게 레오를 살폈다. 초점이 사라진 연둣빛 눈동자는 이성 한 점 남지 않은 채 지그문트가 들고 있는 주머니에 고정되어 있었다. 주머니를 노려보는 레오의 기세는 나조차도 흠칫할 정도로 흉흉했다.

'레오는 저 정도 경지가 아니야.'

현재 레오가 내뿜고 있는 살기는 소드 엑스퍼트보단 소드 마스터에 근접할 정도로 위압적이었다. 그러나 냉정하게 판단할 때, 내가 아는 레오는 저 정도 수준의 살기를 자유롭게 다룰 수 있는 사람이 아니었다.

'검사가 자신의 원래 경지를 일시적으로 뛰어넘는 경우가…… 있긴 하지.'

그런 상황이 일어나는 경우는 크게 두 가지였다. 첫 번째 경우는 사람이 죽을 위기에 처하면 기적적인 힘을 발휘하듯, 목숨이 위태로울 때였다. 그리고 두 번째 경우는…….

"그 주머니 내게 넘겨."

검사가 스스로의 감정을 통제하지 못해 마나가 날뛸 때였다.

"……재밌군."

제게 검을 세운 레오를 빤히 바라보던 지그문트가 비릿한 미소를 지었다. 그의 눈빛엔 가소롭다는 기색이 가득했다.

나는 점점 더 골치 아파지는 상황에 속으로 이마를 짚었다.

"걘 보내 줘. 얘기는 나랑 해."

"아니. 나는 얘랑 얘기 좀 해 보고 싶은데."

가시를 세운 내 말에 나긋하게 답한 지그문트가 레오의 목에 겨누었던 검을 놀려 검 끝으로 레오의 턱을 살짝 들었다. 어떻게 보아도 레오를 조롱하는 행위였다. 자신의 검을 잡은 레오의 손에 힘이 들어가는 것이 보였다.

지그문트가 씨익 웃었다.

"네 새로운 동료 실력 좀 봐야 하지 않겠나. 얼마나 바닥일지 대충 예상은 가지만."

'이 개새끼가 진짜.'

나는 으득 이를 갈았다. 지그문트의 말은 명백한 도발이었다. 그렇잖아도 이성을 잃은 데다 원래 성질이 불같은 레오가 그걸 듣고 가만히 있을 리 없었다.

쾅!

형광 연둣빛 오러가 섬광처럼 터져 나왔다. 그리고 레오가 오러를 꺼내는 찰나를 틈타 움직이는 지그문트의 검이 보였다.

서걱.

'젠장. 이래서 섣불리 움직이지 않았던 건데!'

나는 이를 악물었다. 내가 재빨리 움직인 덕에 레오의 목이 뚫리는 상황은 피했지만, 레오와 검의 거리가 너무 가까웠던 탓에 검을 쳐내면서 그의 어깨가 베였다.

자연스럽게 지그문트와 레오의 거리가 벌어지면 그때 나서려고 했건만, 레오의 돌발 행동으로 상황이 틀어진 것이다.

"……윽."

레오의 입술 틈새로 옅은 신음이 터져 나왔다. 그나마 검을 쓰는 오른 어깨를 베인 게 아니라는 것이 위안이었으나, 그의 왼 어깨는 얼핏 보아도 깊게 베여 있었다.

역하도록 비릿한 향과 함께 떨어진 붉은 핏방울이 나무 바닥에 스며든다. 그 모습이 내 눈엔 피를 게걸스럽게 빨아들이는 새하얀 눈과 겹쳐 보였다.

울컥 속을 게워 내고 싶어졌지만, 입술을 짓씹어 참아 냈다.

'이번엔 잃지 않아.'

또 너 때문에, 소중한 사람을 잃고 싶지 않아.

지그문트가 검을 움직이는 순간에 거리가 살짝 벌어진 지점을 파고들어 그들 사이로 끼어들었다. 나는 구둣발에 묻어나는 진득한 피로부터 신경을 돌리려 노력하며, 지그문트에게로 검을 세웠다.

짙은 보랏빛 눈동자가 빤히 나를 응시한다. 그 시선을 흐트러짐 없이 받아치며 눈을 서늘하게 떴다.

"잊은 모양인데, 네 상대는 나야."

나는 레오가 지그문트의 나이가 되었을 땐 현재의 지그문트를 훨씬 뛰어넘을지도 모른다고 예상했다.

'하지만 지금은 아니야.'

지금 당장 봤을 때, 레오는 지그문트에게 상대가 되지 않는다. 둘의 실력 차이는 상당했다.

'냉정하게 생각하면 내가 앞장서는 게 맞아.'

이유는 몰라도 레오는 지그문트에게 상당한 살기를 내뿜고 있었다. 웬만해선 그런 레오가 하고자 하는 대로 따라 주고 싶었으나, 그럼 레오가 더 다칠지도 몰랐다.

살짝 일렁인 보랏빛 눈동자. 이내 지그문트는 기이한 웃음을 지어 보였다.

"……그래. 내 상대는 너지. 예나 지금이나, 너뿐이지."

충직한 검이 되려 했는데 2

쾅!

두 검이 사납게 부딪쳤다. 나와 지그문트 모두 오러를 꺼내지 않았음에도, 그저 부딪침만으로도 거대한 파동이 일대를 휩쓸었다.

'집이 산산조각 날지도 모르겠군.'

애초에 이 집엔 정이 없었으니 유감은 없었지만. 잠시 착잡하던 마음을 빠르게 정리하고 유연하게 검을 놀렸다.

아무리 싫다 해도, 지그문트의 흔적은 내게 어떤 방식으로라도 남아 있었다.

'네 검은 뭣도 없다. 규칙도 없고, 요령도 없고…… 쓸데없는 행동 없이 담백하고 묵직한 게 그나마 장점이다만…… 대체 변칙이라는 것을 모르는군. 네가 기사인 줄 아나? 넌 용병이다, 멍청아. 네가 아무리 정직하게 검술을 펼쳐도 사람들은 용병 주제에 기사를 따라 한다고 비난할 거다. 용병이면 용병답게 해. 수단과 방법을 가리지 마. 더 비겁하고 약아져. 그래야 나를 이길 수 있을 거다.'

어려서는 정말 무식하도록 정도만을 따르던 내 검술이 변칙적으로 변한 것도, 마수들을 죽이며 쌓은 실전도 한몫했지만 그 이전에 지그문트 때문이었다.

내 검술의 정반대를 걷고자 작정한 것처럼, 지그문트의 검술은 변칙적이기 짝이 없었다.

오른쪽으로 휘두를 듯이 몸을 틀면서 정작 검은 왼쪽으로 찌르는 속임수들이 그에겐 기본 기술이었고, 전투 중 마법으로 시야를 가리는 정도의 일은 그에게 비겁한 축에도 들지 않았다. 지그문트는 나와 닮았으면서도 정반대였다.

다시금 지그문트에게 검을 휘두르려던 찰나, 지그문트가 살짝 손을 휘둘렀다. 그의 손 아래에서 믿기지 않는 속도로 허공에 전개되는 마법진. 마법진에서 빛이 터져 나옴과 동시에 내 시야가 암흑에 잠겼다.

시야가 차단된 순간, 내 본능이 위험을 감지하고 거세게 경고등을 울렸다. 나는 빠르게 고개를 틀었다.

쉬익!

내 뺨 바로 옆에서 들리는 소름 끼치는 바람 소리. 피 묻은 날붙이의 냄새가 가까이에서 풍겨 왔다. 고개를 틀지 않았다면 내 얼굴에 꽂혔을 검이었다.

'젠장! 레오!'

내가 한눈파는 틈을 타 레오를 공격하려는 수가 분명했다. 시야를 가린 마법을 잡아 뜯듯 거칠게 파훼한 나는, 예상대로 레오를 향해 검을 휘두르는 지그문트에게 사나운 오러를 날렸다.

서걱.

최대한 빨리 움직였으나, 시야가 가려진 여파로 반응이 살짝 늦었다. 내 오러가 지그문트의 옆구리를 베는 것과 지그문트의 검이 레오의 허벅지를 베는 것은 거의 동시에 이루어졌다.

쾅!

오러의 여파로 집의 한 면이 날아가고, 허벅지를 다친 레오가 비틀거렸다. 오러가 꽤 깊게 들어갔을 텐데도 다친 옆구리에서 피를 툭툭 털어 내고 만 지그문트가 나를 돌아보며 미려하게 웃었다.

"반응이 빨라졌구나, 슈슈. 어려서는 그 수법에 속절없이 당하더니."

'빌어먹을…….'

분한 감정이 솟구치는 것을 느끼며 이를 악물었다.

지그문트는 참으로 여전했다.

「레오! 괜찮아?」

감정을 애써 억누르며 레오에게 전언을 보냈다. 지그문트의 뒤로 살짝 보이는 레오는 어깨와 허벅지에서 터져 나온 피로 뒤덮여 있었다.

「괜, 찮아.」

전언이 띄엄띄엄 들려왔다. 레오는 조금도 괜찮지 않아 보였다. 나는 목울대를 움직여 침을 삼켰다. 더는 지그문트가 레오를 공격해선 안 된다. 내 선에서 처리해야 했다.

　　　　　　　　　　　　　　　　충직한 검이 되려 했는데 2

"……그래. 빌어먹을 지그문트."

화악!

내 몸 속의 마나를 한가득 끌어올려 검으로 불어넣었다. 찢어질 것 같은 파공음과 함께 검은 오러가 긴 뱀처럼 검 위를 휘감았다.

"오늘은 반드시 네가 오러를 꺼내게 해 주지."

나는 서늘한 기세로 검을 다잡았다. 문득 눈에 들어온 먼지 낀 창문에 내 모습이 비쳤다. 내 두 눈은 원래의 진분홍빛을 잃고 신화 속 검은 용의 눈처럼 짙은 붉은빛으로 기이하게 번뜩이고 있었다.

'그만큼 내가 열받았다는 건가.'

지그문트가 내게 무슨 짓을 했는지 생각하면 이상할 것도 없었다. 나는 그를 노려보며 땅을 박찼다.

'비겁한 수에 대항하는 방법으론 두 가지가 있지.'

첫 번째는 상대와 같이 비겁하게 나오는 것.

그리고 두 번째는.

챙! 챙!

비겁한 수를 쓸 틈도 없이 밀어붙이는 것.

쾅!

빛을 게걸스럽게 집어삼키는 난폭한 암흑이 초승달 모양을 그리며 지그문트의 목을 향해 날아갔다가 벽에 부딪쳐 폭발했다.

지그문트는 가까스로 고개를 몸을 낮춰 피했으나, 그의 검은 머리카락이 오러에 잘려 나가 허공에 나풀거릴 정도로 아슬아슬한 움직임이었다.

'어제 나로 인해 오른팔을 다쳤지. 주로 쓰는 오른팔도 멀쩡하지 않은 상태에서 오러까지 꺼내지 않는다면 내가 압도적으로 위야.'

짧게 심호흡을 한 나는 오러를 갈무리했다. 난폭함은 줄이고, 정밀하게.

'네 오러는 그 터져 나오는 난폭함이 최강점이긴 하지만…… 모든 전투에서

난폭하기만 해서는 안 되는 법이다. 오러를 좀 더 정밀하게 운용할 수 있도록 연습해라.'

언젠가 아버지에게 들었던 말.

마음을 정리한 나는, 군더더기 없는 몸짓으로 빠르게 지그문트를 밀어붙이기 시작했다.

챙! 챙!

지그문트가 선 곳에서 점점 뒷걸음질 치기 시작했다. 반격은커녕, 한층 더 정밀해진 내 오러를 힘겹게 막아 내는 것이 지그문트가 할 수 있는 전부였다.

휙!

나는 검날을 아래로 세운 채 지그문트의 오른쪽 어깨를 벨 듯 파고들어 갔다.

지그문트가 내 검을 막으려 오른쪽을 방어하던 순간.

픽!

나는 마나로 감싼 오른발을 들어 지그문트의 왼손을 거세게 걷어찼다. 내 움직임을 예상치 못한 건지, 지그문트의 두 눈이 흔들렸다. 싸움에 정신이 팔려 그다지 힘을 주고 있지 않던 그의 왼손이 속절없이 벌어지고 문제의 가죽 주머니가 허공을 날았다.

"윽!"

나는 주머니를 향해 다급하게 손을 뻗는 지그문트의 복부를 걷어차며 허공으로 도약해 주머니를 낚아챘다.

"젠장! 그거 이리……!"

당혹스러운 표정으로 소리치던 지그문트가 턱 말을 멈췄다. 그가 잠깐 방심한 틈을 타 내가 그의 몸을 오러로 옭아맨 탓이었다.

입을 파고든 검은 오러에 말조차 하지 못하고 나를 불태울 듯 노려보는 지그문트를 향해 씨익 미소를 지었다.

"왜. 비겁한 짓은 네 전유물인 줄 알았나? 멍청한 지그문트 하이드."

'비겁해지라고 한 건 너면서, 예상 못 했나 보지? 멍청이.'

내가 내뱉고도 순간 흠칫했다. 지금 상황이 이전의 상황과 매우 비슷하다는 기분이 들어서였다. 지그문트 또한 그때가 떠오른 건지 표정이 묘했다.

순간 들썩인 마음을 억누른 나는 빠르게 주머니로 시선을 돌렸다. 순식간에 만들어 낸 오러의 족쇄는 지그문트 같은 실력자를 오래 붙잡아 놓을 만큼 단단하지 못했다. 그가 움직이기 전에 내용물을 확인해야 했다.

사실 이 틈을 타 주머니를 들고 바로 자리를 뜨는 것이 가장 좋은 방법이었으나, 허벅지를 다친 레오는 도망칠 수 있는 상태가 아니었다. 우선 지그문트가 여기까지 온 목적이자 레오가 이성을 놓은 원인인 이 주머니에 뭐가 들었는지 확인부터 할 작정이었다.

'……이건, 은빛 늑대의 문양.'

주머니에 수놓인 문양을 보며 확신했다. 이것이 어째서 우리 집, 그것도 내 어머니 방에 있었는지는 모르겠지만, 이건 확실히 은빛 늑대 수인족의 문양이었다.

'게다가 내용물의 기운이 밖으로 나가는 것을 차단하는 효과까지 있군.'

주머니 자체에서 은은히 감도는 마력을 느끼며 확신했다. 상당히 고위급 보호 마법이 새겨진 주머니는 내용물이 무엇인지 짐작조차 할 수 없게 했다.

'레오는 왜 이걸 보고 흥분한 거지?'

풀리지 않는 수수께끼를 뒤로한 채 재빨리 주머니를 열었다. 더욱 격렬히 발버둥 치기 시작한 지그문트를 무시하며 내용물을 확인한 나는, 예상치도 못한 물건을 발견하고 딱딱하게 굳고 말았다.

'……이게 왜 우리 집에 있었던 거지?'

사실 나는 어머니의 방에 들어간 적이 손에 꼽힐 정도였다. 어머니에 대한 기억은 무척 희미했기에 들어갈 이유도 없었고, 왠지 모를 거부감 때문에 들어가기도 꺼려졌다.

가끔씩 들어갔던 이유도 별거 없었다. 분명 평소엔 거부감을 느끼다가도 아주 간혹 이유 모를 끌림이 느껴져서 침대 위에 가만히 앉아 있거나, 방을 청소하기 위해서 들어간 정도였다.

방 안을 뒤져 본 적이 없으니 이 물건의 존재를 몰랐던 것도 당연하나, 문제는 어째서 이게 이곳에 있느냐는 것이었다.

'……요정 숲 출입패.'

나는 멍하니 그 물건을 내려다보았다. 이 세상의 것이 아닌 것 같은 기이한 질감의 투명하고 동그란 광물 위에 정밀하게 새겨진 숲과 날개. 인간에게는 허락되지 않은 대륙 동쪽 끝 요정 숲의 자유로운 출입을 허락하는 패였다.

보통 사람이라면 알아볼 수 없었겠지만, 나는 용병 미르로서 마수를 토벌하기 위해 대륙 곳곳을 돌아다녔다. 요정 숲에 관련된 의뢰를 받아 본 적도 있었기에 패의 정체를 알 수 있었다.

'이건, 이렇게 귀한 물건이 있었다고?'

요정 숲의 지배자에 의해서만 하사되는 요정 숲 출입패는 돈으로도 살 수 없는 물건이다.

'어째서 이게 우리 집에 있었고, 지그문트는 어떻게 이것이 우리 집에 있다는 걸 알았으며, 왜 이걸 원했고, 레오는 왜 이걸 보고 이성을 잃었던 거지?'

수많은 의문 속에 머리가 멍해졌다. 그것이 내가 방심한 순간이었다.

순간 직감이 따갑게 울렸고, 위험을 느낀 내 몸은 무슨 일이 일어나기도 전에 움직였다.

쾅!

이어서 뒤늦게 들려온 폭음. 지그문트의 몸을 옥죄던 내 오러가 산산조각 나는 것이 느껴졌다. 나는 패에 고정하고 있던 시선을 지그문트에게로 돌렸다.

'분명 2분 정도는 버틸 거라고 생각했는데……!'

예상을 벗어난 상황에 당혹스러움이 밀려왔다. 분명 현재의 지그문트는 내 오러를 이렇게 빠르게 벗어날 수 없었다. 여태껏 내게 보여 주지 않은 수를 쓰지 않

충직한 검이 되려 했는데 2

는 이상.

내가 직감을 따라 오른쪽으로 피하고, 오러에서 벗어난 지그문트가 내게 검을 휘두르는 일은 동시에 이루어졌다.

나는 확실히 느꼈다. 내 오러 속박을 끊고 내게 날아오는 것은 분명히 지그문트의 오러였다.

쾅!

내가 아슬아슬하게 피한 지그문트의 오러가 벽에 부딪쳐 폭발한다. 나는 충격을 감추지 못하고 아연하게 입을 벌렸다.

'저게…… 오러라고? 저게 가능하다고?'

나는 내 눈을 의심했다.

오러는 검사의 정체성. 오러의 색은 검사가 자신의 한계를 뛰어넘으며 찾은 답을 기반으로 한다. 오늘 처음으로 본 지그문트의 오러는, 내가 여태껏 가능하리라 생각하지 않았던 형태를 하고 있었다.

"……젠장."

보이기 싫었던 치부를 내보인 사람처럼 일그러진 지그문트의 얼굴이 보였다.

잠시 넋이 나가 있던 나는 가까스로 정신을 차리고 태세를 가다듬으려 했으나, 그 잠깐의 틈은 지그문트와의 싸움에 있어서 거대한 구멍과 다름이 없었다.

화악!

순간 패를 잡고 있던 내 손 위로 빛이 솟구쳐 올랐다. 손을 옭아매는 불쾌한 마법의 기운. 황급히 막으려 했으나, 이번엔 지그문트가 빨랐다.

"오늘 만남은 여기까지로 하지."

내 손 위에 있던 패가 그의 손 위로 옮겨 갔다. 그 직후 지그문트는 다급하게 뒤돌아 전투로 인해 박살이 난 창문 너머로 뛰쳐나갔다.

'젠장!'

순간의 방심이 승부를 좌우했다. 나는 이를 아득 갈며 지그문트가 나간 창문을 향해 오러를 날렸다.

"큭!"

창밖에서 들려오는 고통 어린 신음 소리. 나는 지그문트가 내 오러에 베여 멈칫한 틈을 타 빠르게 창문을 넘어 추격했다. 레오도 다급하게 뒤따랐다.

우리 집은 시내에서 약간 외곽 부근에 위치하고 있었기에 주위에 나무가 많았다. 나무가 무성한 곳으로 지그문트가 도망치는 것이 보였다.

'순간 이동을 쓰지 않는다는 건 이미 지쳤다는 거야. 추격하면 따라잡을 수 있어!'

강력한 마법사이기도 한 지그문트라면 보통 이 상황에서 순간 이동으로 도망쳤을 것이다. 두 다리로 뛰어 도망치고 있다는 건 마력이 동났다는 것을 뜻했다. 나와 레오는 나무 사이사이를 재빠르게 지나며 멀어지고 있는 지그문트를 빠르게 뒤따랐다.

"잡아야, 해."

허벅지에서 피가 흐르는데도 내 옆에서 끈질기게 속도를 맞추고 있는 레오가 중얼거렸다. 힐끔 돌아본 그의 두 눈은 광기에 가까운 집착으로 번뜩이고 있었다. 어딘가 망가진 사람처럼 뒤틀린 얼굴을 한 레오가 지그문트를 향해 검을 세웠다. 그의 검날 위로 독극물을 닮은 연둣빛 오러가 덧씌워졌다. 레오가 오러를 날릴 듯 검을 움직이던 순간.

"안 돼!"

퍼뜩 앞을 확인한 나는, 레오를 막아섰다. 거의 이성을 잃은 것 같던 레오의 눈동자로 내가 들어서고, 그의 동공이 흔들렸다. 달리던 그의 발이 살짝 휘청거리며 멈추고 검을 휘두르려던 손이 굳었다.

'젠장. 지그문트를 잡기는 글렀군.'

레오와 내가 멈춘 잠깐 사이에 지그문트의 인기척이 빠르게 멀어지는 것을 느끼며 입술을 짓씹었다.

　　　　　　　　　　　　　충직한 검이 되려 했는데 2

아마 지그문트는 내 판단을 예측하고 이쪽으로 도망쳤을 것이다. 그 예측에 따라 움직이는 것이 미치도록 분했으나, 어쩔 수 없었다. 이것은, 내 신념이니까.

"……뭐 하는 거야, 슈슈? 나와. 쫓아가야지!"

"……안 돼. 검 넣어, 레오."

간절하게 소리치는 레오에게 피를 토하는 심정으로 고개를 저었다.

"더는 가면 안 돼. ……돌아가자."

처참하게 갈라지고 메마른 내 목소리는 내가 듣기에도 힘이 없었다.

레오는 조금도 이해하지 못하겠다는 표정으로 나를 바라보며 지그문트가 사라진 곳을 가리켰다.

"대체 왜? 조금 전에 부상을 입혔으니 그때 공격하면 분명 따라잡을 수 있었어! 지금, 지금이라도 다시 쫓으면 따라잡을 수 있을지도 몰라! 왜 안 되는 건데!"

"저쪽은 인가니까!"

레오에게 화가 난 것이 아닌데, 나 또한 멈출 수밖에 없는 이 상황에 울분이 차올랐기에 고함을 치듯 언성을 높였다. 지그문트가 도망친 방향은, 사람들이 밀집된 인가였다.

"바로 저기만 나가면 바로 사람들이 사는 곳이야! 네가 오러를 날리면 쑥대밭이 됐을 거라고! 우리 일에 무고한 사람들이 휘말려 죽게 하면 안 되잖아!"

"왜 안 되는데!"

"……뭐?"

레오의 외침에 순간 멍해진 나는 뒤늦게 반문했다.

'왜 안 되냐니, 그야, 무고한 사람이 휘말리면 안 되는 거니까.'

사람이 살아가는 데는 이유가 필요치 않다. 때문에 사람을 살리는 데도 이유가 필요치 않았다. 그러나 사람을 죽이는 것은 이유를 불문하고 해서는 안 되는 짓이었다. 그것은 하늘은 파랗고, 불은 타오르며, 얼음은 차갑다는 것처럼 당연한 것이다.

시간이 흐르는 데 있어 이유가 필요하던가? 아니. 그것은 섭리이며 순리. 흐르기에 흐르는 것이다. 그곳에 이해관계는 필요치 않았다. 사람을 죽여서는 안 된다는 것도 그와 같은 선상에 있는 문제였다.

아마 레오가 너무 흥분해 물불 가리지 못하는 상태라 실언을 한 것일 터였다. 그야 사람을 죽여서는 안 된다는 기본 이치를 모를 사람은 없으니까.

그럴 것이라 생각하고, 그와 눈을 맞췄을 때. 나는 그대로 굳고 말았다.

'……무지.'

내가 늘 아름답다고 생각하던 압생트 빛 두 눈에 들어찬 것은 확연한 무지이고, 몰이해였다. 어떤 죄책감도 없이 나비를 산 채로 박제하는, 죽음을 이해하지 못한 어린아이의 눈. 너무 맑고 깨끗해 오히려 섬뜩한 눈빛. 레오는 사람을 죽여서는 안 된다는 사실 자체를 이해하지 못하고 있었다.

"우리가 모르는 사람이 죽는 게 우리랑 무슨 상관인데! 몇 명이 죽든 저 주머니만 가져오면 되는 거잖아!"

"……레오."

"지금이라도 나와! 나라도 쫓아갈 테니까! 수백 명이 죽게 돼도 상관없어! 저 주머니만 돌려받을 수 있다면……!"

"알렉산드로 아타라!"

어지럽도록 쏟아지는 말들을 듣다 못한 나는 평소 입에 담지 않던 그의 풀네임까지 입에 담았다. 그제야 그가 말을 멈췄다.

레오와 허울 없는 친구로 지내고 싶어 잊고 있었던 그의 이름. 무려 한 왕국의 이름을 본뜬, 그의 성.

"너는 왕이야, 알렉산드로 아타라! 대체, 사람을 귀히 여기지 않고서 어떻게 통치를 하는 거지?"

내 사람이라 생각하던 레오에게 신념을 정면으로 반박당한 나는 머릿속이 새하얘졌다.

숨을 몰아쉬며 레오를 올려다보았다. 마주한 레오는, 내가 여태껏 마주한 적 없는 지독히 차갑고 섬뜩한 낯을 하고 있었다.

"카슈미르. 무슨, 말을 하는 거야. 통치는 공포와 위엄으로서 임하는 거야! 그 누구도 내 왕좌를 감히 우러러볼 수조차 없도록! 막아서는 것은 모조리 베어 내고, 남은 것들은 자신도 언제 죽을지 모른다는 공포에 복종하게 해야지! 그 공포를 조성하기 위해선 수천, 수만도 죽일 수 있는 게 바로 왕이야!"

부르짖듯 터져 나오는 그의 목소리에서 나는 느꼈다.

여태껏 머리로는 알고 있었으나, 마음으로는 이해하지 못한 것을 뼈가 저리도록 느끼고 말았다.

레오는, 더 이상 내가 알던 어린 소년이 아니다.

그는 알렉산드로 아타라. 자신의 형제들을 모두 죽이고, 반대하는 귀족까지 모조리 숙청하며 아타라 왕국을 공포로 밀어 넣었던 피의 군주였다.

그것을 실감하자마자 본능적으로 치밀어 오르는 거부감에 나도 모르게 뒷걸음질을 쳤다. 물러서는 나를 발견한 레오의 동공이 확장되고 그가 나를 잡으려는 듯 손을 뻗었다. 크고 단단한, 내가 익히 알던 손.

'저 손엔 대체 얼마만큼의 피가 묻었을까.'

그의 손 위로 내가 지독히 싫어하는 인간의 붉은 피가 물든다.

탁.

나는 알렉산드로가 얼마나 간절히 내게로 손을 뻗었는지 알았음에도, 그 손을 내쳐 버렸다.

분명 나는 알렉산드로의 잔인한 면까지 품겠다고 당당히 말했었다. 그렇지만 정말 그의 뒷면을 보자 의심이 드는 것이다.

'내가 과연 이런 생각을 가진 이를 품을 수 있을까?'

나는 구원자가 아니다. 신도 아니었다. 인간이었다. 미련한 신념들을 가득 안고 그것들을 지키려 발버둥 치는 한낱 인간. 그런 내가, 이런 뒤틀린 이를 친구라 부르며 함께 걸어갈 수 있는가?

"그건, 그러면 안 되는 거잖아. 왕은 백성들의 대리인이고, 그들을 지키기 위해 세워진 거잖아. 사람들의 목숨을 함부로 여겨선 안 되는 거잖아!"

머릿속이 새하얗게 질린 상태에서도 침착하게 말해 보려 했으나, 결국은 언성이 높아졌다. 손이 내쳐진 순간을 기점으로 눈동자에서 초점이 사라진 알렉산드로는 소름 끼치도록 공허한 눈으로 나를 바라보았다.

"어떻게…… 사람을 죽이지 않고 권력을 얻어? 카슈미르 크리시스, 네가 지금 얼마나 나약한 탁상공론을 말하고 있는지 알아? 나는 뭣도 없는 7왕자로 태어나서 검으로 왕좌를 탈환했어! 어린 시절엔 레이샤가 없었으면 죽을 뻔했고! 내게 레이샤는 구원자나 다름없어! 나는 레이샤를 위해선 뭐든 할 수 있다고!"

"여기서 레이샤 얘기가 왜 나오는데!"

"그야 저 미친 새끼가 들고 튄 저 주머니에 레이샤의 문양이 수놓여 있었으니까!!! 딱 봐도 저게 레이샤의 유품이잖아!!!"

알렉산드로의 처절한 부르짖음에 나는 흠칫 굳었다. 그의 눈동자는 공허한 가운데에서도 괴기한 집착으로 불타고 있었다. 알렉산드로에게 레이샤가 얼마나 큰 의미인지 절절히 와닿았다.

'잠깐만.'

잠시 멍하다, 순간 느껴진 이질감에 미간을 좁혔다. 주머니 외면에 새겨진 건 분명 은빛 늑대 수인족의 문양이었다. 내 눈이 맛이 간 게 아닌 이상 분명했다.

'그런데 그게 레이샤의 문양이라고?'

갑자기 치고 들어온 대형 정보에 머리가 어질했으나, 애써 정신을 차렸다. 지금 담판 지어야 하는 건 따로 있었다.

"그건…… 다음에 말하자. 어쨌든 지금 지그문트를 따라가는 건 안 돼. 무고한 사람이 죽는 건 용납할 수 없어."

"하…… 진짜 미치겠군. 카슈미르, 너는 내게 레이샤가 얼마나 큰 의미인지 몰라서 그래. 레이샤는 나한테 그냥 유모 정도가 아니라고…… 나는 반드시 레이샤의 유품을 찾아야 해. 제발…… 가게 해 줘……."

한 점의 조각 같던 알렉산드로의 얼굴이 슬픔으로 처절하게 무너졌다. 그가 내게 간청하듯 매달렸다. 레아샤가 알렉산드로에게 어떤 의미인지는 나 또한 알고 있었기에 순간 크게 흔들렸으나 그럼에도 이를 악물고 고개를 저었다.

"……안 돼."

"어째서!"

레오가 발작하듯 소리쳤다.

"너한테 사람을 죽이라고 하는 것도 아니잖아! 나만이라도 쫓아가게 해 달라고!"

"사람이 죽을 수도 있는 상황을 어떻게 방관해! 네가 무고한 사람을 해치러 가겠다는데 어떻게 길을 열어 주냐고!"

"왜 못 열어 주는데! 나는 평생 동안 사람을 죽이면서 살았는데!"

처음이었다. 알렉산드로가 내 앞에서 이렇게까지 처절하게 소리친 건. 귀를 따갑게 울리는 고함에 몇 번 눈을 깜빡이다 그를 멍하니 올려다보았다.

"나는 평생을 사람을 베며 살았어! 방해하는 모든 것을 짓밟고 올라서서 이 자리에 섰다고! 사람의 목숨을 함부로 여겨선 안 된다고? 나는 늘 함부로 여겨졌어! 나는 왕위를 넘볼 수조차 없는, 바닥보다 더 아래에 존재하는 7왕자였다고! 내 목숨은 파리 목숨보다 더 가벼웠고, 내 목숨을 넘보는 살수들이 매일 내 침실에 있었어! 그걸 지켜 준 게 레이샤고! 모두가 내 목숨을, 내 존재를 가볍게 여겼는데 왜 나는 그들의 목숨을 가볍게 여기면 안 돼? 왜 내가 받아본 적도 없는 걸 베풀라고 강요하는 건데!"

나는 할 말을 잃었다.

그렇다. 사랑도 받아본 사람들이 할 수 있었다.

그럼 존중을 받아본 적이 없는 알렉산드로가, 다른 이를 존중할 수 있는가? 평생 싼 목숨 취급을 받아 온 그에게 목숨을 존중하라고 할 수 있는 것인가?

'내가, 알렉산드로에게 불가능한 걸 강요하고 있는 건가? 보내주는 게 맞는 건가?'

순간 든 생각에 새하얗게 질려 비린 맛이 올라오도록 입술을 짓씹었다. 감정을 폭발하듯 터트린 레오는 눈이 충혈된 채로 거세게 심호흡하고 있었다.

그 순간 그의 얼굴 위로 어린 소년의 얼굴이 겹치며 퍼뜩 무언가가 떠올랐다. 감정이 울컥 치밀었다. 나는 눈가가 붉어진 채 레오를 올려다보았다.

"나는, 적어도 나는…… 네 목숨을 소중히 여겼으니까……."

그래. 웬만해선 흔들리지 않는 내가 이렇게까지 충격받은 이유는 바로 이것이었다. 내가 기를 쓰고 살린 레오가, 사람의 목숨을 소중히 하지 않기 때문이었다.

"나는 어렸던 널 살렸어."

"……."

"네가 누군지도 몰랐고, 내게 중요한 사람도 아니었는데…… 그냥, 지나쳤어도 됐을 텐데…… 지나치지 않고 널 살렸어. 생명은, 그 누구의 것이라도 소중한 거니까."

왜일까. 문득 눈물이 나올 것 같았다. 눈가에 눈물이 핑 돌고, 가슴이 아파 왔다.

딱딱하게 굳은 채 하염없이 나를 내려다보는 레오를 물방울이 맺힌 눈으로 올려다보았다. 더는 화도 나지 않았다.

"……그래. 이건 스쳐 지나간 과거 얘기일 뿐이니까, 네게는 아무것도 아니었을지도 모르지. 이 일을 들먹이며 네게 생명을 소중히 여기라고 강요할 수 없다는 거 알아."

"……! 그럴 리가 없잖아! 젠장, 그게 아니라……!"

"그래도 나는!"

"……."

"나는, 네가…… 적어도 생을 모독하는 사람은 되지 않기를 바랐어. 조금 더 욕심을 부리면, 내가 널 도와줬던 것처럼 훗날엔 너도 다른 사람을 도와주기를, 바랐어……."

"……"

"너무 큰 바람이었어?"

아. 정말 울고 싶지 않다. 내 신념을 말하는 이 순간만큼은 울고 싶지 않았다. 눈물이 흐를 것 같아서, 나는 도리어 눈을 부릅떴다. 눈물이 떨어질 틈도 없도록.

"……그래. 내가 너무 많은 것을 바란 걸지도 모르겠다."

"아니라고! 나는……!"

"그래도 못 보내줘."

쉬익!

허공을 찢는 바람 소리와 함께 검 위로 칠흑빛 오러가 덧씌워졌다.

눈동자 위의 물기와 흔들림을 모두 걷어 낸 나는, 오직 또렷한 신념만 남은 눈으로 알렉산드로를 직시했다.

"나는 방관 못 해. 가고자 한다면 날 쓰러트려."

결연하게 선포하면서도 문득 두려워졌다. 레오에게 소중한 것을 놓고 생을 소중히 여기라 하는 나는, 사랑하는 이의 죽음과 신념 사이에서도 신념을 택하고야 말 것 같아 끔찍한 자괴감이 밀려왔다.

"……하."

자신의 눈앞에 들이밀어진 검을 빤히 내려다보던 알렉산드로가 허탈한 웃음을 터트렸다. 올려다본 그의 아름다운 녹빛 눈동자에서 눈물이 흐르고 있었다.

"너는 나를…… 왜 이렇게 비참하게 만들어."

"……"

"온 세상이 나를 욕해도 괜찮았어. 피에 미친놈이라고 떠들고, 왕좌가 아니라 철장이 어울리는 짐승 새끼라고 해도, 나는 아무렇지 않았다고."

그가 이를 악물었다. 상처 입은 짐승같이 처량한 눈이 나를 응시하다, 이내 일그러진다.

"그런데 네 한마디엔 자꾸 내 세상이 무너져 내려서…… 어떻게 해야 할지 모르겠어……."

그의 눈에서 눈물이 뚝뚝 떨어진다. 압생트의 빛깔을 그대로 담은 유해한 눈동자는 독이라 불리던 압생트를 흘릴 법도 한데, 그 또한 눈물로 흘리는 것은 결국 무엇도 해할 수 없는 투명한 물방울이라서 가슴이 죄였다.

툭.

알렉산드로가 내 앞에 한쪽 무릎을 꿇고 앉았다. 피로 왕좌에 오른 그 난폭한 왕이 내 앞에서 무릎을 꿇었다.

챙.

그가 덜덜 떨리는 손으로 검을 잡고 있던 내 손을 잡았고, 나도 모르게 힘이 빠진 나머지 검을 놓고 말았다. 그는 제 뺨에 내 손등을 비볐다. 복종하는 사냥개 같은 모습이었다.

"나를, 나를 친애한다고 했잖아. 내 추악한 모습들을 배제하고라도 아끼고 있다고, 걱정 말라고 네 입으로 말했잖아…… 왜 내 손을 내쳤어? 분명, 그렇게 말했으면서 왜 낯선 것을 보는 눈빛을 해…… 나는 레오인데. 나, 알렉산드로 아타라 아닌데……."

"……."

"나, 나 그 새끼 안 따라갈게. 네 말대로 여기 있을게. 무고한 사람도 안 해치고, 레이샤 유품도 안 찾을게. 그냥 검도 더는 들지 말까? 네가 내 손을 자를래? 네가 하라는 거면 뭐든 할 테니까, 제발, 나를……."

목소리는 원망처럼 시작하다, 체념으로 이어지고, 결국 처절한 간구의 빛을 띠었다.

툭.

　　　　　　　　　　　충직한 검이 되려 했는데 2

손등 위로 뜨거운 액체가 떨어진다. 살짝 입술을 벌린 채로 액체가 흘러내리는 것을 바라보았다. 그의 눈물이 스치고 지나간 자리가 불에 덴 것처럼 뜨거웠다.

"……버리지 마……."

아직은 끝나지 않은 봄을 따라 적당히 선선한 바람이 불어온다. 그의 연갈색 머리칼이 살짝 헤집어졌다. 바람은 그의 눈물을 허공으로 날려 보내고, 내 떨리는 한숨을 사그라지게 했다.

어떻게, 이런 그를 미워할 수가 있을까.

"……나는."

"아니. 그냥 아무 말도 하지 마."

무어라 말하려던 찰나 그가 나를 가로막았다. 그의 입가로 이 상황과 조금도 어울리지 않는 웃음이 피어올랐다. 내 손을 꾹 잡은 채 허리를 굽히고 마른 웃음을 터트리던 그는 작게 속삭였다.

"나…… 지금 너무 비참해서 죽고 싶거든."

그러고는 내가 말할 틈도 주지 않고 또다시 웃음을 터트린다. 그의 웃음에선 여러 가지 감정이 뒤엉켜 하나로 정의할 수 없는 무언가가 묻어났다.

"나, 네가 너무 미워."

긴 웃음 끝에, 그는 갈라져 조각난 목소리로 말했다. 그의 눈을 보고 싶었으나, 여전히 허리를 굽힌 그는 내게 얼굴을 보여 주지 않았다.

"그런데, 미운데, 죽어도 싫어할 수는 없어서, 널 싫어하지 못하는 내가 너무 혐오스러워……."

사실인지 아닌지 모르겠다. 그가 고개를 숙이고 있는 탓에 그의 눈 너머 감정도 살필 수 없었고, 그의 목소리는 일파만파로 갈라져 감정을 짐작할 수 없었다.

한참 흐느끼듯 숨을 들이쉬던 그는 천천히 무릎을 펴고 일어났다. 여전히 고개를 푹 숙여 얼굴을 보이지 않은 채로.

"나 좀 들어가서 쉬어야 할 것 같아. 미안. 먼저 갈게."

그러고는 황급히 몸을 돌렸다.

'……아.'

나는 그제야 그의 허벅지 상처가 더는 움직여서는 안 될 정도로 악화됐다는 걸 발견했다. 그를 잡으려 했지만, 그는 내가 손을 뻗기도 전에 왔던 길을 가로질러 멀어져 갔다.

'……젠장.'

피가 뚝뚝 떨어진 땅을 잠시 내려다보던 나는 다리에 힘이 풀려 무너지듯 앉아 나무에 기대었다.

어떻게 해야 했을까. 그냥 보내줘야 했을까? 하지만 그건 내 신념이 용납하지 않는데. 레이샤는 대체 뭐지? 은빛 늑대 수인족은? 요정 숲의 출입패와, 지그문트 그 개자식은?

풀리지 않은 의문들이 섞이고 뒤엉키다, 결국 타올라 사라진다. 나는 두 손에 얼굴을 묻었다.

나는, 레오와 어떻게 하고 싶은 거지.

Chaphter 3

선악의 저편

레오와의 다툼 뒤 생각이 많아진 나는 도저히 일찍 들어갈 수가 없었다. 반쯤 정신을 놓은 사람처럼 정처 없이 여기저기를 떠돌았다. 그러던 와중 비까지 오기 시작했으나, 나는 헤매는 것을 멈추지 않았다.

차라리 비가 와서 좋았다. 한계까지 과열된 머리가 식는 기분이었으니. 물에 젖은 생쥐 꼴이 된 채 집에 들어간 것은 자정이 가까운 늦은 밤이었다.

콰쾅!

귀를 시끄럽게 울리는 천둥소리에 살짝 미간을 좁히며 축축한 앞머리를 쓸어 넘겼다. 빗물로 머리카락이 온통 젖어 있었다.

'대부분 자는 것 같은데.'

천천히 저택 내 인기척을 읽어 내렸다. 괜히 저택을 소란스럽게 만들고 싶지 않은 마음에 조용히 들어온 참이었다.

'대충 씻고 자자……'

이 시간에 목욕을 하기 위해 사용인들을 깨우고 싶지는 않았기에, 흙먼지와 상처만 물로 씻고 바로 잘 생각이었다.

나는 미간을 꾹꾹 누르며 내 방으로 향했다. 그리고 방에 가까워질수록 느껴 지는 익숙한 인기척.

'깨어 있었나.'

나는 한숨을 쉬었다. 이 꼴을 보여 주면 걱정할 게 뻔했기에. 그렇다고 뒤돌아 나갈 수는 없는 노릇이니, 나는 주저하면서도 내 방으로 향했다.

"······언니?"

방문 앞쯤 다다랐을 때 가느다란 목소리가 들렸다. 나를 저 호칭으로 부를 수 있는 유일한 이. 나는 속으로 한숨을 쉬었다.

"······아리아."

내 동생, 아리아였다.

열려 있는 내 방문 틈새로 새어 나온 빛이 어두운 복도를 비추었다. 그 빛 위에 서 있는 아리아의 눈동자가 반짝였다. 맑은 아침 하늘의 푸름을 담은 연하늘빛 눈동자엔 모순적으로 별이 반짝이고 있었다. 내가 가장 사랑하는 그 눈이 애처롭게 처졌다.

"왜 이렇게 늦었어. 걱정했는데."

나는 잠시 입을 다물었다. 아리아가 걱정한 것도 기우는 아니었다.

'언, 니? 이게 무슨······!'

지그문트와의 첫 전투가 있었던 어제, 밤늦은 시간이 되어 집에 돌아온 내 꼴은 말 그대로 개판이었으니까. 온몸이 만신창이가 되어 돌아온 것 때문에 집이 한바탕 뒤집어졌었다.

'곤란한데.'

오늘 외출은 절대 안 된다는 가족들을 선약이라는 말로 겨우겨우 회유하여 나갔던 것인데, 오늘도 만신창이인 모습을 보여 주는 것이 꺼려졌다.

내가 다가가지 않고 주저하는 것이 이상한지 미간을 좁힌 아리아가 발걸음을 뗐다.

"왜 거기 있어. 이리······."

"잠깐만."

다가오려는 아리아를 손을 뻗어 저지했다. 멈칫한 아리아가 눈을 크게 뜨고 나를 바라보았다.

'······처음인가.'

그러고 보니 다가오는 아리아를 저지한 것은 이번이 처음이었다. 영문을 모르겠다는 듯 떨리는 아리아의 동공을 보니 죄책감이 머리를 들었으나, 그럼에도 한 걸음 물러났다.

"……왜, 안 와?"

"지금 내 꼴이 말이 아니라서 그래."

"그런 건 아무래도 상관없어."

아리아는 내게 시선을 똑바로 고정한 채 성큼성큼 다가왔다. 기이한 빛으로 푸르게 번뜩이는 아리아의 눈동자. 그 시선이 사슬처럼 나를 옭아매서, 나는 그 자리에 굳은 채 움직일 수 없었다.

"나한테서 뒷걸음치지 마, 슈슈 언니."

감미로운 목소리는 여전했으나, 그곳에 담긴 감정은 진득했다. 그 농도에 조금 당황해 눈을 몇 번 깜빡이던 나는, 아리아의 시선이 내 몸을 샅샅이 훑는 것을 느끼고 퍼뜩 정신을 차렸다.

"아리아, 그러니까 이건……."

"다쳤네. 또."

서늘한 목소리가 내 말허리를 끊었다. 순간 목덜미에 소름이 돋아 무어라 말하려 했으나 아리아가 더 빨랐다.

"아무 말도 하지 말고, 그냥 들어와."

아리아는 휙 뒤돌아 내 방으로 향했다.

'망했군…….'

나는 속으로 한숨을 쉬었다. 아리아의 태도는 얼핏 보아도 싸늘했다.

화악.

　　　　　　　　　　　　　　　충직한 검이 되려 했는데 2

환한 빛이 내 몸을 에워싼다. 자연 그 자체와 가장 가까운 힘 중 하나인 치유력은 피부에 닿는 것만으로도 나를 쾌적하게 만들었다. 살갗을 타고 올라온 빛이 상처를 천천히 치료하는 것을 지켜보다, 슬쩍 아리아의 눈치를 살폈다.

"……화 안 났으니까 눈치 그만 봐."

아리아가 잔상처가 난 내 상체를 매만지다 말고 한숨을 내쉬었다. 그 말을 듣고서도 나는 또 다쳐 온 게 미안해서, 일부러 더 축 처진 표정을 지었다.

"화 안 났다는데 계속 그러네……."

결국 차갑던 표정을 풀고 피식 웃은 아리아가 치료를 받느라 아무것도 걸치지 않고 있던 내게 새 옷을 건넸다. 나는 안도의 한숨을 내쉬며 깨끗한 옷에 팔부터 집어넣었다.

"무슨 일 있었어?"

나직하게 들려오는 아리아의 물음에 와이셔츠 단추를 잠그다 말고 멈칫했다. 물으면서도 답을 기대하지 않는 투가 내 가슴을 아리게 했다. 아리아가, 답하지 않는 내게 익숙해져 버린 것 같아서.

만신창이가 되어 돌아온 어제도 아리아는 똑같은 질문을 했다. 무슨 일이 있었느냐고.

'아리아한테 지그문트 얘기를 어떻게 해.'

지그문트와 싸운 일을 설명하려면 그놈에 대해서 말해야 하는데, 거기에 연루된 것은 내 인생 최대의 비극이다. 나는 그 얘기를 아리아에게 할 자신이 없었다.

'이곳에 오면 더는 무언가를 숨기지 않을 수 있을 거라고 생각했는데…… 나는 여전히 네게 숨겨야 하는구나.'

참으로 돼먹지 못한 언니다. 항상 다쳐 와 걱정만 시키는데, 다친 이유조차 말해 주지 못하니. 자괴감이 울컥 치밀어 올라 앞머리를 거칠게 쓸어 넘겼다.

"친구랑…… 싸웠어."

어제와 연달아 오늘도 침묵으로 답하는 것은 정말 아리아에게 못할 짓 같아,

잠시간 고민 끝에 겨우 내뱉었다. 거짓말은 아니나 지나치게 불친절한 설명이라는 것은 나도 알았다.

그 한마디에도, 아리아는 답이 돌아온 것만으로 만족스럽다는 듯 표정이 확연히 밝아졌다.

"그 친구가 누구, 아니, 음…… 그래서 화해했어?"

직접적인 질문을 하려던 아리아가 잠시 간극을 두더니 곤란하지 않은 질문을 던져 왔다. 잠시 입술을 꾹 깨문 나는, 고개를 저었다.

"……아니."

상처의 주된 요인은 지그문트지만, 내 마음을 이렇게 복잡하게 만든 것은 레오였다. 나는 여러 상념들로 뒤엉킨 마음을 정리하지 못한 채 눈을 꾹 감았다 떴다.

"아리아. 만약에 있잖아."

문득 아리아에게 말을 건 것은, 단순하고 뻣뻣한 나와는 달리 현명한 아리아라면 이 복잡한 문제를 해결해 줄 수 있을 것 같았기 때문이다.

"만약에 너랑 정말 친한 친구가 자신의 뜻을 이루기 위해서는 무고한 사람을 해쳐도 된다고 생각한다면, 그래서 다퉜다면 너는 어떻게 할 거야?"

나는 아직도 내 눈앞에서 사람이 죽는 꼴을 보기가 어려웠다. 그것이 내 사람으로 인한 것이라면 더욱더 괴로울 것 같았다. 전쟁을 결심하고 준비하고 있는 주제에 아직도 그랬다.

'하지만, 전쟁은 어쩔 수 없다지만…… 그곳의 사람들은 모두 무고하잖아.'

사람들을 지키기 위해 먼저 걸어온 전쟁에 대항하는 것과 사사로운 일을 위해 민간인을 해치는 것은 내게 완전히 다른 문제였다. 아무리 레오라고 해도, 나는 내 눈앞에서 그런 일이 일어나는 것을 묵인할 수 없었다.

'레오에게 레이샤는…… 정말 큰 의미인데.'

그러나 레오의 입장도 이해가 갔다. 레오에게 있어 레이샤는 부모를 넘어 구원자에 가까웠다. 그가 지그문트를 따라가겠다고 날뛴 것도 이해하지 못할 바는 아니었다.

"……언니. 솔직히 말해 줄까?"

수심에 잠긴 채 멍하니 바닥만 보는 나를 지그시 응시하던 아리아가 느리게 입을 열었다. 들려오는 목소리를 따라 살짝 고개를 들어 보니 아리아가 진지한 표정을 짓고 있었다.

"나는 그 친구랑 생각이 같아. 내 뜻을 위해선 다른 사람을 해칠 수 있다고 생각해."

한없이 맑고 투명한 목소리는 조금의 주저도 없이 그렇게 말했다. 거짓 한 점 없이 결연한 푸른 눈동자와 마주한 나는 순간 숨을 멈추었다.

'……아리아는 카라쇼 스승님께 배운 적이 없지.'

내게 가장 소중한 아리아가 내 신념에 정면으로 반하는 말을 거침없이 뱉었다는 데에서 심장이 잠시 내려앉았으나, 빠르게 진정했다. 레오와의 대치에서는 갑작스러운 상황에 너무 흥분한 나머지 감정을 마구 쏟아 냈지만 비를 맞으며 긴 생각을 마친 지금은 달랐다.

내가 생의 소중함을 배운 것은 카라쇼로부터였다. 레오도 아리아도, 카라쇼와 같은 스승이 없었을 테니 나와 다를 수 있다는 것을 이해해야 했다.

"나는 행복이 일종의 파이라고 생각해. 파이 조각의 수는 적지만, 그걸 나눠 먹어야 하는 인원은 많지. 파이를 한 조각이라도 먹기 위해선 싸움과 쟁탈 또한 감안해야 해."

나와 흔들림 없이 눈을 마주한 아리아는 또렷한 목소리로 말했다. 나는 아리아의 의견에 동의하지 않았으나, 내게 반박하는 목소리를 들으며 새삼 느꼈다.

'많이 자랐구나.'

내 말이라면 언제든 웃으며 고개를 끄덕이던 아이가 이젠 내 눈을 똑바로 바라보고 다른 의견을 내놓는다. 이는 크리시스 공작가에 온 뒤로 생겨나기 시작한 변화였다.

'내가 변한 만큼…… 아리아도 변하고 성장했구나.'

새삼스러운 감상이 마음을 울려 왔다. 아리아는, 내 도움 없이는 아무것도 못하던 요정 같은 아이는 많은 것을 경험하며 한 사람의 어른으로 성장하고 있었다.

"솔직히 말해서, 나는 무고한 사람이 죽는 것에 감흥이 없어. 내게 소중한 이도 아닌데 어떻게 되든 상관없잖아?"

아리아의 목소리가 이어졌다. 적잖이 충격적이었지만 아리아의 말을 끊지는 않았다.

'이런 생각을 하고 있었구나.'

처음으로 알았다. 아리아가 이렇게 당당히 내 의견에 반박할 수 있는 줄. 나는 자라 버린 아리아에 대해 많이 무지했기에, 아리아를 더 알고 싶었다.

작게 숨을 들이쉰 아리아가 나를 응시했다. 내가 사랑한 하늘빛 눈동자는 더 이상 여려 보이지 않았다. 시린 채도를 담은 두 눈은 흔들리지 않는 심지와 함께 나를 향한 애정을 담고 있었다.

"하지만 언니가 싫어하니까. 사람의 목숨을 함부로 여기는 걸 언니가 원치 않으니까. 그래서 언니의 방식을 따르려 하는 거야. 늘 말하듯 내게 가장 중요한 건 언니니까. 언니가 나로 인해 속상해하는 걸 원치 않아."

맑은 목소리가 내 귓가에 부드럽게 스며들었다. 나는 다정이 담긴 아리아의 눈동자를 멍하니 마주했다. 무너졌던 마음이 다시 재구축되고, 천천히 치유되는 느낌.

"내 사상보다 언니가 더 소중하니까."

어쩌면 내가 아리아를 사랑하는 것보다 아리아가 나를 사랑하는 마음이 더 클지도 모른다는 생각이 들었다.

아리아는 나와 달랐다. 자신의 생각보단 자신의 사람을 생각했다. 신념 때문에 레오에게 검을 겨누었던 나와는 달랐다.

'뭐가 옳은 거지?'

나는 더 깊은 혼란에 빠졌다. 그때 정말 레오를 보내주는 게 맞았을까?

결론적으론 신념을 선택했으나, 나는 여전히 확신할 수 없었다. 고개를 푹 숙이고 있는 내게 다가온 아리아는 내 양 뺨을 두 손으로 잡고 들어 올려 자신과 마주하게 했다.

"뭘 고민해. 언니가 옳아. 어느 때라도 네가 옳아, 언니. 나는 언니만큼 옳고 곧은 사람을 본 적이 없어. 그러니 고민될 때는 언니가 끌리는 대로 행해. 그게 옳은 거야. 그걸 따라오지 못하는 사람이 있다면, 그 사람은 애초에 언니의 사람이 아니었던 거니까 인연을 끊어."

아리아의 목소리가 단호했다. 신념을 가지고도 흔들리던 내게 정답을 쥐여 주는 것만 같은 말. 레오를, 잘라 내라는 말.

'내가, 어떻게 그래.'

나를 향해 간절히 빛나던 연둣빛 눈동자를 떠올린다. 다른 건 몰라도 이것만은 확신했다.

나는 레오를 내칠 수 없었다.

"……내칠 수 없는 사람인가 보구나."

내 표정을 영민히 읽어 낸 아리아가 중얼거렸다. 쓴웃음 섞인 아리아의 한숨이 내 머리카락을 간지럽혔다.

"그 사람이랑 화해하고 싶은 거지? 계속 친구하고 싶고."

나는 조용히 고개를 끄덕였다.

생을 함부로 여기던 레오에 대한 분노는 이미 모두 가라앉았다. 사실상 지금 남은 것은 레오와 화해하고 싶다는 마음뿐이었다. 내 머리를 몇 번 쓰다듬어 준 아리아가 느리게 말을 이었다.

"사람의 사상이라는 건 오랫동안 굳어 하나의 습관처럼 된 거야. 어쩌면 그 사람도 언니를 따르고 싶지만 따를 수 없는 처지에 있는 걸지도 몰라. 언니가 그 사람을 계속 곁에 두고 싶다면 그 면을 이해하는 방법밖엔 없다고 생각해."

들려오는 목소리엔 틀린 말이 없었다. 내가 여태껏 구축된 레오의 사상을 함부로 건드릴 수는 없다. 그것을 변화시키겠다 나서는 것도 기만에 불과했다.

계속 레오와 함께하고 싶다면, 내 신념과 부딪치는 레오의 면모까지도 품는 수밖에 없었다.

'내가 할 수 있을까.'

난폭한 제왕, 알렉산드로 아타라를 떠올렸다. 내가 그런 인물을 과연 곁에 둘 수 있는지 의심이 생겼으나, 이내 결연하게 생각을 굳혔다.

'나는, 할 수 있어.'

레오는 내 친구다. 나는 이미 그를 아낀다 선언했고, 내 말을 지켜야 했다.

"나는 언제나 언니를 응원해. 알지? 내게 가장 소중한 건 언니니까."

나지막이 속삭인 아리아가 나를 꼭 안았다. 나는 어쩐지 눈물이 날 것 같은 기분으로 아리아를 마주 안고 아리아의 품에 얼굴을 묻었다.

내게는 세상이 무너진대도 나를 지지해 줄 내 편이 있었다.

"빌어먹을, 칼 크리시스!"

"그래, 멍청한 아리아 크리시스."

쾅! 콰쾅!

아리아의 날카로운 욕설, 칼의 비아냥거림과 함께 수련장 일대에 굉음이 울렸다. 멀거니 앉아 있는 내 앞으로 불덩이가 쏟아지며 번개가 내리꽂히고 있었다.

"네 스승에게 너무 난폭하군. 그 더러운 성질을 하루라도 티 내지 않으면 두 손에 메테오라도 떨어지는 모양이야?"

"하! 그 잘나신 스승님은 맨날 제자한테 털리지? 아주 입만 열면 개소리가 절로 나와!"

쿠쿵! 콰직!

'아리아한테…… 차라리 검을 가르쳐 줄걸 그랬나.'

아리아가 칼에게서 마법을 배우면 둘이 함께하는 시간 동안 좀 친해질 거라고 생각했건만, 어쩐지 더 앙숙이 되었다.

마법 실력이 걷잡을 수 없는 속도로 성장해 이제는 칼과 어느 정도 합을 맞출 수 있는 수준까지 이른 아리아가 칼의 머리 위로 물을 소환하는 것을 체념 어린 시선으로 지켜보고 있을 때였다.

똑똑.

"아가씨, 도련님. 방해해서 죄송합니다만, 잠시 들어가도 되겠습니까?"

익숙한 목소리에, 서로를 죽일 듯이 맞붙던 칼과 아리아의 움직임이 멈추었다. 나는 그 둘에게 눈짓을 보낸 뒤 문을 열었다. 역시, 문밖의 인물은 테일러였다.

"무슨 일인가."

조금 전까지 미친 듯이 싸웠다는 티가 날 만큼 매무새가 흐트러진 칼이 다가왔다. 폭탄을 맞은 듯한 몰골을 하고서도 테일러 앞이라고 진지한 표정을 보이는 것이 조금 웃겼다. 뒤따라오는 아리아도 딱딱한 표정을 하고 있었다.

"다름이 아니라 카슈미르 아가씨께 황궁에서 서신이 도착해서 말입니다."

"……황궁에서?"

칼과 아리아가 표정을 더욱 굳혔다. 아마 저번의, 황제의 미친 짓이 떠오른 것 같았다.

"이리 주게."

나 또한 그때 일이 떠올라 조금 진지해졌다.

'오늘은 마침 황궁에 가는 날인데. 무슨 일이지.'

일주일에 한 번, 세레논의 검술 스승이자 황제의 말동무 노릇을 하려 황궁을 방문하는 날이 바로 오늘이었다. 나는 테일러가 건넨 편지를 받아 들고 깔끔히 개봉해 내용을 확인했다.

[잘 지냈나, 카슈미르! 오늘 나를 만나러 올 때 유의할 사항이 있어서 서신을 좀 보냈네. 거 별건 아니고, 오늘 만남엔 디에고가 같이 참석할 예정이네. 그럼 잠시 뒤에 보세!]

"……하."

나는 허탈하게 웃었다. 10년지기 친구에게 보내는 듯 격식 하나 갖추지 않은 내용과 묘하게 발랄해 보이는 어투는 제국의 황제라는 지위와는 거리가 멀어 보였다.

'그래…… 원래 이런 인간이니까. 나와 디에고를 한자리에 모으려는 이유도 어느 정도 예상은 가는군.'

여러 번 헬리오스와 만나고 보니 이제는 이런 그의 태도에 어느 정도 적응이 되었다.

내용을 보려 기웃거리는 칼과 아리아를 슬쩍 밀어내며 편지를 접을 때였다.

"아, 황궁에서 온 편지가 한 장 더 있습니다, 아가씨."

테일러의 말에 나는 고개를 기울였다.

내게 편지를 보낼 만한 황궁의 인물이라면 황제 말고는 디에고 정도인데, 바로 오늘 아침에 디에고의 편지에 답신을 보냈던 탓에 이렇게 바로 편지가 올 것 같진 않았다.

"황후 폐하께서 보내오신 서신입니다."

내 표정에서 의문을 읽어 낸 건지 테일러가 곧바로 덧붙였다. 나는 미간을 좁혔다.

"……황후 폐하께서?"

충직한 검이 되려 했는데 2

"네. 그것도…… 꽤나 은밀하게 전해 왔습니다. 아가씨께 바로 전달해 달라고 하더군요."

'티나 키프로스가? 내게?'

황자비와 관련된 얘기는 첫 만남 때 생각이 없다고 못을 박았다. 이후로 티나와 엮일 일은 없으리라 예상했건만.

'그리고 보니…… 지그문트가 키프로스 가의 호위 기사였던가.'

티나를 생각하니 저절로 떠오르는 그놈의 얼굴에 저절로 미간이 찌푸려졌다. 여러 생각이 떠올라 마음이 어수선했지만, 우선 내용부터 확인하는 게 좋을 것 같았다.

나는 편지를 뜯었다.

[제국이 위험하네. 편지로는 길게 말 못 하네. 세레논과 수업이 끝난 뒤 나를 찾아오게.]

편지의 내용은, 상당히 심각했다.

'무슨 일이 생기겠군.'

편지를 잡은 손에 힘이 들어갔다.

내 직감이 따갑게 경종을 울리고 있었다.

"여어, 카슈미르. 그대 왔는가!"

헬리오스와 만나는 장소인 유리 온실로 들어서자, 여느 때처럼 헬리오스의 격식 없는 인사말이 들려왔다. 그의 태도에 익숙해져 버린 나는 은은히 웃으며 목례했다.

"황제 폐하를 뵙습니다."

유리로 된 외벽을 넘어 들어온 햇빛에 헬리오스의 머리칼이 황금빛으로 반짝였다. 흥미와 날카로운 통찰이 함께 담긴 푸른 눈과 잠시 마주하다, 그 옆으로 시선을 돌렸다. 나는 헬리오스와 지극히 닮은 얼굴의 청년에게 정중히 인사했다.

"황태자 저하를 뵙습니다."

제국의 황태자, 디에고 솔라티네였다.

"하하! 둘이 친한 거 다 아는데 무어 그리 딱딱하게 인사를 주고받고 있나! 내 앞이라 그러는 거라면 그만두게."

고개를 들고 디에고와 시선을 교환하고 있었을까, 그 잠시를 참지 못한 헬리오스가 주책바가지처럼 굴었다. 나는 속으로 한숨을 쉬며 어색하게 웃었고, 디에고는 자기가 더 부끄럽다는 듯 손으로 얼굴을 덮었다.

"자, 어서 앉게. 차부터 한 잔씩 하자고."

헬리오스의 손짓에 내가 선홍빛 홍차를 두 모금쯤 마셨을 때, 그가 말문을 열었다.

"그래. 두 사람 다 내가 이 자리를 마련한 이유가 궁금하겠지."

디에고도 이 자리가 마련된 이유를 제대로 듣지 못한 건지 헬리오스의 음성에 집중하고 있었다.

"다름이 아니라 다음 세대를 이끌 그대들의 사상을 한자리에서 들어 보고 싶어서 말이야. 두 사람은 황실과 공작가의 차세대 주인들이니."

이어진 헬리오스의 말에 나는 내 턱을 쓸어내렸다. 나는 여러 감정이 복합적으로 담긴 눈으로 헬리오스를 응시했다.

"송구합니다만, 공작가를 이끌 이의 말을 듣고 싶으셨다면 칼 크리시스 공자를 부르셨어야 하는 것 아닌가 싶습니다."

아직 공작 후계에 대한 공식적인 발표가 없었음에도 대부분의 이들이 칼을 차기 공작으로 확신하고 있었다. 아리아와 내가 입적되었음에도 그 인식은 여전했다.

'공자가 공작이 된다. 공녀는 직위가 낮은 가문에 시집을 가 다른 성씨를 달게 되거나, 운이 좋아 봐야 황족이나 교황에게 시집을 가는 결말을 맞이할 것이다.'

하나의 공식처럼 사람들에게 남은 인식. 그 누구도 공녀인 나와 아리아가 공작이 될 수 있으리라 생각하지 않았다. 전례가 없기 때문이었다.

"재밌군, 카슈미르 공녀. 그대는 내가 차세대를 논하는 자리에 그대를 부른 것이 실수라고 생각하는가?"

턱을 괸 채 나를 지그시 응시하던 헬리오스가 유려하게 웃었다.

아름다운 미소로 진심을 가렸으나, 그의 푸른 두 눈은 냉철함에 시리게 빛나고 있는 것을 확인한 나는, 진중한 태도로 그를 마주했다.

"많은 이들이 그리 생각할 겁니다. 제게서 가능성을 보는 이는 그리 많지 않으니까요."

오랫동안 고착화된 관념은 아주 무서운 것이다. 아리아가 아무리 똑똑해도 나랏일을 할 수 있는 인재로 보는 이들은 없다는 것. 르웰린이 아무리 사업에 천재적이어도 사람들은 당연히 무능한 메르헨이 후계자가 될 거라고 생각했던 것. 당연히 여겨지지만 당연하지 않은 것들이 이 세상엔 많았다.

"나는 많은 이들의 생각 말고 그대의 생각을 묻고 싶다만."

내 애매하고도 중의적인 대답이 내포한 뜻을 단번에 알아차린 듯, 헬리오스의 두 눈이 번뜩였다.

"그대는 스스로의 가능성에 대해 어떻게 생각하나. 그대는 스스로가 차세대를 이끌 수 없다고 생각하나? 그럴 인물은 그대의 오라비뿐인가?"

헬리오스의 물음은 얼핏 들었을 때 일종의 시험 같았다. 허나 내겐 그가 내게 기회를 주고 있는 것처럼 들렸다.

'보통 사람이라면 이런 걸 묻지도 않았을 거야.'

애초에 내게 가능성이 있으리라고 생각조차 하지 않았을 테니까. 헬리오스는 이미 내가 차세대의 주축이 될 수 있다는 가능성을 본 것이다. 그리고 스스로의 판단에 대한 내 의견을 묻고 있었다.

'참, 종잡을 수 없는 데다 음험하기까지 한 인간이지만…… 미워할 순 없단 말이지.'

옅은 미소를 띤 나는 홍차가 든 잔을 내려놓았다. 일렁이는 황금빛 불꽃이 세밀하게 새겨진 잔은 내 투지를 닮아 있었다.

"폐하. 저는 차세대를 이끌지 않습니다."

내 부정적인 대답에 헬리오스의 눈이 미미하게 커졌다. 옆에서 잠자코 지켜보던 디에고도 내가 이리 답할 줄은 몰랐는지 놀란 표정이었다.

헬리오스의 눈빛에 실망이 스쳐 지나갈 때, 나는 씨익 웃었다.

"정확히는, 차세대만 이끌지 않을 겁니다."

'차세대를 이끌 수 있을지 없을지를 고민할 시기는 지났지.'

내겐 그런 고민에 빠져 있을 시간조차 없었다.

"폐하. 저는, 차세대뿐만 아니라 현세대 또한 이끌고자 합니다."

이 제국의 지배자와 차기 지배자 앞에서 나는 당당히 선포했다.

전쟁은 이미 코앞으로 다가와 있다. 나는 내 나이가 찰 때까지 기다리고 있을 수 없었다. 지키기 위해서는, 차세대를 운운할 틈도 없이 들고 일어나야 했다.

"저를 신임하고 자리를 내어 주는 이만 있다면, 저는 능히 현세대와 차세대 모두를 최선의 길로 이끌 수 있습니다."

나는 현세대의 수장과 똑바로 눈을 맞춘 채 흔들림 없이 말했다.

헬리오스는 잠시 멍한 표정을 짓다 곧 만족스러워하며 만면에 흥미 가득한 미소를 지었다.

"신임해 주지 않는다고 해도, 신임하게 할 것입니다. 반드시 제 가치를 세상에 증명할 겁니다."

전쟁에 관여하기 위해서는 반드시 지도자의 계열에 들어야 한다. 이것은 내게 허락되지 않은 지배자의 홀을 거머쥐고야 말겠다는 선전포고였다.

"하하하!"

헬리오스가 호쾌하게 웃음을 터트렸다. 여태껏 지켜본 결과, 그는 정말 만족스러울 때 저런 웃음을 지었다.

"당돌하단 말이야……."

나를 지그시 응시하던 헬리오스의 두 눈이 흐드러지게 휘어졌다.

"나는 그런 공녀가 참으로 마음에 드네."

"영광입니다."

나는 여유롭게 답했다. 팔짱을 낀 채 제 의자에 몸을 푹 기댄 헬리오스가 두 손을 펼쳐 보였다.

"그래. 그럼, 공녀의 그 당돌함이 과연 이유 있는 당돌함인지 내 확인해 보도록 하겠네."

'이제 본격적으로 시작하려는 모양이군.'

헬리오스가 갑작스럽게 나와 디에고를 한자리에 모은 이유. 사실 나는 진작부터 그 이유를 어느 정도 짐작하고 있었다.

'헬리오스는 디에고에게 황태자의 자질이 있는지 자주 시험한다고 했지.'

이전에 디에고의 호위 기사, 페퍼 엘러바인에게 들었던 말이 결정적인 힌트가 되었다.

"나는 중요한 안건에 대한 두 사람의 생각을 듣고 싶네."

헬리오스는 나와 디에고의 기질을 판단하기 위해 이 자리를 마련한 것이 분명했다.

"내 두 사람에게 묻지."

깍지 낀 두 손 위에 제 턱을 얹은 헬리오스가 나와 디에고를 천천히 번갈아 보았다. 그의 푸른 두 눈은 평소의 장난기를 벗고 진중한 빛을 띠고 있었다.

"그대들은 전쟁에서 패배한 국가를 어떻게 처우해야 한다고 생각하나?"

이것은 헬리오스가 내게 내는 첫 번째 문제였다.

'패전한 국가에 대한 처우.'

말라 가는 입술을 혀로 축였다. 내 심장 박동 소리가 천천히 커져 갔다.

'어렵고도…… 복잡한 안건이군.'

이건 전생의 세계에서도 의견이 분분하던 까다로운 문제다. 전생의 나는 이 안건을 그저 재밌는 문제쯤으로 여겼으나, 전쟁이 코앞까지 왔음을 느끼고 있는 지금으로선 무겁게 들릴 수밖에 없는 안건이었다.

'전생의 기억을 대부분 잊었지만 전쟁학에 대한 지식만은 남아 있어서 다행이야.'

어렵지 않게 합리적인 의견을 낼 수 있을 것 같았다.

"그 안건은 해당 패전국이 어떤 성향을 가지고 있느냐에 따라 의견이 달라질 것 같습니다만."

내가 잠시 전생의 지식들을 되짚어 보고 있을 때, 제 턱을 쓸어내리던 디에고가 헬리오스에게 물었다. 짙고 깊은 푸른 눈이 내겐 자주 보여 주지 않던 냉철한 빛으로 빛나고 있었다. 재밌어 죽겠다는 표정으로 실실 웃던 헬리오스가 능청스레 눈을 굴렸다.

"그래. 모든 전략은 상대가 누구냐에 따라 달라져야지. 어디로 패전국의 예를 들어 볼까…… 아, 그래. 예를 들어 그 패전국이…….."

지배자의 위압감을 담은 푸른 눈동자가 차갑게 번뜩였다.

"북부인들이라면, 그들의 처우를 어떻게 해야 할까."

헬리오스의 말이 떨어짐과 동시에 어느 정도 여유롭던 화원 내 공기가 급속도로 무거워졌다. 나는 입술을 매만지며 표정을 굳혔다. 디에고의 표정도 심각해졌다.

'이건…… 가벼운 시험 정도가 아니군. 곧 일어날 전쟁 앞에서 나와 디에고가 어떤 태도로 임할지 보려는 거야.'

　　　　　　　　　　　　　　　충직한 검이 되려 했는데 2

제국의 고위층들은 이미 전쟁이 임박했다는 것을 알고 있다. 북부의 비밀 무기를 몰라 방심하고 있을 뿐. 황제인 헬리오스라면 전쟁이 다가오고 있음을 모를 리가 없었다.

그는 실제 일어날지도 모르는 일을 두고 나와 디에고를 시험하고 있었다.

'북부인들과의 전쟁에서 승리하게 되면…… 그들을 어떻게 처우해야 할까.'

그러고 보면, 북부인과의 전쟁에서 승리해야 한다는 생각에만 사로잡혀 그 이후를 생각해 본 적이 없다.

승리하고 나면? 그 이후엔? 제국 입장에서야 북부가 천하에 다시없을 적이지만, 북부인들 입장에서는 제국이 자기들을 억압하는 적이다.

북부인들 사이에는 정말 살기 위해 일어난 불쌍한 이들도 있을 터인데, 제국이 승리한 뒤에 그들을 함부로 대해도 되는가?

'……이래서 나는 정치를 할 위인이 아닌 거겠지. 이런 건 냉정한 아리아가 잘하는데…….'

속으로 한숨을 쉬었다. 나는 이게 문제다. 제일로 내세우는 가치가 이성에 따른 손익 계산이 아닌 신념이었으니.

'이 세상 그 누구도 죽어 마땅하지 않다.'

내게 있어, 흔들리지 않는 헌법 같은 문장이었다.

'하지만 내 신념과는 별개로 이건 전쟁학에서도 인정받는 방법이니까.'

나는 머릿속으로 차근히 할 말을 정리했다. 지금이 나 자신을 헬리오스에게 증명할 수 있는 절호의 기회였다. 그리고 내가 입을 떼려 할 때.

"……폐하. 제가 먼저 대답해도 괜찮겠습니까?"

더 빠른 것은 디에고였다.

"오, 물론이다. 너 먼저 대답해 봐라."

턱을 괸 채 자신의 옆에 피어난 꽃들을 여유롭게 구경하던 헬리오스가 씨익 웃으며 디에고에게 손짓했다.

나는 눈을 몇 번 깜빡이다 디에고를 바라보았다.

잔잔한 푸름을 담은 두 눈과 마주했다. 무엇도 가리지 않고 집어삼키는 바다를 담은 듯 공정하고 냉정한 빛. 내가 이전에 본 적 없는 눈빛이었으나, 그 눈빛은 그의 눈에 딱 맞는 퍼즐 조각처럼 어울렸다.

내가 잠시 할 말을 잃은 순간.

"우선, 살아남은 군인들을 몰살시킵니다. 다시 들고 일어날 생각을 하지 못하도록."

그는 내가 친애하던 아름다운 입술을 열어 망설임 없이 잔혹을 말했다.

"이후 반란을 구상했던 지도자층의 목을 모두 베어 모두가 볼 수 있는 곳에 걸어 둡니다. 반란의 대가가 무엇인지 학습하게 해야 합니다. 이후에도 전투가 가능한 어른들은 모두 죽입니다."

수많은 이들의 죽음을 말하는 디에고의 낯은 지나치게 태연했다. 마치 오늘의 날씨나 안부를 말하는 것처럼.

"남은 부족의 아이들은 모두 철저한 사상 교육을 거친 뒤 제국민 이하의 계급으로 제국에 속하게 합니다. 그곳의 역사를 지우고, 노래를 멈추게 해 문화의 맥을 끊습니다. 그곳의 이름을 빼앗아 완벽한 제국의 땅으로 복속시킵니다. 이것이 전쟁에서 완벽하게 승리하는 방법이라고 생각합니다."

디에고 솔라티네는 제국을 지키고 부흥시키는 것이 정의이고 신념인 냉철한 지배자였다.

"너다운 대답이구나, 디에고."

내게는 어색하다 못해 낯선 디에고의 모습을 헬리오스는 익숙하다는 듯 받아들였다. 마치 디에고가 원래 그런 사람인 양. 디에고는 담담히 고개를 끄덕였다.

'디에고는 원래 이런 사람이구나.'

충격까지는 아니었다. 디에고가 얼마나 냉철한 사람인지는 나 또한 이미 알고 있었으니.

충직한 검이 되려 했는데 2

잔잔하지만, 확실한 파동이었다. 마치 내가 눈을 깜빡이고 있다는 것을 자각한 것처럼 말이다.

인간이 눈을 깜빡이는 것은 당연한 이치다. 허나 그것을 자각하는 순간, 그 행위 자체가 무척 어색해진다. 디에고의 냉철함이 내겐 이와 같았다.

"……저는 생각이 다릅니다."

나는 디에고의 냉철함을 존중했고 그의 냉철함이야말로 이 제국을 최선의 방향으로 이끌 도구라고 생각했으나, 그것과 별개로 그의 의견에 동의하진 않았다. 내가 정면으로 반박하고 들어가자 헬리오스의 눈이 흥미로 번뜩였다.

나는 내 반응을 예상했다는 표정을 짓는 디에고와 똑바로 마주했다.

"민족을 말살시키는 것은 빠른 상황 진압에 도움이 될지 모릅니다. 하지만 장기적으로 봤을 땐 손해임이 분명합니다."

"호오. 어째서?"

헬리오스의 물음에 나는 작게 심호흡을 하고 차분히 말을 시작했다.

"첫째. 함부로 민족을 말살하면 비윤리적이라는 이유로 대륙의 지탄을 받게 될 겁니다. 둘째. 사람들을 모두 죽인다면 이후 더 큰 발전을 도모할 수 없습니다. 셋째. 잔혹한 행보만을 보여 준다면 이에 반발한 다른 소수민족들이 연합해 제국을 공격하려 할 수 있습니다. 넷째……."

사실 논리적으로 타당한 것은 세 번째까지다. 근거는 이것만으로도 충분할 것이다. 그럼에도, 나는 기어코 네 번째 근거를 입 밖으로 꺼냈다.

"……그것은, 옳지 않기 때문입니다."

그래. 사실 이것이 가장 큰 이유다.

전쟁에서 패배했다는 이유만으로 무고한 사람들까지 모두 몰살하는 것은 옳지 않다. 그것이 내 신념이었다.

"……공녀의 말 또한 일리가 있다고 생각하네만, 대륙의 지탄을 받는 것이 두렵다면 애초에 전쟁도 벌여서는 안 되는 것 아닌가. 지탄을 두려워해서야 아무것도 할 수 없네. 애초에 솔라티네 제국은 이미 대륙에서 상대할 자가 없는 제국일세. 지탄한다고 한들, 누가 벌하겠나."

"허나 지탄을 모조리 무시해서야 진정한 최강이 될 수 없습니다. 무법자에 무뢰배가 될 뿐이겠죠. 지금은 힘이 없어 들고 일어서진 못하겠지만, 힘으로 짓누르는 통치는 얼마 가지 못한다고 생각합니다. 전쟁으로 대륙을 어지럽게 했다면 자비 또한 보여 줄 필요가 있습니다. 대륙이 제국을 여차하면 아무 민족이나 몰살하는 독재자로 인식해서는 안 되지 않습니까."

"그래. 힘으로만 짓누르는 통치는 얼마 가지 못하겠지. 다만 대륙에 자비를 보여 줄 필요가 있다면 다른 방식으로 보여 주면 되는 일이야. 굳이 북부인이라는 위험 요소를 남겨 둘 필요는 없어. 북부인들이 그저 '아무 민족'인가? 그들은 이전부터 수없이 제국을 노려 온 우리의 적이네."

나와 디에고 모두 높지 않은 언성에 차분한 표정임에도 대화는 치열하게만 느껴졌다.

디에고는 차가운 이성만이 가득한 두 눈으로 나를 직시했다.

"나는 여태껏 우리가 북부인들을 많이 봐주었다 생각하네. 한 번 더 기어오른다면…… 그땐 아예 짓밟아 버려야지."

나는 디에고와 가까워지며 한 가지 사실을 알아냈다. 그는 자애롭고 공평하지만, 그건 어디까지나 솔라티네 제국에만 해당된다는 걸.

어디까지고 착하기만 한 사람이나, 어떤 상황에서도 구부릴 수 없는 신념을 가진 나 같은 사람은 군주가 되지 못한다. 군주는 부덕과 온갖 권모술수에 익숙해져야 하니까. 디에고의 통치 방식은 확연한 국가 이기주의를 품고 있었다.

"……저는 제국이 북부인 하나 통제하지 못할 만큼 약한 국가가 아니라고 봅니다."

나는 천천히 말을 뱉으며 흔들림 없이 디에고와 마주했다. 그와 나 사이에 치열하게 오가는 시선. 그 잠시 동안, 이 세상에 그와 나만 남은 것 같았다.

이 순간에 디에고와 나는 황태자와 공녀도, 주군과 신하도, 남자와 여자도 아니었다. 그저 자신의 의견을 타인에게 관철시키고 합당함을 증명하려 하는 두 명의 인간일 뿐이었다.

"몰살로 일시적인 안정은 찾을 수 있을지 모르나, 북부인들을 살려둠으로써 이룩할 수 있었을 후일의 발전은 모두 물거품이 될 것입니다."

"그래? 그럼 북부인들이 제국에 어떤 이득을 줄 수 있는지 말해 보지 그러나."

헛웃음을 친 디에고가 날카롭게 말했다.

처음 마주하는 그의 냉소적인 태도였으나, 나는 놀라지 않았다. 그 태도는 디에고와 너무 잘 어울렸기에. 이것이 디에고가 진지하게 대화에 임할 때 취하는 태도임을 어렵지 않게 예측할 수 있었다.

"여태까지 이득을 취하지 않았습니까. 그들에게 받아 온 공물들이 제국 번성에 도움이 되었다는 것을 부정할 순 없을 겁니다. 게다가 그들이 북부를 지키고 있는 덕분에 제국 쪽으로 넘어오는 마수의 수가 일정하게 유지되죠. 그들은 분명 제국에 이바지하고 있습니다."

"하지만 그대는 여태껏 북부가 감히 제국에 반기를 들었던 횟수 또한 기억해야 할 거야. 그로 인한 피해들도 말이야. 북부가 바친 공물로 인한 소득과 그들의 침입으로 인한 손실은 거의 비등한 정도일세. 그렇다면 결국 소득은 0인 거야. 0인 소득을 얻고자 잔당들을 남겨 놓고 그들을 경계하느라 신경을 소모한다면 그것보다 미련한 일이 더 있겠나?"

디에고와 나 사이에 치열한 설전이 오고 갔다. 그는 의견을 굽힐 생각이 없어 보였고, 나 또한 굽힐 생각이 없었다.

디에고의 푸른 눈동자가 한없이 서늘하게 나를 훑을 때면 나는 이글거리는 눈으로 그를 직시했다.

"그 미련한 짓으로 수천수만 명이 목숨을 부지할 수 있다면 해야 하지 않겠습니까."

나는 무거운 바위를 내려놓듯 속내를 말했다.

입꼬리를 굳힌 디에고가 서늘하게 나를 응시했다.

"그들은 제국민이 아닐세, 카슈미르 크리시스. 그들의 목숨은 우리에게 가치가 없어."

나는 천천히 숨을 골랐다. 레오 때에 이어 또다시 신념을 두고 다투고 있는 이 상황 자체가 조금 지쳤지만, 물러설 순 없었다. 나는 혼란스러운 머릿속을 터 내지 않기 위해 입술을 꾹 깨물며 표정을 정돈했다. 그러고는 차오르는 감정을 꾹 누르고 쥐어짜듯 말했다.

"이 세상에, 가치 없는 생은 없습니다."

영원불변할 내 신념이었다. 내 신념에 자신의 신념으로 답하듯, 디에고는 단단한 눈빛을 한 채 대꾸했다.

"이 세상에 희생 없는 평화 또한 없네. 평화를 위해선 결단이 필요해."

디에고와는 죽이 꽤 잘 맞는다고 생각했다. 성향이 정반대인 이들이 오히려 더 잘 어울린다고 하지 않던가.

그와 나는 서로에게서 공통점을 찾기가 더 어려운 것과는 달리, 여태껏 별 마찰 없이 관계를 이어 왔다. 허나 바로 이런 점에서는 그와 나의 가장 큰 차이점이 두드러지는 것이다.

디에고는 군주로서 생각하고, 나는 신념을 가진 한 사람의 인간으로서 생각한다. 그 생각은 행동을 낳고, 행동은 습관을 낳고, 습관은 삶의 양식을 낳았다. 이것이 그와 나를 정반대의 부류로 가르는 가장 큰 요소였다.

'……디에고와 이렇게 대립하고 싶진 않았는데.'

나는 입술을 짓씹었다. 언젠가 한 번쯤 대립할 거라 예상하긴 했지만, 그게 지금이 될 줄은 몰랐다.

열정적인 설전에 푹 잠겨 있다가 이제야 좀 정신을 차린 건지, 눈빛에서 냉기를 걷어 낸 디에고가 아차 하는 표정으로 나를 바라보고 있었다.

숨을 한 번 크게 들이쉰 내가 디에고의 말에 대답하려 입술을 열 때.

"저러다 둘이 키스하면 좋겠다."

혼잣말인지 들으라는 건지 모를 헬리오스의 한마디에, 나와 디에고는 동시에 헬리오스를 돌아보며 미친놈 보는 듯한 표정을 짓고 말았다.

"하하! 지금 자네들 표정이 얼마나 불경한지 아나?"

나와 디에고를 번갈아 본 헬리오스가 박장대소했다.

"아, 네…… 송구합니다."

나는 가늘게 뜬 눈으로 헬리오스를 흘겨보다 떨떠름하게 고개를 꾸벅였다. 디에고는 헬리오스의 말을 듣고도 여전히 그를 따꺼운 눈으로 보고 있었다.

"두 사람의 치열한 논쟁 잘 들었네. 아주 재밌었어."

디에고가 그러거나 말거나, 금방 웃음을 정리한 헬리오스가 느긋한 투로 말했다. 그러나 푸른 두 눈은 나른해 보이는 표정과 상반되게 날카로웠다.

"다만 나는 공녀의 이야기를 더 들어 보고 싶군."

먹잇감을 앞에 둔 맹수의 눈과 닮은 푸른 눈동자가 내게로 고정되었다. 나는 목울대를 울렁여 침을 삼켰다.

"그대는 지금까지 디에고의 의견에 강하게 반론을 했네. 그럼 디에고의 의견을 대체할 다른 주장도 내놓아야 하지 않겠는가."

타인의 의견에 반론하려면 나 또한 의견을 내는 것이 도리이다. 이를 확실히 짚고 넘어가는 헬리오스 앞에서 나는 침착하게 표정을 정리했다.

머릿속에서 수많은 지식들이 펼쳐진다. 내가 필사적으로 공부해 온, 이전 세계 역사 속 수많은 조직들의 흥망성쇠에 관한 기억들을 더듬었다. 모방이야말로 성공의 받침대. 나는 그 역사 속 가장 성공한 제국의 정책을 빌릴 생각이었다.

"저는 전쟁에서 승리한 이후엔 패전국을 더욱 좋게 대우해 줘야 한다고 생각합니다."

내 단호한 말에, 헬리오스와 디에고 모두 놀란 표정을 지었다.

'하기야, 현재 대륙엔 우호적인 식민 정책에 대한 전례가 없으니까. 하지만 이전을 세습하기만 해서야 발전할 수 없어.'

흐르지 않는 것은 고인 것이고, 고인 것은 결국엔 썩는다. 나는 내가 발붙이고 살아가는 제국을 사랑했다. 제국이 더 발전하기를 바랐다.

'이전 세계의 역사에서 가장 오래 지속된, 최강의 제국.'

내가 모방하려는 것은 고대 로마 제국의 정책이었다.

"냉정하게 말하자면, 여태껏 제국이 북부를 다루는 방식은 너무 거칠었다고 생각합니다. 현재는 폐하의 선정으로 그들의 처지가 나아졌다고는 하나, 북부인들이 제국에 품은 앙금은 깊습니다. 반발심에 억압으로 대응하는 건 효과가 없다는 게 이미 증명되지 않았습니까. 이제는 온건책을 사용해 봐야 한다고 생각합니다."

"호오…… 어떻게 말인가?"

상당히 급진적인 방법이었을 텐데도 헬리오스의 반응은 상당히 우호적이었다. 짙게 번뜩이는 그의 눈을 당당히 마주했다.

'로마의 식민 정책은 그들을 최강의 제국으로 만드는 데에 크게 기여했지.'

"우선 북부 지배계층의 목을 치는 것에는 저도 동의합니다. 반란을 계획한 주동자들을 살려 둘 순 없습니다. 다만 저는 기존 북부인들의 존재와 방식을 인정해 주는 것이 좋다고 생각합니다."

억압으로 인한 군림은 오래가지 못한다. 내가 배워 온 모든 지식들이 그것을 증명했다.

'로마는 식민 국가를 동맹국으로 받아들이며, 그들의 자치에 간섭하지 않고, 그들의 문화를 인정해 주었지.'

그렇게 함으로써 식민 국가는 로마에 복속되는 것이 더 안전함을 깨닫고 로마의 패권에 자발적으로 무릎을 꿇었다. 이것이 로마가 급속도로 그들의 영역을 확장한 방법이었다.

"공물은 폐하께서 즉위 후에 조절하신 현재의 수준도 적당하다고 생각합니다만, 다른 식민 국가들에 비해 북부의 취급이 박하다는 것은 부정할 수 없습니다."

헬리오스의 전대 황제는 북부인들을 말 그대로 개처럼 취급했다. 막대한 공물의 압박을 이기다 못한 북부인들이 산 채로 굶어 죽어 가는 일도 빈번했다고 한다.

'헬리오스는 성격이 되먹지 못한 것과는 별개로 현명한 정치를 펼치니까.'

헬리오스는 즉위한 지 얼마 지나지 않아 북부에 대한 처우를 개선했다. 지나치게 많았던 공물의 양을 대폭 줄이고, 북부인들을 마수에게서 지켜 주기 위해 군사도 몇 차례 파견했다. 헬리오스는 지금도 무척 잘하고 있었다.

'하지만 그 정도로 오랜 앙금이 풀리진 않겠지. 그리고 아무리 잘해 주곤 있어도 그들의 존재를 제대로 인정하진 않으니까.'

북부인들은 민족이 형성된 지 오랜 시간이 지난 지금까지도 그저 '북부인'이라고 불린다. 그들에겐 나라도 없고, 정체성도 없었다. 제국의 식민지에 사는 소수민족으로서 겨우 명맥을 유지하고 있을 뿐이었다.

'게다가 제국민들은 북부인들을 분별 능력 없는 야만인쯤으로 배우고 생각하니까. 북부인들을 거의 짐승처럼 취급하지.'

선입견이라는 것이 이리도 무서운 것이다. 갈 때까지 간 제국민들의 북부 취급을 생각하던 나는 속으로 한숨을 내쉬고 고개를 들어 또렷한 눈으로 헬리오스를 보았다.

"북부의 자치권을 인정하고, 북부인에 대한 제국민들의 인식을 개선해 그들이 제국의 지배를 자발적으로 받아들이게 해야 합니다."

이것이 나의 결론이었다.

"……재밌군. 공녀는 북부인들이 제국의 지배를 인정할 날이 올 거라 생각하나?"

"그들을 인간으로 대우해 주다 보면 반드시 그런 날이 올 겁니다."

냉소적으로 날아온 디에고의 반문에 단호하게 답했다. 그와 나 사이에 치열하게 시선이 오갔다.

"그들은 몇 번이고 우리 제국에 반기를 든 전적이 있는 자들이야. 그들에게 자치권을 주고 권리를 인정해 준다면 더욱 힘을 키워 또다시 반란을 일으킬지도 모르네."

"그들이 반기를 든 것엔 제국에도 책임이 있음을 부정할 수 없으실 겁니다. 늘 채찍만 주며 그들이 신뢰를 보일 기회도 주지 않았으면서 그들을 신뢰할 수 없다고 단언하는 것은 너무 잔인한 처사입니다."

사실 설전을 이어 가면서 느끼고 있었다. 디에고의 주장 또한 틀리지 않았음을. 북부가 제국에 앙금을 가지고 있다면, 제국은 북부에 대한 깊은 불신을 가지고 있었다. 그의 방법은 잔인할지언정 근거가 없진 않았다. 어느 한쪽이 옳다고 할 순 없지만 그렇다고 어느 한쪽이 틀리지도 않은 정반대의 방식이 맞부딪친다. 뚫지 못할 것이 없는 창과 막지 못할 것이 없는 방패의 대결 같았다.

"자치권을 갖게 된 그들이 반란을 꾀했을 때 일어날 사태를 생각해 보게! 제국이 크게 흔들릴 수도 있네! 그대의 주장은 고양이에게 생선을 맡기는 격이야!"

"애초에 그들이 반란을 꾀했던 이유부터 생각해 보십시오! 이건 제국이 북부인들을 신뢰해 줘야만 끝낼 수 있는 악순환입니다!"

침착하게 이어지던 대화가 어느새 언성이 높아지며 격렬해졌다. 디에고의 짙푸른 눈은 무섭도록 엄격했다. 나는 숨을 거칠게 쉬면서도 지지 않고 그와 눈을 맞추었다.

"대체 그들을 어떻게 믿겠나! 어떻게 보장되지 않은 것을 함부로 믿느냐 말이야! 의심하고 또 의심해 방심하지 않아야만 살아남을 수 있단 말일세!"

허나 이어진 디에고의 외침엔 반박할 생각도 못한 채 헛숨을 들이쉬고 말았다. 그의 목소리에는 오랜 경험으로 인한 그의 신념이 절절히 담겨 있었다.

나는 여태껏 디에고가 환경에 비해 무척 곧게 자랐다고 생각했다. 언제 암살

충직한 검이 되려 했는데 2

자가 들이닥칠지 모르는 위태로운 하루하루를 살았으면서도 잘 자라 준 것이 고맙기도 했다. 허나 역시 그 환경에서 모든 것이 정상일 순 없었을 것이다. 그의 위태로운 유년 시절은 그에게 지독한 인간 불신을 안겨 주었다.

'나도 디에고가 신뢰하는 사람이 되기까지 오래 걸렸지.'

디에고와 처음 만났던 날, 그를 살려 주었음에도 그는 나를 불신했다. 내가 몇 번이고 믿음을 주고 나서야 디에고는 내게 경계를 풀었지만, 그에게서 확실한 신뢰를 얻어내기까진 이후로도 오랜 시간이 걸렸다. 사실 지금도 그가 나를 완벽히 신뢰하고 있을지는 미지수였다.

'그렇게 살아왔으니 함부로 무언가를 신뢰하지 못하는 것도 당연하겠지.'

평생을 위험 속에 살아온 내가 어디를 가 무엇을 하든 몸에서 검을 떼어 놓지 않는 것과 같은 것이라고 생각했다. 살아온 방식은 습관과 신념을 낳는다. 그 공식에서 디에고도 예외가 되진 못했다.

울컥 속상함이 치밀어, 나는 잠시 대답하지 못했다. 잠시 숨을 크게 들이쉰 나는 천천히 입을 움직였다.

"그래도, 믿을 수 없다고 해서 그들을 모두 죽이는 건 잘못된 거 아닙니까."

목소리가 낮게 잠겼다.

디에고가 이러한 사람이 된 이유를 이해하는 것과는 별개로, 나는 여전히 그의 의견에 동의하지 않았다.

내 눈을 본 디에고가 움찔했다. 슬퍼하는 눈빛이 티가 난 모양이었다. 당황한 기색의 그가 반쯤 몸을 일으켰다.

"그게……!"

"이제 그만."

무어라 말하려던 디에고를 헬리오스가 가로막았다.

"이 이상 하다가는 내가 이 안건을 꺼낸 의미가 퇴색되겠군. 두 사람이 싸우는 걸 보고 싶었던 건 아니니 그만두게."

여태껏 우리를 묵묵히 지켜보던 헬리오스는 여전히 여유롭게 웃고 있었으나, 두 눈은 단호함을 담고 있었다. 이 이상 설전을 이어 가는 건 용납하지 않는다는 뜻이었다.

"두 사람 다 틀리지 않았다고 생각하네. 허나 디에고의 의견은 극단적인 면이 있고, 공녀의 의견은 이상주의적인 면이 있어."

헬리오스가 천천히 상황을 정리했다. 그의 말이 맞았기에 나는 입술을 꾹 깨물었다. 이젠 완벽히 진정한 디에고는 암울해 보이는 낯이었다.

"나는 두 사람의 의견을 조합해 중간에서 합의를 보면 최고의 답이 나오리라 생각하네."

헬리오스가 나와 디에고를 번갈아 보았다. 그의 표정엔 만족스러운 빛이 담겨 있었다.

"두 사람은 서로의 부족한 부분을 완벽하게 호환해 줄 수 있는 존재 같군."

확실히 디에고와 나는 정반대였으나, 서로 가지지 못한 것을 가지고 있었다. 슬쩍 시선을 돌려 디에고를 바라보자, 이미 나를 보고 있던 푸른 눈동자와 정면으로 마주했다.

차가워 보이는 색채의 눈동자임에도, 나를 볼 때면 당연스럽다는 듯 온기를 품는 눈. 차갑게 얼었던 마음이 온기로 천천히 녹았다.

만약 어떤 일을 하는데 파트너가 필요하다면, 내겐 디에고가 가장 적격일 것이 분명했다.

"나는 두 사람이 펼쳐 나갈 차세대가 궁금해졌네."

헬리오스가 나직하게 덧붙였다. 그의 두 눈이 별처럼 반짝이고 있었다.

짝!

"자. 벌써 세레논의 검술 수업 시간이 다 되었군. 아쉽지만 공녀와는 이만 작별 인사를 하는 게 좋겠어."

손뼉을 한 번 친 헬리오스가 유려하게 마무리했다. 멍하니 디에고와 눈을 맞추고 있던 나는 퍼뜩 정신을 차리고 고개를 끄덕였다.

"아, 네. 이만 2황자 저하께 가 봐야 할 것 같습니다."

"그래, 그래. 먼저 일어나 가 보게. 나는 디에고와 더 얘기를 하다가 자리를 정리할 테니."

헬리오스가 넉살 좋게 말하며 손짓했다. 나는 고개를 꾸벅하며 자리에서 일어났다.

"오늘 무척 즐거웠습니다. 저는 이만 가 보겠습니다. 황제 폐하, 그리고……."

나는 나를 집요하게 응시하는 디에고를 슬쩍 돌아보았다.

"……황태자 저하."

치열한 설전을 끝마친 뒤여서일까, 그와 나 사이에서는 어쩐지 애매한 기류가 흘렀다. 나는 조금 어색하게 시선을 돌리고 허리를 굽혀 인사하고는 빠른 걸음으로 자리에서 벗어났다.

내가 화원을 나설 때까지도 디에고의 시선은 내 뒤통수에 고정되어 있었다.

애매하게 끝나 버린, 황가 부자와의 티타임이었다.

쉬익!

"다시."

캉!

"다시!"

내 차가운 고함에 이를 악문 세레논이 다시금 검을 놀렸다.

바른 자세, 유연하게 움직이는 검. 일반인의 눈에는 완벽해 보이는 검술이겠지만 내 눈엔 허점투성이였다.

"허리를 조금 더 숙이고 검은 더 눕혀야 합니다. 더 날카롭게 파고드십시오!"

다시금 호통을 치자 머리를 한 번 흔들어 땀방울을 대충 털어 낸 세레논이 다시 몸을 움직였다. 지친 티가 나긴 했지만, 확실히 전보다 나아진 게 보였다.

'말하면 바로바로 알아듣는단 말이지.'

나는 세레논 몰래 만족스러운 미소를 지었다. 세레논은 가르쳐 주지 않아도 아는 천재가 아니었다. 분명 재능은 있으나, 가르침과 노력 없이는 자라지 않을 수재였다.

'하지만…… 천재보단 수재가 더 가르치는 맛이 있겠지.'

그는 몰랐기에 내 말 한 마디 한 마디에 집중했다. 내가 지시한 동작을 곧바로 완벽하게 해내진 못했으나, 몇 번의 노력 끝에 매끄럽게 해냈다.

세레논은 천재가 아니었기에 간절했고, 노력했다. 나는 그의 그런 면에서 가르치는 보람을 느꼈다.

'세레논이 워낙 빨리 습득해서 조금 골치 아프긴 하지만…… 이 만족감을 위해서 약간의 고생쯤은 할 만하지.'

나는 제대로 교육을 받은 검사가 아니었다. 정식 검술에 무지했고, 사람을 가르치는 방법을 아는 것도 아니었다. 그렇기 때문에 세레논을 가르치기 위해서는 나도 공부를 해야 했다.

'라이너에게 부탁해 황실 기사단 훈련 방법을 훑어보고, 각종 서적을 뒤져서 정식 검술을 익히고…… 지도법에 스승의 덕목까지 배워 훈련 계획을 짜고…… 힘들었지.'

황자의 스승이 되는 것은 그리 쉬운 일이 아니었다. 세레논 쪽에서 바라서 된 것이니 아매여도 어느 정도 봐줄 줄 알았건만, 황궁의 인사 기관에선 내게 교육 이념부터 시작해 스케줄과 시간에 따른 성취 정도까지 별것을 다 물었다.

다행히도 나는 몸으로 하는 모든 것엔 천재적이었기에 정식 검술을 빠르게 익히고 이에 따른 훈련 계획을 내놓을 수 있었다.

'그래도 세레논 덕분에 나도 공부했으니까. 원래는 경지를 높이는 수련에만

집중하다가, 세레논 때문에 기사들의 정통 검술도 익히게 됐지.'

용병으로서의 자유분방한 검술만을 사용하던 몸으로 딱딱한 정통 검술을 익히는 것은 어려웠지만, 확실히 무의미한 배움은 아니었다. 기사들의 검에는 분명 용병의 검에 없는 장점이 있었으니.

'세레논의 스승이 되길 잘했어.'

처음 만났을 때에 비해 급속도로 성장한 세레논의 검술은 지켜볼수록 뿌듯해졌다.

처음 그의 스승이 되기로 결정한 데에는 외부적 요인이 많았으나, 어느새 나는 스승이라는 역할 자체를 즐기고 있었다. 이끌면 이끄는 대로 곧잘 따라오는 충실한 제자를 가르치는 건 내 생각보다 즐거운 일이었다. 나는 세레논과, 공녀와 황자를 넘어 스승과 제자로 교감하고 있었다.

"그만. 오늘은 더 해도 성과가 없을 것 같군요. 오늘은 여기까지만 합시다."

땀에 흠뻑 젖은 세레논을 빤히 바라보던 나는 수업 종료를 선언했다. 그는 이미 스스로를 한계까지 몰아붙인 뒤였고, 더 해 봐야 탈만 날 게 분명했다.

내 저지에 곧바로 우뚝 멈춘 세레논은 손에 힘이 풀린 듯 툭 검을 놓고 숨을 거칠게 몰아쉬며 흙바닥에 그냥 누워 버렸다.

'어지간히 힘들었던 모양이군.'

웬만해선 내게 흐트러진 모습을 보이지 않는 세레논이 이런 모습을 보인다는 건 그가 완전히 나가떨어졌음을 뜻했다.

'곧 오러를 내뿜을 수 있을 것 같아서 요 근래 거칠게 굴리긴 했지……'

지금의 세레논은 소드 엑스퍼트 거의 직전에 있었다. 그 모습에 욕심이 나 요 근래 훈련의 강도를 확 높였더니 감당하기 힘든 모양이었다. 다음부터는 훈련의 강도를 조금 낮춰야겠다고 생각하며 세레논에게 수건을 건넸다.

"늘 말하지만, 저하의 검술은 예리함이 떨어집니다. 검 하나하나에 너무 힘을 싣지 마십시오. 아직 저하께선 묵직함과 예리함을 모두 살릴 수 있는 경지에 이르지 못하셨습니다. 묵직함은 충분히 단련된 부분이니, 예리함에 더 초점을 맞추셔야 합니다."

"하아…… 네."

"검을 아래쪽에서 휘두를 때 허리를 숙이다 마는 습관은 아직도 고쳐지지 않으셨습니다. 더 주의하십시오."

바닥에 대자로 누운 채 숨을 헐떡이고 있는 세레논에게 차가운 물을 건네주면서도 끊임없이 가르침을 늘어놓았다.

말라 죽어 가던 식물이 빗물을 흡수하듯 다급하게 물을 들이켠 세레논은 숨이 조금 진정된 뒤에야 작게 웃음을 흘리며 몸을 일으켜 앉았다.

옅은 채도의 연보라색 머리카락을 타고 흘러내리는 땀방울이 햇빛을 받아 반짝였다. 피곤으로 눈꺼풀이 반쯤 감겨 있음에도, 세레논의 뿌연 하늘빛 눈동자에는 여전히 생기가 가득했다. 그의 입가엔 진심 어린 미소가 서려 있었다.

늘 봐도 새로운 세레논의 그 모습을 응시하던 나는, 엄격하게 힘을 주었던 눈을 풀었다.

공식적인 석상에서는 늘 영혼 없는 미소에 가면을 덕지덕지 쓴 눈빛으로 일관하는 세레논은 내게 검을 배울 때만 저런 얼굴을 했다.

사람보단 아름답게 세공된 꼭두각시 인형 같던 세레논을 진심으로 웃게 만드는 건 언제나 기쁜 일이었다.

"참…… 스승님께선 매정하십니다. 어쩜 제자에게 칭찬 한마디 해 주시는 법이 없으십니까. 전 스승은 제가 검만 잡아도 찬사를 늘어놓던데요. 검이 아니라 빗자루를 휘둘러도 절 향한 찬송가를 만들 기세였는데…… 스승님은 제가 드래곤을 잡아 와도 자세를 지적하실 것 같습니다."

섭섭해하는 표정을 지은 그가 투덜거렸다. 표정이나 말투와는 별개로 눈빛엔 장난기가 서려 있음을 확인한 나는 옅게 웃음 지었다. 세레논은 어느새 내게 스스럼없이 장난을 칠 정도로 나를 편하게 여기고 있었다.

"세상에서 가장 가치 없고 무책임한 말이 바로 '그만하면 잘했어.'입니다. 의미 없는 칭찬 백 마디보다 확실한 가르침 한마디와 성과를 직시하는 평가 한마디가 훨씬 낫습니다."

이건 내가 전생에서 교수가 되기를 꿈꿀 때 마음에 새기고 살던 말이었다.

전생의 기억 대부분은 빛이 바래어 잘 보이지 않았지만, 이 마음가짐은 전생의 내가 무척 중요시했기 때문일까, 또렷이 새겨져 있었다.

"저번에 지적했던 어영부영한 왼손 처리는 확실히 전보다 나아졌더군요. 주중에 연습을 많이 하신 모양입니다. 수고하셨습니다."

'잘했다.'라는 칭찬은 무의미하다. 나는 그가 노력으로 이루어 낸 성과를 확실히 짚어 얘기하며 세레논을 북돋웠고, 그 한마디에 금방 꿈틀거리기 시작한 세레논의 입꼬리를 보며 웃음을 삼켰다.

"크흠. 뭐, 제가 복습 예습은 잘하지 않습니까."

"어련히 잘하시죠."

장난스러운 말에 마찬가지로 장난스러운 투로 대답한 나는 세레논과 함께 큰 바위 위에 앉아 슬슬 지기 시작하는 태양을 바라보았다. 누가 뭐라고 하지 않아도 자연스럽게 이어지는 이 행동은 수업을 끝마치기 전 이루어지는 그와 나의 습관이었다.

"스승님."

"네, 저하."

잠시 말없이 아름다운 붉은색으로 물들어 가는 하늘을 바라보고 있었을까, 세레논이 낮고 진지한 목소리로 나를 불러왔다.

평화로운 내 대꾸에 그가 잠시 고민하다 신중하게 입을 열었다.

"오늘 수업 초반에…… 스승님께서 집중을 못 하시는 것 같았습니다."

날카로운 세레논의 지적에 나는 멈칫했다.

'……세레논까지 눈치챌 정도로 넋을 놓고 있었다니, 심각했군.'

속으로 한숨을 쉬며 자책했다. 하기야 지금에야 안정된 거지, 수업 초반엔 세레논이 몇 번이고 말을 걸어도 대답을 못할 정도로 정신이 빠져 있었으니, 눈치 빠른 그가 이상함을 느끼지 못할 리 없었다.

"분명 오늘 수업 전에 형님과 황제 폐하를 만나 뵈셨다고 들었는데, 무슨 일이 있으셨습니까?"

세레논이 조심스럽게 물어왔다. 나는 착잡해하며 관자놀이를 꾹꾹 눌렀다.

'무슨 일이야 있었지. 디에고와 거의 대판 싸우다시피 했으니.'

디에고와 나는 다를 수밖에 없고 언젠가는 이 때문에 부딪칠 거라는 걸 예측하고 있었지만, 예측했다 해서 충돌이 아무렇지 않은 것은 아니었다. 이건 디에고와 내가 처음으로 부딪친 사건이었으니.

"말하기 곤란하시다면 대답하지 않으셔도 됩니다."

복잡한 생각으로 가득한 내 낯을 힐끔 본 세레논이 덧붙였다.

나는 눈을 느리게 깜빡이다, 내 두 손을 겹쳐 만지작거리며 말문을 열었다.

"……황제 폐하께서 어려운 문제를 하나 내셨습니다. 그리고 그에 따른 디에고와 제 대답이……."

"정반대였던 모양이군요. 그래서 싸우셨습니까?"

세레논의 예리한 추측에 나는 묵묵히 고개를 끄덕였다. 엄밀히 말하면 싸움이 아니라 거친 의견 교환이었지만, 사실상 싸움에 가깝긴 했으니. 세레논은 나와 디에고를 동시에 잘 파악하고 있었다.

"황제 폐하가 형님과 스승님을 한곳에 모으신다는 말에 무슨 일이 날 거라고 생각은 했습니다만…… 설마 두 분이서 싸우실 줄은 몰랐습니다. 두 분은 워낙 사이가 좋아 보였으니까요."

의외라는 세레논의 어투에 참혹한 심정으로 고개를 숙였다. 나와 디에고는 연인 사이가 아니냐는 추문이 돌 만큼 가까웠으니, 세레논이 놀라는 것도 이해가 갔다.

"하, 하지만 분명 형님께서 금방 사과를 하실 겁니다. 형님께선 스승님을 정말 좋아하니까요."

축 처진 나를 보고 어쩔 줄 몰라 하던 세레논이 변명하듯 덧붙였다. 나는 고개를 끄덕이면서도 입술을 꾹 깨물었다.

디에고와 이 일로 오랫동안 냉전을 할 거라 생각하진 않는다. 그는 상냥한 사람이니 분명 내게 사과를 건넬 것이고, 그가 하지 않아도 내가 할 생각이었다.

다만 내가 착잡해진 것은, 디에고가 추구하는 세상과 내가 추구하는 세상이 상이할지도 모른다는 생각이 들어서였다.

그와 나의 최종 목표는 같다. 제국의 안녕과 제국민들의 안위. 나는 내 사람들이 살아가는 이 솔라티네 제국이 안전하고 평화롭길 바랐다.

'하지만 그 목표를 주위 민족들을 모두 쳐내면서까지 이루고 싶진 않아.'

약한 민족의 일방적 희생으로 이루어진 안녕이라니, 용납할 수 없었다. 현재로서는 내 사람들의 안위와 신념의 경계가 무척 불분명한 상황이었지만 적어도 그것만은 아니었다.

'디에고는 다가올 전쟁에서 어떤 태도를 취할까.'

그것이 참 궁금했다. 분명 디에고와 많은 이야기를 나누었음에도 아직 그에 대해 모르는 게 많다는 생각에 머리가 살짝 울려 왔다.

"저하."

"네?"

생각에 빠진 나를 방해하지 않으려는 건지 그저 조용히 하늘만 바라보던 세레논이 내 부름에 나를 돌아본다. 디에고와 같은 푸름이나, 그 색채가 훨씬 뿌옇고 몽환적인 벽안에 내 잔상이 담겼다.

'세레논은 뭐랄까, 나와 디에고의 중간쯤인 느낌이지.'

지나치게 차가운 디에고와 지나치게 뜨거운 나를 반반 섞어 놓은 듯, 차갑지도, 뜨겁지도 않은 사람.

세레논은 묘하게 애매한 사람이었다. 평소엔 물 흘러가는 듯 유야무야한 태도를 보이면서도, 중요한 순간엔 날카롭고, 인간에 대한 정이 있는 듯 따스하게 굴다가도 냉정할 땐 냉정했다.

어떤 이들은 이를 미지근함이라 표현할지 모르겠으나, 나는 이것을 '적당함을 안다.'고 표현하고 싶었다. 그것이 그를 군주의 상에서 벗어나게 만들었을지는 모르나, 분명 그를 좋은 사람으로 만들었다.

'그런 그의 이상향은 뭘까.'

"저하께선, 어떤 세상을 추구하십니까?"

나는 말간 눈으로 나를 응시하는 세레논에게 문득 물었다.

"……제가 추구하는 세상이요?"

내 물음에 크게 멈칫한 세레논이 얼빠진 표정으로 반문했다. 옅게 흔들리는 그의 동공은 그가 이런 질문을 들은 게 처음이라고 말해 주는 듯했다.

'……황제가 될지도 모르는 2황자가 이런 질문을 처음 들어봤다고?'

도리어 의아해진 나는 뭐가 문제인가 싶어 세레논을 바라보았다. 잠시 고장 난 듯 눈을 깜빡이던 세레논은 멍한 낯으로 입술을 열었다.

"여태껏…… 제 생각을 궁금해하는 사람은 없어서 말입니다. 저는 키프로스 측의 명령만 따르면 됐으니까요."

"아."

나는 옅은 탄식을 내뱉었다.

키프로스 가가 바라는 것은 자신의 뜻대로 움직일 꼭두각시 황제였다. 세레논 그 자체가 아니었다.

헬리오스는 세레논을 사랑하긴 했으나, 황제인 그가 세레논에게 관심을 주는 것은 단순하게 아들을 사랑하는 것이 아니라 디에고의 입지를 위태롭게 하는 정치적인 행보로 읽힐 게 분명했다. 그러니 함부로 세레논에게 관심을 줄 수 없었다.

티나는 그나마 세레논 그 자체를 사랑해 주는 인물이었으나, 그에게 권력을 쥐여 주기 위해 움직이느라 바빠 세레논에게 관심을 줄 시간이 없었다.

'어떻게 안쓰럽지 않은 사람이 없지.'

의견 한번 펼치지 못했을 세레논을 생각하니 심장이 가는 낚싯줄로 꽁꽁 묶인 것처럼 따가웠다.

황위를 위해 어쩔 수 없이 다투고 있는 디에고와 세레논을 볼 때면, 가해자는 없고 피해자들만 있는 참극을 보는 기분이었다.

"어차피 황제 자리는 형님 것인데…… 제 의견을 들어 봤자 아무 소용도 없지 않겠습니까."

어느새 태도에서 동요를 지운 세레논이 여상스럽게 대답했다. 자신은 의견을 내선 안 되는 것처럼 말하는 그의 얼굴엔 기계적인 미소가 떠올라 있었다.

나는 잠시 할 말을 잊고 눈을 깜빡이다, 진중하게 표정을 굳혔다.

"……그래도 궁금합니다. 저는 세레논 솔라티네가 꿈꾸는 세상에 대해 듣고 싶습니다."

나는 디에고를 황제로 밀었고, 그에 따라 필연적으로 세레논을 지지할 수 없었다. 허나 그것이 세레논이 이상향조차 꿈꾸지 못하는 꼭두각시로 스러지길 바라는 것은 아니었다.

꿈꾸는 것은 모든 살아 있는 인간의 권리다. 세레논도 예외는 아니었다.

세레논이 나를 지그시 응시했다. 칙칙한 하늘빛에 내 진분홍색 눈동자가 비치며 기이한 보랏빛을 만들어 냈다.

"……어렸을 적 황궁 도서관에서 책을 한 권 읽은 적이 있습니다."

그 죽어 있던 눈동자가 빛나기 시작하는 것을 지켜보는 것은 언제라도 즐거운 일이었다.

"제목은 기억나지 않습니다만, 이전에 제국 아카데미에 재학 중인 학생들이 쓴 상소문과 건의들을 책으로 엮은 것이었습니다. 무척 낡은 책이었죠. 사실 이젠 내용도 가물가물한데…… 똑똑히 기억하고 잊지 못하는 것이 딱 하나 있습니다."

세레논은 진중한 목소리로 말을 이으며 하늘을 바라보았다. 하늘엔 아직 별이 뜨지 않았는데, 세레논의 눈에선 벌써 별이 빛나고 있었다.

"'안테이아 헬라'라는 마법부 학생의 글이었습니다. 수인족들의 인식을 개선해 달라는 상소문이었죠."

'……안테이아 헬라?'

어쩐지 익숙한 이름에 미간을 좁혔다. 기이한 감각이 몸을 타고 올라왔으나, 애써 무시하고 고개를 끄덕였다.

'수인족 인식은…… 상소할 만하지.'

수인족. 수많은 민족과 종족이 터를 잡고 있는 이 대륙에서, 한 사람 한 사람의 평균적인 무력만 따지면 최강으로 손꼽히는 종족. 그 강력함을 기반으로 대륙 전역에 종족별로 무리 지어 살며 대단한 존재감을 드러낸 적도 있었으나, 그건 모두 과거 이야기였다.

'수인족 대학살 사건.'

인간의 편협함은 참혹한 재앙을 만들어 낸다. 오래전부터 수인들의 강함을 두려워하던 인간들이 힘을 모아 수인들을 모조리 학살한 백여 년 전의 참극 이후, 대륙엔 수인족의 씨가 말라 버렸다.

'그 대학살에서 살아남은 수인족은 단 하나, 은빛 늑대 수인족.'

은빛 늑대들은 그 참극 때 우두머리의 지혜로 인간들을 피해 대륙 북서쪽에 자리를 잡은 뒤 여태껏 존속을 이어 가고 있었다.

'남은 수인족이라곤 은빛 늑대들뿐이건만, 수인족에 대한 사람들의 인식은 여전히 좋지 않지.'

제국의 서적들은 여전히 수인족에 대해 인간을 위협하는 존재라고 서술했고, 제국민들은 수인족을 꺼려 했다. 이는 잘못된 교육으로 인한 잘못된 인식의 답습이라고 볼 수밖에 없었다.

"수인족에 대해 지나치게 편파적으로 발언하는 서적들을 금지시키고 새롭게 교육하라는 학생의 의견은 타당했습니다. 강렬한 그 상소문에서 읽었던 문단이 여태껏 제 기억에 또렷이 남아 있습니다."

하늘을 바라보던 세레논의 두 눈이 나를 향했다. 그 두 눈은 결연한 빛을 담고 있었다.

"모든 것엔 금이 가 있습니다. 태양의 제국 또한 예외는 아닙니다. 이 금은 흠집처럼 보이기도 하지만, 저는 그 틈 사이로 빛이 들어온다고 생각합니다. 시행착오 없이 완벽한 것은 없습니다. 실수로 생긴 틈에서 바깥으로부터 들어오는 빛을 보셨다면, 틈을 막으려고만 하지 말고 벽을 허물어 주십시오. 바깥의 빛과 마주해 주십시오. 외면하지 말아 주시길 바랍니다.'"

수인족 학살 참사는 옛 인간들이 저지른 최악의 사건 중 하나였다. 허나 여태껏 그 사건은 수습되지 않은 채, 남은 은빛 늑대들은 사과조차 받지 못하고 차별 속에서 살아가고 있다.

크게 난 금은 막을 수 없다. 지울 수도 없었다. 빛은 여전히 그 틈새로 애매하게 들어와 고문하는 것처럼 죄책감을 자극할 것이다. 굴레를 깨뜨리려면 벽을 부수고 빛과 마주해야 했다.

"저는 누구도 외면당하지 않는 세상을 바랍니다. 제 형님께서, 반드시 그 세상을 이뤄 주시리라 믿고 있습니다."

그의 목소리 중앙엔 단단한 원석이 자리 잡고 있었다. 빛나는 보석이 될 수 있는 원석이.

"저도 그런 세상이 보고 싶군요."

나는 만족스럽게 웃었다.

어느덧 해는 하늘 끝자락의 경계에 아슬아슬하게 걸려 있었다. 슬슬 불어오는 바람에 조금 났던 땀이 모두 말랐음을 느낀 나는 자리에서 일어났다.

"저는 슬슬 일어나 봐야 할 것 같군요."

"아, 가십니까."

덩달아 일어난 세레논이 아쉬움 가득한 표정을 지었다. 주인을 떠나보내는 강아지같이 축 처진 세레논을 보며 웃음을 삼킨 나는 그에게 손을 내밀었다.

"오늘도 수고하셨습니다."

"스승님께서 더요."

세레논은 익숙하게 내 손을 마주 잡고 흔들었다. 잠시 그와 시선을 마주한 사이로 깊은 유대감이 퍼져 왔다.

⸱⸱⸱⸱⸱⸱⸱⸱⸱⸱⸱⸱

'분명 여기 어디쯤일 텐데.'

세레논과 작별한 뒤 나를 배웅해 주는 시종에게 산책을 하고 간다는 핑계를 대고 정원으로 빠진 나는, 티나에게서 받은 편지를 쥔 채 이곳저곳을 두리번거렸다.

황족은 쉽게 알현할 수 없다. 황족을 알현하기 위해선 현장에서 황족에게 호출을 받거나, 확실한 초대장이 있어야 했다.

'하지만 티나는…… 초대장이 아니라 은밀한 서신을 보내왔지. 황가의 문양조차 찍지 않은 서신을.'

황가의 문양이 찍힌 초대장이 없으면 황족을 알현할 수 없다. 그걸 모를 리 없는 티나가 이런 방식으로 나를 호출했다는 건 대외적으로 만나길 원치 않는다는 뜻이 분명했다. 허나 편지엔 따로 만날 장소도, 방식도 언급되지 않았다. 나는 티나의 의도가 무엇인지 하루 종일 고민한 끝에, 그럴듯한 뜻을 유추해 냈다.

'티나는 편지를 엽서로 보냈어.'

귀족이, 그것도 황족이 편지지로 엽서를 사용하는 일은 없다. 엽서는 너무 가벼운 느낌이니. 그럼에도 티나가 엽서를 사용한 것은, 엽서의 그림에 의미가 있는 게 분명했다.

'황후궁 옆 정원의 분수.'

엽서가 담고 있는 장소였다.

황후궁 옆의 정원은 가 본 적이 없어 처음에 분수만 봤을 땐 어딘가 싶었지만, 분수 뒤쪽에 황후궁이 있다는 것을 발견하고 위치를 지레짐작한 참이었다.

'이쯤인 것 같은데.'

사람이 없는 외진 곳에서 사진 속 분수를 찾아 이리저리 헤매던 나는, 이내 앞에서 느껴지는 인기척에 길을 제대로 찾았음을 확신했다.

조금 빠르게 걷자 별안간 엽서 속 분수가 나오고, 검은 로브를 뒤집어쓴 인영이 보였다. 나는 살짝 웃음 지었다.

"황후 폐하를 뵙습니다."

내가 정중하게 허리를 굽혀 인사하자, 그 인영은 조용히 로브의 후드를 벗었다.

어느새 해가 지고 어둠이 집어삼킨 정원은 휘황한 달만이 비추고 있었다. 라일락이 필 시기여서인지, 달빛을 받은 그녀의 연보랏빛 머리칼에서 짙은 라일락 향이 퍼져 오는 듯했다.

암살자처럼 칙칙한 검은 로브를 입어도 감춰지지 않는 품위와 위압감.

이 달밤 밀회에 나를 초대한 사람, 티나 키프로스였다. 태양보다는 달이 어울리는 여인의 희뿌연 벽안이 나를 고고하게 응시했다. 눈빛만으로 사냥감을 제압할 것 같은 맹수의 눈동자였다. 나는 그 앞에서 매끄럽게 웃었다.

'⋯⋯호위 한 명 없이 왔군.'

조용히 주위의 기척을 읽어 내다 결론을 내렸다. 아무리 은밀히 불렀다고 해도 호위를 잠복시켜 둘 거라고 예상했거늘, 주위에선 기척이 조금도 느껴지지 않았다.

'나를…… 믿는 건가.'

나는 입가를 느리게 쓸어내렸다. 세레논의 검술 스승 일을 무리 없이 수행하고 있다는 것에서 내가 그리 약하지 않다는 것을 짐작했을 텐데도 호위 하나 없이 나와 만나러 온 티나가 의뭉스럽게 느껴졌다.

'갑자기 제국이 위험하다는 말로 황태자의 편인 나를 호출해선…… 무슨 일일까.'

제국이 위험하다는 소리와 따갑게 울리는 감에 주저 없이 티나를 만나러 오긴 했으나, 사실 그녀가 내게 무슨 말을 할지 감이 오지 않는 것도 사실이었다.

나는 디에고의 측근이라고 해도 될 만큼 디에고와 친밀하다. 디에고를 끊임없이 죽이려고 하던 티나가 내게 해 줄 말 중에 좋은 게 있을까 싶었다.

'여전히 불길한 느낌은 없다는 게 이상하지만.'

지금까지도 티나에게선 위험한 사람 특유의 기운이 느껴지지 않았다.

나도 모르게 조금 풀리려는 긴장을 다시 다잡고 예의상 미소를 지은 채 티나가 입을 열 때까지 기다렸다.

나를 부른 사람은 그 자신인 주제에, 티나는 내가 등장한 이후로 말 한마디 하지 않고 있었다. 무척 착잡해 보이는 얼굴로 입술을 꾹 닫고 있는 티나를 얼마나 참을성 있게 기다리고 있었을까.

이젠 어떻게 돼도 모른다는 듯 체념이 담긴 한숨을 쉰 그녀가 나를 똑바로 마주했다. 대체 무슨 말을 하려는 건지 티나의 두 눈엔 결연함이 가득했다.

"……사실 이걸 그대에게 말해도 되는 건지 아직도 확신이 없네. 하지만 그대 말고는 이 말을 할 사람도 없지."

무거운 티나의 말투에 나도 덩달아 진지하게 표정을 굳혔다. 무슨 속셈인가 싶어 예민하게 그녀를 살펴도, 티나의 얼굴엔 진심만 어려 있었다.

"그대가 나를 굳게 믿어 주리라 생각하진 않네. 나는 이 황궁의 최고 악역이 아닌가. 그래도 들어는 줬으면 하네."

자조처럼 시작하던 티나의 말은 단단한 심지가 담긴 당부로 끝이 났다. 이래도 되는 건가 혼란스러워 보이면서도 흔들림이 없는 티나의 눈을 멍하니 바라보고 있을 때, 그녀의 입술이 천천히 열렸다.

"다가오는 건국 기념일. 수도의 축제에서, 큰 테러가 일어날 걸세."

"……지금 뭐라고 하셨습니까?"

나는 얼굴을 굳히고 날카로운 투로 티나에게 되물었다. 티나는 짙은 한숨을 내쉬었다.

'테러라고? 건국기념일에?'

나는 혼란스러움을 뒤로하고 빠르게 머리를 굴렸다. 그런 내용이 원작에 등장했는지 알기 위해 기억을 헤집었으나, 정말 기억이 나지 않았다.

'젠장. 원작 내용을 툭하면 잊어버리니…….'

아픈 머리를 부여잡고 속으로 한숨을 쉬었다. 마치 기억해선 안 된다는 듯, 내 뇌는 원작의 내용을 깨끗이 지워 버렸다. 매일 아침이면 원작 내용과 전생의 지식들을 적어 놓은 노트를 정독하곤 했으나 그것도 조금 뒤면 잊어버리고 말았다.

'그렇다고 그 노트를 들고 다니기엔 만에 하나라도 남에게 빼앗겼을 때 너무 위험해지니…… 젠장. 집에 돌아가서 다시 읽어 봐야겠군.'

지금은 아무리 생각해도 떠올릴 수 없을 것 같아, 우선 생각을 정리하고 티나와 마주했다. 티나의 표정은 무척 진지했다.

"이번 건국기념일에, 수도 축제에서 커다란 테러가 일어날 걸세. 그대가 믿든 믿지 않든 확실한 정보야."

건국기념일. 제국의 가장 큰 국경일이었다. 건국기념일엔 축제를 구경하러 온 사람들과 노점상들로 수도 전체가 무척 붐볐다. 거기다 황족과 신전의 고위층들이 1년에 단 한 번, 제국민들에게 모습을 드러내는 날이기도 했다.

"……건국기념일에 수도는 철저히 단속됩니다. 그런데 어떻게 테러가…….."

"고위급 귀족 가문이 합류해 뒤를 봐주고 있네."

말허리를 끊고 들어오는 티나의 말에 멈칫했다. 제국 수도의 테러를 성사시킬 수 있을 만큼 강한 권력을 가졌으며 현 정권에 불만을 가지고 있는 곳. 게다가 티나와 연관되어 있는 가문. 사실 하나뿐이었다.

내 눈빛을 보고 얼굴을 일그러트린 티나가 입이 쓴 듯 침을 삼켰다.

"그래. 키프로스 가문일세. 북부와 손을 잡고 테러를 일으킬 셈이야."

'북부.'

그 단어 하나에 머릿속이 차갑게 굳었다. 북부가 움직이기 시작했다는 건 적신호였다. 나는 티나에게 재우쳐 물었다.

"정확히 언제 일어나는 겁니까? 어떤 방식으로?"

"정확한 시간은 행차 때. 중앙 광장에서 마력 폭탄이 터질 걸세. 폭탄 반경은 5킬로미터. 광장에서 터진다는 것 외에 정확한 장소는 나도 모르네."

티나의 침착한 대답에 나는 미간을 좁혔다.

건국기념일 축제의 하이라이트는 황족과 신전의 고위층, 그리고 고위 귀족들이 함께 수도 거리를 행차할 때였다.

그때는 제국의 모든 수뇌부가 함께하기에 보안이 극도로 강화되었다. 정식으로 허가된 이가 아닌 이상 500미터 이내에서 금속이 섞인 것이나 마도구를 소지하지 못할 정도였다.

그에 비해 노점상들이 모여 있는 광장은 보안이 약하긴 했다. 금속이나 마도구를 단속하진 않으니까. 그러나 보안이 비교적 약할 뿐, 축제 기간엔 수도 전체에서 공격성을 가진 마력 도구를 운반하는 것이 아예 불가능했다.

'하지만 사냥 대회에서 봤던 그 결계를 떠올리면…… 완전히 불가능은 아니겠지.'

북부는 제국의 귀족들 대부분이 모인 사냥 대회에서 공간을 분리시키고 마수를 집어넣는 대담한 짓까지 벌였다. 그때 공간을 분리시키며 펼쳤던 보라색 결계는 소드 마스터들조차 상황을 읽지 못하게 했으니, 충분히 그들의 마법 수준을 유추할 수 있었다.

지금의 북부라면 제국의 보안을 뚫을 수 있는 마력 폭탄을 만들 수 있을지도 몰랐다.

'게다가 사냥 대회 사건 뒷정리도 얼마나 깨끗이 했는지…… 제국의 수사관들은 그 사건을 기이한 해프닝이라고 결론지을 수밖에 없었지.'

바실리스크의 시체도 사라져 버리고, 공간을 분리시켰던 보라색 결계조차 사람들이 상황을 알고 나와 레오를 찾으러 왔을 때쯤엔 완전히 소멸되어 있었다고 했다. 어떤 흔적도 남지 않았으니 제국에선 사냥 대회의 사건을 해프닝으로 종결할 수밖에 없었다.

'사건이 오리무중이 되며 그 사건의 장본인인 내가 부상하긴 했지만…… 그 사건과 북부를 연관시키지 못한 탓에 제국은 여전히 북부를 가볍게 여기고 있어.'

제국 최고의 국경일인 건국기념일에 테러를 벌인다는 건 사실 말도 안 되는 소리였다. 그럼에도 그 계획이 신빙성 있게 들리는 것은 키프로스의 영향력이나 북부의 마법 수준도 이유가 되겠지만, 가장 큰 이유는 제국의 방심이었다.

제국은 너무 오랫동안 대륙의 최강으로 영위해 왔다. 내부적인 다툼이 있었을 뿐, 북부가 몇 번 반기를 들었다 해도 작은 소란 정도였다. 즉 수도까지 영향을 미치는 외침은 오랜 세월 동안 전무했다고 볼 수 있었다.

'이번 사건으로 제국이 경각심을 가지게 되겠군.'

테러가 성공한다면 그야말로 모든 것이 묵사발이 되겠지만, 잘 막기만 한다면 제국 전체에 확실한 긴장감을 줄 방아쇠가 될 것이다. 나는 최대한 긍정적으로 판단하려 노력하며 생각을 이어 갔다.

'축제엔 크리시스가 전체가 참여해. 특히 카이사르는 축제의 주력으로 행차 맨 앞에서 등장할 거고.'

건국기념일 축제에서 고위 귀족가의 일원들은 모두 행차에 참여해야 했다. 정말 특별한 일이 아닌 한은 불참할 수 없었다.

'젠장. 가족들이 위험해.'

나는 피가 나도록 입술을 짓씹었다. 광장에서 5킬로미터 범위라면 행차하는 곳에도 폭발의 여파가 닿을 것이 분명했다.

그나마 나는 특별한 작위가 없는 공녀이기 때문에 정말 죽을 것같이 아프다고 구르면 행차에 빠질 수 있을 것이다. 그렇지만 카이사르는 축제의 주력인 공작이었다. 집안이 풍비박산 나는 일이 일어나지 않는 한은 행차에서 절대 빠질 수 없었다.

'칼과 아리아라도 빠지게 하고 싶지만…… 내가 빠지면 나를 대신하는 차원에서라도 둘은 필참해야 할 거야.'

비교적 약한 둘이라도 안전한 곳에 있게 하고 싶건만, 내가 테러를 막기 위해 어쩔 수 없이 불참하면 두 사람은 크리시스 공작가를 대표해 반드시 참여해야 할 것이다.

'그렇다면 그 누구도 위험하지 않도록, 내가 반드시 막는다.'

걱정과 수많은 사념들로 어지럽도록 붉던 머릿속이 단 하나의 생각으로 귀결되었다.

나는 결단을 내리고 티나를 마주했다.

"알겠습니다. 제가 어떻게든 막아 보겠습니다."

내 무거운 확언에 티나가 복잡한 표정으로 나를 바라보았다. 확신이 없다는 표정이었다.

"나는 황후지만…… 부끄럽게도 내 손에 확실히 잡히는 권력이 없네. 거기에 감시를 당하고 있어서 함부로 움직였다간 꼼짝없이 들키겠지. 그래서 불가피하게 그대에게 부탁하게 되었네만, 사실 아직 잘 모르겠네. 귀족 영애에 불과한 그대가 이 일을 막을 수 있을까."

하기야, 티나는 내가 미르인 것을 모르니 나라는 사람 자체에게 큰 기대를 품기는 힘들 것이다. 아마 내 가문인 크리시스 공작가의 힘을 생각해 내게 이 일을 말해 준 게 분명했다. 착잡한 듯 한숨을 쉰 티나가 말을 이었다.

"알다시피 크리시스 공작이 축제에서 빠져 이 일을 처리해 줄 순 없을 걸세. 그가 축제에서 빠지기 위해선 정말 그럴듯한 이유가 있어야 할 터이니. 게다가 그가 축제에서 빠지게 되면 키프로스와 북부 측에선 상황이 이상함을 감지하고 돌발 행동을 할지도 몰라. 이 일은 공작의 도움 없이 오로지 그대의 선에서 처리해야 해."

티나는 오목조목 상황을 분석했다. 그녀의 푸른 두 눈은 한없는 이성과 냉정으로 빛나고 있었다.

"나도 폭탄이 광장에서 터진다는 것만 알지, 정확한 장소는 모르네. 이 일을 처리할 사람은 마도구 탐지기에도 걸리지 않는 마력 폭탄을 탐지할 수 있을 만큼 마나에 예민한 사람이어야 하네. 아마 소드 엑스퍼트나 상당한 실력의 마법사 정도는 돼야겠지. 그리고 이 사건에 개입해 정체가 노출되어 키프로스의 보복을 받아도 버틸 수 있는 사람이어야 할 걸세. 그런 사람을 아나?"

아무래도 내가 직접 나서서 폭탄을 처리할 거라곤 상상도 못 하는 모양인지, 티나는 내게 이 일을 처리할 사람을 찾아 달라는 듯 말하고 있었다. 나는 티나의 얘기를 들으며 느리게 턱을 쓸었다.

'저거…… 딱 나잖아.'

마나에 예민한 소드 마스터에, 키프로스가 보복하더라도 끄덕없는 사람. 딱 나였다.

'그리고 한 명 더 있군.'

티나가 말하는 조건에 부합하는 이의 얼굴이 불쑥 떠올랐다.

'혼자 찾는 것보단 둘이서 찾는 게 좋겠지.'

입술을 꾹 다문 채 고개를 끄덕였다. 아무래도 그 사람에게 도움을 요청해야 할 것 같았다.

"저는…… 소드 마스터 미르에게 이 일의 처리를 부탁할 예정입니다. 미르와는…… 개인적으로 깊은 친분이 있어서요. 믿을 수 있는 사람입니다."

공녀의 신분으로 나서서 폭탄을 찾고 있을 순 없는 노릇이니 당연히 미르로 나설 예정이었다. 최대한 태연하게 스스로를 제삼자처럼 말하고 있자니 티나가 놀란 듯 눈을 크게 떴다.

"검은 재앙 미르 말인가? 그대가 미르와 아는 사이라고?"

"음, 네. 아주 돈독한 사이입니다."

"미르 정도라면 문제없이 할 수 있겠지만…… 그자는 정체를 드러내지 않아 수상하지 않나. 정말 믿을 수 있는 위인인 건가?"

내 앞에서 나를 의심하는 티나의 행동에 묘한 기분이 들었으나, 내색하지 않고 고개를 끄덕였다.

"확실히 믿을 수 있습니다. 제국이 위험에 처했다고 하면 미르는 주저 없이 저희를 도울 겁니다."

내가 그럴 터이니, 확실했다. 내 확연한 눈빛과 마주한 티나는 옅게 숨을 뱉었다. 걱정이 담겼는지 안도가 담겼는지 모를 복잡한 숨결이었다.

"우선…… 알겠네. 어차피 난 축제 내내 꼼짝도 하지 못해. 그대에게 모든 것을 맡길 수밖에 없네."

힘없는 그녀의 목소리는 얼핏 무력해 보였다. 다만 나를 믿어 보겠다는 듯, 올곧게 나를 향하는 티나의 눈동자는 분명 강한 신념을 담고 있었다.

"……폐하. 여쭙고 싶은 것이 있습니다."

세간에서 듣고 내가 생각하던 악녀 황후와는 너무 다른 모습이라서, 나는 느리게 입을 열었다.

"황후 폐하께선 키프로스의 일원이십니다. 분명 이 일이 밖으로 새어 나간다면 폐하께서도 무사하지 못하실 텐데요. 어째서 이 일을 막으려 하시는 겁니까?"

내 물음을 예상했다는 듯, 티나가 쓸쓸하게 웃음을 지었다. 만월의 달빛 아래

초승달처럼 올라간 그녀의 입술이 살짝 떨리고 있었다.

'아.'

나는 그걸 보고 깨달았다.

티나 키프로스는, 두려워하고 있었다.

"그래…… 아마 키프로스가 북부와 손을 잡았다는 것이 알려지면 나 또한 무척 곤란해지겠지. 무사히 일단락된다고 해도, 이 일의 내부 고발자가 나라는 것이 들통나면 키프로스가 나를 가만두지 않을 거고."

조금 흔들리는 목소리로 담담히 이어지는 티나의 말을 들으며 깨달았다. 그녀는 어느 곳에도 완벽히 소속되어 있지 못하다는 걸.

키프로스의 뜻과 그녀의 뜻은, 달랐다.

"허나 그렇다고 하여 키프로스의 만행을 두고 보고 싶진 않네. 테러가 성공하면 수많은 이들이 죽을 거야. 나는 세레논이 황제가 되길 바라지만, 그 왕좌로 가는 길을 누군가의 피로 만들고 싶진 않아."

그녀는 흔들리는 목소리로 흔들리지 않는 신조를 말했다.

파르르 떨리는 입술. 움찔거리는 몸. 티나는 공포를 느끼고 있었으나, 공포에 굴복하진 않았다. 유일하게 미동 없는 두 눈은 나를 똑바로 바라보았다.

"나는 두려움과 권력욕 때문에 참극을 외면하지 않을 걸세."

티나 키프로스는, 단순히 악녀로 정의될 수 있는 인물이 아니었다.

'속사정이 있구나.'

그 순간 나는 느꼈다. 디에고를 몇 번이고 암살하고자 했던 이는 티나가 아니라는 걸. 저런 눈으로, 저런 말을 하는 사람이 그럴 리 없다. 분명 속사정이 있을 것 같았다.

"잘 알았습니다, 황후 폐하."

그러나 그건 나중에 알아볼 일이고, 일단은 테러부터 해결해야 한다.

나는 티나를 향해 환하게 웃어 보였다.

"그럼 이제 자세히 말해 보게. 용병 미르를 고용할 생각인 건가?"

"아, 음, 네. 고용…… 비슷한 것이겠지요. 용병 미르 외에 제가 믿을 수 있는 사람 한 명에게 사건 처리를 부탁할 예정입니다."

"미르 외에도? 그자는 누군가?"

걱정 가득한 티나의 물음에, 나는 걱정 말라는 듯 고개를 끄덕여 보였다.

"확실히 믿을 수 있는 사람입니다. 그 사람은……."

· ε૨ઽૐૐૐ૩ ·

"아인하르트 경."

수련장을 하염없이 돈 뒤 바닥에 주저앉아 말없이 숨을 고르던 중, 나는 조금 멀찍이 떨어진 곳에 앉아 있는 라이너를 불렀다.

은실 같은 머리칼을 타고 떨어지는 구슬진 땀방울을 묵묵히 닦아 내던 그가 살짝 시선을 들어 나를 보았다. 짐승의 것처럼 번뜩이는 황금빛 두 눈이 맹목적으로 나를 담았다.

운동을 한 직후이기 때문일까, 그의 체향인 로즈우드 향이 평소보다 짙어진 채 공간을 가득 채웠다.

"부르셨습니까, 미르 님."

낮은 목소리가 내 귀를 간지럽히듯 다가왔다. 땀이 난다는 거 말곤 완전히 멀쩡해 보이는 겉모습과 달리 사실 꽤 힘든 건지, 라이너의 목소리가 무척 가라앉아 있었다.

분명 무뚝뚝하고 금욕적인 인상임에도 어쩐지 색기가 만연한 느낌이었다. 나는 잠시 그의 얼굴에 시선을 빼앗겼다가 뒤늦게 입을 열었다.

"……진지하게 드릴 말씀이 있습니다. 무척 중요한 문제입니다."

내가 심각하게 얼굴을 굳히고 있으니, 덩달아 진지해진 라이너가 자세를 바로 했다.

'건국기념일 테러를 함께 막기에 가장 적합한 사람은 라이너야.'

그는 소드 엑스퍼트 수준의 강자였고, 느껴지는 바로는 소드 마스터를 코앞에 둔 상태였다. 게다가 황실 제2 기사단의 기사단장인 라이너와 제1 기사단의 기사단장인 그의 아버지 노아는 둘 다 축제 때 보안을 위해 일해야 했기에 아인하르트 가문은 행차 때 아예 참가하지 않았다.

'축제 때 보안 일로 무척 바쁘긴 하겠지만 기사단장 직위의 라이너가 고작 경비를 서고 있을 리는 없으니까. 정 빠져나와야 한다면 나올 수 있겠지.'

미세한 마나를 감지할 수 있을 만큼 마나에 예민하고, 행차 때에도 자유롭게 움직일 수 있는 사람. 딱 라이너였다.

"건국기념일 축제에 저와 함께해 주실 수 있으시겠습니까?"

라이너를 똑바로 바라보며 묻자, 라이너의 표정이 미묘해졌다. 길고 섬세한 은회색 속눈썹이 금빛 달을 감추었다 드러내기를 반복했다.

살짝 입을 벌린 채 멈춰 있던 그가 조금 주저하다 느리게 입을 열었다.

"이건…… 데이트 신청입니까?"

"……네?"

상상치도 못한 라이너의 말에 나는 눈을 끔뻑이며 되물었다. 나를 멍하게 만든 라이너는 되레 자기가 혼란스럽다는 표정을 짓고 있었다. 그의 귓등이 붉은 물감으로 칠한 듯 붉었다.

"축제에서…… 함께해 달라고 하셔서……."

'아.'

밑도 끝도 없이 갑자기 같이해 달라고 했으니 그렇게 들릴 법도 했다. 어쩐지 민망해진 나는 빠르게 고개를 저었다.

"제 말은, 축제에서 일어날 사건을 함께 처리해 달라는 뜻입니다."

"아…… 그렇습니까."

라이너가 고개를 끄덕였다. 그의 표정이 전보다 가라앉았다는 느낌이 든 것도 같았으나, 그가 그럴 이유가 없으니 내 착각일 터였다. 나는 조심스럽게 말을 이었다.

"이번 건국기념일 축제에서 폭탄이 터질 겁니다."

라이너의 얼굴이 단박에 굳었다. 묵묵하지만 상냥하고 수줍음 많은 라이너에서 기사단장 아인하르트 경이 된 그는 자세히 설명해 달라는 듯 나를 바라보고 있었다.

"저도 내부고발자를 통해 전해들은 내용입니다. 테러의 주동자들이 누군지는 발설하지 말아 달라고 했기에 말씀드리기 어려우나…… 믿을 수 있는 정보입니다. 축제 행차 때, 중앙 광장에서 마력 폭탄이 터질 겁니다. 정확한 장소는 알 수 없기에 축제 날 찾아야 하는데 저 혼자 찾기엔 버거울 것 같아 경께 도움을 청하는 겁니다."

내 설명을 듣는 라이너의 표정이 점점 심각해졌다. 미간을 좁힌 그가 제 턱을 쓸었다.

"미르 님께서 제게 이리 개인적으로 도움을 청하실 정도라면 은밀히 해야 하는 일인가 보군요. 아마…… 큰 권력을 쥔 단체의 개입이 있는 모양입니다."

자세히 설명하지 않아도 영민한 라이너는 알아서 주동자에 대해 추리해 나갔다. 나는 침묵으로 긍정하고 주먹을 꽉 쥐었다.

"위력이 대단한 폭탄이 터질 거라고 합니다. 테러가 성공하면 축제에 참여한 수많은 사람들이 죽을 겁니다. 절…… 도와주십시오."

나는 라이너를 간절히 바라보았다. 나 혼자 막으려고 하다가 만에 하나 실패라도 하면 나는 죄책감을 이기지 못할 것 같았다.

"미르 님. 이건 미르 님께서 부탁하실 부분이 아닙니다."

내 눈을 빤히 응시하던 라이너는 입술을 꾹 깨물었다 놓으며 고개를 저었다.

"이건 제국의 기사로서 당연히 도와 드려야 하는 일입니다."

"하지만, 이 일 때문에 아인하르트 경이 복잡한 일에 휘말리거나 보복을 받을 수 있습니다."

나는 착잡해하며 말했다.

테러를 막는다 해도, 이후가 문제다. 라이너는 테러를 막고서도 테러가 일어날 거란 사실을 알았음에도 보고하지 않은 점이나 독단적으로 행동한 점에서 징계를 받을지도 몰랐다.

키프로스 가는 테러에 연관되었다는 것이 드러나면 파멸을 면할 수 없으니 함부로 움직이진 못하겠지만, 일에 훼방을 놓은 라이너에게 알게 모르게 해코지를 할지도 몰랐다.

'나는 정체불명의 용병 미르로 나설 테니까 키프로스가 건드릴 수 없겠지만…… 라이너는 공식적인 신분으로 나서는 거니까.'

아무리 테러를 막기 위해서래도, 라이너에게 피해를 끼치는 건 아닐까 염려할 수밖에 없었다.

여러 사념에 머리가 아팠다. 내 낯이 어두운 것을 파악한 건지, 라이너가 내 뺨을 살짝 잡은 채 내 얼굴을 자신에게로 끌어당겼다. 그의 크고 거친 손이 가면 위에 닿았다.

가까워진 거리에 눈을 조금 동그랗게 떴다. 나를 자신과 똑바로 마주하게 한 라이너는 올곧은 눈으로 나를 응시했다.

"이상한 생각 하지 마십시오. 저는 미르 님의 부탁이 아니었더라도 이 일을 알았다면 기꺼이 막기 위해 나섰을 겁니다. 그리고 미르 님의 부탁인 이상…… 그게 무엇이든, 저는 수행합니다."

분명 낮고 굵은 목소리에 정석적인 기사의 딱딱한 말투였으나, 내겐 무척 부드럽게 들렸다. 흔들림이 없는 황금빛 두 눈을 보며 나는 다시 한번 느꼈다. 내가 아는 사람들 중 가장 정도를 걷는 이가 바로 라이너 아인하르트라는 것을.

"……알겠습니다. 그럼, 함께해 주십시오."

나는 부탁하거나 주저하는 기색을 지우고, 당당하게 그에게 말했다. 라이너는 그제야 만족스럽다는 듯 웃었다.

"원하시는 대로."

❈

"그래…… 그래서 어디가 아프다고?"

팔짱을 낀 채 한숨을 푹 내쉰 카이사르가 다섯 살 먹은 애를 보는 것 같은 눈빛으로 나를 내려다보았다. 누가 가족 아니랄까 봐, 의자를 돌려 앉은 채 나를 지그시 바라보는 칼이나, 침대 맡에 앉아 내 앞머리를 쓸어내리는 아리아의 눈빛도 카이사르와 똑같았다.

"크흠. 콜록. 쿨럭. 컥. 큼. 어지럽고, 목이 따갑고, 배도 좀 아프고…… 허파랑 콩팥이 욱신거리는 것도 같습니다. 심장도 빨리 뜁니다. 허리가 아픈 것을 보아 신장도 쇠약해진 게 아닌가 싶습니다. 콜록."

그리고 세 사람의 지긋한 시선을 받아 내고 있는 나는, 침대에 최대한 힘없이 누워 이마에 물수건까지 올린 채 생전 처음 꾀병을 부리고 있었다.

'젠장. 전혀 믿는 표정들이 아닌데.'

'널 사랑하니까 장단 맞춰 주고 있긴 한데, 너 지금 헛소리하고 있다.'라는 뜻을 가감 없이 드러내고 있는 세 사람을 게슴츠레 뜬 눈으로 바라보았다. 등 뒤로 식은땀이 삐질삐질 흘렀다.

건국기념일이 하루 남은 지금, 나는 테러를 막기 위해 어떻게 해서든 행차에서 빠져야 했다. 마음 같아서는 가볍게 팔이라도 하나 부러트려 간단하게 빠지고 싶었지만, 내 팔을 부러트리면 가족들이 팔이 부러진 경위를 치밀하게 따져 물을 게 뻔했기에 그럴 수가 없었다.

'남는 방법은 꾀병밖에 없는데…… 하…….'

내 아버지는 자연의 흐름을 읽는 소드 마스터. 오빠는 특출난 마법사에, 여동생은 치유력을 사용해 대상의 상태를 예민하게 읽을 수 있는 요정 혼혈이다.

속여 넘겨야 하는 이들이 만만치 않을뿐더러, 나는 내가 사랑하는 사람들에겐 빌어먹을 만큼 거짓말을 못했다.

"허어…… 그 정도면 곧 죽을 지경이 아닌가 싶은데…… 그런 것치곤 우리 따님 안색이 너무 좋군."

"큼! 자식 된 도리로 어찌 어버이께 병색을 보여 드리겠습니까. 제 효심이 도저히 허락하지 않아 최대한 온전한 낯을 보이려 노력……."

큭.

팔짱 낀 손으로 자기 팔을 툭툭 건드리며 의심스럽다는 듯 눈썹을 꿈틀거리는 카이사르 앞에서 식은땀을 흘리며 변명하던 나는, 소리가 터져 나온 곳으로 시선을 돌렸다.

"아. 미안하다. 계속해라."

소리의 범인은 칼이었다. 나와 눈이 마주치자 무척 애통하다는 표정을 지으며 속눈썹을 파르르 떤 칼이 자기 입을 틀어막았다.

'이 인간이 진짜…….'

그리고 그 손 아래 입이 웃고 있음을 내가 모를 리 없었다.

나는 치밀어 오르는 수치심과 자괴감으로 정말 열이 나는 것처럼 붉어졌을 얼굴을 문지르며 입술을 꽉 깨물었다.

"그래서…… 내일 있을 건국기념일 행차에는 참가하지 못할 것 같습니다."

"음. 그런가."

카이사르가 고개를 끄덕였다. 그 딴엔 장단에 맞춰 준다고 진지한 표정을 짓고 있는 것 같지만, 그래 봤자 눈빛에서 웃음기가 훤히 보였다.

"행차는 둘째치고…… 따님께서 아프다는데 가만히 있을 수가 있나. 당장 신전에 연락해서 신성력으로 치유해 달라고……."

"자, 잠깐!"

지금 당장 신전에 연락하려는 듯 방을 나서려는 카이사르의 손을 턱 잡았다. 카이사르가 뭐가 문제냐는 표정으로 나를 돌아보았다.

"왜 그러나. 새파랗게 어린 교황이나 그 천둥벌거숭이 대신관은 네가 아프다고만 하면 날아올 것 같은데. 아무래도 확실하게 치유하려면 교황을 부르는 게 낫겠지?"

카이사르가 유려하게 웃었다. 나를 놀리는 걸 즐기고 있는 게 분명했다.

나는 눈을 질끈 감았다.

'애초에 멀쩡하기 짝이 없는데 신성력이 필요할 리 없잖아…….'

엘이 와서 나를 진찰하고 내가 멀쩡하다고 선언하면 교황 공인 꾀병 공녀가 되는 거다. 엘이라면 내게 사정이 있다는 걸 눈치채고 정말 아프다고 해 줄지도 모르지만, 그 지경까지 가면 나는 엘을 볼 낯이 없었다.

"손가락 까닥하기 힘들 정도로 아프긴 하지만 아무래도 이틀 정도만 쉬면 나을 것 같습니다. 괜히 바쁜 분을 부를 필요는 없겠죠."

나는 카이사르를 향해 이를 악물고 웃으며 말했다. 더는 참기 힘들다는 듯 카이사르의 입꼬리가 크게 요동쳤다.

"진짜…… 어이없고 귀엽다."

아리아의 목소리가 귓가를 간지럽혔다. 내 머리맡에 앉아 소리를 죽이고 웃던 아리아가 부드러운 손길로 내 머리칼을 쓸어 주었다. 아리아는 나를 사랑스럽다는 듯 바라보고 있었다.

"슈슈."

"……네, 아버지."

제대로 꾀병을 부리는 것도 아니고 그렇다고 꾀병을 포기하지도 않은 채 눈치만 보고 있는 나를, 카이사르가 따뜻한 목소리로 불렀다. 나는 그와 눈을 마주하지 못했다.

"너는 이곳에 온 뒤로 딱 두 번 내게 무언가를 요구했지."

천천히 내게로 다가온 카이사르가 내가 누워 있는 침대 앞에 한쪽 무릎을 꿇고 앉았다. 그의 온화한 붉은 눈이 나를 온전히 담아냈다.

"첫 번째는 아리아를 살려 달라는 것이었고, 두 번째는 하네스 사업에 투자해 달라는 것이었다. 기억하느냐?"

"……네."

"딱 그 두 번이었다. 네가 직접적으로 요구한 것이. 그 두 번조차 너를 위한 것이 아니었지."

늘 강직하고 차갑던 카이사르의 붉은 두 눈 위로 슬픔을 닮은 일렁거림이 일어났다. 이전의 그에게선 볼 수 없었다는 감정. 나와 아리아가 이곳에 온 뒤로 카이사르가 배운 감정이었다.

"너는 단 한 번도 너 자신을 위한 것을 내게 요구한 적이 없다."

'……그랬던가.'

억지로 침을 삼켜 마른 목을 축였다. 새삼스러운 깨달음이었다. 멍하니 눈만 깜빡이고 있으니, 얼굴을 살짝 일그러트린 카이사르가 크고 예쁜 손으로 내 앞머리를 쓸어 넘겨 주었다. 손길에서 애처로움이 묻어나는 듯했다.

"이렇게까지 해야만 행차에 불참할 수 있을 것 같더냐. 그냥 말로 요구하면…… 내가 듣지 않고 참여하기 싫다는 널 억지로 참여하게 할 것 같았나."

"……저는……."

"쉿. 목도 따가운 애가 괜한 말 하지 마라."

내 어색한 꾀병 멘트를 다 기억하고 있는 건지 무어라 말하려는 내 입술 앞에 검지를 댄 카이사르가 꽤 장난스러운 표정을 지었다. 나는 민망하면서도, 부드러운 카이사르의 태도에 가슴이 뭉클해졌다.

"이유도…… 묻지 않으십니까."

이렇게 갑작스럽게 참가하지 않겠다는데도 그는 그저 작게 웃었다.

"어련히 이유가 있겠지. 네가 공연히 이러는 아이는 아니라는 걸 안다."

카이사르의 목소리엔 나를 향한 믿음이 가득했다. 나는 조금 울컥한 나머지 얼굴을 찌푸렸다.

카이사르가 상냥한 손길로 내 머리를 쓰다듬었다.

"다음부터는 번거롭게 이러지 말고 말로 해라. 이유를 말하지 못해도 괜찮으니, 당당히 요구해라. 네가 아무 이유 없이 세상을 달라 해도 군말하지 않고 세상을 네 손에 쥐여 주마."

달콤한 목소리에 질끈 눈을 감았다. 치사량의 다정이었다.

조용히 자리에서 일어난 카이사르는, 내 방문을 열고 나가 방문 앞에 있던 테일러에게 확연한 목소리로 말했다.

"카슈미르 크리시스는 병환을 이유로 이번 건국기념일 행차 때 참가하지 않는다. 황실에 전달하도록."

"그럼 푹 쉬도록 하세요, 아가씨."

탁.

짧은 한마디와 함께 마리아가 방에서 나가며 문을 닫았다. 금방이라도 잠에 들 듯 눈을 꾹 감고 있던 나는, 마리아의 기척이 완전히 사라졌을 때 살며시 눈을 떴다. 시곗바늘이 12시 정각을 가리키고 있음을 확인하고 빠르게 침대에서 내려왔다.

가족들은 11시쯤에 모든 준비를 마치고 집을 나섰다. 저택에 남은 것은 사용인들뿐이고, 마리아를 통해 내가 먼저 부르기 전까진 내 방에 들어오지 말라고 말을 전해 놓았다.

'1시쯤에 테러리스트들이 행동을 시작할 거라고 했으니…… 빨리 가야겠군.'

충직한 검이 되려 했는데 2

재빨리 몸을 일으켜 침대 아래에 있던 상자를 꺼냈다. 입고 있던 옷을 벗어던지고 미르의 복장으로 갈아입는 건 순식간이었다.

'음성 변조 반지. 통신 마도구. 투명화 마도구. 연막탄. 단도 6개.'

건국기념일을 기다리는 동안 철저히 준비한 상자 속 물건들을 차근차근 확인했다.

티나에게 전해 받은 귀걸이 모양 통신 마도구를 귀에 꽂고, 목걸이 형태를 한 투명화 마도구를 착용했다. 연막탄과 단도는 아공간 주머니에 넣었다.

준비를 마친 나는 잠시 창밖을 응시했다. 수도의 거리는 축제를 즐기는 사람들로 넘쳐 났다. 부모의 손을 잡고 나온 아이들. 물건을 많이 팔 수 있을 거라는 생각에 신나 보이는 노점상인들. '평화'라는 주제를 두고 그린 한 폭의 풍경화 같았다.

나는 이 순간이 비극으로 바뀌는 꼴을 볼 수 없었다. 길게 한숨을 뱉고, 목걸이에 걸린 펜던트를 꾹 눌렀다. 내 몸이 순식간에 투명해졌다.

나는 창문을 열어젖히고, 망설임 없이 뛰어내렸다.

오늘은 대망의 건국기념일이었다.

'이쯤이라고 했는데.'

나는 인파에 자연스럽게 섞여 든 채 주위를 두리번거렸다. 투명 인간 상태로 기척을 죽이고 저택을 빠져나온 나는, 북적거리는 수도의 거리에서 라이너를 찾아 헤매고 있었다.

'젠장. 이곳에서 사람 한 명도 못 찾는데 폭탄을 찾을 수 있으려나.'

중앙 광장엔 사람들이 넘쳐 났고, 그만큼 수많은 기운들이 섞여 있었다.

'아무리 흑마법의 기운이 독특하다고 해도…… 그걸 읽어 낼 수 있을지.'

몰려든 상념에 살짝 입술을 깨물었다.

티나의 말로는, 폭탄은 흑마법으로 제작되었다고 한다. 흑마법과 마법은 워낙 궤도가 달라 보통 위험 마도구 탐지 기계로는 탐지할 수 없기에 테러리스트들은 흑마법 마력 폭탄을 주로 사용했다.

흑마법 탐지 기계 같은 건 존재하지 않는다. 나는 이 광활하고 복잡한 광장에서 오직 직감만을 도구로 삼아 폭탄을 찾아야 했다.

'……할 수 있겠지.'

하겠다고 했고, 해야만 한다는 걸 알면서도 막상 오늘이 오니 나는 자꾸 작아졌다. 메시아 콤플렉스 같은 걸 느끼고 싶지 않은데, 자꾸만 누군가를 구해야 하는 책임감 막중한 상황들이 다가오니 마음은 무거워져만 갔다.

'조금 지쳤나.'

결단의 순간 앞에서 새삼스럽게 마음이 흔들렸다. 때때로 무지가 더 현명하고, 무력이 더 안전하다. 남들이 모르는 것을 알고, 남들이 가지지 못한 힘을 가진다는 건 삶이 고달파진다는 것을 뜻했다.

'젠장. 나약하게.'

나는 빠르게 고개를 휘저어 생각을 지워 냈다. 그런 건 테러를 막고 나서 생각해도 늦지 않을 것이다.

'그런데…… 라이너는 진짜 어디 있지.'

생각에 빠진 채 인파에 휩쓸리는 대로 걷던 나는 시간이 다가오는 것을 확인하고 다급하게 라이너를 찾았다. 수도 지리에 익숙해서 망정이지, 아니었다면 영락없이 길을 잃었을 것 같았다.

"미르 님. 여기입니다."

그리고 헤매는 나를 부드럽게 잡아끄는 손길이 있었다.

"아."

지나가는 사람 무리에 밀리며 저절로 손길의 주인과의 거리가 좁혀졌다. 익숙한 로즈우드 향이 물씬 풍겼다. 나는 고개를 들어 내 얼굴에 그림자를 드리울 정도로 키 큰 인영과 마주했다.

공식적인 행사이기 때문일까, 그는 화려한 황실기사단 정식 제복을 입고 있었다. 하얀 천에 금실로 장식된 제복은 태양 아래서 찬연하게 빛났다. 그리고 그 모든 것보다 빛나는, 곱게 휜 황금빛 눈동자.

"찾았는데 여기 계셨군요. 무사히 만나 다행입니다."

손길의 주인은 예상대로 라이너였다.

"아인하르트 경. 광장이 워낙 붐벼서…… 찾는 것이 늦었습니다. 오래 기다리셨습니까?"

"아뇨. 저도 사정을 둘러대고 빠져나오는 데 시간이 좀 걸렸습니다. 염려하실 거 없습니다."

시선을 피한 채 변명하듯 말하니 라이너가 살짝 웃으며 답했다. 어쩐지 평소보다 기분이 좋아 보이는 그의 모습에 덩달아 마음이 부드러워진 나 또한 가볍게 웃었다.

"이전에 드린 것으로 흑마법 기운은 익숙해지셨습니까?"

아직 테러리스트들이 본격적으로 움직이기 전이었기에, 나는 라이너와 거리를 걸으며 그에게 물었다.

'라이너는 흑마법과 마주해 본 것이 바실리스크와 상대할 때뿐이었을 테니까.'

이 넓은 광장에서 감만으로 흑마법을 추격하기 위해서는 흑마법의 기운에 익숙해져야 했다. 나는 급한 대로 그에게 바실리스크의 심장을 담았던 주머니를 넘겨주며 기운에 익숙해지라고 한 참이었다. 바실리스크의 심장에서 퍼져 나오는 흑마법의 기운이 얼마나 강했는지, 그걸 담았던 주머니에도 흑마법의 기운이 가득했다.

"네. 적어도 100미터 앞에 흑마법의 기운을 가진 것이 있다면 느낄 수 있을 것 같습니다."

라이너는 확신 어린 목소리로 말했다. 꽤 자신이 넘치는 것을 보니 흑마법 기운을 읽는 연습을 필사적으로 한 모양이었다.

"잘하셨습니다. 그런데…… 경께선 어떻게 업무 중에 빠져나오신 겁니까?"

라이너를 짧게 칭찬한 나는, 시간이 남은 김에 그에게 궁금했던 걸 물었다. 내가 함께해 달라고 하긴 했지만 사실 기사단장인 그가 정말 축제 보안을 도맡는 중에 빠져나올 수 있는지는 확신이 없었던 차였다. 무슨 수를 써서라도 빠져나오겠다고 하는 라이너를 보며 조금 걱정을 하기도 했는데, 그 말대로 이렇게 빠져나온 그를 보니 뭐라고 둘러대고 나온 것인지 궁금했다.

"아……."

내 질문에 라이너가 나직하게 숨을 뱉었다. 황금빛 테두리가 품은 검은 동공이 잠시 흔들리는가 싶다가 슬쩍 내 눈을 피했다. 라이너의 표정은 여느 때처럼 붙박이 같은 무표정 그대로였으나, 내 눈엔 그가 민망해하고 있는 것이 보였다.

"웬만한 말로는 나오기가 어려울 것 같아…… 거짓말을 보태서 말하고 나왔습니다."

무언가 큰 것을 터트리기 전 밑밥을 까는 것처럼 말하는 라이너의 모습에 나는 미간을 좁혔다. 그는 무척 머뭇거리고 있었다.

'뭐…… 부모님이 아프다고 하고 나왔나? 아니면 철천지원수가 이번 축제에 참가해서 암살하러 간다고 했다든가.'

실없는 생각을 하며 머뭇거리는 라이너의 대답을 기다리고 있자니, 입술만 달싹이던 그가 손으로 제 입가를 가린 채 살짝 고개를 돌렸다. 긴 속눈썹이 그의 눈 위에 그늘을 만들었다.

"교제하고 있는 여성과…… 잠시 만나러 간다고……."

낮은 음성이 작은 목소리로 속삭였다. 잠시 눈을 깜빡이던 나는, 그의 말을 이해하고 낯이 조금 화끈해졌다.

충직한 검이 되려 했는데 2

"그……렇게 말하니 보내줬습니까?"

"……네. 다들 제 연애에 관심이 많더군요. 제 일은 자기들이 알아서 처리하겠다면서 보내줬습니다."

"아…… 평소 인덕을 많이 쌓으신 모양입니다."

나는 어색하게 묻고, 그는 머쓱하게 대답했다. 왜인지 이 사건에 대해 처음 말할 때 데이트 신청이냐고 묻던 라이너가 떠올라서, 나는 조금 더 민망해졌다.

내 걸음이 조금 느려지자 나와 같은 보폭으로 걷던 라이너의 걸음이 마찬가지로 느릿해졌다.

"미르 님."

얼마나 말없이 걸었을까, 라이너가 느지막이 나를 불렀다. 나는 고개를 돌려 그를 마주했다.

"건국기념일 축제는 아름답지 않습니까."

나는 동의를 표하는 뜻으로 고개를 끄덕였다.

태어나서부터 수도에 살았는데 건국기념일 축제가 아름답다는 것을 모를 수는 없었다. 늘 먹고살기에 바빠 본격적으로 즐겨 본 적은 없으나, 그래도 축제가 벌어지면 아리아와 함께 짧게라도 구경을 나오곤 했다.

'하지만…… 이번 축제는 즐기지 못하겠네.'

입안이 약을 가득 머금은 듯 씁쓰름했다.

축제는 건국기념일 이후 일주일 동안 이어졌지만, 축제의 첫날인 오늘은 테러를 막느라 정신이 없을 거고 그 이후는 테러 사건의 여파로 축제 자체가 황급히 막을 내릴 가능성이 높았다.

"아마 테러 사건으로 축제가 더 이어지기는 어렵겠지만, 그래도 수도 호수에 등불은 띄우지 않을까 싶어서 말입니다."

건국기념일 축제 마지막 날 밤에는 수도 중심 부근에 있는 호수에 등불을 띄운다. 그 호수에는 용이 잠들어 있는데, 언젠가 다가올 건국기념일 축제 마지막 날에 깨어나 날아오를 거라는 전설이 있어서 용의 가는 길이 어둡지 않도록 불을 밝히는 것이었다.

'아무리 테러 사건 때문에 뒤집어져도 그 정도는 하겠지.'

수도 호수에 등불을 띄우는 것은 워낙 유서 깊게 이어져 온 전통이기에, 축제는 폐쇄되더라도 그 정도는 할 가능성이 높았다.

"만약 이 테러를 성공적으로 막는다면…… 저와 함께 축제 마지막 날 호수를 보러 가 주시지 않겠습니까."

라이너의 얼굴에 정말 흔치 않은 환한 웃음이 떠올랐다. 부드럽게 휜 눈꼬리와 완벽한 호선을 그리며 말려 올라간 입꼬리. 정오의 태양보다 더 찬연한 그의 웃음은 지독하게 아름다웠다. 나는 그의 웃음을 잠시 멍하니 바라보았다.

'저 얼굴에 어떻게 거절을 뱉어.'

적어도 나는 못 한다. 나는 라이너의 웃음이 실망으로 사그라들기를 원치 않았다. 나는 그의 웃음이 좋았다.

"경께서 원하신다면, 얼마든지요."

웃음은 전염된다고 하던가. 나는 잠시 테러에 대한 걱정과 상념들을 잊고, 라이너를 향해 마주 웃었다. 나를 보는 황금빛 두 눈이 살짝 풀렸다. 그의 지긋한 시선은 깃털같이 내 얼굴을 간지럽혔다.

"미르 님은……."

지이잉—

라이너가 무어라 말하려 입술을 열 때, 귀에 착용한 통신용 마도구가 옅게 떨렸다. 그 진동을 느낀 나와 라이너 모두 차갑게 굳었다.

'황후의 연락이다.'

이 마도구를 넘겨준 것이 바로 티나다.

연락이 왔다는 건, 테러가 시작하려 하고 있음을 뜻했다.

"……잠시 연락 좀 받겠습니다."

라이너에게 양해를 구하고 귀걸이를 한 번 건드렸다. 잠시 마법의 기운이 귓가로 퍼짐과 함께, 기이하게 변조된 목소리가 들려왔다.

-미르. 카슈미르 공녀에게 소개받았는데. 맞나.

"맞습니다, 각하. 무슨 일이십니까."

나는 마찬가지로 변조된 목소리로 정중히 답했다.

티나는 현재 현장에 있는 사람이 미르라고 알고 있다. 나는 티나에게 내부 고발자의 정체를 누구에게도 알리지 않는다고 했으니, 미르로서 티나가 누구인지 모르는 척을 해야 했다.

귀걸이 너머로 티나의 깊은 한숨 소리가 들려왔다.

-지금 급하게 전해 들은 말이 있네.

티나의 목소리는 불안으로 떨리고 있었다. 심상치 않은 일이 일어나고 있음을 눈치챈 나는 곧바로 귀를 기울였다.

-오늘 설치될 마력 폭탄이 두 개라고 하네.

나는 단번에 얼굴을 구겼다.

'젠장. 두 개면…… 어떡하지? 나와 라이너가 갈라져야 하나? 아니면 같이 하나씩 제거해?'

수많은 생각으로 머릿속이 뒤엉켰다. 폭탄이 두 개인 건 상상치도 못한 상황이다.

내가 재빨리 머리를 굴리고 있을 때, 티나가 말을 이었다.

-장소는 아직 전해 들은 바가 없네. 듣는 대로 알려 주도록 하지. 우선 폭탄이 두 개일 거란 사실만 알고 있게. 그리고 광장 측 폭탄 설치조가 움직이기 시작했네. 그대들도 슬슬 움직여야 할 것 같군.

"……알겠습니다."

-수고하게.

뚝.

빠른 속도로 말을 마친 티나가 급하게 연락을 끊었다. 아무래도 감시를 받는 중에 은밀히 연락을 준 것 같았다. 잠시 굳어 있던 나는, 입술을 꾹 깨물며 라이너를 돌아보았다.

"……무슨 일입니까."

조금 전 보여 주었던 웃음은 온데간데없고 차가운 무표정을 지은 라이너가 나를 직시했다. 나는 깊게 한숨을 쉬었다.

"폭탄이…… 두 개라고 합니다."

그 순간 라이너는 진심으로 욕을 뱉고 싶다는 표정을 지었다.

'……와.'

표정은 아주 잠시간 스치고 사라졌으나, 라이너가 처음으로 지어 보인 불건전한 표정은 내 머릿속에 강렬하게 남았다.

"……중앙 광장에 두 개가 설치되는 겁니까? 아니면 다른 곳에?"

"아직 알 수 없다고 합니다. 현재 중앙 광장의 폭탄은 설치가 시작되었으며, 다른 하나가 설치되는 위치는 전해 듣는 대로 다시 전달해 준다는군요."

내 말에 라이너가 무겁게 고개를 끄덕였다. 나는 검 손잡이를 꽉 잡았다.

"시간이 없습니다. 빠르게 움직이도록 하죠. 얘기했던 대로 저는 동쪽과 남쪽을 보겠습니다. 라이너는 서쪽과 북쪽을 부탁합니다. 문제가 생기면 바로 연락하십시오."

"네."

이 넓은 광장에서 무턱대고 흑마법의 흔적만 좇는 것은 비효율적이다. 라이너와 나는 건국기념일 전에 서로 다른 방위를 둘러보다가, 흑마법이 강하게 느껴지는 곳을 발견하면 상대방에게 연락을 하기로 정했었다. 라이너는 고개를 끄덕이고는 빠르게 인파를 헤치며 서쪽으로 향했다.

'이제…… 집중하자.'

짧게 심호흡을 한 나는 빠른 걸음으로 동쪽의 첫 거점으로 향했다. 축제 거리

충직한 검이 되려 했는데 2

의 입구였다.

'흑마법.'

제국을 포함한 거의 대부분의 나라들이 엄격히 금하는, 저주받은 마법. 자연의 흐름을 거스르기에 위력이 강하지만, 그만큼 큰 대가를 지불해야 하는 흑마법은 내가 사용하는 오러와 정반대 기운을 띠었다.

'그리고 정반대의 것은, 오히려 읽기가 쉽다.'

부정적인 것은 때때로 긍정적인 것보다 그 흔적이 더 깊게 남았다. 친숙하고 좋은 것보단 뼛속까지 거부감이 들게 하는 것을 추격하는 게 쉬웠다.

'······마치 지그문트처럼.'

잠시 내 숙적이 떠올라 눈을 느리게 깜빡였다.

참으로 오래 이어진 악연. 갈라지기 이전에도 차마 친밀한 친우라고 부르기는 힘들었던 그는, 이제 내게 지워지지 않는 흉터처럼 남은 존재였다. 잊고 싶었지만, 아직까지도 그의 얼굴부터 검을 휘두르는 방식, 작은 습관과 향기까지 똑똑히 기억에 남아 있었다. 나는 내 머릿속을 어지럽히는 보랏빛 눈동자를 떨쳐 내려 노력하며, 크게 숨을 들이쉬었다.

쉬익!

눈을 부릅뜨고 마나를 방출하자, 내 주변으로 거센 바람이 불어닥쳤다. 갑작스러운 바람에 놀란 사람들이 주위를 두리번거렸지만 나는 신경 쓰지 않고 흑마법 기운을 읽는 것에 집중하기 시작했다.

수많은 기운들이 단숨에 내 머릿속을 뒤덮으며 잠시 숨이 막혔다. 홍수처럼 넘쳐 들어오는 기운들 사이에서 흑마법의 기운을 찾아내는 건 수천수만 색의 뜨개실들이 얽히고설킨 곳에서 단 하나의 검은색 실타래를 찾는 것 같았다.

'······있긴 있군.'

집중하다 보니 나도 모르게 얼굴을 일그러뜨렸다. 안 그래도 가느다란 명주실한 가닥을 열 갈래로 쪼개고, 그걸 다시 빙빙 꼬아 놓은 듯 희미하고 애매한 기운이 분명 존재하고 있었다.

'왼쪽.'

나는 그 기운을 따라 신중하게 발걸음을 옮겼다.

마나를 방출하면서 극도로 집중하면 모든 것을 세밀하게 느낄 수 있다.

시야를 어지럽히는 화려한 색감의 옷들과 여러 장식들로 다채롭게 꾸며진 노점상들. 아이들의 웃음소리, 음식이 조리되는 소리, 시끄러운 목소리들과 발걸음소리.

이리저리 뒤섞여 얼핏 악취처럼 느껴지는 여러 사람의 향수 냄새, 각종 음식냄새, 길을 훑고 지나간 바람의 내음과 길가에 살랑거리는 꽃향기. 걸음을 옮길 때마다 몸 이곳저곳에 스치는 천의 촉감과 피부 위로 무겁게 와닿는 공기의 무게. 내 등 뒤로 내리꽂히는 누군가의 시선.

사방이 방해물인 가운데, 나는 모든 주변 상황들을 무시한 채 닭 쫓는 개처럼 나를 가장 불쾌하게 만드는 기운만을 따라 하염없이 움직였다.

'오른쪽.'

발걸음을 옮길수록 기운이 진해졌다. 물론 그래도 여전히 옅었지만, 조금씩 진해지는 기운은 내 속도를 올리기에 충분했다.

나는 사람들 사이를 뚫으며 실오라기 같은 흐름에 집중했다. 그렇게 기운을 좇는 것에 열중해 있을 때.

'아.'

나는 문득 익숙한 향기에 고개를 들었다.

"미르 님."

나와 같이 기운을 추적해 온 라이너와 맞닥뜨렸다.

"아인하르트 경께서도 느끼신 모양이군요."

"네."

나는 그를 반갑게 맞이했고, 그는 고개를 끄덕였다.

'이래서야 갈라지지 말걸 그랬네.'

광장이 무척 넓은 탓에 감을 잡지 못할 것을 대비해 탐색 장소를 나누었건만, 라이너와 내가 감이 좋아서인지 슬슬 방향을 잡고 있었다. 걱정했던 것보다 진전이 빨라 만족스러웠다. 나는 시계를 확인했다.

"앞으로…… 행차까지 50분입니다. 서둘러야겠군요."

얼핏 보면 꽤 넉넉한 것 같지만 폭탄 설치조의 전력을 알지 못하는 상태라 전투가 어떻게 이어질지 모르기 때문에 최대한 빨리 폭탄을 찾아야 했다.

라이너와 내가 함께 움직이려 할 때.

지잉—

귀걸이에서 다시금 진동이 울려 왔다.

"……연락이 왔군요."

라이너와 나 사이에 무거운 공기가 흘렀다. 그와 한차례 눈빛을 주고받은 나는, 고개를 끄덕이고 귀걸이를 툭 건드렸다.

"각하. 무슨 일이십니까."

-젠장. 큰일 났네!

이리저리 갈라져 금방이라도 찢어질 것 같은 티나의 목소리가 내 고막을 때렸다. 티나의 목소리가 얼마나 컸는지, 옆에서 잠자코 기다리던 라이너도 그 소리를 듣고 놀랄 정도였다.

'무언가…… 크게 잘못된 모양이군.'

불길한 느낌이 온몸을 감쌌으나, 극도로 흥분한 것 같은 티나를 진정시키는 게 우선이었다. 나는 차근한 목소리로 말했다.

"많이 놀라신 것 같습니다만, 우선 조금만 진정해 주십시오. 상황을 차근차근 설명해 주시면 저희 쪽에서 처리하도록 하겠습니다."

-제기랄. 빌어먹을! 그러니까…….

품위에 얽매인 듯 늘 뻣뻣하게 움직이며 우아한 언행만 하던 티나의 욕설을 듣는 건 이번이 처음이었다. 어디서 급하게 뛰어나온 건지 거칠게 숨을 고르는 소리가 이어진 끝에, 가라앉은 티나의 목소리가 들려왔다.

-이쪽에서 심상치 않은 움직임을 눈치챘네. 그래서 폭탄 폭발 예정 시간이 20분 앞으로 당겨졌어! 행차 직전에 터트릴 생각이야!

"네?"

움직임을 눈치챘다는 말에 한차례 굳었다가, 시간이 앞당겨졌다는 말엔 머릿속이 새하얘졌다.

'젠장, 대체 어떻게?'

나와 라이너는 물밀듯이 밀리는 인파 사이에 완벽하게 섞여 있었다. 혹여 이상해 보일까 봐 발에 마나조차 두르지 않은 채 움직였다. 그런데도 이상한 움직임을 눈치챘다는 건 경위를 이해하기 힘들었다.

'남은 시간이…… 고작 30분.'

움직임이 발각된 데다, 시간까지 촉박해졌다. 최악의 상황이 아닐 수 없었다. 수많은 의문점들이 풀리지 않았으나, 나는 우선 모든 걸 무시한 채 침착하게 심호흡을 했다.

"……알겠습니다. 촉박해진 시간은 저희 쪽에서 어떻게든……."

-이게 끝이 아닐세.

시간이 촉박해진 만큼 마음도 급해져 빠르게 연락을 끊으려는데, 티나가 말허리를 끊고 들어왔다.

-두 번째 폭탄이 설치될 장소가 어디인지 알았네.

'젠장. 폭탄이 하나 더 있었지.'

나는 머리를 부여잡았다. 점점 더 심각해지는 이 사건을 정말 내가 수습할 수 있을지 확신이 가지 않았다. 나는 걱정과 두려움, 불안들이 솟구치려 하는 생각의 수도꼭지를 억지로 잠그고 대답했다.

"어디입니까."

―……행차를 기다리는 황제와 황태자가 머무는 마차일세. 그곳의 폭탄은 이미 설치되었어. 상황을 보아 이미 설치를 했는데 내겐 통보를 하지 않았던 것 같네. 폭탄은 딱 마차 하나만 날릴 위력이며, 20분 뒤에 터지네.

'미친.'

나는 앞머리를 거칠게 쓸어 넘겼다. 행차는 황제파, 귀족파, 신전파 중 어디 파벌에 속하는지에 따라 시작하는 위치가 달랐다. 각각 황궁과 건국기념비, 신전에서부터 마차를 타고 이동하기 시작해 수도 중심에 모였을 때 비로소 본격적으로 시작하는 것이다.

'황제와 황태자는 보통 한 마차에 타고, 당연히 행차 시작 위치는 황궁. 황궁에서 이곳까지는 약 20분 거리이며, 행차 시작 30분 전쯤에 도착하는 편이니 행차가 50분 남은 지금은 슬슬 출발할 시점.'

테러리스트들은 행차에 나선 황제와 황태자의 마차를 터트리려고 하는 것이었다.

'이 새끼들 완전히 미친 거 아니야?'

나는 이 상황에 대해서 환멸과 불신과 분노와 당혹을 한 번에 느끼고 있었다. 건국기념일 축제 광장에서 폭탄을 터트리는 것도 충분히 미친 짓이지만, 황제와 황태자가 탄 마차를 터트리는 것은 미친 짓을 넘어 곧바로 교수형이 가능한 반역죄였다.

'정말 반역을 저지르려는 모양이군.'

디에고가 황태자로 책봉된 시점에서도 세레논을 황제로 만드는 것을 포기하지 않는 것을 보며 설마 싶었고, 북부와 손을 잡았다는 것을 듣고 반쯤 짐작했던 것이 이것으로 확실해졌다. 키프로스는 북부와 손을 잡고 현 정권을 완전히 뒤집어엎으려는 게 분명했다.

'대체…… 어떻게 감당하려는 거지?'

복잡해지는 상황에 따라 머리가 터질 것만 같았다. 나는 숨을 고르며 정신을 붙잡았다.

"……확인했습니다. 두 폭탄 모두…… 어떻게든 해 보겠습니다. 염려, 하지 마십시오."

나는 정말 힘겹게 티나를 진정시켰다. 내 목소리도 덜덜 떨리는 상황인지라 허세에 불과했지만, 그녀라도 진정하기를 바라서였다.

―……그래. 믿고 있겠네.

티나의 목소리가 무겁게 떨어진다. 티나 또한 상황이 얼마나 극악인지 이해한 듯 반쯤 체념한 목소리였으나, 분명 남은 반은 신뢰로 차 있었다. 이 상황에서도 티나는 나를 믿고 있었다.

뚝.

통신이 끊기고 티나의 목소리는 멈추었으나 이번 사건의 무게감은 여전히 내 어깨를 짓눌렀다.

미르로서 마수들과 상대하며 몇 번이고 그래 왔듯, 나는 다시 불가능 앞에 섰다. 불가능의 벽은 여전히 두꺼웠고, 내게 닥치는 시련은 내 힘으로 넘을 수 있는 높이를 까마득히 넘어서 있었다.

'어떻게 해야 하지.'

차라리 마수를 상대할 때가 나았다. 그때는 내 목숨만 지키면 됐으니까. 버틸 만해 보이면 덤벼들고, 반쯤 죽을 것 같아도 덤벼들고, 죽을 것 같아도 덤벼들고, 진짜 죽을 것 같을 때에도 머리를 써서 덤벼들어 악착같이 살아남으면 되었다.

하지만 이번 일은 다른 사람의 목숨을 살려야 하는 일이었다. 아무리 시간을 계산해도 광장과 마차, 두 곳의 폭탄을 모두 제거할 방법이 떠오르지 않았다. 하나는 포기해야 했다.

그러나 나는 둘 모두 포기할 수 없었다.

'어떻게…… 사람 목숨을 두고 저울질을 해.'

광장에 사람들이 많다고 하여 마차에 있는 두 사람이 가치 없는 건 아니다. 또 마차에 있는 두 사람이 황제와 황태자라고 하여, 광장에 있는 수많은 평민들보다 귀하진 않았다. 적어도 내게는 그러했다.

'……디에고.'

문득 그의 얼굴이 떠올랐다. 내가 아는 이들 중 가장 완벽한 군주에 가까운 이, 화사한 태양을 닮은 이. 아마 그였다면, 이 문제 앞에서 광장의 사람들을 구하라고 했을 것이다. 디에고는 제국민을 최우선시하는 사람이니까. 헬리오스에게 물었어도 그 역시 디에고와 같은 대답을 했으리라는 것을 나는 확신할 수 있었다. 하지만 그렇다고 해도 나는 그들을 놓을 수 없었다.

"……르 님. 미르 님! 미르!"

그리고 내 생각을 깨트린 것은 나를 부르는 익숙한 목소리였다. 가장 올곧고, 가장 강직한 이의 목소리. 눈을 들자 흔들림 없는 한 쌍의 황금빛 불꽃이 나를 비추고 있었다.

'라이너.'

그와 마주한 나는 탄식을 뱉었다.

잠시 착각하고 있었다. 내가 혼자 있다고. 아득한 불가능과 맞설 때는 대부분 혼자였던지라, 잠시 그의 존재를 배제한 채 생각하고 있었다. 한때 나와 함께 하라바나를 처치한 이. 재앙의 순간에 나를 도와주고, 곁에 있어 주었던 이. 내 안전을 그 누구보다 간절히 바라 주었던 이.

'내겐 라이너가 있다.'

나는 혼자가 아니었다. 나는 망설임 없이 라이너의 손을 꽉 잡았다. 흐트러짐 없이 맞붙는 온기가 차갑게 질려 있던 내 몸을 녹였다.

갑작스러운 내 행동에 당황한 표정을 지은 라이너와 똑바로 마주한 채, 나는 입을 열었다.

"라이너. 당신이 필요합니다."

라이너와 나 사이에 시선이 오갔다.

언제부터였을까. 라이너와 나는 눈빛을 주고받는 것만으로도 서로를 읽을 수 있었다. 새삼스레 내가 라이너와 심리적으로 무척 가깝구나 싶었다.

"저는 늘 당신의 명령을 따릅니다. 말씀하십시오."

내 손을 강하게 맞잡은 라이너가 고개를 숙여 얼굴을 가까이했다. 황금빛 두 눈에 온전히 내가 담겼다. 그러고 보면 나는 위기의 순간에 라이너의 눈빛에서 안정을 얻곤 했다.

라이너는 사시사철 꺾이지 않는 대나무처럼 곧은 심지를 품고 있어서, 그와 함께하는 것이라면 무엇이든 옳은 일인 것 같았다.

'좌로든 우로든 치우치지 않을 가장 정확한 나침반.'

라이너의 눈은 오직 정의와 정도만을 담는다. 그는 내게 있어 가장 신뢰할 수 있는 동료이자 지침서였다.

나는 라이너의 시선에 소란한 마음이 천천히 진정됨을 느끼며 입을 열었다.

"폭탄. 폭탄이 터지는 시간이…… 20분 앞당겨졌습니다."

"……그렇군요."

얼핏 굳으려던 라이너는 나를 한 번 보더니 덤덤하게 고개를 끄덕였다. 그 또한 놀랐을 게 분명하나, 내가 흔들리고 있음을 알고 빠르게 침착함을 되찾은 것 같았다.

"그리고, 두 번째 폭탄이 설치된 장소를 확인했습니다. 황제 폐하와 황태자 저하가 타고 있는 마차 안. 20분 뒤입니다."

라이너가 눈을 크게 떴다. 얼핏 믿을 수 없는 기색이 스치는 것이, 그 또한 테러리스트들이 이런 짓까지 벌일 줄은 상상치 못했다는 기색이었다.

나는 그런 라이너와 똑바로 마주했다.

"저희 둘이 함께 다녀서는 폭탄 두 개를 전부 처리할 수 없습니다. 제가 광장의 폭탄을 맡을 테니, 아인하르트 경께서 마차의 폭탄을 맡아 주십시오."

마차는 범위가 좁고 위치도 확실히 정해져 있으니 가서 제거하기 쉬울 거다.

나는 라이너에게 비교적 쉬운 마차 쪽의 폭탄을 맡기고, 내가 광장의 폭탄을 맡을 예정이었다.

'소드 마스터인 내가 감이 더 좋을뿐더러…… 만에 하나라도, 라이너에게 사람들을 구하지 못했다는 죄악감을 느끼게 하고 싶지 않아.'

사실 고작 30분 동안 나 혼자 광장의 폭탄을 찾을 수 있을지 확신이 들지 않았다. 그렇다고 광장을 포기할 수도, 마차는 포기하고 라이너와 함께 광장의 폭탄을 찾을 수도 없는 노릇이니 각개 격파를 택할 수밖에 없었다.

'이게 최선의 선택이 맞을까.'

선택을 하고도 쉬이 확신을 할 수가 없다. 이런 스스로가 답답했지만, 수많은 이들의 목숨이 달린 사안이니 만큼 신중할 수밖에 없었다.

라이너의 손을 꽉 잡은 채 가라고 하지 못하고 머뭇거리고 있었을까.

툭.

내 손에 단단히 깍지를 낀 라이너가 상체를 굽혀 나와 이마를 맞대었다. 이마를 통해 흩뿌려지듯 퍼져 오는 온기에 옅은 안도의 한숨이 저절로 나왔다.

미친 듯이 뛰던 심장이 천천히 정박을 찾다가, 조금 다른 의미로 속도를 더하기 시작했다. 왠지 모르게 울컥한 채 라이너를 올려다보니 그가 산홋빛 입술을 느지막이 열었다.

"당신이 안전한 선택만을 하길 바랐는데…… 결국 이렇게 또 최선의 선택을 해야 하는 상황이 와서 비참합니다. 내가 당신이 관여하지 않아도 될 만큼 강하면 좋을 텐데."

목소리는 낮고 감미로웠으나, 어쩐지 속이 들끓고 있는 것 같았다. 내가 질끈 눈을 감으니 라이너가 말을 이었다.

"이게 최선이 맞습니다. 당신의 선택은 언제나 옳아요. 그러니 주저하지 말고 가십시오. 당신은 할 수 있습니다."

내 마음속을 들여다보고 온 건지, 라이너는 내가 필요했던 말들을 확실하게 속삭여 주었다.

연인들의 밀어 같은 달콤함도 없고 아부 같은 부드러움도 없는, 그저 한없이 곧고 단호한 말투. 그것이 진정으로 내게 일어날 힘을 주었다.

"……감사합니다, 라이너. 저는 반드시, 성공할 테니……."

나는 맞닿은 이마를 살짝 떼어 내고 발뒤꿈치를 들었다. 이미 라이너가 상체를 숙이고 있는 덕에 단번에 시야가 그의 은회색 앞머리가 살랑거리는 곳에 닿았다.

나는 앞머리에 가려진 라이너의 이마 위로 짧게 입술을 내렸다. 그 순간 라이너의 기운이 크게 흔들렸다.

"라이너도 반드시 성공해서 멀쩡한 모습으로 돌아오세요. 함께 호수를 보러 가기로 하지 않았습니까."

뒤꿈치를 내려 다시 라이너를 올려다보며 씨익 웃었다. 가장 나답게, 자신만만하고 당당한 낯으로. 나를 뚫어져라 내려다보는 라이너의 꿀 같은 두 눈동자가 그 위에 물이 풀린 듯 몽롱해졌다.

화사하게 개화하는 장미 꽃봉오리의 색채를 흡수한 듯 삽시간에 달아오르는 그의 양 뺨. 늘 무심하게 가라앉아 있던 라이너의 두 눈이 장작을 만난 불꽃처럼 거세게 타올랐다. 어쩐지 그의 시선이 닿는 피부 위로 불똥이 튀는 듯 뜨거워지는 느낌이라, 나는 조금 움찔했다.

라이너의 악력이 강해졌다. 아프진 않았으나, 내 손과 자신의 손을 하나로 밀착시키려는 듯 꾹 덮쳐 오는 열기는 기체로 퍼져 나와 그와 나 사이의 뜨거운 기류가 되는 것 같았다. 나를 뜨겁게 바라보던 라이너가 입술을 움직였다.

"……미르. 카슈……."

뎅—

행차의 기대감을 더하기 위해 시작하기 1시간 전부터 시작할 때까지 10분 간격으로 울리는 종소리였다.

"······하."

허탈하게 웃으며 종을 노려본 라이너는 짙은 한숨을 쉬며 물러났다.

"일이 다 끝난 뒤 얘기를 나누도록 합시다. 빨리 움직여야겠군요."

나는 동의의 표시로 고개를 끄덕였다. 다만 내 머릿속은 조금 복잡해진 상태였다.

'분명, 내 이름을 부르려고 했지.'

라이너는 여태껏 용병 미르가 카슈미르라는 사실을 마주하지 않으려 했다. 그가 원치 않으니 나도 암묵적인 규칙이라도 되는 양 직접 언급하지 않고 기다릴 뿐이었다. 라이너가 마주하고 싶어 할 때까지. 그리고 조금 전, 라이너는 분명 내 이름 '카슈미르'를 부르려고 한 것 같았다.

'일이 다 끝나면 정식으로 마주해 주려나.'

짧은 한숨으로 생각을 정리하고, 라이너와 눈으로 인사했다. 오가는 눈빛만으로도 그가 내게 여러 말을 하고 있음을 느낄 수 있었다.

"그럼, 모든 일이 끝났을 때 다시 봅시다."

나는 깍지 낀 손에 힘을 풀었고, 라이너 또한 힘을 풀었다. 손가락 틈새 사이를 간지럽히며 사르르 빠져나가는 크고 거친 손. 그 손이 손끝에서 희미하게 걸렸다가 훅 떨어질 때. 나와 라이너는 서로에게 등을 돌린 채 정반대 방향으로 달리기 시작했다.

'추격한다.'

머릿속에서 몽실 떠 있던 구름들을 모두 걷어 내고 또다시 감각에만 집중한다. 다행히 한 차례 실마리를 잡았던 상황이라, 다시 방향을 잡는 데는 오래 걸리지 않았다.

온 신경을 허공에 표류하는 그 불쾌한 기운에 쏟으며 마나를 불어넣지 않고 낼 수 있는 최대한의 속도로 달렸다.

'마나를 불어넣고 달리면 빠르겠지만······ 그렇게 빨리 달리다간 쉽게 눈에 띌

테니까. 상대 쪽이 어디까지 눈치챈 건지는 모르니 조심할 필요도 있고.'

그냥 달리는 것도 눈에 띌 가능성이 있긴 하지만 마나까지 넣는 것보다는 덜할 것이다. 이전까진 혹여 조금이라도 의심을 받을까 봐 뛰지도 못하고 빠른 걸음으로만 움직였으나, 상황이 극에 다다른 지금은 어느 정도 위험을 감수해야 했다.

내가 기운이 이어지는 곳으로 거침없이 발걸음을 옮길 때였다.

―아아― 안녕하십니까, 수도의 제국민 여러분들! 다들 축제를 즐기고 계신가요?

광장의 중심에서 터져 나온, 마법으로 증폭된 목소리에 나는 한순간에 집중을 잃었다.

'빌어먹을!'

나는 이를 악물었다. 감에 극도로 집중하고 있는 상황에서 안 그래도 증폭되어 큰 목소리는 내게 우레처럼 느껴지는 데다, 마법으로 증폭한 탓에 마법의 기운이 주위로 짙게 깔려 흑마법의 기운을 흐트러트렸다.

'이 이벤트를 잊고 있었다니……'

나는 머리를 부여잡았다.

정신이 없어 잊고 있었다. 건국기념일 행차 직전 중앙 광장에서는, 마법사들을 대동한 이벤트가 벌어졌다. 행차를 기다리는 사람들이 지루하지 않게 하려는 좋은 이벤트였으나, 지금의 내게는 그것이 단두대 파티처럼만 느껴졌다.

나는 온 우주가 나를 방해하는 것만 같다는 터무니없는 생각을 하며, 해변에서 손가락 새로 빠져나가는 모래알을 쥐려고 노력하듯 다시 집중을 끌어모았다.

―아아, 다들 행차를 기다리고 계시다고요? 저도 그렇습니다! 행차야말로 건국기념일 축제의 하이라이트라고 할 수 있죠! 모두가! 아! 기다리고! 기다……

'젠장! 제발 닥쳐!'

애써 이어 가려는 집중을 방정맞은 목소리로 산산조각 내 버리는 무대 위 사

충직한 검이 되려 했는데 2

회자를 죽일 듯이 노려보았다. 순간 조절하지 못하고 살짝 흘려 버린 내 살기를 느낀 건지 흠칫 말을 멈춘 사회자는 금방 헤실거리며 사회를 이어 갔다.

사회자는 생쥐 같은 수염을 기른 야비한 인상의 남자였는데, 나는 진심으로 그가 든 소리 증폭기를 64조각 내 제국 뒷산에 닿을 만큼 힘껏 던져 버리고 그의 수염을 쥐어뜯어 생쥐 밥으로 주고 싶었다.

'후…… 진정하자. 저 사람은 그냥 할 일을 하는 것뿐이다. 나는 방해가 있어도 할 수 있어.'

온몸을 지배하는 살심을 억눌러 잠재우고 마인드컨트롤을 했다. 나는 할 수 있다는 말을 몇 번이고 되새기며 다시 집중해 보려 할 때였다.

-기다리는 시간이 지루하실까 봐 작은 볼거리를 준비했습니다! 마법사들, 나와 주세요!

아무래도, 세상은 나를 버린 것 같았다.

사회자가 눈을 찡긋거리며 손짓하자, 중앙 광장 동서남북 꼭짓점 부근에 위치한 네 개의 무대에 화려한 로브를 입은 이들이 속속히 올라왔다.

-지루하신 분들을 위해! 신기한 마법들을 준비했습니다!

'아, 제발…….'

나는 눈을 질끈 감았다. 안 그래도 기운을 읽기 힘든데 여기에 새로운 마법의 기운까지 더해지는 건 일을 몇 배로 힘들게 만드는 짓이었다.

'저 새끼들 역적 무리 아니야?'

나는 저들이 나를 방해하기 위해 고용된 것이라고 해도 진심으로 믿을 수 있을 것 같았다.

-자, 그럼! 이제부터 쇼 타임!

사회자의 유쾌한 목소리와 함께, 사방의 무대에서 화려한 마법이 펼쳐졌다. 꽤 열심히 준비한 건지, 다채로운 불꽃들이 하늘로 쏘아졌다. 마법사들은 율동 같은 춤을 추며 열심히 마법을 발동해 아이들이 웃게 했다.

얼핏 보아도 마력 소모가 큰 마법들인지라 그들의 이마에는 땀방울이 맺혔지만 그들은 그런 와중에도 뿌듯하게 웃고 있었다.

터져 나오는 환호성과 여기저기에서 들리는 따사로운 웃음소리. 행복이란 달콤한 쇼콜라를 섞은 듯 황홀한 분위기. 그 덕분에, 이곳에서 흑마법의 기운을 찾는 것은 사막에서 좁쌀을 찾는 난이도가 되어 버렸다.

'오…… 저 불꽃에 대가리 박고 다 같이 뒈지고 싶은 건가?'

이 상황에서 이성을 찾는 것은 나로서도 불가능했다. 나는 거의 이성을 잃은 채, 검 손잡이 위로 손을 올렸다.

"야, 이, 개……!"

턱.

검을 반쯤 뽑았던 내 손이 멈춘 것은 내 어깨에 닿은 손 때문이었다. 잠시 이 상황에 완전히 정신이 쏠려 다가오는 인기척조차 느끼지 못하고 있었다.

나는 퍼뜩 이성을 찾고 내 어깨에 닿은 손길의 주인에게 집중했다. 그리고, 코끝을 찌르는 겨울의 향기. 분명 봄인데, 이 주위로만 겨울이 완연하다. 봄이 아니라 여름이거나 가을일 때에도 그와 가까워지기만 하면 겨울이 성큼 다가와 폐부를 찌르곤 했다.

나는 표정을 완전히 굳힌 채, 뽑다 만 검을 범인의 눈에는 보이지 않을 속도로 완전히 뽑으며 몸을 돌렸다.

스르릉―

이곳이 조금 외진 골목 쪽이라 다행이다. 사람 목에 검을 겨누고 있는 모습을 보여 봐야 좋은 꼴이 나진 않을 테니. 나는 내 어깨에 손을 올린 그를 걷어차 벽으로 밀어붙이고, 한없이 시리게 웃었다.

녹지 않는 심장 위에 북부 설원의 눈송이를 피부로 덧붙인 뒤 칠흑 한 줌에서 뽑아 낸 실로 머리칼을 더하고, 반짝이는 자수정 두 개를 박아 놓은 생기 없는 조각.

"넌 또 뭐야, 개새끼야."

지그문트. 지그문트 하이드였다.

'젠장! 이 자식은 또 어디서 온 거지? 왜 온 거야? 날 방해하려는 건가? 폭탄과 연관이 있나?'

머릿속이 혼란과 의심으로 뒤섞였다. 시간은 촉박한데, 눈앞의 지그문트는 그 냥 픽 밀어서 떨치고 갈 수 있는 인물이 아니다.

지그문트는 제 목에 들이밀어진 검엔 눈길조차 주지 않고 나를 바라보기만 했 다. 나는 여전히 그의 눈이 마음에 들지 않았다.

"······오늘은 싸울 생각 없어."

칼을 품은 듯한 눈빛으로 서로를 노려보는 대치가 잠시간 이어지는가 싶다, 지그문트가 두 손을 들었다. 완벽한 항복의 표현에 나는 눈썹을 꿈틀거렸다.

'무슨 생각이지?'

갑작스레 나타나 뜬금없이 항복이라니. 지그문트와 나 사이엔 싸움 말고 할 것이 없었기에, 순순히 항복하는 그의 목적이 뭔지 도통 추측할 수 없었다.

"그럼 나는 왜 잡은 건지 모르겠군. 굳이 이 축제일에 몹쓸 얼굴 들이밀어 내 기분을 망치고 싶었던 건가."

'뭐, 무슨 이유든 상관없겠지.'

쯧, 혀를 찬 나는 지그문트에게서 검을 거두고 휙 몸을 돌렸다. 지그문트가 설 령 천기누설을 하려고 나를 잡았다고 해도 듣고 싶지 않았다.

다시 폭탄을 찾으러 발걸음을 옮길 때, 내 손목을 사뿐히 잡아챈 지그문트가 나를 다시 제 쪽으로 돌렸다. 재빠른 손놀림이라 피할 새가 없었다.

'이 새끼 뭐지?'

눈을 부릅뜬 나는 이놈이고 저놈이고 다 나를 고혈압으로 몸져눕게 만들기 위 해 파견된 비밀 요원이 아닌가 심각하게 고민했다. 얼굴을 한 대 치고 싶은 걸 참 고 놓으라고 말하려 할 때였다.

"너, 폭탄을 찾고 있지."

숨결처럼 속삭여 오는 낮은 목소리에 나는 숨을 멈추었다. 축제 한가운데의 광장은 분명 봄인데, 그와 내가 서 있는 이 골목길만 겨울의 문턱에 선 것 같았다. 그 한기로 뒷덜미가 오싹해지며 몸이 얼어붙었다. 나는 뒤늦게 숨을 들이쉬었다.

'폭탄에 대해 어떻게 안 거지? 테러리스트 일당과 한패인가? 나를 방해하러 온 건가? 그럼 오늘은 싸우지 않는다는 소리는 왜 한 거지? 내가 폭탄을 찾고 있다는 건 어떻게 안 거고?'

두뇌 회로가 금방이라도 과부하가 걸릴 듯 아찔한 속도로 돌았다. 생각이 꼬리에 꼬리를 물며 서로를 잡아먹었다.

'설마 떠 보는 건가?'

문득 든 생각에 나는 퍼뜩 정신을 차렸다. 이성의 끈을 으스러져라 잡은 나는 아주 잠시간 이어진 동요를 깨끗이 지워 내고 아무것도 모르겠다는 태도로 얼굴을 찡그렸다.

"폭탄? 무슨 소린지 모르겠는데."

"모르는 척할 필요 없어. 이미 다 알고 왔다."

'……젠장.'

지그문트의 두 눈엔 확신이 가득했다. 나는 일이 상당히 잘못됐음을 느끼며 공격 태세를 갖추려 했다. 내 손목을 잡고 있던 큰 손이 나를 부드럽게 끌었다. 하는 짓은 망나니인 데다 입은 시궁창인 주제에 손길은 또 조심스러웠다.

몸이 지그문트에게로 기울어지며 가까워진 그의 목덜미에서 겨울의 향취가 진하게 났다. 밀회를 나누기 전 연인 같은 상황이 되어 버려 반자동적으로 그를 걷어차려 할 때.

"난 네 편이야, 슈슈."

누가 들으면 안 된다는 듯, 은밀하게 내 귓전에 속삭이는 목소리에 행동을 멈췄다. 낮고 끈적거리는 목소리가 덩굴처럼 내 귀를 옭아매고 내 속까지 파고들어

심장을 꽉 조이는 것 같았다.

잠시 혼란스러운 마음이 뭉게구름처럼 피어올라 내 머릿속을 메웠으나, 그것도 잠시였다.

'지랄하고 자빠졌네.'

나는 지그문트를 쉽게 믿을 생각이 없었다. 세상 사람 모두를 믿어도 저 새긴 못 믿었다.

"그걸 나보고 믿으라고……."

"폭탄 찾는 거, 도와줄 수 있다."

'뭐?'

눈을 휘둥그레 뜬 나는 귀를 의심하며 지그문트를 돌아보았다. 지그문트는 언제나 그렇듯 가면을 몇 겹이고 덧씌워 속내가 드러나지 않는 표정을 짓고 있었지만, 눈빛만큼은 진중했다. 얼핏 고민하는 기색도 보였다.

"그게 무슨, 어떻게 도와준다는 거지? 빨리 말해!"

마음 한편에선 무언가 꿍꿍이속이 있는 게 분명하다는 의심이 치솟았지만, 지금은 지나가는 벌레 한 마리의 도움이라도 절실했다.

"……넌 참 여전하군."

다급하게 묻는 나를 잠시 응시하던 지그문트가 한숨처럼 의미 모를 말을 중얼거리곤 제 주머니에서 무언가를 꺼냈다.

'……나침반?'

그가 꺼내 든 것은 지독하도록 불길한 기운이 풍기는 검은색의 나침반이었다.

"이게 뭐지?"

"흑마법의 기운이 있는 곳을 가리키는 나침반이다. 따라가면 쉽게 찾을 수 있을 거다."

'그런 물건이 존재한다고?'

대륙 각지에선 흑마법은 물론, 흑마법과 조금이라도 관련된 물건은 제작 및

거래를 엄격히 금하고 있다. 그런데 흑마법을 추적하는 나침반이라니. 나는 불신 반 놀라움 반으로 나침반을 받아 앞뒤로 돌려 보았다.

"원리는 나침반과 똑같다. 그 나침반 안엔 강력한 흑마석이 들어 있어. 그 흑마 석이 주위에 있는 흑마법의 기운을 감지하고 그곳으로 향하려 하는 거다."

내가 확실히 믿지 못하고 있음을 안 건지, 지그문트는 빠르게 설명했다.

'확실히, 나침반에선 지독한 흑마법의 기운이 느껴진다. 게다가 가리키는 방 향도…… 내가 가려던 곳과 똑같은 곳을 가리키고 있어.'

지그문트를 믿는다는 것이 무척이나 꺼려지고 직감도 경종을 울렸지만, 이 나 침반으로 폭탄을 찾을 수 있다는 게 거짓은 아닌 듯했다.

'진짜, 싫지만…….'

나는 복잡한 눈으로 지그문트를 올려다보았다. 지그문트는 믿을 수 없고 싫은 사람이지만, 수많은 사람들의 목숨이 달린 지금은 사적인 감정을 모두 배제하고 이성적으로 생각해야 했다.

"……우선, 알겠다. 나침반이 흑마법을 감지하는 건 맞는 것 같으니. 대신 몇 가지 물어보지. 너는 폭탄에 대해 어떻게 알았지?"

대충 짐작이 가는 바는 있었으나 확실히 하기 위해 물었다. 소름 끼치도록 잔 잔한 보랏빛 눈동자로 나를 응시하던 지그문트는 한숨처럼 숨을 뱉었다.

"저번에 봤겠지. 나는 키프로스 백작가에서 일하고 있다. 가문의 일원들 과…… 꽤 긴밀한 사이지. 이번 테러를 일으킨 것은 키프로스 백작가다. 나는 그 걸 백작으로부터 전해 들었다."

차근하게 이어진 지그문트의 말은 일리가 있었다. 자세하진 않아도 분명 문제 는 없었다.

'그런데…… 왜 이렇게 답답하지.'

퍼즐이 억지로 끼워 맞춰진 느낌. 분명 그림은 그려졌는데 무언가 어긋난 것 같았다. 경계경보를 울려 대는 직감으로 지끈거리는 머리를 꾹 누르며 숨을 골랐

충직한 검이 되려 했는데 2

다. 우선 이 상황에 집중해야 했다.

"우선…… 그렇다 치자. 하지만 네 말에 따르면 넌 테러리스트들과 한패일 텐데."

나는 눈매를 날카롭게 세운 채 스산한 눈으로 지그문트를 바라보았다.

"대체 왜 날 도와주는 거지?"

그렇다. 이게 제일 큰 문제였다. 지그문트는 나를 도와줄 이유가 없었다.

시간이 없었기에 답을 종용하는 날카로운 눈빛을 보내자, 지그문트의 붉은 입술이 느리게 열렸다. 여전히 흔들림 없이 나를 마주한 채로.

"나는 이곳에서 스승님과 함께한 나날들을 잊지 않았다."

쿵, 하고 무거운 바위가 마음 위에 내려앉는 느낌이었다. 우습게도 나는 그 한마디에 동요했다. 축제가 벌어지는 광장을 바라보고 있는 지그문트는 다행히 내 동요를 보지 못한 것 같았다.

"늘 이곳을 지나가곤 했지. 스승님과 너, 나, 셋이서. 너와 나는 조금만 붙어도 서로에게 검을 겨누었으니 무조건 스승님이 가운데에 서셔야 했어. 네가 스승님 오른쪽에 서고, 내가 왼쪽에 섰지."

테러가 언제 시작될지 모르는 일촉즉발의 상황인데도 지그문트는 여상스러운 투로 말했다. 광장을 응시하는 그의 두 눈에 얼핏 그리움 같은 것이 민들레 홀씨처럼 날아들다 다시 날아가 버렸다.

걸음걸이와 보폭이 천차만별인 셋이서 익숙하게 걸음을 맞추며 걸어가던 길. 발걸음을 옮기며 나누었던 수많은 대화. 눈에 담은 계절의 변화. 이곳엔 수많은 추억들이 아로새겨져 있었다.

"너도 알다시피 이곳은 스승님께서 사랑한 곳이다."

'너희는 어떨지 몰라도…… 난 이곳이 참 좋아. 북적거리고 사람 사는 느낌 나잖아. 너희와 이곳을 걸을 수 있어 행운이라고 늘 생각한다.'

나는 눈을 질끈 감았다. 지그문트의 말과 언젠가 그녀가 고백하듯 속삭이던 말이 겹쳐 들렸다. 나는 그 말과 함께 그녀가 지은 환한 웃음을 아직도 잊을 수 없었다.

"나는 스승님이 사랑한 이곳이 파괴되는 꼴을 보고 싶지 않다. 그뿐이야."

만약 지그문트가 이곳에 모인 사람들을 살리기 위해서라고 했다면 나는 주저 없이 나침반을 던지고 떠났을 것이다. 이기적이고 이해타산적이고 냉혈한에 쓰레기인 지그문트가 그럴 리 없으니.

하지만 그가 스승님을 언급한 순간부터 내 이성의 저울에 금이 갔다. 그 금 사이로는 감정이라는 움켜쥘 수조차 없는 고운 모래가 새어 들어가며 저울을 고장 나게 했다.

카라쇼는 내게 그런 의미였다. 내 이성을 부수고 근본을 흔드는, 미련의 결정체였다.

"그런 놈이 대체 왜……!"

검은 살기의 파동으로 일대가 흔들렸다. 나는 지그문트를 불태울 듯 노려보며 검 손잡이를 꽉 잡았다. 순간 감정 조절 실수로 터져 나온 살기는 빠르게 갈무리했으나 감정은 여전히 정리되지 않은 채였다.

나는 아무 감정도 비치지 않는 보랏빛 눈동자를 노려보았다. 묻고 싶은 것도 많고, 담판도 제대로 짓지 못했다. 모든 것을 여기서 끝내 버리고 싶은 마음이 굴뚝같았지만.

"……그래. 알겠다."

오늘은 날이 아니었다. 나는 말을 잇는 대신 한숨으로 모든 잔감정을 날려 보내고, 나침반이 가리키는 방향을 향해 몸을 돌렸다. 지그문트는 내게 있어 일생일대의 난제 같은 인물이었다.

그가 싫다. 그를 믿지 않았다. 그럼에도 내가 그의 나침반을 따라가려는 것은 상황이 급해서도 있었지만, 지그문트가 허투루 스승님을 입에 담지 않았으리라는 마지막 믿음 때문이었다.

"……이곳은 반드시 지킬 거다. 너를 위해서가 아니라 사람들을 위해서. 그리고 스승님을 위해서."

매정한 어투로 던지듯 말한 나는 미련 없이 지그문트에게서 고개를 돌리고 나침반이 가리키는 방향으로 달리기 시작했다. 내 등 뒤로 끝까지 따라붙는 시선이 느껴졌으나, 나는 절대 뒤를 돌아보지 않았다.

남은 시간이라고는 20여 분. 나침반이 가리키는 방향을 따라 필사적으로 달릴 때였다.

'뭐야……?'

나는 달리다 말고 어느 골목길 앞에서 우뚝 멈춰 설 수밖에 없었다. 지그문트가 준 나침반의 침이 방향을 잡지 못하고 미친 듯이 돌고 있었다.

펑!

심상치 않게 돌아가던 나침반이 이윽고 작은 폭발음을 내며 완전히 작동을 멈췄다. 얼굴을 일그러트린 나는 혹시 수리할 수 있을지도 모른다는 희망을 안고 뒷면을 분리해 내부를 살폈으나, 내부는 모두 녹아서 어떤 부품도 형체를 알아볼 수 없었다.

'왜 갑자기 고장이 난 거지?'

외부의 충격을 받은 것도 아니다. 분명 나침반 내부에서 일어난 자폭이었다.

광장에서 일어나는 이벤트의 기운이 옅어진 외진 골목에 있는 터라 이제부턴 감으로도 추격할 수 있을 것 같긴 했지만, 갑작스러운 상황에 당황해 잠시 멈춰 있을 때였다.

"……슈슈?"

"슈슈 언니? 맞지?"

귓가에 들려오는 목소리에 뻣뻣하게 굳었다. 이곳에서 가장 들려서는 안 될 익숙한 목소리들.

"……칼, 아리아."

내 가족, 칼과 아리아였다.

"……설명할 수 있어. 내 말을 들어 봐."

할 말이 아주 많아 보이는 칼과 아리아를 앞에 둔 나는, 등 뒤로 식은땀을 흘리며 황급히 말했다. 저 둘이 먼저 말을 하게 내버려 뒀다간 폭탄이 터질 때까지 잔소리만 듣고 있어야 할 것 같았다.

"그래. 한번 들어나 보자. 행차까지 땡땡이쳐야 할 정도로 아픈 우리 언니가…… 그 차림을 하고 여기에 있는 이유가 뭔지."

팔짱을 낀 아리아가 엄한 눈으로 나를 바라보았다. 제대로 된 설명 없이는 지나갈 생각 하지 말라는 눈빛이었다.

나는 내가 운이 없다는 사실과 꼬여 가는 이 상황이 통탄스러울 따름이었다.

"그, 러니까……."

"혹시 몰라서 하는 말인데, 말도 안 되는 변명은 넣어 두는 게 좋을 거다. 넘어가 줄 생각 없으니. 네가 꾀병을 부릴 때부터 무언가 있을지도 모른다는 생각을 하긴 했다만…… 미르 복장까지 하고 있는 걸 보니 심상치 않은 일이 있는 게 분명하군."

더듬더듬 거짓 변명을 해 보려 하는 나를 가로막은 건 칼이었다. 모든 걸 파헤칠 듯 날카롭게 빛나는 붉은 두 눈이 나를 향하는 것이 이렇게까지 무서운 건 처음이었다.

'젠장! 뭐라고 하지?'

나는 애써 태연을 가장하며 미친 듯이 머리를 굴렸다. 그러나 거짓말까지 하며 행차에 빠진 내가 미르 복장으로 광장에 나와 있는 이 상황을 덮을 수 있는 변명은 도저히 떠오르지 않았다.

충직한 검이 되려 했는데 2

"언니."

내가 고뇌에 빠져 있음을 안 걸까, 내가 사랑한 그 푸르른 눈으로 나를 지그시 응시하던 아리아가 나를 불렀다. 나는 곤란함을 완전히 숨기지 못한, 애매한 얼굴로 아리아를 돌아보았다.

"언니도 알잖아. 나는 늘 촉이 좋았지."

아리아가 여유로운 발걸음으로 내게 다가왔다. 그저 걸음을 옮기는 것뿐인데 피식자를 마주하러 오는 포식자 같은 자태가 느껴졌다.

"나한텐 보여. 언니 동공이 흔들리는 게. 곤란할 때 으레 그런다는 거, 나는 알아. 내가 언니에 대해 모르는 게 있을 리가 없잖아."

작고 하얀 손이 내 뺨을 붙잡았다. 아리아의 손은 분명 온기를 품고 있었으나, 어쩐지 내겐 냉기만 느껴졌다.

그 말대로, 예전부터 아리아는 감이 지나치도록 날카로웠다. 아리아 앞에선 거짓말을 할 생각을 고이 접어둬야 할 정도였다. 인간보단 짐승에 가깝다고까지 할 수 있는 그 예민한 감에, 먹잇감을 포착할 때면 시리게 번뜩이는 연하늘색 눈동자.

자매라고 하여도 닮은 곳이라곤 손가락 한 마디만큼도 없는 아리아와 나 사이에서 닮은 점은 타고난 감 하나뿐이래도 무방했다.

"나는 언니가 내게 거짓말하는 게 정말 싫어. 그러니 솔직히 말해 줘."

내 뺨을 느리게 쓸어내린 아리아가 싱긋 웃으며 눈을 휘었다. 분명 웃고 있는데도 분위기는 차가운 것이 모순적이었다.

나는 잠시 아리아를 내려다보았다. 무력의 기운이 조금도 느껴지지 않아 늘 위태롭고 지켜 줘야 할 것만 같이 느껴지던 작은 몸은 마법을 배우더니 어느새 마력으로 가득 차 쉽지 않은 상대가 되었다. 순진하기만 한 것 같던 두 눈에 지혜와 야망이 들어차고, 예쁘다고만 생각했던 요정 같은 얼굴엔 차가운 이성이 깃들었다.

아리아는 많이 자라 있었다.

더는 내가 지켜야 하는 대상으로 보이지 않을 만큼.

'그래도, 그래도 네가 안전하기를 바라는데.'

날아오를 때가 된 아기 새를 계속 품고 있으려 하는 어미 새가 된 듯한 기분이다. 분명 아리아가 그리 약한 아이가 아니라는 걸 알면서도, 나는 이 사건을 아리아에게 말해도 될지 확신이 서지 않았다.

'아리아가 이 일에 관여되면 어떡하지? 그래서 다치면? 그렇게 되면, 나는 나를 용서할 수 있나?'

아리아가 태어나 내 동생이 된 뒤로 아리아의 안위만을 위해 달려왔다. 지금은 더 이상 아리아가 위태롭지 않으니 그 질주를 멈췄다 해도, 아리아의 안위를 덜 걱정하게 된 것은 아니었다.

내 삶에 아무리 많은 의미들이 생겨났다 하여도 여전히 아리아는 내게 가장 큰 의미였다. 나는 그런 아리아가 다치는 꼴을 절대 보고 싶지 않았다.

"……그냥 넘어가 줄 수 없을까?"

나는 겁쟁이였다. 내 주변이 다치는 게 두려워, 결국 아무 말도 하지 못하고 거북이처럼 등껍질에 제 머리를 푹 숨기고 마는 겁쟁이. 나는 차마 아리아를 마주하지도 못한 채 고개를 푹 숙였다.

"……알겠네. 또 위험한 일이구나. 그 차림을 하고 있는 걸 보아 뻔하긴 하지."

나를 빤히 응시하던 아리아가 헛웃음을 쳤다.

나는 어깨를 움찔 떨었다. 아리아 앞에선 나도 모르게 반응이 지나치게 솔직해졌다. 고개를 들어 마주하지 않았는데도 아리아가 화났다는 것이 마나를 통해 느껴졌다. 폭탄을 포기할 수도 없고, 그렇다고 아리아를 밀쳐 버릴 수도 없었다. 나는 부모님에게 혼나기 직전에 놓인 다섯 살 꼬마의 기분을 느끼며 흘러가는 시간과 눈앞의 아리아 사이에서 어쩔 줄 몰라 하고 있었다.

"언니는 또 혼자 하려고 하는구나. 늘 그랬듯 말이야. 내가 위험하지 않고, 걱정하지 않기를 바라니까…… 또 그렇게 입을 닫은 채 모든 걸 혼자 처리하려는 거겠지."

늘 다정하던 목소리에 시린 냉기가 스몄다. 이미 모두 파악했다는 듯 확신 섞인 목소리는 모두 정곡을 찔렀다. 나는 반박조차 하지 못한 채 주먹만 꽉 쥐었다.

"나를 봐."

이를 으득 갈며 짓씹듯 말한 아리아가 내 턱을 쥐고 고개를 들어 올렸다. 그 손을 감히 내칠 수 없어 순순히 고개를 들자, 맹렬히 타오르는 하늘빛 눈동자가 나를 기다리고 있었다.

그 무엇으로도 끌 수 없을 것 같은 화염. 분노와 울분과 의지와 집념 같은, 단단하고 무거운 것들이 장작이 되어 나를 집어삼킬 만큼 크게 불타올랐다. 나는 그 눈을 감히 피할 수 없었다.

"언니는 내 안전이 그렇게 중요해?"

아프도록 물렸다가 풀려난 산홋빛 입술이 움직여 당연한 것을 묻는다. 너무나 당연해, 대답하지 않아도 우리 둘 다 아는 것.

"……그래."

그 질문에는 내 생애로 답해 왔다. 내 생애가 바로 네 안위를 위한 제물이었던 것을.

내 겸허한 대답에 아리아가 눈을 번뜩였다.

"내 행복보다도? 내 행복보다, 그놈의 안전이 중요해?"

분명 차갑기 짝이 없는데, 어쩐지 물기가 묻어나는 아리아의 목소리 속 파열음으로 무언가에 금이 갔다.

"나는……."

"정말 나를 사랑한다면!"

무어라 변명하려 파르르 떨리는 입술을 달싹였지만 언성이 높아진 아리아의 목소리에 가볍게 묻혔다. 내 양 어깨를 꽉 잡은 아리아가 나를 똑바로 마주했다.

"나를 언니 등 뒤에 숨기려고만 하지 말고 언니와 함께 서게 해 줘. 나는 이제 약하지 않아!"

간절한 부르짖음처럼 느껴지는 말에 나는 옴짝달싹할 수 없었다. 몸이 완전히 나은 아리아는 필사적으로 마법을 배우고, 몸을 단련했다. 사업과 사교로 정신이 없는 와중에도 잠잘 시간을 쪼개 가며 강해지려고 하는 아리아를 만류할 때마다 돌아온 대답은 늘 같았다.

'나는 더 이상 무력하게 언니에게 지켜지기만 하지 않을 거야.'

각오라기보다는 독기에 가까운 기운을 얼굴에 가득 채운 아리아는 그렇게 말했다. 너무 귀해 깃털 하나 빠지지 않기를 바라 둥지에 고이고이 모시고 정성을 다해 품고 있던 아기 새는, 그렇게 스스로 날아가고자 하고 있었다.

"말해. 말해 줘. 무슨 일이 있는 건지, 언니가 뭘 하려는 건지 말하고 공유해 줘. 나도…… 언니와 함께하게 해 줘."

연하늘색 눈동자에 보석처럼 물기가 반짝였으나 흐르진 않았다. 절대 흘릴 수는 없다는 듯.

아리아는 내 둥지를 벗어났다. 나는 더 이상 아리아에게 숨길 수가 없었다.

'더는, 숨기고 싶지 않아.'

나는 더 이상 내 가족들에게 내 일을 숨기고 싶지도 않았다.

"……시간이 없어서 길게는 설명 못 해 줘. 칼, 칼도 이리 오십시오."

시끄럽게 할 이야기는 아니었기에 최대한 목소리를 줄인 채 칼에게 손짓했다. 나와 아리아의 대치를 묵묵히 지켜보던 칼이 만족스러운 표정으로 내게 다가왔다.

"그래. 그래서 대체 무슨 일인 거지."

나는 크게 숨을 들이쉬고, 두 사람을 번갈아 보며 무겁게 말했다.

"이번 축제 때, 폭탄이 터질 겁니다."

두 사람의 표정이 삽시간에 굳었다. 나는 키프로스의 관여 사실과 내부 고발자가 티나라는 것만 빼놓고 두 사람에게 자초지종을 설명했다. 지그문트에 대한 사실도 조금 돌려서 말해야 했다.

내가 말을 끝마쳤을 때, 두 사람은 할 말이 많다 못해 넘친다는 표정으로 나를 바라보고 있었다.

"지금 가타부타할 시간은 없습니다. 시간이 촉박해요."

내버려 뒀다간 한마디 들을 것 같아 황급히 덧붙였다. 두 사람은 어쩔 수 없다는 듯한 태도로 내게 눈길을 거두며 심각한 표정을 지었다.

"나침반도 망가졌다면…… 이제 어떻게 찾으려는 거지."

"감으로 찾을 겁니다. 주의를 기울이면 찾을 수는 있을 것 같습니다."

칼의 물음에 빠르게 대답했다. 칼은 무겁게 고개를 끄덕이곤 표정을 굳혔다.

"나와 아리아도 같이 간다."

그의 입에선 기어이 내가 가장 듣고 싶지 않았던 말이 나왔다.

'이 사건에 대해서 알려 주는 것까지만이야. 연루되는 건 너무 위험해. 혼자 움직이는 게 훨씬 효율이 좋기도 하고.'

나는 거세게 도리질을 쳤다.

"안 됩니다! 가는 건 저 혼자 갑니다. 차라리 두 사람은 제가 폭탄을 막은 후 뒷수습을 도와주거나, 만약 제가 폭탄을 막는 걸 실패하면…… 사람들이 대피하는 걸 도와주세요."

내 말에 두 사람이 눈을 부라렸지만 나는 단호했다.

"냉정하게 말해서, 두 사람은 같이 가도 제게 방해만 될 가능성이 큽니다. 지금은 폭탄 해체를 최우선 순위로 둬야 합니다. 후방을 맡아 주세요."

더는 반박을 받지 않겠다는 뜻을 담아 말하자, 두 사람은 불만이 가득한 표정을 지으면서도 무어라 더 말하진 못했다.

'더는 지체할 시간이 없어.'

나는 그런 두 사람을 등지고 검 손잡이를 쥐었다.

"통신구 가지고 있죠. 일이 끝나면 연락……."

그리고 그 순간, 무언가가 내 감을 건드렸다.

나는 오로지 감으로 수많은 죽음의 순간을 넘긴 사람. 절대 스스로의 감을 무시할 수 없었다.

휙!

나는 직감대로 발도하여 허공으로 오러를 날렸고…….

"윽!"

내 오러보다 한 박자 늦게 허공에서 나타난 이들은 오러에 빗맞았다. 한 박자 빨랐던 탓에 정통으로 맞추지 못해 치명상은 아니었지만, 확실히 타격을 입혔다.

"누구냐."

나는 검을 세운 채 고저 없는 목소리로 뇌까렸다. 느껴지는 기운으론 소드 엑스퍼트 두 명에 중급 마법사 한 명. 총 세 명으로 이루어진 가면을 쓴 무리가 나를 에워쌌다.

칼과 아리아가 내게 다가오려 했지만, 나는 눈빛으로 두 사람을 저지하고 내 바로 앞에 서 있는, 괴한들의 리더로 보이는 이를 노려보았다.

"미안하지만 넌 이 이상 가지 못한다."

감히 내 앞에서 확정을 내린 정체불명의 괴한은 그 말과 함께 섬뜩하게 웃었다.

'일이 또 골치 아프게 됐군.'

나는 속으로 한숨을 쉬었다. 하나가 풀리려 하면 다른 장애물이 나와 앞길을 가로막았다. 앞으로 폭발까지 10분 남짓 남은 시간을 확인하고 망설임 없이 검을 꺼내 세웠다.

"순순히 비키면 굳이 베지는 않겠다. 허나 막아서겠다면……."

쾅!

나도 모르게 기분이 반영된 것인지, 검날 위로 터지듯 솟구친 오러는 광포하

316   충직한 검이 되려 했는데 2

게 일렁였다. 나는 사방으로 살기를 내뿜으며 온기 한 점 없는 눈빛으로 그들을 하나하나 직시했다.

"무사하진 못할 거다."

경고를 한 번에 알아듣고 얌전히 가면 좋으련만, 그들은 살기에 몸을 떨면서도 물러날 생각이 없어 보였다.

'3분 안에 처리하고 간다.'

한숨을 푹 내쉰 내가 전투태세를 갖추려 할 때였다.

쾅!

"아악!"

적들 앞으로 살벌한 기세의 불덩이가 떨어지고, 그중 한 놈이 무언가 정신적 타격이라도 받은 것처럼 머리를 부여잡으며 비명을 질렀다.

나는 눈을 크게 뜨고 옆을 돌아보았다.

"빌어먹을! 분명 적은 미르 하나뿐이라고 했는데!"

양손에 불의 마법진을 전개한 아리아와 두 손을 세밀하게 움직이며 정신 붕괴 마법을 사용하는 칼. 이미 싸울 각오가 만만해 보이는 칼이 나를 똑바로 바라보며 소리쳤다.

"빨리 가, 미르! 여기는 우리가 처리하겠다!"

두 사람은 내 길을 터 주기 위해 괴한들의 발을 잡아 생각인 듯했다.

'정말 두고 가고 싶지 않은데…….'

두 사람이 저들을 잡고 나는 폭탄을 찾으러 가는 것이 최선의 방법임을 안다. 그렇지만 쉬이 발이 떨어지지 않았다. 칼과 아리아는 둘이고 괴한들은 셋. 게다가 괴한들은 그저 그런 상대가 아니라 실력자들이었다.

'아무리 내가 타격을 입혀 놓았다지만, 만약, 칼과 아리아가 다친다면?'

내가 가지 못하고 주저하고 있자, 마법진을 여러 개 전개하기 시작한 아리아가 엄한 목소리로 소리쳤다.

"가! 우리를 믿어!"

분명 처음으로 실전 전투와 마주했으니 두려울 법도 한데, 연하늘색 눈동자는 흔들림 하나 없이 눈이 부시도록 반짝이고 있었다. 마치 이 순간만을 기다려 왔다는 듯, 내게 굳은 신뢰를 전해 왔다.

"……그래. 맡긴다."

나는 아리아를 믿기로 했다. 그 아이의 가능성을 믿고, 날아오를 수 있도록 품에서 내보내야 했다. 칼, 아리아와 잠시 눈빛을 교환한 나는 고개를 무겁게 끄덕이고 기운이 느껴지는 방향으로 달렸다.

휘익!

이미 위치가 파악된 이상 숨길 것도 없었다. 망설임 없이 마나를 개방해 발 위에 덧씌우고 허공으로 도약했다.

"이 자식이!"

나는 내 머리를 향해 빠르게 날아오는 무언가를 본능적으로 고개를 기울여 피했다. 날아온 것은 투척용 단검이었다.

'둘은 잡았는데…… 셋 다 잡진 못한 모양이군.'

살짝 고개를 돌려 뒤를 살피면, 괴한 둘을 잡고 고전하고 있는 칼과 아리아가 보였다. 아리아는 중급 마법사를, 칼은 소드 엑스퍼트를 상대하는 것만 해도 힘에 부치는 듯하니, 내게 단검을 던진 소드 엑스퍼트는 내가 처리해야 할 것 같다.

'어차피 잔챙이지만.'

쯧, 혀를 찬 나는 달려오는 괴한을 향해 가로로 길게 검을 휘둘렀다. 검날을 에워싸고 있던 검은 오러가 먹잇감을 찾은 개처럼 날뛰며 괴한의 발목을 베었다.

"아악!"

괴한의 비명 소리가 골목을 채우고, 그의 발목이 반쯤 잘려 나갔다. 그리 약하지만은 않다는 걸 증명하듯 그가 그 사이에 마나로 몸을 강화한 탓에, 발목이 완

충직한 검이 되려 했는데 2

전히 썰리지는 않았다.

"큭, 널 보내 줄 순 없다!"

통증을 참듯 이를 악물고 소리친 괴한이 내게 훅 다가와 검을 내질렀다. 원거리라면 내가 오러로 자신을 한 번에 날려 버릴까 봐 거리를 좁힌 모양새였다.

'확실히, 오러를 날리기엔 원거리가 편하긴 하지만.'

검을 직접 부딪치는 싸움에서 승기를 잡으려면 상당한 근력이 필요하다. 괴한은 몸집이 작아 보이는 나와는 근접전을 하는 것이 비교적 승률이 높다고 생각한 모양이었다.

서걱.

"으악!"

물론, 그건 한심한 오판이었다.

"소드 마스터 앞에 직접 몸뚱이를 들이대다니…… 멍청하구나."

나는 내게 검을 휘두르려다 말고 베인 어깨를 부여잡는 괴한을 보며 중얼거렸다. 날고 기고 헤엄치는 별의별 마수들과 마주하며 수많은 방식의 전투에 임해 온 나는 거리에 따라 싸움 능률이 변하지 않게 된 지 오래였다.

'역시…… 죽이고 싶진 않으니까.'

죽이고자 마음먹고 검을 휘둘렀다면 바로 죽일 수 있었겠지만, 상대가 죽지 않는 선에서 싸워야 한다는 것이 내 발을 잡았다. 나는 어깨가 날아가고도 내게 달려드는 괴한의 검을 가볍게 피하고 괴한의 옆구리에 검을 찔러 넣었다.

"컥! 커흑……."

이번엔 꽤 깊게 찔렀던 탓에 괴한이 옆구리를 붙잡고 쓰러졌다. 확실한 전투 불능 상태였다. 검날에서 흘러내리는 붉은 피를 조금 꺼림칙하게 바라보다 몸을 돌려 다시 가려고 할 때였다.

"악! 이거 놔!"

"멈춰라, 미르!"

등 뒤에서 단말마처럼 터져 나오는 비명에 우뚝 발걸음을 멈췄다. 내 귓가에 감겨드는 익숙한 목소리.

'아리아!'

나는 심장이 뚝 떨어지는 감각을 느끼며 새파랗게 질린 얼굴로 뒤를 돌아보았다.

"하, 하하! 거기서 한 발자국만 더 움직이면 이 자식 목숨은 없다!"

이내 내 시야를 사로잡은 것은 아리아를 붙잡고 있는 소드 엑스퍼트였다.

솜사탕처럼 부드럽고 폭신한 긴 연분홍색 머리칼이 크고 거친 손에 우악스럽게 잡혀 있었고, 새하얀 목덜미엔 단검이 겨누어져 있었다. 아리아는 얼굴을 있는 대로 구긴 채 괴한의 손길에서 벗어나려 했으나, 긴 머리카락이 보기만 해도 아프게 뽑혀 나가는 것 외에 성과는 없었다.

'어, 어떡, 어떡하지.'

가장 원치 않았던 상황이었다. 나는 감히 움직일 생각도 하지 못하고 빙하처럼 굳었다. 아리아가 잡혔다는 사실을 인식한 후로 뇌가 완벽하게 굳어 생각이 되질 않았다. 내가 완전히 질려 버린 것을 안 건지, 괴한은 누런 이를 한껏 드러내며 만족스럽게 웃었다.

"이 자식을 살리고 싶나? 그럼 무기를 놓고 투항해라!"

"빌어먹을, 놓으라고!"

'어디서부터 잘못된 거지? 억지로라도 아리아를 보냈어야 했나?'

수많은 생각과 후회들이 머릿속을 스친다. 곧이곧대로 투항하는 것은 최선이 아니라는 것을 알면서도, 일단 아리아를 구해야 한다는 것 외에는 아무런 생각이 들지 않았다. 내가 남자의 말대로 아무 저항 없이 검을 놓으려 할 때였다.

「슈슈! 정신 차려라!」

마나를 이용한 전언이 날카롭게 내 귀에 꽂혔다. 칼의 목소리였다. 나는 검을 놓으려다 말고 흠칫 고개를 들어 칼을 바라보았다.

충직한 검이 되려 했는데 2

「아직 검을 놓지 마라. 내게 생각이 있다!」

괴한이 아리아를 잡고 있는 상태이니 칼 또한 항복을 표하듯 두 손을 들고 있었으나, 그 와중에 내게 전언을 보내고 있었다.

「하, 하지만 아리아가…….」

「네가 무기를 버리고 투항한다고 해서 저 새끼들이 순순히 아리아를 봐 줄 것 같나? 그리고 어차피 지금 폭탄이 터지면 나랑 아리아는 죽을 가능성이 높다!」

칼이 차가운 목소리로 내 이성을 일깨웠다.

나는 반쯤 죽어 가던 정신을 애써 재정립하며 크게 심호흡을 하고 덜덜 떨리는 손을 꽉 말아 쥐었다. 내가 지나치게 동요하고 있음을 티내선 안 됐다.

「어떻게, 할 생각입니까.」

「내가 저 자식에게 정신 조종 마법을 걸겠다. 꽤 강자라 완전히 정신을 붕괴하는 건 어려울지 몰라도 잠시 눈이 돌아가게 하는 정도는 충분해. 그때 네가 저 자식을 공격해라.」

칼의 계획은 지나치게 단순했지만, 지금 상황에선 최선으로 보였다. 나는 힘겹게 고개를 까닥여 동의를 표했다.

「셋 센 뒤 한다. 셋.」

"이, 이익! 이 자식이 죽는 꼴 보고 싶어? 당장 무기 버려!"

"놔! 놔, 이 개자식아!"

내가 무기를 놓지 않자 당황한 괴한이 아리아의 목으로 검을 더 깊게 찔러 넣었다. 아리아는 필사적으로 발버둥을 쳤지만 소용없었다. 나는 아찔해지는 정신을 가까스로 부여잡았다.

「둘.」

"으, 놓으란 말이야!"

사람들이 천사의 것 같다고 찬사를 늘어놓던 길고 풍성한 아리아의 머리칼이 사정없이 뜯겼다. 나는 보는 것만으로도 괴로워지는 그 모습에, 차라리 아리아가 더는 발버둥 치지 않기를 바라며 검을 잡은 손에 힘을 주었다.

「하……」

그리고 카운트가 끝에 다다르기 직전, 이변이 일어났다.

"내가……!"

파지직—

"으악!"

작은 손끝에서 터져 나온 전류가 검을 겨누던 괴한의 눈을 공격했다. 괴한은 갑작스러운 공격에 맥없이 노출되어 제 눈을 부여잡았다.

"빌어먹을, 아리아!"

나조차 움직이지 못하고 있는 상황에서 스스로 움직이는 건 너무 위험한 짓이었다. 내 부르짖음에도 아리아는 멈추지 않고 몸을 돌려 괴한의 손아귀에서 빠져나왔다.

엉킨 분홍색 머리칼이 한 뭉텅이로 뽑히고, 나오는 와중에 새하얀 목줄기가 깊게 긁혔다. 한눈에 보아도 아파 보이는 상처였으나, 아리아는 신음 한번 내지 않았다.

화르륵.

아리아의 손끝에서 피어오른 불꽃이 엉망이 된 머리칼에 닿았다.

화아악!

연분홍빛보다 훨씬 진한 붉은색 화염 아래, 허리까지 닿던 긴 머리카락이 거세게 불타기 시작했다.

아리아의 얼굴 위로 격노가 물든다. 괴한에게 잡혔던 일부가 제 몸에 남아 있는 것을 버틸 수 없다는 듯 망설임 없이 스스로의 머리카락을 불태우는 손길. 그 순간 아리아는 먹이사슬 최상위에 선 오만한 맹수 같았다.

"내가, 놓으라고 했지, 개새끼야. 감히 어디에 손을 대."

머리카락을 집어삼킨 화염의 불똥이 사방으로 튀어 오르고, 그 불꽃은 아리아의 눈동자로 번졌다. 괴한을 노려보는 아리아의 눈빛이 독기와 살기로 뒤섞여 섬뜩하게 빛났다.

화르륵!

눈 깜짝할 새에 거리를 벌리더니 시동어조차 없이 괴한의 머리 위로 마법진을 전개한 아리아가 손을 빠르게 움직였다. 거대한 화염이 괴한에게로 쏟아졌다.

"으아아악!"

방심한 탓에 방어할 틈도 없이 화염을 뒤집어쓴 괴한이 귀 따가운 비명을 질렀다. 갑작스러운 상황에 뻣뻣하게 굳어 있던 칼도 빠르게 전투태세를 갖추기 시작했다. 나는 반쯤 넋이 나간 채로 아리아를 바라보았다.

아주 어렸을 때를 제외하고는 늘 긴 길이를 유지하던 연분홍색 머리칼이 어깨뼈에도 닿지 않을 길이로 짧아진 모습은 무척 어색했으나, 동시에 기이한 감상을 불러일으켰다.

집에서만 지내던 병약한 아리아가 완벽히 달라져 버린 것 같았다.

"가. 빨리 가!"

나를 돌아본 아리아가 크게 소리쳤다.

'죽여, 버리고 싶은데.'

나는 잠시 아리아를 바라보다, 아리아를 붙잡았던 괴한에게로 시선을 돌렸다. 감히 내 동생에게 손을 댄 치에게 걷잡을 수 없는 분노가 일었다. 내 감정을 따라 검은 살기가 안개처럼 퍼져 나왔다.

"이 새끼는 내가 처리해. 언니는 가. 가서 이 일을 끝내!"

내가 괴한을 찢어 죽이고 싶어 하는 것을 느낀 건지, 아리아가 내게 단호하게 말했다. 자신을 붙잡은 괴한에 대한 보복은 스스로 하겠다는 의지였다.

시선이 마주하고, 내가 사랑한 연하늘색 눈동자가 거세게 타오른다. 한곳에 뿌리를 내리고 머무는 꽃이 아닌, 모든 걸 집어삼키고 불태우며 덩치를 불리는 불꽃이었다.

아리아는 더 이상 내 도움을 받아 위기에서 벗어나는 아이가 아니었다. 보복까지도 스스로 할 수 있는 독립적인 한 명의 사람이었다.

"……응."

더는 아리아를 방해해선 안 된다. 나는 그렇게 느꼈다.

나는 아리아의 눈빛을 마음속에 깊이 새기고, 내 일을 하기 위해 몸을 돌려 전속력으로 달리기 시작했다.

사실 아직도 아리아가 걱정되었다. 지금 당장이라도 모든 걸 놓고 아리아를 품에 안은 채 위로해 주고 싶었다. 저런 위험한 상황에 노출시키고 싶지 않았고, 그저 내가 모든 걸 지고 가며 아리아에겐 조금의 타격도 없도록 해 주고 싶었다. 하지만 이젠 인정할 수밖에 없었다. 아리아는 더 이상 어리기만 한 애가 아니라는 걸. 이제 아리아는 내 뒤를 맡길 수 있을 만큼 강한 사람이었다.

끌어모을 수 있는 마나를 모조리 끌어모아 방출하며 범인의 눈엔 보이지 않을 속도로 달렸다. 다행히 기운의 출처는 그리 멀지 않은 거리에 있었다.

끼익!

나는 광장에서 가장 구석진 골목에 멈춰 섰다. 발의 마나를 거두지 않은 탓에 바닥이 갈리는 소리가 울려 퍼졌다.

"뭐, 뭐야!"

그곳에서 발견한 것은 이전 괴한들과 같은 가면을 쓴 네 명의 인물이 불길한 기운의 폭탄을 막다른 벽에 설치하고 있는 모습이었다.

'드디어.'

나는 찾았다는 짧은 안도에 느리게 숨을 내쉬고, 곧바로 검을 세웠다.

쉬익!

허공을 찢는 바람 소리와 함께 일대를 뒤덮는 검은 연기. 모두가 숨을 멈추었다. 진득한 살기가 금방이라도 모든 생명체를 죽일 듯 범람하는 가운데, 나는 난폭한 기세로 테러리스트들을 마주했다.

충직한 검이 되려 했는데 2

"죽고 싶지 않다면 모두 비켜라."

이젠 이 소동을 끝낼 때였다.

"미르는 다른 녀석들이 처리한다고 했는데……!"

"젠장! 어떻게 된 거야!"

폭탄을 만지다 말고 하얗게 질린 테러리스트들이 믿을 수 없다는 듯 소리쳤다.

'물러날 생각이 없나 보군. 굳이 피를 보겠다면야.'

시간이 얼마 남지 않았다. 이젠 정말 죽일 각오로 싸워 폭탄을 빼앗아야 했다. 나는 오러를 덧씌운 검을 망설임 없이 휘둘렀다.

콰쾅!

"다들 피해!"

모든 빛을 집어삼키는 검은색. 그 색에 걸맞게, 내 오러는 게걸스럽다 싶을 만큼 파괴적이었다. 피하는 네 명의 테러리스트들 중 한 명이 내 오러에 스쳐 넘어지고, 폭탄이 설치되고 있던 벽의 바로 옆면이 박살 났다. 일부러 빗나가게 날린 것이었다.

'어떤 폭탄인지 모르니 무턱대고 파괴하는 건 안 돼.'

폭탄 중엔 충격이 가해지는 순간 폭발해 버리는 종류도 있었다. 저들이 설치하고 있는 게 그런 것일지도 모르는 터. 우선 저들을 제압시키고 나서 폭탄을 해체할 방법을 말하라고 협박해 봐야 할 것 같았다.

'신중하게 생각하기엔 시간이 너무 부족한 게 문제지만. 만약 해체할 수를 찾지 못하는 최악의 상황이 발생하면……'

입술을 꾹 깨문 나는 잠시 하늘을 바라보았다. 테러가 일어날 거란 사실을 알게 된 뒤 축제를 기다리며 놀고만 있었던 건 아니었다. 급하게나마 폭탄 해체 방법을 배우기도 했고, 나로서는 최선을 다해 대비했다. 다만 사람 일이라는 것이 뜻대로 되는 것이 아니기에, 폭탄을 해체할 수 없는 최악의 상황과 대면했을 때를 대비한 방법은 있었다.

'웬만하면 그 방법은 쓰지 않았으면 좋겠군. 가족들을 걱정시키고 싶진 않으니까.'

속으로 푹 한숨을 쉰 나는, 갑작스러운 습격에 우왕좌왕하는 듯싶다가 금방 대열을 갖춘 네 명의 테러리스트들을 향해 검을 세웠다.

"싸울 때는 상대가 누구인지 확실히 알아야지."

무미건조한 눈으로 그들을 훑어본 나는, 발 위로 마나를 덧씌우고 가볍게 도약해 빠른 속도로 검을 휘두르기 시작했다.

"악!"

"빌어먹을……! 저 괴물은 나랑 제드가 막고 있을 테니까 폭탄을 지켜!"

경악하는 테러리스트들 사이에서 나는 애써 이성을 다잡았다.

'사람 피는…… 싫어.'

그렇게 훈련을 하고도 영 익숙해지질 않았다. 나는 최대한 피에서 신경을 떼려 노력하며 마나를 끌어모았다. 두 사람이 나를 대항해 서고 남은 하나는 폭탄을 마저 설치하려는 듯 벽으로 달려갔다.

그러나.

"소, 손을 댈 수가 없어."

"뭐?"

제드라고 불린 이가 눈을 부라렸다. 폭탄 앞에 마나의 결계를 만든 장본인인 나는 씨익 웃었다. 이걸 깨뜨리려면 내 수준 이상의 마나 사용자이거나, 나를 의식이 없는 상태로 만들어야 했다. 그리고 그럴 수 있는 존재는 지금 내 앞에 없었다.

"나를 앞에 두고 다른 것에 눈을 돌리다니…… 맹랑하네."

살기 섞인 목소리에, 뻣뻣하게 굳은 테러리스트들이 기름칠 안 된 로봇처럼 버벅버벅 나를 돌아보았다. 그들의 두 눈엔 아득한 공포가 가득했다. 나는 입꼬리를 비틀었다.

"내게만 집중해."

챙!

"크윽!"

꽤 빠른 반사신경을 가진 건지, 제드라고 불리던 이는 내 검을 막긴 했으나 힘에서 내게 밀렸다.

"아악!"

고통스러운 신음이 울려 퍼지고, 그의 발등에서 솟구친 액체가 검날을 적신다. 오늘같이 사람을 베어야 하는 날에 차마 카이사르가 선물한 검을 사용할 수 없었기에, 지금 내가 사용하는 것은 용병으로 활동할 때 쓰던 검이었다.

이미 이 검은 수도 없이 마수의 검은 피를 머금었고, 이젠 그 피가 붉은색으로 바뀐 것뿐이다. 스스로 되새긴 나는 모질게 이를 악물고 흔들리는 모습을 보이지 않으려 빠르게 검을 움직였다.

내가 테러리스트 하나를 공격할 때를 틈타 내 등을 향해 내질러지는 검을 상체를 숙여 가볍게 피하고, 옆구리로 날아오는 단검을 검으로 쳐냈다.

픽!

나를 향해 동시에 달려드는 두 사람 중 하나의 다리를 가볍게 걸어 넘긴 나는, 그가 중심을 잃고 상체를 굽히는 순간 그의 등을 밟고 뛰어올라 다른 하나의 얼굴을 걸어찼다.

나는 주머니에서 단검을 꺼내 그를 전투 불능 상태로 만드는 것으로 마무리지었다. 고통으로 신음조차 내지 못하고 숨을 몰아쉬는 테러리스트를 뒤로한 채, 나는 어느새 다시 중심을 되찾아 내게 달려드는 이의 검을 막아 냈다.

챙! 챙!

날붙이가 부딪치는 시린 마찰음이 몇 번 터져 나온다.

"이익!"

이를 악문 테러리스트가 일격을 가하려는 듯 내게 달려드는 순간, 나는 골목에 자욱하도록 살기를 내뿜었다.

"허억."

"커흑!"

내 몸에서 독 안개처럼 터져 나오는 검은 연기. 전투 불능 상태로 땅에 널브러져 있던 두 테러리스트가 가쁘게 숨을 몰아쉬었다. 살기는 피 흐르는 것이라면 모두 본능적으로 느끼는 가장 날것의 감정, 공포를 자극한다. 공포에 지배되지 않는 생물은 없었다.

내 살기에 정통으로 노출된 테러리스트가 내게 일격을 가하려다 말고 뻣뻣하게 굳는다.

푹.

그 틈을 타, 나는 거침없이 그의 다리를 베었다.

"헉! 윽, 으아악!"

분수처럼 솟구치는 핏줄기. 잠시 숨을 크게 들이쉬었다 내쉰 나는 침잠한 눈으로 골목길을 돌아보았다. 나를 공격한 세 놈 모두 전투 불능 상태였다.

'……힘들어.'

거칠게 마른세수를 했다. 끼고 있는 검은 장갑엔 피가 짙게 스며들어 있어 피로 세수를 하는 느낌이었다. 나는 울렁이는 속을 애써 잠재우고 심호흡을 했다.

몸이 힘든 것이 아니었다. 내가 겨우 이 정도 움직임으로 지칠 리 없었으니. 힘든 것은 정신이었다. 아직도 익숙하지 않은 인간의 붉은 피가 내 죄악감에 부채질을 하고 과거의 망령을 떠올리게 했다.

피가 자욱한 이곳에서 도망치고 싶었다. 인간의 혈 향은 내 속을 뒤집었고, 붉은 피는 누구의 피든 그곳을 새하얀 설원으로 만들었다. 나는 진심으로, 사람을 해치고 싶지 않았다.

'사람의, 숨통을, 끊을 땐…… 절대 그의 눈을 피해선 안 된다. 네가 앗아가는

생명의 무게를 반드시 짊어져야 해······ 그게 상처받을지언정 괴물이 되지 않는 방법이다.'

피에 대한 거부감이 내 정신을 지배할 때면, 어김없이 내 스승의 가르침이 떠오른다. 평생을 보내도 절대 잊을 수 없을 카라쇼의 유언이.

잊을 수도, 거부할 수도 없는 그녀의 마지막 가르침이었다.

'나약함이다.'

나는 피가 배어나도록 입술을 깨물고 눈을 부릅뜨고 내가 만들어 낸 참상을 하나하나 눈에 담았다. 당장이라도 속을 게워 내고 싶었지만 눈을 감지 않았다. 이것이 내가 져야 하는 피의 무게다. 앞으로 더, 더 무거워질 터였다.

나는 이 무게를 회피해선 안 됐다.

"그래. 테러리스트들. 함부로 덤벼든 건 미련했지만······ 무모함만큼은 인정해 주지."

나는 성큼성큼 폭탄을 향해 다가갔다.

쉬이익!

"이 포기하지 않는 끈기도 말이야."

탁.

측면에서 날아오는 단검을 보지 않고 잡은 나는 무미건조하게 중얼거렸다. 장갑을 낀 덕분에 검날을 그대로 움켜쥔 손이 크게 다치진 않았으나, 날이 워낙 날카로웠던 탓에 장갑이 뚫려 희미하게 피가 배어났다.

"목숨을 붙여 놨더니 손을 놀리는군. 목숨이 아깝지 않은 건가."

나는 단도를 툭 놓으며 온도 없는 시선으로 가장 먼저 제압했던 테러리스트를 바라보았다. 내게 단도를 던져 마지막 발악을 보여 준 그는, 내 시선에 흠칫 몸을 떨다가 독기 서린 얼굴로 웃었다.

"하! 대단하신 미르 님께서 인정해 주신다니 영광이네. 하지만 어쩌면 좋지? 폭탄은 해체하지 못할 텐데. 폭탄은 이미 설치됐어!"

나를 약 올리는 듯한 말투였다. 분노가 울컥 치밀었지만 볼 안쪽을 깨물어 참고, 폭탄을 확인했다.

'……7분.'

검은색 덩어리 같은 외형에 가까이 다가가기 싫을 정도로 불길한 흑마법의 기운을 흩뿌리는 폭탄 위엔 타이머가 달려 있었다.

'젠장! 처음 보는 형식이야!'

폭탄 해체 방법에 대해 알아봤던 시간이 무색해졌다.

스스로 폭탄을 해체하는 플랜 A가 박살 났으니, 나는 바로 플랜 B로 방향을 돌렸다.

쾅!

"윽!"

내게 단도를 던졌던 테러리스트가 벽에 등을 크게 부딪치며 신음을 흘렸다. 그의 멱살을 잡아 쥔 나는, 서슬 퍼런 검을 그의 얼굴 바로 옆 벽에 박아 넣고 서늘하게 굳힌 얼굴을 들이밀었다.

"저 폭탄, 어떻게 해체하지? 빨리 말하는 게 좋을 거다."

"컥, 무척, 불안해 보이네, 미르. 폭탄이 터질까 봐 두렵나? 천하의 미르가 두려워하는 것도 있고, 크윽, 세상이 놀랄 일이야."

그는 숨이 막힌 듯 불규칙적인 숨소리를 냈지만, 두렵지도 않은 건지 잔뜩 비아냥거렸다. 초조함과 분노로 등 뒤에서 식은땀이 흘렀다. 나는 거칠게 검을 놀려 검 끝으로 그의 가면을 들췄다.

툭.

인상을 희미하게 하는 마법이 걸린 가면이 떨어지며 그의 본연의 얼굴이 드러났을 때, 나는 크게 흠칫하고 말았다.

평범하던 검은색 눈은 가면이 벗겨지는 순간 하늘빛으로 물들었다. 청아하고 맑은, 내가 가장 사랑하는 아이의 눈 색과 똑 닮은 색이었다. 가면에 가려 제대로

충직한 검이 되려 했는데 2

보이지 않던 이목구비는 내 예상보다 훨씬 여렸다. 제국 수도를 노린 테러리스트의 정체는, 내 또래로 보이는 소녀였다.

"그래. 직접 보니까 예상보다 더 어리지? 네가 무자비하게 공격한 나는 이런 사람이야, 미르."

내 동요를 읽은 아이가 조롱하듯 내뱉었다. 나는 움찔 검을 물리고 말았다.

홍수처럼 죄악감이 밀려온다. 이 홍수를 벗어날 방주는 내게 없었다.

"너희에겐 우리가 악역이지? '북부인' 하면 다들 짐승만도 못한 야만족을 떠올리잖아. 하지만 우리에겐 제국이 악역이야, 빌어먹을 놈아. 우리가 얼마나 오랜 시간을 억눌리고 짓밟히며 지냈는지 알아? 얼마나 많은 우리 민족이 너희 손에 죽어 갔는지 알아?"

나는 폭탄을 해체해야 한다는 사실조차 잊은 채 멍하니 아이의 말을 듣고만 있었다. 가시덩굴이 내 온몸을 서서히 옥죄는 것 같았다.

"어쩜 좋아, 미르. 우리 영웅님께선 늘 그랬듯 악역을 죽이고 세상을 멋지게 구해 내셔야 할 텐데, 이번엔 실패를 해 버리셔서 말이야. 물론 우리로선 잘된 일이지. 너희가 실패한다는 건 우리가 성공한다는 뜻이거든."

아이의 비아냥거림이 내 심장을 푹푹 찔렀다. 나는 숨을 멈추었다.

'내가 무슨 짓을 한 거지.'

내가 검을 겨눈 것은 앳됨이 채 사라지지도 않은 아이였다. 지킴 받아 마땅한 약자였다.

제국이 승리하면 북부는 패배하고, 제국민이 살면 북부인은 죽는다. 그걸 알면서도 나는 여태껏 내가 사랑하는 사람들을 지켜야 한다는 집념 하에 이를 외면하고 있었다. 허나 아이에게 검을 겨누었음을 깨달은 현재, 나는 강제로 현실과 마주할 수밖에 없었다.

패닉에 빠진 나를 보며 비죽 웃은 아이가 고개를 기울여 나와 얼굴을 가까이했다. 아리아를 닮은 그 두 눈이 나를 향한 증오로 형형하게 불타오르고 있었다.

"소드 마스터는 강하니 저 정도 폭탄에 죽진 않겠지? 하지만 이곳은 저 폭탄 하나에 산산조각 날 거야. 축제가 지옥이 되는 모습을 똑똑히 지켜봐, 미르. …… 제국군이 내 부모를 찔러 죽이는 것을 내 두 눈으로 똑똑히 봤듯이."

아이의 두 눈에 눈물이 고였다. 슬픔과 회의, 분노로 찌든 그 눈을 보며, 나는 내 속에 나를 지탱하던 무언가가 무너지는 것을 느꼈다.

'나는 여태껏 무얼 지키려고 한 거지.'

내 신념은 약자를 지키는 것이 아니었던가. 이것이 내 신념의 결과인가?

숨이 막혀 불규칙적인 호흡을 반복하고 있을 때, 비소를 흘린 아이가 자신의 멱살을 잡아 쥔 떨리는 내 손을 부드럽게 잡아 왔다.

"내 이름, 글렌이야. 잊지 마. 네가 죽인 사람의 이름이니까."

작게 속삭인 아이는 이내 혀를 굴리더니 혀 아래에서 작은 환을 꺼내고 비틀린 미소를 지었다. 순간 상황을 이해하지 못해 멍하니 그 모습을 바라보던 내 머릿속에 어떤 생각이 퍼뜩 떠올랐다.

'암살자들은 늘 혀 아래에 독약을 넣고 다닌다. 임무에 실패하면 자결로 스스로의 입을 막기 위해.'

"안 돼……!"

나는 다급하게 글렌의 입에 손을 넣어 환을 빼내려고 했다.

푹.

그리고 어깨로 느껴지는 끔찍한 고통. 등 뒤의 다른 테러리스트 중 하나가 던진 것 같았다. 나는 잠시 멈칫했을 뿐 다시 움직이려 했으나, 이미 늦은 후였다.

으득.

작은 환이 새하얀 치아에 무참히 씹히고 목구멍으로 넘어간다. 나는 무언가에 집어삼켜지며 그 모습을 멍하니 바라볼 수밖에 없었다.

죽음 앞에서, 글렌은 편안한 얼굴로 웃었다.

"이제 눈보라가 몰아닥칠 거야."

충직한 검이 되려 했는데 2

그리고 감기는 눈. 단번에 눈앞 인영이 숨을 멈췄다.

"아……."

풀썩.

손이 풀린 내가 글렌의 멱살을 놓치자, 글렌은 끈 풀린 인형처럼 땅바닥 위로 무너졌다. 그 무너지는 소리가 내 세계의 파열음 같았다.

독이 묻은 단검을 던진 건지, 단검이 꽂힌 어깨가 불에 타오르는 듯 아파 온다. 허나 나는 움직일 수가 없었다. 내 시선은 아직 산 자의 온기가 남아 있는 글렌의 시체에서 떨어지지 못했다. 내가, 죽인 사람이었다.

"으, 윽……."

온몸이 떨리고, 헛구역질이 올라온다. 세상이 핑 돌고 눈물이 고였다. 나는 입을 틀어막은 채 뒷걸음질 쳤다.

툭.

그리고 발 뒤로 닿는 것은, 또 다른 시체 두 구였다. 그들은 모두 자결했다. 내게 졌기 때문에.

내가 그들을 죽인 것이다.

'사람의, 숨통을, 끊을 땐…… 절대 그의 눈을 피해선 안 된다. 네가 앗아가는 생명의 무게를 반드시 짊어져야 해…… 그게 상처받을지언정 괴물이 되지 않는 방법이다.'

귓가로 스승의 마지막 가르침이 울려 퍼진다. 내가 평생을 지고 가야 하는 가르침. 허나 나는 그들과 눈을 마주치지 못했다. 나를 수몰시키려 차오르는 물기로, 시야가 온통 희미해진 탓이었다.

'대체, 생명의 무게는 어떻게 지는 건가요, 카라쇼. 차라리 괴물이 되는 게 나을 것 같은데.'

마주하는 것만으로도 세상이 무너지는 것 같았다. 나로 인해 죽은 사람이 있다는 사실이 너무 버거웠다. 내가 지켜 온 모든 신념이 무너지는 느낌이었다.

내가 숨조차 쉬지 못하고 눈물과 땀을 뚝뚝 흘리며 비틀거리고 있을 때.

"……르, 미르! 정신 차리십시오! 젠장, 카슈미르! 나를 봐!"

내 어깨를 잡고 흔드는 손길이 있었다. 순간 휘청거린 내 몸을 그 손길이 단단히 붙잡았다. 나는 겨우 고개를 들어 대상을 마주했다.

흐르는 눈물로 온통 시야가 흐리다. 얼굴의 윤곽조차 보이지 않았지만, 모든 게 희미한 와중에도 딱 하나는 분명히 보였다. 나를 담아내는 깊은 금빛.

"……라, 이너."

내가 아는 가장 올곧은 사람, 라이너였다.

몸이 덜덜 떨리고 초점이 흔들렸다. 넘치는 자기혐오로 울컥 심장을 토해 낼 것 같았다.

'이게 내 신념의 결과인가.'

평생을 지켜 온 단단한 신념이 한순간에 부서졌다. 나는 피에 절은 검은 장갑을 멍하니 내려다보았다. 색이 검정색인 탓에 피는 보이지 않았음에도 피비린내가 지독했다.

나는 내가 전쟁을 앞에 두고 얼마나 안일했는지, 생명의 무게를 얼마나 간과했는지 뼈저리게 깨달았다.

"라, 이너. 내가…… 사람을 죽였습니다."

"……."

"그냥, 그냥 제압만 했습니다. 죽이려고 한 건 아니었어요."

"카슈미르."

"그런데, 결국 나 때문입니다. 내게 패배해서 자결한 거예요. 결국 내가…… 사람을……."

"슈슈!"

크게 소리친 라이너가 내 어깨를 꽉 잡았다. 나는 갈피를 잡지 못하고 반쯤 정신이 나간 채로 멍하니 그를 올려다보았다. 이렇게 나약한 모습은 누구에게도 보이고 싶지 않았건만, 쉬이 진정이 되지 않았다.

표정이 무섭도록 굳은 라이너는 헛숨을 들이쉬더니 나를 똑바로 바라보았다. 그의 눈빛은 여전히 흔들림이 없었다.

"카슈미르 크리시스. 당신은 신도, 구원자도 아니고 인간일 뿐입니다. 모두를 살릴 순 없습니다."

라이너는 내가 이전에 들어 본 적 없는 매정한 목소리로 단호하게 말했다. 이미 알고 있는 사실들의 나열이었음에도, 그의 한 마디 한 마디에 심장이 난도질당하는 것 같았다. 하지만 그의 눈을 보면, 그 난도질은 나를 상처 주기 위함이 아니라 썩은 부분을 도려내기 위함임을 알 수밖에 없었다.

"기사단장으로 살며 배웠습니다. 내가 살아 있다는 건 누군가 죽었다는 뜻임을. 내가 살았기에 날 노리는 암살자는 죽은 겁니다."

금빛 눈동자가 슬픔으로 물들었다. 라이너는 이런 말을 하기 싫다는 듯 얼굴을 일그러뜨리면서도, 따가운 바늘을 삼키듯 말했다.

"당신도 알잖아요. 모두가 살 순 없습니다."

아. 정말 지독한 진실이다. 머리론 알고 있었음에도 마음으론 인정하고 싶지 않았던 진실.

'신은 어째서 인간에게 생을 주셨으면서 모두가 살진 못하게 하셨나.'

알면서도 모두를 구하고 싶었다. 피가 싫었고, 죽음도 싫었다. 죽어 가는 카라쇼와 설원을 적시는 핏물을 보며 다시는 누군가의 죽음을 보고 싶지 않다고 생각했다. 죽음의 문턱에서 괴로워하는 아리아의 옆을 지키며 누구도 이런 경험을 하지 않게 해 주고 싶었다.

나는 내가 느꼈던 고통을 다른 누군가가 느끼지 않길 바랐다. 아무도 느끼지 않길 바랐다.

'평생을 간직해 온 이 생각이 잘못된 걸까. 나는, 그저 이상주의자에 불과했나.'

애써 부정했던 것이 억지로 인정되는 과정은 폭력적이었다. 나는 나를 둘러싼

한 세계의 파괴를 생생히 느꼈다. 이미 금이 가 있었으나 억지로 지탱하고 있던 세계였다.

'내 사람들을 지키기 위해서는 다른 이들을 베어야 한다.'

이것이 내가 회피하고 싶었던 잔혹한 진실이었다. 진실의 파편들이 심장을 무참히 찔러 댔다. 나는 거칠게 마른세수를 했다.

"하지만 슈슈. 모두를 살릴 수는 없지만, 최대한 많은 이들이 살 수 있는 방법은 있지 않습니까."

나를 보며 입술을 꽉 깨물었다 놓은 라이너가 내 양 뺨을 살며시 잡고 나와 눈을 맞추었다. 이 상황에서도 여전히 빛나는 강직한 황금빛 눈동자는, 어두운 밤하늘에서도 빛을 잃지 않고 방향을 가리키는 북극성 같았다.

"지금 당장 극복하기 힘든 문제라는 거 압니다. 나도…… 이 상황에서 당신을 정신 차리라고 몰아붙이고 싶지 않습니다."

그의 얼굴에 죄책감이 물들었다. 옅은 숨을 내쉰 라이너가 입매를 굳혔다.

"하지만 당신이 나서지 않으면 너무 많은 사람들이 죽을 겁니다. 당신은 그걸 보면 더 힘들어하겠죠. 나는 사람들을 살리고 싶고, 당신도 지켜 주고 싶습니다."

긴 속눈썹이 라이너의 눈을 반쯤 가렸다. 그가 애달프게 눈매를 늘어뜨렸다.

"도와주세요, 슈슈. 당신 없이는 못합니다. 폭탄을 해체하는 걸 도와주세요."

'폭탄.'

암전되어 있던 이성에 희미한 불이 들어왔다. 북극성의 빛 덕분이었다.

사람을 죽였다는 사실에 힘들었고, 아직 북부에 대한 생각도 정리되지 않았다. 만에 하나 폭탄 해체를 실패한다면 느끼게 될 감당 못할 죄책감은 상상하고 싶지도 않았다.

사실 다 놓고 도망가고 싶었다. 그럼에도, 내가 옅어진 이성의 끈을 꽉 잡고, 눈물을 거칠게 닦아 내며 이를 악무는 것은.

"……가요."

이곳에 내가 사랑하는 사람들이 있다는 것. 그 사실 하나 때문이었다. 나는 초점도 제대로 잡히지 않는 눈을 부릅떴다. 떨리는 손으로 검을 으스러져라 잡은 건 악에 받친 집념이었다.

"……카슈미르."

나를 바라보던 라이너의 표정이 무너졌다. 그의 황금빛 두 눈에 짙은 괴로움이 아롱거렸다. 눈을 질끈 감았다 뜬 라이너는, 크고 단단한 손으로 내 손에 깍지를 꼈다.

"당신은 잘하고 있습니다."

귓가에 낮게 속삭이는 목소리에 또 울컥 눈물이 터질 것 같았지만 입술을 짓씹어 참고 빠르게 발걸음을 옮겼다. 라이너의 손을 맞잡은 채로.

"축제 전에 급하게 폭탄 해체하는 방법을 배웠지만 이건 처음 보는 종류의 폭탄이라 제가 해체할 수 없습니다. 해체 방법을 물을 테러리스트들은…… 죽어 버려서."

죽는다는 말은 내게 독약 같아서 목구멍부터 입안까지 온통 불타오르는 것 같았다. 가까스로 신음을 참은 나는 결연한 눈으로 라이너를 바라보았다.

"방법은 하나뿐입니다."

"……그 방법을 정말 사용해야 하는 거군요."

라이너가 무거운 표정으로 중얼거렸다. 축제 전, 라이너와 나는 폭탄 테러를 막을 방법을 심각하게 고안했다. 그래봐야 단순한 방법뿐이었지만.

'플랜 A는 직접 폭탄을 해체하는 것. 플랜 B는 테러리스트들을 협박해 해체 방법을 알아내는 것. 플랜 C는…….'

나는 겨우 2분 남짓 남은, 불쾌한 기운이 만연한 폭탄 위로 망설임 없이 손을 올렸다. 폭탄은 벽에 접착제로 붙어 있었는데, 접착력 자체엔 크게 신경을 쓰지 않은 건지 떼어 내는 것 자체는 어렵지 않아 보였다. 그러나 혹시 일정 이상의 충격을 가하면 터지는 폭탄일지도 모르니 최대한 조심스럽게 떼어 냈다.

"라이너. 시작하죠."

무겁게 고개를 끄덕인 라이너가 내가 쥐고 있는 폭탄 위로 손을 올렸다.

플랜 C는 가장 무식하고, 극단적이며, 최후의 보루로 남겨 두었던 계획이었다.

우웅—

어두운 빛을 띠는 내 마나와 금가루를 뿌린 듯 황금빛으로 빛나는 라이너의 마나가 겹쳐 들었다. 얇디얇은 마나의 막이 폭탄을 감쌌다. 덮고, 덮고, 또 덮고. 얇은 마나의 막이 수백 겹으로 겹쳐지며 눈밭 위를 구르는 눈덩이처럼 크기를 불렸다.

누군가 마나 회로에 빨대를 꽂고 쭉쭉 빨아들이는 것처럼 빠른 속도로 마나가 갈려 나갔으나 나도, 라이너도 멈추지 않았다.

'……힘드네.'

마나 막 제작은 마법사의 특기지 검사의 특기가 아니었다. 마나를 강하게 방출해 오러로 치환하는 것에 익숙한 검사로서 이러한 세밀한 작업이 쉬울 리 없었다.

"……하."

나도 힘든데 라이너가 힘들지 않을 리 없다. 힘에 겨운 숨소리가 귓가로 들려 마음이 무거워졌다.

나는 라이너의 몫을 덜어 주기 위해 좀 더 빨리 마나의 막을 만들었다. 1분 남짓이 남았을 때 손을 떼어 냈다. 라이너 또한 손을 물렸다. 마나로 둘둘 감싼 폭탄은 공 같았다.

'가야지.'

나는 크게 심호흡을 했다. 내가 발 위로 마나를 덧씌울 때, 큰 손이 내 어깨를 잡았다.

"……제가, 제가 가면 안 되겠습니까."

라이너의 두 눈이 이전에 본 적 없을 만큼 크게 흔들리고 있었다. 나는 그런 그를 향해 최대한 태연하게 웃었다.

"이미 얘기를 마친 사항 아닙니까. 금방 돌아오겠습니다."

라이너가 입술을 짓씹었다. 자괴와 염려, 상념이 뒤섞인 그의 표정은 보고 있기가 괴로울 정도였다.

'안 됩니다! 그건 거의 공멸 계획 아닙니까! 너무 위험합니다!'

'이건 정말 최후의 보루니까요. 정말 다른 방법이 없을 땐…… 이렇게라도 하는 수밖에 없습니다.'

'……그럼 차라리 제가 하게 해 주십시오.'

'제가 하는 게 낫습니다. 저는 위험할지도 모르는 정도지만…… 경은 반드시 위험합니다. 아시잖습니까.'

이 계획에 관련해선 이전에 라이너와 논쟁이 있었다. 정말 별다른 방법이 없을 때에나 시도할 만큼 극단적인 수였기에, 너무 위험하다는 것이 문제였다.

나는 아직도 그 순간 나를 바라보던 라이너의 눈을 또렷이 기억한다. 무력함에 물들어 스스로의 혀라도 깨물 것 같던 눈을.

'저는 미르 님께서 위험한 게 정말 싫습니다. 특히 다른 사람을 위해 스스로를 희생하는 건…… 이제 그만두셨으면 좋겠습니다.'

진심이 그득히 묻어나는 목소리는 한 단어 한 단어 호소하듯 내 귓가에 울렸다. 이기적으로 굴어도 좋다고 했던 이전처럼, 오직 나만을 위한 말이었다.

'하지만 아인하르트 경. 저도 당신이 위험한 게 싫습니다.'

'……!'

'희생 없는 평화가 있다면 정말 좋겠죠. 하지만 그건 불가능하지 않습니까. 결국 누군가는 해야 하는 일이고…… 그 누군가는 강한 사람이여야 합니다. 그게 가진 힘에 대한 책임이니까요.'

누군가는 희생해야 하고 그 희생은 강자의 몫이라는, 고대부터 이어져 온 진부한 이야기. 허나 멈출 수 없는 이야기였다.

'강자가 희생하지 않으면 너무 많은 약자가 죽는다.'

같잖은 영웅심리라 비난할지라도 나는 멈출 수 없었다. 내 희생으로 많은 이들이 살 수 있다면 나는 몇 번이고 몸을 던질 것이다.

"저는 살아 돌아올 겁니다. 함께 호수를 보러 가기로 약속하지 않았습니까."

나는 아직도 정리되지 않은 마음과 깊은 부담, 두려움을 모두 뒤로한 채, 나를 걱정해 주는 라이너에게 밝게 웃어 주었다.

"믿고 기다려 주십시오. 금방 돌아오겠습니다."

라이너가 눈을 질끈 감았다 떴다. 여전히 그의 얼굴은 슬퍼 보였으나, 그의 두 눈에는 나를 향한 확실한 신뢰가 담겨 있었다.

"……부디, 조심히 다녀오십시오."

나는 눈꼬리를 휘는 것으로 대답하고, 몸속에 남아 있는 마나를 한껏 끌어모아 허공으로 도약했다.

쉬익!

마나로 발판을 만들어 거침없이 위로 올라갔다. 하늘을 걷는 것 같은 느낌이었다. 거센 바람에 검은 망토가 휘날렸다.

'플랜 C는, 마나의 막으로 싸서 최대한 데미지를 줄인 폭탄을 직접 들고 허공으로 올라가 터트리는 것.'

거의 공멸에 가까운 무모한 방법이었다. 누가 들으면 그런 무식한 방법이 어디 있냐고 따질지도 모르나, 나와 라이너로선 고심 끝에 찾아낸 방법이었다.

마나의 막으로 덮은 뒤 그 자리에서 터트리는 방법도 생각했으나, 폭탄의 폭발 규모가 어느 정도인지 모르는 상태에서 마나 막만 믿을 순 없었다. 직접 안고 가는 게 아니라 그냥 하늘로 던져 버리는 것도 생각했지만, 폭탄이 어떻게 터질지 모르는 만큼 직접 상태를 지켜보며 터지는 것을 확인해야 했다.

'만약 폭탄이 돌발 상황을 일으키면 거기에 빠르게 대처할 수 있어야 하고, 그건 기사인 라이너보다 내가 더 잘해.'

충직한 검이 되려 했는데 2

내 인생은 늘 돌발 상황의 연속이었다. 예상과 어긋나는 상황에 대한 대처는 누구보다 뛰어나다고 자신할 수 있었다. 또한 폭발이 마나 막을 뚫고 나온다면 그로 인한 데미지는 소드 엑스퍼트인 라이너보다 소드 마스터인 내가 더 잘 감당할 수 있을 터. 결국 내가 모든 위험부담을 감수하고 폭탄의 방파제가 되겠다는 계획이었다.

나는 손에 쥔 폭탄을 내려다보았다. 겨우 축구공 크기쯤 될까 싶은 작은 폭탄은 이 수도를 불바다로 만들 수 있는 위력을 가지고 있었다. 죽음을 손에 쥔 기분을 느끼며, 이리저리 뒤엉키고 복잡한 내 마음을 천천히 들여다보았다.

'나는, 정말 죽음이 두렵지 않은 건가.'

용병으로 살며 죽는 게 두렵지도 않냐는 핀잔을 들을 때마다 거침없이 그렇다고 대답했으나, 지금은 사실 쉬이 대답하기 어려웠다.

'사랑하는 것들이 너무 많아졌으니까.'

이전엔 살아야 하는 이유가 아리아 단 하나뿐이었지만, 지금은 너무 많아졌다. 내가 누군가의 의미가 되어 버리고 누군가도 내게 의미가 되어 주었다.

'……죽고 싶지 않아.'

나 때문에 다른 사람이 죽어 버린 지금, 나는 내게 살 자격이 없다고 생각했다. 그럼에도 나는 살고 싶었다. 살아서 이제야 찾은 행복을 만끽하고 싶었다. 역시 폭탄을 손에 쥐고 자살 특공대 같은 작전을 수행 중인 사람이 할 만한 생각은 아니긴 하다. 그래도 나는 이곳까지 온 것을 후회하지 않았다.

'내겐 죽음보다 더 두려운 것이 있으니까.'

내 죽음보단 내가 사랑하는 사람들의 죽음이 더 두려웠다.

소중한 것을 지키기 위해, 나는 더 높이 뛰어올랐다.

'10초.'

속절없이 흐르는 폭탄의 타이머를 보며 느리게 눈을 감았다 떴다. 이 재앙 앞에서도 하늘은 야속하리만큼 푸르렀고, 높은 곳에서 보는 축제의 광경은 아득하게 아름다웠다. 갑자기 하늘로 솟아오른 나를 보며 수군거리는 사람들도 얼핏 보였다.

'당신들이 오늘도 살아서, 오늘은 그저 조금 특별한 해프닝이 있었던 즐거운 축제 날이었다고 회상할 수 있기를.'

나는 그리 생각하며, 허공에 우뚝 멈춰 선 채, 충격을 최소화하기 위해 폭탄을 몸에서 떼어 내 위로 던졌다.

'그리고 나도, 살아서 오늘을 기념할 수 있기를.'

펑—!

축제가 벌어지고 있는 가운데, 하늘 위에서 일대를 울리는 거대한 폭발음과 함께 폭탄이 터졌다.

쉬익!

거센 바람이 나를 에워싼다. 폭발음에 정면으로 노출된 탓인지 폭풍 같은 바람 소리조차 제대로 들리지 않고 웅웅거렸다. 높은 곳에서 보호 장비 하나 없이 떨어지는 감각은 온몸에 털이 쭈뼛 서고 소름이 돋을 만큼 아찔했다.

'끝났다.'

고통보다 먼저 느껴진 것은 안도였다. 폭탄은 나를 제외한 그 누구에게도 해를 입히지 못했다는 것에 대한 안도.

나는 만신창이가 된 채로 하늘에서 수직 추락하고 있는 사람답지 않게 안도의 한숨을 내쉬었다.

'라이너가 아니라 내가 왔기에 망정이지.'

나는 짙은 한숨을 내쉬었다.

폭탄의 위력은 예상보다 강했다. 그 순간 몸을 마나로 보호했음에도 폭탄의 여파로 온몸에 상처를 입었을 정도이니, 라이너였다면 정말 위험했을 터였다. 바람 때문에 뜨기 힘든 눈을 가까스로 떠 시야를 확보했다.

'아파…….'

몸을 조금 달싹거리는 것도 쉽지 않았다. 나는 온몸을 강타하는 고통을 가까스로 참으며 손을 내려다보았다. 끼고 있던 검은 장갑은 넝마처럼 찢어졌고, 옷이 가리지 못한 피부는 온통 붉게 물들어 있었다.

아무리 체내 마나 양이 비정상적일 정도로 많은 나라도 오늘처럼 마나를 줄줄 흘리고 다닌 날엔 다시 마나가 회복되기까지 시간이 걸렸기에, 몸속에 남은 마나는 거의 없는 수준이었다.

'다행이야.'

상태는 최악이었으나 우습게도 다행이라는 생각부터 들었다. 용병으로 살며 수많은 생사의 고비를 넘겼을 땐 별 감흥이 없었건만, 오늘은 살았다는 사실이 숨 막히도록 가슴 벅찼다.

나는 한숨을 쉬며 눈을 감았다.

'떨어지기 직전, 순간 이동 아티팩트를 발동시킨다.'

이런 상황을 대비해 순간 이동 아티팩트를 여러 개 챙긴 참이었다.

맨몸으로 이 높이에서 떨어지면 당연히 멀쩡하지 못할 것이다. 그러나 지금은 마나도 얼마 없었고 방어막을 만들 기력도 없었다.

이 높이에서 순간 이동을 하면 높이까지도 함께 이동되어 이동된 장소에서 떨어지기 시작할 테니, 지면에 닿기 직전에 순간 이동을 해서 아주 낮은 높이에서 떨어지는 꼼수를 부릴 생각이었다.

나는 발버둥 치는 벌레처럼 꿈틀거리며 주머니에서 힘겹게 순간 이동 아티팩트를 꺼내 손에 쥐었다. 붉은 피가 아티팩트를 물들였다.

'5초 뒤에 시동어를 외운다.'

지면과의 거리를 눈대중으로 확인하고 결심했다. 차가운 바람에 시린 눈을 감으며 시동어를 외우기 위해 천천히 입술을 뗄 때.

훅!

허공에서 나타난 누군가가 내 몸을 잡아챘다. 번뜩 눈을 뜬 나는 다가오는 기척조차 느껴지지 않았다는 것에 당황하다, 상대방이 순간 이동으로 나타났음을 알아차렸다.

단단한 두 팔이 안정적으로 나를 안아 들었다. 무척 낯선 듯하면서도 지나치게 익숙한, 서늘하고 불쾌한 마력이었다. 그리고 후각을 마비시키는 시린 겨울의 향취.

"……지그문트?"

나는 그냥 뜨기도 힘든 눈을 크게 뜨며 얼빠진 채로, 내가 사람들에게 품은 여러 종류의 감정 중 가장 복잡하고 지독한 감정이 물든 이름을 중얼거렸다.

탁.

지그문트는 나를 안아 들고도 아무것도 들지 않은 양 아무도 없는 골목길에 착지했다. 그가 나를 내려다보았다.

자수정을 빼어 박은 듯 아름다우나 늘 겨울 한가운데에 있는 것처럼 차갑던 두 눈은, 내가 이전에 본 적 없는 세기로 거세게 불타고 있었다.

"그래. 아주 미친 모양이더군. 터지기 직전의 폭탄을 가지고 올라갈 생각을 다 하고 말이야. 살신성인의 정신으로 폭탄을 안고 죽을 생각이었나? 넌 예나 지금이나 무식하기 짝이 없군. 대체 그 무모한 정신엔 발전이라는 게 없나? 그렇게도 명을 재촉하고 싶었나 보지?"

빙하처럼 꽝꽝 언 낮은 목소리가 나를 신랄하게 비난했다. 나는 순간 울컥해 그와 치고받고 싸우던 어린 날처럼 사나운 말을 뱉으려 했으나, 문득 떠오른 생각에 멈칫했다.

'이건, 꼭 걱정하는 것 같잖아.'

걱정이라니, 극에 다다른 지그문트와 나의 사이에서 지독하게 어울리지 않는 단어였지만, 얼핏 화나 보이는 얼굴이나 비난하는 것 같으면서도 묘하게 다급한 투는 분명 걱정 같았다.

'이 새끼가? 나를? 왜?'

분명 지그문트라면 내가 다치든 말든 아무런 관심이 없고, 내가 죽으면 오히려 기뻐하며 축제를 열 거라고 생각했는데.

나는 그의 반응이 이해되지 않은 채로 멍하니 중얼거렸다.

"내가 명을 재촉하든 말든…… 네가 상관할 바는 아니지 않나?"

자각 없이 날카롭게 나간 말에 지그문트가 멈칫했다. 감정을 감추는 것엔 누구보다 뛰어난 그였기에 다른 사람에게는 그저 싸한 무표정에 불과했겠지만, 내 눈엔 보였다. 지그문트는 지금 크게 동요하고 있었다.

'이 자식 왜 이러는 거지?'

예상치도 못한 행동과 말을 하며 저 스스로 동요하는 지그문트의 모습에 나도 덩달아 동요해 버렸다. 폭탄 해체를 도와준 것부터 떨어지는 나를 잡아 준 것과 걱정하는 듯한 어투까지, 모두 그답지 않아 나는 반쯤 넋을 잃고 눈을 끔뻑였다.

"……그렇지."

한참 말없이 동요하던 지그문트가 작게 긍정했다. 묘하게 무너지던 표정은 수습한 뒤였으나, 그의 동공은 여전히 희미하게나마 흔들리고 있었다.

"너…… 대체 무슨 생각이지."

내 인생 최대의 개자식이 되겠다고 한 주제에 애매하게 행동하는 것이 나를 혼란스럽게 했다. 이해할 수 없다는 눈으로 그를 바라보았으나, 그는 느리게 눈을 감았다 뜰 뿐이었다.

"……그러게."

답을 달라고 하였건만, 돌아오는 것은 자신도 모르겠다는 중얼거림이었다. 나는 묘하게 속이 울렁거려 살풋 미간을 찡그렸다.

'그러고 보면, 지그문트는 내게 직접적으로 악의를 드러낸 적이 없어.'

여태껏 그와 세 번 만나는 동안, 그가 먼저 내게 악의나 살기를 드러낸 적은 없었다.

첫 만남에 내게 단도를 던진 적이 있긴 하지만, 그건 이전부터 그와 내가 앙숙

같은 악우 사이였다는 걸 감안했을 때 정말 나를 해하려고 했다기보단 장난에 가까운 행동이었다. 그러고 보면, 처음 싸울 때도 지그문트는 진심으로 싸우지 않았다. 오러조차 보이지 않았으니.

두 번째 만남엔 레이샤의 유품을 두고 어쩔 수 없이 싸웠던 것에 가까웠다. 말로는 사람을 미치게 하지만, 그 또한 어디까지나 말뿐이었다.

나는 그의 생각을 도저히 알 수 없었다. 지그문트는 내게 있어 최고의 난제였다.

"⋯⋯미치겠군."

지그문트가 짙은 한숨을 내쉬었다. 당장이라도 내 시선을 피하고 싶다는 듯 곤란한 안색을 하면서도 나를 더 단단하게 고쳐 안는 그의 팔은 내 상식선을 벗어나 있었다.

지그문트가 살짝 고개를 숙이고, 비단결 같은 검은 머리칼이 흘러내려 내 얼굴 위를 살풋 간지럽혔다. 흔들리는 그의 머릿결에선 어느 곳의 겨울일지 모를 지독한 추위의 향취가 풍겼다.

숨 막히도록 아름다운 보랏빛 눈동자가 나를 응시한다. 나를 마주할 때면 묘하게 일렁이는 두 눈에는, 미묘한 혼란과 자기혐오, 괴로움 등이 얼룩져 있었다.

'⋯⋯젠장.'

나는 입술을 짓씹었다. 한 번 도움받았다고 의심이 풀려 버린 건지, 아니면 온몸이 아프고 정신은 몽롱해 긴장이 풀려 버린 건지, 나는 지그문트의 시선이 이전만큼 나쁘지는 않다고 생각해 버렸다.

한참 나를 바라보던 그가 작게 실소를 터뜨렸다.

"이 지경까지 왔는데⋯⋯ 널 마냥 싫어할 수가 없다면, 대체 어떻게 해야 할까."

"⋯⋯뭐?"

나는 내 귀를 의심했다. 정말 희미한 소리였기에 잘못 들은 건가 싶어 반문하

충직한 검이 되려 했는데 2

려는 순간.

쿵.

"윽!"

지그문트가 나를 안아들고 있던 손을 훅 빼며 나는 땅으로 뚝 떨어졌다. 이미 온몸이 지치고 다쳐 감각이 무뎌진 데다 너무 갑작스러운 충격이었던 탓에, 나는 대비조차 하지 못하고 속절없이 땅에 부딪쳐 신음을 흘렸다.

"이 새끼가……!"

"떨어지는 널 받아 준 건…… 그냥 변덕이었던 걸로 하자."

내가 화를 내든 말든 무뚝뚝하게 말한 지그문트가 손을 까닥여 마법진을 펼쳤다. 언제 봐도 경이로운 마법 전개 속도에 잠시 시선이 팔렸을까, 그가 작게 중얼거렸다.

"변덕이 아니면…… 무척 곤란해지니까."

파앗!

그리고 지그문트는 나타났을 때와 같이 조용하고 신속하게 사라졌다. 만남의 여운처럼 주위에 남은 그의 서늘한 마력만이 그가 여기에 있었음을 증명했다.

'대체…… 뭔데.'

안 그래도 몸이고 정신이고 지쳐 있는데 마음 위로 거대한 바위 하나가 더 얹힌 느낌이다. 나는 피를 너무 많이 흘려 흔들리기 시작한 시야를 바로잡으며 가까스로 자리에 일어났다.

'우선, 안전한 곳으로 가야 해.'

지그문트고 뭐고, 너무 지쳐 우선 어디에든 들어가 쉬고 싶은 마음이 내 생각을 지배했다. 나는 벽을 짚고 비틀거리며 발걸음을 옮겼다. 그리고 그건 멍청한 짓이었다.

"저, 저기 미르다!"

그냥 바로 순간 이동 아티팩트를 사용했어야 하는 것을, 나는 멍한 정신에 골목길을 걸어 광장으로 나오며 사람들과 마주치고 말았다.

수많은 이들의 시선이 내게로 꽂혔다. 낱낱이 파헤쳐지는 느낌에 당황한 나는 움찔 뒷걸음질 쳤다. 공포와 경외, 의심과 동경. 수많은 이들이 각각의 다양한 감정을 가지고 나를 바라보았으나, 나는 그저 스스로가 우리 안 원숭이처럼 느껴질 뿐이었다.

"미르! 방금 전에 무슨 일이 일어났던 겁니까!"

차마 내게 말을 걸지도 못하고 자기들끼리 웅성거리던 사람들은, 어떤 용감한 이의 질문을 시작으로 내게 질문을 쏟아붓기 시작했다.

"방금 전에 폭탄이 터진 거 맞죠? 우리를 구해 주신 건가요?"

"폭탄은 누구의 소행입니까!"

동시다발적으로 터져 나오는 시끄러운 질문들에 속이 울렁거렸다. 내게 다가오지도 못하면서 멀리서 질문을 쏟아 내는 사람들은 단순히 물어보는 것뿐이었지만, 한계까지 몰아붙여진 내겐 폭력처럼 느껴졌다.

'피곤해.'

몇몇 이들이 영웅이라 칭하는 소리가 들려오고, 의심스럽게 수군거리는 소리도 따갑게 귀를 울렸다. 나는 그 무엇에도 신경 쓰고 싶지 않았다. 문득 순간 이동 아티팩트를 손에 쥐고 있음을 자각한 나는, 망설임 없이 시동어를 외웠다.

"텔레포트."

쉬익!

거센 마나의 돌풍과 함께 속이 울렁거리고, 이내 시야가 뒤바뀌었다.

이전의 광장과는 다르게 한없이 고요한 주위에 약초 냄새, 옅은 햇빛이 비추는 평화로운 곳. 한때 아리아의 약을 만들기 위해 고군분투한 곳이자, 레오와 디에고가 머물고 갔던 숲속 오두막이었다.

나는 다리에 힘이 풀린 나머지 풀썩 쓰러져 기듯이 몸을 옮겨 간이침대 위에 누웠다.

저택 사용인들 중 내가 미르임을 모르는 이들도 있고, 이 꼴로 저택에 돌아갔다간 내가 미르일지도 모른다는 소문이 퍼질 수 있었기에 저택으로 돌아갈 순 없었다.

'가족들한테, 연락을······.'

침대에 눕자마자 급격한 속도로 진이 빠진 나는 곧바로 잠들 뻔했으나 간신히 정신을 차리고 주머니에서 통신구를 꺼냈다. 이 오두막의 존재를 아는 아리아에게 나는 오두막에 있다는 짧은 메시지를 보낸 직후 손에 힘이 풀려 통신구를 툭 떨어뜨려 버렸다.

'이제, 쉬자.'

나는 모든 문제들을 잠시 내려놓고 눈을 감았다.

깊은 수마가 나를 덮쳤다.

Chaphter 4

죄와 벌

크리시스 공작가의 대저택.

오직 크리시스의 혈육만 착석할 수 있는 긴 탁자 앞에 둘러앉은 세 사람에게로 한겨울 칼바람보다 차갑고 날카로운 침묵이 흘렀다.

"오늘로 슈슈가 깨어나지 못한 지 사흘째다."

누군가 무심코 이 공간에 발을 들였다가는 즉각 공기에 압사당할 것 같은 분위기 아래, 가장 먼저 입을 연 것은 카이사르였다.

그 사흘 동안 각자 자신을 추스르기 바빴기에, 테러 사건 이후 이제야 처음으로 세 사람이 모여 앉은 참이었다. 카이사르는 그 한마디 이후 입을 꾹 다물었고, 한동안 또 긴 침묵이 흘렀다.

"……저는 이해할 수 없습니다."

깍지 낀 두 손을 입가에 둔 채 허공을 응시하던 칼이 느리게 입을 열었다. 안 그래도 무감정하던 그에게 냉기까지 깃들자 이제 그의 얼굴은 얼음으로 만든 조각상 같았다.

"어째서 늘 슈슈가 희생해야 하는 겁니까? 이전에 마수 토벌을 위해 루주 마을로 갔을 때도 그렇고, 지금도 그렇습니다. 한 사람의 희생으로만 세상의 안위가 존속될 수 있는 겁니까? 누군가의 희생으로만 존속되는 세상은…… 애초에 존재할 가치가 없는 거 아닙니까?"

말은 분명 낮고 침착한 목소리로 이어졌으나 내용은 조금도 침착하지 않았다. 빛이 들지 않는 붉은빛 눈동자에 섬뜩한 광기가 일렁였다.

충직한 검이 되려 했는데 2

"가장 이해되지 않는 건 그 아이입니다. 어째서, 대체 왜!"

쾅!

꽉 쥐인 주먹이 탁자를 강하게 쳤다. 탁자 표면이 갈라지며 긴 탁자가 부르르 떨렸다. 아버지와 여동생 앞에서 하기엔 지나치게 무례한 행동이었으나 카이사르와 아리아, 둘 다 말이 없었다. 정확히는 각자의 상념에 빠져 말을 할 정신도 없는 것 같았다.

"널리고 널린 인간들의 생사가 뭐가 중요하다고 혼자 나서서 희생하는 겁니까? 그것들이 우리가 걱정하는 것보다 중요하답니까?"

따지는 듯한 물음엔 거대한 감정의 파도가 출렁이고 있었다.

"슈슈는…… 우리를 지키기 위해 수도를 지킨 거야."

팔꿈치를 탁자에 얹은 채 이마를 짚고 있던 아리아가 중얼거렸다. 대답을 했다기보단 스스로 세뇌하듯 되새기는 모양새였다. 탁자 어딘가를 의미 없이 응시하는 푸른 눈은 소름 끼치도록 무감하게 번뜩이고 있었다.

"대체 누가! 그렇게 지켜 달라고 했나! 그 아이가 만신창이가 되어 떨어지는 꼴을 보느니 수도가 폭탄과 함께 터지는 게 나았어! 그 아이의 희생 따위 원치 않았단 말이다!"

칼의 언성이 높아졌다. 인간보단 기계나 조각에 더 가깝다고 수군거릴 정도로 감정이 없던 그는, 그 소문이 무색하게도 가감 없이 감정을 드러내고 있었다.

허공을 바라보던 푸른 눈이 칼에게로 향했다. 창백하게 죽어 있던 하늘에 살의가 들끓었다.

"누구는 안 그래? 나도 그래. 나는, 죽고 싶어, 개새끼야."

짓씹듯 내뱉는 목소리는 참혹한 진실만을 담고 있었다. 그 살의는 자신을 향한 것이었다.

"아무리 필사적으로 달려도 늘 등만 보고 있는 느낌이었어. 절대 앞지를 수 없었지. 너무 빨라서 속도를 맞춰 걸을 수도 없었어. 그 등 뒤를 좇으며 뒤처지지 않는 게 최선이고, 그마저도 버거웠어. 이제야, 따라잡았다고 생각했는데……."

목소리가 심해 아래로 잠겨 들었다. 아리아의 낯은 금방 눈물을 터트려도 이상하지 않을 정도로 참혹하게 일그러져 있었으나, 구름 낀 하늘은 절대 빗방울을 떨어트리지 않았다. 빛을 잃고 흐려질지언정 물이 고이는 것을 허락하지 않았다. 오기였고, 자존심이었다.

아리아에게 카슈미르는 이상향이었다. 절대 따라잡을 수 없을 것을 알면서도 추구하고야 마는 이상향. 몸이 나은 뒤 영혼을 갈아 마법을 배우며 이제야 그 옷자락에 닿았다고 생각했는데.

"나는, 결국 그 등 뒤에서 벗어나지 못했구나. 그 몸이 상처투성이가 되는 꼴을 또다시 봐야만 하는구나."

비참함과 자기혐오가 밀물처럼 밀려왔다. 아리아는 끊임없이 생각했다.

나는 어째서 당신보다 강해질 수 없지? 당신과 같은 곳에 서고 싶었는데, 당신은 늘 나를 아득히 앞서 간다. 이렇게까지 나를 비참하게 만드는가. 나는 끝까지 당신에게 지켜져야만 하는 걸까.

일대로 숨 막히는 침묵이 흘렀다. 말문이 턱 막힌 표정을 지은 칼이 눈을 질끈 감은 채 고개를 돌려 버렸다.

칼은 끊임없이 카슈미르를, 미르를 떠올렸다. 그가 미르를 처음 봤을 때 느낀 감정은 흥미였다. 사랑같이 비이성적이고 비논리적인 재난이 아닌, 가벼운 흥미.

이전까지 칼 크리시스의 인생에서 인간이란 딱 두 종류로 나뉘었다. 흥미로운 사람과 흥미롭지 않은 사람. 미르는 그중 전자에 속했고, 얼마 없는 흥미로운 것들 중에서도 가장 흥미로운 것이었다.

칼 크리시스는 감히 상상하지 못했다. 우연히 만난 그 흥미로운 존재가 그를 통째로 집어삼켜 버릴 것이라는 걸. 그 흥미에서 광기 어린 집착이 피어나고, 그 끝에 애정이란 열매가 달리는 것은 그의 예상 범위 내에 없었던 일이었다.

그 존재는 '흥미로운'이란 형용사를 집어삼키고 자신의 존재 그 자체를 가장 깊은 곳에 새겨 놓았다. 칼은 더 이상 카슈미르에게서 흥미를 찾지 않았다. 이제 칼 크리시스에게 있어 '카슈미르'는 미르도, 크리시스도 아닌 '슈슈'였다.

이제는 그녀가 흥미롭지 않아도 좋았다. 아주 지루하고, 진부하며, 고루한 데다 무식하기까지 한 사람이어도 좋았다. 강력한 소드 마스터가 아니어도 좋았다. 대륙 전체를 통틀어도 몇 없다는 황금 방패 용병이나, 사람들에게 칭송받는 영웅이 아니어도 좋았다.

그의 눈길을 끌던 생명력을 잃고, 흑암 속에서도 빛나던 진분홍빛 눈동자가 더는 빛나지 않는다 해도 좋았다. 아무래도 좋았다.

옆에서 살아 숨 쉬어 주기만 한다면, 그것으로 좋았다.

"이런 거 원치 않았는데……."

한 손으로 눈을 덮은 칼이 먹먹하게 가라앉은 목소리로 속삭였다. 당사자가 원치 않은 구원은 폭력이었다.

"……다들, 조금씩 진정하는 게 좋겠군."

탁자 상석에 앉아 칼과 아리아의 논쟁에도 아무 말 없이 자리만 지키던 카이사르가 이제야 입을 열었다. 연륜이 헛것은 아닌 듯 그의 표정과 목소리는 침착했지만, 두 눈에 서린 동요까지 지우지는 못했다.

카이사르는 근 사흘 동안 모든 활동을 중지하고 오직 방에만 머물며 생각했다. 어째서 카슈미르가 그에게 테러 소식을 알리지 않았는지.

축제에 빠지겠다고 했을 때 뭔가 일이 생길 것이라는 걸 예상하긴 했으나, 설마 테러일 줄은 상상도 못 했다. 아니, 테러 같은 일을 앞에 두고도 그에게 언질한 번 주지 않으리라고는 상상하지 못했다는 것이 맞을 것이다.

이제 카슈미르가 어느 정도 그에게 의지한다고 생각했다. 처음 만났던 카슈미르는 카이사르를 오직 '공작'으로 보았던 것 같지만, 이젠 그를 가족으로 생각한다고 지레짐작했다. 그런데 카슈미르는 또다시 모든 걸 혼자 해 냈고, 그는 아무것도 도와주지 못했다. 심지어 카슈미르가 폭탄을 처리하기 위해 고군분투할 때 그는 그 자리에 있지도 않았다.

모든 것을 가지고 태어난 카이사르 크리시스는 스스로가 지독히 무능해지는 것에 익숙하지 않았다. 카이사르는 진창으로 빠지려는 기분을 애써 끌어올리며 카슈미르가 깨어났을 때를 고민했다.

카슈미르는 현재 몸이 완전히 회복된 상태였기에 곧 깨어날 텐데, 그 아이와 다시 마주했을 때 어떤 반응을 보여야 할지 알 수 없었다.

화를 내야 하나? 왜 말도 하지 않고 스스로를 위험으로 밀어 넣었냐고?

하지만 그에게 이런 말을 할 자격은 있는가. 온몸을 희생해 목표를 쟁취하는 것. 그것은 카슈미르가 용병으로 살며 배운 방식이었고, 어렸던 아이가 용병으로 살아야 했던 건 다름 아닌 카이사르의 부재 때문이었다.

카이사르가 어린 카슈미르와 줄곧 함께해 줬다면, 카슈미르가 용병이 될 일은 없었을 것이다. 그럼 혼자 모든 것을 무모하게 처리하려 하는 성향 또한 없었을 것이다.

카이사르는 차오르는 울분을 억눌렀다. 이런 격렬한 감정은 익숙하지 않아, 일그러지려는 얼굴을 수습하는 데엔 꽤 시간이 걸렸다.

그렇다면 대체 뭐라고 해야 하나. 수도를 지키겠다고 혼자 폭탄을 향해 달려든 아이에게 잘했다고 격려를 할 순 없었다. 그렇다고 꾸짖을 수도 없고, 아무 말 없이 지나갈 수도 없었다.

사실은 카슈미르의 얼굴을 보면 사흘 동안 겨우겨우 억눌렀던 감정이 모두 쏟아질 것 같아 마주할 자신조차 없었다. 자신의 죽음조차도 두려워하지 않는 카이사르 크리시스는 아득한 두려움을 느꼈다. 강하게 깍지 낀 두 손이 희미하게 떨려 왔다.

이런 일들이 반복되다, 언젠간 그 아이가 정말 죽어 버리면 어떡하지. 소드 마스터라고 해도 인간인데. 사람들을 구하겠다고 나선 아이가 어느 날 시체로 돌아왔을 때, 자신은 세상을 멸망시키지 않고 버틸 수 있는가.

수많은 색의 상념들이 뒤섞여 머릿속이 이도 저도 아닌 색으로 물든다. 침잠한 눈으로 허공을 바라보던 카이사르는, 느리게 숨을 내쉬며 눈을 감았다.

혼자 아무리 생각해도 결론은 나지 않았다. '위험한 일이 생길 시 무조건 연락할 것' 같은 규칙을 만든다고 해도, 카슈미르라면 누군가 위험해지는 순간 망설임 없이 그 규칙을 어길 것이라는 것을 그는 알고 있었다.

카슈미르 크리시스는 경로를 읽을 수 없는 폭풍이었다. 잡을 수도, 어딘가에 가둘 수도 없고, 예고 없이 몰아치기 시작하는 거대한 바람. 그는 카슈미르에게 명령하고 싶지도, 강압적으로 굴고 싶지도 않았다. 가장 중요한 것은 카슈미르의 의견이었다.

카이사르는 굳은 물감처럼 버적거리는 상념들을 모두 긁어내고 심호흡했다.

"둘 다 생각 정돈해라. 슈슈 보러 갈 시간이다."

카이사르의 말에 칼과 아리아는 각자의 방식으로 생각을 정리했다.

모두 하나같이, 오늘은 카슈미르가 깨어나길 바라고 있었다.

·—·₃❀₃·—·

"……어먹을, 의원이라도 불러야 하는 거 아닙니까?"

"조급하게 굴지 마, 칼 크리시스. 언니는 내 치유력으로 이미 완벽히 회복했어."

"그럼 왜 여태껏 못 깨어나고 있는 건가!"

"그걸 내가 어떻게 알아, 개자식아! 나한테 시비 거냐?"

"둘 다 그만해라."

날카로운 언성이 바로 옆에서 오가며 귀를 따갑게 찔렀다. 익숙한 목소리들이었다. 나는 미간을 살짝 찌푸렸다가 느리게 눈을 떴다. 정확한 시간은 알 수 없어도 잠을 아주 오래 잤을 때처럼 몸이 노곤하다는 것에서 내가 오랜만에 눈을 떴음을 느낄 수 있었다.

나는 초점이 잘 잡히지 않는 눈을 몇 번 깜빡이다, 메마른 입술을 달싹였다.

"……아."

갈라지는 목소리를 낸 나는 목이 턱 막히는 느낌에 다시 입술을 닫을 수밖에 없었다. 오랫동안 사막을 헤매며 물 한 방울 마시지 못한 여행자처럼 목이 건조했다.

마른기침을 몇 번 하고 있었을까, 번뜩이는 세 쌍의 눈동자가 내게로 향했다.

내가 사랑하는, 나의 가족들이었다.

"언니!"

덜컹.

하늘색 눈동자를 크게 뜬 아리아가 내게 달려들었다. 약한 간이침대가 크게 흔들렸다. 나는 내 품에 안기는 아리아를 익숙하게 받으며 눈을 느리게 깜빡였다.

"……아리아."

목소리가 천파만파로 갈라졌다. 몸은 완벽히 회복된 것 같았지만, 오랜 수면으로 잠긴 목은 어찌 할 도리가 없었다. 내 목소리를 듣고 인상을 왈칵 찌푸린 아리아는 제 검지로 내 아랫입술을 꾹 눌렀다. 보송한 깃털이 입술 위로 내려앉는 듯했다.

"입 벌려."

나는 순순히 입술을 열었고, 이내 시원한 물줄기가 입안으로 흘러들어 왔다. 나는 군말 없이 물을 받아 마시며 천천히 아리아를 살폈다.

'……머리가 짧아졌구나.'

치렁치렁하던 분홍색 머리칼이 맹렬한 화염 아래 불타오르던 순간을 떠올렸다. 테러 사건이 끝난 뒤 머리를 한 번 다듬은 건지, 삐뚤삐뚤하게 그을렸던 머리카락은 어깨에 닿는 길이로 깔끔히 정돈되어 있었다.

나는 눈을 내리깐 채 아리아의 머리칼을 쓸어내리다, 고개를 들어 카이사르를 바라보았다.

여태껏 나를 응시하고 있던 붉은색 눈동자가 일렁였다. 그의 눈빛에서 깊은 착잡함을 읽어 낸 나는 쉬이 입을 열 수 없었다. 잠시 작은 오두막 안으로 무거운 침묵이 감돌았다.

"그······."

"일은 잘 정리됐다."

내가 무어라 말하려 입술을 달싹이는 찰나, 카이사르가 입을 열었다. 그의 표정은 여느 때와 같이 단단한 포커페이스였으나 내 눈엔 피부 톤에 맞지 않는 화장을 한 듯 어색하게 보였다.

"네가 쓰러진 지는 사흘이 지났다. 테러 사건의 정확한 범인은 잡지 못했다. 대외로 알려지진 않았지만······ 위에선 북부와 고위 귀족이 힘을 합쳐 벌인 짓이라고 예측하고 있다. 북부인들이 큰 검열 없이 수도 내로 들어온 것 자체가 권력의 개입 없이는 불가능하니. 대외적으론 정체불명 괴한들의 테러를 미르가 막은 것으로 알려졌다. 카슈미르 크리시스에 대해선 급격한 건강 악화로 인해 잠시 수도 바깥으로 요양을 갔다고 알렸다. 이 상태인 너를 저택으로 옮기다 이상한 소문이라도 퍼지면 곤란하니 너는 계속 이곳에 머물게 했고. 너와 함께 폭탄을 처리한 라이너 아인하르트는 폭탄의 존재를 상부에 알리지 않았다는 점에서 지위 박탈 감이지만······ 폭탄을 성공적으로 처리했다는 점에서 근신 처분만 받았다."

카이사르는 천천히 상황을 설명했다. 나는 고개를 끄덕이고는 눈을 굴려 눈치를 살폈다.

내 옆에 앉은 아리아도, 벽에 등을 기댄 칼도, 의자에 앉아 있는 카이사르도 말이 없었다. 세 사람 얼굴 위로 짙게 깔린 복합적인 감정들이 내 심장을 쿡쿡 건드렸다.

'죽여줘······.'

나는 진심으로 내 목덜미를 쳐서 엎어져 기절하고 싶었다. 세 사람 다, 버럭 화라도 내면 차라리 마음이 편할 것 같은데 조개처럼 입을 꾹 다물었으니 어찌해야 좋은지 알 수 없었다.

"제가, 잘못했습니다."

미친 듯이 눈을 굴리던 나는 이내 숨을 크게 들이쉬며 침묵을 깨뜨렸다. 깊은 생각에 잠겨 허공을 표류하던 카이사르의 붉은 눈동자가 나를 담았다. 그 묵묵한 시선에, 어디까지 말해야 하나 머리를 굴리던 나는 말할 수 있는 모든 것을 말하기로 결심했다.

"테러리스트 일당 중 내부 고발자가 있었습니다. 내부 고발자가 누군지는…… 발설하지 않기로 약속해서 말씀드릴 수 없습니다. 죄송합니다. 아버지가 나서면 테러리스트 쪽에서 상황이 이상하게 돌아간다는 걸 눈치챌 것 같았습니다. 함께 움직일 가장 합당한 이가 라이너 아인하르트 경이라 생각했고……."

"나는."

최대한 이성적이고 합리적으로 상황을 설명하고 있을 때, 카이사르가 말허리를 뚝 끊었다. 감정을 꾹꾹 억누르고 있는 목소리에 떨리는 시선으로 그를 마주했다. 입술을 거칠게 짓씹은 카이사르의 얼굴이 얼핏 일그러졌다.

"네가 좀 더 감정적이고, 네 나이다워도 좋다."

토해 내듯 터져 나오는 낱말들엔 모순적이게도 감정이 절제되어 있었다. 절제되어 있었기에 더 슬프게 들렸다.

"앞뒤 재지 않고 내게 말했어도 괜찮았을 거다. 그랬다면, 내가 어떻게든 도왔을 거다."

"……."

나는 침묵했다. 할 수 있는 말이 없었다.

폭탄에 뛰어든 것은 조금도 후회하지 않지만 카이사르의 반응을 두 눈으로 담으니, 미리 알리지 않은 것이 과연 최선이었을까 회의감이 드는 것이다. 그럴 의도는 없었다고 해도, 내가 카이사르에게 언질하지 않았다는 건 어떻게 보아도 내가 그를 불신한 것으로 보였다.

"너를 어쩌면 좋을까."

한탄처럼 입술 새로 새어 나오는 카이사르의 한마디가 내 심장을 꽉 조였다. 그의 딸이 된 이후부터 좋은 모습은 보여 주지 못하고 계속 비슷한 일들로 카이사르를 힘들게 하는 것만 같았다.

"나는……."

말문을 연 카이사르는, 입만 살짝 벌린 채 한참 동안 마침표를 찍지 못했다. 그의 입술이 살짝 떨렸다.

"……너를, 사랑한다, 슈슈."

바다를 막던 댐에 금이 가고, 거대한 파도가 그 금 사이를 터트리듯 비집고 나오는 것 같았다. 고해성사하는 죄인처럼, 비밀을 토해 내는 사람처럼 뱉어 내는 말에, 나는 숨을 멈추었다.

"네가 다치지 않기를 바란다. 네가 멀쩡히, 내 곁에 있어 주었으면 했다. 그래서 애초에 다칠 일이 없도록 안전한 곳에 그저 머물게만 하고 싶은데…… 너는 그걸 바라지 않겠지."

카이사르는 모래에서 금을 골라내듯 조심스럽고 신중하게 말을 이었다. 그의 붉은 두 눈에 집착에 가까운 무언가가 얼핏 스쳤으나 금방 사라졌다.

"네가 하고 싶은 것은 무엇이든 할 수 있게 해 주고 싶다. 그런데 네가 위험한 건 또 싫어. 그래서 나는, 어떻게 해야 할지 모르겠다."

조금도 다른 색을 덧씌우지 않은 투박한 진심이 전해져 왔다. 없는 거 없이 모두 가진 카이사르 크리시스는, 민낯을 보이듯 무겁게 무지를 고해 왔다.

"넌 어떻게 하고 싶으냐."

피를 담아 고체로 굳힌 듯 짙은 붉은빛의 눈동자가 나를 온전히 담아냈다.

나는 잠시 침묵했다.

사람과의 관계는 어려웠다. 해치운다고 되는 것도, 그저 찍어 누른다고 되는 것도 아니었으니. 서로를 알아 가고, 탐색하며, 아주 다른 와중에 중간을 찾아 서로에게 맞춰 간다.

이 일련의 과정들은 내게 무척 어려워서 차라리 거대 마수 열 마리를 때려잡는 게 더 쉽다고 느껴질 정도였으나, 하지 않으면 안 되는 일이었다. 나는 내 가족을 사랑했으니까. 내 멋대로만 할 수는 없었다.

"저는…… 아버지가, 절 조금 더 믿어 주셨으면 좋겠습니다."

머뭇거리던 나는, 아주 조심스럽게, 꽤 이기적인 말을 뱉었다. 처음 뱉어 봤다고 느낄 정도로 어색했다. 말을 더 잇지 못하고 주저하던 찰나, 묵묵하게 나를 지지하는 카이사르의 눈빛을 보고 다시금 용기를 내 입을 열었다.

"저는 이곳을 지키고 싶습니다. 제 가족들이 살고 있는 곳이니까요. 아시다시피 저는 쉽게 죽지 않습니다. 저를 좀 더 믿고 지켜봐 주셨으면 합니다."

알고 있었다. 내가 위험에 뛰어드는 것은 가족들에게 무척이나 상처가 된다는 것을. 하지만 그렇다 해도 나는 멈출 수 없었기에, 그저 믿어 달라고 할 수밖에 없었다.

"대신 위험에 처했을 때 가능하다면 꼭 연락하겠습니다. 그리고 가능한 한 안전한 길을 선택하겠습니다."

나는 땅바닥만 뚫어져라 쳐다보며 작게 말했다.

반드시 연락하겠다, 무조건 안전한 길을 택하겠다곤 말할 수 없었다. 나는 연락을 해선 안 되는 상황에 놓일지도 몰랐고, 안전한 길이 아니라 위험한 지름길을 선택할 수밖에 없을지도 몰랐다.

그럼에도 더 이상 무작정 목숨을 걸지는 않을 것이다. 최선의 길과 안전한 길 중 고민도 하지 않고 전자를 골랐던 이전과는 다르게 한 번 더 생각해 볼 것이고, 돌아갈 집과 나를 기다리는 사람들이 있음을 명심할 것이다. 위험이 도사리는 길을 건너라도 조심하게 된 것은 내게 있어 매우 크게 달라진 점이었다.

충직한 검이 되려 했는데 2

"······그래."

카이사르의 대답이 바위처럼 내려앉았다. 그가 눈을 들어 나를 바라보았다.

"나는, 너를 믿는다."

그것은 허락이었다. 내가 무얼 하든 지지해 주겠다는 뜻. 나는 울컥하고 치미는 감정에 아무 말도 하지 못했는데, 의자에서 일어나 내 앞으로 다가온 카이사르가 내 머리칼을 부드럽게 쓸어내렸다.

"테러 이후에 폭탄이 설치되었던 장소에서 시체 세 구가 발견되었다."

그 한마디에 심장이 철렁 내려앉는다.

무슨 시체를 말하는 것인지는 자명했다.

'······글렌.'

내가 평생 잊지 못할 이름. 내가 죽인 아이.

숨이 턱 막혔다. 나는 떨리는 눈으로 카이사르를 바라보았다.

속절없이 요동치는 마음을 다스리지 못하는 나를 빤히 응시하던 카이사르가 느리게 입을 열었다.

"아마, 네가 죽인 모양이더구나."

속이 마구 뒤틀렸다. 속 안의 장기를 모두 게워 낼 수 있을 것 같았다. 나는 빠르게 머리를 굴려 카이사르가 이 말을 꺼낸 의도를 파악하려 애썼다. 그리고 떠오르는 단 하나의 생각.

카이사르가, 내가 사람을 죽였다는 것에 실망하면 어떡하지.

창백하게 질린 나는, 다급하게 입을 열었다.

"시, 실망하셨습니까?"

"괜찮으냐, 슈슈?"

"······네?"

"뭐?"

거의 동시에 말한 나와 카이사르는 각자의 말에 놀라 서로를 바라보았다.

"……실망이라니, 그게 무슨 소리냐."

얼굴이 굳은 카이사르가 되물었다. 나는 목울대를 울렁여 침을 삼켰다.

"제가…… 함부로 사람을 해쳐서 실망하셨을지도 모른다고 생각했습니다."

우스운 꼴 아닌가. 사람들을 지키는 것이 신념이라고 말한 주제에 사람을 죽였으니. 작은 목소리로 대답하자, 카이사르가 잠시 할 말을 잃은 표정을 짓다 굳게 대답했다.

"나는 네가 무슨 짓을 저질러도 네게 실망하지 않는다. 내가 이 말을 꺼낸 건 네가 걱정되어서야."

카이사르가 조심스럽게 손을 뻗어 내 뺨을 덮었다. 붉은색 눈동자가 슬픈 기색을 띠고 반짝였다.

"너는 사람을 죽이지 않고 싶어 했잖느냐."

걱정이 담긴 목소리에 입술을 짓씹었다.

아. 피를 본 주제에 이 다정함에 안위하면 안 되는데.

나를 걱정하는 한마디에 우습게도 눈물이 터질 것 같았다. 울지 않기 위해 얼굴을 일그러뜨리는 나를 본 카이사르가 한숨처럼 말을 뱉었다.

"나는 무엇이든 극복해 나가는 네가 무척 자랑스럽다. 하지만 너는 모든 것을 지나치게 빨리 극복해 버려. 아물지 않은 상처들을 아무렇게나 덮어 버리는 것 같다."

카이사르는 알았던 걸까. 죽어 가는 글렌의 잔상이 눈앞에서 아른거리는데도, 내가 어떻게든 억지로라도 극복하려 했다는 걸.

필사적으로 표정을 정리하는 내게 얼굴을 가까이한 카이사르가 낮고 부드럽게 속삭였다.

"어떠한 것은 한바탕 앓고 나서야만 넘어갈 수 있는 법이다. 어린 날의 홍역처럼."

앓고 나서야만 넘어갈 수 있다. 그 한마디가 지독하게 가슴을 울렸다.

그래. 그런 것도 있을 터인데, 내겐 앓고 있을 시간이 없었던 것만 기억났다. 아무리 아파도 급히 상처를 지혈하고 바로 다른 상처의 고통으로 이전의 고통을 잊는 것이 내 방식이었다.

막을 새도 없이 눈물이 흘렀다. 힘들었다, 역시. 의도가 어떠했든 사람을 죽였다는 사실은 내게 각인되어 평생 지워지지 않을 것 같았다.

"그러니 극복하기 전에 충분히 앓아도 좋다. 네가 앓고 갈 품을 내어 줄 테니."

허나 이제 내겐 앓고 갈 수 있는 품이 있어서, 그렇게 힘들지만은 않을 것도 같았다.

카이사르의 어깨에 얼굴을 묻고 소리 없이 울었다. 젖어 가는 제 옷엔 시선도 주지 않은 그는 끊임없이 내 등을 토닥여 주었다.

그러고는 내 귓가에 살며시 속삭였다.

"수고했다, 슈슈. 살아 돌아와 줘서 고맙다."

아. 이곳이 내가 돌아올 집이었다.

테러가 일어나고 일주일 뒤. 몸은 완벽히 회복되었고, 어제부로 '카슈미르 크리시스'도 요양을 다녀왔다는 설정 아래 무사히 저택으로 돌아왔다.

테러로 인해 제국은 완전히 뒤집어졌다. 폭탄이 북부의 소행이라는 것이 알려지며 제국민들은 공포에 빠졌고, 귀족들은 회의에 돌입했다.

폭탄에 대한 수사로 인해 이틀간 축제가 전면 중지되었다고는 하나, 내가 일어난 사흘째 날부터는 축제가 재개되며 수도는 다시 북적거렸다. 오늘은 축제의 마지막 날로, 호수 위에 등불을 띄우는 날이었다. 그리고 라이너와 약속이 있는 날이기도 했다.

'어디 있지.'

나는 광장 입구에서 주위를 두리번거렸다. 고개를 돌릴 때마다 포니테일로 높게 묶어 올린 긴 머리가 흔들려 양 뺨을 간지럽혔다. 이리저리 둘러보던 나는, 길거리 가게 유리창에 비친 내 모습을 잠시 응시했다.

하얀 와이셔츠에 남색 조끼, 하얀 승마 바지에 검은 부츠. 귀족들이 사용하는 실크가 아니라 평민들이 사용하는 투박한 천으로 제작된 옷들. 흡사 길거리 집시 소년을 연상케 하는 가벼운 복장은 귀족이 귀족을 만나러 가는 옷차림과는 거리가 멀어 보였다.

'다른 귀족들이 보면 천박하니 뭐니 소문이 날 것 같다만…… 뭐, 상관없지.'

유리창에 비친 내 입꼬리가 부드럽게 올라갔다. 귀족들이 축제를 즐기는 방법은 마차를 타고 시내를 구경하거나 산책로를 짧게 걷는 정도가 고작이었다. 품위를 유지한다는 이유로 평민들의 노점상엔 발도 들이지 않았다.

'노점상이야말로 축제의 꽃인 것을.'

축제는 평민으로서 즐겨야 진정으로 즐겼다고 말할 수 있었다. 내가 평민처럼 입은 것도 그 때문이었다.

"카슈미르. 여깁니다."

만나기로 한 장소에서 시간을 확인하며 기웃거리고 있을 때, 익숙한 목소리가 내 이름을 불렀다. 나는 유하게 웃으며 고개를 돌렸다.

끝나 가는 봄 무렵의 뜨거운 태양 아래에서 은회색 머리칼이 달처럼 빛났다. 햇살을 닮은 황금색 두 눈이 상냥한 빛을 머금었다.

"라이너."

그곳에 그가 있었다.

"몸은 괜찮으십니까?"

한달음에 내게 다가온 라이너가 빠르게 내 몸부터 살폈다. 통신구로 약속을 잡으며 몸은 완벽하게 회복이 되었다고 몇 번이고 말했건만, 그는 무척 걱정스러운 기색이었다.

충직한 검이 되려 했는데 2

'하기야, 걸레짝이 돼서 하늘에서 떨어지는 게 마지막 모습이었으니.'

조금 쓸쓸하게 웃었다. 라이너에게 무거운 마음의 짐을 안겨 준 것만 같았다. 나는 그에게 내 건강함을 증명하기 위해 이리저리 팔을 돌렸다.

"멀쩡해서 탈입니다. 제 회복력 아시지 않습니까."

'여기서 칼춤도 출 수 있습니다.'

장난스럽게 덧붙이며 자연스럽게 라이너 옆에 섰다. 갑작스럽게 거리를 좁히자 멈칫하던 그는 이내 한숨처럼 웃었다.

"……무척 염려했는데 다행입니다, 카슈미르."

금빛 눈동자로 안도가 물드는 모습은 한 폭의 그림 같았다. 그의 걱정에 심장이 조금 물렁해져 머리를 긁적이다, 갑자기 떠오른 생각에 살짝 얼굴을 굳혔다.

"근신 처분을 받으셨다고 들었습니다만."

"아. 그거 말입니까."

내가 착잡하게 물으니 라이너가 아무렇지도 않은 표정으로 대답했다. 나는 혹여 이번 사건 때문에 라이너의 자리가 위태로워진 게 아닌가 걱정스러웠으나, 라이너는 태연했다.

"폭탄의 존재를 상부에게 보고하지 않았다는 이유로 근신 처분을 받긴 했습니다만…… 겨우 열흘 근신입니다. 황가 마차에 설치된 폭탄을 안전히 해체한 공을 인정받아 훈장도 받게 되었습니다. 황가 마차 쪽 폭탄은 광장에 설치된 폭탄과 다르게 위력이 약한 폭탄이었기에 다행이었죠. 사실 열흘 근신도 처벌보단 휴가에 가깝습니다."

하기야, 황제와 황태자를 구한 것은 영웅으로 추대되어야 마땅한 업적이었다. 내가 옅게 안도의 한숨을 쉴 때, 라이너가 나를 향해 눈을 휘었다.

"그리고 그 근신을 받았기에 지금 카슈미르와 함께 있을 수 있지 않습니까. 저는 무척 만족스럽습니다."

무심하고 딱딱한 인상으로 다정을 말하는 것은 처음 보는 이에게 조금 묘한 느낌을 줄 테지만, 내게는 무척 익숙했다. 허나 익숙하다 해서 감흥이 없는 것은 아니었다.

역시 좋았다. 그의 올곧은 눈길도, 햇살 같은 다정도. 그와 마주할 때면 가슴이 따뜻하게, 또 이상하게 술렁였다.

"······그렇다면 다행입니다."

나는 라이너를 향해 마주 웃어 주었다.

❧

나와 라이너는 수도의 거리를 천천히 걷기 시작했다. 축제의 노점상들은 살짝 어둑해지는 오후에 가장 활성화되는데 지금은 이른 오후였으니, 노점상 거리는 뒤로하고 꽃이 핀 거리부터 구경하고 있었다.

"옷, 무척 잘 챙겨 입으셨습니다."

불편하지 않은 침묵 속에서 거리를 거닐던 나는, 문득 라이너의 복장을 보고 넌지시 말했다. 이전에 라이너에게도 평민처럼 입고 오라고 언질을 해 두긴 했지만, 라이너는 평생 귀족으로 살아온 사람이라는 걸 감안해 별 기대를 하지 않았다. 허나 꽤 신경을 쓴 건지 현재 그의 차림은 조금 비싸 보인다는 것만 제외하면 무척 평민 같았다.

'그래도 잘생겼군.'

나는 조금 흐뭇해져서 슬쩍 웃었다. 아무리 투박하게 입어도 라이너의 미모는 빛을 잃지 않았다. 오히려 화려한 제복을 입고 있을 때보다 깔끔한 지금의 옷차림이 더 잘 어울리는 듯이 느껴지기까지 했다.

"아, 감사합니다. 카슈미르도 좋습니다. 특히 머리 묶은 거······ 잘 어울립니다."

내 칭찬에 고개를 끄덕이며 대답한 라이너가 말을 덧붙였다. 특별한 미사여

충직한 검이 되려 했는데 2

구로 꾸며지지 않은 직설적이고 뻣뻣한 칭찬이었으나, 그 맑음이 기꺼웠다. 나는 칭찬을 하면서도 쑥스러운지 내 시선을 비스듬히 피하는 그가 귀여워 턱을 매만졌다.

"그렇습니까? 그렇다면 머리를 자주 묶고 다닐까요."

나는 느긋한 투로 말하며 망아지의 꼬리처럼 하나로 높게 묶은 머리칼을 툭 건드렸다. 파란 리본에 묶인 머리칼이 바람을 따라 살랑였다. 원래는 그냥 풀고 다닐 때가 많았는데, 이제 곧 여름이라 묶고 다니는 것도 나쁘지 않을 것 같았다.

'그러고 보니 이 리본은 디에고가 준 거지.'

나는 피식 웃으며 라이너를 올려다보았다.

"이 리본, 황태자 저하께서 사냥 대회 때 주신 겁니다. 저는 눈 색이 붉은 계열이라 푸른색 리본은 잘 어울리지 않을지도 모른다고 생각했는데, 괜찮습니까?"

"……황태자 저하께서요?"

내 가벼운 물음에 라이너가 순간 멈칫했다. 그의 되물음에 고개를 끄덕이자, 그의 표정이 이루 말할 수 없을 만큼 묘한 빛으로 물들었다. 그의 감정을 다 읽을 순 없었지만 슬쩍 좁아지는 미간을 보아 기분이 좋지는 않아 보였다.

"……그렇습니까. 저하께서 주신 리본을…… 절 만나러 오면서 하신 거군요."

라이너가 평소보다 한 톤 낮은 목소리로 느리게 내뱉었다. 분명 차분한 목소리였으나, 동시에 으르렁거리는 것처럼 날카롭게 들려왔다. 그가 손을 들어 내 머리칼을 한데 묶은 리본을 느리게 쓸어내렸다. 푸른 리본을 보는 금빛 눈동자 위로 질척이는 무언가가 흘러내렸다.

"잠시, 무례를 용서하십시오."

스르륵.

라이너의 딱딱한 손끝이 리본의 매듭을 살며시 잡곤 망설임 없이 잡아당겼다. 매듭이 속절없이 풀려나가며 디에고의 두 눈을 닮은 푸른빛이 길게 허공을 수놓고, 묶여 있던 내 머리칼이 너울거렸다. 나는 놀란 눈으로 라이너를 바라보았다.

"감히 말씀드립니다만, 이 리본은 카슈미르에게 어울리지 않습니다. 너무……
푸르지 않습니까. 다른 색이 어울리겠군요."

라이너가 눈을 내리깔아 제 손에 쥔 푸른 리본을 바라보았다. 순간 직감이 짧
게 울릴 정도로 위험하게 번뜩이던 금빛 눈동자가 구름에 태양이 가려지듯 길고
섬세한 속눈썹에 감춰졌다.

굵은 손으로 리본을 찢듯 매만지던 라이너가 내게 리본을 돌려주었다. 어쩐지
내키지 않는 것 같은 손길이었다.

"제 생각엔…… 카슈미르에겐 은회색이나 금색이 가장 잘 어울릴 것 같습니
다."

살짝 상체를 굽혀 나와 시선을 가까이한 라이너가 속삭이듯 말했다.

마주한 시선으로 퍼지는 미묘한 공기. 끝없는 갈망을 담은 금빛 눈동자가 파
도처럼 울렁였다. 올라간 입꼬리 끝이 조금 딱딱해진 라이너가 내 앞으로 손을
내밀었다.

"시내에서 새로운 리본을 하나 선물해 드리겠습니다. 함께 가시겠습니까?"

녹아내린 초콜릿처럼 한없이 상냥하고, 부드러우며, 진득한 목소리가 물었다.

"……그러죠."

잠시 물끄러미 라이너를 바라보던 나는, 조용히 수긍하며 라이너의 손을 살
며시 잡았다. 이내 나를 단단히 붙드는 큰 손. 분명 그저 다른 리본을 사러 가자는
말에 불과했으나, 악마의 꼬드김이라도 되는 양 거절할 수가 없었다.

"거기 두 분! 액세서리 구경하고 가세요!"

라이너와 노점상이 들어선 시내를 거닐고 있었을까, 호객하는 목소리가 나와
라이너를 불렀다. 여러 번의 호객에도 이미 많은 노점상을 지나왔으나 '액세서

　　　　　　　　　　　　　　충직한 검이 되려 했는데 2

리'라는 단어가 내 발걸음을 붙잡았다.

"저기, 구경하다 갈까요?"

"좋습니다."

내가 액세서리로 가득 찬 매대를 가리키자, 라이너가 고개를 끄덕였다.

'으음…… 이런 건 잘 모르는데…….'

다채롭고 화려한 가지각색의 액세서리들 앞에서 나는 조금 곤란한 표정을 지었다. 워낙 심플함만 추구해 왔던 탓에 액세서리 같은 건 좋아하지도 않았고, 익숙하지도 않았다.

'게다가 미적 감각도…… 그다지…….'

부끄럽지만, 나는 미적 감각이 그리 좋은 편이 아니었다. 패션 센스도 없어서—사실 센스랄 것도 없이, 나는 내 마음대로만 입고 다닐 수 있다면 평생 와이셔츠에 바지만 입고 다닐 거다—공식적인 석상에 갈 땐 무조건 시녀들과 아리아의 검사를 받아야 했다.

'이런 건 르웰린이 잘 고를 텐데.'

문득 천재적인 감각을 가진 친구가 떠올라 세밀하게 조각된 붉은 장미 펜던트를 만지작거렸다.

미르가 테러를 막았다는 소문이 대륙 전역으로 퍼진 뒤, 르웰린에게서 안부를 묻는 편지가 왔었다. 서로 일이 바빠 오랫동안 보지 못하고 있었던 참이었으니 괜찮다는 것도 보여 줄 겸 한번 만나는 것이 좋을 것 같았다.

'르웰린한테 선물을 보내면서 연락 한번 해 봐야지.'

이 펜던트는 보면 볼수록 르웰린이 떠올랐다. 내가 심미안은 없지만, 르웰린도 좋아할 거라는 생각이 들었다.

'사서 선물해도 좋겠지.'

그 외에도 가족들에게 줄 만한 액세서리가 없나 싶어 매대를 뒤적거릴 때였다.

"카슈미르. 이 리본 어떻습니까."

나를 부르는 낮은 목소리에 고개를 돌렸다. 리본을 진열한 매대에서 서성이던 라이너는 금색 물결무늬가 들어간 은회색 리본을 손에 쥐고 있었다.

"예쁜데요. 저는 좋습니다."

내게 리본을 사 주기 위해 저 큰 손으로 길고 가는 리본을 이것저것 골랐다는 것이 귀여워 나는 푸스스 웃었다. 잠시 나를 물끄러미 바라보던 라이너는, 이내 주인을 불러 리본의 값을 치르고 내게로 성큼 다가왔다.

"머리, 묶어 드려도 되겠습니까?"

라이너의 손이 내 머리칼을 느리게 쓸어내렸다. 그 손길은 무척 자연스러웠고, 나 또한 기껍게 받아들이고 있었다.

'그러고 보면 라이너도 나랑 스킨십이 많이 편해졌구나.'

새삼 이전의 라이너가 떠올랐다. 이전엔 피부만 살짝 닿아도 굳는 것이 보였는데, 이젠 라이너가 먼저 나서서 스킨십을 시도하는 걸 보니 그도 내가 많이 편해진 것 같았다.

"물론, 좋습니다."

그만큼 마음의 거리가 가까워진 것 같아, 나는 기쁜 마음으로 수긍했다. 엷게 웃은 라이너가 내 뒤에 서더니 긴 손가락으로 조심스럽게 내 머리칼을 빗어 내렸다. 거리가 가까워져서인지 은은한 로즈우드 향기가 코끝을 스쳤다. 머리칼을 높게 한데 모은 그는 조금 미숙한 손길로 리본을 매듭지었다. 드러난 목덜미에 닿는 바람결이 간지러웠다.

"……됐습니다."

"아, 감사합니다."

라이너의 손이 스르륵 떨어지고, 나는 매대의 거울로 묶인 머리를 확인했다. 긴 머리를 만져 본 적이 적다는 것을 티내듯 삐죽삐죽 잔머리가 튀어나온 포니테일. 내가 묶는 것보다 훨씬 형편없는 결과물이었지만, 어쩐지 나쁘지 않았다.

충직한 검이 되려 했는데 2

'은회색과 금색이면…… 라이너의 색이네.'

리본을 매만지며 떠올렸다. 햇빛을 받으면 달빛처럼 부스러지는 은회색 머리칼과 어둠 속에서도 형형히 빛날 것 같은 맹금류의 금빛 눈동자를.

"이 리본, 라이너의 일부 같습니다."

그 색들을 모두 담은 것이었기에 나는 무심코 말했다.

내 말을 들은 라이너의 두 눈이 커졌다. 일렁이는 금빛이 나를 바라보았다. 입술을 달싹이던 그는, 뒤늦게 입을 열었다.

"그래서…… 싫습니까?"

주저가 묻어나는 조심스러운 물음. 나는 눈을 깜빡이다, 사르르 웃음 지었다.

"그럴 리가. 그래서 좋습니다."

라이너가 크게 숨을 들이쉬었다. 나를 한참 응시하던 그는, 이내 헛웃음을 뱉으며 웃는 듯 우는 듯 기묘하게 얼굴을 일그러뜨렸다. 한데 묶인 내 머리칼을 뭉근하게 쓸어내린 라이너는 이내 내 머리칼 위로 고개를 숙였다.

부드러운 입술이 소리도 없이 머리칼 위로 내려앉는다. 분명 머리칼은 신경이 없어 입술의 감촉이 느껴질 리 없었으나, 부드러운 애정 표시가 가슴께로 느껴지는 것만 같았다.

눈을 깜빡이며 라이너를 돌아보자 신성한 의식을 치르듯 숭고하게 내 머리칼 위로 길게 입술을 내리던 그가 나와 눈을 맞추었다.

"당신은 이게 문제입니다."

황금빛이, 나를 잡아먹을 듯 번뜩였다.

"내가, 주제도 모르고 손에 쥐고 싶게 하잖아."

그의 입술이 닿은 머리칼 위로 짙고, 깊고, 질척이는 감정의 낱말들이 퍼져 나갔다.

'손에, 쥐고 싶다고.'

라이너와 나 사이에 시선이 물결 흐르듯 조용히 오가는 와중에 그의 말을 곱씹어 보았다. 몇 번이고 곱씹어 볼수록 자몽의 과육을 씹는 듯 단맛과 쓴맛이 동시에 느껴질 뿐이었다. 이 상황에서 라이너가 손에 쥐고 싶다고 하는 대상은 지나치게 명백했다.

'……나.'

평소엔 과묵함과 금욕 아래 숨기지만, 간혹 나를 바라보는 금빛 눈동자 위로 잔물결을 일으키듯 퍼져 나가는 갈망을 내가 읽지 못할 리 없었다.

'어째서? 내 무력이 탐나는 건가?'

하지만 역시 갈망의 이유는 알 수 없다. 라이너처럼 부족한 것 없는 사람이 나를 왜 필요로 한단 말인가. 내 뒤에 크리시스 가문이 있긴 하지만, 그건 진정으로 내 것이라고 볼 수는 없었다. 공작은 카이사르였으니. 진정으로 내 것 중 내세울 만한 것은 아무리 생각해도 무력밖에 없었다.

'라이너는 검을 그렇게 사랑했지. 그래서 소드 마스터인 내게 이런 감정을 내보이는 건가? 내 검술이 탐나서?'

내가 내릴 수 있는 최선의 결론이었으나 뒷맛이 찝찝했다. 이대로 결론을 내리면 라이너는 내 무력만 보고 있다는 것이니 묘하게 씁쓸하기도 했다. 필사적으로 머리를 굴리던 나는, 결국 한숨과 함께 입술을 열었다.

"라이너는…… 제게 검술을 배우고 싶습니까?"

혼자 머리를 굴려서 도출해 내는 결론은 늘 오류였다. 아무리 열심히 생각해도 사람의 감정과 관계된 일엔 늘 핀트가 엇나가 수많은 동상이몽을 경험했던 나는, 그냥 직접적으로 묻는 길을 택하기로 했다.

"……지금 검술 얘기가 왜 나오는 겁니까?"

"……아닙니까?"

내 물음에 자신의 귀를 의심하는 표정을 지은 라이너가 미간을 좁혔다. 또다시 잘못 짚었다는 것을 깨달은 나는 머쓱해져 귓바퀴를 매만졌다.

"하……."

그런 나를 지그시 응시하던 라이너가 푹 한숨을 쉬었다. 고개를 들어 하늘을 바라보는 그는 갓 걸음마를 뗀 아이에게 윈드밀을 가르쳐야 하는 사람처럼 막막해 보였다.

"저는 가끔 당신이 그 작은 머리로 어떻게 사람 말을 듣고 뜻을 파악하면 이런 결론이 나오는지 궁금할 때가 있습니다."

라이너는 평소 같은 담담한 투로 말했으나, 나는 그 사이에 깃든 한탄을 읽을 수 있었다. 반쯤 체념한 듯 담담한 투에서 더 민망해진 나는, 조금 심통이 난 채로 라이너와 마주했다.

"제게 있는 거라곤 검밖에 없으니 라이너가 제 검술을 탐내는 게 아닌가 생각했습니다. 그럼 라이너는 왜 저를 원하는 겁니까?"

나는 이전부터 궁금했던 것을 종이 공처럼 꾸깃꾸깃 뭉쳐 라이너에게 직구로 던졌다. 나는 의문이 적힌 종이가 전해지지 못한 채, 내 속을 태우는 불길의 장작으로 훨훨 타오르는 것을 버티지 못했다.

내 의문을 직시하는 라이너의 동공이 옅게 일렁였다. 끝없는 갈망이 너울거리는 황금빛 바다 한가운데 떠오른 검은 태양이 요동치는 모습은 한 폭의 걸작 같았다.

"……저는 그럴듯하게 말하는 방법을 모릅니다. 사랑 시 같은 비유도 하지 못합니다."

짧은 침묵 끝에 꾹 다물려 있던 입술이 살며시 열렸다. 하기야, 라이너는 강직하고 뻣뻣한 기사 그 자체였다. 말을 돌려 할 줄도 몰랐다. 그렇다고 말을 날것 그 자체로 사납게 하진 않았으나, 예쁘게 하는 건 더더욱 아니었다. 말을 요리라고 한다면, 라이너의 말투는 특별한 기술 하나 없이 딱 익히기만 한 채로 식탁에 내놓는 느낌.

"하지만 그래도 말하고 싶습니다."

라이너가 낮은 목소리로 내 귓가에 속삭였다. 내 머리끝을 매만지던 큰 손이 내 앞머리를 간지럽혔다.

"밤하늘을 볼 때면 카슈미르의 머리카락이 떠올라서, 여러 밤을 지새워 밤하늘을 바라봤습니다. 그래도 당신이 그리웠습니다. 밤하늘은 아름답지만…… 칠흑의 원형인 당신을 그저 본뜬 것에 불과하니까. 바람결에 흔들리는 당신의 머리칼을 볼 때야 끝없는 갈증이 비로소 조금은 충족되는 것을 느낍니다."

라이너의 손이 천천히 내 눈가로 옮겨져 왔다. 속눈썹을 건드리는 단단한 검지손가락 끝에 나는 살짝 눈을 감았다 떴다.

"카슈미르의 두 눈이 담은 색은 이전에 단 한 번도 본 적이 없습니다. 그 무엇도 이 색을 흉내 내지 못하죠. 자연에 수많은 분홍빛이 있으나 맑은 하늘의 노을은 이 색만큼 강렬하지 않고, 엉겅퀴 꽃은 이 색만큼 빛이 나지 않습니다. 당신만이 가진, 당신 고유의 색입니다. 당신이 이 두 눈으로 저를 올곧게 응시할 때 저는 옳은 길을 가고 있다고 느낍니다."

낮게 속살거리는 말들은 연인들의 밀어처럼 간질거렸다. 이상한 기분에 움찔한 내가 살짝 고개를 숙일 때, 작게 웃은 라이너가 엄지손가락으로 내 아랫입술을 살짝 눌렀다. 저절로 입술 틈새가 열렸다. 기사의 거친 손끝이 신체에서 가장 말랑한 부위에 닿는 기분은 이루 말할 수 없을 만큼 묘했다.

"카슈미르가 제 이름을 부르는 것이 좋습니다. 의무와 숙명만 남은 이름 없는 삶에…… 드디어 이름이 생기는 것 같습니다."

라이너는 아이에게 태양이 뜨고 지는 이유를 설명하듯 느리고 차분하게 말했다. 낱말 사이사이로 짙은 감정이 깊게 배어들어 한 마디 한 마디가 물 먹은 숨처럼 무거웠다. 나에 대한 이리 세심한 설명은 처음 듣는 것이었기에, 그가 나와는 다른 언어로 말하는 것 같았다.

"이렇게 모든 것이 사랑스러운 것투성이인데 어떻게 당신을 원하지 않을 수 있습니까."

라이너의 입꼬리가 부드럽게 휘어들었다. 그때 나는 문득 라이너가 웃을 때면 오른쪽 뺨에 보조개가 파인다는 것을 발견했다. 라이너는 내게 사랑스럽다고 하지만, 내 눈엔 그가 더 사랑스러워 보였다.

"당신은 사랑받아 마땅한 사람이라는 거. 카슈미르는 여기까지만 알고 있으면 됩니다. ……아직은."

라이너는 무언가 말하고 싶은 듯 붉은 입술을 새빨간 혀로 축이다가도 길게 숨을 내쉬며 말을 끊었다. 마지막에 따라붙는 '아직'이란 단어가 의미심장하게 들렸다.

"제가 감히 주제도 모르고 당신을 원해도 너무 미워하진 말아 주십시오. 당신은 자비롭지 않습니까."

내 얼굴에서 손을 뗀 라이너가 제 머리를 내 뺨에 살짝 부볐다. 그의 은회색 머리칼은 무척이나 부드러워, 늑대를 닮은 은회색 셰퍼드가 애교를 부리는 것만 같았다.

'……간지러워.'

라이너의 머리칼이 닿은 뺨 부근의 간지러움이 퍼진 걸까, 자꾸만 온몸이 간질거렸다. 어쩐지 나를 응시하는 금안을 똑바로 마주하기 힘들어졌다. 나는 이상한 기분에 고개를 살짝 돌려 버리고 말았다.

"껄껄껄."

그리고 매대 너머 계산하는 탁자에서 흐뭇한 미소를 가득 지은 채 꽃받침을 하고 나와 라이너를 보던 할머니와 눈이 마주쳤다.

"비, 비켜 보십시오!"

라이너로 인해 정신이 반쯤 나간 탓에 할머니의 기척조차 느끼지 못했던 나는 화들짝 놀라 라이너를 두 손으로 밀어냈다. 그는 순순히 밀려났다.

"떽! 거 훤칠한 젊은이들 둘이 붙어 있는 거 보기 좋았건만 왜 떨어지나!"

나와 라이너의 거리가 벌어지자 정색한 할머니가 단숨에 점프하여 탁자를 뛰어넘어 우리 쪽으로 다가왔다. 목덜미가 화끈해진 나는 거칠게 마른세수를 했다.

"대체, 왜 여기 있는 겁니까, 라모나."

공교롭게도, 나와 라이너를 열성적으로 구경하던 지긋한 노인은 내가 아는 사람이었다.

"왜 여기 있느냐니! 여긴 내 가게다, 캐슈넛. 내가 매 축제 때마다 장신구 노점상을 세웠던 걸 잊은 거냐? 잠시 다녀올 곳이 있어서 손녀한테 가게를 맡겼었는데…… 이런 재미있는 일이 있는 줄 알았다면 더 빨리 왔을 게다."

"……우선 알겠습니다만, 그놈의 견과류 호칭은 그만두실 때도 되지 않으셨습니까?"

"모르는 소리를 하는구나. 딱 귀여운 호칭이거늘."

"하……."

나는 한숨을 내쉬며 이마를 짚었다. 내 이름을 마음대로 바꿔 부르며 허허롭게 웃는 라모나의 눈빛은 굉장히 의미심장하면서도 흐뭇해 보였다.

"카슈미르. 이 어르신과는…… 아는 사이입니까?"

나와 라모나를 멀뚱멀뚱 바라보고 있던 라이너가 물었다. 붉게 달아오른 목덜미를 매만지던 나는 느리게 고개를 끄덕였다.

'젠장, 왠지는 몰라도 부끄러워…….'

라모나. 내가 크리시스 저택으로 옮기기 전에 살던 동네에서 가깝게 지내던 사람이었다. 뒷골목을 전전하며 먹을 것을 구하러 다니던 나를 여러 번 도와준 라모나는, 내가 일곱 살이 되며 도움의 손길을 뚝 끊은 다른 마을 사람들과는 다르게 일곱 살이 넘은 후에도 만날 때마다 먹을 것을 쥐여 주곤 했었다.

'왜 하필 지금 만난 거지…….'

크리시스 공작가로 간 뒤에도 한번 만나고 싶었던 몇 안 되는 사람이었으나, 지금은 때가 좋지 않았다.

"그래서 캐슈넛. 네 옆에 그 청년은 누구라고?"

라모나는 나를 놀리기 좋아하는 아주 짓궂은 사람이었다.

"……친구입니다, 친구."

"오호. 요새 아가들은 친구랑 그렇게 노는 모양이야? 짜릿하구먼."

"라모나……."

내 방어를 구렁이 담 넘어가듯 능숙하게 받아치는 라모나의 태도에 두 손에 얼굴을 묻을 수밖에 없었다. 라이너를 보기가 민망해질 지경이었다.

나는 내 속도 모르고 시원하게 웃어 젖히는 라모나를 보며 지끈거리는 관자놀이를 꾹 눌렀다.

"짓궂으십니다, 정말."

"말도 없이 떠난 너한텐 이것도 싸다! 이 찌그러진 피망 같은 것!"

엄하게 표정을 굳힌 라모나가 들고 있던 지팡이로 내 옆구리를 쿡 찔렀다. 사나운 말투와는 다르게 심술과 섭섭함이 섞여 있는 라모나의 두 눈을 본 나는 작게 탄식을 뱉었다.

크리시스 저택으로 옮겨 가며 나는 누구에게도 그 사실을 알리지 않았다. 딱히 비밀은 아니었지만, 괜히 퍼트리고 다닐 필요는 없었으니. 허나 다른 사람은 몰라도 라모나라면 내가 말없이 떠났다는 사실이 섭섭할 법했다.

"죄송합니다. 자리를 옮기고 한번 찾아뵈려고 했는데…… 영 시간이 나지 않아서 이제야 뵙습니다."

나는 죄송스러운 마음에 살짝 고개를 숙이며 말했다. 내 사과에 혀를 한 번 찬라모나가 지팡이 손잡이 부근으로 내 뒤통수를 후려쳤다. 살벌한 퍽 소리가 났으나 물론 아프지 않았고, 라모나 또한 내가 아프지 않을 걸 알기에 친 것일 터였다.

"못난 놈. 언질 정도는 줄 수 있지 않았느냐. 어디서 코 박고 뒈진 줄 알고 한참 찾았건만…… 잘생긴 청년이랑 재미나 보고 있어?"

"라모나, 좀……."

라모나의 거침없는 언사에 나는 작게 꿍얼거렸다. 내가 잘못한 것이 있기에 크게 무어라 할 수가 없었다.

"다음에 정식으로 한번 찾아뵙겠습니다. 너무 짓궂게 굴지 마세요."

나는 눈매를 늘어뜨리며 살랑살랑 라모나의 비위를 맞췄다.

'무척 감사한 분이니까.'

뒷골목을 누비며 하루 끼니가 궁하던 어린 날, 라모나의 도움은 절대 무시할 수 없는 것이었다.

나는 조금 씁쓸하게 웃었다.

"그리고, 어렸을 때 도와주셔서 감사했습니다. 이전엔 다른 사람들도 조금 도와줬지만 일곱 살 이후부터는 라모나 말곤 도와주는 사람이 없어서…… 라모나가 없었다면 무척 힘들었을 겁니다. 아시다시피 저랑 동생은 부모님의 도움을 못 받았으니까요."

힘들었던 과거가 떠올라 목소리가 저절로 낮아졌다.

어미의 보호를 받지 못하고 사람들에게서 전전긍긍하며 밥을 빌어먹던 시기를 떠올리면 조금 울적해졌다.

라모나라면 내 감사 인사에 됐다며 빠르게 넘어갈 거라 생각했는데, 내 예상과는 다르게 내 말을 들은 라모나의 표정이 이루 형용할 수 없을 만큼 묘해졌다.

"너…… 아직도 모르는군."

"네?"

"하기야, 네 어미가 그리 가고 말해 줄 수 있는 사람도 없었지. 오드리가 비밀을 지켜 달라 당부하기도 했고……."

라모나의 중얼거림에 표정이 굳었다.

'오드리.'

무척이나 오랜만에 듣는 내 어미의 이름. 여태껏 가물가물했으나, 그 이름을 한 번 듣는 순간 내 어미의 이름이었음을 기억할 수 있었다. 무언가 있다는 것을 직감으로 느낀 나는 다급히 라모나의 어깨를 잡았다.

"무슨 소리를 하시는 겁니까. 제가 뭘 모르고 있는 거죠?"

충직한 검이 되려 했는데 2

내 물음에 라모나가 얼굴을 일그러뜨렸다. 복잡한 눈빛으로 고민하는 듯싶던 라모나는, 이내 뭔가를 결심한 표정으로 느리게 입을 열었다.

"네 어미가 말하지 말아 달라고 했지만…… 이제 너도 알아야겠지."

라모나가 나를 똑바로 바라보았다.

"네가 일곱 살이 될 때까지 너를 도와주던 마을 사람들, 기억하냐?"

"네."

"사람이 딱 한정되어 있었지? 돌아가면서 매일 먹을 것을 줬고."

"……네."

"나야 오드리가 주는 돈을 안 받았지만…… 다른 사람들은 오드리가 주는 돈을 받고 너를 도와줬던 거다. 그래서 오드리가 죽은 뒤 사람들이 더는 너를 도와주지 않았던 거야. 못난 것들이지."

그리고 이어진 말은, 내가 상상치도 못한 내용이었다.

"……정말입니까?"

머릿속이 멍해진 나는 뒤늦게 되물었다. 굳은 믿음으로 쌓인 마음 한구석 벽에 금이 가는 느낌이었다.

내 어머니는 여태껏 내 인생에 있어 변동 없이 부정적으로 인식되는 사람이었다. 아주 어렸던 날엔 어머니에게 사랑을 기대하긴 했으나, 오랫동안 기대를 보답받지 못하고 어느 순간부터 마음을 놔 버렸다. 이제는 기대도, 원망도, 버적거리는 애착도 다 사라지고 정의할 수 없는 찝찝함만 남은 뒤였다.

어머니는 내 인생에서 없는 사람이나 다름없었다. 당신께 받은 것도 없고, 드린 것도 없었으니. 그런데 이제 와서 내가 받은 것이 있었다니.

'그럼 내가 어머니를 원망하던 시간들은 어떻게 되는 거지.'

머리가 아팠다.

물론 어머니가 사실 내게 물질적인 공급을 했다고 해서 좋은 어머니였다고 할 수 있는 것은 아니었다. 나는 그녀에게서 정신적인 공급은 조금도 받지 못했으니. 다만 '아무것도 안 했다.'는 것과 '무언가 했다.'는 것은 꽤 큰 차이였다.

'하지만 어째서? 살려고 아등바등하는 나를 돕고 싶었다면 그냥 직접적으로 도와도 충분하지 않았나?'

지끈거리는 관자놀이를 꾹꾹 눌렀다. 일곱 살이 되어 어머니가 생을 달리하기 전까지는 우린 한집에서 살았고, 나를 돕고 싶었다면 굳이 마을 사람들을 매수할 필요 없이 그녀가 직접 도와주었어도 될 것이다.

나는 어머니를 이해할 수 없었다.

'어머니를 원망하며 끈질기게 살아남긴 했지만……'

때때로 긍정적인 감정보다 부정적인 감정이 삶을 버티는 데 도움이 되기도 했다. 이를 테면 복수심이나 광기에 가까운 집착, 원망 같은 것들. 이런 것들은 한번 발을 들이면 벗어나기 힘든 질척한 늪이었기에, 금방이라도 삶을 놓고 싶을 때 낭떠러지 앞에서 발을 뗄 수 없게 하는 접착제 역할을 했다.

깔끔하게 죽느니 더럽게 사는 것을 택한 것과 다름없었으나 지금처럼 신념도, 줏대도 없었던 어린 내겐 어머니를 향한 원망이 삶의 원동력 중 하나이기도 했다.

'당신보단 멋지게 살겠다는 치기 어린 집념이었지.'

어머니를 원망하며 그녀처럼은 살지 않겠다고 다짐했다. 그녀보단 낫게 살겠노라 이를 악물었다. 아리아에 대한 애착이 생겨 그 아이를 삶의 이유로 삼기 전까진 그것이 보잘것없고 저열한 내 삶의 이유였다.

내 어머니, '오드리'라는 사람을 향한 의문은 점점 커져만 갔다.

"네겐 너무 이른 정보였나."

애써 표정을 정리하려 노력했건만, 혼란스러움이 겉으로 티가 났던 것인지 라모나가 한숨을 내쉬었다. 나를 물끄러미 바라보던 라이너가 걱정스럽다는 듯 미간을 좁혔다.

"카슈미르. 괜찮습니까."

"……아, 네."

나는 멍한 채로 뒤늦게 대답했다. 머릿속에선 여전히 여러 생각들이 복잡하게 차올랐으나 라이너를 걱정시키고 싶진 않았다. 나는 고개를 휘휘 저어 어머니에 대한 생각을 떨쳐 냈다.

"그럼 저를 진정으로 도와준 사람은 결국 라모나밖에 없었던 거군요."

쓴웃음을 지으며 한숨처럼 내뱉었다.

일곱 살 이후 칼로 끊은 듯 지원이 뚝 끊기며 속상한 마음에 눈시울을 붉히기도 했었다. 그래도 여태껏 도와준 것에 감사해야 한다고 생각하며 마음을 정리했는데, 결국 자의로 도와줬던 이는 라모나 말고 아무도 없었던 것이었다.

'인간이라는 종족이 다 이렇다는 걸 알면서도 그 사실을 대면하면 늘 씁쓸하지.'

나는 눈가를 매만졌다. 물기는 느껴지지 않았고, 눈물이 날 것 같지도 않았으나 눈가가 욱신거렸다. 내가 씁쓸한 감정을 추스르고 있을 때, 나를 지그시 응시하던 라모나가 제 주머니에서 무언가를 꺼내 내게 건넸다.

"……왕년에 알고 지냈던 할멈 하나가 있지. 그 할멈이 바로 오드리가 이곳에 정착하는 걸 도와줬던 사람이다. 네 어미에 대해 더 자세히 알고 싶어진다면 이 할멈을 찾아가라. 이걸 보여 주면 그 할멈이랑은 바로 만날 수 있을 거고…… 오드리의 딸이라고 하면 반갑게 맞아 줄 게다."

나는 눈을 깜빡이며 라모나가 건네는 종이를 받았다. 꽤 고급스러운 재질의 종이는 손에 부드럽게 감겨들었다.

손바닥 반만 한, 빳빳한 종이.

'……이 사람이 어머니를 도와줬던 사람이라고?'

입이 떡 벌어진다. 명함에 적힌 이름을 확인한 나는, 진심으로 경악했다. 친분이 있는 사람은 아니었다. 안면조차 튼 적 없었다. 허나 용병 미르였던 내가 모를 수 없는 사람이었다.

'검푸른 까마귀의 길드장, 야샤.'

'검푸른 까마귀'는 실력 있는 브로커들을 모아 각종 용달 의뢰를 받는 소형 길드였다. 빈말로도 크기가 큰 길드라고는 할 수 없었다. 허나 크다고 하여 무조건 좋은 것이 아니라는 것을 증명하듯, 소수이지만 확실한 실력자로 이루어져 있어서 대륙 전체에 거대한 영향을 미쳤다.

'정당한 금액만 치르면 무엇이든 운반해 준다. 불법적인 것까지도. 의뢰 성공률은 100퍼센트에 가까운 데다, 한번 의뢰를 받고 나면 다른 쪽에서 더 많은 돈을 주며 물건을 빼돌려 달라고 해도 절대 수락하지 않는다.'

'대륙의 모든 보물들은 까마귀 부리에 물려 운반된다.'라는 말이 격언처럼 돌 정도였다. 제국의 황제조차 누군가에게 은밀한 물건을 전달할 때 검푸른 까마귀에게 의뢰를 한다는 소문이 있을 정도로, 대륙 내에서 검푸른 까마귀에 대한 신뢰는 무척 군건하였다. 의뢰인을 절대 배신하지 않아 '품격 있는 까마귀'라고 불리기도 했다.

'그런 검푸른 까마귀의 길드장이 바로 야샤인데…… 그 사람이 어머니를 안다고?'

용병으로 살며 몇 번이고 들었던 유명인. 몸놀림이 재빨라 '푸른 날개'라고 불리며, 그녀가 나선 의뢰는 모두 성공으로 끝난다고 들었다. 그런 사람이 어머니와 대체 무슨 연유로 알고 있는 것인지 나는 짐작조차 할 수 없었다.

'나는 정말 내 어머니에 대해서 몰랐구나.'

새삼스러운 자각에 기분이 묘했다. 수많은 의문들을 품은 채 명함을 만지작거리고 있을 때, 라모나가 지팡이 손잡이로 내 정수리를 툭 쳤다.

"뭐 그리 생각이 많으냐, 캐슈넛아. 오드리에 대해 궁금해진다면 한번 찾아가보면 되는 거고, 궁금하지 않으면 명함을 불태우면 되는 거다. 축제에 놀러 나와서 어려운 생각만 하고 있지 마라. 네 옆에 청년이 어쩔 줄 몰라 하는 게 안 보이는 게냐."

얻어맞은 정수리를 손으로 매만지며 내 옆에 선 라이너를 돌아보았다. 라이너는 여느 때와 같은 무뚝뚝한 포커페이스를 장착하고 있었으나, 내 눈엔 그의 두 눈이 빠르게 움직이고 있음이 보였다.

라이너는 오늘 처음 보는 라모나가 제 기색을 읽어 낸 것에 놀란 듯 살짝 흠칫했다.

'라모나는 무척 예리하니까.'

나는 놀랍지도 않았다. 명함을 주섬주섬 주머니에 넣은 나는, 르웰린에게 줄 장미 브로치를 내밀며 돈주머니를 꺼냈다.

"이거, 사겠습니다. 머리 리본도요. 얼마입니까?"

"참…… 웃기는 소리 마라, 캐슈넛. 내가 빈털터리 코찔찔이한테 돈을 받을 것 같냐."

'빈털터리도 코찔찔이도 아닌데…….'

라모나가 코웃음을 쳤다. 나는 이제 크리시스 공작가에 들어가게 되어 원한다면 돈으로 목욕을 할 수 있는 데다, 전생을 떠올려 정신 연령은 중년을 넘어간다는 사실을 설명할 재간이 없어 주머니를 든 채 머뭇거리고 있을 때였다.

"그냥 가져가라. 값은 네가 어느 곳을 가든 행복한 것으로 받으마."

노인의 주름진 손이 내 머리칼을 살며시 쓰다듬었다. 투박하지만 인자한 그녀의 손은 그 어린 날 내게 도움의 손길을 내밀던 그 손이었다.

"……네."

내 어린 날은 힘들었지만, 그래도 이런 이들이 있었기에 최악은 아니었다.

나는 라모나를 향해 배시시 웃음 지었다.

"얘기는 충분히 하셨습니까?"

"그러게요. 이곳에서 아는 사람을 만날 줄은 몰랐는데…… 기다려 주셔서 감사합니다."

나와 라이너는 노점상 거리를 천천히 걸었다. 슬슬 어두워지고 거리의 등불들이 켜지며, 노점상 거리는 무척이나 북적거리고 있었다.

"돈주머니를 모두 어르신에게 주시더군요."

"아."

보폭이 좁은 나와 세심하게 발을 맞춰 걷던 라이너가 말했다. 나는 머쓱하게 머리를 긁적였다.

"그분께는 워낙 받은 게 많아서 말입니다."

라모나 앞에선 순순히 수긍하는 척 물러났지만, 정말 값을 치르지 않기엔 그동안 받은 은혜가 너무 많았다. 허나 완고하게 나오는 라모나에게 정면으로 돈을 줬다간 얼굴로 돈을 되받게 되리라는 걸 알았기에, 계산대에 몰래 내 돈주머니를 던져두고 온 참이었다.

소드 마스터의 스피드를 이런 곳에서 쓰게 될 줄이야.

라모나는 내가 계산대에 돈주머니를 놓는 것을 보지 못했지만, 라이너는 그 순간 본 모양이었다.

"음. 그런데 있는 돈을 모두 그곳에 두고 와서…… 식사를 사기가 조금 곤란하군요."

이제 슬슬 밥을 먹어야 할 시간인데 동전 한 푼 없이 텅텅 비어 버린 내 주머니를 생각하며 라이너를 곁눈질했다. 맑은 금빛 눈동자가 나를 묵묵히 담아 내는 광경을 응시하다, 조금 장난스럽게 미소 지었다.

"저번에 제가 밥을 샀으니, 이번엔 라이너가 한 번 내 주셔야겠습니다. 괜찮으십니까?"

내가 말하는 저번이라고 함은, 라이너와 미르로서 단련을 위해 처음 만나 기묘한 식사를 했던 때였다.

충직한 검이 되려 했는데 2

'그런데 라이너는 내가 미르라는 것을 마주하기 싫어하는데 미르 때 일을 이렇게 직접적으로 말해도 되나?'

문득 떠오른 생각에 작게 숨을 뱉었다. 사실 미르로서든 카슈미르로서든 이렇게까지 엮인 이상 모른 척하는 것은 눈 가리고 아웅하는 것밖에 되지 않았으나, 그래도 최대한 라이너에게 맞춰 주고 싶었다.

우물쭈물하는 나를 바라보는 라이너의 눈이 깊어졌다. 솜털같이 부드러워 보이는 은회색 속눈썹이 눈을 잠시 덮었다 드러냈다. 이내, 날카롭게 치솟은 눈매가 살짝 휘어들었다.

"물론입니다. 오늘은 제가 사도록 하죠."

어쩌면, 라이너가 곧 나를 똑바로 마주해 줄지도 모르겠다.

밤이 된 노점상 거리엔 사람이 많았지만 테러의 여파 때문일까, 생각만큼 인산인해는 아니었다. 지나가다 적당히 어깨가 스치고, 주위에서 떠드는 소리가 백색소음으로 들릴 정도. 나와 라이너는 도란도란 이야기를 나누며 노점상들을 구경했다.

"이런 축제 날엔 들어가서 먹기보단 길거리 음식들을 여러 가지 맛보는 게 좋은데…… 라이너는 길거리 음식 못 먹죠?"

고소한 냄새가 나는 주위를 두리번거리다 대답을 기대하지 않고 중얼거렸다. 나는 워낙 없이 살았기에 주위 사람들이 복어도 생으로 씹어 먹을 거라고 말할 정도로 가리는 음식이 없었지만, 평생 귀족으로 살아온 라이너에게 위생에 신경을 기울이지 않는 노점상 음식은 무리일 것 같았다. 내 중얼거림을 들은 라이너가 황급히 고개를 저었다.

"아닙니다. 저도 뭐든 잘 먹습니다. 길거리 음식 중에 카슈미르가 먹고 싶은 걸로 하죠."

라이너의 목소리는 단호했다. 여러 번 권유해도 족족이 똑같은 대답을 할 기세라, 나는 빠르게 포기하고 주위를 두리번거렸다.

"아, 그럼 저기서 드시겠습니까?"

그때 내 눈에 보인 것은 각종 꼬치를 판매하는 노점상이었다.

꼬치 가게 앞에는 대기 인원이 두어 명뿐이었다. 진열된 꼬치들은 맛깔스러워 보이는데도 사람이 적은 건 아무래도 테러의 여파인 듯했다. 가장 북적거려야 할 축제 마지막 날에 이렇게 한산해서인지, 꼬치 가게 주인장 부부는 조금 울적해 보였다.

"라이너는 뭘 드시겠습니까?"

"……카슈미르랑 같은 걸로 하겠습니다."

겉으로 많이 티가 나진 않지만 눈빛에서 이런 장소가 어색하다는 심정이 묻어나는 라이너가 말했다. 딱 봐도 어떻게 주문하는지 모르겠다는 표정이라 나는 속으로 웃었다.

"생선 꼬치 두 개에, 고기 꼬치 두 개 부탁드립니다."

메뉴판을 읽은 나는 자연스럽게 주문했다. 나와 라이너는 검을 잡는 사람이었기에 두 개씩으론 배가 차지 않을 테지만, 맛이 어떨지 모르니 맛부터 보고자 조금만 주문한 거였다. 계산은 라이너가 했다.

노점상엔 앉는 자리가 없었다. 우리는 새롭게 주문하는 다른 손님들을 피해 코너 쪽에서 음식을 기다렸다. 얼마 지나지 않아 주인장이 나와 라이너에게 꼬치를 건네 왔다.

꼬치는 무척 맛있어 보였다. 깔끔한 모양새에 얼핏 보기로는 조리 과정도 청결해 보였으니 라이너가 먹기에 어렵지 않을 듯했다.

문제는 나였다.

'젠장…… 이 냄새를 이제 맡다니…….'

충직한 검이 되려 했는데 2

주위 사람에게 들리지 않도록 한숨을 내쉬었다. 라이너와 얘기를 하느라 어지간히 정신이 없었던 모양이었다. 꼬치에선 강황 향이 매우 옅게 나고 있었다.

'어떻게 내가 유일하게 못 먹는 향신료를······.'

맹세코 나는 편식을 하지 않는다. 신발 밑창을 구워 줘도 얌전히 칼질해 먹을 자신이 있었으니. 나는 가난하게 살아와서 음식에 대한 취향이 특별히 없는 데다 강철을 구워 먹어도 죽지 않는 몸을 가지고 있으니, 먹고 죽지만 않으면 뭐든 주워 먹어도 된다고 생각하는 사람이었다.

그런 내가 유일하게 꺼려하는 향신료가 바로 강황이었다. 안 좋은 기억이 있거나 한 것은 아니었다. 그랬다면 아마 이 냄새에 더 예민하게 반응했을 거고, 이 주위로도 오지 않았을 것이다. 그냥 특유의 향을 좋아하지 않는 것뿐이었다.

'어쩌지······.'

강황 냄새를 맡은 뒤로 이도저도 못 하고 있자, 라이너가 눈을 순진하게 깜빡이며 생선 꼬치를 집어 들어 내게 건넸다.

"안 드십니까?"

"아, 네."

나는 얼떨결에 꼬치를 받아 들었다. 내 애매한 태도에 라이너가 설핏 미간을 좁혔다.

'사 준 걸 안 먹는다고 할 순 없잖아······.'

그것도 내가 사 달라고 한 건데.

이제 와서 취향을 문제로 안 먹기엔 내 양심이 너무 굳건했다. 나는 독가스처럼 슬슬 올라오는 강황 향에 눈을 살짝 감으면서도 인상을 찌푸리지 않기 위해 정신을 집중했다.

'······빨리 먹자.'

특별히 알레르기가 있는 것도 아니니 숨을 참고 먹으면 될 터였다. 이런 것에 라이너가 신경 쓰게 하고 싶지 않았다. 나는 나를 살피는 라이너의 시선을 덤덤하게 받아 내며 꼬치를 한입 베어 물었다.

'인류는 어째서 강황같이 악한 것을 섭취하기 시작한 거지?'

맛 자체는 나쁘지 않았으나, 입안 가득 퍼지는 향이 끔찍했다. 강황의 학명이 '악마의 발 냄새' 같은 것이었던가 심각하게 고민하며 고무를 씹듯 느리게 턱을 움직이는데, 나를 빤히 바라보던 황금빛 눈동자와 눈이 마주쳤다.

"라이너는, 안, 먹습니까."

내가 씹고 있는 것은 아리아의 머리칼을 닮은 솜사탕이라고 암시하며 어눌한 발음으로 물었다. 먹으려는 듯 고기 꼬치를 쥐고 있던 라이너는 입술을 꾹 다물더니 들고 있던 꼬치를 그릇에 내려놓았다. 그리고 내 입 앞으로 내밀어지는 큰 손.

"뱉으세요."

묘하게 언짢아 보이는 표정을 한 라이너는 아무런 거리낌도 없이 그리 말했다.

"……네?"

나는 악한 향이 나는 생선 살점을 볼에 한가득 문 채 어안이 벙벙해져 되물었다. 분명 싫은 티가 나지 않게 먹고 있다고 생각했는데 티가 났던 건가 싶어 혼란스러웠다.

'아닌데…… 완전 평소 표정인데…….'

고개를 살짝 돌려 노점상에 걸린 거울을 확인한 나는 더 아리송해졌다. 거울에 비친 내 표정은 아리아가 북부 대공 같다고 평하던 평상시의 무표정 그 자체였다. 머리 위로 물음표를 여러 개 띄운 채 라이너를 올려다보고 있자니, 라이너가 푹 한숨을 쉬었다.

"그거, 먹기 싫지 않습니까."

"어떻게……."

입안 음식물을 보이지 않기 위해 입을 다문 채 복화술처럼 물으니, 라이너가 설핏 입꼬리를 당겼다.

"표정을 잘 숨겼다고 생각하시는 것 같습니다만, 카슈미르는 싫어하는 걸 마주했을 때 코를 찡긋거리는 습관이 있습니다. 음식을 보자마자 그러시더군요."

'내가 평소에 그런다고?'

나도 몰랐던 내 습관이었다. 나는 눈을 깜빡였다.

"라이너는…… 참 사려 깊군요."

민망함보단 그런 걸 하나하나 다 관찰하고 기억하고 있는 라이너에 대한 신기함이 앞섰다. 역시 상냥한 사람이라고 생각하던 찰나, 라이너가 한숨처럼 웃음을 흘렸다.

"사실 상냥하다든가, 사려 깊다든가 하는 말은 카슈미르에게서 처음 듣습니다."

"정말입니까?"

'그럴 리가…… 라이너가 얼마나 상냥한데.'

내가 여태껏 봐 온 라이너는 투박하지만 정성스럽고, 묵묵하지만 상냥하며, 다채롭진 않으나 선명한 원색을 품은 사람이었다. 그러면 이런 종류의 칭찬을 여러 번 들어 왔으리라 예상했건만, 라이너의 말은 무척 의외였다.

라이너는 묵묵히 고개를 끄덕이고는 따사로운 금빛 눈동자로 나를 응시했다.

"저는 평생 무심하고 딱딱하다는 소리만 들어 왔습니다. 저 또한 스스로를 그렇게 생각하고요."

라이너는 아주 태연하게 스스로를 낮추며, 음식을 먹느라 흘러내린 내 옆머리를 귀 뒤로 넘겨 주었다. 나는 그 말을 믿기 힘들었다. 나를 향하는 그의 눈길과 손길은 다정스럽기 짝이 없었으니까.

"상냥하고 사려 깊은 게 아니라 그냥 당신한테 관심이 많은 겁니다. 아직도 모르시겠습니까."

라이너의 나직한 한마디가 가슴 위로 무겁게 떨어졌다. 내가 무어라 말하려 입을 뻐끔거렸을까, 라이너가 손을 더 가까이 내밀었다.

"그러니까 뱉으세요. 카슈미르가 싫은 걸 억지로 먹고 있는 게 싫습니다."

어쩐지 어디서 휴지 같은 걸 주워 먹은 철없는 강아지를 질책하는 투다. 라이너의 큰 손을 잠시 내려다본 나는, 내용물을 뱉지도 삼키지도 못한 채 어물어물 답했다.

"더러운데……."

"괜찮으니까 뱉으세요."

다정하게 채근하는 라이너 때문에 더 민망해져 귀가 달아올랐다. 마음 같아서는 그냥 사약 삼킨다 생각하고 삼켜 버리고 싶었지만, 그랬다간 라이너가 내 목구멍에 손가락을 집어넣어 도로 토해 내게 만들 것 같았다.

'오, 라이시여……'

결국 나는 질끈 눈을 감고 라이너의 손에 삼키지 못한 생선 꼬치를 뱉어 냈다. 얼굴이 화끈거리다 못해 욱신거렸다.

'젠장, 나이가 한 자릿수였을 적에도 이런 만행을 보인 적이 없는데……'

나는 어리광이나 투정과는 거리가 먼 아이로 자랐다. 애초에 그런 걸 부릴 수 있는 대상도 없었고.

'……오랜만에 애같이 군 것 같네.'

새삼스레 그런 감상이 들었다. 내가 민망함으로 시들거리든 말든, 라이너는 노점상 한편에 준비되어 있는 수도꼭지로 능숙하게 손을 정리했다.

"저…… 사 주셨는데 먹지 못해서 죄송합니다."

나는 힐끔 라이너의 눈치를 보며 쭈뼛쭈뼛 말했다. 가지고 있던 손수건으로 손을 닦은 라이너가 고개를 저었다.

"카슈미르의 호불호를 미리 알지 못했던 제 잘못입니다. 혹시 해산물을 못 드십니까?"

"아뇨. 강황을 좋아하지 않아서……."

"그렇군요. 기억하고 있겠습니다."

평소 날카롭게 굳어 있는 라이너의 눈매가 나를 향해 슬쩍 휘었다.

"다음에 식사를 할 땐 강황을 향신료로 쓰는 음식은 피하도록 하죠."

자연스럽게 다음을 예고하는 목소리는 낮으면서도 부드러웠다.

결국 남은 꼬치는 모두 라이너가 먹었다. 꼬치 하나를 한입에 해치우고는 빠르게 자리를 뜨자고 권하는 그의 모습에서 강황 향을 싫어하는 나를 향한 배려가 엿보였다.

나는 괜찮다고 했지만, 라이너는 꼬치를 먹지 못한 내가 신경 쓰인 건지 노점상 거리를 지나며 이것저것 먹을 것을 사서 내게 쥐여 주었다. 길거리 음식에 대해 잘 모르면서도 나를 먹이겠다고 뻘뻘거리며 음식을 주문하는 라이너를 보는 건 또 다른 재미가 있었다.

그렇게 한참 거리를 돌아다니다 보니 어느새 자정에 가까운 시간이었다. 라이너와 나는 둘 다 북적거리는 것을 좋아하지 않았고, 이쯤 되면 호숫가에 사람이 많이 빠졌을 것 같아 호수를 향해 발걸음을 옮기기 시작했다.

"아, 라이너. 검에 대해서 궁금한 게 있는데 말입니다, 여쭤도 되겠습니까?"

"물론입니다. 알고 있는 것이라면 얼마든지 답해 드리겠습니다."

어색하지 않은 침묵 속에서 여유롭게 발을 놀리던 나는, 문득 떠오른 의문에 입을 열었다.

지독한 검 마니아인 라이너라면 이에 대해 대답해 줄 수 있을지도 모른다. 내 생각대로 라이너는 흔쾌히 수락했다.

"혹시 한 검사의 오러 색이 두 개인 경우를 아십니까?"

조금 주저하며 묻자, 라이너의 눈이 흥미롭다는 듯 빛났다. 역시 그는 검에 대해 말할 때 가장 싱그러워 보였다.

사실 내 질문은 보통 사람들이 들으면 우습다고 할 만한 질문이었다. 검사에게 오러 색은 고유의 색, 하나뿐. 크리시스의 서재에서 따로 서적을 찾아본 적도 있지만, 역시 오러 색이 두 개인 경우는 찾을 수 없었다.

'하지만 직접 두 눈으로 봤으니까. 라이너라면…… 알 수 있을지도 몰라.'

사실 아직도 내가 본 것이 진짜였나 가물가물하지만, 그래도 확인하고 싶었다.

내가 아는 모든 사람들 중 검의 이론에 가장 빠삭한 라이너라면 답을 줄지도 모른다는 기대감을 안고 라이너의 대답을 기다리고 있었을까, 그가 느리게 입을 열었다.

"아시다시피 보통 검사는 오러 색이 한 개입니다. 오러 색이 두 개 이상인 것은 이론적으로 불가능하다고 여겨지고, 저도 살면서 그런 경우를 단 한 번도 본 적 없지만……."

"역시 그런가요."

"이전에 오러 색이 두 개 이상인 경우에 대해 적은 서적을 딱 한 번 읽어 본 적 있습니다."

"……네?"

라이너의 서문에 역시 잘못 본 거라고 결정지으려던 찰나, 라이너가 건넨 놀라운 말에 나는 눈을 크게 떴다.

"책 이름은 기억이 나지 않습니다. 무척 오래된 고대 서적인 데다 신비한 이론들을 나열해 놓은 소설에 가까운 책이라 신빙성은 떨어집니다만, 오러가 두 개 이상인 경우의 이야기가 있긴 있었습니다."

오래된 기억을 천천히 되짚듯 눈을 좌우로 굴리던 라이너가 차근히 말했다. 나는 다급히 귀를 기울였다.

"정상적으로 검술을 연마하고 자연의 흐름을 따라 검을 휘두르는 검사들의 오러는 단 하나의 형태다. 정답은 하나인 것이 자연의 이치이기 때문이다. 다만 세상에서 가장 정결한 오러의 흐름에 다른 기운이 섞일 때, 자연의 이치가 뒤틀리며 수많은 오류를 정답으로 인식한다. 나는 오러의 색이 두 개인 검사를 본 적이 있다. 그는 내가 생전에 봐 온 모든 검사 중 가장 불결한 기운을 품고 있었다.'"

나는 논문을 그대로 옮겨 읽는 듯한 라이너의 말을 귀에 담아 들으며 굳은 입가를 쓸어내렸다. 머릿속이 복잡해졌다.

아무리 신빙성이 없다고 해도, 전례가 있다고 하면 그저 잘못 본 것으로 치부할 수 없었다.

생각이 많아져 발걸음이 늦어졌지만 라이너는 자연스럽게 내게 맞춰 걸으며 내 안색을 살폈다. 그 묵묵하고도 정성스러운 시선에 나는 아무것도 아니라는 뜻을 담아 웃어 보였다.

"저기, 호수군요."

내 웃음에도 볼에서 떨어지지 않는 라이너의 시선에 목덜미를 쓸어내린 나는 바로 앞에 펼쳐진 호수를 가리키며 말을 돌렸다. 라이너의 눈이 잠시 가늘어졌으나, 이내 그도 호수로 눈을 돌리며 고개를 끄덕였다.

"네. ……아름답군요."

호수를 잔잔히 응시하던 라이너가 작게 속삭였다. 늦은 시간으로 인해 인적이 드문 호수는 밤의 장막에 박힌 별들보다 더 빛나는 등불들로 장식되어 있었다.

푸른 호수 위에 하얀 점처럼 박힌 수많은 등불들. 그로 인해 훤히 드러난 수면. 밤바람에 잔잔히 흔들리며 서로 부딪혀 부스러지는 윤슬.

"……와."

저절로 탄식이 나왔다. 인간이 만든 불빛과 자연이 펼치는 달빛의 조화는 이곳을 현실 세계에서 아득히 먼, 이름 모를 어느 동화의 한 장면으로 만들었다.

밤바람이 별을 스치고, 풀 냄새와 물 냄새를 동시에 몰고 왔다. 그 아득한 아름다움은 가슴을 벅차게 했다.

"라이너, 저기…….."

아름다운 광경을 넋 놓고 구경하다, 호수 한가운데 잿빛과 금색이 섞인 등불을 발견하고 이를 가리키며 라이너를 돌아보았다. 당신과 닮은 등불이라고 말해 주고 싶었다.

기다렸다는 듯 눈이 마주쳤다. 단 한 번도 돌아간 적 없다는 듯 나를 응시하고 있는 금빛 눈동자. 신이 뿌리고 간 별가루처럼 빛나는 두 눈과 마주했을 때, 생각했다. 저 아득한 광경보다 라이너의 두 눈이 더 예쁘다고.

"……당신과 함께 이 광경을 봐서 기쁩니다."

눈을 느리게 깜빡인 라이너가 긴 다리를 성큼 움직여 내게 다가왔다. 딱 한 걸음 떨어져 있던 그와 나의 거리가 단번에 좁아졌다. 라이너가 내 턱 끝을 살짝 잡아 올렸다. 그의 상체가 굽혀지며, 얼굴이 가까워졌다.

언제부터였을까. 맞닿는 피부가 불쾌하지 않고, 오히려 마음을 부드럽게 했던 건. 두 눈을 맞추는 일이 버겁지 않고 물 흐르듯 자연스러워진 건. 코끝을 스치는 로즈우드 향을 가끔 떠올리게 되고, 직접 맡게 될 때면 매혹적이라고 생각하게 된 건. 오가는 시선 속에 묘한 공기와 기이한 떨림이 스며든 건.

밤바람을 타고 서로의 숨결이 흐른다. 그 누군가 별을 마신 것 같다는 감상을 남겼던 샴페인의 고귀한 금빛을 담은 두 눈. 밤바람 때문에 잔이 흔들렸는지 그의 두 눈이 옅게 일렁였다.

나도 모르는 새에 별을 마셨던 것일까, 현실감이 옅어지고 부유감이 온몸을 채웠다. 늘 생각하지만 지독하도록 아름다운 얼굴이었다. 누군들 라이너에게 시선을 뺏기지 않을까 싶을 정도였다. 그러나 내 시선을 빼앗은 것은 그의 미모가 아니었다.

올곧은 방향만을 가리키는 북극성. 나침반이 고장 났을 때도 북극성은 방향을 잃지 않는다. 어떤 상황에서도 묵묵히 가장 추운 북쪽을 가리킬 뿐이었다. 라이너는 내 북극성이었다. 나는 그가 흔들림 없이 하늘을 지킬 것이라고 생각했다.

'나는 라이너를 진심으로 믿고 있구나.'

밤하늘 아래 빛나는 그 눈을 보며, 라이너를 향한 내 믿음이 한없이 굳건하다는 것을 깨달았다.

라이너가 점점 더 얼굴을 가까이했다. 달빛 아래 그의 잿빛 속눈썹이 은실처럼 반짝였다.

샴페인처럼 달콤하고 끈적한 공기. 베어 물면 체리의 진득한 단맛이 날 것 같은 그의 붉은 입술. 늘 보름달처럼 휘황하게 빛나다, 반쯤 감긴 눈꺼풀로 인해 반달이 된 금빛 눈동자. 그 금빛 아래 넘쳐흐르는, 들끓는 욕망.

섬찟해지며 목덜미의 털이 곤두섰다. 들이쉬는 숨이 기이하도록 달콤해 공기에 꿀이라도 섞인 것 같았다.

그가 가까워지는 것이 이상한데, 살짝 벌어진 그의 입술에 시선이 고정되는 것도, 그의 붉은 혀가 갈증을 느낀 듯 자신의 입술을 쓸고 지나갈 때 나 또한 따라 하게 되는 것도 이상한데. 더 이상한 것은 이상함을 느끼면서도 피할 수 없다는 것이었다.

아니. 피할 수 없었던 것인지, 피하지 않았던 것인지, 나는 알 수 없었다.

덜컥 다가온 라이너의 얼굴로 인해 코끝이 맞닿고, 그의 고개가 사선으로 틀어졌다.

붉은 것들이 맞물리려던 직전.

촉.

그는 터지려는 댐을 틀어막듯 다급하게 호흡하며, 원하지 않았던 목적지에 불시착하듯 내 왼쪽 입꼬리에 그의 입술을 살며시 대었다 뗐다.

그제야 나는 숨을 쉬었다.

어째서 내가 숨을 멈추었던 건지 나조차 알 수 없었다.

나는 몽환경에서 정신을 차리지 못한 사람처럼 멍하니 눈을 깜빡이다, 느리게 시선을 들어 눈앞의 남자를 마주했다. 눈가가 새빨갛게 달아오른 라이너는, 금방이라도 울 것처럼 얼굴을 일그러뜨리고 있었다.

툭.

힘없이 떨어진 라이너의 고개가 내 어깨에 닿았다. 그가 얼굴을 기대지 않은 반대쪽 어깨로는 그의 큰 손이 닿았다. 내 어깨를 쥔 그의 손으로 미세한 떨림이 느껴졌다.

"나는, 당신께 모든 걸 내주었으니, 이 정도까지만 허락해 줘."

차마 채우지 못한 욕망. 끝없는 갈망. 수많은 것들이 뒤섞인 갈라진 목소리는, 참혹한 장송곡처럼 내 귓가에 남았다.

끝나가는 봄날, 잊지 못할 시간이었다.

———·&⟨❈⟩&·———

"무슨 일로 찾아오셨습니까."

나는 무감정한 얼굴로 기계처럼 딱딱하게 묻는 남자를 착잡하게 바라보다 길게 한숨을 내쉬었다.

내가 미르 차림까지 하고 온 이곳은, 정보 길드 'Hide & Ceek'였다.

테러가 일어난 지 2주가 지난 시점. 수도는 어느 정도 안정을 찾았지만 테러에 대한 수사는 지속되고 있었다.

아직 공식적인 발표는 없었으나 테러가 북부의 소행이라는 것은 공공연한 사실이었다. 사회에 냉랭한 기운이 감돌고, 금방이라도 북부와의 전쟁이 선포될 것 같은 가운데, 나는 요 근래 들어 많아진 의문들을 해소하기 위해 이곳을 찾았다.

레이샤의 유품이라던 잿빛 늑대의 문양이 새겨진 주머니. 그 안에 든 요정 숲의 출입패. 그것이 있던 장소가 우리 집, 그것도 어머니의 방이었다는 점. 그걸 가져간 지그문트. 어머니를 알고 있는 '푸른 날개' 야샤.

'레이샤와 내 어머니 오드리, 요정과 지그문트, 그리고 야샤.'

수많은 이들이 실타래처럼 뒤엉킨 이 미스터리를 정보 길드를 통해 알아볼 생각이었다.

'레이샤와 어머니, 지그문트에 대해 알아봐 달라고 의뢰하면 되겠지.'

차분히 생각을 정리하고 입을 열었다.

"의뢰를 하려고 하네만."

"지금은 잠시 의뢰를 받지 않고 있습니다. 다음에 찾아 주시지요."

'뭐 이런…….'

나는 바늘을 찔러 넣어도 피 한 방울 나오지 않을 것 같은 남자를 보며 운이 없는 내 자신을 한탄했다.

'다음이라니…… 다음엔 못 올지도 모르는데.'

사실 어머니의 과거를 캔다는 건 내게 있어 커다란 용기를 요했다. 내가 알고 있던 당신이 사실 착각일지도 모른다는 걱정. 혹여, 내가 정말 원치 않았던 아이라는 것을 확답받게 될지도 모른다는 불안. 오늘 이곳에 걸음하기까지는 깊은 고민과 큰 결단이 필요했다.

지금 돌아가면 내가 이곳에 올 결심을 다시 할 수 있을지, 나는 확신할 수 없었다. 나는 한숨을 쉬고는 주머니를 뒤적여 동그란 물건을 꺼냈다.

휙.

"……이게 뭡니까?"

"직접 보게."

내가 물건을 던지자 자연스럽게 받아든 남자가 눈썹을 꿈틀거렸다. 처음엔 미심쩍어하던 남자의 눈이 점점 더 커졌다.

"……설마, 당신 진짜 미르입니까?"

많은 용병들이 내 이름을 사용하지만, 그들에겐 없고 내게만 있는 것이 있었다.

황금 방패 용병임을 증명하는 황금 패.

황금 패를 가진 용병 미르는 단 한 명뿐이었다.

"이래도 오늘은 의뢰를 받지 않는가?"

경악이 물든 남자의 얼굴을 보며, 나는 느릿하게 웃었다.

급하게 어딘가로 연락을 한 남자는 나를 이끌고 길드의 깊은 곳으로 향했다. 얼핏 듣기로는, 남자는 내가 평범하게 의뢰를 할 수 있도록 안내하려 했으나 상대방의 명령으로 길드장에게 데려가는 것 같았다.

"이곳에서 잠시만 기다려 주십시오."

길드장과의 직면은 예상에 없었지만, 나야 길드장에게 직접 의뢰해도 문제는 없었다. 무슨 일이든 대가리와 담판을 보는 게 좋으니.

길드장에게 직접 의뢰하면 길드의 자존심 때문에라도 확실히 일처리를 해 줄 게 분명했다.

'다만…… 길드장이 나를 만나려 하는 이유가 뭐냐는 거지.'

나는 고풍스러운 의자에 앉아 턱을 괸 채 방 안을 살폈다. 길드장의 사무실로 보이는 방 안은 병적일 정도로 깔끔해서 사람이 지내는 곳이라기보단 관광을 위해 인위적으로 만들어진 곳 같았다. 무채색과 원목으로만 이루어진 인테리어엔 화려함이 없었으나, 방 안을 차지한 가구들이 하나하나 고가인 태가 나 충분히 고급스러워 보였다.

'보통 외부인을 길드장 사무실에 혼자 둘 리가 없는데. 그것도 정보 길드가.'

정보 길드는 그 어떤 종류의 길드보다 보안을 철저히 했다. 그럼에도 불구하고 길드에서 가장 은밀해야 할 길드장의 거처에 나를 혼자 뒀다는 것은, 게다가 들어가는 길까지 고스란히 보여 줬다는 것은 그만한 이유가 있을 게 분명했다.

'신생이거나 유명하지 않은 길드라면 실수라고 생각할 수도 있겠지만…… 'Hide & Ceek' 같은 네임드 길드가 이런 실수를 저지를 리 없어.'

'Hide & Ceek'는 창설된 지 5년이 지났다. 유서가 깊은 건 아니었지만, 신생 축에 든다고 할 수도 없었다. 게다가 창설과 동시에 높은 의뢰 성공률로 무섭게

충직한 검이 되려 했는데 2

인지도를 넓힌 네임드 길드였으니. 이 상황이 실수가 아닌 의도된 상황임은 분명했다.

'나한테 원하는 게 뭘까.'

눈을 가늘게 뜬 나는 자리에서 일어나 느긋하게 주위를 돌아보았다. 길드장이 마법사인지 방 안엔 마도구가 여럿 있었지만, 감시용 마도구는 없는 것 같았다.

'이 길드의 길드장에 대해선 알려진 게 없어.'

보통 길드들은 길드의 상징으로 길드장을 내세웠다. 길드장의 성향에 따라 길드의 성향이 결정되었고, 강한 길드장은 그 길드의 자랑이었다. 그만큼 길드에서 길드장이 갖는 의미는 대단했다. 허나 'Hide & Ceek'의 길드장은 완벽히 베일에 싸여 있었다. 대외적으로 얼굴을 드러낸 적도 없고, 이름도 알려지지 않았다. 그 흔한 목격담조차 없이 소문만 무성할 뿐이었다.

'생각할수록 불길한데. 대체 무슨 꿍꿍이지.'

아는 게 있어야 추리라도 하는데 아는 게 없으니 의심만 가중될 뿐이었다. 그나마 생각해 낸 것이 나를 길드원으로 섭외하려 하는 걸지도 모른다는 것이었으나, 어디까지나 가정일 뿐이었으니 답답했다.

의문을 풀고자 왔는데 의문만 생기는 것 같아 앓는 소리가 저절로 나왔다. 나는 일단 생각을 뒤로하고 길드장이 올 때까지 방 안을 둘러보기로 했다.

'성격 진짜 까칠할 것 같은데.'

나는 깨끗한 흑단 원목 탁자를 손가락으로 쓸어 보았다. 색깔이 검어 먼지가 묻어 있어도 티 나지 않는 건 줄 알았는데, 자세히 보니 아예 먼지가 없었다. 아무것도 묻어나지 않은 손끝을 질린 표정으로 바라보던 나는 문득 창문 앞 거치대에 놓여 있는 검에 시선을 빼앗겼다.

'잠깐, 저거……'

순간 숨을 멈춘 나는, 두 눈을 의심하며 경악에 가득 차 검을 잡아 들었다.

'이게, 이게 왜 여기 있지?'

검은색 가죽 검집에 꽂혀 있는 이것은 귀족들의 검처럼 화려하지 않았지만, 훌륭한 대장장이가 만든 태가 나는 좋은 검이었다. 깔끔하게 세공된 은색 손잡이. 그 중심에 박힌 청명한 자수정. 손잡이 끝에 달린 태그. 내 눈에 익은 검이었다.

한 해의 마지막 날인 12월 31일 한겨울에 태어난 나와는 정반대로, 8월 9일 한여름에 빛을 본 아이가 있었다.

'네 생일이 한여름이라니…… 정말 안 어울리는군. 너 같은 냉혈한이 여름은 무슨…… 네가 바로 사람은 태어난 계절을 닮는다는 속설의 반증 그 자체인 모양이지?'

'……하. 나는 그 속설이 믿을 만하다고 생각하는데. 마지막 날에 태어나 하루하루를 마지막 날처럼 사는 무모한 하루살이가 내 눈앞에 있으니.'

'오늘을 네 마지막 날로 하고 싶다는 뜻인가?'

'둘 다 그만해라. 좋은 날에 싸우지 말고.'

평소와 같이 서로를 집어삼킬 듯 다투고 있는 나와 그 아이를 막아 세우던 거친 두 손을 기억했다. 못 말린다는 듯한 말투와 다정한 검은색 눈동자 같은 것들도. 구릿빛 피부가 태양 아래 반짝이던 것이나, 쨍쨍한 햇빛이 하얀 머리카락을 도화지 삼았던 것까지도 기억했다.

'아가.'

'……네.'

'태어나 줘서 고맙다. 나는 그 순간 설원에서 너를 살린 것을 단 한 번도 후회한 적 없어. 그러니 너도 여태까지 살아남은 것을 후회하지 않길 바란다. 삶이 너를 속일지라도 말이다.'

'······.'

'너는 내게 선물이야.'

그 순간 물기가 일렁이던 보랏빛 눈동자. 여름 한복판에서 짙어지던 겨울의 향취. 시원하다기보단 후덥지근한 여름 바람에 휘날린 듯한 검은 머리카락. 사진으로 찍은 것처럼 내 머릿속에 깊이 남아 있는 순간들.

'열일곱 번째 생일을 축하한다.'

카라쇼가 환히 웃는 얼굴로 그 아이에게 건넨 검은, 거치대에 걸려 있던 이 검과 한 치도 다름이 없었다.

나는 차갑게 굳은 채 떨리는 손으로 검 손잡이 끝에 걸린 태그를 들어 확인했다.

'네 열일곱 번째 생일을 기리며, 내 작은 승리와 수호에게.'

승리와 수호. '지그문트'의 뜻이었다.

찰칵.

문손잡이가 돌아가는 소리가 내 귓가를 스쳤다.

패닉에 빠져 이때까지 인기척을 느끼지 못했던 나는, 감각에 집중하자마자 느껴지는 익숙한 기운에 이를 악물었다.

그렇지 않은가.

달칵.

뼛속까지 얼 것 같은 이 차가운 기운을, 내 인생 최대의 개자식 말고 누가 가지고 있겠느냔 말이다.

스르릉.

문이 열리는 소리와 함께, 나는 망설임 없이 내 손에 길들여지지 않은, 하지만 무척이나 익숙한 그 새끼의 검을 검집에서 뽑아 문을 향해 겨누었다. 겨눈 검 너머로 눈이 마주쳤다.

저걸 대체 무엇에 비할 수 있을까.

봄날 제비꽃의 아름다움도, 여름날 라벤더의 향기도 저것에 비할 바는 아니었다. 그나마 자수정에 비하지만, 사실 자수정도 저것에 비하면 한낱 돌덩어리일 뿐이었다.

시리도록 차갑고, 소름 끼치도록 투명한, 선명하게 죽은 보랏빛 눈동자.

저 지독한 아름다움은 언제고 내 속을 뒤흔들었다.

"환영 인사가 여전히 난폭하군."

제게 겨누어진 검에 슬쩍 눈길을 준 지그문트가 매혹적으로 입꼬리를 말아 올렸다.

"이게 무슨 짓입니까, 미르."

"지금 당장 검을 넣지 않으면 길드장님을 위협하는 것으로 해석하고 대응하겠습니다."

지그문트 양옆에 선 두 남자가 지그문트에게 검을 겨눈 나를 보고는 긴장한 기색으로 검을 꺼내 들었다. 나는 내게 상대도 되지 않을 두 남자에게 눈길도 주지 않은 채 지그문트만을 노려보았다.

'지그문트가…… 'Hide & Ceek' 길드장이라고?'

시퍼런 검 끝이 자신을 향하고 있음을 모를 리 없음에도 여유롭기 짝이 없는 지그문트의 낯짝을 보며 얼굴을 일그러뜨렸다. 내가 의문을 풀려고 손을 대면 댈수록 매듭이 엉키기만 하는 게, 세상이 나를 놀리는 것 같았다.

"그 검이 마음에 들었나?"

"너……."

"그래. 넌 오랜만에 보는 검이겠지. 손에 꽉 쥐고 있는 걸 보아 무척 마음에 든 것 같은데 언짢아 보이는군. 왜지? 내가 여전히 그 검을 가지고 있는 것이 역겹나? 내가 이곳의 주인인 것이 놀라워? 아니면……."

폐부를 적시듯 낮고 녹진한 목소리로 말한 지그문트가 내 쪽으로 성큼 발걸음을 옮겼다. 나를 정면으로 마주한 그의 두 눈이 야살스럽게 휘어들었다.

충직한 검이 되려 했는데 2

"내 낯짝을 보니 기분이 안 좋아진 건가."

'미'라는 개념을 형성화한 듯 아름다운 얼굴로 그는 그리 말했다. 얼핏 조롱처럼 느껴지는 말투였으나, 짙은 보랏빛에 쓸쓸함이 순간 피어올랐다 사라지는 것을 본 나는 미간을 좁혔다.

"둘 다 나가."

"길드장님, 하지만……!"

"내가 쉽게 당할 것 같나?"

내가 묵묵부답으로 노려보고만 있으니, 지그문트가 양옆의 남자들에게 휘휘 손짓했다. 내 사나운 기세가 걸리는 건지 반박하는 남자들을 시리도록 차가운 눈빛으로 바라보는 지그문트에게선 지배자의 기운이 만연했다.

"……말씀 나누십시오."

지그문트의 기운에 눌린 두 남자가 결국 검을 거두고 물러섰다.

달칵, 하는 소리와 함께 문이 닫히고 나와 지그문트, 둘만이 방에 남았다. 느리게 숨을 뱉으며 제 앞머리를 쓸어 넘긴 지그문트가 고개를 기울였다.

"계속 서 있을 건가?"

⚜

"차는 없고 먹을 거라곤 이것밖에 없군. 대접은 못 해 줘서 유감이다."

나를 소파에 앉힌 지그문트가 책상 서랍장에서 무언가를 꺼내 내게 건네고는 내 맞은편에 앉았다. 불만을 얼굴에 덕지덕지 붙인 채 다리를 꼬고 있던 나는 눈썹을 꿈틀거리며 그가 준 물건을 확인했다.

'……제비꽃 설탕 절임.'

단 걸 좋아하지 않는 지그문트가 유일하게 즐기는 간식이었다. 여전히 그의 호불호를 기억하고 있다는 것에 대해 속으로 구시렁거리며 제비꽃 설탕 절임이

든 통을 거칠게 흔들었다. 내용물이 완전히 섞이도록. 그리고 뚜껑을 열어 지그 문트 앞으로 내밀었다.

"먹어. 독 들었으면 너 혼자 먹고 죽는 걸로."

"……하. 웃기는군."

자기가 준 음식의 기미 상궁을 맡게 된 지그문트가 헛웃음을 뱉었다.

나는 무뚝뚝하게 얼굴을 굳혔다. 물론 그가 자신의 서랍에서 곧바로 꺼내 건 넨 이 제비꽃 설탕 절임에 독이 들어 있을 가능성은 극히 낮다는 건 알고 있었으 니, 이건 심술에 가까웠다.

내 심술을 빤히 바라보던 지그문트가 입술을 살짝 벌렸다. 겹쳐져 있던 붉은 꽃잎이 피어나는 것만 같았다.

"네가 먹여 주면 먹도록 하지."

지그문트가 나를 향해 눈꼬리를 휘었다. 얼핏 두 눈으로 장난기가 비친 것도 같았다. 그런 그를 지그시 응시한 나는, 제비꽃 설탕 절임을 하나 집어 들었다.

"설탕 절임을 눈으로 먹고 싶은 모양이야. 색도 얼추 비슷하니 처넣으면 스며 들지도 모르겠군."

툭.

내가 던진 달콤한 보랏빛이 짙은 보랏빛을 향해 날아갔다. 그가 순간 눈을 감 은 탓에 설탕 절임은 그의 눈꺼풀에 부딪쳐 땅에 떨어졌고, 설탕 절임을 눈에 처 넣는 건 미수로 끝났지만, 길고 섬세한 그의 속눈썹이 설탕 가루로 인해 반짝이 는 꼴을 보고 있자니 속이 꽤 시원했다.

"맛이 어떻디?"

나는 비죽 흘러나오려는 비웃음을 꾹 눌러 참고 태연하게 물었다. 설탕이 눈 에 들어가 따가운지 눈을 몇 번 깜빡인 지그문트가 하, 하고 숨을 뱉더니 제 손가 락을 한 번 튕겼다.

팟.

내 손에 있던 통이 단숨에 사라졌다. 고위 마법인 순간 이동을 이런 곳에 사용하다니 재능 낭비라는 말밖에 나오지 않았다.

손끝에 남은 불쾌한 마력의 기운에 인상을 찡그린 나는, 새하얗고 긴 엄지와 검지로 설탕 절임 하나를 집어다 제 붉은 혀 위에 올리는 지그문트를 가늘게 뜬 눈으로 바라보았다.

"달아."

보란 듯 설탕 절임을 혀 위에서 미끈하게 굴린 지그문트가 물에 젖은 보랏빛을 삼켜 내곤 낮은 목소리로 답했다. 그의 눈꼬리가 낭창하게 늘어졌다. 나는 그 꼴을 질린 표정으로 바라보았다.

'새끼…… 정말 여전하군.'

이전부터 그랬다. 지그문트는, 보기만 해도 뺨이 화끈거리는 춘화처럼 행동하는 재주가 있었다. 그에게서 농밀하게 풍기는 야살스러움은 전혀 천박하지 않고 오히려 고풍스러웠기에 보는 사람의 기분을 정말 이상하게 했다.

'이러니까 정말 옛날 같네.'

조금 전 지그문트와 티격태격한 것은 관계가 깨지기 전 우리의 일상과 무척 닮아 있어서, 나는 잠시 상념에 빠졌다. 내 묘한 기색을 기민하게 읽어 낸 지그문트가 눈을 느리게 깜빡이며 소파 깊숙이 기대었던 상체를 세워 턱을 괴었다.

"물어볼 게 많아 보이는데, 안 물어보나?"

"……가만히 있어 봐."

지그문트의 느긋한 물음에 눈을 질끈 감으며 관자놀이를 매만졌다. 테러를 막고 떨어지다가 그의 품에 안착한 사건 뒤로 처음 만나는 지그문트를 향한 의문은 정말 넘쳐흘렀기에 더 말문을 떼기 힘들었다. 나는 끄응 앓는 소리를 내고는 세모꼴 눈으로 지그문트를 곁눈질했다.

"물어보면, 대답은 해 줄 건가?"

"봐서."

'염병······.'

저건 자기가 곤란한 질문엔 대답 안 하겠다는 소리다. 지그문트 해석학 석사 학위가 있는 나로서는 그의 말뜻을 바로 알아차리고 한숨을 내쉬었다. 물론 박사 학위 권위자는 카라쇼였다.

'나는 너를 어떻게 해야 할까. 우린 어떻게 될까.'

처음 너를 다시 만났을 땐 최악도 이런 최악이 없다고 생각했다. 풋내 나는 감정들과 퉁명스러운 애정, 미묘한 신뢰 같은 것들은 모두 어렸을 적 치부로 빛바래 사라진 지 오래였다. 남은 것은 질척한 애증을 중심으로 수많은 것들이 뒤섞여 무어라 정의할 수 없는 감정의 응어리뿐이니.

'다시는, 이렇게 마주 볼 리 없다고 생각했는데.'

가라앉은 눈으로 지그문트를 바라보았다. 그 또한 나를 바라보고 있었다. 두꺼운 가면을 쓴 듯 감정을 읽을 수 없는 얼굴은 여전히 껄끄러웠지만, 이전만큼 역겹지는 않았다.

차갑게 죽어 마수 같은 보랏빛 눈동자도, 아무것도 담기지 않은 듯하지만 무거운 눈빛도, 모두 그렇게 나쁘지 않아 나 스스로도 당황스러웠다.

'나는 너를 어떻게 생각하고 있지.'

아주 천천히 내 마음을 살펴보았다.

여전히 지그문트가 원망스러웠다. 이전으로는 돌아갈 수 없을 것 같았다. 여전히 그는 의뭉스러웠고, 나는 그를 몰랐다. 사실 내 마음도 잘 읽히지 않았다. 하지만 그래도 처음 예상했던 것만큼 최악은 아닐지도 모르겠다는 생각이 자꾸 내 머릿속을 차지했다.

'나는 훗날 내가 죽어도 너희 둘이 서로를 무너지지 않게 지탱해 줄 서로의 기둥이 되길 바란다.'

지그문트는 카라쇼의 유산이었다.

그의 검술에서, 마법에서, 잠시 지나가는 습관과 그가 가진 물건에서 카라쇼의 흔적이 묻어났다. 나는 내가 지그문트를 보며 카라쇼를 향한 그리움을 조금은 덜어 낸다는 걸 부정할 수 없었다.

'하지만, 저 자식은 카라쇼를 배신한 놈인데.'

내가 지그문트를 증오하는 이유. 그가, 카라쇼가 죽은 이후 그녀의 장례식에도, 기일에도 찾아오지 않았기 때문이었다.

지그문트가 카라쇼의 장례식에 찾아오지 않았을 때, 나는 그를 이해해 보려고 했다. 오지 못한 불가피한 이유가 분명 있을 거라고, 언젠간 돌아와 오지 못했던 이유를 설명해 줄 거라고 스스로를 달랬다. 그렇게 기다렸다.

카라쇼의 피가 설원을 적신 지 한 해, 두 해, 빠르게 지나갔다. 내가 투박한 솜씨로 세워 놓았던 그녀의 비석은 아무리 먼지를 닦아도 낡아 갔고, 비석이 낡아 갈수록 그를 향한 내 감정도 삭아 갔다.

카라쇼의 기일에 그녀의 비석을 찾아갈 때마다 참으로 덧없는 기대를 했다. 그 비석을 덮는, 내 키보다 큰 그림자가 있을지도 모른다는 기대를.

지그문트가 한 번쯤은 찾아와 줄지도 모른다고 생각했다. 지그문트가 나를 어떻게 생각했든 내겐 그가 친구였기에, 인정하기 싫지만 그 재수 없는 얼굴이 그립기도 했다. 그리고 그런 나를 비웃듯, 그는 단 한 번도 찾아오지 않았다.

나는 절망했음에도 희망을 완전히 버리진 않았다. 혹시 내 얼굴을 보기 싫어서 오지 않았던 거라면 내가 없을 때 찾아왔을지도 모른다고, 꽃 한 송이쯤 두고 갔을지도 모른다고 기대하며 처음 몇 해 동안은 틈이 날 때마다 카라쇼의 무덤가를 찾았다.

그러나 모두 허무한 희망이었을 뿐이었다. 아무리 살펴봐도 누군가 다녀간 흔적이 보이지 않는 설원과 텅 빈 비석 앞을 보며 나는 구멍이 뚫린 것 같은 심장을 애써 정리하곤 했다.

내 사랑하는 스승님은 두 명의 제자를 두었으나 한 사람에게밖에 기억되지 못한다는 사실이 늘 나를 슬프게 만들었다.

그렇게 보낸 것이 6년. 장장 6년 동안 지그문트의 코빼기조차 보지 못했으니, 이제 그를 향한 모든 감정을 정리했다고 생각했다. 더는 보고 싶다는 마음도 없으니 그냥 내 앞에 얼굴 비추지나 않기를 바랐다. 없는 사람으로 치부하고 잊어버리고자 했다. 그런데 이 빌어먹을 새끼는 완전히 망가져 버린 낯을 한 채 굳이 내 인생에 다시 얼굴을 들이밀어 내 속을 뒤집었다.

나는 그와 처음 재회했을 때 극도로 분노했다. 6년 간 얼굴을 보이지 않았던 것, 연락 한 번 없었던 것, 그러고는 다시 얼굴을 비춘 것, 다시 마주한 눈이 완전히 죽어 버린 것. 그 모든 것이 나를 분노케 했다.

'너는 말이야, 그 뭣도 없는 용병이 돼진 일이 내게 무슨 의미라도 될 줄 알았나?'

화룡정점을 찍은 건 카라쇼에 대한 그의 한마디였다. 만약 내게 신념이, 카라쇼의 가르침이 없었다면, 나는 그 순간 지그문트를 갈가리 찢어 죽였을 거라고 장담할 수 있었다.

그 한마디로 그를 향한 애증에 증오가 대부분의 지분을 차지하게 되었고, 정말 그가 내 인생에 다시없을 개자식으로 남을 것 같았다. 우리의 관계는 최악이 된 채 끝이 날 것 같았다.

'너도 알다시피 이곳은 스승님께서 사랑한 곳이다. 나는 스승님이 사랑한 이곳이 파괴되는 꼴을 보고 싶지 않다. 그뿐이야.'

우습게도 테러 한가운데서 들은 그 한마디가, 딱딱하게 굳어 있던 증오에 금이 가게 했다. 그가 여전히 카라쇼를 잊지 않았다는 것이 나를 뒤흔들었다.

"……지그문트 하이드."

낮게 깔린 목소리로 오랜 악연의 이름을 불렀다. 입꼬리를 쭉 당기고 위아래 이빨을 부딪쳤다가, 혀 아래에서 소리를 끌어내고, 입술을 맞붙였다가 빠르게 떼어 내며, 혀로 입천장을 건드려 완성되는 낱말. 입에 담는 것만으로도 석유처럼 검고 진득한 해묵은 감정들이 떨어졌다.

쓱.

나는 발견한 뒤로 한 번도 놓지 않고 꽉 잡고 있던 검을 그의 앞으로 내밀었다. 스승의 깊은 다정과 애정이 담긴 문자가 걸린 지그문트의 검을.

그걸 보는 지그문트의 눈이 깊어졌다.

나는 확인해야만 했다.

"스승님을 그렇게 모욕했으면서, 왜 아직도 이 검을 가지고 있는 거지."

지그문트가 여전히 카라쇼의 제자인지.

내 친구인지.

지그문트는 내 질문 뒤에도 한참 동안 대답이 없었다. 짙은 침묵이 방 안을 집어삼켰다.

길고 새하얀 손이 자수정이 박힌 검을 내 손에서 빼내 갔다. 검을 느리게 매만지는 손길에도, 응시하는 눈길에도 회한이 묻어났다.

'넌 내게 너무 어려워.'

아리아드네의 실타래가 없는 미노타우로스의 미궁. 자를 수 없는 고르디우스의 매듭. 그에게는 온갖 난제들의 이름을 붙여도 부족했다.

바닥이 없는 무저갱보다 깊은 보랏빛 눈동자의 뜻을 확실히 읽어 낼 수 있는 날이 오기나 할까 싶었다.

나는 기이하게 번뜩이는 지그문트의 눈을 관찰하며 조용히 그의 대답을 기다렸다.

"……나는 모든 미련과 애착을 버려야 했다. 어린 날의 추억과 인연까지도."

긴 기다림 끝에 떨어진 붉은 입술은 오랫동안 묵혀 놓은 죄를 고해성사하듯 무겁고 버적거리는 소리를 냈다. 나는 그를 지긋이 응시하며 느릿하게 이어지는 그의 말을 기다렸다.

"카라쇼의 장례식에 참석하면 그녀의 마지막 모습을 영원히 잊지 못할 것 같았다. 너를, 다시 보면……."

처음 봤다. 늘 여유롭고 냉철하던 지그문트가 이리 주저하는 것은.

검을 내려다보며 뚝뚝 끊기는 목소리로 간신히 문장을 잇던 지그문트가 눈을 들어 나를 바라보았다.

"이곳에 안주하고 싶을 것 같았다."

보랏빛 눈동자가 한없이 가라앉았다.

두루뭉술한 대답. 여전히 불친절한 설명. 한숨을 푹 내쉰 나는 지그문트가 든 검을 손가락질했다.

"그럼 어째서 그걸 아직도 가지고 있지?"

그가 눈을 내리깔았다.

"……버릴 수 없었으니까."

지그문트는 왜 모든 미련과 애착을 버려야 하는지도, 안주해서는 안 되는 이유도 여전히 말해 주지 않았다. 궁금해 속이 터질 것 같았지만, 나는 지그문트가 이 이상은 말해 주지 않으리라는 걸 본능적으로 알아차렸다.

'미련인가.'

모든 것은 흔적을 남긴다. 하다못해 작은 들꽃도 자신이 머물렀던 자리에 꽃잎을 남기는데, 카라쇼 같은 이가 지그문트에게 흔적을 남기지 못했을 리 없었다. 그리고 흔적은 어김없이 미련을 불러오는 법이었다.

모종의 이유로 카라쇼의 곁을 떠나야 했던 지그문트는, 아직 미련을 완전히 버리지 못한 모양이었다.

"나는 너를 기다렸지. 아주 오랫동안."

"……."

"하지만 오지 않아서, 차라리 다시는 보지 않기를 바랐어. 다시 봤을 땐 친구가 아닐 것 같았으니."

"……."

"그런데 너는…… 너무 망가져서 돌아왔구나. 이전보다 더 개자식이 됐어."

충직한 검이 되려 했는데 2

나는 옅은 헛웃음을 뱉고 지그문트와 시선을 마주쳤다.

"대체 그동안 어떻게 산 거냐, 지그문트."

그가 제 입술을 지그시 깨물었다. 입은 조개처럼 닫혔고, 대답은 돌아오지 않았다.

"……네가 이곳의 길드장이라고 했지. 그럼 넌 떠난 지 1년 뒤에 길드를 창설한 건가?"

지그문트가 저렇게 굴 땐 의자에 포승줄로 묶어 놓고 죽을 때까지 패도 입을 열지 않는다는 걸 알았기에, 나는 순순히 말을 돌렸다.

지그문트는 고개를 끄덕였다.

"정보 길드 창설은 스승님과 함께 있을 때부터 계획하고 있었다. 스승님도 알고 계셨지."

"그래? 그런데 왜 나는 몰랐지?"

"……."

카라쇼도 알고 있었다는 말에 무심코 되묻자, 지그문트가 심각한 표정으로 입을 다물고 바닥을 바라보았다.

생김새가 워낙 특출난 탓에 얼핏 보면 세계의 안위에 대한 심도 깊은 고민이라도 하고 있는 것 같았지만, 나는 저게 지그문트가 할 말이 없을 때 시선을 피하는 방식이라는 걸 알았다.

그가 정보 길드의 수장이라는 것을 오늘 처음으로 알게 된 나는 입꼬리를 비틀어 올렸다.

"개자식아, 그때 나만 안 알려 준 거냐?"

"……딱히 궁금해하지 않을 거라고 생각했다."

지그문트가 아무것도 없는 창밖을 사연이 많아 보이는 눈으로 바라보며 변명했다. 나는 남몰래 이를 악물었다.

'아무리 그래도 나한테만 안 알려 주냐……!'

지금이야 친구라고 할 수도 없고 원수라고 할 수도 없는 애매한 사이라지만, 그땐 그래도 악우 정도는 되는 사이였다. 어떻게든 서로를 처단하고 카라쇼의 유일한 제자가 되는 것이 우리 둘의 동일한 새해 소원이긴 했어도, 같이 다녔으니 친구는 친구였다. 정보 길드를 창설한다는 빅뉴스는 알려 줄 법했단 말이다.

나는 지금 내가 느끼고 있는 감정이 섭섭함이 아니라고 스스로를 세뇌하며 조금 불퉁해진 낯으로 삐딱하게 앉아 턱을 괴었다. 어쩐지 심술을 부리고 싶어졌다.

"길드 이름이 'Hide & Ceek'가 뭐냐? 제정신으로 지은 건가? 누가 보면 간판을 잘못 적은 줄 알겠군."

"스승님께서 직접 지어 주신 이름이다."

"……신들려서 제정신이 아닐 때 영감을 받고 지으신 이름 같군. 오탈자인 듯 반항아적인 느낌을 주면서도 가운데 기호를 중심으로 나누어진 네 글자 대칭이 무척 균형적이라고 생각한다. 나중에 내 묘지 비석에도 적어 넣고 싶군."

나는 삐딱하게 앉았던 자세를 바로 하고 턱을 괴었던 손을 빼 두 손을 무릎 위에 모았다. 대체 뭔가 싶어 보이던 이름이 한순간에 멋지게만 느껴졌다.

나를 어이없다는 듯 바라보는 지그문트의 시선을 비스듬히 피한 채 입술을 열었다.

"그런데…… 대체 무슨 의도로 지으신 이름이냐……?"

카라쇼가 지었다고 하니 무조건 괜찮아야 하긴 하지만, 당최 뜻을 알 수 없는 이름이었기에 은근슬쩍 물었다. 지그문트는 잠시 멈칫하더니 고개를 저었다.

"나도 모른다."

"그렇군……."

어쩐지 시원찮은 대답이었지만 우선 수긍했다. 나는 이름에 대한 생각은 한구석에 밀어 둔 채 턱을 매만졌다.

'지그문트가 정보 길드의 길드장이라면 지그문트와 키프로스 가의 연도 이해

충직한 검이 되려 했는데 2

가 가. 지그문트가 키프로스의 수족이라는 건 보나 마나 거짓말일 거고. 아무래도 지그문트는 의뢰를 받아 키프로스에게 정보를 조달해 주고 있는 게 아닐까. 아니면 모종의 이유로 손을 잡았거나.'

심증뿐인 추리였지만, 불가능한 가설은 아니었다. 여러모로 생각해 보던 나는 테러를 떠올리는 바람에 가라앉은 마음을 정리하고 눈을 들어 지그문트와 마주했다.

요정 패에 대해서도 묻고 싶었다. 그게 대체 왜 우리 집에 있었으며, 너는 왜 그걸 찾았고, 돌려 달라고 하면 돌려줄 거냐고. 하지만 나는 직감적으로 그가 이에 대해서는 답하지 않으리라는 걸 알았기에, 이를 뒤로하고 가장 궁금했던 질문을 던졌다.

"너는 나와 어떻게 하고 싶은 거지?"

짙은 보랏빛이 나를 조용히 담아냈다. 나는 소름 끼치도록 속을 내비치지 않는 시선을 묵묵히 받아 냈다.

"그렇게 나와 카라쇼를 잊고 싶었다면, 다시는 내 눈앞에 나타나선 안 됐던 거 아닌가."

내 단호한 말에 지그문트의 눈동자가 순간 일렁였다.

나는 지그문트의 반응을 유심히 살폈다.

지그문트는 읽는 것이 불가능하다 느껴질 정도로 두꺼운 포커페이스를 가진 사람이었으나, 나는 한때 그와 생과 사를 함께했었다. 그의 감정을 하나하나 확실하게 읽을 수는 없다 해도, 그가 강렬한 감정을 느끼거나 확연히 동요할 때만큼은 알아차릴 수 있었다.

'그러니, 자극한다.'

꽝꽝 언 얼음을 녹이는 방법은 하나, 불을 지르는 것뿐이었다.

"나는 너를 잘 알아. 지독한 냉혈한에, 정을 모르는 놈이지. 그런 놈이 내가 보고 싶어서 내 앞에 나타난 건 아니라고 생각한다."

"……."

"첫 만남은…… 그래. 우연이라 치자. 네 길드 앞에서 만난 것이었으니 내 실책일지도 모르겠군. 두 번째도 네가 원하는 걸 훔쳐 가려다 만난 것이니 우연이겠지. 하지만 테러 때의 네 행동은 이해가 되지 않아."

첫 만남은 내가 지그문트의 영역에 침범한 것에 가까웠고, 두 번째 만남은 그가 내 영역인지 모르고 왔다가 우연히 만난 것이니 우연이라고 칠 수 있었다.

"왜 테러를 막으려는 날 도와준 거지?"

하지만 세 번째 만남은, 아무리 보아도 우연이라고 할 수 없었다. 나는 상체를 숙여 지그문트와의 거리를 좁혔다.

"테러의 주범이 키프로스 가라는 건 이미 알고 있다. 너는 키프로스의 수족이라고 했지. 네가 누구 아래 들어갈 리 없으니 수족은 아니겠지만, 키프로스와 한패라는 건 분명해. 그런 네가 아무런 이유 없이 나를 도울 리 없다."

키프로스와 한패인 지그문트가 키프로스의 소행인 테러를 막는다?

상식적으로 이해가 되지 않는 상황이었다. 나는 그가 감정과 충동에 따라 움직일 리 없다고 생각했다.

"스승님 때문이라곤 했지만 그게 전부라고는 생각하지 않는다. 카라쇼를 뭣도 없는 용병이라고 한 너니까 말이야."

"나는……."

"그래. 테러를 막는 걸 도와준 것도 뭔지 모를 네 계획 때문이었다고 하자. 정말…… 카라쇼 때문이었다고 믿어 주마. 그래도 나는 네가 이해가 되지 않아."

모든 감정을 배제한 차가운 눈으로 지그문트를 바라보며 최대한 날카롭게 내뱉었다. 그 가운데, 나는 그의 동요를 읽었다.

"왜 떨어지는 나를 잡아 줬지? 어째서 나를 잡고 동요했지? 왜 평범한 의뢰를 하러 온 나를 따로 이곳에 불렀지? 그리고 왜 내 질문에 대답해 주는 거지? 정말 나와 모든 걸 끝내고 싶었다면, 너는 그날에도 내 생애 최고의 개자식이 되겠다고 해선 안 됐다. 없는 사람이 되어 다시는 얼굴을 보이지 않겠다고 했어야지. 그 날 길드 앞에 서 있던 내게 단도를 던지는 게 아니라, 모르는 척 지나갔어야지."

버리겠다는 말은 버릴 수 없다는 말이다. 정말 버리고 싶을 때는 말이 없다.

지그문트가 진심으로 나와의 인연을 끊고 싶었다면 내게 말을 걸어서는 안 됐다. 개자식으로 남겠다고 하는 게 아니라 침묵했어야 했다.

점점 더 금이 가는 지그문트의 포커페이스를 보며, 나는 숨을 내쉬었다.

'멍청하구나, 카슈미르. 아직도 그 사사로운 감정과 미련한 정을 버리지 못했어.'

나는 첫 재회에서 나를 조롱하던 지그문트를 생생하게 기억하고 있었다. 나는 그 순간 지그문트의 말투와 표정을 그대로 따라 하며 말했다.

"사사로운 감정과 미련한 정을 버리지 못한 건 너 아닌가, 지그문트."

이 말을 끝으로, 지그문트의 포커페이스가 무너졌다.

"하, 하하하!"

제 입을 손으로 덮은 채 무섭도록 고요히 나를 바라보던 지그문트가 어느 순간 크게 웃어 젖혔다.

나는 지그문트가 자신의 포커페이스가 무너질 때 제 본 감정을 보이지 않기 위해 도리어 웃곤 한다는 걸 알았기에, 웃음 사이에서 그를 읽어 내기 위해 집중했다.

"너는, 아무것도 몰라, 카슈미르."

카슈미르. 내 이름. 아무라도 부를 수 있는 한낱 이름에 불과한데, 이상하다. 지그문트의 혀 위에 오르면 마법 주문이라도 되는 양 진득하고 음습해졌다.

수많은 감정이 뒤섞여 탁해진 보랏빛 두 눈을 바라보았다. 이제야 제 기색을 내비치는데, 색깔들이 뒤엉켜 검은색만 남은 그의 눈에선 감정을 읽을 수 없다.

그저, 언제나 제 위를 덮고 있던 살얼음을 건 채 끓어오르고 있다는 것만 읽힐 뿐이었다.

"그래. 나는 아무것도 몰라. 네가 아무것도 말해 주지 않으니까."

나는 그 두 눈을 피하지 않으며 거침없이 응수했다.

모를 수밖에 없었다. 말하지 않으면 모른다. 나는 지그문트에 대해 아는 게 아무것도 없다고 해도 이상하지 않았다.

다만 내 생각은 분명했다. 지그문트와 이 애매한 사이 그대로, 뭔지 모를 찝찝한 찌꺼기를 남긴 채 관계를 끝내 버리고 싶지는 않았다.

"그러니 말해, 지그문트. 너는 나를 어떻게 생각하는지, 앞으로 어떻게 하고 싶은지. 네 그 얄미운 방식대로, 곤란한 부분은 모두 도려내고 말해도 괜찮아. 그냥 좀, 말해."

침묵 속에서 혼자 질문을 던지는 것은 이제 지긋지긋하다. 이젠, 대답을 듣고 싶었다.

내 단호한 말에 지그문트가 느리게 숨을 들이쉬었다.

다른 이들에게는 그저 그가 냉철하게 생각하고 있는 것으로 보였겠지만, 내 눈엔 그의 동요가 고스란히 보였다. 금이 가 금방이라도 물을 홍수처럼 뱉어 낼 듯 위태로운 댐 같은 그를 나는 가만히 기다릴 뿐이었다.

"……카라쇼도, 이제 거의 잊었는데."

한참의 기다림 끝에 지그문트의 입술이 열렸다. 평소의 감미로운 목소리와 다르게, 무척 메마른 목소리였다.

"내 삶은 공동묘지였고, 이미 많은 이들을 묻었다. 카라쇼도 이젠 수많은 무덤들 중 하나의 이름일 뿐이고, 그녀를 향한 애정도, 미련도, 거의 다 털어 냈는데……."

늘 얼어 있던 얼음장이 녹아내린 걸까, 지그문트의 얼굴이 축축했다. 새하얀 피부엔 눈물 자국 하나 없음에도 내겐 그가 울고 있는 것처럼 보였다.

"너는 정말 끈질겨. 너만은 참 끈질기게 내 속에 살아남아 있어. 여전히."

그르렁거리는 낮은 목소리가 위협적이었다. 눈앞에 맹수를 둔 듯 목덜미가 섬 찟해지는 것을 느끼며, 나는 상체를 낮춘 채 지그문트에게 온 신경을 집중했다.

"아직도 모르겠어?"

지그문트가 숙이고 있던 고개를 천천히 들어 올렸다.

내 후각을 잠식하는 설원의 향기. 공기를 짓누르듯 무거운 기운.

"너는 내가 이 빌어먹을 곳에 남긴 유일한 미련이야, 카슈미르."

아, 지그문트는 진정으로 한겨울 매서운 폭풍을 닮은 사람이었다.

유일한 미련. 그 말이 참 무겁게 떨어졌다. 형용할 수 없는 감정이 나를 감싸고, 대답은 도수 높은 알코올처럼 증발되었다. 대답 없는 내 앞에서 지그문트는 피부를 벗겨 버릴 듯 거칠게 마른세수를 했다.

"너만 없으면 나는 정말로 해방될 수 있었을 텐데……."

지그문트가 말꼬리를 흐렸다. 제 앞머리를 거칠게 쓸어 넘긴 그는, 나를 향해 두 눈을 번뜩였다.

"나는 네가 정말 싫어, 카슈미르."

나를 옭아매는 한 쌍의 보랏빛 사슬에서, 나는 핏빛 비릿한 광기와 지독한 증오를 보았다.

사람의 감정은 말로만 전해지지 않는다. 그 순간의 표정, 목소리, 눈, 모두가 저마다 말을 했고, 때로는 입으로 하는 말과 몸이 하는 말이 불일치하기도 했다.

지그문트는 정말 나를 증오하는 것 같았다. 두 눈에 서린 증오는 분명 나를 향하고 있었으니. 하지만 나를 향한 감정이 증오만은 아니라는 것도 분명했다.

'너나 나나 비슷한 처지인 모양이구나.'

나는 그가 무척 수상한 인물이고, 행동거지에서 미심쩍은 부분이 많다는 걸 알면서도 잘라 내지 못하고 있었다. 그를 원망하는 동시에 그가 안쓰러웠고, 그를 의심하면서도 한편으론 믿고 있었다.

'네가 나를 미련으로 둔 것처럼, 나는 너를 버리지 못한 인연으로 두었지.'

지그문트와 나는, 서로의 일부였다.

"이쪽도 마찬가지로 네가 싫고 지긋지긋하다, 지그문트."

나는 한숨을 내쉬며 앞머리를 거칠게 쓸어 넘겼다. 내 손가락에 뒤엉키는 검은 머리칼이 눈앞에 보이는 지그문트의 머리칼과 똑같은 색이라는 것이 참 거슬렸다.

"그러니 말을 해. 나랑 뭘 하고 싶은 건지. 전처럼 나랑 숨바꼭질이나 하면서 놀자고 다시 나타난 건 아닐 텐데."

차갑게 대구하며 잠시 어렸을 적을 떠올렸다. 카라쇼는 어린 나와 지그문트에게 훈련의 일종으로 숨바꼭질을 시키곤 했다.

'카슈미르는 은신에 요령이 없다. 싸움엔 정면 돌파만 있는 게 아니야. 숨을 줄도 알아야 하지. 반면 지그문트는 은신에만 뛰어나고 추격에선 떨어진다. 숨바꼭질에서 언제고 숨는 것만 할 수는 없는 법이다. 술래도 할 줄 알아야 한다.'

그녀는 나와 지그문트에게 각각 부족한 것이 뭔지 제대로 파악하고 있었다.

장소는 보통 울창한 숲. 정해진 시간 안에 지그문트가 나를 찾아내면 그의 승리였고, 정해진 시간이 지날 때까지 들키지 않으면 내 승리였다.

'젠장! 빌어먹을 족제비 새끼! 내가 술래였으면 넌 5분 안에 끝났다!'

'그 족제비한테 잡힌 주제에 말이 많군. 쯧. 넌 왜 이렇게 가볍지? 시장에 내다 팔아 봐야 10골드도 안 나오겠군.'

숨바꼭질 승부의 승기는 보통 지그문트가 가져갔다. 내가 이기기도 했지만, 다섯 판을 하면 지그문트가 네 번을 이기고 내가 한 번을 이기는 꼴이었다.

카라쇼는 내가 진 이유가 지그문트와의 재능 차이 때문이 아니라 네 살이라는 나이 차이 때문이니 너무 분하게 생각하지 말라고 말해 주었지만, 그래도 나는 이기고 싶었다.

특히 지그문트는 나를 찾아낸 다음엔 꼭 내 목덜미를 잡아 나를 대롱대롱 들고 카라쇼 앞에 대령했기에, 더욱 지고 싶지 않았다.

물론 나는 내가 이겼을 때 지그문트를 공주님 안기로 옮겼다. 이기는 쪽의 운반 방식에 토를 달지 않는 것이 우리의 암묵적인 룰이었다.

'다음에 내가 이기면 넌 감자 포대에 쑤셔 넣어져 어깨에 둘러메질 줄 알아라.'

'꿈도 크군. ……목 아픈가?'

'……딱히.'

나와 지그문트는 툭하면 서로를 물어뜯었지만, 그래도 진정으로 서로를 증오하진 않았다. 우리는 늘 외로웠다. 볕을 벗어난 서늘한 그늘에서 서로에게 기대어 가까스로 온기를 유지하는 사람들처럼, 서로를 저버릴 수 없었다.

'하지만 그때로 돌아갈 순 없겠지.'

지그문트와 함께 지낸 1년은 실질적인 시간에 상관없이 깊고 짙었으나, 떨어져 있던 6년의 간극 또한 컸다. 그와의 관계가 어찌될지는 몰라도 이전과 같지 않을 것이라는 건 분명했다.

"……내 대답은 여전하다."

나와 마찬가지로 상념에 빠져 있던 지그문트가 느리게 입을 열었다. 어렸을 적의 희미한 생기조차 잃고 삭막함만 남은 한 쌍의 보랏빛이 나를 직시했다.

"나는 네게 흉터로 남게 될 거다. 내가 너를 어떻게 생각하는지, 앞으로 어떻게 하고 싶은지는 상관없이 그렇게 될 수밖에 없다. 너도 곧 깨닫게 되겠지."

겨울 한복판에 덩그러니 놓인 한 쌍의 자수정이 눈 속으로 깊이, 깊이 파묻혔다.

"우리는 공존할 수 없는 서로의 안티테제라는 걸."

안티테제. 어떠한 명제를 반박하는 정반대의 명제. 한 명제의 모순이 드러나게 하는 대척점. 함께하는 것이 불가능한 상극.

"내가 살면 필연적으로 네가 죽고, 네가 살면 필연적으로 내가 죽는다. 반드시 그렇게 될 거다."

지그문트는 우리가 공존할 수 없음을 확신하고 있었다. 공존할 수 없다는 말은 자기가 살기 위해 나를 죽이겠다는 말. 꽤 잔인한 말이었으나, 나는 덤덤하게 수긍했다.

사실 지그문트와 재회했을 때부터 나는 본능적으로 느끼고 있었을지도 모른다. 눈앞의 오랜 악우는 영원한 겨울을 가져올 것이고, 겨울을 끝내기 위해서는 그를 베어 내야 된다는 걸.

"그럼 다시 만나는 날엔 서로에게 검을 겨눠야 할지도 모르겠구나."

나는 나직하게 말하며 제비꽃 설탕 절임 하나를 집어 혀 위에 올렸다. 달콤한 보랏빛이 내 입엔 쓰게만 느껴졌다.

"……그래."

한 박자 늦게 대답한 지그문트가 내게로 상체를 굽혔다. 한 발짝 떨어져 있던 그와 나의 거리가 좁혀졌다.

"하지만 오늘은 아니잖아."

낮고 굵은 목소리가 두 뼘 거리 앞에서 속삭였다. 나는 지그문트의 두 눈을 순간적으로 물들인 감정을 읽을 수 있었다. 그의 말대로 미련과 닮아 있었으나, 미련보다 깊은 감정이었다.

"너……."

"오늘 의뢰하러 온 거 아닌가."

내가 무어라 말하려 할 때, 지그문트가 내 말허리를 끊었다. 그의 단호한 눈빛에서 더는 이에 대해 말하지 않겠다는 뜻이 엿보였다. 잠시 입술을 꾹 다물었던 나는 지그문트가 말을 돌린 방향으로 순순히 따라갔다.

"그래."

"길드장에게 직통으로 의뢰하게 되다니, 운이 좋군."

만족스럽게 고개를 끄덕인 그가 깍지 낀 양손 위에 제 턱을 얹었다.

"성심성의껏 모셔 드리죠, 고객님."

지그문트가 옅게 눈꼬리를 휘었다. 그의 어이없는 능청스러움을 두 눈으로 목도한 나는 얼굴을 꽉 구겼다가 한숨을 내쉬었다.

"사람에 대한 정보를 구해 줬으면 한다. 인원은 세 명."

"어느 정도 깊이의 정보를 원하지?"

"팔 수 있는 건 모두 파헤쳐. 간단한 인적 사항부터 사소한 습관, 은밀한 비밀까지 싹 다 알고자 한다. 돈은 요구하는 만큼 주지."

내 거침없는 대답에 지그문트가 가늘게 뜨인 눈으로 나를 바라보았다.

나는 그가 저런 눈빛을 할 때를 알았다. 저건 흥미롭다는 뜻이었다.

"재미있군. 최선을 다해 보마. 이름은?"

"우선 첫 번째는 레이샤. 성은 모른다. 한때 아타라 왕국 7왕자이자 현재 국왕인 알렉산드로 아타라의 유모를 맡았던 적이 있고, 지금은 죽었다. 그리고……"

"그리고?"

나는 조금 주저하다, 느리게 입술을 열었다.

"추측이지만, 레이샤는 은빛 늑대 수인일지도 모른다."

지그문트의 눈빛이 날카로워졌다.

은빛 늑대 수인족은 개개인이 살상 무기라고 할 수 있을 만큼 선천적으로 강한 힘을 가지고 있었고, 그만큼 수가 적었다.

수인족 대학살 사건 이후로는 무척 폐쇄적이 되어서 그들의 영역 밖으로 나오는 경우가 없다시피 했기에, 아타라 왕족의 유모였던 이가 은빛 늑대 수인이었다는 것은 누구든 놀랄 만한 정보였다.

"믿기는 힘들다만, 우선 알겠다. 두 번째는?"

"두 번째는 오드리. 마찬가지로 성은 모른다. 지금은 죽었다. 그리고 이 이상 아는 게 없다."

"허."

내가 당당하게 모른다고 하자, 지그문트가 헛웃음을 뱉었다. 이 정도 정보를 가지고 사람을 캐는 건 불가능에 가깝다는 걸 알았지만, 내가 어머니에 대해 아는 것은 정말 없다시피 했기에 할 말이 없었다.

"이 정도 정보로는 할 수 있는 게 없다. 사소한 거라도 좋으니 더 없나?"

지그문트가 손가락으로 소파 손잡이를 툭툭 건드리며 고개를 기울였다. 나는 깊게 생각하다 뒤늦게 입을 열었다.

"죽기 전엔 수도 외곽에서 살았다. 갈색 머리에 회색 눈이었던 것으로 기억한다. 그리고 이건 신빙성 낮은 추측이지만…… 아무래도 한차례 개명을 한 것 같다. 개명한 이름이 오드리."

"개명?"

지그문트의 되물음에 고개를 끄덕였다.

'뭔가, 다른 이름이 있었던 것 같아.'

확실하진 않다. 오직 느낌이었다. 블러 처리라도 한 듯 희미해진 어머니에 대한 기억 속에서, 어머니의 다른 이름이 있었던 것만 같은 근거 없는 짐작. 내 애매한 표정에 낮게 숨을 뱉은 지그문트가 고개를 끄덕였다.

"'오드리'라는 이름으로 개명했던 사람을 위주로 찾아보도록 하지. 그리고?"

"그리고……."

마지막 세 번째 사람. 나는 잠시 간극을 두었다. 내가 아는 이들 중 가장 미스터리하고 어려운 사람. 내가 알고자 하는 이들 중 유일하게 살아 있는 이. 나는 지그문트를 똑바로 바라보았다.

"지그문트. 지그문트 하이드."

바로 내 눈앞에 있는 그였다. 지그문트가 느리게 눈을 깜빡였다. 길고 풍성한 검은색 속눈썹이 움직이는 모습은 나비 날개가 가볍게 펄럭이는 것만 같았다. 나는 평온한 표정을 지은 채 말을 이었다.

"검은 머리에 보라색 눈. 6년 전까진 제국에서 지냈으나 이후엔 행방불명. 지그문트 하이드에 대한 정보를 원해."

지그문트에게 지그문트의 정보를 캐 달라고 하다니, 웃기는 일이었다. 사실

　　　　　　　　　　　　　　　　　　충직한 검이 되려 했는데 2

그가 이곳의 길드장이라는 걸 알게 된 후로 그에 대해 조사할 마음은 거의 접었다. 지그문트에게 지그문트에 대한 정보 조사를 의뢰해 봤자 제대로 해 줄 리 없는 데다, 수많은 이들이 악을 쓰고 캐내도 이름조차 알아내지 못했던 'Hide & Ceek' 길드장의 정보를 다른 정보 길드에 의뢰한다고 하여 알아낼 수 있을 것 같진 않았다. 그러니 이건 단순히 경고로 해 두는 말이었다. 나는 반드시 네 생각을, 꿍꿍이를 알아낼 것이라는 경고.

내 대답을 들은 지그문트가 하, 하고 웃음을 터트렸다. 턱을 괸 그가 고개를 느긋하게 기울였다.

"그 사람 정보는 상당히 비싸다만."

"돈은 부르는 대로 준다고 했을 텐데."

"얼마를 요구할 줄 알고. 자신 있나?"

지그문트가 도발하는 투로 말했다. 나는 입꼬리를 비틀며 눈썹을 살짝 들어올렸다.

"그 정보만 제대로 얻을 수 있다면, 네가 얼마를 생각하고 있든 그 두 배를 치를 수 있어."

내 자신만만한 대꾸에 지그문트가 한 번 더 웃음을 흘렸다. 그의 얼굴은 여전히 포커페이스로 굳어 있었으나 내가 보기엔 꽤 즐거워하고 있는 것 같았다.

"그래. 그 사람 정보까지 알아봐 주지."

"고맙군. 그래서 보수는 어느 정도면 되지?"

보랏빛 눈동자가 잠시 허공을 굴렀다. 제 턱을 쓸어내리던 지그문트는 고개를 저었다.

"생각해 보니, 나는 이미 네게 보수를 받았군."

"……무슨?"

내가 미간을 좁히자 지그문트가 여유롭게 제 양손을 펼쳤다.

"네 집에서 빌린 물건으로 선불을 받았다고 하지."

'이 새끼가…….'

나는 숨을 크게 들이쉬었다. 자신이 훔친 요정 패를 빌렸다고 뻔뻔히 말하는 지그문트를 보며 잠시 검 손잡이에 손이 올라갔으나, 간신히 다시 내렸다.

레이샤의 유품 때문에 무너지던 레오만 생각하면 지금 당장이라도 지그문트를 두 쪽 내고 요정 패를 돌려받고 싶었다. 하지만 그 요정 패가 여기에 있는지도 미지수인 데다, 이곳에서 지그문트를 공격했다가는 길드 전체에게 쫓기는 수가 있었다.

'개자식. 돈 절대 안 줄 거다……!'

나는 그때의 기억에 속으로 이를 아득 갈며 짜증 가득한 표정으로 자리에서 일어섰다. 지그문트가 내게로 시선을 돌렸다.

"구한 정보는 어떻게 전달해 줄 거지?"

"아, 알아서 너희 집으로 배송해 주지."

"……내 뒤를 캐겠다는 말을 잘도 돌려서 하는군."

"원한다면 나는 네가 어제 뭘 먹었는지도 알아낼 수 있다."

재수 없게 입꼬리를 올리는 지그문트를 한 대 치고 싶은 충동이 일었지만, 첫 만남 때 그의 얼굴에 침을 뱉었던 통쾌한 때를 떠올리며 애써 억눌렀다.

"……정보 기다리고 있겠다. 빨리 보내."

할 말도 다 끝났겠다, 나는 이곳을 나서기 위해 망설임 없이 발걸음을 옮겼다.

작별 인사까지 할 사이는 아닌 것 같아 그대로 문을 열고 나가려던 때.

"이전부터 궁금했는데. 모든 사정을 설명해 주면 너는 이해해 줄 건가?"

지그문트의 목소리가 내 발을 잡았다. 뒤로 돌아 있어 그가 어떤 표정을 짓고 있는지 보이지 않았으며 그나마 들리는 그의 목소리는 여느 때와 같이 낮고, 굵고, 무감정할 뿐이었으나, 그럼에도 나는 알 수 있었다. 이게 지그문트가 미련을 보이는 방식이라는 걸.

"그러기엔 너무 늦었다고 생각하지 않냐."

폐부에서부터 끌어올린 긴 숨을 내쉬며 나지막이 말했다.

나는 잠시 눈을 감았다.

그가 몇 년 더 빨리 와서 이리 말했다면 나는 긍정했을지도 모른다. 하지만 그는 때를 놓쳤고, 어떻게 해도 이전으로는 돌아갈 수 없다는 걸 우리는 알고 있었다. 눌어붙은 감정들은 철이 지나 문드러져 버린 과육처럼 진득하고, 과하게 달콤했으며, 역했다.

"카슈미르."

"……."

"슈슈."

"……그래."

내 애칭은 어린 날에도 지그문트의 입에서 자주 불린 적 없건만, 그는 내 애칭을 부르는 것이 익숙해 보였다. 몇 번이고 불러 봤다는 듯.

"우리 아직 친구야?"

'우리, 여전히 친구야?'

지그문트의 물음에서 첫 재회 때의 물음이 겹쳐 들렸다. 나는 그때의 내 대답을 떠올려 보았다.

'너는, 내게 친구였던 적이 없고, 앞으로도 그럴 거야…….'

미친 듯이 욕을 퍼붓고 거짓말까지 섞어 거친 대답을 했었다. 그 순간의 대답에 후회는 없었지만, 분명 진실은 아니었다.

"나도 모르겠다."

그래서 이번만큼은 진실을 말했다. 나의 가장 솔직한 대답이었다. 그 말과 함께, 나는 방에서 나왔다. 심호흡을 한 나는 잠시 방문에 기대었다.

지그문트와 나는 서로에게 안티테제인 동시에 가장 큰 미련이었다.

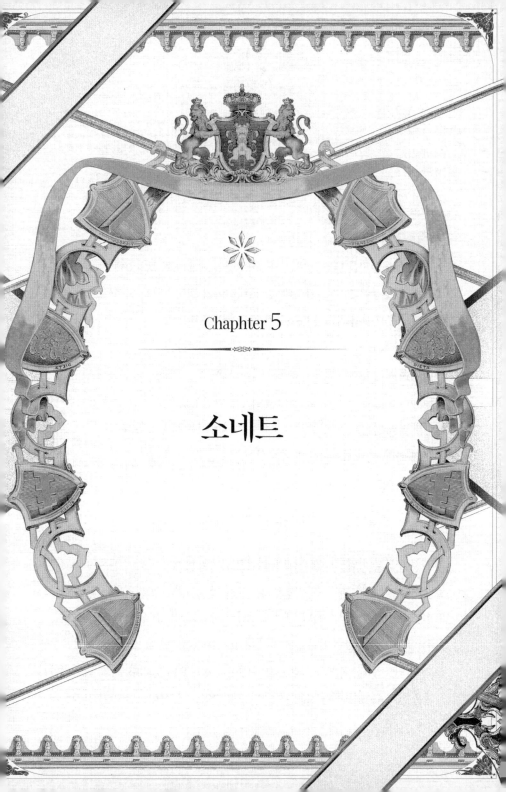

Chaphter 5

소네트

"준비는 다 마쳤느냐?"

"네."

제복 소매 단추를 매만진 나는 카이사르를 향해 고개를 끄덕였다.

묘한 긴장감이 오가는 가운데, 칼과 아리아의 걱정스러운 시선이 느껴졌다. 나는 그 가운데에서 최대한 아무렇지 않게 웃었다.

"잘 다녀올게."

가벼운 복장을 선호해 평소엔 즐겨 입지 않는 정식 제복이 내 몸을 조였다.

크리시스 공작가의 이미지에 맞추어 깔끔하면서도 위엄 있는 검은 제복을 완벽하게 갖춰 입은 나는, 영락없이 중요한 자리에 가는 사람 같았다.

이른 아침, 나와 카이사르는 태양 신전으로 갈 채비를 마쳤다.

제국 수도를 정면으로 공격해 온 건국 기념일의 테러는 단번에 제국의 고위층들이 술렁이게 만들었다. 황제와 황태자가 탄 마차에 폭탄이 설치되는 것을 아무도 몰랐다는 부분에서 특히나, 보안을 맡았던 황실 기사단은 완전히 뒤집어졌다.

'그날 호위를 맡았던 기사들은 거의 다 잘리고 라이너만 살아남았다고 했지.'

그럴 만도 했다. 황제와 황태자의 생명이 위험했으니 말이다. 만약 라이너가 폭탄을 막지 못했다면 기사들은 기사단에서 잘리는 게 아니라 머리가 잘렸을지

충직한 검이 되려 했는데 2

도 모르는 일이었다.

'특히 제1 기사단은 완전히 뒤집어졌다지.'

카이사르에게 듣기로, 라이너의 아버지이자 제1 기사단장이며 소드 마스터인 노아 아인하르트는 이번 테러에서 자신이 아무것도 하지 못했다는 것에 완전히 분노했다고 한다. 그의 기세를 보아 제1 기사단의 기강은 이번 기회에 완전히 다시 잡힐 것 같았다.

폭탄을 제때 처리한 덕에 헬리오스와 디에고 둘 다 무사하고, 수사망이 좁혀지며 곧 키프로스가 북부의 조력자로 의심을 받을 것으로 보였다. 그러나 티나가 내부 고발자라는 것은 아직 누구도 눈치채지 못했고, 수도는 무사했다.

'모든 게 무사한 와중에 나만 심란하지.'

나는 턱을 괴고 마차 창밖을 보며 한숨을 내쉬었다. 수도의 거리는 언제 테러가 일어났냐는 듯 시끌벅적하고 활기찼다. 그 광경을 보면서도 나는 착잡함을 지울 수 없었다.

"슈슈. 괜찮으냐."

내 맞은편에 앉아 나를 지그시 응시하던 카이사르가 물었다. 그의 말투에서 걱정스러움이 묻어났다.

"아, 네. 그냥, 조금 긴장돼서 말입니다."

나는 손등으로 목덜미를 닦아 냈다. 여름이 가까운 계절 때문인지, 다가올 일에 대한 긴장 때문인지, 목덜미엔 땀이 살짝 배어나 있었다.

"걱정할 것 없다. 네게 조금이라도 곤란한 질문이 들어오면 내가 쳐낼 테니."

내 상태를 굳은 표정으로 살핀 카이사르가 손을 뻗어 내 옆머리를 넘겨 주었다. 그의 손길은 여름 볕보다 따사롭고 온화했다.

"……감사합니다."

나는 조금 경직되었던 표정을 펴고 부드럽게 웃었다. 거대한 파도를 만난 듯 복잡하게 술렁이던 마음이 서서히 가라앉았다.

전쟁이 성큼 다가오는 가운데, 나는 태양 신전에서 진행되는 대귀족 회의에 증인으로 부름을 받았다.

⊶⊰✤⊱⊷

웅장한 신전 안은 대귀족 회의가 일어나기 때문인지 사제들이 아니라 무장한 성기사들이 대열을 갖추고 있었다. 나는 엘과의 만남을 위해 오가면서 익숙해진 신전을 가로질러 걸었다.

"언제 와도 불쾌하군."

주위를 아니꼬운 눈으로 둘러본 카이사르가 인상을 찌푸렸다. 나 같은 경우 신성력으로 가득 찬 신전에 오면 편하다고 느꼈으나, 카이사르의 경우 체질상 신성력과 맞지 않아 신전이나 사제들을 불쾌하게 여기는 편이었다.

'카이사르가 별종이지. 보통 마나를 사용하는 검사들은 신성력을 편안하게 느끼니까.'

신성력을 꺼리는 나머지 정말 웬만한 부상이 아닌 이상은 신성력 치료도 받지 않으려고 하는 카이사르를 떠올리며 속으로 한숨을 쉬었다. 아무래도 카이사르에게 있어 태양 신전에서 보낼 오늘 하루는 저기압일 듯했다.

"홀에 들어가기 전 손을 닦아 주시죠."

회의장 문 앞에 당도하자 사제가 나와 카이사르에게 고개를 숙여 인사하며 금으로 만들어진 대야를 들이밀었다.

나는 귀찮은 절차를 거침없이 생략시키는 엘과 율리안 덕분에 그동안 몇 번이나 신전을 방문하면서도 교황과 대사제를 만나기 전 갖춰야 하는 것들을 모두 넘겨 버렸다. 그러나 율리안으로부터, 사실 신전에서 교황을 만나기 위해서는 긴 절차를 거쳐야 한다고 듣긴 했다.

'원래 대사제와 교황을 만나기 위해선 성수로 손을 닦아야 하는데…… 되게 대단한 것처럼 포장하는 것치곤 사실 특별한 용도로 사용할 때가 아니면 맹물이나 다름없거든요. 저나 교황놈같이 신성력에 아주 예민해야 맹물과 성수를 구분할 수 있는 정도고요. 제가 발 닦은 물로 슬쩍 바꿔 놔도 아무도 모를걸요.'

대사제와 교황을 만나기 위해 거쳐야 하는 기나긴 절차를 설명해 주며 장난스럽게 키득거리던 율리안이 떠올랐다.

나는 그 별거 없다는 성수에 손을 닦으며, 부디 살짝 미쳐 있는 율리안이 그때 했던 말을 실행에 옮기지 않았기를 바랐다. 나는 그가 발 닦은 물에 손을 씻고 싶지는 않았다.

몸값 비싼 대귀족들을 오래 잡아둘 생각은 없었던 건지, 절차는 손을 닦는 것만으로 끝났다. 하기야 율리안에게 들었던 그 거창한 절차들을 모두 실행했다가는 회의가 밤에 시작되어야 할지도 몰랐다.

"들어오시죠"

사제가 고아한 대리석 문을 열어젖혔다. 문 틈새로 쏟아져 나오는 빛에 나는 짧게 심호흡을 하고, 카이사르와 함께 거침없이 발걸음을 옮겼다.

뚜벅뚜벅.

거대한 홀에 나와 카이사르의 구둣발 소리가 울려 퍼졌다. 내게로 쏟아지는 시선 가운데 익숙한 얼굴들이 여럿 보였다.

'정말 우리가 가장 늦었군.'

크리시스의 자리를 제외하고 모두 차 있는 장내의 좌석들을 질린 눈으로 돌아보다 힐끔 카이사르의 옆모습을 살폈다. 일부러 느지막히 갈 준비를 하던 카이사르를 보며 늦게 갈 심산이라는 건 눈치챘지만, 황제와 교황보다도 늦게 도착할 줄은 몰랐다.

'요즘 황제가 네게 관심을 갖고 있다. 만날 때마다 내게 네 안부를 묻는 게 무척 거슬려. 교황은 원래부터 마음에 안 들었다. 어린놈이 음침해서는⋯⋯.'

얼마 전부터 나를 옆에 두고 구시렁거리던―다른 이들이 들으면 무서워서 덜덜 떨 정도로 섬뜩한 말투였으나, 나는 이것이 카이사르가 구시렁거리는 방식이라는 걸 알았다—카이사르를 떠올리면, 이것이 그의 심술이라는 것을 어렵지 않게 알 수 있었다.

완전히 지각을 하고서도 당당하기 짝이 없는 카이사르를 보며 나는 남몰래 한숨을 쉬었다.

"제국의 태양과 하늘을 뵙습니다."

얼굴에 만리장성을 철판으로 깐 카이사르가 헬리오스와 엘 앞에 서서 고개를 까닥였다. 시건방진 카이사르의 인사를 받은 헬리오스는, 잠시 카이사르를 응시하더니 씨익 웃었다. 나는 저 웃음이 헬리오스가 상대를 엿 먹이는 101가지 방법을 장전할 때 짓는 웃음임을 알았다.

"이런. 이거 우리 공작님 아니신가. 오는 길에 강도라도 만난 모양이지?"

"만나지 않았습니다만."

헬리오스는 늦은 것을 비꼬며 변칙구를 날렸으나, 카이사르는 그 비아냥을 알아듣지 못한 척 여느 때와 같은 무표정을 지은 채 정면으로 리시브했다. 나는 헬리오스의 웃는 얼굴에 살짝 금이 간 것을 보았다.

"하하! 만사에 당당한 것이 자네의 매력이지. 아주 사랑스럽군."

이번엔 카이사르의 뻔뻔한 무표정에 살짝 금이 갔다. 나는 헬리오스의 스매싱 공격에 튀어나올 뻔한 웃음을 애써 접어 넣었다.

당장 불경죄로 감옥에 처넣어도 될 만큼 불경한 눈빛으로 헬리오스를 바라보던 카이사르가 느리게 입을 열었다.

"……과찬이십니다."

"나는 그대 성격에 오늘 말없이 회의를 쌩까지 않았다는 것만으로도 박수를 보내 주고 싶네."

"저도 스스로에게 박수를 쳐 주고 싶습니다."

양심을 마차 타고 오던 길 하수구에 고이 버린 사람처럼 대답하는 카이사르

앞에서 헬리오스의 눈썹이 꿈틀거렸다.

나는 부디 두 사람이 우격다짐만 하지 않기를 바라며, 아까부터 내 머리털을 몽땅 불태울 듯 뜨겁게 시선이 쏟아지는 방향으로 슬쩍 고개를 돌렸다. 그리고 곧바로 마주치는 은색 눈동자.

그의 눈은 어떤 거대한 것도 단숨에 집어삼키는 늪 같았다. 늪과는 아득히 거리가 먼 찬란하고 맑은 은빛임에도 그리 느껴졌다. 별같이 빛나는 주제에, 본질은 별들을 집어삼키는 블랙홀 같았다. 반짝임에 홀려 발을 들였다가는 속절없이 빨려 들어갈 것이다. 아니, 원래 그의 눈은 검은색이었으니, 그는 원래부터 그랬을지도 모른다. 모든 빛을 흡수하는 흑색, 그 자체인 사람.

"공녀는 인사 안 하나요?"

기다란 연하늘빛 머리칼을 타고 그리운 백합 향이 퍼져 왔다.

그는 교황 엘리오르 라이자, 내 친구 엘이었다.

"……제국의 태양과 하늘을 뵙습니다."

나는 목울대를 울렁여 마른침을 삼킨 뒤 허리를 굽혔다. 교황의 권위를 뜻하는 거대한 대리석 왕좌에 턱을 괴고 앉은 엘이 나를 지그시 응시했다. 시선에 형태가 있다면, 지금 엘의 시선은 분명 사슬의 형태를 하고 있을 것이다.

나는 온몸이 옥죄이는 기분을 느끼며 슬쩍 시선을 피했다.

'젠장, 미리 연락을 했어야 했는데……'

폭탄을 막으며 개박살이 나고 사흘 동안 정신을 잃었다 일어나 보니 내 통신구는 고장이 나 있었다. 기절하기 직전 아리아에게 연락을 넣을 때만 해도 멀쩡했던 통신구가 갑자기 고장 났다는 게 황당해 수리공에게 이유를 물었을 땐 지극히 어이없는 답변이 되돌아왔다.

'이거…… 동시다발적으로 너무 많은 연락이 와서 그랬던 것 같은데요. 과부하를 견디지 못하고 자폭한 모양입니다. 아이고, 특히 네 명은 하루에 연락을 몇백 통씩 했는데요. 이러니 망가지지…… 발신자가 디디, 엘, 르웰린, 레오. 혹시 빚쟁이들 이름인가요?'

네 사람 다 내가 미르임을 알았으니, 그리 나올 법도 했다. 나라도 친구가 폭탄을 막은 뒤 반죽음 상태로 사라졌다는 소문을 들으면 경악했을 테니까.

나는 하루에 천 번 넘는, 연락을 빙자한 괴롭힘을 견디다 못해 자결해 버린 통신구를 향해 애도하며 머리털을 뽑았다.

'이걸…… 뭐라고 말해야 하지?'

네 사람에게 연락은 해야 할 것 같은데 대체 뭐라고 해야 할지 감이 잡히지 않았다. 나는 하루 종일 새로 산 통신구를 잡고 심각하게 고뇌했다.

'다쳐서 미안하다고 해? 뭐야, 좀 이상하잖아. 걱정시켜서 미안하다고 해야 하나? 먼저 그런 걸 보내긴 좀 머쓱한데…….'

나는 이런 것에 정말 소질이 없었다. 한참을 망설이던 나는, 결국 가장 많은 연락을 보냈다는 엘에게 연락을 해 볼까 했으나 엘에게 직접 보내기는 좀 쫄려서 우선은 엘과 가장 가까운 율리안에게 연락을 넣었다.

―……카, 슈미르 공녀님……?

통신구에 떠오른 율리안의 얼굴은 도저히 잊히지 않을 만큼 강렬했다. 며칠 밤을 샌 듯 끝을 모르고 내려온 다크서클이나, 특유의 장난기 어린 눈빛이 사라진 피폐한 연보랏빛 눈동자 같은 것들로 인해 그의 얼굴은 초췌함을 넘어 죽어 가는 고라니 같았다.

―공녀님, 공녀님? 괜찮으세요? 살아 계신 거 맞죠? 무사하세요?

"오, 네…… 전 멀쩡합니다만…… 율리안, 혹시 못 만난 사이에 마수 토벌이라도 다녀왔습니까?"

폭탄을 막고 초죽음 꼴이 됐었던 나보다도 심각해 보이는 그의 안색에 도리어 걱정을 건네니, 율리안은 울컥한 듯 코를 훌쩍이더니 갑자기 울기 시작했다.

-커헉, 공녀님…… 커흑…… 저 진짜, 저 진짜 너무 힘들어서…….

"알았으니까 울지 말고 말해 보십시오. 무슨 일입니까?"

최대한 다정하게 묻자, 율리안은 더 크게 울기 시작했다. 한바탕 위로하고 달래 준 끝에, 그가 입을 열었다.

-엘리오르 그 새끼가, 눈 뒤집어져서 크리시스 공작가에 쳐들어가겠다는 걸 막느라 얼마나 힘들었는지 아세요……? 진짜 신전 전체가 달라붙어서 그 새끼 막느라 난리가 났었다구요…….

"그랬습니까……?"

-컥…… 제가 앞장서서 막으니까, 그 새끼가 글쎄, 저를 감자밭에 머리만 꺼내 놓고 3시간 동안 묻어 놨다구요! 나쁜 새끼 진짜…… 공녀님이 싫어할 거란 말로 겨우 막아는 놨는데, 다음부터 자기를 가로막으면 대사제 지위 박탈시키고 악어 사육장 악어새로 취직시켜 버릴 거라고…… 따흐흑!

고충을 토로하는 율리안은 하루아침에 실직한 사람처럼 억울하고 서글퍼 보였다. 나는 그런 그를 애써 달래 주면서도 땀을 삐질 흘릴 수밖에 없었다.

'엘이…… 그렇게까지 화나 있다고?'

나는 화난 엘을 마주한 적이 한 번도 없었다. 내게 있어 엘은 한없이 상냥하고 유한 사람이었다. 엘의 만행을 푸념처럼 늘어놓는 율리안으로 인해 엘이 화가 나면 무척 무서운 사람이라는 건 알았지만, 그 화가 나를 향해 있다고 생각하니 섣불리 연락을 할 수가 없었다.

─◦§◦❦◦§◦─

'다른 사람들도 그렇게 화가 나 있을지도 모른다는 생각에 연락을 차일피일 미루다가 결국 아무한테도 연락을 못 했지…….'

겁나도 눈 딱 감고 편지 한 통이라도 보낼걸 그랬다.

나는 숨 막히게 풍겨 오는 엘의 기운에 침을 꿀꺽 삼켰다.

"카슈미르 공녀. 아파서 한동안 시골로 요양을 갔다고 들었네만."

엘에게 온 신경이 쏠려 있을 때, 내 귓가에 다른 목소리가 들려왔다. 분명 다정하고 노랫말처럼 감미로웠으나 어쩐지 이를 악문 것 같은 기묘한 목소리였다.

등줄기를 타고 식은땀이 흘렀다. 나는 지금 당장 로봇을 구하는 자리에 이력서를 넣어도 아무 문제 없이 취직할 수 있을 만큼 뻣뻣한 움직임으로 고개를 돌렸다.

"……제국의 작은 태양을 뵙습니다."

황제 옆자리에 앉아 서글서글한 눈매 아래 푸른 눈을 번뜩이는 이는, 다름 아닌 디에고였다.

내가 미르임을 아는 이들에게 있어 카슈미르 크리시스가 아파서 요양을 갔다는 사실은 자세히 알아볼 필요도 없는 거짓부렁으로 들렸을 터였다. 분신술이 가능한 손오공도 아닌 내가 폭탄을 막는 동시에 요양을 갔을 리는 없으니.

"건강한 그대가 요양이 필요할 정도면 대체 얼마나 아팠던 건지 가늠이 되지 않는군. 내 무척, 정말, 지극히, 아주, 대단히 걱정했네만, 이제 괜찮은 건가?"

디에고는 그 점을 짚으며 묘하게 나를 괴롭히고 있었다. 저건 너를 미치도록 걱정했는데 네게서는 연락이 없고 들리는 건 거짓부렁 소문밖에 없었다, 어떻게 된 일이었냐고 추궁하는 것과 다름없었다.

"……조금, 몸살을 앓았을 뿐입니다. 걱정해 주신 덕분에 지금은 아주 멀쩡합니다."

나는 가랑비라도 맞은 것처럼 오한에 몸을 살짝 떨며 겨우 대답했다. 평소엔 잔잔한 바다 같던 눈이 지금은 바닷사람들을 집어삼키는 난폭한 버뮤다 삼각지대 같아 눈을 마주치기가 힘들었다.

"그래…… 나는 마음앓이를 끔찍하게 했네만, 그대가 멀쩡하다니 됐지. 무사해서 다행일세."

디에고가 눈을 고이 휘었다. 나는 조금 울고 싶어졌지만, 명백히 내 잘못이었으니 변명할 거리조차 없었다.

"공녀를 너무 몰아붙이지 마시죠, 황태자."

쩔쩔매고 있는 나를 불쌍히 여긴 걸까, 느른하게 의자에 걸터앉은 채 시선을 내게 고정하고 있던 엘이 입을 열었다. 여태껏 무표정으로 일관하던 그는 이 자리에서 처음으로 웃음을 지었다. 입꼬리가 부드럽게 호선을 긋는, 내가 익히 잘 아는 천사 같은 웃음이었다.

"얼마나 아프셨으면 연락 한 통이 없으셨겠어요. 아무래도 사경을 헤매다 오신 게 아닌가 싶네요. 멀쩡한데 손 한 번 까딱하면 되는 연락을 여태껏 한 번도 안 하시진 않았을 테니까요. 이해해 드려야죠."

정정한다. 지옥불 아래에서 이를 가는 악마 같은 웃음이었다. 폐부 깊숙이에서 끌어올리는 듯 낮고 짙은 목소리는 불만을 그득히 담고 있었다.

'망했군……'

나는 이 일을 쉽게 지나갈 수 없으리라 예감했다. 솔직히 디에고나 엘이 반죽음 꼴이 됐는데 내 연락에 답신 한번 하지 않았다면 나는 그 사람의 멱살을 틀어잡았을 것이었기에, 변명할 거리조차 없었다.

양옆에 엘과 디에고를 둔 채 이러지도 저러지도 못하고 쩔쩔매고 있던 찰나.

"언제까지 저와 제 딸을 세워 두실 겁니까. 벌세우십니까?"

헬리오스와 살벌하게 대치하고 있던 카이사르가 내 어깨에 팔을 둘렀다. 그는 무척 못마땅한 표정으로 엘과 디에고를 훑어보고는 내 귓가에 소곤거렸다.

"저 자식들이 널 귀찮게 한다면 이빨 몇 개 정도는 털어 줘도 괜찮다. 뒷일은 내가 책임질 테니."

귀찮게 한다는 이유만으로 황태자와 교황의 이빨을 털어도 된다는 이가 세상에 몇이나 될까 싶어 탄식이 절로 나왔다. 귀찮게 한 것도 아닐 뿐더러 이번 일은 전적인 내 잘못이었으니, 나는 그저 어색하게 웃고 말았다.

"하하. 마음 같아선 벌이라도 세우고 싶군. 하지만 그랬다간 황위를 예상보다 일찍 내 아들에게 넘겨줘야 할지도 모르니…… 그만 앉게. 슬슬 시작해야지."

헬리오스는 웃음소리를 내는 주제에 눈이 전혀 웃지 않는 채로 말했다. 그러거나 말거나 상관하지 않은 카이사르는 나를 이끌고 황제와 교황의 의자에서 가까운, 크리시스의 이름이 적힌 의자로 당당히 걸어갔다.

"그럼 이제부터 회의를 시작해 보도록 할까."

나와 카이사르가 자리에 착석하자 헬리오스가 두 손을 펼치며 말했다. 나는 짧게 숨을 들이쉬었다 내쉬었다.

대귀족 회의. 꽤나 거창한 이름의 이 회의는 이름 그대로 대귀족들이 모여 하는 회의였다.

대귀족의 범위란 공작에서 후작까지의 귀족가문들까지만이 해당된다. 국가적으로 심각한 일이 생겼을 때 이 가문들의 가주와 가주 후계자들이 모이는 것이었다.

제국에서 공작가라고는 단 하나, 후작가가 단 두 개였기에 그래봤자 세 가문과 황가, 교황밖에 없는 회의였다. 그러나 이 다섯 세력이 바로 제국의 주축이기 때문에, 이 회의에서 논의되는 사항들은 무척 중요했다.

나는 조용히 장내를 둘러보았다.

황제와 황태자. 교황. 크리시스 가문은 가주 후계자가 정해지지 않았기에 원래 카이사르만 참석해야 했으나, 나는 증인의 자격으로 참석하게 되었다.

데카르도 가문 또한 아직 가주 후계자가 정해지지 않았기 때문에 참석한 이는 데카르도 후작, 한 사람뿐이었다.

남자와 눈을 마주친 나는 조금 긴장했다. 르웰린과 같은 탐스러운 붉은 머리에 하늘색을 품은 눈의 남자는 나를 바라보고 있었다. 현 데카르도가의 주인, 체슬러 데카르도였다.

'나와 르웰린이 친하다는 건 알고 있겠지.'

정보에 예민한 데카르도가 이 정도도 모를 리 없다. 다만 체슬러의 단단한 포커페이스로 그가 나에 대해 어떻게 생각하고 있는지 읽을 수 없어 조금 긴장될 뿐이었다. 굳이 비유하자면 아무 생각 없이 길거리를 걷다가 갑작스럽게 친구 부모님과 마주했을 때의 기분과 비슷했다.

'르웰린은 가주 후계자가 되기 위해 차근차근 준비하고 있다고 했는데.'

오랫동안 르웰린과 만나지 못한 건 내가 바쁘기 때문도 있었지만, 르웰린이 바쁘기 때문도 있었다. 그녀는 메르헨을 넘어서서 자기 입지를 쌓기 위해 고군분투하고 있었다.

'잘하고 있겠지.'

탐스러운 붉은 머리를 보니 저절로 르웰린이 떠올라 잠시 상념에 빠져 있던 나는 체슬러에게 눈짓으로 인사하고는 다시 주위를 둘러보았다.

아인하르트 가에선 노아 아인하르트만 참석했다. 원래는 가주 후계자로서 라이너 또한 참석해야 했겠지만, 테러 사건으로 인한 근신령 때문에 회의조차 참가하지 못한 듯했다.

'라이너……'

라이너를 떠올리자 달아오르려는 얼굴에 손등으로 뺨을 벅벅 닦았다.

함께 호수를 구경했던 축제의 마지막 날, 이유는 몰라도 그 순간을 떠올리면 기분이 상당히 묘해졌다. 나는 짧게 숨을 고르고 다시 주위를 둘러보았다. 그리고 이내 미간을 좁혔다.

'이번 회의에 예외적으로 참가한 가문, 키프로스.'

키프로스는 원래 대귀족 회의에 참가할 수 없었다. 백작가에 불과했으니까. 허나 키프로스는 황후를 등에 업고 점점 더 권력을 불리며 급기야 황가의 외가 자격으로 이곳에 참여하기에 이르렀다.

얼굴을 서늘하게 굳힌 나는, 뻔뻔하게 자리를 차지하고 있는 하비스트 백작과 파울로 소백작을 노려보았다. 특히나 파울로는 미르로서 악연도 있고, 워낙에 쓰레기 같은 인간이라 더욱 싫었다.

'또 뭘 꾸미려나.'

테러의 주범이 키프로스라는 걸 아는 나로서는 껄끄럽다 못해 온통 날을 세우고 경계할 수밖에 없었다.

나는 손가락으로 탁자를 툭툭 두드리며 속으로 한숨을 쉬었다.

'이곳에 르웰린과 티나가 있었다면 좋았을 텐데.'

그녀들은 어째서 여기에 올 수 없는지 의문일 따름이었다. 나는 잠시 회의감에 빠졌으나, 고개를 휘저어 털어 내고 헬리오스의 말에 집중했다.

"현재 제국은 북부에게 위협을 당하고 있다. 얼마 전에 수도에서 발생한 폭탄 테러가 이에 대한 증명이지. 여러 수사를 통해 폭탄 설치는 북부 소행이라는 것이 확정되었고, 이는 북부 혼자 벌일 수 없고 제국 귀족 내의 첩자가 있다는 것이 확실시되었네."

평소 장난스러운 태도를 벗어던지고 냉철한 황제의 얼굴을 한 헬리오스가 오목조목 말했다. 나는 헬리오스가 첩자를 언급할 때 살짝 튀어올랐던 파울로의 어깨에 시선을 주다, 다시 헬리오스에게로 시선을 고정했다.

"우리는 지금 북부에게 모욕당하고 있네."

서늘하게 뜨인 헬리오스의 푸른 눈동자가 번뜩였다. 웃음기가 돌지 않는 그의 얼굴은 매섭고 위엄 있어 보였다. 분명 무력이 없음에도 분위기만으로 장내의 공기를 억누르는 헬리오스를 보면 과연 황제는 황제였다.

"이에 대해 대책을 세워야 하네."

이것이 대귀족 회의가 열린 이유였다. 나는 단숨에 무겁고 진중한 분위기를 풍기는 장내의 사람들을 조용히 지켜보았다. 나는 증인으로 참석한 것이었기에 함부로 의견을 낼 수는 없었으나, 어떤 의견이 오가는지 지켜볼 수는 있었다.

"볼 것도 없습니다. 이미 그들의 심상치 않은 움직임에서 예측했지 않습니까.

북부는 전쟁을 준비하고 있고, 그에 대비해 국방을 강화해야 합니다."

연륜이 섞인 노인의 묵직한 목소리가 거대한 홀을 울렸다. 말을 꺼낸 이는 노아 아인하르트였다. 굵고 곧은 그의 눈썹은 이번 테러 사건으로 인해 명예가 박살 난 것이 많이 분했음을 뜻하듯 살짝 치켜 올라가 있었다.

"국방 강화라면 어떤 식으로 말인가?"

"귀족가의 사병을 황궁 기사단과 한데 모아, 전쟁을 대비한 단체 훈련부터 시키는 것이 좋겠습니다."

헬리오스의 물음에 한 치에 망설임도 없이 폭탄 발언으로 대꾸하는 노아로 인해 장내엔 파란이 일었다.

솔라티네 제국 내에서는 남작부터 사병을 거느릴 수 있었다. 사병을 꾸리고 유지하는 데엔 어마어마한 비용이 드는 만큼, 사병을 거느린 가문이 그렇게 많은 것은 아니었으나, 무시할 만큼 적은 수도 아니었다. 사병은 귀족가의 자존심이었다. 제 가문이 이렇게나 굳건하고 안전하다는 표증이기도 했다. 때문에 무리해서라도 사병을 유지하고 있는 가문들이 많았다.

'문제는 귀족들이 사병을 순순히 내어 주겠냐는 거지.'

아무리 국가의 명령이라 해도 제 자존심을 턱턱 내줄 이들은 많지 않았다. 전쟁이 일어난다고 하면 더더욱 저 자신을 안전히 지킬 수 있는 사병을 쥐고 있길 바랄 테니, 노아의 의견은 타당해도 실현 가능성은 낮았다.

"허. 좋은 방법이나…… 쉽지는 않을 것 같네만."

내가 파악한 것을 헬리오스가 파악하지 못할 리 없다. 헛음음을 내뱉은 그는 노아를 바라보며 능청스레 웃었다.

"그리 안건을 제의했으니, 그대 스스로는 당연히 그 안건에 따르겠다는 거겠지?"

아인하르트 가는 제국에서 둘째가는 무가로서 대단한 사병을 거느리고 있었다. 아인하르트의 사병 규모는 기사단 하나에 가까웠으니, 헬리오스가 욕심을 낼 법도 했다.

노아는 당연스럽게 고개를 끄덕였다.

"물론입니다. 아인하르트는 제국의 검입니다. 제국이 위험에 처하면 가장 먼저 나서는 것이 당연하지 않습니까."

아무래도 라이너의 성격은 노아를 그대로 빼다 박은 모양이었다. 흔들림 없이 올곧게 제국을 위한 대의를 말하는 노아의 두 눈은 빛나고 있었다.

"……그래. 내 아인하르트의 충정은 의심치 않지. 다만 다른 귀족들도 이럴 것이냐는 게 문젠데……."

"폐, 폐하! 저는 의견이 다릅니다!"

헬리오스가 걱정을 내비치던 찰나, 아니나 다를까 곧바로 다급하게 반박이 날아왔다. 예상했던 반응에 나는 그저 짜게 식은 채로 시선을 돌렸다. 부정적인 반응을 보인 것은 역시 키프로스 가의 가주, 하비스트 키프로스 백작이었다.

"사병은 귀족의 자존심입니다. 그걸 함부로 거둔다는 것은 말도 안 됩니다!"

"나라가 위험한데도 그런 소리가 나오는가."

하비스트의 말을 노아가 차갑게 끊어 먹었다. 하비스트는 그럴듯하게 변명을 해 보려 했지만, 자신의 사병을 포기하지 못해 반대하고 있다는 것이 뻔히 보였기에 좋게 보일 수는 없었다.

"그, 그래도!"

"자, 자. 언성 높이지 말게. 사병을 억지로 거둘 생각은 없고, 자원하는 자들만 거두기로 할 걸세. 염려 말라고, 키프로스 백작."

헬리오스가 유하게 웃으며 상황을 정리했다. 허나 하비스트를 힐끗 바라보는 두 눈은 몹시 차가워, 웃음은 그저 허울에 지나지 않는 것 같았다.

"사병에 관련해서는 전체 귀족 회의에서 제대로 한번 얘기해 봐야 할 것 같네만…… 그전에 딱 한 명, 의견을 묻고 싶은 이가 있군."

헬리오스의 푸르른 시선이 천천히 움직였다. 이내, 완전히 상반된 색채의 적과 청이 맞물렸다.

"크리시스 공작."

제국의 첫째가는 무가이자, 유일하게 가문의 이름으로 기사단을 거느린 가문의 수장. 황궁 기사단에 버금가는 '검은 용 기사단'의 주인. 제국 국방의 최고 책임자. 나의 아버지, 카이사르 크리시스.

이미 한 사람의 인간으로 완숙한 두 남자가 시선을 교환한다. 황제의 위압감 넘치는 시선에도 카이사르는 한 치의 흐트러짐 없이 평소의 차갑고 무심한, 감정을 읽을 수 없는 낯을 지키고 있었다. 헬리오스가 매끄러운 입술을 능숙하게 말아 올렸다.

"그대는 나라를 위해 사병을 기꺼이 바칠 수 있나?"

이것은, 어쩌면 크리시스의 충성을 확인하는 시험일지도 몰랐다.

일대에 깊은 침묵이 흘렀다.

술을 마시지 않고는 견딜 수 없다는 듯 회의가 시작한 뒤로 연신 와인을 들이키던 엘도, 사람 목숨을 거두기 전 저승사자처럼 웃고 있던 디에고도 표정이 진지해졌다.

나는 말없이 시선을 교환하는 카이사르와 헬리오스를 보며 숨을 들이쉬었다.

제국엔 세 마리의 용이 있었다. 황룡과 은룡, 그리고 흑룡.

황족과 신전 두 세력뿐만이 아니라, 크리시스 공작가까지 합쳐 비등한 세 세력이 제국을 지키고 있음을 뜻했다. 그러나 왕홀을 쥔 황제와 교황과는 달리, 크리시스 공작가는 그 입지가 애매했다.

공식적인 신분은 그저 귀족. 황제와 교황은 귀족들을 거느릴 수 있는 것과 달리, 공작은 자기 이름을 걸고 파벌을 만들지 못했다. '중립'이라는 이름을 묵묵히 지킬 뿐이었다.

'하지만 실질적으로는 황제, 교황과 힘겨루기가 가능해.'

크리시스 공작가의 가장 큰 무기는 바로 군사권이었다. 가문 대대로 세습되어 내려오는 군 통솔권과 거대한 검은 용 기사단. 이 힘은 단연 황제와 교황까지도 긴장하게 만들었다.

'그런 크리시스에게 사병을 바칠 수 있느냐고 묻는 건, 온전히 충성하고 있느냐고 묻는 거지.'

게다가 크리시스가 사병을 바치면 다른 가문들은 크리시스의 눈치를 봐서라도 자동적으로 바칠 수밖에 없었다. 나는 이 중요한 기로 가운데 힐끔 카이사르의 표정을 살폈으나, 그는 속을 알 수 없는 낯으로 헬리오스를 마주하고 있을 뿐이었다.

'젠장. 여기서 말 잘못하면 망하는 건데.'

카이사르가 가문을 말아먹을 멍청한 인간은 아니지만, 그는 간혹 무척 충동적인 행동을 하곤 했으니—물론 그가 수습할 수 있는 선에서였다—걱정이 되었다. 내 아버지인데도 작정하고 포커페이스를 한 그의 표정은 읽을 수가 없었기에 나까지도 카이사르의 대답을 기다리고 있던 찰나였다.

"카슈미르."

"……네, 네?"

카이사르는 아주 뜬금없이 내 이름을 불러왔다. 나는 퍼뜩 놀라 말을 조금 더 듬었다. 카이사르에게 집중되어 있던 장내의 시선이 단번에 내게로 쏠렸다.

"너는 어떻게 생각하지?"

"네?"

"황제 폐하의 질문에 대해서 말이다."

내게로 시선을 돌린 카이사르가 턱을 괸 채 물었다.

'뭐지? 갑자기 나한테 왜 이러는 거지? 카이사르가 답해야 하는 거 아닌가? 변덕인가? 장난? 아니면 헬리오스한테 지능적으로 엿 먹이는 건가?'

나는 고래 싸움에 낀 지나가던 상어의 기분을 느끼며 카이사르에게 눈빛으로 해명을 요구했다. 내 다급한 신호를 읽었는지, 그는 입을 열었다.

충직한 검이 되려 했는데 2

"이곳은 가주와 가주 후계자가 함께 얘기를 나누는 자리다."

"그렇습니다."

'그런데 왜 나를 부르는 건데.'

혹시 카이사르에게 기억력 이상이 생겨 내가 가주나 가주 후계자라고 착각을 하고 있는 건가 싶었다. 내가 신 포도를 입에 한가득 넣은 양 떨떠름한 표정을 짓고 있을 때, 카이사르가 씨익 웃었다.

"너는 가주 후계자가 아니냐. 그러니 내 대신 답해도 되겠지."

"……?"

나는 내 귀를 의심했다.

현재 크리시스엔 무려 세 명의 장성한 자식이 있었다. 첫째는 세기의 마법 천재 칼 크리시스요, 셋째는 천재 그 자체인 아리아 크리시스다.

많은 이들은 장남인 칼이 후계자라고 착각하곤 하지만 사실 크리시스의 후계자는 아직 정해지지 않은 상태였다. 나는 태평하게 칼과 아리아 중 하나가 될 거라고 생각하고 있었지만 말이다.

그런데 갑자기 후계자가 나란다.

그 순간 많은 생각이 오갔다. 어느 날 식사 시간에 차기 가주 관련 건이 대화 주제로 나와 서로 후계를 이으라고 논쟁하다 싸움이 불거졌던 모습. 갖기 싫은 폭탄을 서로에게 떠넘기기라도 하려는 양 죽일 듯이 싸우던 칼과 아리아.

자기는 마탑주가 될 거라며 으르렁거리던 칼. 제대로 쉬지도 못하는 공작 따위 카이사르 놈과 똑 닮은 너나 하라고 삿대질을 하던 아리아.

'……두 사람이 서로에게 공작 자리를 떠넘기려고 싸우다 가문을 건물 수리비로 말아먹는 꼴을 보는 것보단, 차라리 내가 떠안는 게 낫긴 한데……'

사실 나도 공작은 싫었다. 막중한 책임감도, 바쁜 일도 피하고 싶었다. 전쟁이 끝나면 가난한 평민 아이들을 모아 검술을 가르치는 아카데미 스승 정도로 살아도 좋을 것 같았다. 정말 큰맘 먹어도 검은 용 기사단 기사단장 정도.

'그런데 갑자기 이렇게 나를 엿 먹인다고?'

하루아침에 제국의 고위층들 가운데서 가주 후계자라는 독박을 쓰게 된 나는 번뜩이는 눈으로 카이사르를 노려보았다. 내 대답을 기다리는 듯 태평하게 나를 바라보는 카이사르를 보고 있자면 지금 당장 대련하자고 검을 뽑고 싶었다.

'우선. 우선 해명부터 해야 해.'

나는 다급했다. 이렇게 가주 후계자로 낙인찍힐 수는 없었다. 헬리오스를 휙 돌아보니, 아니나 다를까. 심각한 흥미주의자인 그는 재미있어 죽겠다는 눈으로 나를 바라보고 있었다.

"이는 이전에 얘기된 상황이 아니며, 공식적인 발표가 아니라 카이사르 크리시스 공작님의 사견에 지나지 않습니다. 전 가주 후계자가 아닙니다."

나는 헬리오스가 무어라 입을 털기 전에 쏟아내듯 후다닥 말했다.

'여기서 헬리오스가 말을 하게 내버려 두면 나는 영락없이 가주 후계자로 낙인찍힌다.'

헬리오스는 나를 꽤 마음에 들어 했다. 이전에 칼 대신 나를 불러 디에고와 북부에 대해 논하게 한 것도 내가 가주 후계자로 적합한 사람인지 확인하려 했던 게 분명했다. 기 싸움을 하던 헬리오스와 카이사르가 함께 달려들어 나를 가주 후계자로 확정해 버릴지도 몰랐다.

"저는 물론 결단코 가주 후계자가 아니지만, 크리시스의 일원 자격으로 의견을 말하자면……."

나는 '결단코'에 힘을 주어 말하며 카이사르와 눈을 맞추었다. 나를 온전히 담아내는 붉은 눈은 내가 무얼 해도 받아 줄 수 있다는 애정과 내 생각을 믿는다는 신뢰를 품고 있었다.

카이사르는 아무것도 모를 텐데. 내가 전생을 기억하고 있다는 것도, 미래를 알고 있다는 것도 모르는 그에게 있어서 나는 그저 열아홉 살짜리 어린애일 뿐일 텐데. 그를 보다 보면 가끔씩 어떻게 나를 저렇게까지 믿어 주는 걸까 하는 의문이 들곤 했다. 보통 사람이라면 열아홉 살짜리 애가 큰일을 하겠다고 설치면 코웃음부터 칠 텐데 말이다.

속을 비치지 않는 깊은 붉음을 보고 있자면, 가끔은 그가 내 비밀을 모두 알고 있는 게 아닌가 싶을 정도였다.

내가 카이사르의 속내를 모두 알 순 없다. 그가 나에 대해 어디까지 파악하고 있는지도 가늠할 수 없었다. 그러니 내가 할 수 있는 건 정해져 있었다.

"귀족들은 제국민들의 세금으로 현재의 부유한 생활을 누리고 있고, 귀족의 의무는 제국민을 지키는 것입니다. 제국의 안위를 위해 필요하다면 사병 또한 기꺼이 내놓는 것이 맞겠죠."

그의 신뢰에 부응하는 것. 그의 믿음과 기대가 틀리지 않았다는 것을 증명해 주는 것. 그가 열어 준 길을 따라 최선을 다하는 것. 그게 내 역할이었다.

'이렇게 대답해도 될까요, 아버지.'

나는 또렷한 목소리로 대답하고는 카이사르를 힐끗 돌아보았다. 어떤 무언의 강요도 없이 나를 물끄러미 바라보고만 있던 카이사르가 입꼬리를 말아 올렸다. 다정한 눈길이 잘했다고 말해 주는 것 같았다.

"……크리시스 영애의 올곧음은 무섭군. 내가 잘못을 저지르면 반역으로 끌어 내려 버릴 것 같거든."

날카로운 시선으로 나를 파헤치듯 응시하던 헬리오스가 여느 때처럼 능글맞게 눈꼬리를 휘었다.

'지금…… 귀족 자제한테 반역을 일으킬까 무섭다고 한 건가? 저게 황제가 할 말인가?'

나는 입꼬리를 단단하게 굳힌 채 헬리오스를 껄끄러운 눈으로 바라보았다.

반역은 즉결 처형이 가능한 중범죄다. 그는 내게 중범죄자의 싹이 보인다는 소리를 한 것과 다름이 없었다. 헬리오스의 아슬아슬 줄타기 논법은 들어도, 들어도 적응이 되지 않았다.

내 눈에서 불순함을 읽은 건지, 헬리오스가 왕좌 손잡이를 팍팍 치며 깔깔 웃음을 터트렸다. 황제가 아니라 자식의 재롱을 본 주책 아버지 같았다.

"하하! 얼굴 풀게! 진지해지기는!"

나는 헬리오스가 황족들이 받는 무섭도록 철저한 예절교육을 받은 적이 있긴 한지 궁금해졌다. 웃을 수도, 화를 낼 수도 없는 상황에서 티베트여우 같은 표정을 짓고 있었을까, 헬리오스는 어느새 웃음을 멈추고 상체를 숙인 채 턱을 깍지 낀 두 손 위에 얹었다.

"욕 아닐세. 칭찬이야."

짙푸른 눈동자가 나를 직시했다. 나는 그 눈과 마주하며 문득 카이사르를 떠올렸다.

"제대로 안 하면 끌려 내려올지도 모르지만, 반대로 제대로만 한다면 그대는 늘 충성을 바친다는 거 아닌가."

이상한 일이다. 카이사르와는 정반대의 색채에, 성격도 완전히 달랐다.

살면서 한 번은 웃어 봤을까 싶을 만큼 차가운 카이사르, 늘 실실 웃고 있는 헬리오스. 검술엔 천재적이나 권모술수엔 치를 떠는 카이사르, 정치엔 도가 텄으나 무력은 미약한 헬리오스.

그럼에도 불구하고 나는 이 둘이 비슷하게 느껴졌다.

헬리오스의 두 눈엔, 카이사르와 같이 나를 향한 신뢰가 담겨 있었으니까.

'……성공했군.'

나는 살짝 입꼬리를 올렸다. 내가 바랐던 대로, 나는 황제의 신임을 받고 있었다. 온전한 신임은 아니겠지만 적어도 의심을 받고 있진 않았다.

"크리시스 공작. 카슈미르 영애의 말을 크리시스의 공식적인 입장으로 받아들여도 되나?"

"네. 저것이 크리시스의 입장입니다."

카이사르가 단호히 대답했다. 사전에 말도 없이 가주 후계자로 밀어 넣은 건

충직한 검이 되려 했는데 2

용서가 되지 않지만, 첨언 한 마디 없이 내 말을 지지해 주는 모습에 코끝이 조금 찡했다.

"좋아. 크리시스와 아인하르트는 사병을 바친다고 하고, 다른 귀족들은 자율로 바치게 하지. 자율로 말이야."

키프로스 백작의 신음 소리가 얼핏 들려왔다. 크리시스와 아인하르트는 각각 가진 사병의 규모가 1, 2위를 다투었다. 이 둘이 사병을 바친다는 건 다른 가문들은 말만 자율일 뿐, 필수적으로 바쳐야 한다는 뜻과 다르지 않았다.

'키프로스는 북부와 붙어먹을 예정인데…… 자기 사병을 북부와 상대하기 위해 바친다는 게 웃기는 일이지.'

나는 웃음을 꾹 참고 거하게 자기 발을 내리찍게 생긴 하비스트 키프로스를 슬쩍 바라보았다.

'어랍쇼.'

나는, 호오, 하고 흥미롭게 숨소리를 내뱉었다. 나를 매섭게 노려보는 하비스트는, 마치 이 상황이 다 내 탓이라고 질책하는 것 같았다. 미르뿐만 아니라 카슈미르도 키프로스와 원수를 진 것 같지만, 상관없었다. 어차피 그는 박살 내야 하는 적이었으니까.

"자, 그럼 사병에 관련해서는 이렇게 결정을 내리도록 하지. 이제 사냥 대회에서 벌어졌던 사건과 북부의 관계성에 대해 이야기하려 하는데."

하비스트와 잠시 서늘하게 시선을 교환하고 있었을까, 헬리오스가 팔걸이를 탁 쳐 시선을 모았다. 천천히 탁자 앞에 앉은 귀족들을 하나하나 훑어본 그는 최종적으로 나를 바라보았다.

"카슈미르 크리시스. 증언을 부탁하지."

내가 오늘 이곳에 호출된 이유.

"네."

사냥 대회에서 벌어진 거대 마수 사건에 대해 증언하기 위해서였다.

나는 심호흡과 함께 목을 꽉 죄는 보타이를 끌어 내리고 주머니에 박아 넣었다. 예의에 어긋난 행동이었지만, 오지 않아도 되는데도 증인으로 참석해 준 내게 예를 지적할 사람은 없었기에 신경 쓰지 않았다.

'슈슈. 이건 어디까지나 참석을 바란다는 거지 필수로 참석해야 하는 것이 아니다. 이미 사냥 대회 때 널 심문하지 않는 걸로 얘기를 마쳤었다. 네가 원치 않는다면 참석하지 않아도 된다.'

카이사르는 혹여 내가 부담을 느낄까 걱정되었는지 참석하지 않아도 된다고 말했지만, 나는 단호히 고개를 저으며 참석을 고집했다.

'아무리 내가 전쟁에 나선다고 해도 나 혼자 전쟁을 마칠 순 없어. 군사들 또한 준비되어 있어야 해.'

이를 위해선 제국이 북부에 대한 경각심을 가져야 한다. 그러려면 사냥 대회 거대 마수 사건의 주범이 북부임을 알게 해야 했다.

'그리고 고위층들이 내 존재에 대해 인식해야 하기도 하고.'

장내를 쭉 둘러보았다. 내게로 쏠린 시선에 머리털이 쭈뼛 섰으나, 겉으로는 한없이 당당한 낯을 가장했다.

나는 사교성이 좋지 않았다. 먼저 나서서 말을 붙이는 서글서글한 성격인 것도, 사람들이 말을 걸고 싶어 할 정도로 생김새가 사랑스러운 것도 아니었다. 하지만 나는 사람들 앞에 나서는 것에 익숙해져야 했다. 싫다고 물러설 수 없었다.

'그래도 내겐 하나의 무기가 있으니까.'

나는 자리에서 일어서 증인석을 향해 걸어가며, 옮기는 걸음마다 희미하게 마나를 방출했다. 쏟아지던 시선들이 이전보다 짙어지는 것을 느꼈다.

마나를 극한까지 활용하는 소드 마스터, 대마법사 같은 이들에겐 자연에서 태어난 것은 그 무엇이든 끌어당기는 힘이 있었다.

매력과 비슷하나 좀 더 강렬하고, 카리스마와 결이 같지만 그보다도 본질적인 것. 사람의 시선을 잡고, 집중할 수밖에 없게 만드는 분위기.

"카슈미르 도레마드 카이사르 크리시스, 증인으로 출석했습니다."

나는 제국의 주축들 앞에서 위축되지 않고 씨익 웃었다.

'그러고 보니 제국 공식 소드 마스터 세 명이 이렇게 모인 건 처음이지 않나.'

붉은 검귀, 금빛 정의, 검은 재앙. 단 셋뿐인 제국의 공식 소드 마스터들이 한 자리에 있었다.

나는 두 소드 마스터의 기운으로 인해 마음 한편에 타오르기 시작한 묘한 흥분을 억눌렀다. 만약 우리 셋 중 하나라도 존재감을 통제하지 않았다면 여기서 머리를 들고 있을 수 있는 사람은 엘 말고는 없었을 것이다.

'하지만 노아라면 내 기세를 어느 정도 느꼈겠지.'

동족은 동족을 알아본다. 아마 그는 내가 조금 전 마나를 운용한 시점에서 이 질감을 느꼈을 것이다.

노아를 슬쩍 곁눈질하자, 아니나 다를까, 나를 응시하는 황금빛 두 눈이 경계와 흥미로 뒤섞여 반짝이고 있었다. 나를 담을 때면 늘 부드럽고 따스하던 라이너의 눈과 생긴 건 거의 똑같지만 담긴 연륜과 감정은 사뭇 달랐다.

'노아는 사냥 대회 때부터 나를 눈여겨봤지.'

사냥 대회 날, 어마어마한 양의 사냥감을 들고 나타난 나를 보던 그의 눈빛을 아직 잊지 않았다. 노아라면 직접 드러내기도 전에 내가 미르임을 눈치챌 것 같다는 생각이 들었다.

'하지만 그걸 눈치챘다 해도 함부로 입을 놀리진 않겠지. 그리고 지금 시점에서 크리시스의 공녀가 미르라고 떠들어 봤자 미쳤다는 소리만 들을 테니까.'

나는 노아가 얼마나 신중하고 입이 무거운지 알았기에, 크게 걱정이 들진 않았다.

"이제 증인의 맹세를 진행할 차례군."

헬리오스가 말문을 떼며 증인석 옆에서 대기하고 있던 대신관에게 눈짓했다. 대신관은 사람들을 향해 허리를 깊게 숙이고는 내게로 다가왔다. 제국의 법정에서는 증언을 하기에 앞서, 신관 앞에서 진리의 맹세를 해야 했다. 신관의 신성력을 빌려 맹세하게 되면 거짓을 말하는 즉시 거부반응이 일어나 진위 여부를 알 수 있었다.

'거짓말을 하면 잠시 몸이 굳을 거라고 했지.'

"맹세를 집행하겠습니다."

나이가 꽤 지긋해 보이는 대신관이 내 앞에 서서 눈짓으로 내게 양해를 구했다. 내가 소매를 걷고, 대신관의 손이 내 손목에 닿으려 할 때였다.

"잠깐."

아침 이슬이 맺힌 잎사귀처럼 매끄럽고 청명한 목소리가 장내를 울렸다. 단한 마디로 모든 이목을 사로잡는 매혹적인 목소리. 나는 목소리의 주인에게로 시선을 돌렸다.

붉은 와인으로 번들거리는 입술이 샹들리에의 빛을 받아 석류 알처럼 반짝였다. 가장 신성하고, 고귀하다 여겨지는 긴 연하늘색 머리칼이 새하얀 상아 팔걸이 위로 물줄기처럼 흘러내렸다. 유리알처럼 빛나는 은색 눈동자는 빛 자체를 담아 놓은 것 같았다.

이 엄숙한 자리에서 가장 편안히 앉아 있는 이. 이곳의 주인.

"맹세는 내가 집행하도록 하지."

입술에 묻은 와인을 손등으로 쓱 닦아 낸 엘리오르 라가 나를 똑바로 바라보았다.

지그문트가 확연한 어둠 아래에 있는 것 같은 퇴폐적인 분위기를 풍긴다면, 엘은 분명 빛 위에 있으면서도 아슬아슬하고 관능적이었다. 엘이 아무리 천사 같은 웃음을 지어도 그와 눈을 맞추면 금방이라도 잡아먹힐 듯 아찔한 기분을 감출 수 없었다.

'웃어도 그 정돈데, 무표정이니까……'

섬뜩 소름이 돋은 목덜미를 매만졌다. 무표정인 엘은 내게 어색했고, 조각같

충직한 검이 되려 했는데 2

이 아름다웠으며, 동시에 내 본능이 경종을 울릴 정도로 위험해 보였다.

"……교황. 괜찮겠습니까?"

엘이 나서자 놀란 표정을 짓던 헬리오스가 엘에게 조심스럽게 물었다.

'헬리오스가 존댓말을? 그것도 조심스럽게?'

봐서는 안 될 것을 본 것 같았다. 나는 경악을 숨기지 못했다.

존댓말을 사용하는 헬리오스라니. 너무 어울리지 않았다. 교황과 황제는 같은 계급이기 때문에 존대를 사용하는 것이 맞다는 걸 알지만, 이렇게 직접 보니 세상의 이치에 맞지 않는 무언가를 본 것만 같았다.

'엘, 교황이지.'

워낙 가까운 친구로 지내다 보니 잊고 있다 또 새삼스럽게 자각을 했다. 내 친구 엘은, 제 위에 신이 아닌 그 무엇도 두지 않는 태양 신전의 주인이라는 것을.

종교는 사람의 마음을 사로잡고, 태양신교에 있어 교황은 신의 사자다. 정치를 사로잡는 건 황제일지 몰라도 제국민들의 마음을 붙잡고 있는 건 교황이었다.

'사실 신전에서 이루어지는 대귀족 회의를 교황이 아닌 황제가 진행한다는 것도…… 교황의 힘이 약해서가 아니라 교황의 말의 무게가 너무 무겁기 때문이지.'

교황은 신의 사자. 교황의 입은 신의 말씀을 전하는 입이다. 진행할 자격이 없어서가 아니라, 대귀족 회의조차 교황이 나설 만큼 대단한 일이 아니라 여겨지기 때문이었다.

"네. 내가 하죠."

엘이 자리에서 일어났다. 취한 것 같진 않았지만, 그가 가까워질수록 더 강하게 풍겨 오는 와인 향은 고혹적이었다.

"서, 성하……."

엘이 내 앞에 우뚝 서자 내 옆에 있던 늙은 대신관이 입을 떡 벌린 채 굳어 버렸다. 거의 혼절하기 직전의 기색으로 창백하게 질려 있는 것이, 길 가다 악마라도 만나서 봉변을 당한 사람 같았다.

"성하께서, 하실 필요는……."

"내가 한다고 했을 텐데."

안쓰러울 정도로 떠는 대신관의 말허리를 거침없이 끊은 엘이 고개를 기울이며 나긋하게 말했다. 그의 입가엔 천사 같은 미소가 걸려 있었다.

'……화 안 났나?'

여느 때와 같은 미소에 고개를 갸웃하는데, 내 옆에 있던 대신관이 허억 하고 숨을 들이쉬었다. 대신관은 초식하는 사자라도 본 것처럼 경악하고 있었다.

"성하께서 이리 친히 나서 주실 필요는 없습니다. 제게 과분한걸요."

왜 저렇게 질렸는지는 모르지만 대신관이 안쓰러워진 나는 친근한 투로 넌지시 말했다. 왜인지 내 대답에 더는 커질 수 없을 것처럼 크게 뜨고 있던 눈을 더 크게 뜬 대신관이 금방이라도 쓰러질 것처럼 비틀거렸다.

"……카슈미르는 내가 아닌 다른 이에게 맹세할 생각인 건가요?"

내 말을 들은 엘의 표정이 살짝 굳었다. 은빛 눈동자가 깊게 가라앉고, 안 그래도 순하던 눈매가 더 축 늘어졌다. 아무래도 시무룩해진 듯했다.

"아뇨. 그게 아니라, 성하께서 번거로우실까 봐 말입니다. 성하의 일이 아니잖습니까."

나는 고개를 저으며 황급히 변명했다. 내 대답에 푹 숙였던 고개를 획 든 엘이 나를 보며 눈꼬리를 휘었다.

"내가 싫은 게 아닌 거죠?"

나는 그 말에 엘에게 경계를 세우던 날들이 생각나 피식 웃었다.

"그럴 리가 있겠습니까."

"좋아요. 그럼 이제…… 자네는 비키지 그러는가."

엘이 대신관을 바라보며 싱긋 웃었다.

활짝 핀 백합처럼 아름다운 웃음이었다.

"헉, 네, 네!"

그 웃음을 앞에 두고 귀신이라도 본 것처럼 안색이 새파래진 대신관이 고개를 몇 번이나 끄덕이고는 황급히 도망갔다.

"그럼 맹세를 집행하도록 할까요."

유하게 눈을 휜 엘이 장내를 바라보았다. 그를 따라 사람들에게로 시선을 돌린 나는, 그제야 모든 사람들이 나와 엘을 커진 눈으로 보고 있다는 것을 알았다. 심지어 헬리오스조차도 나와 엘을 번갈아 보며 믿기지 않는다는 표정을 짓고 있었다.

"……지을 수 있는 표정이 사람 피 말려 죽이는 표정이랑 나가 죽으라는 표정 밖에 없다고 생각했는데."

헬리오스의 아주 희미한 속닥거림이 내 귀에 꽂혔다. 거의 입을 뻐끔거리기만 한 수준에 가까웠으나, 내 귀엔 확실히 들렸다.

"카슈미르. 손을."

내가 더 생각을 이어 가기 전에 엘이 내게 손을 내밀었다. 나는 재빨리 그에게 손을 뻗었다. 따뜻한 온기를 품은 엘의 손이 내 손목을 살며시 붙잡았다.

「……슈슈. 처리해 주랴?」

그때 갑작스럽게 머릿속을 울리는 전언에 나는 고개를 들었다. 카이사르가 금방이라도 오러를 날릴 듯한 눈으로 이곳을 바라보고 있었다. 나는 어리둥절해서 고개를 기울였다.

「아뇨. 괜찮은데…….」

"슈슈. 집중."

내가 다른 곳을 보자 엘이 속삭였다. 그제야 그에게로 시선을 맞추자, 만족스럽게 웃은 그가 입술을 열었다.

"그대, 진리 아래서 자유하라."

은빛 원이 내 손목 위에서 한 바퀴를 돌고 피부로 스며들었다.

'……이건?'

몸을 타고 오르는 부드러운 느낌. 미간을 좁히는데, 엘이 말을 이었다.

"죽음에 이르게 될지라도 진실하라."

엘은 은색 눈동자를 내게로 맞춘 채 눈꼬리를 휘었다.

"태양 아래 진리는 영원히 빛바래지 않으리."

엘의 손에서 빛이 터져 나오고, 이내 잠잠해졌다. 나는 의식이 끝난 게 분명함에도 여전히 내 손을 잡고 있는 엘을 묘한 표정으로 바라보다 살짝 손을 움직여 그의 손에 글자를 적었다.

[이거 맹세 아니지 않습니까.]

나는 신성력이 없었지만, 엘에게 여러 번 치유를 받고 맹세 또한 하다 보니 어느 정도 분별은 가능했다.

'방금 전 엘이 한 건 맹세가 아니라 치유인데.'

맹세는 특유의 꽉 조이는 느낌이 있는데, 방금 전에는 신성력이 몸을 부드럽게 감싸고 치유하는 느낌만 들었다. 해명을 바라는 눈으로 엘을 올려다보니 그가 나직하게 웃고는 마찬가지로 손가락을 움직였다.

[내가 당신에게 해를 가하는 맹세를 어떻게 집행해요.]

손가락에 간지럽혀진 손바닥에 살짝 열이 올랐다. 내가 눈을 깜빡이며 엘을 바라보고 있자니, 그가 속삭였다.

"회의 끝나고 나면 신전에 남아 있어요. 같이 있고 싶으니까. 오랫동안 나를 걱정시켰으니 이 정도는 해 줄 거죠."

물음이 아니라 확신이 어린 투였다. 나를 하염없이 응시하는 은빛 눈에 나도

충직한 검이 되려 했는데 2

모르게 고개를 끄덕이자, 엘이 만족스럽게 웃으며 내 팔목을 놓아주었다.

저벅저벅.

"자, 그럼 이제 증언을 들어 볼까요."

털썩.

쏟아지는 시선 가운데 당당하게 홀을 가로질러 다시금 편하게 앉은 엘이 턱을 괸 채 웃었다.

나를 똑바로 바라보는 시선이 한없이 깊고 짙었다.

"사냥 대회 이튿날, 저는 아인하르트 소후작과 2황자 저하, 그리고 아타라 사절단의 레오 블루벨 소백작과 함께 바실리스크를 마주했습니다."

나는 사냥 대회 첫째 날 이야기는 건너뛰고 차분히 말을 이었다. 조금 전까지 긴장했던 것이 무색하게도, 말을 시작하니 머릿속이 놀랍도록 차가워졌다.

'하라바나에 대해선 굳이 말할 필요 없겠지.'

나는 바실리스크에게서 살아남았다는 것만으로도 제국에 새로운 불가사의를 만들어 냈다. 내가 하라바나까지 상대했음이 알려지면 나는 정체불명의 금강불괴로 여겨질 것 같았기에, 하라바나에 대해서는 나와 라이너, 가족들만의 비밀로 남겨 두기로 했다.

"그 상황에서 넷이 몰려 있는 건 오히려 위험하다고 생각했기에, 상황을 알리기 위해 소후작과 황자 저하를 보내고 저와 블루벨 소백작이 바실리스크를 상대했습니다."

레오 블루벨. 알렉산드로가 제국으로 오며 사용한 가짜 신분이었다. 이곳은 대귀족 회의인 만큼 모두가 '레오 블루벨'이 국왕 '알렉산드로 아타라'라는 것을 알 테지만, 공식적으로는 비밀이었기에 가명으로 칭해야 했다.

"바실리스크는 제게 관심이 없었고, 오직 블루벨 소백작만을 노렸습니다. 제가 공격을 해도 제겐 시선도 주지 않더군요. 저는 그 부분에서 이상함을 느꼈습니다."

증인인 이상 본 상황만 얘기해야겠지만 나는 북부의 최종 병기에 대해 전해 줘야 했기에 내 의견을 섞어 말했다.

나는 눈을 번뜩였다.

"분명 마수는 이지와 분별이 없을 텐데, 어째서 나를 내버려두고 블루벨 소백 작만 쫓았을까? 애초에, 마수가 어떻게 이곳에 왔을까?"

노아가 심각하게 표정을 굳혔다. 엘이 눈썹을 꿈틀거리고, 헬리오스의 두 눈이 가늘어졌다. 내게서 사냥 대회 사건에 대한 자세한 전말을 듣지 못했던 카이사르 또한 다른 사람들만큼이나 내 말에 집중하고 있었다.

마수는 눈앞에 있는 모든 것을 먹잇감으로 생각한다. 먹을 것을 가려 먹는 인간과는 달리, 마수는 살만 있다면 죽은 것이든 산 것이든, 큰 것이든 작은 것이든 집어삼키고 보았다. 그런 마수가 명령이라도 받은 것처럼 한 사람만 쫓아 움직였다는 건 기묘한 일이었다.

거대 마수가 숲에 등장한 것부터가 말이 되지 않는다. 사냥 대회가 진행된 곳은 철저하게 검증을 마친, 마수가 출몰하지 않는 숲. 그런 숲에서 개체수가 극히 적고 극동 지방에서만 사는 바실리스크가 나타났다는 것은 우연으로 치부하기 힘들었다.

'누군가 거대 마수를 움직여 사냥 대회를 뒤엎고 아타라의 국왕을 죽이려 했다.'

타당한 결론은 쉽게 내려졌지만, 어떻게 했느냐가 문제였다. 바실리스크를 제압시키고 마차에 태워서 운반한 것도 아닐 터. 바실리스크가 제 발로 사냥 대회가 벌어지는 숲에 오게 한 방법이 문제였다.

아마 모두들 이 사건이 북부로 인해 발생했음을 지레짐작하고 있으나, 방법에 대한 의문을 품고 있었을 것이다. 나는 그 부분을 확실히 풀어 주고자 했다.

모두가 내 다음 말을 기다리고 있을 때. 나는 힐끔 시선을 굴려 키프로스 쪽을 살폈다. 그리고 속으로 피식 웃었다. 불안으로 점철되어 흔들리는 키프로스 부자

충직한 검이 되려 했는데 2

의 눈은 내게 만족감을 안겨 주었다.

마수 테이밍은 북부의 비밀 무기였다. 북부는 제국의 방심을 틈타 마수로 허를 찌를 계획을 가지고 있었으니 테이밍 사실이 여기서 밝혀져선 안 됐다. 물론 나는 북부와 키프로스의 계획대로 흘러가게 내버려 둘 생각이 없었다.

"아무래도 상당히 수상했기에, 차후 조사에 도움이 되었으면 해서……."

여유롭게 말끝을 끌며 주머니를 뒤적였다. 증언 중 해서는 안 되는 행동이었으나, 그 누구도 지적하지 않은 채 내 다음 행동을 기다리고 있었다.

'내가 이 시간을 얼마나 기다려 왔는지 모를 거다.'

나는 씨익 웃으며 주머니에서 오랫동안 묵혀 왔던 그것을 꺼냈다.

"저는 바실리스크의 심장을 채취해 두었습니다."

생물을 가장 온전한 상태로 보관할 수 있는 유리 상자. 그 안에 든 것은 기이하고 흉측한 형태의 어두운 보랏빛 살덩이, 다시 말하자면 바실리스크의 심장이었다.

"뭐라고……!"

"정말인가!"

노아가 벌떡 자리를 박차고 일어나고, 눈을 크게 뜬 헬리오스가 답지 않게 언성을 높였다.

바실리스크의 사체는 이후 흔적도 없이 산화되어 버렸고 결계 또한 그저 사라져 버렸기에, 사냥 대회 사건에선 사실상 조사할 거리조차 없었다. 남은 것이 없었으니까. 그러니 내가 가지고 있던 바실리스크의 심장은 그 사건의 유일하다시피 한 단서였다. 가치가 있음이 분명했다.

"자, 잠깐! 그게 진짜 바실리스크의 심장인지 어떻게 증명할 수 있는가! 그대가, 어떻게든 업적을 세우기 위해 아무 짐승의 심장이나 가져왔을지도 모르는 거 아닌가!"

그때 듣기 싫을 정도로 갈라진 목소리가 다급하게 끼어들었다. 나는 목에 핏

대까지 세운 채 불안을 감추지 못하는 하비스트 키프로스를 보며 서늘하게 낯을 굳혔다. 얼마나 당황한 건지, 무턱대고 아무 말이나 뱉어 나를 저지하려는 것 같았다.

"저는 시작하기 전에 거짓을 말하지 않겠다고 맹세했습니다. 바실리스크의 심장인지는 수사관들이 조사해 보면 확실해지겠죠."

"오, 오래전에 죽은 마수의 심장이 뭐라고! 한낱 시체의 부산물인데……!"

"아뇨. 이건 단서조차 없던 사건에 유일하게 남은 흔적 아닙니까? 또 모르지 않습니까."

감정을 통제하려 애쓰지만 동요하고 있는 게 뻔히 보이는 백작의 얼굴을 향해 비죽 입꼬리를 비틀었다.

"이 심장에서, 마수를 조종할 수 있는 약물 같은 것이 검출될지."

백작의 표정이 삽시간에 굳었다. 하비스트는 내가 갑작스럽게 닥쳐온 대재앙이라도 되는 양 원망스럽고 살기등등하게 나를 노려보고 있었다.

"……확실히, 지금으로서는 그것이 그때 그 바실리스크의 심장인지는 확인하기 어렵네. '북부가 사냥 대회 사건의 주범인가'라는 현 안건의 증거물인지도 확신할 수 없고."

조금 전의 흥분한 기색을 정리한 헬리오스가 나와 하비스트의 말씨름을 끊고 모든 추론과 짐작을 제거한 채로 말했다. 그의 두 눈은 회의적인 말투와는 상반되게 무섭도록 번뜩이고 있었지만 말이다.

"하지만 조사할 가치가 있다는 것만은 확실하지 않습니까."

내겐 무척 익숙한, 잔잔한 바다에 파도가 너울거리듯 침착하고 부드러운 목소리. 여태껏 말이 없던 디에고가 끼어들어 단호하게 말했다. 나를 바라보는 그의 눈동자가 자랑스럽다는 빛을 띠고 있었다.

'역시 그대는 내가 인정한 사람이야.'

디에고의 두 눈은 내게 그렇게 말하는 것 같았다. 믿을 만한 이에게 받는 신뢰

충직한 검이 되려 했는데 2

는 언제고 달갑다. 나는 달아오른 목덜미를 살짝 매만지며 파란이 일어난 장내를 느리게 훑었다. 이내 내 시선이 닿은 곳은 명확했다.

"교황 성하."

내 부름에 또다시 시선이 집중되었다. 여전히 나만을 시선에 담던 엘이 활짝 핀 백합보다 아름답게 웃었다. 옆에서 물로 목을 축이던 헬리오스는 엘을 보더니 사레가 들린 듯 크게 기침을 터트렸다.

"네, 카슈미르."

꿀을 입술에 바른 듯 달짝지근한 목소리. 당장 이 태양 신전을 달라고 해도 주저 없이 내 손에 신전 열쇠를 쥐어 줄 것 같은 맹목적인 눈빛.

나는 그를 향해 유리 상자를 내밀어 보였다.

"송구합니다만, 이걸 한 번만 받아 주실 수 있겠습니까?"

"물론이죠."

뜬금없는 요청에 장내가 다시금 술렁였다. 엘은 갑작스러운 요청에도 한 치의 망설임이나 거리낌 없이 빠르게 수락했다. 내가 말을 마치기도 전에 대답한 수준이었다.

"이걸 성하께 전해 드리겠나?"

나는 내 옆에서 대기하고 있던 하인에게 유리 상자를 건넸다. 상자를 건네받은 하인이 엘에게로 조심스럽게 발걸음을 옮겼다.

"왜 그걸 성하께 드리는 건가?"

불타는 눈으로 상황을 지켜보던 노아 아인하르트가 물었다. 나는 자신만만하게 웃었다.

"아마 성하께서 답해 주실 겁니다."

유리 상자가 엘의 손에 들어갔다. 상자를 손에 쥐는 동시에 가늘어지는 그의 눈. 찡그려지는 미간. 불쾌함을 여실히 드러내는 반응.

"성하. 무엇이 느껴지는지 말씀해 주실 수 있으십니까?"

상자를 한 번 만지고는 더러운 오물이라도 되는 양 자신의 옆에 위치한 탁자에 빠르게 내버려 둔 엘이 느리게 입을 열었다. 그의 입은 웃고 있었으나 은빛 눈은 시리게 번뜩이고 있었다.

"이번 건국 기념일 테러에서 사용된 건 분명 흑마법으로 만들어진 마력 폭탄이었죠."

흑마법은 자연을 거스른 저주받은 주술. 신성력은 신에게서 온 가장 축복받은 힘. 신성력을 사용하는 이들은 흑마법에 대해 본능적인 거부감을 느꼈다. 신성력이 극도로 발달한 엘이라면 더더욱 그럴 것이다.

"마력 폭탄에서 느껴지던 그 역한 흑마법의 기운이 이곳에서도 느껴지네요."

바실리스크가 자신이 지나는 곳에 존재하던 식물들의 생명을 모조리 흡수하는 것으로 자신의 흔적을 남기듯, 북부의 손길이 닿은 곳엔 흑마법의 기운이 흔적으로 남았다.

"제 생각에, 북부는 흑마법으로 마수를 조종하는 방법을 터득한 것 같습니다."

나는 증인의 자리에서 아주 뻔뻔히, 한 치의 흔들림도 없이 내 의견을 말했다.

전쟁 앞에서 안일하게 굴던 제국 위로 북풍이 몰아쳤다.

"슈슈!"

증인으로서의 일을 마치고 심각한 분위기의 홀에서 나온 나와 신관이 가져다준 슈가볼 쿠키를 우물거리고 있었을 때, 가장 먼저 문을 박차고 나온 것은 카이사르였다.

나는 내 애칭을 부르는 우레 같은 목소리에 크게 움찔하며 입가에 묻은 하얀 가루를 황급히 닦아 냈다.

"그런 큰 사실을, 알고 있었다면, 내게도 말해 주지 그랬느냐."

카이사르는 흉흉한 기세를 애써 억누르며 마디마디에 힘을 주어 말했다. 나는 크게 뜬 눈을 끔뻑이다 죄인처럼 고개를 떨구었다. 하기야, 카이사르 입장에선 화가 날 법도 하다. 다른 사람도 아닌 자기 딸이 중요한 사실을 알고 있으면서 말해 주지 않다가 공식적인 석상에서 발표하는 것을 통해 들었으니 말이다.

"……죄송합니다. 다음부턴 중요한 사실을 알게 되면 꼭 공유하도록 하겠습니다."

불효자식이 되어 쭈그러져 있었을까, 앞머리를 거칠게 쓸어 넘긴 카이사르가 한숨을 쉬었다.

"……정보를 공유받지 못해서 화가 난 게 아니라 네가 심각한 사안을 두고서 나와 의견을 나누거나 도움을 받을 생각이 없었다는 게 속상한 것이다."

카이사르는 조금 전보다 더 누그러진 목소리로 말하며 내 머리를 쓰다듬었다. 머리를 짓누르다시피 쓰다듬던 이전과는 다르게 능숙해진 손길이 기분 좋아 살짝 눈을 감았다.

"다음부턴 공유해 주거라. 나는 네가 무거운 진실을 혼자 지고 가는 것이 싫단 말이다."

카이사르가 한숨처럼 속삭이며 나를 제 품으로 끌었다. 과묵하고 말하는 방법을 모르던 그가 솔직히 제 마음을 말하게 된 것은 크나큰 변화였다.

'나도 달라져야겠지만…….'

나 또한 처음과 비교하면 많이 바뀌었지만, 아직도 혼자서 모든 것을 처리하는 생활양식을 송두리째 바꾸진 못했다. 하루 이틀 쌓인 습관이 아니었음에.

'조금만, 조금만 더 혼자 하다가, 당신께 공유할게요.'

아직은 혼자 해야 할 일이 조금 남았음에 마음속으로 카이사르에게 사과를 건네며, 나는 그의 품 안에서 느릿하게 고개를 끄덕였다.

내 마음을 알아챈 걸까, 카이사르는 만족스럽지 않다는 눈으로 나를 바라보았으나 무어라 더 첨언하지 않았다. 나는 그곳에서 내게 부담을 주지 않으려는 그의 배려를 읽었다.

그것이 좋아 배시시 웃으니, 카이사르는 어쩔 수 없다는 듯 웃으며 내 어깨에 팔을 둘렀다. 이젠 익숙해진 스킨십은 가슴을 몽글몽글하게 했다.

"오늘 수고가 많았다. 이만……."

덜컥.

카이사르가 하던 말을 우뚝 멈췄다. 그의 표정이 이루 말할 수 없을 만큼 서늘해졌다.

나는 등 뒤에서 느껴지는 익숙한 인기척을 향해 반가운 마음 반, 미안한 마음 반으로 고개를 돌렸다.

"카슈미르. 잠시 시간을 내줄 수 있겠나?"

맑은 기운을 보이는 보통 때와는 다르게 조금 무겁게 가라앉은 목소리. 눈이 부시도록 반짝이는 황금빛 머리칼과 우수에 젖은 푸른 눈.

"……황태자 저하."

디에고 솔라티네였다.

"황태자 저……."

"무슨 일이십니까, 저하."

내가 대답하려 할 때, 카이사르가 불쑥 튀어나와 나를 제 뒤로 숨기고는 대신 대답했다. 꾹 누르고는 있는 것 같았지만 그에게서 은은히 뿜어져 나오기 시작한 살기를 내가 느끼지 못할 리 없었다.

"내 카슈미르와 잠시 나눌 얘기가 있어서 말이네."

살기등등한 소드 마스터를 눈앞에 두고서도 디에고는 낯빛도 변하지 않은 채 태연하게 말을 이었다. 그의 정신력이 얼마나 강한지 말해 주는 부분이었다.

「살기 죽이세요.」

디에고가 아무렇지 않아 한다고 해도, 황족 앞에서 살기를 보이는 것 자체가 반역죄로 여겨질 수 있었다. 카이사르의 옆구리를 쿡쿡 찌르고 전언을 보내자,

　　　　　　　　　　　　　　충직한 검이 되려 했는데 2

나를 힐끔 본 카이사르가 입술을 지그시 물며 살기를 거두었다.

"슈슈는 아직 몸이 좋지 않아서 말입니다. 오늘도 너무 오래 나와 있어서 두통을 호소하더군요. 어서 가 봐야 할 것 같습니다."

지금 당장 뒤 구르기를 하며 신전 한 바퀴를 돌 수 있는 나는, 비 온 뒤 하늘처럼 맑고 깨끗한 머리를 매만지며 눈을 깜빡였다. 디에고는 지나치게 멀쩡해 보이는 나를 곁눈질하고는 짜게 식은 눈빛을 했다.

"공녀 본인에게 물으면 다른 대답이 돌아올 것 같네만."

"그래도 슈슈가 몸을 회복한 지 얼마 되지 않았다는 사실은 변하지 않습니다."

"나는 공녀의 의견을 물었네. 공작의 의견이 아니라."

카이사르는 디에고의 반문에도 뻔뻔하게 버티며 어서 가라는 눈빛을 보냈다. 뼈 마디마디가 시릴 정도로 차가운 카이사르의 눈빛에도 끄떡하지 않고 마주하는 디에고도 참 보통이 아니었다.

"아버지. 저는 괜찮습니다. 저하와 잠시 얘기를 나누어야 할 것 같군요."

카이사르의 눈이 번뜩였다. 할 말이 많아 보이는 표정으로 나를 바라보는 카이사르와 정반대로, 디에고는 승리자의 미소를 입에 걸고 있었다.

"이런. 공녀는 공작과 의견이 다르군."

"……제 딸아이가 너무 착해 저하의 요청을 거절하지 못하는 것뿐입니다."

이를 악문 카이사르는 씹어 먹어 버리고 싶다는 눈빛으로 디에고를 바라보았다.

나는 검 손잡이를 잡은 카이사르의 손을 불안하게 바라보다, 그가 검을 뽑기 전에 둘 사이를 막아섰다.

"저하와는 얘기를 나눠야 하는 부분이 있습니다. 저하와 대화를 마치고 알아서 돌아가도록 하겠습니다. 먼저 들어가시죠."

나는 카이사르를 향해 부드럽게 웃어 보였다. 카이사르는 여전히 불만족스러운 기색이었지만 나를 막진 않았다. 그 또한 내가 디에고와 얼마나 친한지 알고 있었다.

"걱정 말라고. 귀하의 따님은 내 책임지고 바래다줄 테니."

"제 딸은 저하의 보호를 필요로 하지 않습니다."

"알아. 내가 보호받으려고 함께 가는 거네."

"황궁과 공작가는 반대 방향입니다만."

"그랬나? 그럼 간 김에 공작가에서 하룻밤 묵으면 되겠군. 밤은 위험하니까."

"지금 제 딸과 밤까지 함께 있겠다는 소리를 하시는 겁니까? 장난하십니까?"

농담인지 진담인지 모를 투로 능글거리는 디에고. 오만불손함의 마지노선을 아슬아슬하게 넘나드는 카이사르. 두 사람이 서로를 노려보았다. 시선이 맞부딪치는 사이로 스파크가 튈 것만 같았다.

"먼저 들어가세요, 아버지. 늦게 들어가진 않을 겁니다."

나는 속으로 한숨을 쉬며 카이사르에게 말했다.

카이사르는 나를 빤히 바라보더니 입술을 꾹 물고는 고개를 돌렸다. 그 표정은 섭섭하다는 그만의 표현이었다.

"먼저 가 보겠습니다."

카이사르가 몸을 돌려 성큼성큼 떠났다. 황태자가 인사를 받아 주지도 않았는데 훌쩍 떠나 버리는 카이사르의 행동은 무례한 것이었으나, 나는 그가 인사를 했다는 것만으로도 대단히 스스로를 억누르고 있는 것임을 알았다.

'카이사르가 디에고를 인정하긴 하니까.'

카이사르는 개인적으로 디에고를 좋아하지 않았다. 성향이 워낙 상극이기도 했고, 나와 친하다는 점에서 불만이 있는 것 같았다.

'디에고 솔라티네가 군주의 자질을 가지고 태어났음은 분명하다. 애송이는 아니더군. 조금의 시간만 허락된다면 디에고 솔라티네는 현 황제보다 훨씬 대단한 군주로 성장할 거다.'

그렇지만 사감과는 별개로, 카이사르는 디에고를 상당히 높게 평가하고 있었다. 사람에 대한 좋은 평가가 상당히 짠 카이사르로서 그 정도 칭찬이라면 극찬과 다를 바 없었다.

"카슈미르."

잠시 생각에 빠져 있을 때, 다정한 목소리가 나를 불렀다. 나는 목소리가 들린 쪽으로 고개를 돌렸다.

"이제 잠시 그대를 내게 허락해 주겠나."

여기까지 오느라 힘들었다는 듯, 디에고가 힘없이 웃었다. 그 웃음에 괜스레 마음이 아파진 나는 강하게 고개를 끄덕였다.

나는 디에고의 안내를 받아 신전 안에 위치한 정원으로 향했다. 신성함의 상징 중 하나인 백합이 만개한 정원을 보며, 나는 잠시 그 향기에 집중했다.

'이런 정원이 있는 곳에 사니 엘에게서 백합 향이 나는 걸까.'

백합 향으로 각인되어 버린 한 인물이 떠올랐다. 꽤 합리적이다 싶었지만, 엘에게서 나는 백합 향은 이 정원의 백합 향보다 훨씬 더 매혹적이고 그윽했기에 확신할 순 없었다.

"무슨 생각 하나?"

함께 걷는 내내 말이 없다 불쑥 말을 꺼내는 디에고로 인해 퍼뜩 정신이 들었다. 나는 목덜미를 매만졌다.

"백합이 아름답다고 생각하고 있었습니다."

"……백합을 좋아하나?"

"음. 네. 사실 꽃이라면 대부분 좋아합니다."

아름답지 않은가. 찬란하게 생을 뽐내다 빠르게 시드는 것이. 짧고 굵게 살고 간다는 생각이 들었다.

내 긍정에 디에고의 미간이 살짝 좁혀들었다. 아주 잠시였지만, 그의 곁을 오랫동안 지켜 온 내가 그 변화를 읽지 못했을 리 없었다. 나는 걱정스럽게 그를 바라보았다.

"혹시 백합을 싫어하십니까? 자리를 옮기시겠습니까?"

"아니, 싫어하는 건…… 그래. 조금 싫어하지."

부정하던 디에고는, 잠시 간극을 두더니 이내 긍정했다. 심해 깊은 곳으로 가라앉은 푸른 눈이 나를 응시했다.

"교황의 상징 아닌가. 그대가 좋아하는 모습을 보고 있자니…… 더 싫군."

나는 느리게 눈을 깜빡였다. 디에고는 내 앞에서 쉬이 불호를 말하는 법이 없었다. 내가 좋아하는 것엔 더더욱.

'그대가 좋다면 나도 좋네.'

디에고와 함께하면서 가장 많이 들어 본 말이 저것일 만큼, 그는 온화하고 너그러운 사람이었다. 툭하면 좋다고 해 그의 진정한 호불호를 알아내는 것이 조금 어렵기도 했지만, 확실히 함께하는 사람을 편하게 해 주는 성향이었다.

'그런 디에고가 직접적으로 싫다고 할 정도면…… 대체 얼마나 싫어하는 거지?'

나는 디에고가 이 꽃밭에 불을 지르지 않기만을 바랐다. 수습해 줄 수는 있었으나, 황태자가 신전 정원에 불을 질렀다는 사실만으로도 신전과 황가 사이에 피비린내 나는 전쟁이 발발하게 될지도 몰랐다.

"……나갈까요?"

슬쩍 디에고의 안색을 살피며 물었다. 디에고는 대답하는 대신, 오른손 주먹을 꽉 쥐었다가 내 앞에서 천천히 폈다.

"와."

크고 예쁜 손 안에서 화려하게 피어오르는 꽃송이. 나는 짧게 탄성을 뱉었다. 아리아와 칼로 인해 하루에도 몇 번이고 마법을 볼 수 있었지만, 맨손에서 꽃을 피워 내는 발아 마법은 아직도 신기했다.

"대단하시군요."

"간단한 기초 마법이야. 잔재주일 뿐이네."

충직한 검이 되려 했는데 2

"그래도 예쁜 걸요."

마법의 난이도와 상관없이 예쁜 건 예쁜 것이다. 나는 그가 피워 낸 꽃을 유심히 살펴보았다.

"델피니움이군요."

한 줄기에 다닥다닥 붙은 여러 개의 푸른 꽃송이. 분명 델피니움이었다. 내가 단번에 알아볼 줄 몰랐다는 듯 눈썹을 들어 올리던 디에고가 살짝 웃었다.

"맞네. 델피니움이지. 나는 백합보단 델피니움을 더 좋아하네."

상체를 굽혀 나와 시야를 비슷하게 한 디에고가 천천히 손을 움직여 내 옆머리를 귀 뒤로 넘겼다. 귓가를 간지럽히는 부드러운 꽃잎의 감촉.

나는 눈을 살짝 감았다 뜨고는 내 귀에 걸린 델피니움과 디에고를 번갈아 보았다.

"델피니움의 꽃말을 아나?"

내 어리둥절한 시선에도 아랑곳하지 않고 웃은 그가 조금 뜬금없는 질문을 툭 내뱉었다.

'고지대 풀밭에서 자라고, 델피니움의 줄기와 꽃은 경련, 마비, 매독 등에 약으로 사용한다는 것밖에 모르는데…….'

나는 식물에 대해 박식했으나, 그건 모두 약재로 쓰일 때에 한해서였다. 꽃말은 내 박식함의 범위에 들어오지 못했다.

내가 대답하지 못하자 피식 웃은 디에고가 고개를 숙였다. 가까이 다가온 그의 얼굴이 비스듬히 엇갈려 꽃이 걸린 내 왼쪽 귀 앞에 당도했다.

"델피니움의 꽃말은 '내 마음을 알아주세요.'"

숨결 섞인 속삭임이 내 귓가를 뜨끈하게 간지럽혔다. 살짝 상체를 세운 디에고가 나와 다시금 눈을 맞추었다.

'……왜 델피니움을 좋아하는지 알 것 같네.'

나는 디에고의 눈동자가 청명한 푸른빛의 델피니움과 똑같은 색채라는 걸 인식했다. 나 또한, 델피니움이 좋아질 것 같았다.

"그대가 알아주었으면 좋겠는데, 들키고 싶지 않네. 그런데, 또 들키고 싶어."

디에고는 아주 담담히 모순을 말했다. 눈을 잠시 내리깔고 있던 그가 조용히 시선을 들었다. 푸르른 심해가 끝없이 깊은 제 속을 보여 주었다.

"그대가 알아주지 않는 한, 나는 그저 언제까지나 익명이겠지."

디에고가 눈을 살짝 휘었다. 가까이 선 그에게서는 늘 그렇듯 바닐라 향이 났다. 분명 달콤하나, 동시에 씁쓰름한 느낌이었다.

유리로 된 실내 정원의 천장을 통과한 햇빛이 그와 나를 은은하게 비춰 왔다. 역광을 받아 그림자 진 디에고의 얼굴은 어두웠으나, 그의 두 눈만은 여전히 빛나고 있었다.

"하지만 그래도 좋다고 생각하고 있으니 아주 큰일일세."

나는 디에고가 하는 말을 이해하지 못했다. 허나 물어서는 안 될 것 같다는 직감만이 벼락처럼 다가왔다. 내가 알아채 주길 바라지만 알아채지 않기를 바라는 것. 그건 오로지 내 힘으로 알아내야 할 것 같았다.

"아. 저번 테러 때는…… 죄송했습니다."

"음? 무얼?"

홀린 듯 디에고의 얼굴을 올려다보던 나는 이내 떠오른 생각에 입을 열었다. 갑작스럽게 사과를 받은 디에고가 살풋 미간을 좁혔다.

나는 조금 긴장한 채 감각에 집중했다. 가까이에 사람 기척은 느껴지지 않았고, 마법의 기운이 도는 것은 온도 조절 장치밖에 없었다. 미르로서의 이야기를 해도 된다는 뜻이었다.

"그, 디디와 황제 폐하를 구해 드리지 못한 거 말입니다."

"아. 그때?"

디에고가 탄식을 내뱉었다. 그가 길고 예쁜 손으로 제 턱을 쓸어내렸다.

"그때…… 아인하르트 경과 그대가 함께 움직였었다지. 아인하르트 경이 폭탄을 안전히 해체했으니 되지 않았나? 결과적으로 모두 무사하기도 했고, 무사하지 않았더라도 그대가 사과할 부분은 아닐 텐데."

디에고가 한없이 이성적인 목소리로 말했다.

디에고의 말이 맞긴 했다. 내가 테러의 주범도 아닌데 죄책감을 가질 이유는 없었다.

'하지만……'

"디디가 있는 마차의 폭탄을 해체하러 가지 못해서 미안했습니다. 물론 광장의 폭탄을 해체하기 위해서였지만, 그래도 친구를 구하러 가지 않은 느낌이라……."

아무리 불가피한 상황이라 해도 나는 디에고를 구하러 가지 않기로 '결정'했던 것이다. 이에 대해서 한 번쯤은 사과하고 싶었다.

고개를 푹 숙인 위로 디에고의 시선이 느껴졌다. 나는 디에고가 섭섭하진 않았을까 싶어 걱정되었다. 한참 나를 바라보기만 하던 디에고는 검지를 들어 내 고개를 들어 올렸다. 턱 끝에 닿아 오는 온기 품은 손끝은 부드러웠고, 새하얗고 가느다란 손가락은 예뻤다.

"고개 조아리지 말게. 그대는 제국의 영웅인데 어찌 그러는가."

"……그래도."

"오히려 내가 깊게 감사를 보내야 할 부분이지. 나 대신 제국민들을 구해 준 것에 대해서 말이야."

긴 손가락이 내 검은 머리칼 사이사이를 파고들어 부드럽게 쓸어 주었다.

"공포 앞에서 맞서고 제국을 위해 싸워 주어 고맙네. 나는 그대가 나를 살리러 온 것보다 제국민들을 살리러 갔다는 것이 훨씬 기뻐."

묵묵히 말하는 그의 목소리엔 거짓 한 점 없었다. 디에고는 진정한 군주였다. 자신보다 제국민을 우선시했다.

태양을 등진 디에고가 환하게 웃었다.

"그대는 내 자랑이고, 내 영웅일세. 조금도 죄책감 갖지 말게."

태양보다 디에고가 더 빛났다.

그 후 꽤 오랫동안 디에고와 대화를 나누었다. 대화의 주제는 그간의 근황이었다.

"잘 지냈냐고? 아니. 잘 못 지냈네, 슈슈. 미르가 폭탄을 처치하고 만신창이가 된 채로 어딘가로 사라졌다는 소문은 도는데 그대는 연락을 안 받으니 하루하루 말라 가는 기분이었네. 내가 황제가 되기도 전에 단명하는 꼴을 보고 싶었던 거라면 아주 성공적인 시도였어."

"……죄송합니다."

"그대가 검술 수업도 일체 멈추니 세레논까지 내게 와 형님은 스승님과 친구인데 아는 게 없냐고 매일 캐묻고 가더군. 굉장히 질척거리는 제자를 두었던데. 그런 세레논 앞에서 나는 카슈미르 크리시스 영애와 대단히 각별한 사이지만 아는 게 아무것도 없다고 답하던 내 심정이 어땠는지 아나?"

"……저기 호수에 들어가서 엎드려뻗칠까요?"

"하하. 무슨 소리를 하는 건가. 그럴 것까진 없네. 제국의 황태자인 주제에 내 포용력이 날 향한 그대의 관심만큼 작아 괜히 하는 말일세. 너무 호쾌한 나머지 친구에게 연락도 안 하는 대인께선 소인의 말을 귀담아듣지 말게."

"다음엔 반드시 연락을 하겠습니다……."

나는 여태껏 디에고와 헬리오스가 얼굴과 정치적 수완 말고는 닮은 구석이 없다고 생각했으나, 오늘 유전자의 강력함을 보았다. 입만 웃으며 사람을 양파 까듯 신랄하게 까 내리는 디에고는 분명 헬리오스의 유산이었다.

"내 얼마 전에 흥미로운 것을 보았네."

가차 없이 까이며 바닷바람에 건조되는 오징어처럼 말라 가는 나를 안쓰럽게 여긴 걸까, 디에고가 이번만 봐주겠다는 듯 말문을 돌렸다.

나는 기회를 놓치지 않고 달라진 대화 주제를 따라갔다.

"그게 뭡니까?"

"이제 슬슬 검술 대회가 시작할 시기가 아닌가. 인사부에서 내게 검술 대회 참가자 중 눈여겨봐야 할 이들의 명단을 올렸더군."

디에고의 입에 오른 안건은 나에게도 흥미로운 주제였다. 속으로 웃은 나는 아무것도 모르는 사람처럼 눈썹을 들썩였다.

"그랬군요. 그래서요?"

"그 명단에서 익숙한 이름을 봐서 말일세."

나를 바라보는 디에고의 푸른 눈이 재미있다는 듯 반짝였다.

검술 대회. 제국에서 1년에 한 번씩 열리는 이 유서 깊은 대회는 수많은 검사들이 참가해 실력을 겨루는 대련의 장이었다.

제국의 시민권만 있다면 귀족과 평민, 기사와 용병을 가리지 않고 모두 참가가 가능했기에, 대회가 열리는 봄의 끝자락이 되면 정말 가지각색의 검사들이 벌 떼처럼 모여들었다. 검술 대회가 벌어지는 한 달 동안 수도 모든 무기 상점이 매진으로 문을 닫고, 여관들은 하나같이 만실일 정도였다.

검술 대회에 이렇게나 사람들이 모여드는 이유는, 첫 번째로 어마어마한 상금 때문이었다. 평민들은 물론 웬만한 귀족들도 입이 벌어질 액수였다. 일확천금을 노리는 이들이 몰려드는 것은 당연한 수순이었다.

두 번째로 수많은 거물들이 검술 대회를 보러 오기 때문이었다. 귀족가들은 늘 가문을 지켜 줄 기사를 필요로 했고, 검술 대회에서 실력을 확인하고 러브콜을 넣어 채용하곤 했다.

만약 검술 대회에서 검은 용 기사단장 파르베 로만이나 황궁 제1 기사단장 노아의 눈에 띄면 앞으로의 인생길이 환해진 거나 다름없었다. 검은 용 기사단과 황궁 기사단은 최고의 복지를 자랑했으니까. 그렇기에 수많은 검사들이 거물들의 눈에 들기 위해 날뛰었다.

"그대, 이번 검술 대회에 참가하더군."

그리고 이번 검술 대회에 참가하게 된 나는, 이 둘 중 무엇도 이유로 두지 않았다.

"이런. 깜짝 등장할 생각이었습니다만, 들켰군요."

느긋하게 너스레를 떠니, 디에고가 피식 웃었다.

"그러기엔 크리시스의 이름이 너무 무겁지 않나. 이미 그대가 참가한다는 소식이 황족들에게 전달되었네. 황제 폐하께서 상당히 흥미로워하시고, 세레논은 스승님이 참가하시면 자기도 참가하겠다고 나서더군."

그의 짙은 푸른색 눈이 한차례 번뜩였다.

"그걸 보니 내 궁금해졌네. 그대는 분명 무력을 숨기고 있는 처지일 텐데 어찌 이리 나섰지?"

디에고의 지적은 타당했다. 미르임을 밝히지 말아 달라고 간곡히 부탁까지 했는데, 대놓고 무력을 뽐내야 하는 검술 대회에 출전한다는 것이 어이가 없을 게 뻔했다.

나는 민망함에 뒷머리를 조금 긁적거리면서도 여유롭게 웃었다.

"세상에 영원한 비밀이 어디 있겠습니까. 이왕 밝혀질 거 극적으로 멋지게 밝혀지는 것이 좋겠다고 생각했을 뿐입니다."

여태껏 내가 미르임을 꽁꽁 숨기며 고대하던 순간이었다. 나는 물끄러미 나를 향하는 시선을 당당히 마주했다.

"이름의 무게가 크니 무대도 커야 하지 않겠습니까?"

나는 제국에 한바탕 파란을 일으키는 태풍의 눈이 될 생각이었다.

"하, 하하!"

디에고가 호쾌하게 웃었다. 그는 늘 미소 짓고 있지만, 그가 진심으로, 그것도 소리 내어 웃을 때는 극히 적었다. 디에고가 진심으로 웃는 것을 볼 때면 조개껍데기만 가득한 모래사장에서 진주를 품은 조개를 찾은 느낌이라 기분이 좋았다.

"왜 그대와 대화만 해도 이렇게 즐거워지는 건지 모르겠네. 그대는 행복과 닮았나 봐."

디에고의 언어는 사랑을 노래하는 시 같았다. 고심하여 고른 듯 정제된 낱말, 감미로운 목소리에 나긋한 어조가 꼭 잠들기 전 연인에게 속삭여 주는 밀어 같았다. 노래에 비하자면 고풍스러운 축음기에서 흘러나오는 재즈가 걸맞았다.

서늘하게 올라가 있던 디에고의 눈꼬리가 곱게 휘어들었다.

"내가 검술 대회에 출전한 그대를 보고 내 기사님이 되어 달라고 러브콜을 보내면 그대는 받아 줄 건가?"

고운 웃음과 상냥한 말투였으나, 목소리는 묘하게 가라앉아 있었다. 얼핏 탐욕이 일렁인 것도 같았다. 나는 잠시 눈을 깜빡이다 이내 장난스럽게 눈꼬리를 늘어뜨렸다.

"이미 당신께서 제 주군인데 충성이 더 필요하십니까?"

나는 이미 디에고에게 충성을 맹세한 몸이다. 내게 적법한 태양은 디에고 하나뿐이었다.

광활한 바다가 기다랗게 내려온 황금빛 햇살 아래 가리워졌다 모습을 드러내길 반복한다. 봐도 봐도 예쁜 디에고의 길고 풍성한 황금빛 속눈썹을 구경하던 나는, 이내 디에고와 눈이 마주치고 숨을 삼켰다.

"그렇게 말해도 그대는 모두를 지키는 기사가 아닌가. 나는 그대가 나만의 기사님이 되어 줬으면 했네."

디에고의 두 눈에 가득 들어찬 것은 넓이와 깊이를 가늠할 수 없는 거대한 소유욕이었다.

"그대가 나만을 위해 움직이고, 그대의 검이 내 명령만 따르기를 바랐네. 내 허락 없인 아무것도 못하는 나만의 기사가 된다면 어떨까. 그렇다면 다시는, 함부로 사지에 뛰어들지 못할 텐데. 네 시체를 보게 될까 두려운 마음에 아무것도 하지 못하는 날도 다신 없겠지."

읊조리는 목소리가 낮게 가라앉아 있었다.

나는 깨달을 수밖에 없었다. 이 어둡고 무거운 마음이 그의 진심이라는 걸. 그가 테러 사건을 가볍게 승화시키기 위해 얼마나 노력했는지 느껴졌다.

나는 입을 꾹 다물었다. 내 검은 한 사람에게만 온전히 바쳐질 수 없었다. 지키기 위해 세운 검이었고, 내겐 지킬 것이 많았으니까.

그 순간 내가 어떤 표정을 지었던 걸까. 나를 보던 디에고의 얼굴이 얼핏 일그러졌다. 길게 한숨을 쉰 그는 이내 쓰게 웃으며 내 귓가에 걸린 델피니움을 만지작거렸다.

"하지만 그것이 내 이기임을 알아. 자유롭게 날아가야 하는 그대를 땅에 묶어두는 짓밖에 되지 않겠지. 그래서 참고 있는 거야."

델피니움을 만지작거리던 손이 천천히 내 귀로 옮겨 갔다. 예민한 귀에 닿는 긴 손가락에 나는 움찔 몸을 떨었다.

고운 손끝이 귓바퀴를 느리게 쓸어내렸다. 살갗에 닿는 그의 손길이 간지럽고 이상했다.

"부디 더는 다치지 말게. 내가 네 비행을 진심으로 응원할 수 있도록. 내가 널 속박하고 싶게 하지 마."

디에고는 귓전에 잠시 바람이 스치고 지나가는 듯 속삭였으나, 말의 무게는 조금도 가볍지 않았다. 나는 목울대를 울렁였다.

"검술 대회 본선이 시작되고 한 번쯤 나를 찾아오지 그래. 내 증표를 선물할 테니."

손을 떼고 얼굴을 물린 디에고가 여상스러운 목소리로 안건을 바꾸었다. 그는 여느 때와 같이 다정한 낯이었다. 나는 뒤늦게 정신을 차리고 대답했다.

"아. 저하가 사냥 대회 때 주신 리본도 아직 가지고 있습니다만."

"그거랑은 또 다른 이야기지. 이번엔 조금 더 그럴듯한 걸 증표로 선물하겠네."

디에고의 눈동자가 내 얼굴에서 천천히 아래로 내려갔다. 내 몸을 끈적하게 훑는 것 같은 시선이 종래에 닿은 곳은 내 왼손이었다.

내 왼손을 한참 응시하던 디에고가 내 손을 잡아 올렸다. 그의 엄지가 내 약지 위에 겹쳐진 두 개의 반지를 훑었다.

"정인이…… 둘이나 있나?"

깊게 가라앉은 목소리가 나긋하게 속삭였다. 나는 순간 이해가 되지 않아 눈을 끔뻑였다. 디에고가 다정하게 웃으며 이를 갈았다.

"반지 고르는 솜씨가 버러지 같군."

"네?"

나는 칼과 아리아의 안목이 갑작스럽게 욕을 얻어먹은 이 상황에 물음표를 띄웠다. 디에고는 내 상태는 개의치 않고 말을 이었다.

"나도 이번 증표로는 반지를 선물하지."

그가 엄지와 중지로 내 왼손 약지를 간지럽혔다. 반지를 매만지는 손길이, 금방이라도 반지를 빼낼 것 같았다.

"왼손 약지는 바라지도 않으니, 주면 받아만 주게."

뜨거운 한숨이 손등 위를 스치고, 디에고가 붉은 입술을 숨결에 달궈진 곳으로 내려앉혔다. 절절한 입맞춤이었다.

"칼 공자와 아리아 공녀가 선물해 준 반집니다만…… 디자인이 그렇게 별로입니까?"

디에고의 몸이 흠칫 굳었다.

'어디 아픈가……?'

내가 힐끔 안색을 살필 때도 디에고는 오랫동안 침묵했다. 얼마나 지났을까, 그 끝에 그는 휙 고개를 젖혔다. 그리고 이번엔 내가 흠칫할 수밖에 없었다.

"아, 그런 건가?"

디에고는 이전에 본 적 없는 함박웃음을 짓고 있었다.

"하하! 내 깜빡 착각해 버렸지 뭔가! 그랬군! 아주 멋진 반지일세!"

"방금 전에 버러지 같다고……."

"벌어지는, 입이 떡 벌어지는 안목이라고 한 걸세. 그대의 형제자매라 그런 건지 센스가 있군. 그대와 잘 어울리는 걸로 아주 잘 고른 것 같네."

나는 디에고가 이렇게까지 하이텐션인 걸 처음 보았다. 10년간 묵은 체증이라도 내려간 듯 시원해 보이는 표정이 그렇게나 행복해 보일 수가 없었다.

"우선…… 알겠습니다. 그리고 저하가 반지를 선물해 주신다면, 그건 줄에 걸어 목걸이로 차고 다니겠습니다."

"음? 왜 손에 끼지 않고."

내 대답에 갸우뚱하는 디에고를 향해, 나는 작게 웃었다.

"그럼 늘 품에 지니고 있을 수 있지 않습니까. 심장이 뛰는 곳 위에 간직해 두고 있겠습니다."

디에고의 얼굴이 그대로 굳었다. 숨을 턱 멈춘 채 나를 한참 바라보기만 하던 그는, 이내 두 손에 얼굴을 묻었다. 얼핏 드러난 그의 귀가 붉었다.

"젠장…… 그런 멋진 말은 내가 해야 한단 말일세…… 왜 꼬드겨야 하는 내게 기회를 주지 않고 이미 지독하게 꼬드긴 그대가 선수를 치난 말인가……."

디에고가 한탄하듯 중얼거렸다. 나는 눈을 깜빡였다.

"아, 저하가 다시 하시겠습니까? 들어 드리겠습니다."

"그게 아닐세! 하……!"

디에고가 제 주먹으로 제 가슴팍을 퍽퍽 쳤다. 뭐가 아니라는 건지, 왜 저러는 건지 이해할 수 없어 그를 멀뚱하게 쳐다보았다. 디에고의 가슴에 달린 훈장들이 흔들리며 짤그락거리는 소리가 듣기 좋았다.

'……기척.'

그리고 어느 순간 경종을 울리는 내 직감. 나는 기척을 느꼈으나, 특별히 경계를 하진 않았다. 그 고결하고도 신성한 기운은 내게 무척 익숙했으니까.

"이건 뭐랄까…… 우리 집 앞마당에서 바람피우고 있는 연인을 발견한 느낌이랄까요."

귀를 옭아매는 매혹적인 목소리. 바람을 타고 풍겨 오는, 정원의 꽃향기보다 훨씬 더 진득한 백합 향. 길쭉한 인영이 정원 입구에 등을 기댄 채 팔짱을 꼈다. 웃고 있으나 조금도 웃고 있지 않은 얼굴을 보며, 나는 그와 디에고가 둘 다 웃음으로 감정을 숨기는 포커페이서라는 걸 깨달았다.

"맹랑하군요, 황태자. 신전과 힘겨루기를 해 보고 싶다는 선전포고였다면 아주 좋은 시도였다고 해 두죠."

살벌한 소리를 하며 나타난 인물은 이곳의 주인, 교황 엘리오르 라였다.

"좋은 오후입니다, 성하."

입꼬리를 말아 올린 디에고가 태평하게 말했다. 조금의 동요도 없는 안색과 속을 비치지 않는 눈빛, 모두 디에고가 대외적으로 나설 때 보이는 기색이었다.

"그래, 황태자에겐 좋은 오후인 모양이군요. 나는 아닌데."

벽에 기대고 있던 몸을 세운 엘이 나와 디에고에게로 저벅저벅 다가왔다. 아름답고 신비로운 은빛 눈동자가 디에고를 꿰뚫듯 바라보았다.

엘의 눈꼬리가 휘어들었다.

"지나치게 성급한 일반화의 오류 아닌가요? 다른 인사말을 생각해 보도록 해요. 일국의 태자가 그래서야 쓰나."

붉고 매끄러운 입술이 내뱉는 말은 그럴듯한 헛소리였다. 말도 안 되는 트집을 잡는 엘을 짜게 식은 눈으로 바라보고 있을 때, 디에고는 여유롭게 답했다.

"이런. 실수를 용서하시기 바랍니다. 제게는 좋은 오후입니다, 성하. 옆에 좋은 사람이 있어서 말입니다."

디에고가 내 어깨 위로 부드럽게 팔을 둘렀다. 나는 그저 눈을 깜빡였다. 그와의 스킨십은 익숙해진 참이었기에, 불쾌하거나 거부해야겠다 싶진 않았다.

나와 디에고의 팔을 천천히 번갈아 본 엘의 웃음이 짙어졌다. 일순 등의 잔털이 쭈뼛 설 정도로 위험해 보이는 웃음이었다.

"······재미있군요. 그대는 내 손에 즉위되기 싫은 모양이야."

탁.

나와 디에고 앞에 멈춰 선 엘이 고개를 기울였다. 기울인 고개를 따라 흘러내린 연하늘빛 머리칼이 허공을 수놓았다. 목소리는 상냥하고 나긋한 주제에 뱉는 말은 살벌하기 그지없었다.

'뭐지? 황가와 신전 사이에 트러블이 있었나?'

나는 디에고와 엘의 기 싸움을 흥미진진하게 관전하면서도 한편으로는 고민했다. 제국을 통제하는 실권은 황제에게 있으나, 그런 황제를 즉위시키는 것은 교황이다. 즉위식 마지막 단계는 교황이 직접 황제의 머리에 기름을 붓고 신의 이름으로 즉위를 선언하는 것인데, 그 의식까지 마쳐야만 진정한 황제가 될 수 있었다.

'그래서 황태자들이 교황의 비위를 잘 맞춰야 하지.'

교황이 조금이라도 수틀려 기름을 부어 주지 않겠다고 고집을 부리면 왕위고 뭐고 없는 거다. 임명식을 받지 않고 억지로 황위에 오른다고 해도, 그 황제는 신에게 인정받지 못한 반쪽짜리 황제로 평생을 보내야 했다.

'엘이 만약 디에고에게 기름을 부어 주지 않으면······ 디에고는 제대로 망하는 건데.'

디에고가 황제가 되면 엘과 비등해질지 몰라도, 지금으로서는 확실히 엘보다 아래였다.

나는 무슨 일이 있었는지는 몰라도 황위를 가지고 위협당하고 있는 디에고를 안쓰러워하며 곁눈질했다.

"그럴 리가요. 말씀을 무섭게 하시는군요."

디에고는 황위로 위협을 당하면서도 여전히 여유로웠다. 서글서글하게 웃으며 부드럽게 말하지만 절대 굽히지 않는 눈빛에서 새삼스럽게 디에고의 수완을 보았다.

충직한 검이 되려 했는데 2

"그렇다면 적어도 내 신전에서 이런 모습을 보이면 안 될 텐데."

나직하게 대답한 엘이 조용히 내게로 시선을 옮겼다. 은빛 섬광처럼 내리쬐는 엘의 시선은 따갑도록 강렬해서, 나는 거대한 태양 아래 서 있는 기분을 느꼈다.

"그대가 하는 행동만 보면 황제 자리는 안중에도 없는 것처럼 보이는군요."

낮게 가라앉은 목소리가 거침없이 말했다.

얼핏 오만하게 들리는 말을 무리 없이 소화할 수 있는 사람. 신성한 태양 신전에 소유격을 사용할 수 있는 유일한 인물. 신을 대신하는 가장 고귀한 인간.

"태도 똑바로 해야 할 거예요, 황태자."

이를 악문 채 웃고 있는 눈앞의 남자는, 내 친구이지만 아득히 먼 존재였다.

마나가 사람을 압도하듯, 신성력 또한 사람을 압도한다. 엘에게서 신성력이 아우라처럼 흘러나올 때면 인간이 감히 범접할 수 없는, 아득한 신성함이 느껴졌다.

소드 마스터인 나와도 맞먹을 듯 주위를 압도하는 존재감에 내가 본능적으로 긴장을 하고 있었을까. 희고 긴 손이 내 앞에 불쑥 나타났다.

"이리 와요, 슈슈."

살랑살랑 손짓하는 것이 꼭 사람을 한입에 집어삼키기 위해 꼬드기는 악마 같았다. 엘은 신에 가까운 존재임에도 늘 치명적인 악마 같다는 인상을 주었다.

나는 그의 손을 빤히 응시하다, 시선을 들어 그와 눈을 마주했다.

"나 황제와 마지막까지 논의를 마치고 오느라 힘들었어요. 안아 줘요."

용광로에서 잘 달궈진 은빛 철처럼 뜨거운 눈빛을 하고서 애처로운 어투로 투정을 부리는 엘은 이질감이 드는 동시에 지독히도 아름다웠다.

'나는 어쩌다 황가와 신전의 기 싸움에 낀 거지…….'

나는 속으로 한숨을 쉬었다. 웃음이라는 가면을 쓴 채 피 튀기는 기 싸움을 벌이는 두 능구렁이 사이에 껴 있는 건 두 마리의 보아 뱀이 동시에 내 몸을 조이는 느낌이었다.

구경하는 건 조금 재미있었지만, 이렇게 내게 상황의 결정권을 넘기는 건 곤란했다. 이런 상태에서는 디에고 옆에 남아 있기도, 엘의 손을 잡기도 애매했다.

'여기서 내 선택이 황가와 신전 사이에서 크리시스 가의 선택으로 여겨지게 되면 어떡하지.'

두 사람 다 각자의 선 곳을 대표하다시피 하는 거물인 데다, 둘 다 태도가 너무 진심이라 나는 이게 두 사람만의 싸움인지 정치 싸움인지 헷갈리기 시작했다.

내가 빠르게 눈을 굴려 디에고와 엘을 살펴보고 있었을까, 나보다 먼저 입을 연 것은 디에고였다.

"저는 이 제국의 황태자이자 태양신교의 신도로서 성하를 존경하고 따릅니다."

자신의 위치를 잘 알고 있다는 듯 정중한 말투. 허나 나는 디에고의 푸른 눈이 바다가 얼어붙을 만큼 낮은 온도로 시리게 번뜩이고, 그의 입가에 승자처럼 호기로운 미소가 떠올랐음을 발견했다.

"하지만 사람을 쟁취함에 있어선 누구든 똑같이 도전자의 입장 아니겠습니까. 신분을 들먹인다는 건…… 본연의 힘만으론 쟁취할 자신이 없다는 걸로 보이는군요."

엘의 표정이 섬뜩하게 굳었다. 나를 사이에 두고 벽안과 은안이 치열하게 맞부딪쳤다.

나는 슬그머니 먼 하늘로 시선을 돌렸다.

'죄송한데 저 빼고 정쟁해 주시면 안 될까요.'

헬리오스와 카이사르에 이어 엘과 디에고까지, 왜 나를 고래 싸움에 긴 상어 꼴로 만드는 건지 알 길이 없다. 나를 사이에 두고 싸우는 게 요즘 수도에서 핫한 유행인가 싶을 정도였다.

내가 반쯤 해탈한 채 피할 수 없으면 즐기자는 마음으로 두 사람의 숨 막히는 눈싸움을 관전하고 있을 때, 디에고가 입을 열었다.

"성하께서 많이 불안해 보이시니 먼저 가 보도록 하겠습니다. 저는 슈슈와 또 만나기로 약속했으니 말입니다."

상당히 여유만만한 목소리. 눈을 곱게 휘어 웃은 디에고가 내 어깨를 가볍게 돌려 나를 자신과 마주 보게 했다. 그러고는 다가오는 상체.

쪽. 쪽.

디에고의 양 뺨이 내 뺨에 번갈아가며 맞닿고, 묘하게 외설스러운 소리가 내 귓가로 울려 퍼졌다. 맞닿은 것은 분명 얼굴의 살갗뿐이나 어쩐지 입을 맞춘 것 같은 느낌. 이전엔 널리 통용되었으나 이젠 거의 사용하지 않는 인사법이었다.

"데려다주는 건 다음으로 미뤄야 할 것 같군. 내 먼저 들어갈 테니 조심히 들어 가 보게."

아름답고 찬란한 디에고의 얼굴이 내 귓가에 다가왔다.

"반지, 기대하고 있게. 가장 멋진 것으로 선물할 테니."

비밀 얘기하듯 속삭인 것에 비해 목소리는 꽤 컸다. 누구 들으라는 식이었다.

"제국의 하늘께 영광을. 그럼, 먼저 들어가 보도록 하겠습니다."

대전쟁에서 승리한 장군처럼 기세등등하게 웃은 디에고가 엘을 향해 짧게 허리를 굽히고 돌아섰다. 출구를 향해 나가는 그의 발걸음은 하늘을 노니는 듯 가벼워 보였다.

"하."

디에고가 정원을 떠난 지 얼마나 지났을까, 잠시간의 침묵을 메운 것은 엘의 헛웃음 소리였다. 몇 번 날카롭게 웃음을 뱉은 그는 이내 제 손으로 앞머리를 거칠게 쓸어 넘겼다.

"저 새끼가 진짜……."

짓씹듯 중얼거리는 말은 명백한 욕설이었다.

엘이 욕하는 모습을 처음 본 나는 순간 흠칫했다. 신의 말씀을 받아 전했을 입술이 욕을 내뱉는 것은 모독적이면서도 묘하게 치명적이었다.

"슈슈."

디에고가 나간 출구를 한겨울 한파가 서린 눈으로 응시하던 엘이 내게로 시선을 돌렸다. 그의 눈빛에 여전히 살얼음이 끼어 있었으나, 내게로 향하는 그 잠시간 동안 겨울에서 봄으로 계절이 바뀌어 있었다.

"황태자가 주는 반지, 받을 거예요?"

묘하게 날이 서린 말투가 받지 않을 것을 종용하는 것만 같았다. 나는 눈을 데굴데굴 굴렸다.

"제가 곧 검술 대회에 출전해서 말입니다. 저하께서 증표로 선물해 주시겠다고……."

"무슨 반지를 준대요?"

"네?"

갑작스러운 물음에 되묻자, 성큼 거리를 좁힌 엘이 내 허리에 팔을 둘렀다. 나는 고개를 젖혀 그를 바라보았다. 엘이 나보다 크다는 게 새삼스럽게 와닿았다.

"금? 은? 다이아? 당신의 눈을 닮은 핑크 다이아몬드나, 이 검은 머리를 닮은 흑요석을 박아 주겠대요? 황실의 보물을 준다던가요? 슈슈, 그가 무얼 주든……."

희고 큰 손이 내 뺨을 덮었다. 은빛 눈동자가 가라앉은 채 번뜩였다.

"나는, 더 귀한 걸 줄 수 있어요. 이제는."

분명 아름답게 빛나는 은빛인데, 나는 그곳에서 익숙한 암흑을 보았다.

엘의 손은 디에고의 손과 크기가 비슷한 데다, 얼핏 보아선 생김새까지 비슷했다. 하지만 손에 새겨진 흉터는 디에고의 손과 비교할 수 없을 만큼 많았다.

검정이라 부르던 천민 출신 일개 수습 신관. 내 도움을 받고서야 다른 신관들의 괴롭힘에서 벗어날 수 있었던 약한 소년.

삐뚤게 잘린 검은 머리가 길어진 채 고귀한 연하늘빛으로 물들어도, 빛 한 점 허용하지 않던 검은 눈이 광명 그 자체를 담아 은빛으로 빛나게 되어도 달라지지 않은 것이 있었다.

어둠에서 살던 이들에겐 지울 수 없는 흔적이 있었다. 나 또한 한때 어둠에서 살았기에 그 흔적을 알아볼 수 있었다.

여느 평범한 천민들보다도 거친 손. 그 손만이 그와 나의 과거를 이어 주는 흔적이었다.

"그러니까, 그 새끼 걸 받지 말라고는, 안 할 테니까."

어느새 날카로움이 무뎌지고 물기에 젖어 애처로워진 숨결 섞인 목소리가 나를 간지럽혔다.

눈꼬리를 축 늘어뜨린 엘이 내 목덜미에 얼굴을 묻었다. 내가 그 순한 얼굴에 약한 것을 아는 듯 거침없는 움직임. 연한 살결에 닿는 그의 얼굴에 살짝 움찔했으나, 피하지는 않았다. 길게 늘어진 연하늘색 머리칼에서 짙은 백합 향이 풍겨 왔다.

"내 것도 받아줘요, 슈슈."

으르렁거리듯 말하면서도 목덜미에 머리를 부드럽게 비비는 엘은 사람의 마음을 흔들었다. 본연의 사나움을 억누르고 사랑받기 위해 기를 쓰고 순종하는 번견 같았다.

"우리 슈슈는 참으로 지독하게도 선하니 그래 줄 거죠."

살짝 고개를 든 엘이 나를 올려다보며 눈꼬리를 휘었다. 모든 자연의 섭리를 무시하고 장소와 시간을 막론한 채 꽃을 피워 내는 매혹적인 눈웃음이었다.

"당신은 내 것이 아닐지라도 나는 당신의 것이니, 내가 당신의 증표를 가질 수 없더라도 당신은 내 증표를 가지고 있도록 해요."

'엘이…… 반지를 이렇게나 좋아했나.'

엘에게 익숙하게 안긴 나는 그를 멀뚱히 올려다보며 생각했다. 내가 반지를 끼지 않으면 세계를 멸망시킬 기세였다.

"엘이 준다면 물론 감사히 낄 겁니다."

나는 손을 들어 엘의 머리를 쓰다듬었다. 교황의 머리를 쓰다듬는 행위는 신성모독으로까지 여겨질 수 있었지만, 길들여진 맹수처럼 순하게 내 손길을 받아들이는 엘을 보자니 당사자가 좋아하면 상관없지 않나 싶었다.

"제가 엘이 준 걸 왜 거부하겠습니까."

나는 기꺼운 마음으로 눈꼬리를 휘었다. 아무것도 받지 못한다 해도, 내게 무엇이든 해 주고 싶어 하는 엘의 마음만으로도 충분히 선물을 받은 기분이었다. 나를 물끄러미 바라보던 엘의 두 눈이 깊어졌다.

"……그런 말은 함부로 하면 안 될 텐데요. 뭐든 거부하지 않는다는 뜻이에요?"

"물론입니다. 절 못 믿으십니까?"

"흐음. 과연."

미심쩍다는 투에 자존심이 자극당한 나는 당당하게 포부를 보이듯 주먹으로 가슴을 쳤다.

눈을 가늘게 뜬 그는 내 허리에 두른 손으로 내 척추 부근을 손가락으로 천천히 훑어 올라갔다 내려가기를 반복했다. 나는 묘하게 끈적한 그 손길에 흠칫하면서도 꿋꿋이 대답했다.

"엘이 제게 나쁜 것을 줄 리가 없지 않습니까."

이것은 꽤 맹목적인 믿음이었다. 나는 내게 이유 없는 호의를 보여 주었던 유일한 사람인 엘을 잊지 않았다. 그 당시엔 삶이 하도 척박해 가시 세운 고슴도치처럼 그를 경계했지만, 여유를 갖게 된 지금은 알고 있었다. 그의 호의는 대가를 요구치 않는 진심이라는 것을.

내가 쥐뿔도 없는 용병이었을 때나 공작가의 공녀가 된 지금이나, 엘의 태도는 똑같았다. 여전히 상냥했다.

내 대답을 들은 엘이 입을 꾹 다물었다. 빛나는 샹들리에를 닮은 은빛 눈동자가 조용히 일렁였다. 잠시간의 간극 뒤에야 그가 느리게 입술을 열었다.

"나는 당신에게 아주 더럽고 추악한 걸 줄 생각인걸요."

"음?"

"당신에 비하면 한없이 악한 데다, 아주 지독한 걸 당신 손에 쥐여 주고 싶어요."

나는 머리로는 엘이 말하는 게 무엇인지 추측하며 엘을 지그시 응시했다. 나와 시선을 마주치지 않기 위해 눈을 내리깐 엘이 은실을 섬세하게 박아 놓은 것 같은 속눈썹을 파르르 떨었다. 가슴이 아릴 정도로 처연해 보였다.

"그런 걸 주면 거부할 건가요?"

천천히 눈을 들어 나를 마주한 엘이 눈꼬리를 늘어뜨렸다. 은빛 눈은 실의에 빠져 있었다.

영문을 알 수 없었지만, 우울한 엘은 보기 싫었다. 길게 늘어진 그의 하늘색 머리칼을 귀 뒤로 넘겨 주고는 그의 어깨를 달래듯 토닥여 주었다.

"엘이 주는 것이라면 그런 것조차도 한번 감당해 보도록 하죠."

나는 엘에게 너무 많은 것을 받았다. 물질과 휴식, 그리고 위로까지. 내 허리를 잡고 있는 크고 거친 손은 진창에서 구르던 내게 내밀어진 유일한 손이었다. 나는 은혜를 잊지 않았다. 그리고 받은 은혜 때문이 아니더라도, 엘은 충분히 내게 특별했다.

"어떻게 나쁜 것을 준다고 해서 당신을 거부하겠습니까."

나는 살짝 고개를 틀어 엘의 귓가에 속삭였다.

그의 표정이 무섭도록 굳었다. 그에게서 자주 보지 못한 표정이었다. 오답을 말했나 싶어 우물쭈물할 때, 엘이 내 허리를 감은 팔에 강하게 힘을 주었다.

그의 얼굴이 훅 가까워졌다. 동시에, 짙어진 백합 향이 내 후각을 잠식했다.

"그 말, 확실해요?"

"물론입니다."

"정말이죠? 뭐든 받는 거죠?"

"받는 처지에 가릴 게 있습니까? 절 믿어 보세요."

대체 뭘 주려는 건지 몇 번이고 확답을 받으려 하는 게 의아했지만, 나는 자신이 있었기에 순순히 대답해 주었다. 그제야 엘의 얼굴이 풀어졌다.

"그래서 뭘 주시려는 겁니까?"

내 물음에 엘이 숨을 천천히 들이쉬었다. 그는 꽃에 달린 잎사귀를 표현하듯 손으로 자기 뺨을 감싸고는 눈을 흐드러져라 휘었다.

"나를 주려고 하는데요."

"……?"

상상치도 못한 대답에 나는 얼굴에 거대한 물음표를 띄우고 말았다.

"말 그대로예요. 슈슈가 날 가져 줬으면 좋겠어요."

거대한 바위처럼 떨어진 엘의 말이 상징적인 의미를 담고 있진 않나, 비유적인 표현인가 심각하게 고민하는 내 머리 위로 엘의 확인 사살이 떨어졌다. 나는 더욱 어리둥절해졌다.

"사람은 물건이 아닙니다."

"하지만 동물이죠. 반려인간 정도로 생각하면 되겠네요."

내 멀뚱한 대답에 엘이 주저 없이 대답했다.

'엘의 사고관…… 이대로 괜찮은가……?'

스스로를 반려동물로 표현하는 데 거리낌이 없는 그를 보며 나는 진지하게 고민했다.

"왜 그런 게 되고 싶은 건지는 모르겠습니다만…… 누가 제국의 교황을 그렇게 취급할 수 있겠습니까."

만약 평민 아이가 이런 식으로 말했다면 시종으로 삼아 달라는 뜻으로 알고 저택으로 데려갔을 것이다. 하지만 다 큰 엘을, 그것도 신 이외엔 그 누구도 위에 두지 않는다는 그를 반려동물 취급할 순 없었다.

"교황이든 뭐든 누구나 관계 앞에선 한 명의 인간일 뿐이죠."

디에고의 말을 오마주하듯 대답한 엘이 야살스럽게 입꼬리를 올렸다.

사람의 등줄기를 간지럽히는 묘한 미소. 나는 이 관능적인 얼굴이 엘의 원래 얼굴에 가깝다는 것을 느낄 수 있었다.

이전엔 천사 같은 얼굴만 보여 주던 그는 서서히 그 본연에 가까운 모습들을 보여 주고 있었다. 내가 그의 다른 면에 자연스럽게 익숙해질 수 있도록, 천천히.

"당신은 그래도 돼요. 당신만은."

엘은 아주 쉽게 내게 모든 것을 허락했다. 내 이름 앞에 한정의 뜻을 지닌 정관사를 붙여 나를 유일한 존재로 만들었다.

'내가 뭐라고.'

가끔 그런 생각이 들기도 했다. 정말 내가 뭐라고, 이렇게 변함없이 진심으로 다가와 주는지.

물론 내 외적인 요소에 대한 거창한 호칭은 넘치도록 많았다. 검은 재앙 미르, 용병왕, 크리시스의 공녀, 황자의 스승 등. 이런 겉모습을 향한 친절이었다면 차라리 쉬웠을 거다. 원하는 것만 주면 되는 일일 테니.

하지만 엘은 늘 사람인 나를 마주했다. 자존감 낮고, 약간 소심하며, 한없이 뻣뻣하고 감정에 미숙한 카슈미르를. 내가 얼마나 부족한지 나 스스로가 제일 잘 알았기에, 그게 벅차도록 고마운 동시에 조심스러워졌다. 진심엔 진심으로 답해 주어야 했다.

"엘을 가지면…… 뭘 어떻게 해야 하는 겁니까?"

사람을 소유한다는 표현이 거슬렸으나, 우선 물었다.

'내 소유가 되어 뭘 하고 싶은 거지?'

반려동물처럼 먹여 주고 씻겨 주고 재워 줘야 하는 건가 고뇌에 빠져 있을 때, 엘이 입술을 열었다.

"관심을 가져 주세요. 당신이 나를 인식하고 있다는 걸 느끼게 해 줘요. 함께하는 시간을 가지고 예뻐해 주세요. 그리고……."

상체를 굽힌 엘이 내 손을 자기 머리 위에 얹었다. 얼른 쓰다듬으라는 무언의 눈빛에 얼떨결에 강아지 쓰다듬듯 신비로운 물빛 머리칼을 쓸어내리자, 그가 기쁜 듯 눈꼬리를 휘었다.

"사랑해 주셔야 해요. 내가 외로움에 죽어 가지 않도록."

사랑, 혀를 이빨에 댈 듯 말 듯하다 끝엔 입천장에서 뭉근하게 굴리는 그 단어는 듣는 것만으로도 기분이 이상해졌다. 분명 그가 말하는 사랑은 친구를 향한 애정일 텐데도 얼굴이 화끈해졌다. 엘의 목소리가 새빨갛게 익은 과실처럼 농염했기 때문이었을지도 몰랐다.

"저는……."

"그리고 가장 중요한 게 하나 더 있어요."

더듬더듬 답하려는 내 말허리를 사뿐하게 자른 엘이 길게 숨을 들이쉬었다. 그의 눈은 우주 꼭대기에 걸린 별이 우주 반대편으로 떨어지는 기나긴 궤도만큼이나 깊어졌다. 말할지 말지 고민하는 것 같은 그를 잠자코 기다리고 있었을까, 외설스럽도록 붉은 그의 입술이 천천히 열렸다.

"무슨 일이 있어도, 나를 버리면 안 돼요."

나는 지독하도록 아름답던 얼굴이 애처롭게 찡그려지는 것을 빤히 바라보았다.

"내가 당신만큼 선한 사람이 아니어도, 당신 기대에 충족할 만큼 상냥하지 못해도, 당신이 알던 나와 다른 모습을 보아도 돌아서면 안 돼요."

엘이 고개를 떨구었다. 내게 얼굴을 보여 주기 싫은 것처럼.

"분명 당신은 나를 믿는다고 했지만 그래도 불안해요. 내가 조금이라도 나를 통제하지 못하면 당신은 한자리에 있을 수 없다는 듯 떠나 버릴 것 같아서."

내게 확신을 주세요. 절대 버리지 않을 거라고 말하고, 나를 당신 손으로 잡아 주세요.

간절한 속삭임에 나는 잠시 말을 잃었다. 눈앞의 푸른 머리칼 위로 먹이 칠해지고, 검은 머리의 소년이 일렁였다.

◦─◦❀◦─◦

"내일도 오실 거예요?"

"음…… 아니. 장기간 토벌을 나갈 예정이라서. 한동안 못 올 것 같네."

"……그냥 오늘 돌아가지 않으면 안 돼요?"

"뭐?"

태양 신전의 가장 외진 곳에서 온통 흑빛뿐이던 소년과 나직하게 대화를 나누던 순간. 죽어 버린 검은 눈이 질척이는 늪처럼 변하던 광경.

"가셨다가 다시는 돌아오지 않으실 것 같아요. 나를 이곳에 버리고."

소년은 어두웠다. 늘 마수의 피처럼 검고 섬뜩한, 불길한 기운을 풍겼다. 비현실적으로 아름다운 얼굴까지 겹쳐져 인간보다는 저주받은 인형 같았다. 온갖 비애와 어둠을 한입 가득 삼킨 두 눈엔 희망도, 믿음도 없이 집착만 가득했다.

"검정아."

"……네."

"내가 이렇게 가고 돌아오지 않은 적 있어?"

"저번에 일주일 후에 온다고 해 놓고 열흘 뒤에 왔잖아요."

서늘하게 날 선 검은 눈을 슬쩍 피했다. 불가피한 상황이었지만, 결과적으로는 거짓말을 한 것이었으니 죄책감이 심장을 쿡쿡 찔렀다.

"그건…… 미안. 일이 너무 복잡해져서……."

"열흘이 한 달이 되고 한 달이 1년이 돼서 언젠가 당신이 날 잊어버리면 어떡해요."

미성에 가까운 목소리는 무척 앳되었지만, 그 안에 든 끈적거리는 감정은 조금도 앳되지 않았다. 나는 내 오러만큼이나 어두운 절망을 머금은 두 눈을 바라보다 작게 웃었다.

"너무 오래 기다리게 하지 않을게. 조금 늦게 돼도 꼭 돌아올 테니까, 나를 믿어. 너를 계속 혼자 두지 않아."

"……."

"나랑 만든 규칙, 기억하지?"

"……네."

"그래. 너는 이 시간에, 이곳에 나와 있기만 하면 돼. 나는 그런 너를 만나러 올 거야. 네가 오지 않으면 난 거절로 생각하고 더는 너를 괴롭히지 않아. 알지?"

"……언제쯤 다시 올 거예요?"

"으음…… 열 밤만 자고 일어나면 또 만날 수 있을 거야."

표정을 찡그렸다 푼 소년은 내게 슬쩍 새끼손가락을 내밀었다. 뭔가 싶어 바라보자, 민망한 듯 시선을 피하면서도 꿋꿋이 내민 손을 유지하는 소년의 모습은 풋풋하기 그지없었다.

"약속은 새끼손가락을 엮어서 하는 거라고 당신이 알려줬잖아요."

"기억하고 있었네."

"이렇게 독특한 걸 잊을 리 없으니까."

검은 눈동자가 내게 초점을 맞추었다.

"약속해요. 다시 올 거라고. 나를 잊지 않을 거라고."

그 맹목적인 갈급을 나는 여전히 잊지 않았다. 어둠뿐이던 검은 눈동자에 이채가 도는 모습은 선득하면서도 아름다웠다.

"……약속하죠."

잠시 어린 날의 기억을 되짚던 나는, 살며시 엘 앞으로 새끼손가락을 내밀었

충직한 검이 되려 했는데 2

다. 어린 날이 기억난 걸까, 그의 동공이 흔들리기 시작했다.

"엘이 무슨 모습을 보여 주든지 돌아서지 않을 거라고 약속하겠습니다."

굳어 버린 엘의 손을 부드럽게 잡아 그의 새끼손가락을 편 나는, 그곳에 내 새끼손가락을 엮었다. 얽히는 작은 가락 사이로 희미하게 전해지는 온도는 퍽 따스했다.

"사람의 말은 스쳐 지나가는 바람처럼 허무하니 믿기지 않는 것도 당연합니다. 관계의 종말을 두려워함은 이상한 일이 아니죠. 엘이 불안해한다면 몇 번이고 다시 약속해 드리겠습니다. 계속 엘을 아끼는 것으로, 약속을 증명하겠습니다."

어린 날엔 약속을 끝까지 지키지 못했다. 그를 잊진 않았지만, 다시 돌아가지 못했으니. 그것은 그가 싫어서도 아니었고 사실 그가 자초했다고 보는 것이 맞았으나, 나 또한 미숙했다. 아무리 그가 나오지 않았다고 하여도 완전히 발길을 끊어 버린 것은 어린 날의 치기였다.

'하지만 이젠 자랐으니까. 지켜야지.'

사실 조금 두렵기도 하다. 내가 모르는 엘은 어떤 사람일지, 공포로 군림하며 황제조차 어려워한다는 태양 신전의 군주에게 익숙해질 수 있을지 의문이었다. 그럼에도 확답을 내린 것은, 내가 그만큼 엘을 아끼기 때문이었다.

"나…… 어떡하죠."

긴 침묵을 유지하던 엘이 한참 뒤에야 입을 열었다. 그가 천천히 떨구었던 고개를 들었다.

"지금, 심장이 너무 뛰는데."

붉게 부어오른 눈가에 살짝 불규칙한 숨. 그제야 새삼 맞물린 몸 사이로 극단적이리만치 빠른 박동이 느껴졌다. 백옥 같던 새하얀 피부가 아찔하도록 달떠 있었다.

내 목덜미에 살포시 손을 얹은 엘이 고개를 틀어 얼굴을 묻었다. 목덜미에 닿는 뜨끈한 온기에 예민한 감각이 살짝 튀어 오르긴 했으나, 그가 내 목에 얼굴을 묻는 것은 예삿일이었기에 반항 없이 서 있을 때였다.

"아."

붉은 입술 새가 살짝 벌어지고, 고른 치열이 여린 살을 잘근 베어 물었다. 머리 카락에 아슬아슬하게 가려질 위치에, 피부엔 흔적이 남겠지만 통증에 무딘 내겐 약간 따가운 정도로 그친 강도.

엘의 돌발 행동에 놀란 나는 아픈 신음보단 탄식에 가까운 숨을 뱉었다.

천천히 내 목에 묻었던 얼굴을 든 그가 짙고 길게 숨을 내쉬었다. 뜨거운 숨결 이 흔적을 간지럽혔다.

처음 느껴 보는 이상한 감각에 멍해진 채로 목울대를 울렁일 때, 엘이 나를 올 려다보며 사르르 눈꼬리를 휘었다. 백합이 만개하는 것만 같았다.

"이건 약속의 증표로 해요. 금방 사라지겠지만…… 상징적인 의식이었다고 하 죠."

이 흔적이 사라져도 나는 잊으면 안 돼요.

나직한 속삭임이 지나치게 매혹적이다.

그는 한철 지나가고 잊힐 꽃이 아닌, 계속 나를 찾아와 뒤흔들 계절이었다.

"그럼 이제 슬슬 나갈까요? 신전 구경을 시켜 주고 싶은데."

조금 멍한 상태로 엘을 올려다보고 있었을까, 붉은 흔적을 엄지로 몇 번 쓸던 그가 묘한 분위기를 단번에 갈무리했다. 태연한 듯 웃었지만 그의 눈가는 여전히 붉은 채였다.

무언가 억누르고 있는 것 같다는 느낌이 없잖아 있었지만, 나 또한 이 분위기 가 간질거리면서도 민망했기에 고개를 끄덕였다.

아찔한 백합 내음이 가득한 정원을 가로질러 출구로 향했다. 나보다 빠른 걸 음으로 앞장서서 가는 엘의 긴 하늘빛 머리칼 틈새로 언뜻 보이는 양 귀 끝이 붉 었다.

탁.

엘이 정원을 나섰다. 엘에게 가려져 앞이 보이지 않아 엘만 따라가고 있을 때, 문득 엘이 걸음을 멈추었다. 나는 엘의 얼굴을 보지 않았음에도 그의 분위기가 싸하게 식었음을 느낄 수 있었다. 가까운 거리에 있는 익숙한 기운도.

나는 지그시 입술을 깨물어 불쑥 튀어나오려는 웃음을 참고 슬쩍 엘의 어깨 너머로 미어캣처럼 머리를 내밀었다.

"으…… 저 수줍은 표정 뭐야…… 완전 싫어……."

내 시야를 사로잡은 것은, 엘을 보며 봐선 안 될 걸 본 사람처럼 얼굴을 잔뜩 짜부라뜨린 채 경멸스러운 표정을 짓고 있는 율리안이었다.

'오랜만이네.'

통신구로 연락하긴 했으나 실제로 보는 것은 정말 오랜만이었다. 반가움에 인사를 하고 싶기도 했지만 그보단 이 상황에 대한 흥미가 더 컸기에, 율리안이 나를 발견하지 못하게 존재감을 죽이고 불구경하듯 상황을 관전했다.

"너 자비로운 신의 대리자가 사람들 안구 건강은 신경 안 쓰냐? 아무 데서나 그런 끔찍한 표정을 짓고 있으면 지나가던 사람이 봉변을 당하잖아! 양쪽 다 휜 하던 내 시력이 널 보고 급격히 떨어졌다! 눈앞이 뿌옇게 됐을 정도야! 물론 그 덕분에 네 얼굴을 희미하게 볼 수 있는 건 다행이지만!"

조잘조잘 성을 내는 율리안은 독수리 무서운 줄 모르는 참새 같았다. 나는 그 모습에 웃음을 터트리지 않기 위해 볼 안쪽을 깨물어야 했다.

"……율리안 대신관."

"뭐야, 애써 누그러뜨린 것 같은 그 말투는. 네 인성에 이렇게 반응할 리가 없는데. 설마…… 카슈미르 공녀님이라도 만났냐?"

분노를 꾹꾹 억누르는 엘에게로 율리안은 시원하게 기름을 부었다. 끝에 내 존재를 짐작해 버린 그를 보며, 나는 율리안이 하루살이 불나방인 데다 지옥의 아가리를 가진 미친놈이지만 짐승처럼 날카로운 감을 가졌음을 다시금 느꼈다.

율리안은 미친 모습만 보이다가도 가끔 예리해질 때가 있었다.

"혀가…… 그렇게 자유분방해서야 오래 달려 있을 수 있겠나?"

크게 심호흡을 한 엘이 낮게 뇌까렸다. 상당히 살벌한 말이었지만, 이건 그로서 상당히 억누르고 하는 말임을 꾹꾹 눌려 있는 그의 기운에서 느낄 수 있었다.

'이러면 안 되는 걸 알지만……'

이 상황은 꽤 흥미진진했다.

"친구라고 혀의 안위도 염려해 주는 거냐? 너만 가만히 있으면 내 혀는 백 살 돼서 지팡이 짚고 다닐 때도 언제든 네 볼따구를 와랄랄라 해 줄 수 있을 정도로 멀쩡할 테니 걱정 말라고."

나는 율리안의 신들린 말솜씨와 내일을 생각하지 않는 배짱에 감탄을 금치 못했다. 제국인이 말을 잘한다는 가설의 증거 자료로서 율리안의 입을 제출해도 될 것 같았다.

"저번엔 감자밭에 머리만 남겨 두고 묻어 놨었다만…… 이번엔 거꾸로 뒤집혀서 감자밭에 머리만 묻히고 싶나? 그러고 쑥쑥 자라 보지 그래? 3시간 동안 그렇게 두면 머리에 피가 쏠려 빨간 감자가 되겠군. 그럼 머리를 잘라서……."

"율리안! 오랜만입니다!"

험악한 말을 짓씹듯 뱉는 엘은 내게 어색했다. 그의 모든 모습에 익숙해지고 싶었기에 우선 지켜보고 있었지만 이대로 내버려 뒀다간 오늘 이후로 율리안을 볼 수 없을 것 같았다.

나는 재빨리 엘의 말허리를 자르고 쑥 얼굴을 내밀었다.

엘이 워낙 키가 큰 탓에 율리안에게 내 모습을 보여 주려면 발뒤꿈치를 가파르게 들어야 했다. 내 목소리에 흠칫한 율리안이 주변을 두리번거리다, 엘의 어깨 너머로 빼꼼 튀어나온 나를 발견했다.

그의 표정은 어둠 속에서 한 줄기 빛을 본 사람 같았다.

"공녀님……! 드디어 이 악마 새끼를 벌하러 오셨군요……!"

다다다 달려온 율리안이 엘을 사이에 둔 채 나를 격하게 맞이했다. 율리안은 잠시 엘을 밀치기 위해 끙끙거리기도 했지만, 석상처럼 우뚝 선 엘을 이기지 못했다. 그는 엘이란 벽을 사이에 둔 채 소통하는 것에 만족하기로 한 것 같았다.

"율리안…… 그…… 많이 마른 것 같습니다……."

나는 율리안이 불쾌하지 않도록 최선을 다해 동정과 측은지심을 제거하고 말하려 했다. 허나 통신구를 통해 본 것보다 훨씬 더 처참한 그의 꼴에 안쓰러움이 깃드는 건 불가항력이었다.

"공녀님…… 컥…… 커흑…… 따흑! 까흐흑!"

내 한마디에 감정의 봇물이 터진 것처럼 연보라색 눈이 울망거렸다. 울음을 참으려는 듯 숨을 꺽꺽 들이켜던 율리안은, 결국 제 팔에 얼굴을 묻고 소란스럽게 울기 시작했다.

"아니, 율리안, 울지 말고…… 엘은 잠깐 나와 보세요."

다 큰 성인이 신전을 눈물 속에 빠뜨려 버릴 듯 우는 모습을 직접 보는 건 무척 당황스러운 일이었다. 나는 엘을 밀어내고 율리안을 감쌌다. 엘은 잠시 저항하는 듯싶었으나 금방 물러섰다.

"제가, 히끅! 얼마나, 컥, 수모를, 겨, 겪었는지……!"

"숨은 쉬면서 말하세요……."

잉잉거리는 율리안의 눈물을 대강 손수건으로 닦아 주며 타일렀다. 손수건을 쓱 낚아채 허락도 안 받고 코를 흥 푸는 모습에서 짜게 식긴 했지만, 원채 여러 바퀴 돈 인물이니 그러려니 하기로 했다.

"저 자식 만행을 책으로 써서 위로 쌓으면 그 길이가 가히 라의 처소에 닿을 정도일 겁니다! 저 자식 저거 안 되는 놈이라니까요! 저처럼 착하고 성실한 대신관은 태양계를 뒤져도 못 찾을 텐데! 나는 저 자식을 위해 개처럼 일했는데! 그런 저를 얼마나 괴롭혔는지 몰라요!"

내 뒤에 쓱 숨은 율리안은 호적 메이트의 잘못을 부모에게 고자질하는 꼬마처럼 엘을 삿대질하며 왕왕거렸다. 율리안을 응시하는 엘의 은빛 눈동자에 섬뜩한 살의가 스치고 지나갔다.

'이대로…… 둬도 되나?'

나는 잠시 갈등에 빠졌다. 분위기를 보아선 당장 내일에 율리안이 사제들을 모아 쿠데타를 일으켜도, 그와 동시에 엘이 율리안을 쥐도 새도 모르게 신전 뒷산에 묻어 버려도 이상하지 않을 것 같았다.

'하지만 둘이 아주 오랫동안 친구로 지내왔다고 했으니…… 그냥 이게 둘이 사는 방식 아닐까?'

애초에 엘과 율리안이 서로에게 다정히 안부를 묻는 모습 같은 건 상상도 되지 않았다. 둘은 애증의 관계고, 그냥 이렇게 사는 것이 그들의 방식이 아닌가 싶었다.

"공녀님! 얼른 저 사악한 놈을 혼내 주세요! 저 자식은 공녀님 말만 듣는단 말입니다!"

무서우면 말을 안 하면 될 텐데, 율리안은 내 등 뒤에 숨어 벌벌 떨면서도 입만큼은 아주 신랄하게 놀리고 있었다. 엘의 표정이 한없이 싸늘해졌다. 고개를 돌려 힐끔 율리안을 확인한 나는, 짜게 식은 표정을 지었다.

"엘도 그렇지만 솔직히 율리안도 좀……"

"따흐흑!"

길게 덧붙이지 않고 절제된 떨떠름함을 내비치니 율리안이 두 손에 얼굴을 묻었다. 우는 소리를 내면서도 반박은 못 하는 걸 보니 스스로가 미친 불나방 같다는 걸 자각하고 있는 모양이었다.

"엘. 율리안을 너무 괴롭히지 마세요. 친구지 않습니까."

그래도 사람 얼굴이 저 꼴이 될 정도면 상당히 시달렸음이 확실했기에, 엘에게 한마디 얹었다. 엘은 주인에게 혼난 강아지처럼 눈매를 축 늘어뜨리고 애처로운 표정을 지으며 고개를 끄덕였다.

충직한 검이 되려 했는데 2

"율리안은…… 살고 싶은 사람인 것치고는 사용하는 화법이 너무 거칠지 않습니까?"

"허엉……."

울고 있는 사람에게 뭐라고 하기가 참 그래서 내가 할 수 있는 한 말을 돌려서 지적했으나, 율리안은 섭섭한 것처럼 또다시 울기 시작했다. 나는 사람을 달래는 것에 재주가 없었기에 상당히 곤란할 때였다.

"작작하고 이리 와."

나를 힐끔 보더니 눈매를 서늘하게 세운 엘이 손을 훅 뻗어 율리안의 목덜미를 낚아챘다. 율리안은 잠시 저항하는 듯싶더니 엘에게 질질 끌려갔다.

"슈슈. 못 볼 꼴을 보여 줘서 정말 미안해요."

"내가 못 볼 꼴이냐? 이 나쁜, 읍……!"

내게 사과하던 엘이 제 주머니에서 손수건을 꺼내더니 분노한 율리안의 입에 처넣었다. 나는 입이 막힌 율리안이 소리 없는 아우성을 지르는 꼴을 바라볼 수밖에 없었다.

"신전을 구경시켜 주고 싶었는데 날도 곧 저물 것 같고, 이 새끼, 아니, 율리안 대신관도 문제가 있는 듯하니 먼저 가 봐야 할 것 같아요."

이별을 고하는 엘은 가히 피를 토하는 듯한 표정을 짓고 있었다. 얼떨결에 고개를 끄덕인 나는, 내게 살려 달라는 눈빛을 보내는 율리안의 눈이 엘의 큰 손에 막히는 것을 보며 조금 걱정스러워졌다.

"엘. 살인은 안 됩니다."

나는 진지했다.

내가 단호하게 말하자 잠시 멈칫한 엘이 입꼬리를 올렸다. 평소와는 어딘가가 다른, 작위적인 미소였다.

"노력해 보도록 하죠."

"읍! 으읍!"

"그럼 이만."

"반지가 준비되면 연락할게요."

엘이 애처롭기 짝이 없는 표정으로 속삭였다. 그는 내게서 멀어지는 발걸음을 떼면서도 이별이 싫음을 온몸으로 표현하듯 나를 몇 번이고 돌아봤다. 미친 듯이 꿈틀거리는 율리안을 으스러져라 겁박한 채로.

"안녕히 가십시오……."

나는 조금 멍한 채로 두 사람을 손 흔들어 배웅해 주었다. 내일 율리안의 부고를 듣지 않길 바랄 뿐이었다.

잠시 두 사람이 떠난 곳을 바라보던 나는 텅 빈 복도 너머 창문으로 시선을 옮겼다. 꼿꼿이 떠 있는 것이 힘들었을까, 쉬러 가려 천천히 기울어지는 태양의 빛에 하늘이 붉게 물들었다.

'집에 가자.'

탈이 많았던 탓에 정신이 피곤했다.

나는 저물어 가는 태양을 바라보며 작게 웃었다.

나는 신전을 나서서 저택으로 향했다. 마차는 언제든 부를 수 있었으나, 오늘은 잠시 걷고 싶었다.

'슬슬 수도가 북적거리기 시작하는군.'

검술 대회가 얼마 남지 않은 시점이었으니 이해가 갔다.

딱 봐도 먼 길을 온 여행자들이 수도 거리를 활발하게 거니는 걸 지켜보다 외진 골목길로 발걸음을 돌렸다. 저택으로 더 빠르게 가는 지름길이었다. 내 뒤를 계속 따라오는 발걸음 소리에 얼핏 웃기도 했다.

"어이, 거기 귀족 나으리."

그리고 외진 골목길 앞에서 나를 부르는 목소리는 내 예상에 없던 전개였다. 나는 떨떠름하게 눈을 깜빡이며 목소리의 주인을 확인했다.

총 네 명으로 이루어진 무리는 딱 봐도 질이 좋지 않은 패거리였다. 그중 나를 부른 칙칙한 쥐색 머리의 남자가 히죽 웃었다. 너무 뻔한 레퍼토리가 펼쳐질 것 같다는 예감에 미간을 좁혔다.

"주머니가 꽤 무거워 보이는데, 가벼워지게 도와줄까?"

내 예상을 한 치도 벗어나지 않은 대사를 날린 남자가 패거리와 함께 내게 다가왔다.

'어떻게…… 제압하지?'

나는 고민에 빠졌다. 네 사람 다 무력이 조금도 없는, 몸만 불린 불량배들. 내가 조금이라도 힘 조절에 실패하면 생을 달리할 수 있었다.

검엔 손도 대지 않은 채 주먹을 들까 말까 고민하고 있을 때였다.

"컥."

살기가 순식간에 골목을 집어삼켰다. 내게는 조금의 영향도 주지 못하나, 무력의 경지가 없는 불량배들의 의식을 끊기에는 충분한 농도였다. 내게로 다가오던 패거리가 줄 풀린 마리오네트 인형처럼 바닥으로 픽픽 쓰러졌다.

아주 잠시 그들에게 시선을 둔 나는, 이내 익숙한 압생트 빛 살기의 주인을 향해 고개를 돌렸다.

"오랜만이구나."

목소리가 조금 떨리지는 않을까 걱정했지만, 다행히 태연하고 나긋하게 잘 뻗어져 나왔다. 나는 내 두 눈에 담긴 그리운 인영을 향해 눈꼬리를 휘었다.

내 목소리에 검은 로브를 두른 남자가 조용히 후드를 벗었다. 익숙하지 않은 색채의 머리칼이 바람결에 흩날리는 모습을 본 나는 조금 놀란 채로 눈을 크게 떴다.

솔라티네 황가의 일원들은 대대로 금발로 태어나듯, 아타라 왕가 또한 유전되는 색채가 있었다.

아타라 왕가의 일원들은 대대로 백발로 태어났다. 무엇이든 받아들일 수 있는 도화지. 무너진 잔해에 남은 황폐한 잿더미. 달빛의 색채. 수많은 의미를 아우르는 가장 광활한 색, 백색이 바로 아타라 왕가를 상징했다.

'이게 네 진짜 모습이구나.'

나는 목울대를 울렁였다. 익숙한 베이지색이 아닌, 한없이 깨끗한 백색의 머리칼은 지는 태양빛을 받아 윤슬처럼 반짝였다. 그 아득한 백색을 오직 저를 위한 색인 것처럼 익숙하게 소화해 내는 그를 보며, 나는 작게 읊조렸다.

"레오."

압생트가 번뜩였다.

Chaphter 6

고도를 기다리며

"……머리 예쁘네."

조용히 오가는 시선.

무거운 침묵 끝에 나는 작게 말했다. 이 침묵을 끊어내기 위해 조금 뜬금없이 뱉긴 했지만 분명 진심이었다.

"이게 내 원래 머리야."

눈을 살짝 내리깐 레오가 제 앞머리를 쓱 넘겼다. 흰 눈처럼 하얀 머리칼이 허공에 날렸다. 그렇게 잘 지내지는 못한 건지, 오랜만에 듣는 그의 목소리는 이전보다 거칠어져 있었다.

"연락, 못 받아서 미안."

"……."

"한동안 일어나지 못한 것도 이유지만…… 사실 일어나고도 연락할 엄두가 안 나 하지 못했어. 변명은 안 하마."

할 말은 많았지만 우선 사과가 먼저였다. 내가 테러를 막고 쓰러진 뒤, 가장 많은 연락을 한 사람 중 하나가 바로 레오다. 깨어난 이후에도 그 필사적인 연락에 한 번도 답하지 않은 것은 변명의 여지 없이 내 잘못이었다.

"나는 겁이 많아서 네게 실수를 한 뒤 다시 마주하기가 두려웠던 거야."

감정을 읽을 수 없는 눈으로 나를 내려다보는 레오에게 조용히 토해 낸 건 날 것 그대로의 진심이었다.

깨어난 이후 모두에게 연락을 못 하긴 했지만, 레오에게는 특히나 엄두조차 나지 않았다. 레이샤의 유품을 앞에 두고 그와 싸웠던 일 때문이었다.

'지금 지그문트를 따라가는 건 안 돼. 무고한 사람이 죽는 건 용납할 수 없어.'

'하…… 진짜 미치겠군. 카슈미르, 너는 내게 레이샤가 얼마나 큰 의미인지 몰라서 그래. 레이샤는 나한테 그냥 유모 정도가 아니라고…… 나는 반드시 레이샤의 유품을 찾아야 해. 제발…… 가게 해 줘…….'

바로 직전의 만남에서 나와 레오는 인가로 도망친 지그문트를 쫓는 것을 두고 대립했다. 레오는 마을에 오러를 날려 쑥대밭을 만들어서라도 레이샤의 유품을 되찾고자 했고, 나는 민간인들의 안전을 위해 레오를 막아섰다.

'나는 방관 못 해. 가고자 한다면 날 쓰러트려.'

레오를 막아서 인가를 지켰던 것엔 후회가 없다. 하지만 그를 막아섰던 과정을 되새길 때면 뜨거운 용암 같은 후회가 울컥 솟아 내 목구멍을 틀어막았다.

'그렇게 거칠게 하면 안 됐는데.'

안 그래도 상처 많은 아이를 그리 사납게 내쳐선 안 됐다. 검을 내세우는 게 아니라 안아 줬어야 했다. 돕지는 못할망정 막아서서 미안하다 달래고 다른 방법을 찾을 수 있도록 도왔어야 했다.

나는 저지르고 나서야 내가 그에게 너무 매정했음을 깨달았다.

'우습지. 아직도 실수하며 배우고 있으니.'

전생과 현생을 합하면 살아온 생이 50년이 넘는다. 이 정도 살았으면 실수는 안 하고 살 법도 한데, 나는 여전히 실수하고 후회했다.

얼마나 살아야 돌이킬 수 없는 실수 같은 건 하지 않을지 의문이었다.

"너와 좋지 않게 헤어지고 줄곧 무서웠어. 다시 만난 네가 이젠 내가 싫어졌다고 할까 봐. 연락할 수가 없었어."

'나, 네가 너무 미워. 그런데, 미운데, 죽어도 싫어할 수는 없어서, 널 싫어하지 못하는 내가 너무 혐오스러워…….'

그날, 레오는 나를 싫어할 수 없다고 했지만 그럼에도 나는 두려웠다.

사람의 마음은 바람에 속절없이 흩날리는 가벼운 깃털 같은 것. 시간이 지난 지금은 매정한 내게 정나미가 다 떨어졌을지도 모를 일이었다.

'하지만 두렵다고 외면하기엔 너무 소중한 사람이니까.'

한 발자국 나설 수밖에 없는 순간이 있다. 더 큰 것을 위해, 주저되더라도 나서야만 하는 순간이 있었다.

나는 천천히 발걸음을 옮겨 레오 앞에 섰다. 연둣빛 눈동자가 짙게 가라앉은 채로 번뜩였다. 나는 레몬 향 가득한 공기를 크게 들이쉬고는 눈매를 늘어뜨렸다.

"나를 용서해 줄래."

무거운 침묵이 흘렀다. 레오는 입매를 굳힌 채 읽을 수 없는 눈으로 나를 응시하고 있었다. 나는 그 시선을 피하지 않고 그의 대답을 기다렸다.

"……나, 오늘 무릎 꿇을 걸 각오하고 왔는데."

그리고 레오의 입에서 흘러나온 것은 예상치 못한 말이었다.

"그렇게 헤어지고 네가 나한테 실망했을 것 같았어. 더는 나와 만나지 않겠다고 할까 봐, 안 받아 주면 무릎 꿇고 붙잡기라도 할 각오로 왔는데……."

지는 해의 역광에 의해 레오의 얼굴에 그림자가 드리웠다. 어두운 낯빛 아래, 그는 헛웃음을 뱉으며 얼굴을 일그러뜨렸다.

"네가 사과하면 어떡해."

불어온 바람이 하얀 머리칼을 흩날렸다. 그 바람에 휘말린 것일까, 압생트 빛 눈동자도 흔들리는 수면처럼 일렁였다.

나는 레오의 눈에서 물감처럼 퍼지는 안도를 보았다. 그리고 그제야 깨달았다. 그가 나를 마주한 뒤로 계속해서 숨기려 하던 감정은 바로 두려움이었음을.

"너와 떨어져 있을 때, 네가 한 말을 생각해 봤어. 생명을 소중히 여기라고 한 거 말이야. 계속 생각해 봤지만, 역시 나는 이해하기 힘들어."

살짝 쉰 낮은 목소리가 담담히 고백했다.

나는 묵묵히 고개를 끄덕였다. 그에겐 그가 살아온 방식이 있었다. 내 방식을

충직한 검이 되려 했는데 2

단번에 이해해 주기를 기대해선 안 됐다. 또다시 내 방식을 정면으로 반박당해도 흥분하지 않겠다고 각오하고 있을 때.

"하지만 이해할 수 없고 어려워도, 네 방식이라면 나는 배워 보고 싶어."

레오는 붉은 입술을 달싹여 내게 새로운 길을 속삭였다.

나는 눈을 크게 뜬 채 레오를 올려다보았다. 이곳은 외진 골목길이라 가로등이 없는데, 아직 하늘에 별은 떠오르지 않았는데, 그의 두 눈은 압생트에 섞인 설탕 결정처럼 반짝이고 있었다.

"나, 많이 더딜 거야. 오랫동안 너를, 네 신념을 이해하지 못할 가능성이 높아. 함께하다 보면 아마 답답하겠지. 우리는 무척 다르니까. 하지만, 그래도……."

레오가 허리를 굽히며 나와 시야를 맞췄다. 키가 큰 그를 앞에 둔 나는 그늘에 잠기게 되었지만, 두렵다기보단 안온했다. 그늘을 만든 주체가 나를 절대 해치지 않으리라는 걸 알고 있었으니까.

"내게 가르쳐 줘. 내 방식대로 날 길들이고, 너로 물들여 줘."

속삭이는 낱말들이 지나치게 농밀했다. 짧게 숨을 들이쉰 레오는, 그날처럼 내게 손을 뻗었다.

그날의 그가 겹쳐 보였다. 제게서 물러서는 나를 보고 당황한 듯 손을 뻗던 레오. 내밀어진 손 위로 붉은 피가 아른거려 나는 그만 그 손을 내치고 말았었다.

"이번엔 내치지 마."

레오 또한 그날을 떠올린 듯 작게 으르렁거리며 뇌까렸다. 평범한 이가 들었다면 오소소 소름이 돋았을 살벌한 말투였다. 얼핏 듣기엔 명령조였으나, 나는 알았다. 그가 사람을 대하는 것에 무척 서툴러서 그렇다는 걸.

그는 어려서부터 그랬다. 상처 입고 세상을 불신하며 모든 것에 잔뜩 경계하는 아기 고양이 같았다. 이젠 자라서 아기 고양이보단 거대한 백사자 한 마리 같지만, 그래도 여전했다. 그는 부드럽게 말하는 방법도, 사람을 진심으로 대하는 방법도 잘 몰랐다.

그의 말에선, 방어막처럼 두껍게 두르고 있는 가시 붙은 표피를 조심스레 가른 뒤에야 진심을 볼 수 있었다.

"······옛 전설에선 사람의 마음이 각자 모양이 다른 각진 도형이라고 했대."

나는 하얗고 긴 손을 응시하며 천천히 말문을 열었다. 내가 그의 손을 잡지 않으니 레오는 일순 상처받은 것 같았으나, 반문 없이 조용히 내 말을 경청했다.

"다른 사람과 함께한다는 건 마음이 맞물려 돌아가는 것과 같아서 서로를 상처 입히게 된다는 거야."

각진 도형 두 개가 톱니바퀴처럼 맞물려 돌아가다 보면 필시 서로를 닳게 할 수밖에 없었다. 누군가와 함께한다는 건 반드시 상처받게 될 것이라는 것과도 같았다.

"너와 내가 맞물리면 나도, 너도 분명 다치게 되겠지. 특히나 너와 나는 무척 다르니까. 함께 맞춰 가는 과정이 많이 아플 거야."

레오가 내게 전적으로 맞춰 준다고 해도, 그 과정은 쉽지 않을 것이다. 우리는 더 이상 뭣도 모르는 어린애들이 아니었다. 서로의 신념과 삶의 방식이 있는 어른이었다.

사람의 생명을 소모품쯤으로 취급하는 레오와 함께하다 보면 분명 내 신념이 꺾일 때도 있을 거고, 생명에 집착하는 나와 함께하다 보면 레오가 자신의 방식을 꺾어야 할 때도 올 것이다.

"그래도, 계속해서 맞춰 가다 보면 언젠가 너와 나 둘 다 둥근 도형이 되어 서로를 이해할 수 있지 않을까."

사람과 사람이 맞춰 가는 과정은 까다롭고도 고단해 차라리 혼자 사는 게 낫다 싶기도 했다. 허나 신이 인간을 창조할 때 하나가 아니라 둘을 만든 것은, 애초에 인간이 혼자 살 수 없는 존재이기 때문이었다.

각진 도형의 맞물림은 처음엔 공멸의 길 같지만, 시간이 지난 뒤엔 얘기가 달라졌다. 각진 것이 계속 닳아지다 보면 분명 둥글어질 테니. 시간이 걸릴지라도,

분명 그런 때가 올 거라고 생각했다.

가까워진 거리에서 미묘한 파동이 느껴졌다. 예민한 감으로만 느낄 수 있는 이 파동이 내 심장 소리일지, 레오의 심장 소리일지 모를 일이었다.

밤의 향취에 섞인 레몬 향, 그에게서 그윽이 풍겨 오는 농밀한 분위기, 조금 굳은 눈앞의 몸, 나를 온전히 담아내는 압생트 빛 눈동자.

나는 느리게 눈꼬리를 휘며 레오의 손을 맞잡았다. 약간 서늘한 온도가 기분 좋았다.

"서로를 배워 보는 것으로 해. 너만 나를 배워 가는 건 불공평하잖아. 내게도 널 가르쳐 줘. 널 알고 싶은걸."

레오와 떨어져 있었던 5년. 나는 그 간격 동안의 그를 알고 싶었다.

"……그 말, 내 마음대로 해석해도 돼?"

잠시 침묵하던 레오가 나직하게 속삭였다. 나를 응시하는 두 눈이 위험하게 번뜩였다. 조금 어리둥절해진 내가 고개를 기울이고 있었을까, '하' 하고 웃은 그가 맞잡은 손을 꽉 깍지 껴 잡았다.

"너 지금 나한테 프러포즈한 거지."

"뭐?"

예상치도 못한 말에 나는 눈을 크게 떴다.

프러포즈. 상대에게 결혼하기를 청하는 것.

함께 맞춰 가자고는 했지만, 그게 결혼하자는 뜻은 아니었다. 애초에 나는 결혼할 생각도 없는 데다, 결혼은 사랑하는 사람과 해야 하는 거니까.

상황을 이해하지 못한 내가 고장 난 채로 서 있을 때, 레오가 씨익 웃으며 한쪽 무릎을 꿇었다. 프러포즈하는 사람처럼.

"그래. 함께해 보자. 누구 하나 질려서 나가떨어질 때까지 지긋지긋하게 붙어 먹어 보는 거지. 물론 내가 나가떨어질 일은 없으니 우리가 떨어지게 된다면 너로 인함이겠지만, 그냥 도망가게 두진 않을 거야. 너를 배우고, 너를 나로 물들여서, 나 또한 네게 필수불가결이 되고 싶어. 나만 너를 필수불가결로 삼은 건 불공평하잖아."

레오는 분명 유쾌한 투로 말하고 있었으나, 그 목소리 안에 담긴 끈적한 감정은 숨길 수 없었다. 꿀을 잔뜩 탄 레몬차를 엎질러 달콤한 향이 퍼지며 끈적거리는 느낌이었다.

레오가 나를 올려다보았다. 그 맹목적이고 집착적인 시선에 피부가 타오를 것만 같았다. 서늘한 손과 맞잡아 얼핏 차갑던 내 손에도 열기가 오르기 시작했다. 그런 손등 위로, 레오는 길게 입술을 묻었다. 여전히 나를 직시하며.

"꼭 혼인을 할 필요는 없지만 함께하는 데 가장 좋은 방법이 혼인으로 연을 맺는 것이지. 너만 괜찮다면, 나는 언제든 백정장을 입을 준비가 되어 있어."

따라가기 힘든 대화 주제에 아주 제멋대로 말을 하는데도 어쩐지 미워할 수가 없다. 거침없이 혼인을 거론하는 레오를 멍하니 보고 있었을까, 나는 눈가를 움찔하며 짧게 신음을 뱉었다.

"아."

내 거친 손, 그중에 오른손 약지가 붉은 입술 틈새로 모습을 감추었다. 후끈한 숨결이 손가락을 아찔하게 스치고, 새하얀 치열 사이에 꾹 물렸다. 물리는 건 살짝 따갑고 그칠 정도였으나, 손끝에 눌리는 말캉한 혀나 손가락을 감싼 온기가 기분을 이상하게 만들었다.

"임시 반지. 왼손 약지엔 이미 반지가 있어서 못 하지만, 약지라는 것에 의의를 두자고."

내 손가락을 문 채 반쯤 감긴 느른한 눈으로 나를 응시하던 레오가 천천히 입을 떼어 냈다. 장신구 하나 없던 오른손 약지 끝엔 이빨 자국이 남아 있었다. 반지를 연상케 하는 자국이.

"왕후가 되어 줄래, 슈슈?"

날 선 눈꼬리가 곱게 휘었다. 어두워진 하늘에 떠오른 보름달이 스포트라이트처럼 레오를 비추었다. 달빛에 잠긴 그의 모습은, 인간이라고는 믿기 힘들 정도로 신비롭고 아름다웠다.

어이없는 상황에, 그리고 눈앞의 찬란한 광경에 말문이 막힌 내가 아무 말이 없자 레오가 느리게 고개를 기울였다. 그의 굵은 손끝이 약지의 자국을 사뿐히 더듬었다.

"왕후가 되기 싫어? 그럼 네가 국왕 해. 내가 국왕 부군 하지."

아무런 망설임도 없이 내 손에 왕홀을 쥐여 준, 아타라의 피의 제왕 알렉산드로 아타라가 환히 웃었다.

"혼수는 왕국이면 되나?"

얼핏 장난 같은 말투. 허나 조금도 장난 같지 않은 들끓는 눈빛.

마녀의 솥에서 신비로운 형광 연둣빛 독극물이 끓어올랐다.

알렉산드로 아타라는 기회를 놓치지 않았다.

"너…… 왕국을 막 팔아먹어도 되는 거냐?"

나는 레오를 보며 미간을 좁혔다. 걸리는 말은 많았으나, 가장 걸리는 것은 이것이었다.

'함부로 왕 자리를 넘기는 인간이 왕을 하고 있어도 되는 건가.'

나는 진심으로 아타라 왕국의 미래가 걱정되기 시작했다.

"……지금 할 말이 그거야?"

"조용히 하고 이리 와서 앉아 봐라. 일국의 왕이 함부로 그런 말을 해?"

레오가 믿기지 않는다는 표정으로 되물었으나, 나는 심각했다. 땅에 털썩 앉은 나는, 나가서 훨훨 비행을 하다 온 자식을 마주하는 부모의 표정을 짓고 레오를 날카롭게 바라보았다.

"세습 군주국에선 군주의 역할이 크다. 군주가 '성군이냐, 암군이냐'에 따라 국가의 존망이 갈린다. 자고로 군주는 한마디를 할 때도 마수를 상대할 때처럼 신중해야 하는 법이다. 너 그러다 도박판 담보로 왕국 넘기겠다? 너는 일국의 왕으로서⋯⋯."

"잠깐, 잠깐!"

나는 전생에 전쟁학 교수를 앞둔 전쟁학 박사 학위 소유자였다. 전생의 기억이 희미한 가운데 전쟁학만큼은 무서울 정도로 또렷하게 기억하고 있었다. 그리고 전쟁학을 공부하면 수많은 군주들의 군상과 제왕학, 군주학은 자연스레 알게되었다.

나는 군주 자리를 쉽게 여긴 이들이 모두 나라를 시원하게 말아먹었음을 기억하고 있었다.

'내 앞에서 나라를 팔아넘겨?'

전공으로 시비가 걸린 기분이었다. 입 앞에 두 손을 기도하듯 모은 채 전장에 출전하는 장수의 기세로 일장 연설의 발동을 걸 때, 레오가 말허리를 끊어 먹었다. 나는 레오를 게슴츠레한 눈으로 꼬나보았다.

"말이 왜 그렇게 돼? 지금 말의 논점은 결혼⋯⋯!"

"논점보다 더 중요한 건 군주의 태도다! 너 그렇게 쉬운 마음으로 국왕을 하고 있는 거냐!"

나는 버럭 소리쳤다. 눈을 땡그랗게 뜨고 두 손을 든 채 상황을 이해하지 못하던 레오는, 이내 맞불을 놓듯 빽 소리쳤다.

"내가 아무한테나 이런 말 하는 줄 알아? 너니까, 너한테만 이런 소리 하는 거란 말이야! 바보!"

레오가 두 손을 주먹으로 꽉 쥐었다. 흥분한 건지 살기가 옅게 깔렸다.

그는 경멸의 눈빛으로 상대방을 깔아 보며 '더럽군' 같은 말을 뱉는 것이 어울릴 얼굴로 '바보' 같이 순수한 욕설을 뱉었다. 그의 입술이 잠시 쌍욕 비슷한 모양으로 달싹이긴 했지만 말이다.

'아직 어리긴 어리군.'

레오는 내 신체 나이보다도 한 살이 적었다. 나이 많고 능숙한 사람들만 상대

충직한 검이 되려 했는데 2

하다 감정에 솔직한 그를 보니 누그러지는 기분이었지만, 나는 다시금 엄한 표정을 지었다.

'친하다고 왕국을 넘긴다니, 그게 말인가.'

나는 그가 정에 휘말려 일을 그르치지 않기를 바랐다.

"너 설마 친한 친구라고 보증 서 주는 거 아니지?"

"미쳤어?"

레오가 난폭하게 반문했다. 그가 다 큰 성인이라는 건 알고 있었지만, 내 머릿속엔 세상 물정 모르던 어린 그의 모습이 깊게 각인되어 있었기에 걱정이 불쑥 앞섰다.

"아무리 나라고 해도 왕국을 준다는 소리 같은 거 함부로 하면 안 돼."

나는 푹 한숨을 쉬며 흰 머리칼을 쓰다듬었다. 손가락 새로 감겨드는 흰 털은 얇고 부드러웠다. 나는 나를 향해 번뜩이는 압생트 빛 눈동자를 안쓰럽게 바라보았다.

'그래…… 애가 철이 없을 수도 있지…… 아니지…… 왕이 철이 없으면 안 되긴 한데…… 앤 자란 환경이 열악했으니까…….'

나는 레오의 어린 시절을 떠올렸다. 레이사에게 교육을 받았겠지만, 그건 세상 물정을 배웠다기보단 생존법 속성으로 익힌 것에 가까웠을 터였다.

'너, 네 약값으로 얼마가 드는지는 알고 있냐?'

'천 골드?—백 골드는 평민 가족의 한 달 생활비다— 아니, 그렇게 유세 떠는 걸 보아 만 골드는 되나 보지?'

'……처음부터 가격을 너무 높게 부르는 거 아니냐? 센스 없기는. 그 정도 가격이면 네 상처는 침 발라서 치료해야 했어. 너, 천 골드가 얼마인지는 알고 있냐?'

'우리 집 찻주전자 가격이었는데.'

'뭔…… 너희 집 드래곤 레어였냐?'

생각해 보면 레오는 어려서부터 세상 물정에 어두웠다. 지금에서야 그가 왕자여서 그랬다는 걸 알지만, 그땐 이 자식이 폴리모프한 드래곤은 아닌지 의심까지 했다.

'왕국을 주겠다는 것도 그 연장선이겠지…….'

이쯤 되니 레오가 안쓰러워진 나는 그의 머리를 두어 번 더 쓰다듬었다. 마침 머리색까지 흰색이라 새초롬한 흰 페르시안 고양이를 쓰다듬는 기분이었다.

"……나는 정말 궁금해, 카슈미르 크리시스."

나를 태울 듯 응시하던 레오가 짓씹듯 내뱉었다. 그가 내 제복 재킷 라펠을 훅 끌어당겼다.

나는 별 반항 없이 끌려갔다. 멱살이 잡힌 모양새라 기분이 묘해졌다.

"이제 성인에, 한 나라의 왕까지 됐는데, 넌 대체 언제까지 나를 애 취급할까."

꾹꾹 눌린 감정이 목 안에서 울리는 소리는 짐승의 으르렁거림과 닮아 있었다.

나는 슬쩍 레오의 눈치를 살폈다. 이글거리는 그의 두 눈은 사람을 산 채로 녹이는 독극물 같았다.

"하지만 레오, 나는 네가 걱정되는걸."

나는 부드럽게 말하며 그의 흰 뺨을 손으로 감쌌다. 이건 진심이었다.

나는 아직도 감이 잘 잡히지 않았다. 내게 익숙한 것은 어리고 앙칼진 레오였다. 친남매처럼 아웅다웅하고 챙겨 주는 것이 익숙했다.

"결혼은 사랑하는 사람이랑 해야지. 나보다 더 특별한 사람이랑."

그래서 나는 달래듯 다그쳤다. 레오는 나와 같이 있을 수단으로 결혼을 말한 것 같지만, 역시 그건 레오에게 더 특별한 사람이랑 하길 바랐다.

"카슈미르. 넌 정말 천하의 멍청이야."

무섭게 얼굴을 굳힌 레오가 으르렁거리며 내게 얼굴을 들이밀었다. 아무래도 그는 태어나길 맹수에 가깝게 태어난 모양이다. 악문 잇새로 날카로운 송곳니가 보였다.

충직한 검이 되려 했는데 2

"사랑이든 뭐든, 내게 이렇게까지 지독한 감정을 느끼게 하는 존재는 네가 유일해."

문득 나를 유일이라 부르던 다른 이가 생각났다. 같은 유일을 말했으나, 두 사람의 어투는 극과 극을 그리듯 상반되었다.

엘이 내게 유일을 말할 때, 그는 간절해 보였다. 섬뜩하도록 끈적한 기색은 숨긴 채로 아주 상냥히 나를 붙잡았다. 그는 독을 숨긴 한 떨기 백합 같았다.

그런 반면 레오는 난폭했다. 다듬어지지 않은 감정들이 삐죽삐죽 날카롭게 튀어나와 있었고, 그 뾰족함을 숨길 마음조차 없어 보였다. 정제되지 않은 미숙함이었다. 하지만 그만큼 솔직했다. 진심으로 부딪치며 다가왔다. 그랬기 때문에 긴 간극 뒤에 만났음에도 떨어진 적 없었다는 듯 또다시 친남매처럼 친밀하게 대할 수 있는 걸지도 몰랐다.

"내가 함께하고 싶은 사람은 너밖에 없어."

하지만 깊어진 연둣빛 눈동자는 남매를 보는 시선이 아닌 것 같아서, 기분이 이상했다.

"……지금은 그럴지 몰라도 곧 아니게 될 거야. 네 세상이 더 커지고 어린 시절이 점점 희미해지면 나는 네게 그렇게 큰 존재가 아닐지도 몰라."

나는 옅게 숨을 뱉으며 레오의 옆머리를 넘겨 주었다.

내가 소중하다고 말해 주는 것도, 나를 원하는 것도 사실 고마웠다. 나는 스스로에게 확신이 없는 편이었으니까. 이런 표현들엔 가슴이 찌르르했다. 하지만 나는 내가 언제까지나 레오에게 유일한 존재일 거라곤 생각하지 않았다.

그는 아직 어렸고, 시간이 많았다. 무려 국왕이니 앞으로 만나게 될 사람도 무척 많을 터였다.

나는 그가 더 좋은 사람을 만날 거라고 생각했다.

"그걸 네가 어떻게 알아."

탁. 큰 손이 내 손목을 붙잡았다. 사나우리만치 반항적인 어투였다. 나는 작게 웃었다.

"너라면 분명 더 좋은 사람을 만날 수 있을 테니까."

레오는 폭군이라 불렸다. 인륜적으로 봤을 때 그가 좋은 사람이 아니라는 것을 나도 알고 있었다. 하지만 나는 그가 나와 맞춰 가며 좋은 사람이 되어 갈 수 있다고 생각했다. 그의 가능성을 믿었다. 그때가 되면 레오에게 나는 일부일 뿐일 터였다.

"더 좋은 사람 같은 건 필요 없어."

서늘하게 잘라 낸 레오가 제 뺨에 내 손목을 가져가 대었다. 하얗고 부드러운 피부에 연한 손목 살이 맞닿았다. 그의 두 눈이 번뜩였다.

"내게 필요한 건 너야, 카슈미르."

나는 레오와 조용히 시선을 맞췄다. 늘 중력을 거부하고 중심에 매달려 있던 붉은 살덩이가 제멋대로 중력을 따라 내려앉는 듯했다. 내가 움직임의 이유를 고민할 때, 레오가 입술을 열었다.

"나랑 내기하는 게 어때."

갑작스러운 요청에 고개를 갸우뚱하자, 레오가 말을 이었다.

"1년. 1년 뒤에도 내 마음이 같다면, 그땐 내 말을 진지하게 생각해 줘."

레오의 눈빛은 진중했다. 나는 턱을 쓸어내렸다.

'결혼이라.'

나는 결혼을 할 생각이 없었다. 크리시스의 이름을 놓고 싶지 않았으니까. 가족들과 헤어지고 싶지도 않았다. 나는 카슈미르 크리시스로서, 크리시스의 무덤에 묻히고 싶었다.

'하지만 그 두 개만 지켜진다면…… 딱히 누구와 결혼하든 상관없는데.'

레오에게 사랑하는 사람과 결혼하라고 하긴 했지만, 실상 나는 결혼에 큰 감흥이 없었다. 현 인간 사회에서 인간과 인간 사이 가장 큰 결속을 의미하는 행위, 그뿐이었다. 사랑하는 사람과 결혼하고 싶다는 욕망 같은 건 내게 존재하지 않았다. 필요하다면 정략결혼을 해도 상관없을 정도였다.

'애초에 사랑이라는 건 뭘까.'

내가 사랑 아래서 태어나 감정을 교육받으며 자라지 못했기 때문일까, 나는 감정에 지극히 무뎠다. 힘들다, 슬프다, 화난다 같은 감정의 발화점이 높았고, 가끔은 감정의 파도에 휩쓸리면서도 지금 느끼고 있는 감정이 무엇인지 정의 내리지도 못하곤 했다.

'하늘이 무너지는 기분 정도는 느껴야 사랑을 자각할 수 있는 거 아닌가?'

겨우 심장의 박동으로, 흔히들 말하는 간질거림 같은 것으로 사랑임을 자각할 수 있단 말인가. 겨우 그런 것이 사랑이란 말인가.

두근거림과 간질거림 같은 건 여러 번 느껴 봤지만, 그것이 사랑인지는 알 수가 없었다.

마치 굳은살과 흉터로 뒤덮여 더는 매끈한 살이 보이지 않는 내 손을 아주 작은 바늘로 쿡 찌르곤 통증을 느껴 보라는 것 같았다. 나는 손을 불에 한 번 넣었다 빼도 조금 뜨겁다고만 느낄 정도로 고통에 무딘데 말이다.

내겐 사랑이 무엇인지 파악하는 것도, 느끼는 것도 모두 어려웠다.

'그래도 좋아하는 사람들은 있으니까. 그 사람들과 일생을 함께한다고 하면…… 좋을 것 같은데.'

나는 사랑을 몰랐지만, 정과 신뢰는 신봉했다. 정 가고 믿을 수 있는 사람이라면 결혼이든 백년가약이든 해서 함께 살아도 좋을 것 같았다.

천천히 생각을 정리하고 있었을까, 슬슬 내 눈치를 보던 레오가 입을 열었다.

"……내가 알렉산드로 크리시스 할게."

"누가 크리시스의 이름을 준다고 했지?"

"너무한 거 아니야? 나 크리시스 저택에서 처가살이도 할 수 있어."

"누가 크리시스 저택에 자리를 내준다고 했지?"

"야."

레오는 내 생각을 읽은 건지, 눈치가 기민한 건지 내가 고민하고 있는 부분을 정확히 짚어 대답했다. 이에 장난기가 솟아 그대로 반박하니 그가 불퉁한 표정을 지었다. 나는 피식 웃곤 레오와 눈을 맞추었다.

"그래. 1년 뒤에도 여전하다면…… 내 고민은 해 보마."

나는 역시 레오가 좋았다. 가장 편했고, 친근했다.

내 거리낌 없는 대답에 레오는 귀를 의심하는 표정을 지었다. 돌덩이처럼 굳은 채로 한참 생각을 하던 그는, 이내 눈을 동그랗게 떴다.

"진짜? 나랑 결혼한다고?"

"고민해 본다고만 했을 텐데. 왜 기정사실화가 되어 버린 거지?"

"너…… 진짜지? 대련하자는 거 아니야. 결혼이라고. 결—혼."

"내가 대단히 사악한 음모에 빠진 것처럼 말하는데, 나도 귀가 있고 뇌가 있어. 결혼인 거 안다고."

몇 번이고 되묻는 레오에게 느긋하게 답해 주었다. 수많은 감정이 스치던 레오의 얼굴이 결국 새빨갛게 물들었다.

"나랑, 결혼해도 돼?"

"글쎄. 해 본 적이 없어서 잘은 모르겠다만……."

나는 사랑이든 결혼이든 해 본 적이 없었다. 그게 무엇인지 몰랐다. 그렇기에 가볍게 말할 수 있는 걸지도 몰랐다.

하지만, 그래도.

"너라면 괜찮을 것 같기도 해."

나는 배시시 웃으며 입꼬리를 말아 올렸다.

압생트가 가득 든 잔이 미친 듯이 흔들렸다. 숨을 안 쉬는 건지 숨소리조차 나지 않는 침묵이었다.

그 끝에, 힘없이 고개를 떨군 레오는 와락 나를 안았다. 그 얼굴과 목덜미, 귀를 통틀어 사방에 이미 져 버린 태양의 열기를 품은 채로.

"어떡하지. 나, 네가 너무 좋아."

"그래, 그래."

나는 커다란 등을 토닥이며 하늘로 시선을 옮겼다.

하늘이 밤에 잠겨 있었다.

"떠들썩하군."

집무실 창 너머로 수도를 바라보던 카이사르가 중얼거렸다. 나는 고개를 끄덕여 수긍하곤 그와 마찬가지로 창밖을 바라보았다.

"검술 대회 예선전이 시작했으니 말입니다."

검술 대회 예선은 열흘에 걸쳐 이루어졌다. 평민들을 대상으로 한 어중이떠중이 거르기였기에 나는 참가하지 않았다.

'귀족들 중에도 어중이떠중이가 얼마나 많은데, 평민들만 걸러야 한다니 웃기지.'

속으로 실소를 터트렸다.

귀족은 예선 없이 곧바로 본선에 진출할 수 있다. 귀족 우월주의가 엿보이는 규칙이었다.

나는 귀족이긴 했지만, 귀족으로 산 시간보단 평민으로 살아온 시간이 긴 만큼 이런 불공평한 제도엔 반골 기질이 불쑥 올라왔다.

물론 먹고살기도 바쁜 평민보다는 검술을 기본 교양으로 배우는 귀족이 평균적으로 뛰어나긴 했다. 제국의 소드 마스터 중 두 명이 귀족이기도 했다.

'하지만 난 평민이었을 때 소드 마스터가 되었는데.'

어디까지나 평균일 뿐, 절대적이진 않았다. 애초에 신분으로서 무언가를 판단할 순 없는 법이었다. 예선을 치르지 않아 편한 건 사실이었지만, 귀족들에게만 편한 규칙이 마음에 들진 않았다.

만약 내가 검술 대회에 관여할 수 있는 사람이 된다면 이런 규칙은 말소해 버리리라 생각하며 찻잔을 기울였다.

카이사르의 집무실은 늘 냉한 공기로 가득 차 있었다. 소드 마스터가 오랫동안 머무는 자리엔 그의 존재감이 물드니 당연한 일이었다. 그의 기운은 섬뜩하다 싶을 만큼 서늘했으니까. 나는 이 온도가 싫지 않았다. 기분 좋은 바람이 부는 것 같았다.

카이사르에게선 붉은 향기가 났다. 유리잔에 든 와인 같았고, 페르세포네를 지하에 남게 한 석류알과 닮았으며, 인생의 끝자락을 의미하는 황혼이나 섬뜩하게 흐르는 피가 연상되었다. 감히 한 단어로 정의 내릴 수 없는 깊은 붉음이었다.

나는 잉크 냄새와 홍차 내음, 그리고 카이사르의 체향이 섞인 집무실의 공기를 가볍게 들이켰다.

나는 이 향기를 좋아했다. 그래서 가끔은 특별한 이유 없이 이곳을 찾아와 향기에 파묻혀 있다 가기도 했다. 집무를 보는 카이사르를 구경하면서 말이다.

"그래. 그럼 이제 말해 주겠나."

하지만 오늘은 그런 날이 아니었다. 창문에 머무르던 시선을 조용히 내게로 옮긴 카이사르가 물었다. 붉은 두 눈이 나를 머리부터 발 끝까지 훑었다. 다른 이였다면 카이사르의 심기가 불편한 것이라고 착각했을지도 모르지만, 나는 이게 그의 습관일 뿐임을 알았다.

"무엇이 궁금한 거냐."

나는 심호흡을 하며 끝없이 깊은 피 웅덩이를 마주했다.

지금은 과거를 듣기 위해 카이사르를 찾은 참이었다.

내가 이곳까지 오기엔 오랜 시간이 걸렸다. 결심을 내리기까지 오랜 고민과 깊은 숙고가 필요했기 때문이었다. 카이사르가 이에 관련해 말하기를 꺼려 하는 기색을 보였기 때문도 있었다.

충직한 검이 되려 했는데 2

사실 아직까지도 이 길이 맞는지 확신이 들지 않았다. 어떤 것들은 검은 베일 뒤에 숨긴 채 방치해 두는 편이 낫다. 판도라의 상자처럼 말이다. 때때로 무지는 매서운 진실의 파도에서 인간을 보호하는 방파제가 되어 주었다.

'하지만 알고 싶은걸.'

베일 뒤에 괴물의 아가리가 도사리고 있어서 날카로운 이빨에 상처받게 될지도 몰랐다. 그럼에도 불구하고 나는 알아내기로 결심했다.

"제 어머니에 대해서 알고 싶습니다."

인류는 아주 오래전부터 인간이 어떻게 생겨났는지를 알기 위해 연구를 계속해 왔다. 자신의 근원을 알고자 함은 특별한 이유를 필요로 하지 않는 인간의 본능임이 분명했다.

내 어머니. 내 인생의 가장 큰 미스터리. 꼬인 타래의 실마리. 나와 아리아의 이름을 지어 준 사람. 나는 그녀에 대해 아는 것이 없었다. 그녀는 다른 사람들에게 오드리라고 불렸으나 그 이름이 진짜인지도 확실치 않았다.

나는 건국 기념일 축제에서 만난, 어린 시절 나를 도와준 라모나에게서 받은 야샤의 명함을 들고 오랫동안 고민해 왔다.

대륙 전체를 통틀어 최고의 브로커 길드로 꼽히는 '검푸른 까마귀'의 길드장, '푸른 날개' 야샤. 그녀는 오드리에 대한 단서를 가지고 있을 게 분명했다.

'무엇을 알게 될까 두렵지만, 두렵다고 물러서는 건 내 방식이 아니니까.'

나는 고민 끝에 야샤를 찾아가 보기로 결심했다. 다만 야샤를 찾아가는 건 두 번째로 할 일이었다.

'첫 번째로 할 일은 카이사르와 대화해 보는 거야.'

내가 믿는 사람은 아직 얼굴 한 번 본 적 없는 야샤가 아니었다. 내게 서툴게, 꾸준히, 벅차도록 사랑과 신뢰를 부어 준 카이사르였다.

카이사르에게 묻고 싶었다. 내 어머니는 어떤 사람이었냐고. 나는 당신에게 무슨 의미였냐고. 예전에는 괜한 것을 물으면 나를 버릴까 두려워 묻지 못했으나, 이젠 아니었다. 나는 이제 카이사르가 나를 버리지 않을 거라고 확신할 수 있었다.

카이사르는 느리게 눈을 감았다 떴다. 언젠가 이런 질문이 올 것을 예상했다는 듯 담담한 낯이었다. 두 손을 깍지 껴 모은 그는, 그 위로 제 턱을 얹고는 잔잔한 시선으로 나를 바라보았다.

"이미 결심을 마치고 온 거겠지."

"네."

"네게 상처가 될지도 모른다. 그래도 괜찮으냐."

"괜찮습니다."

나는 주저 없이 대답했다. 망설일 필요는 없었다.

"……그래. 그럼…… 처음부터 얘기해 줘야겠지."

붉은 눈이 과거가 적힌 빛바랜 양피지를 읽듯 깊어졌다.

"공작 부인과 사별한 지 1년쯤 지난 때였다."

칼의 어머니는 칼을 낳다가 세상을 떴다. 나와 칼이 한 살 차이가 나니, 공작 부인이 세상을 떠난 지 1년 뒤면 딱 내가 태어날 때쯤이었다.

"나는 더 이상 부인을 들일 생각이 없었지만, 가신들은 달랐지. 칼에겐 어미가 필요하다며 내게 새 부인을 들이라고 재촉했다. 부인을 떠나보낸 지 얼마 지나지도 않아 재혼을 하는 것이 더 상처를 주는 짓 같아 거부해도 계속 그러더군. 급기야는 가신 가문 영애들의 초상화를 늘어놓고 내게 원하는 이를 선택하라더구나. 영애들이 상품도 아닌데."

카이사르의 말투는 시니컬했다. 그의 미간이 미세하게 찌푸려져 있었다.

'그러게. 영애들이 상품도 아닌데.'

나는 속으로 자조했다. 카이사르는 젊어서부터 살인귀라 불렸다. 그러니 그 당시에도 사람들은 카이사르를 잔인하고 난폭한 존재로 알고 있었을 터였다.

그런 상황에서 자진해서 카이사르의 부인이 되겠다고 한 이가 카이사르가 받

충직한 검이 되려 했는데 2

은 초상화 속 여인들 가운데 몇이나 있었을까.

신물이 났다.

"솔직히 고백하자면, 나는 그 상황에 질려 있었다. 본보기로 가신 몇 명을 압박해도 그때만 조금 수그러졌다가 다시 떠들어 대더군. 자기 자식을 공작가의 부인으로 만들고 싶었던 거겠지. 내게 와 봤자…… 불행할 텐데."

팔꿈치를 소파 팔걸이에 얹은 채 이마를 짚은 카이사르가 자조적으로 웃었다. 자신이 누군가를 행복하게 해 줄 수 없을 거라 확신하는 그는 조금 쓸쓸해 보였다. 그가 피도 눈물도 없는 살인귀가 아닌 인간임을 증명하는 모습이었다.

"사람들이 헛소문을 떠들어 댈 때 속상하진 않으셨습니까?"

나는 문득 물었다.

카이사르는 어떤 일에도 상처받지 않을 것 같은 사람이라 여태 생각해 보지 않았던 부분이었다. 하지만 상처받지 않는 인간이 있을 리 없었다.

생각해 보면, 카이사르에 대한 소문은 보통 사람은 감당할 수 없을 만큼 질 나쁜 것이었다. 나조차 모든 사람들이 나를 난폭한 살인귀 취급하며 그 누구도 내게 다가오지 않는다고 생각하면 버티기 힘들 테니. 나는 카이사르가 정녕 단 한 번도 힘들지 않았는지 걱정이 되었다.

"……속상하지 않았냐고?"

카이사르의 눈이 미미하게 커졌다. 이런 질문은 처음 들어 본다는 반응이었다. 몇 번이고 말을 곱씹어 보던 그는, 이내 한숨처럼 웃었다.

"그럴 리가. 오히려 다가오던 사람들이 없어서 좋다고 생각했다. 내가 속상할 때는 네가 나가서 다치고 돌아올 때밖에 없으니 염려 말아라."

카이사르는 나를 달래듯 말을 시작했다가 끝엔 붉은 눈을 번뜩이며 뼈 있는 한마디를 던졌다. 조금 뜨끔한 내가 시선을 피했을까, 그가 턱을 쓸며 가라앉은 눈을 했다.

"하지만 계속 고립되어 있으니 조금은 공허했던 것 같기도 하군. 외로운 건 아니었다. 그저 무언가 채워지지 않은 게 있는 것처럼 허전했을 뿐이야."

거의 처음 들어보는 카이사르의 진솔한 속마음이었다. 기분이 먹먹해져서 표정을 굳히며 시선을 떨어트리니, 카이사르가 다 괜찮다는 듯 눈꼬리를 살짝 접어 웃었다.

"이젠 괜찮다. 그때의 공허는 네 빈자리에 대한 통증이었으니."

이럴 땐 카이사르가 진실해서 다행이라고 생각했다. 그는 거짓을 말하느니 침묵하고, 빈말은 절대 하지 않았다. 그러니 이 말은 거짓 한 점 없는 진실일 터였다.

내가 작게 웃을 때, 카이사르는 내 질문에 대한 답을 이었다.

"나는 결국 한 사람을 선택했다. 가신들은 멈출 생각이 없어 보였으니, 질질 끌어 봤자 살인귀와 함께 살아야 할지도 모른다는 공포에 떠는 이들만 늘어날 것 같았다. 내가 선택한 건 가장 한미한 가문에, 가신으로서 제대로 된 자리도 차지하지 못하는 망하기 직전이던 남작가의 영애였다. 지금은 아예 멸절한 가문이지."

"잠깐만, 설마……."

얌전히 듣고 있던 나는 머릿속을 스친 생각에 눈을 크게 떴다. 카이사르의 눈이 더욱 가라앉았다.

"그게 바로 네 어미, 안테이아 헬라였다."

안테이아 헬라.

나는 일순 머리가 지끈거림을 느꼈다. 과거의 기억과 알고 있던 정보, 그리고 지금 듣는 진실들이 뒤섞였다. 나는 카이사르 앞에서 애써 평탄함을 가장하며 관자놀이를 꾹꾹 눌렀다.

"이름이 안테이아 헬라가 확실합니까?"

"그래. 확실하다."

"오드리는 모르십니까?"

"……오드리? 그게 누구지?"

내가 알고 있던 이름을 입에 올리니 카이사르가 미간을 좁히며 생전 처음 듣

　　　　　　　　　　　　　　　　　　충직한 검이 되려 했는데 2

는다는 표정을 지었다. 역시 오드리는 가명이었던 모양이다.

'가명이라는 건 어느 정도 예측하고 있었지만, 내 어머니가 귀족에…… 이름이 안테이아 헬라였다고?'

그 말을 듣자 내게는 두 가지 의문이 생겼다.

'어머니가 귀족이라면, 나는 왜 사창가에서 태어난 거지?'

여섯 살에 멀쩡한 동네로 이사를 하긴 했지만 그전까지는 사창가에서 살았다. 그렇기 때문에 나는 어머니가 그쪽과 관련된 일을 하던 평민일 거라 생각했건만, 귀족이었다니.

아무리 한미하다고 해도 귀족은 귀족이다. 귀족이 사창가에서 살 이유가 뭐가 있겠는가. 나는 그 이유를 짐작할 수조차 없었다.

'안테이아 헬라.'

나는 그 이름을 곱씹고, 곱씹고, 또 곱씹어 보았다. 몇 번이고 기억을 되짚어 본 끝에, 나는 이전에 '안테이아 헬라'라는 이름을 들은 적이 있음을 확신했다.

'사실 이젠 내용도 가물가물한데…… 똑똑히 기억하고 잊지 못하는 것이 딱 하나 있습니다. '안테이아 헬라'라는 제국 아카데미 마법부 학생의 글이었습니다. 은빛 늑대 수인족의 인식을 개선해 달라는 상소문이었죠.'

내가 세레논에게 어떤 세상을 추구하느냐 물었을 때 돌아온 답변에서 들은 이름이었다.

'모든 것엔 금이 가 있습니다. 태양의 제국 또한 예외는 아닙니다. 이 금은 흠집처럼 보이기도 하지만, 저는 그 틈 사이로 빛이 들어온다고 생각합니다. 시행착오 없이 완벽한 것은 없습니다. 실수로 생긴 틈에서 바깥으로부터 들어오는 빛을 보셨다면, 틈을 막으려고만 하지 말고 벽을 허물어 주십시오. 바깥의 빛과 마주해 주십시오. 외면하지 말아 주시길 바랍니다.'

세레논이 희망을 보고, 빛을 꿈꾸게 한 글이었다. 나 또한 세레논에게서 전해 듣고 상당히 감명을 받아 여태까지 똑똑히 기억하고 있었다.

레오의 유모, 레이샤의 종족으로 추정되는 은빛 늑대 수인족. 그런 레이샤의 상징이라는 문양이 그려진 주머니를 가지고 있던 어머니. 그런 그녀의 실명, 안테이아 헬라. 은빛 늑대 수인족에 대한 인식 개선을 상소한 제국 아카데미 마법부 학생 안테이아 헬라.

수많은 퍼즐들이 빠른 속도로 맞아 들어가기 시작했다. 워낙 얼기설기 맞춰진 탓에 명확한 그림은 보이지 않았지만, 한 군데나마 명확히 보이는 것은 있었다.

'내 어머니는 안테이아 헬라 남작 영애로, 이전에 제국 아카데미 마법부에 재학했다. 은빛 늑대 수인족에 대한 상소문까지 올린 걸 보아 레이샤와 친분이 깊을 가능성이 있으며…… 좋은 세상을 꿈꿨다.'

그런 글을 쓴 사람이 나쁜 사람일 거라곤 생각할 수 없었다. 내 어머니는 어쩌면, 좋은 사람이었을지도 몰랐다.

나는 숨을 들이쉬었다. 이미 낡고 해져 형체를 알아볼 수 없고 누구도 찾지 않는 오래된 태피스트리를 천천히 복원하는 기분이었다.

내가 생각을 정리할 때, 카이사르는 말을 이었다.

"헬라 남작은 미친놈이었다. 안테이아 헬라가 뽑히고 일주일도 지나지 않아 제 딸을 내 침실로 보내 버렸으니. 안테이아 헬라가 공작 부인이 되면 힘을 나눠 먹기로 하고 다른 가신들의 도움을 받아 급하게 일을 진행한 거겠지."

나는 튀어나오려는 욕설을 삼켰다. 자세한 내막을 보지 않아도 그림이 보이는 탓이었다.

'팔리듯이 왔구나.'

과연 그 일에 어머니의 자의가 들어갔을까. 어머니는 벗어날 수 없었던 것 아닐까.

어째서 세상은 그녀에게 힘을 주지 않았을까. 어째서 좋은 세상을 꿈꾸던 제국 아카데미 마법부 출신의 엘리트가 그런 취급을 받아야 했는가. 그녀는 도구도, 아비의 소유물도 아닌 한 명의 사람이었을 텐데.

가슴이 이상하게 여려 왔다.

"나는 그녀를 어떻게 하고자 하는 마음이 없었다. 하지만 한밤중에 내보내면 그것도 문제가 될 테니 그냥 한숨 자고 가라고 했지. 그런데…… 그녀가 나를 붙잡았다."

카이사르의 눈은 끝이 보이지 않는 무저갱처럼 깊어졌다. 혀로 입술을 축인 그가, 희미한 슬픔이 깃든 눈으로 나를 바라보았다.

"자기 동생을 살려 달라더군."

나는 숨을 멈추었다. 이런 게 유전인 걸까.

그것은, 언젠가 내가 한 말이었다.

"제 어머니에게…… 동생이 있었습니까?"

나는 얼이 빠진 채로 멍하니 물었다. 카이사르가 묵묵히 고개를 끄덕였다.

동생을 살려 달라는 말은 내게 지독한 데자뷔를 일으켰다. 저택 홀 앞에서 무릎 꿇은 채 아리아를 살려 달라 빌던 그때의 참혹함은 잊을 수 없었다.

"이름은 심포니 헬라. 여동생에, 몸이 안 좋았다더군. 이후 조사를 해 보고 알았다."

"그건……."

"그래. 아리아와 비슷하지."

한숨을 쉰 카이사르가 천장을 물끄러미 바라보았다. 그가 착잡할 때 습관처럼 하는 행동이었다.

"그녀의 아비는 도박꾼이었다. 집안 재산을 도박으로 다 탕진했다더군. 집까지 팔아먹고도 산더미 같은 빚이 그를 옥죄었을 때, 그가 팔 수 있었던 건 자신의 두 딸뿐이었겠지."

진열되고 팔리는 상품으로 사는 것. 트로피가 되었다가 젊음이 저물면 쓸모없는 퇴물 취급받는 것. 어떤 이들에게는 몇 세기 동안 반복되어 온 아주 익숙한 비극이었다.

"헬라 남작은 그녀의 동생을 붙잡고 협박을 했다더군. 공작가에 가서 성과를 얻어 오지 못하면 동생을 가만두지 않겠다고."

나는 역겨움에 헛구역질을 하지 않기 위해 숨을 참았다. 카이사르는 최대한 돌려 말했지만, 헬라 남작이라는 자의 의도는 명백했다.

'공작의 아이를 배어 오라는 말. 제 딸은 그에게 도구일 뿐이었던 거지.'

낳아 주고 길러 준 은혜는 알아야 하는 법이지만, 그렇다고 자식이 부모의 소유물은 아니었다. 갈 길을 정하는 것은 온전히 그 자신이어야 했다. 남녀노소 구분 없이 말이다.

'당신은 왜 이용당해야 했을까.'

그 사이에서 태어난 나는 당신에게 어떤 의미였을까.

분명한 건, 내가 그녀가 원했던 존재가 아니었으리라는 것이었다.

새로운 생명의 무게는 한 사람이 감당하기 버거울 만큼 무거웠다. 누군가 감히 강요할 수도, 무언가의 도구로 사용할 수도 없는 일이었다.

'당신은 축복받지 못하고 태어나 아비도 없이 자라 사랑을 배우지 못한 인간이 된 나보다 당신의 동생이 더 중요했던 거겠지.'

이미 어느 정도 각오했음에도, 원치 않은 존재로 태어났다는 자각은 비참했다. 아예 원망스럽지 않다면 거짓말이었다. 하지만 동생을 위하는 그 마음만큼은 내가 모를 수 없는 것이라, 원망보다는 동질감이 앞섰다.

'왜 우린 우리 스스로의 힘으로 동생을 지킬 수 없었을까.'

상황은 다르나 결론은 비슷한, 대를 이어 전해 오는 무능함. 아픈 여동생, 강한 남성의 도움 없이는 헤어날 수 없는 진창 같은 것. 어째서 신은 우리에게 힘을 주지 않으셨나. 노력이 부족했던 것도 아닌데.

나는 밀려오는 무력감에 잠시 눈을 감았다.

내게 비참함을 느끼게 한 그녀는 피해자였고, 동생을 지키고자 한 한 사람의 언니였다. 나는 내 어머니 안테이아 헬라를 미워할 수가 없었다.

내가 생각을 정리할 때까지 기다려 주는 건지 잠시 말을 멈추었던 카이사르가 느리게 말을 이었다.

"……그전까진 단 한 번도 누구에게 이유 없는 호의를 베푼 적이 없다. 그때가 최초였지. 진갈색 머리칼에 은회색 눈을 가진 이였다. 네 처진 눈매가 바로 그녀에게서 온 것이겠지. 그녀는 처절했다. 그렇기에 생명력이 넘쳤다. 내 앞에서 조금도 두려움 없이 동생의 생명을 살리고자 했던 건…… 자신이 내 손에 죽는 것보다 동생이 죽는 것이 더 두려웠기 때문이었겠지."

카이사르의 목소리는 오랜 전설을 이야기해 주듯 담담했으나, 그의 붉은 두 눈엔 비관이 물들어 있었다.

"차라리 돈을 주겠다고 했다. 어느 정도 쥐여 주면 헬라 남작도 잠잠해지지 않을까 싶었다. 하지만 그녀는 그걸로는 안 된다고 하더군. 돈을 줘 봤자 하루 만에 도박판에서 탕진해 버릴 거라고."

용병으로 지내던 시절, 의뢰 때문에 도박판에 갔다가 도박꾼들을 본 적 있었다. 나는 광기로 번들거리던 그들의 저열한 눈을 아직도 기억했다. 노력 없이 일확천금을 바라는 자들. 바늘구멍 같은 가능성에 제 인생을 거는 미련한 이들이었다. 그들의 광기는 절대 깨지지 않았다.

그때의 안테이아 헬라도 광기를 품고 있지 않았을까. 사랑은 일종의 광기다. 동생을 구하고자 했던 그녀 또한 광기만큼이나 강한 집념에 사로잡혀 있었을 것 같았다.

"자신에겐 시간이 필요하다고 했다. 동생과 함께 도망칠 시간이. 임신 여부를 확인할 수 없는 몇 달간 준비를 마쳐서 제 힘으로, 반드시 제 힘으로 이 진창을 벗어날 거라고 했다."

제 힘으로. 그 한 단어에서 그녀의 울분이 느껴졌다. 나는 마른세수를 했다.

결국 나는 도구였던 것이다. 이는 미화시킬 수 없었다. 미화시켜서는 안 됐다. 이유가 무엇이든, 생을 도구로 사용한 것은 엄연한 죄이며 잘못이었다.

'하지만 이것 말고 그녀에게 다른 방법이 있었을까.'

동생의 목숨이 협박당하는 상황에서, 그 생이 스러지는 꼴을 보고 있는 것이 옳았나, 다른 생명을 이용하는 편이 옳았나.

딜레마다. 애초에 정답지가 없는 문제였다.

'만약 그녀에게 힘이 있었다면. 그녀의 여동생이 아프지 않았다면. 그녀의 아버지가 악하지 않았다면.'

수많은 만약들이 머릿속을 지배했다. 어째서 세상은 그녀에게 최악뿐인 선택지를 건넸을까. 나는 끔찍한 기분을 억누르며 결론을 내렸다.

'그녀는 최악의 딜레마 사이에서 자신이 사랑한 것을 고른 것뿐이다.'

그것이 최악 속 그녀의 최선이었을 터였다. 생명을 이용해 자신의 사랑을 살리는 것.

'사랑은 어느 때에도 죄가 될 수 없는데.'

나는 그녀의 선택이 잘못된 것이라고 말할 자신이 없었다.

"생명을 이용하는 죄, 혹여 아이를 배게 됐을 때 아이가 축복 아래 태어날 수 없게 만든 죄, 모두 자신이 지겠다고 했다. 적어도 지옥에 떨어질 인간이 필요하다면 반드시 자신이 떨어지겠다고, 아이는 무슨 일이 있어도 살게 하겠다고 했다. 행복하게 해 줄 자신은 없지만 반드시 살게는 하겠다고."

카이사르의 목소리가 옅게 떨렸다. 평소 카이사르에게서 볼 수 없는 흔들리는 모습이었다. 그가 큰 손으로 자신의 눈을 덮었다.

"그래서, 나는 그날 그녀를 안았다."

나는 입을 틀어막았다. 심장에서 솟아오른 이름 모를 감정이 기도를 타고 울컥 치밀어 올라 피처럼 게워 낼 것 같았다.

"나는 너를 가진 것을 후회하는 것이 아니라, 내 안일함과 이기를 후회한다. 나라면 그녀와 그녀의 동생을 남작에게서 아예 구해 줄 수 있었을 텐데, 나는 하지 않았던 거다. 내가…… 나서서 도와야 할 일은 아니라고 생각했으니까."

카이사르의 목소리는 물기에 잠겨 있었다.

죄악감은 난폭한 바다와도 같아서, 파장이 일어나는 순간 아가리를 벌려 사람을 집어삼킨다.

분명, 당시에도 공작이었던 카이사르는 도울 힘이 있었을 터였다. 조금 더 직접적으로, 확실히 도울 수 있었다. 돕지 않은 것은 어디까지나 카이사르의 선택이었다.

하지만 그것이 죄인가? 적극적이지 못했음을 죄악으로 삼을 수 있는가?

결론적으로 그는 선의를 베풀었다. 안테이아가 원한 것을 해 주었으니까. 무죄도, 유죄도 될 수 없었다.

"······그때 나는 네 존재를 몰랐다. 너라는 존재가, 내 세상을 통째로 바꿔 줄 수 있을 거라고, 내가 행복을 말할 수 있게 해 줄 거라고는 상상조차 하지 못했다."

나는 숨을 참았다. 정말 간신히 평정을 유지하고 있는 나를 터트린 것은 물기에 젖은 카이사르의 붉은 눈동자였다.

죄악감에 잠긴 채, 속죄하고자 하면서도 나를 사랑한다고 비명을 지르는 그 두 눈.

"너를 불행 속에 태어나게 해서, 네 어린 시절을 지켜 주지 못해서 미안하다."

나는 이를 악물며 팔로 눈가를 가렸다. 수많은 흉터가 새겨진 못생긴 팔에 강하게 짓눌린 눈이 눈물을 떨궜다.

나는 기를 쓰고 울음소리를 참았다. 오직 불규칙한 숨만으로 울음을 터트렸다. 내 마지막 자존심이었다.

나는 축복받지 못하고 태어나 불행 속에 자라며 절망을 정답으로 삼았다. 살아온 길에 후회는 없지만, 그럼에도 때때로 태어났다는 것에 회의를 가졌다.

차라리 태어나지 않았다면 이렇게 힘들지 않았을 텐데. 그러나 아리아에 대한 책임감에 죽지도 못하고, 태어났기에 시작된 비극을 곱씹었다.

나 하나 없었어도 세상은 아무런 일 없다는 듯 새로운 세계선을 적어 내려갔을 것이다. 이렇게 태어났다는 것에 울분이 차오르는데 풀 곳이 없다. 대체 누구를 원망해야 한단 말인가.

"미안하다. 정말, 정말 미안하다."

황급히 내 앞으로 발걸음을 옮겨 내 앞에 한쪽 무릎을 꿇고 앉은 카이사르가 하염없이 속삭였다. 내 뺨을 닦아 내는 서늘한 손 때문에 더욱 눈물이 났다.

나는 당신의 이 서늘한 손이 이렇게나 좋은데, 당신은 왜 이 손으로 어린 내 손을 잡아 주지 않았는가.

"그녀는 그 다음 날 밤쯤 돌아갔고…… 나는 이른 아침부터 황제의 호출로 업무를 보다가, 그녀가 돌아간 다음 날에야 소식을 들었다."

카이사르가 힘겹게 말을 이었다.

"그날, 빚쟁이들이 헬라 남작가에 불을 질렀다더군."

숨이 턱 막혔다. 아마 신은 내가 무척 싫은 모양이었다. 나부터 내 주위까지 불행으로 점철했으니.

나는 불규칙한 숨 사이로 겨우 호흡을 찾아 물었다.

"그, 래서……?"

"……헬라 남작과 심포니 헬라가 죽었다."

나는 이해가 되지 않았다. 목울대를 몇 번이나 울렁인 끝에 겨우 말을 할 수 있게 된 나는 더듬더듬 물었다.

"왜, 채무자를, 죽이면, 돈은……."

"어째서 돈을 받아야 하는 빚쟁이가 채무자를 죽였느냐는 말이지. 나도 의문이 들어 이후 빚쟁이들을 데려와 심문해 봤다만……."

말할지 말지 고민하듯 간극을 두던 카이사르가 눈을 살짝 감고 입을 열었다.

"……헬라 남작이 돈을 몇 번이고 갚겠다고 하다 갚지 않아 파산한 자들이라더군. 홧김에 불을 질렀다고 했다."

'심포니 헬라.'

아리아를 연상케 하는 그녀를 떠올렸다. 아픈 몸으로 태어나, 안테이아에게 짐이 되다, 아버지 때문에 불태워진 그녀를.

그녀는 정말 쓸모가 없었을까? 아니, 아프다는 이유로, 몰락한 남작가 영애라는 이유로 재능을 찾고 꽃피울 기회조차 없었던 것이 아닐까?

그런 식으로, 죽어도 되는 생명은 없었다. 그 누구도, 그렇게 죽어서는 안 됐다.

나는 또다시 울컥 눈물을 흘렸다. 향할 곳 없는 울분이, 참극에 대한 슬픔이 두 눈에서 갯물처럼 흘러내렸다.

"그렇게 된 이후로, 나는 널 찾았다. 너와 안테이아 헬라를. 너를 만든 건 그녀 혼자가 아니니까. 나 또한 당연히 책임져야 한다고 생각했기에 필사적으로 찾았다."

내 허리를 잡은 카이사르가 슬픔이 돌처럼 굳어 버린 눈으로 나를 바라보았다. 나는 답할 수가 없었다.

"하지만 아무리 찾아도 안테이아 헬라는 이 세상에 존재하지 않아서, 헬라 남작가가 불탔던 그날에 그녀와 너 또한 죽은 줄 알았다. 안테이아 헬라가 돌아간 시각과 헬라 남작가에 불이 난 시각은 거의 비슷했으니까. 그래서…… 더는 찾지 않았다. 미안하다."

카이사르가 처절한 목소리로 말을 끝맺었다. 그는 고개도 들지 못하고 간신히 떨리는 손으로 나를 붙잡고 있었다.

안테이아 헬라는 그날 죽었을 것이다.

'안테이아'의 의미는 '꽃'.

꽃은 그날 동생과 불타지 않았을까, 어렴풋이 예상했다.

'당신은 그래서 당신의 새 이름을 그렇게 지은 걸까.'

당신은 힘이 필요했던 모양이다. 더는 다른 누군가의 힘을 빌리고 싶지 않았을 테니.

오드리. 그 이름을 혀 위로 굴려 보았다. 그 뜻은 '힘'이었다.

나는 몸을 웅크리고 소리 없이 울었다. 소리 없이 우는 법은 진작에 배웠으니 어렵지 않았다. 그런 나를 보는 카이사르의 표정이 처참하게 무너져 내렸다.

"나는, 너를……."

"사, 랑……하세요?"

나는 짓무른 눈가를 주먹 쥔 손으로 비비며 고개를 들어 카이사르를 바라보았다.

물기에 젖은 상태에서도 여전히 나를 향한 애정이 가득한 두 눈을 보고 있으면, 갈 곳 잃은 원망이 천천히 녹아 흐르는 느낌이었다.

누군가를 원망하는 것으로 이 마음을 풀고 싶지 않았다. 베일 너머 괴물의 아가리에 크게 물려 피가 흐르는 상처를 분노로 지지고 싶진 않았다.

나는 그저, 그 참극 속에서 태어났어도 누군가 나를 사랑하고 있다는 확신이 필요했다.

"……사랑한다. 내가 여태껏 살아온 인생이 너를 찾는 길이었다고 감히 고백할 수 있을 만큼 너를 사랑하고 아끼고 있다. 내 삶을 아우르던 지독한 무료함도, 매일 나를 덮쳐 오던 공허도 너를 얻기 위한 시련이었다고 하면 수긍할 만해."

끝없는 갈증 속에서 겨우 물을 찾은 여행자처럼 다급하게 나를 끌어 이마를 맞댄 카이사르가 낮은 목소리로 속삭였다. 나는 짓무른 눈가를 자극하는 눈물에 눈가를 움찔하면서도 두 팔을 벌렸다.

"그럼, 안아 주세요."

누군가 내 곁에 있고, 내가 죽으면 울 사람이 있다는 확인.

나는 내가 태어난 것엔 이유가 있다는 걸 실감하고 싶었다.

카이사르가 황급히 나를 끌어안았다. 나를 으스러져라 안은 두 팔이 희미하게 떨리고 있었다.

나는 말없이 그의 어깨에 얼굴을 묻었다.

이건 외로웠던 어린 시절의 나를 향한 포옹이라고 생각했다.

충직한 검이 되려 했는데 2

"검술 대회 증표로 뭘 줄까? 손수건 같은 건 식상하니까 수류탄은 어때? 검술 대회에선 마도구만 아니면 모든 무기를 허용한다며? 여차하면 던져 버려."

"웃기는군. 아주 증표로 대포도 주겠어."

"넌 찬물 좀 작작 부어."

여느 때와 같이 싸움인지 대화인지 모를 말들을 주고받는 아리아와 칼을 지그시 바라보았다. 이런 평범한 일상은 내게 무척 소중한 것이었지만 평소와 달리 오늘은 저 모습을 즐기기가 힘들었다.

'너를 불행 속에 태어나게 해서, 네 어린 시절을 지켜 주지 못해서 미안하다.'

검은 베일 뒤에 가려진 참혹한 과거를 헤집은 게 바로 어제의 일이었다. 그때의 진실을 알게 되었다 해서 천지가 개벽하고 바다가 메마르진 않았다. 나를 보는 카이사르의 눈이 조금 더 애틋해진 것 외엔 내 주위 모든 것이 여전했다.

하지만 나는 조금 달라진 기분이었다. 예전부터 정리되지 못했던 마음 한편의 흙탕물 구덩이가 서서히 말라 땅이 되어 가는 것 같았다. 비 온 뒤에 땅이 굳는 것처럼.

'나는 지금 무엇을 위해 살아가는 걸까.'

허공에 시선을 둔 채 조용히 생각을 정리했다.

아주 어렸을 적의 나는, 어머니처럼 살지는 않겠다는 오기로 살아갔다. 어머니를 향한 원망으로, 더럽고 질척거리는 감정들로 가까스로 버텼다.

조금 더 자란 나는 아리아를 위해 살았다. 무채색 세상 속 유일한 색채를 발견한 뒤 또다시 눈이 멀고 싶지 않다는 집념을 품었다.

어느 순간 아리아를 살리기 위해 검을 잡았고, 그 후엔 검이 내 가치가 되었다. 검술 실력이 바로 내 유일한 쓸모였다.

그렇다면 지금은 무엇이 나를 살게 할까.

유치한 오기는 졸업했고, 아리아는 더 이상 내 보호를 필요로 하는 아이가 아니었다. 검은 여전히 내 가치였으나, 그것만으로는 부족하다는 생각이 들었다.

"언니. 무슨 생각 해?"

문득 들려온 목소리에 눈을 깜빡였다. 소리가 들린 쪽으로 눈을 돌리자, 한때 내 모든 것이었던 선명한 하늘빛이 나를 기다리고 있었다.

아리아의 목소리는 나뭇잎 위를 구르는 아침 이슬처럼 부드러우면서도 속엔 단단한 심지가 자리 잡고 있었다. 그 나긋한 단호함은 특별히 소리를 키우지 않아도 사람의 이목을 사로잡았다.

나는 대답할 생각조차 하지 못하고 허공에서 흔들리는 아리아의 머리칼을 바라보았다.

"슈슈. 상심이 깊어 보이는군. 무슨 일이 있는 건가."

나는 또 다른 목소리가 들려온 곳으로 시선을 돌렸다.

피는 속일 수 없는 건지, 칼의 목소리는 카이사르와 굉장히 비슷했다. 다만 카이사르에 비하면 어린 티가 나서, 소년과 청년 사이의 아직 완전히 피어나지 않은 장미 꽃봉오리 같았다.

"……아뇨. 아무 일 없습니다."

나는 애써 표정을 정돈하며 고개를 저었다. 내 대답에 두 사람의 표정이 순식간에 굳었다.

'뭐, 뭔데.'

공포 소설의 한 장면처럼 차가워진 두 사람의 얼굴을 보며 흠칫 몸을 떨었다. 안광이 번뜩이는 하늘색과 붉은색의 두 쌍의 눈 아래서 쫄아붙었을까, 눈을 느리게 깜빡인 아리아가 입꼬리를 끌어당겼다. 눈은 웃지 않는 채였다.

"내가 여러 번 말했을 텐데. 언니는 내게 다 읽힌다고."

"……."

　　　　　　　　　　　　　　　　　　　　충직한 검이 되려 했는데 2

과연, 아리아는 나를 가장 잘 아는 사람이었다. 안 그래도 타인의 감정과 변화에 예민한 아리아가 평생을 봐 온 게 나니 당연한 일이었다. 그런데도 내가 말하지 못하고 머뭇거리고 있자, 눈썹을 꿈틀거린 아리아가 치명타를 날렸다.

"이번에도 뒤늦게 말해 주려고? 테러 때처럼?"

나는 떨리는 동공을 숨기지 못했다. 테러 사건은 칼과 아리아에게 평생 미안해해야 하는 일이었다.

'테러 당일이 되어서야 도움을 요청하고, 떠났다가 만신창이가 돼서 돌아왔으니까⋯⋯.'

변명의 여지도 없는 내 죄였다. 나는 그 사건 이후 며칠간 칼과 아리아가 내게 싸늘하게 대했던 것을 생각하며 몸을 떨었다.

"그, 런 건 아닌데⋯⋯."

"그러고 보니 어제 아버지와 길게 대화를 했다던데."

나도 눈치가 빠르다는 소리를 듣는 편이었지만, 칼과 아리아의 눈치는 단순한 눈치를 넘어 들짐승의 본능 수준이었다. 소드 마스터는 난데 사람 사이의 눈치는 왜 두 사람이 더 빠른지 모를 노릇이었다.

칼이 툭 던진 한마디에 나는 더 이상 표정을 관리할 수 없었다.

"아버지께 물어보는 편이 낫겠나, 네가 직접 말하는 편이 낫겠나?"

유려하게 입꼬리를 올리는 칼을 보며 더는 숨길 수 없음을 느꼈다. 결국 나는 느리게 입을 열었다.

"⋯⋯어제 아버지로부터 제 어머니에 대해 들었습니다."

칼의 얼굴로 희미하게 난감함이 번졌다. 칼은 나와 이복남매이니만큼, 내 어머니에 대해서는 조심스러워했다. 나는 칼에게 괜찮다는 눈짓을 보내곤 고개를 돌렸다.

"아리아."

잔을 쥔 아리아의 손에 힘이 들어갔다. 나는 입술을 꾹 깨물었다. 내가 궁금해했던 것처럼, 아리아 또한 어머니에 대해 궁금해할지도 모른다. 그러나 나는 아리아에게 내가 들었던 이야기를 전할지 말지 갈팡질팡하고 있었다.

아리아는 알아야 할 권리가 있다고 생각하면서도, 괜히 아픈 기억을 다시 들춰야 하는지는 의문이었다.

"만약 네가 궁금하면……."

"아니."

말을 미처 끝내기도 전에 아리아가 단호하게 부정했다. 나는 눈을 끔뻑이며 아리아를 바라보았다.

"나는 궁금하지 않아, 언니."

화창한 봄날의 하늘 같은 푸른 눈이 냉정하게 번뜩였다.

"내겐 부모가 없어. 나는 과거 이야기에 휘말리고 싶지 않고, 그 사람들의 이야기를 듣고 싶지 않아. 이건 원망이나 치기 어린 고집 같은 게 아니야. 그냥 궁금하지 않은 거야."

아리아의 두 눈은 완벽한 타인을 논하는 눈이었다. 나는 한 치의 흔들림 없이 강인한 그 태도에서 아리아와 나의 차이를 느꼈다.

나는 그 시절 부모에 대한 마음을 원망으로 돌렸다. 그것으로 탄생이란 비극을 극복했다. 허나 그 시절의 아리아는 원망조차 없이 제 부모를 인생에서 지워 버린 모양이었다.

나는 아픈 아리아가 하루 종일 침대에 누워 무슨 생각을 했을지 상상조차 할 수 없었다. 내가 감히 가늠할 수도, 가늠해서도 안 되는 부분이었다.

"나는 그냥 모르는 채로 살고 싶어. 모르는 사람들로 과거에 남겨 둘 거야. 이해하고 싶지 않아."

담담하게 말한 아리아가 찻잔을 기울였다. 그 모습은 한없이 우아하고 어느 동화의 한 장면처럼 아름다워 보였으나, 찻잔을 잡은 하얀 손은 희미하게 떨리고 있었다.

"……그래."

나는 짧게 수긍했다. 그것이 아리아의 선택이라면 받아들여야 마땅했다.

미련한 나는 굳이 들추지 않아도 될 진실의 장막을 찢고 들어가 추악한 세상의 단면을 확인했다. 그것이 내가 선택한 내 방식. 누구도 고치려 들어서는 안 되는 내 삶의 양식이었다.

그러나 현명한 아리아는 판도라의 상자를 닫힌 상태로 내버려 둘 줄 알았다. 호기심을 뒤로하고 이성으로 생각했다. 검은 장막은 그저 뒤에 두고 나아갈 수 있는 사람이었다.

"부모님이 필요하다고 생각한 적은 없어?"

나는 조심스럽게 물었다. 아리아가 괜찮다고 하긴 했지만, 혹여 필요를 느낀 적이 있진 않았을까 염려되었다.

나를 지그시 바라보던 아리아가 화사하게 웃었다.

내가 사랑하는 그 웃음이었다.

"응. 단 한 번도. 내게 가족은 언니 하나로 차고 넘쳤어."

사랑한다는 카이사르의 말에서 내가 탄생한 이유를 확신했듯, 진심만을 꼭꼭 눌러 담은 아리아의 한마디에서 또 다른 것을 확신했다. 나는 아리아를 향해 마주 웃음 지었다.

"다행이구나."

이제까지의 내 삶은 헛되지 않았다고 말이다.

탁.

마나를 두른 발이 가볍게 땅 위에 착지했다. 등 뒤로 검은 천 자락이 크게 펄럭였다. 텅 빈 골목을 잠시 둘러본 나는, 사뿐한 걸음으로 골목을 벗어나 큰길에 들어섰다.

'길드의 거리.'

제국의 길드들이 한데 모인 거리는 꽤 한적했다. 이전에 왔을 땐 상당히 북적였던 것을 생각하면 이는 테러의 여파일 가능성이 높았다. 수도 한복판에서 일어난 테러는 확실히 제국민들에게 경각심을 일깨워 준 듯했다.

'야샤는 길드에 있었으면 좋겠는데.'

나는 주머니에 손을 넣은 채 야샤의 명함을 만지작거리며 생각했다. 혹여 헛걸음을 할지도 모른다는 생각에 기분이 찝찝해졌다.

카이사르에게 어머니에 대한 전반적인 얘기를 들었어도 아직 부족했다. 내가 태어난 전말은 알게 되었지만 그 이후 어머니가 어떻게 됐는지, 레이샤와 어떤 연관이 있는지는 몰랐으니까. 나는 야샤를 만나기 위해 이곳까지 온 참이었다.

'이상해. 왜 어머니에 대한 기억은 구멍이 뚫린 것처럼 허전하지.'

나는 내 머리를 헤집으며 미간을 좁혔다. 아무리 떠올리려 해도 일곱 살 이전의 기억은 기이하다 싶을 만큼 텅 비어 있었다.

물론 어렸을 적 기억이 선명한 게 더 이상하지만, 그래도 의뭉스러웠다. 나는 기억력이 그렇게 나쁜 편이 아닌데도 어머니에 관해선 작은 부분 하나도 떠올리기 힘들었으니까. 누군가가 억지로 지워 버린 것 같다 싶을 정도였다.

'그만큼 기억하고 싶지 않았던 걸까.'

힘든 시절 어머니를 떠올리기 싫은 마음에 내 무의식이 방어 기제로 지워 버렸을지도 몰랐다. 나는 피어오르는 이질감을 애써 지우며 발걸음을 옮겼다.

'그러고 보니 이 앞은 'Hide & Ceek'인데.'

이제는 익숙해지기까지 한 길을 걸으며 슬며시 미간을 좁혔다. 증오인지 애정인지 분간할 수 없는 감정이 불쑥 고개를 들었다. 내게서 가장 극적인 반응을 이끌어 낼 수 있는 한 남자의 얼굴이 떠오른 탓이었다.

'그 새끼 장사는 잘 되려나.'

사람 없는 길드의 거리를 보자니 별 쓸데도 없는 생각이 스멀스멀 기어올랐

충직한 검이 되려 했는데 2

다. 금전 난으로 배를 곯으면 무척 고소할 것 같다는 마음과 어쩐지 그런 모습은 보기 싫다는 마음이 한꺼번에 들어 착잡했다. 나도 내 마음을 다 알 수가 없었다.

'아직도 정보는 안 보내줬단 말이지. 새끼가…… 일 그렇게 하다 다 말아먹지.'

나는 매일같이 편지 꾸러미를 확인해도 아직까지 보이지 않는 정보 문서를 떠올리며 혀를 찼다. 잘못 큰 자식을 보는 부모의 심정이 되어 지그문트를 속으로 까 내리고 있었을 때.

"조, 조금만 더 시간을 주면 확실히 갚겠다니까!"

오른편 골목 너머로 희미하게 들려오는 목소리에 나는 우뚝 걸음을 멈추었다.

정보 길드든 브로커 길드든, 종류를 불문하고 대금을 겸업하는 길드들이 상당히 많았다. 대금은 돈 불리기 가장 좋은 일 중 하나일 뿐더러 길드 자체가 보통 무력가들로 이루어진 집단이니만큼 수금에 용이하기 때문이었다.

아마 이 골목에선 흔한 일일 터. 그냥 스쳐 지나가는 것이 현명한 일일 테지만, 나는 갈 수 없었다. 들려오는 목소리가 익숙했던 탓이었다.

"이거 안 놔? 감히 데카르도의 후계자에게 이렇게 대하다니……!"

골목 너머 앙칼지게 울리는 목소리는, 분명 메르헨 데카르도의 것이었다.

'무능한 개자식. 르웰린이 처리할 쓰레기.'

메르헨을 떠올린 즉시 생각나는 단어들은 하나같이 부정적인 것이었다.

'미친놈…… 고리대금을 빌린 건가.'

껄끄러워진 나는 머리를 마구 헤집었다.

르웰린이 후계자로 서기 위해 본격적으로 작업을 시작한 이후, 메르헨의 입지는 빠른 속도로 줄어들었다. 애초에 능력도 없는 놈이 장자라는 이유로 차지하고 있던 것이었으니, 진정한 후계자가 나타난 이상 모래성처럼 무너졌을 터였다.

'이를 갈고 있다는 소식을 듣긴 했는데 돈까지 빌렸을 줄이야.'

앞머리를 쓸어 넘긴 나는 앓는 소리를 냈다. 골치 아픈 상황이었다. 어떻게 해야 하나 가늠하고 있을 때였다.

"그게 지금 몇 번째 하는 말씀인 줄은 아십니까, 데카르도의 도련님."

이어서 들려온 익숙한 목소리에, 나는 숨조차 멈추고 굳었다.

정중한 듯하지만 한없이 서늘한 목소리. 낮은 톤에 음울한 어조. 호흡만으로도 겨울을 불러오는 이.

조금 신경을 기울이면 분명히 느껴진다. 얼어붙은 호수처럼 차갑디차가운 기운이.

내가 제 생각을 하는 줄 안 걸까, 아니면 또다시 나를 뒤흔들고 싶은 것인가. 괜찮아질 만하면 그는 또다시 모습을 드러냈다.

"나는 아주 오래 기다려 주었다고 생각했는데 말입니다."

나는 목소리가 들려오는 골목을 향해 휙 몸을 돌렸다.

영원을 지난다 해도 잊을 수 없을 그 목소리와 기운. 뼛속에 새겨진 깊고 무거운 이름.

메르헨과 대치하고 있는 이는 지그문트임이 분명했다.

'저 자식이랑은 정말 뭔가 있는 건가?'

우연도 세 번이면 운명이라는데, 지그문트와는 의도하지 않았음에도 몇 번째 마주치는 것인지 모를 일이었다. 이쯤 되면 엎어져도 지그문트 쪽으로 엎어지는 게 아닐까 싶어 질릴 지경이었다.

"젠장…… 르웰린 그 자식이 후계 계승에 끼어들 줄 누가 알았겠느냐고! 조금만 더 기다려 줘. 르웰린은 어떻게든 처리할……."

"상황을 봐선 당신이 처리될 것 같습니다만."

메르헨의 애원에도 지그문트는 단호했다. 그의 목소리는 서늘함을 넘어서 인간이 아닌 무가치한 무언가를 대응하는 것 같았다.

"후계자의 이름을 보아 계속 보류해 줬지만 이래서야 살려 둘 가치는 있나 싶습니다."

"자, 잠깐! 제발……!"

사형선고처럼 살벌하게 내려앉은 지그문트의 한마디에 메르헨의 애원이 더욱 간절해졌다.

지그문트의 기운이 잘 벼린 검처럼 날카로워졌다. 금방이라도 메르헨을 공격할 것 같았다.

나는 지끈거리는 관자놀이를 꾹 누르고는 자리를 박차고 허공으로 도약했다. 기척을 완벽히 죽인 채 소리 없이 골목 벽 위를 달렸으나, 그새 내 존재를 파악한 건지 지그문트의 기운이 크게 멈칫했다. 예나 지금이나 감 하나는 더럽게 예민했다.

마음 같아서는 이곳에 메르헨을 내버려 두고 가고 싶었다. 그가 르웰린에게 저지른 짓들은 그녀의 친구로서 절대 용서할 수 없었다. 나는 정말 그를 구하고 싶지 않았다.

그럼에도 자리를 박차고 나선 이유는 두 가지였다.

첫째는 사람이 위험한 상황을 방관할 수 없기 때문이었고.

"방해해서 미안한데, 이 작자를 건드리는 건 곤란해. 이 목숨엔 임자가 있어서 말이지."

둘째는 메르헨의 파멸은 반드시 르웰린의 손에서 이루어져야 하기 때문이었다.

나는 유하게 웃으며 가볍게 착지한 뒤 바닥에 엎어져 있는 메르헨 앞에 섰다. 내가 올 것을 눈치챈 듯한 지그문트가 놀란 기색 없이 나를 바라보았고, 내 갑작스러운 등장에 메르헨이 눈을 크게 떴다.

나는 속으로 한숨을 쉬었다. 그에게 모욕을 들으면서도 손대지 않고 내버려 둔 건 메르헨에 대한 처분이 오직 르웰린의 손에서 이루어지길 바랐기 때문이었다. 이대로 자멸해 버리는 건 곤란했다.

'저런 놈은 르웰린의 손에서 더 고통받아야지.'

나는 서늘한 눈으로 메르헨을 곁눈질했다. 나와 눈이 마주친 그가 크게 몸을 떨었다. 나는 메르헨의 한심함에 혀를 차고는 지그문트에게로 고개를 돌렸다.

'……저 가면.'

나는 지그시 입안의 살을 깨물었다. 내 검은 가면과 똑같은 형태의 흰 가면. 그가 첫 재회 때도 쓰고 있었던 저 가면은, 다름 아닌 카라쇼의 선물이었다.

"자. 너희를 위한 새 가면이다."

어느 날 카라쇼는 환히 웃으며 두 개의 가면을 지그문트와 내게 내밀었다.

"슈슈는 그 허접한 가면을 바꿀 때가 됐고, 지그문트도 슬슬 새 가면이 필요했지. 하나씩 나눠 끼라고 특별히 똑같은 모양에 색만 다르게 주문 제작해 왔다!"

그 말을 들은 지그문트와 나는 동시에 얼굴을 일그러뜨렸다.

"제가 왜 저 녀석과 똑같은 가면을 씁니까. 불쾌합니다."

"맞습니다. 차라리 지금 가면을 계속 쓰겠습니다. 그리고 그렇게 허접하진 않습니다! 좀 저렴해서 그렇지……!"

"아니. 지금 네 가면은 허접 그 자체다. 지금 당장 누군가가 쓰레기로 착각하고 쓰레기통에 던져 넣어도 이상하지 않아."

"하! 쓰레기통에 들어가야 하는 건 너 아닌가? 그리고 불쾌한 척하는 게 굉장히 우습군. 너는 이 상황이 좋지 않나?"

"무슨 헛소리를 하는 거지?"

"넌 나랑 엮여서 좋잖아. 네 가문의 영광 아닌가?"

"드디어 미쳤군."

"부끄러워 할 필요 없다, 지그문트 하이드. 충분히 기쁜 티를 내도 좋아."

"……스승님. 저 녀석이 스승님의 능글거림을 배워 버렸지 않습니까. 더는 회생할 여지조차 없는 것 같으니 길드로 가는 길에 봉지에 싸서 버리는 게 좋겠습

충직한 검이 되려 했는데 2

니다.”

지그문트와 나는 견원지간이었다. 사사건건 부딪쳐 죽일 듯이 싸웠으니 말이다. 여느 때와 같이 서로에게 으르렁거리고 있을 때, 카라쇼가 유쾌하게 웃었다.

“우정 아이템을 맞추면 얼마나 좋으냐. 녀석들, 좋으면서 괜히 툴툴거리는구나.”

“하나도 좋지 않습니다.”

“제가 이 자식과 맞출 건 주먹밖에 없습니다.”

지그문트와 나의 날 선 대답에도 카라쇼는 태연했다. 나와 지그문트를 보는 카라쇼의 눈이 어린 연인을 보는 노인의 허허로운 눈빛과 닮아 있어 얼굴을 와그작 구겼을 때, 그녀가 눈꼬리를 늘어뜨렸다.

“이 스승의 소원이래도 쓰지 않을 게냐? 너희가 사이좋게 쓰는 걸 바랐는데…….”

나는 입술을 앙 물고, 지그문트는 앓는 소리를 냈다. 그와 나 사이의 얼마 없는 공통점 중 하나가 바로 카라쇼에게 약하다는 것이었다.

“제가 검은색을 쓸 겁니다.”

“뭐? 검은색은 내가 쓸 거다.”

덥석 검은색 가면을 잡는 지그문트의 손을 거칠게 쳐 냈다. 나를 바라보는 보라색 눈동자에 가소롭다는 기색이 서렸다. 나는 눈썹을 꿈틀하며 비아냥거렸다.

“하얀 가면은 창백한 너나 쓰지 그래. 피부가 아주 백옥 같은 것이 하얀 가면을 쓰면 피부랑 가면이랑 구분도 안 가겠군.”

“……하. 피부가 하얀 건 너도 만만치 않다. 네가 검은 가면을 쓰면 체스판 같을 거다. 순순히 내게 넘겨라.”

지그문트와 나의 또 다른 공통점은, 둘 다 검은색을 선호한다는 것이었다. 다만 지그문트는 다른 색의 옷도 입긴 입었고, 나는 극단적으로 검은색 옷만 입었다. 때문에 그는 나를 어둠의 자식이라고 조롱하곤 했지만, 내가 보기엔 도토리

키 재기였다.

"너희 둘은…… 정말 별걸 다 가지고 싸우는군. 흰 가면을 검게 칠해 주랴?"

카라쇼의 체념 어린 한마디에 지그문트와 내가 동시에 고개를 저었다. 똑같은 모양의 가면을 쓰는 것도 싫은데 색깔까지 같으면 정말 싫을 것 같다는 마음이 통한 것 같았다.

"어쩔 수 없군. 동전 던지기로 정하자."

"그래."

"동전 던져서, 지는 쪽이 할복하는 걸로."

"그래. 지는 쪽이…… 뭐?"

"슈슈……."

한쪽이 할복하면 같은 가면을 쓸 일도, 가면의 색을 가지고 싸울 일도 없을 터였다. 내 제안에 지그문트는 어이없다는 표정으로 나를 바라보았고, 카라쇼는 한숨을 쉬었다.

"동전 던져서 이긴 사람이 검은 가면을 써라."

지그문트와 살벌한 시선을 교환하며 기 싸움을 하고 있었을까, 카라쇼가 단호하게 말했다. 스승의 명을 거역할 수 없었던 나는, 지그문트의 할복은 다음으로 미루며 주머니에서 동전 하나를 꺼냈다.

"내가 앞면 할 거다."

"그러든지. 어차피 운이 좋은 쪽은 나다."

한쪽 입꼬리를 끌어당겨 비웃는 지그문트를 향해 동전을 던지고 싶다는 충동을 참은 나는 동전을 허공으로 튕겼다. 그리고 수직으로 낙하하는 동전을 양손으로 덮어 잡았다. 나는 위로 덮인 손을 기세등등하게 떼어 냈다.

우연히 넘어져도 뒤로 넘어질 만큼 불운한 나와 달리, 지그문트는 운이 꽤 좋은 편이었다.

"……."

"내가 말했지."

결과를 확인한 내가 얼굴을 딱딱하게 굳힐 때, 지그문트는 여유롭게 웃었다. 선명한 보랏빛 눈동자가 느긋하게 반짝였다. 동전을 잡은 손이 부들부들 떨려 왔다.

"뒷면…… 윽!"

말을 잇던 지그문트가 제 눈을 부여잡았다. 내가 순식간에 그의 두 눈을 찌른 탓이었다.

정정당당하지 못한 승부는 좋아하지 않으나 지그문트와 하는 승부만은 반드시 이겨야만 했다. 아픈 듯 낮은 신음을 뱉는 모습이 조금 불쌍해 보이긴 했지만, 애초에 비겁하게 싸우는 방법을 가르쳐 준 사람이 지그문트였으니 죄책감은 갖지 않기로 했다.

"스승님. 보세요. 앞면입니다."

태연하게 동전을 뒤집은 나는, 드러난 동전의 앞면을 카라쇼에게 보여 주었다. 카라쇼의 얼굴에 집 안을 엉망으로 만들어 놓은 고양이를 보는 듯한 기색이 물들었다.

"그렇게까지 검은 가면이 갖고 싶나?"

눈을 몇 번 매만져 시야를 되찾은 지그문트가 허탈한 목소리로 물었다. 나는 당당하게 고개를 저었다.

"아니. 너한테 지는 게 싫은 거다."

지그문트의 두 눈이 나를 조용히 담아냈다. 싸늘하게 화를 낼 거라 예상했던 것과 다르게 그의 반응은 잔잔했다.

새하얀 설원처럼 창백한 얼굴은 언제나 그렇듯 단단한 포커페이스에 감춰져 읽을 수 없었으나, 얼핏 웃음기가 스쳤던 것 같았다.

"목숨을 건 혈투가 아닌 이상 싸움에서 승패는 중요치 않다던 놈이 웃기는군."

"거기서 넌 제외다. 너와의 싸움은 반드시 이겨야 해."

지그문트가 짧게 숨을 뱉었다. 웃음인 듯 한숨인 듯, 애매한 숨결이었다. 고요한 보랏빛 눈동자가 나를 응시했다. 두 눈엔 기분 좋은 서늘함이 담겨 있었다.

"나는 네게 특별한 모양이지?"

그가 지나가듯 뱉은 말에 나는 흠칫했다. '특별하다.'라는 단어가 지나치게 생소해 혼자 곱씹고 있었을까, 지그문트가 흰 가면을 받아 썼다.

나는 가면을 쓴 지그문트를 떨떠름하게 바라보았다. 안 그래도 속을 읽을 수 없는 놈이 가면을 쓰니 더욱 의뭉스러워졌다. 지그문트 특유의 고귀한 분위기 때문에 용병은 무슨, 가면무도회에 온 귀족 자제 같았다.

'재수 없는 놈…….'

나는 눈을 흘겼다. 저 얼굴만 덜 됐더라면 더 전력으로 싫어할 수 있었을 텐데, 하필 놀랍도록 아름다운 얼굴이라 싫어하다가도 주춤하게 됐다.

나를 보고는 하, 하고 헛웃음을 뱉은 지그문트가 입꼬리를 살짝 올렸다.

"나는 싸움에서 승패를 아주 중요하게 여기고, 너와의 싸움에선 더 중요시한다만……."

카라쇼에게서 검은 가면을 건네받은 지그문트가 그걸 내게로 휙 던졌다. 가볍게 받아 내고 그를 물끄러미 바라보자, 그의 눈꼬리가 희미하게 휘었다.

"배운 걸 충실히 사용하는 게 가상해서 말이다. 검은색을 더 좋아하는 건 너니, 이번은 져 주지."

그때 그 웃음은, 꽤 진심인 것 같았다.

잠시 사색에 빠져 있던 나는 앞머리를 거칠게 쓸어 넘기며 정신을 다잡았다. 그때와 지금은 다르다. 너무 달랐다. 그때를 떠올려 봐야 좋을 것은 하나도 없었다.

충직한 검이 되려 했는데 2

'대체 저 가면을 왜 아직까지도 가지고 있어서는……'

첫 재회 때 크게 흔들린 이유 중 하나가 바로 저 가면 때문이었다. 진작에 버렸을 줄 알았는데, 예상을 한참 빗나가 관리가 잘된 채로 그의 얼굴을 가리고 있는 가면은 나로 하여금 많은 생각을 하게 했다.

'그러는 나도 버리지 못했으니까.'

입술을 살짝 깨물었다. 나 또한 그 가면을 지금 쓰고 있으니 할 말이 없었다. 누가 보면 지그문트와 한패 같아 보일지도 모른다는 생각이 들었다.

'이 상황부터 처리를 해야지.'

가면에 대한 생각을 정리한 나는, 메르헨을 발끝으로 툭툭 찼다.

"이건 내게 넘겨줘야겠다."

나도 내가 상당히 뻔뻔한 소리를 하고 있다는 걸 알고 있었지만, 어쩔 수 없었다. 그렇다고 메르헨의 빚을 대신 갚아 이 상황에서 완전히 해방시켜 주는 건 싫었다. 갑작스럽게 등장한 나를 경계하던 지그문트의 수하들은, 내 말에 어이가 없다는 듯 얼굴을 일그러트렸다.

"이 자식이 무슨 소리를……"

"그만."

그들이 내게 위협적인 기세로 다가오려 할 때, 그 앞을 막아선 것은 지그문트였다. 새까맣게 죽은 보랏빛 눈동자가 눈구멍 안쪽에서 조용히 번뜩였다.

"이쪽은…… 내 막역한 악우다. 건드리지 마라."

막역한 악우. 깨끗한 쓰레기, 착한 지그문트같이 양립할 수 없는 두 단어였다. 제멋대로 괴상한 호칭을 만든 그를 짜게 식은 눈으로 바라보았을까, 그가 느긋하게 고개를 기울였다.

"데카르도의 도련님이 내게 빌린 돈은 상당하고, 나는 그에게 돈을 요구할 자격이 있다. 내가 왜 네게 넘겨야 하지?"

"내가 원하고, 나는 그를 데려갈 힘이 있으니까."

하, 하고 낮게 헛웃음을 뱉은 지그문트가 고개를 살짝 쳐들며 나를 내려다보았다. 마주하는 것만으로도 몸이 저릿해지는 시선이었다. 그는 어려서도 종종 저런 시선을 보내곤 했지만, 완연한 어른이 된 그의 위압감은 어린 날에 비할 수 있는 정도가 아니었다.

"그걸로는 안 돼. 여기서 나와 힘으로 결판을 내고 싶은 게 아니라면 확실한 것을 제시해."

"커헉……!"

검은 가죽 장갑에 덮인 지그문트의 손이 메르헨의 뒷덜미를 가볍게 잡아 올렸다. 허공에 대롱대롱 매달리게 된 메르헨이 컥컥거리며 숨을 골랐다.

성인 한 명을 들고도 조금의 힘든 기색도 없는 지그문트가 눈꼬리를 휘었다. 간교한 뱀을 닮은 샐쭉한 눈웃음이었다.

"내가 데카르도의 도련님을 넘기면, 너는 내게 무얼 줄 거지?"

낮은 목소리에는 흥미로워하는 기색이 감돌고 있었다.

골목의 공기가 순식간에 무거워졌다. 지그문트와 나의 기운이 자욱하게 퍼지며 맹수들의 영역 다툼처럼 서로를 짓눌렀다.

나는 눈을 가늘게 뜨고 번들거리는 보랏빛 눈동자를 마주했다.

"원하는 게 있는 모양이지?"

"글쎄."

떠보기 위한 질문에 의뭉스러운 답변이 돌아왔다. 나는 새하얀 설원처럼 바닥이 비치지 않는 아득한 낯을 읽어 보려 했으나, 읽을 수 있는 건 그가 즐거워하고 있다는 단순한 사실뿐이었다.

"거래를 요청하는 쪽이 너니, 제시는 네가 해야 맞지 않겠나. 내가 만족할 만한 걸 생각해 봐라."

팔짱을 낀 지그문트가 고개를 쳐들었다. 햇빛을 받은 그의 두 눈이 자수정처럼 반짝였다.

충직한 검이 되려 했는데 2

'아주 본격적으로 즐기고 있군…….'

나는 이를 아득 갈았다. 지그문트는 내가 꿇고 들어가야 하는 이 상황을 만끽하고 있음이 분명했다. 재수 없지만 이해는 할 수 있었다. 내가 지그문트의 입장이었다면 입꼬리를 귀에 건 채 무릎부터 꿇으라고 했을 테니까.

"네 일당들부터 물려. 메르헨 데카르도도 보내. 거래는 그 뒤에 한다."

나는 뚱한 표정을 지은 채 손을 휘휘 저었다. 지그문트가 헛웃음을 뱉었다.

"거래는 선불인 법이다. 메르헨 데카르도를 보낸 뒤에 네가 도망쳐 버릴지도 모르는 거 아닌가."

"하. 내가 그럴 인간으로 보이나?"

눈꼬리를 날카롭게 치켜올리며 흔들림 없는 눈으로 지그문트를 마주했다. 그가 느리게 눈을 깜빡였다.

믿음이란 아슬아슬한 줄타기로 절벽을 건너 상대에게 닿는 것과 같다. 발밑의 줄이 썩은 동아줄이 아님을 확신한 상태에서만 이어질 수 있는 것이다.

지그문트와 나는 오래전에 그 줄 위에서 내려왔고, 우리 사이엔 깊은 골이 생겼다. 조심성 없이 함부로 줄을 탔다가 줄이 끊어져 떨어지면 조금 다치는 정도로 끝나지 않을 터였다. 우리는 서로에게 믿음을 요구할 수 있는 처지가 아니었다.

"알잖아. 내가 네게서 비겁하게 도망칠 리가 없다는 거."

다만 내가 지적하는 것은 함께 보낸 시간 동안 그에게 축적되었을, 나에 대한 정보였다.

나는 지그문트를 알았고 지그문트는 나를 알았다. 나는 지그문트를 믿지 않았지만, 확실한 경험을 통해 그에 대해 확신하고 있는 것들이 있었다.

요컨대 지그문트 앞에 초콜릿과 제비꽃 설탕절임이 있으면 그는 설탕절임을 입에 넣을 것이고, 누군가 그에게 욕망과 의무 중 하나를 선택하라고 한다면 그는 후자를 선택하리라는 것이었다.

지그문트 또한 나에 대해 확신하는 것이 있을 것이다. 거기에 그치지 않고 그의 성격상 나를 철저히 파악하고, 내 행동을 계산하고 있을 게 뻔했다.

"나는 네게 빚을 지느니 할복을 한다."

눈을 부릅뜨며 단호하게 말했다. 나는 빚을 지는 걸 싫어했다. 그 대상이 지그문트라면 더더욱.

"하, 하하!"

지그문트가 소리 내어 웃음을 터뜨렸다. 그가 크게 웃는 건 흔히 볼 수 없는 모습이었기에 나는 조금 놀란 채로 눈을 끔뻑였다. 고개를 숙이고 웃어 얼굴이 잘 보이진 않았지만, 그림자가 진 그의 하관 쪽에 낭창하게 휘어진 입꼬리가 얼핏 보였다.

"그래. 너는 그런 사람이지."

조금 뒤에 웃음을 멈춘 지그문트가 고개를 들었다. 기분이 좋아 보이면서도 어쩐지 씁쓸한 느낌이 드는 미소를 짓고 있었다.

"덴버스. 데카르도의 도련님을 데리고 가라. 너희는 길드로 돌아가고, 도련님은 보내."

낮은 목소리와 함께 선득한 기운이 훅 퍼져 나왔다. 나조차도 잠시 숨을 멈추었다. 지그문트에게선 한겨울 눈 더미에 파묻혀 있는 것 같은 냉기가 풍겼다.

"……알겠습니다."

덴버스라 불린 남자는 흠칫하면서도 군말 없이 고개를 숙였다. 이유조차 따지지 않는 철저한 복종으로, 남자의 두 눈엔 충성심만이 가득했다. 어떻게 길들이기에 저 정도인지 궁금해지는 순간이었다.

"저, 저기!"

바닥에 쓰레기처럼 널브러져 있다가 덴버스에게 짐짝처럼 들린 메르헨이 나를 불렀다. 나는 껄끄러운 기분으로 그를 돌아보았다. 메르헨을 구해 버린 이 상황이 참 마음에 들지 않았다.

　　　　　　　　　　　　　　　충직한 검이 되려 했는데 2

"구해 주셔서, 감사……."

"야."

"네, 네?"

여기서 죽지 말고 르웰린 손에 죽으라고 보내 주는 것뿐인데 이유 없는 구원으로 받아들인 것 같은 메르헨을 차갑게 바라보았다. 귀족으로 살며 누르고 살던 용병 시절 성깔이 나도 모르게 튀어나왔다.

"꺼져."

나는 온 인류를 품을 수 있는 박애주의자가 아니었다. 감히 내 친구의 가능성을 제한하고 나를 모욕한 메르헨이 당연히 싫었다.

험악한 내 눈빛을 읽은 건지 후드득 몸을 떤 메르헨이 황급히 눈을 피했다. 나는 그를 한 대 쥐어박고 싶은 충동을 참으며 고개를 휙 돌렸다. 덴버스는 메르헨을 감자 포대처럼 어깨에 멘 채 다른 이들과 함께 사라졌다.

"메르헨 데카르도와 사이가 나쁜 줄은 몰랐는데."

팔짱을 낀 채 지켜보던 지그문트가 인기척이 완전히 사라진 뒤 입을 열었다. 나는 얼굴을 구겼다.

"나쁜 정도가 아니라 경멸이다. 정말 싫어하는 인간이야."

"네가 그렇게까지 말하다니 의외군. 하기야…… 원체 돼먹지 못한 인간이긴 했지."

지그문트가 가면을 벗었다. 철저하게 가리고 있던 얼굴을 내 앞에선 거리낌 없이 드러내는 모습이 기묘한 감상을 불러일으켰다. 나는 조금 머뭇거리다 마찬가지로 가면을 벗었다. 어차피 서로 민낯을 본 사이였으니 숨길 건 없었다.

지그문트는 감정에 미숙한 내게서 원색적이고 강렬한 감정들을 어려움 없이 이끌어 냈다. 그게 대부분 부정적인 감정인 게 문제지만, 나는 그 앞에서 가장 솔직해질 수 있었다.

'꽤 편하다고 생각하고 있었구나.'

새삼스러운 자각에 눈을 느리게 깜빡였다. 확실히, 이 세상에서 가장 편한 사람을 꼽으라고 한다면 아리아, 레오와 함께 지그문트를 손꼽을지도 몰랐다.

이제 와서 이런 자각은 하나도 좋지 않다는 걸 알기 때문일까, 머리를 마구 헝클어트린 지그문트가 말을 이었다.

"메르헨 데카르도를 사로잡아 데카르도 가문에 손을 댈 생각이었는데, 너 때문에 무산됐다. 손해가 아주 상당해."

제 손에 쥐고 있던 가면을 굴린 지그문트가 느긋한 눈빛으로 나를 바라보았다.

"무엇으로 내 손해를 메꾸어 줄지, 내 기대해 보도록 하지."

'재수 없는 새끼……'

나는 입술을 깨물었다. 주먹이 저절로 꽉 쥐어졌으나, 쥔 주먹을 무턱대고 날릴 만큼 어리진 않았기에 그저 쥐고만 있었다.

위풍당당하게 대가를 치르겠다고 선언하고 메르헨을 보냈지만, 사실 나는 내가 무엇을 대가로 치를 수 있는지 아직 생각해 내지 못했다.

돈이라면 얼마든지 줄 수 있지만, 거대 길드의 길드장인 저놈이 돈이 궁하진 않을 것이다. 애초에 메르헨을 붙잡고 있었던 이유도 가문을 눈독 들였던 것이라고 제 입으로 말했다.

'돈 말고…… 줄 수 있는 게 뭐가 있지?'

워낙에 의뭉스러운 놈이라 바라는 게 뭔지도 읽히지 않았다. 슬쩍 눈치를 본 나는, 지그문트 앞으로 가면을 슬그머니 내밀었다.

"……지금이라도 검은 가면 주랴?"

지그문트가 실소를 터트렸다. 그가 웃음기 깃든 얼굴로 나를 마주했다.

"내 두 눈을 찔러서 얻은 그 가면 말이지."

"그때 져 주겠다고 한 건 너였다."

양심에 찔리는 말에 나는 지그문트의 시선을 사선으로 피했다. 한숨처럼 웃음을 흘린 그가 턱을 들어 올렸다.

"나는 이미 흰 가면에 익숙해졌으니 그건 됐다. 아무래도 대가로 줄 게 없는 모양이군?"

"지금 목덜미 치고 도망가고 싶으니까 간죽거리지 마라."

나는 심각하게 고민했다. 솔직히 튀고 싶은 마음이 한가득이었지만, 그건 내 자존심이 허락하질 않았다. 현재 내 주머니에 뭐가 있는지, 특별히 귀중한 게 있는지 가늠해 보았으나 역시 지그문트에게 줄 만한 건 없었다.

'내가 지금 뭘 하고 있는 거지.'

진지하게 고민하던 중 강한 회의감이 들었다.

"좋은 말로 할 때 원하는 걸 말해라."

나는 거칠게 검을 뽑으며 짜증스럽게 말했다. 내가 고뇌하던 모습을 지켜보던 지그문트가 잔웃음을 흘렸다. 그가 이렇게나 많이 웃는 건 오랜만이었다.

"수틀리면 바로 검부터 꺼내 드는 습관은 아직도 못 고쳤군."

지그문트가 내 검날을 꾹 눌렀다. 검은 장갑을 낀 채라 손에 상처가 나지는 않겠지만, 그 모습에 처음 재회한 날 그가 내 검을 꽉 잡고 손에서 피를 뚝뚝 흘렸던 것이 떠올라 흠칫하며 검을 내렸다.

"내가 원한다고 하면 다 들어주는 건가."

내리려는 검을 굳이 붙잡고 매서운 날을 손끝으로 훑던 지그문트가 검을 바라보던 시선을 내게로 돌렸다. 묘하게 가라앉은 보랏빛 눈동자가 단숨에 분위기를 진지하게 만들었다. 나는 단단히 각오하고 입을 열었다.

"웬만하면 들어주는 걸로 하지. 그렇다고 제국을 정복하라는 둥 무리한 요구를 하면…… 결투 신청으로 듣겠다."

"하. 나는 그렇게까지 경우 없는 인간이 아니다."

"아니. 넌 경우도 없고 인성도 없고 양심도 없는 금수다."

지그문트와 가볍게 기 싸움을 이어 갔다. 어이없다는 표정을 짓던 그가 한숨을 쉬었다.

"그런 건 바라지도 않는다. 다만…… 대가를 요구하는 건 나중으로 미루어 두
도록 하지."

'이 자식 무슨 속셈이지?'

나는 눈을 아니꼽게 뜬 채 지그문트를 곁눈질했다. 나를 엿 먹이기 위해 당장
이라도 곤란한 요구를 해 올 줄 알았건만, 그는 다음을 기약하고 있었다. 여전히
그의 의중을 알 수가 없었다.

"얼마 뒤 요구할 게 있어서 말이다. 거창한 건 아니다만, 주제넘을 수도 있겠
군."

지그문트는 어쩐지 체념한 어투로 말하며 나를 바라보았다. 그의 두 눈에 회
의와 쓸쓸함같이 온통 가을을 닮은 감정들이 물들어 있었다. 검날을 쓸던 지그문
트의 손이 내게 뻗어지려는 듯하다 느리게 물러났다. 탐해선 안 되는 걸 탐했다
가 마음을 접는 듯한 모양새였다.

"그때 듣고, 곤란하다면 거절해도 좋다."

"……그렇게 널널한 조건이어도 괜찮은 건가?"

나는 얼굴을 찡그렸다. 거절할 수 있는 권한을 주는 것은, 사실상 내가 어떤 대
가도 치르지 않는 것에 가까웠다. 대체 무얼 요구하려는 걸까 머리를 굴리고 있
을 무렵, 지그문트가 느리게 입을 열었다.

"너는 정말 곤란한 것이 아닌 이상 거절하지 않을 테니까. 네 양심을 따를 거
아닌가."

역시, 지그문트는 나를 너무 잘 알고 있었다. 실제로 나는 자존심 때문에라도
지그문트의 요구를 지키려 노력할 게 뻔했다. 너는 너무 많은 것을 알고 있으니
사라져 줘야겠다고 말하면서 검을 그의 목에 들이밀고 싶은 충동을 참으며 심술
궂다 싶을 만큼 거칠게 검을 집어넣었다.

"네가 좋아서 이루어 주려는 게 아니라 내 신념 때문이다."

충직한 검이 되려 했는데 2

"그래. 양심을 따라 행하라는 건 스승님의 가르침이었으니까."

스승님. 그 한 단어의 무게는 무척이나 무거웠다. 나는 짜증스럽게 머리를 헤집었다. 괜히 어린 날이 생각난 탓이었다.

"……내가 거절해야 하는 요구는 하지 마. 자존심 상하니까."

"글쎄. 노력해 보지."

여전하게도 의뭉스러운 대답을 남긴 지그문트가 가면을 썼다. 이만 자리를 파하려는 듯한 행동이었다.

바로 벽을 뛰어넘어 사라져 버릴 것이라 생각했던 것과 달리, 지그문트는 잠시 서 있었다. 무언가를 고민하는 모양새였다. 평소답지 않게 손을 움직였다 말았다 갈등하는 것 같던 그는, 결국 제 주머니에 손을 넣어 무언가를 꺼내곤 내게로 던졌다.

탁.

'이건…… 왜 주는 거지?'

나는 날아온 물체를 가볍게 잡아챈 뒤 물건의 정체를 확인하고는 미간을 좁혔다. 짙은 보랏빛의 긴 술이 달린 검 장식은 어쩐지 허접해 보였다. 손재주가 별로인 이가 만든 모양이었다. 약간 손때가 묻은 데다, 만든 지 오래된 건지 낡아 보였다.

'이거나 먹고 꺼지라는 건가.'

가타부타 말도 없이 쓰레기 던지듯 중고를 건네주니 가장 먼저 드는 생각이었다. 어쩌라는 건지 설명을 요구하는 눈으로 지그문트를 꼬나보고 있으니, 그가 내 시선을 피했다.

"……그해에 전해 주지 못했던 네 생일 선물이었다."

'그해'라는 말에 입매가 굳었다. 그때가 언제를 말하는 것인지는 부가설명을 듣지 않아도 확연했다.

'카라쇼가 죽은 해.'

카라쇼는 겨울에 숨을 멈추었다. 순리를 중요시하던 선한 이는, 모든 생명이 쉬는 그 계절에 안식에 들었다. 나는 북풍설한이라도 마주한 것처럼 시려 오는 숨을 아예 멈추고 장식을 손에 꽉 쥐었다.

내 생일 또한 겨울이었다. 창백하고, 시린 겨울이었다. 그것도 한 해의 마지막 날, 가장 불완전하고 위태로운 날. 카라쇼의 기일에서 열흘도 안 되는 며칠 뒤가 내 생일이었다.

"이걸 왜 아직도 가지고 있는 거지."

나는 동요를 숨기지 못한 채 땅을 보며 물었다.

지그문트가 후드를 꾹 눌러썼다.

"버리려고 했다. 그런데…… 결국 버리지 못했다."

깊게 쓴 후드에 얼굴이 가려져 표정이 보이지 않았다. 다만 알 수 있는 건, 그의 목소리가 짙게 가라앉아 있다는 것뿐이었다.

"처분은 주인인 네가 결정하는 것이 맞다고 생각했다."

나는 장식을 으스러져라 쥐었다. 너무 늦게 주인을 찾아온 장식은 손때가 묻고 세월의 풍파를 맞아 볼품없기 짝이 없었다.

그래서 더 슬펐다.

"버리든 태우든 네 마음대로 해라."

그 말을 끝으로 자리를 박차 오른 지그문트는 가볍게 벽을 넘어 홀연히 사라졌다. 나는 그 뒤통수를 죽일 듯 노려보았다.

마지막까지 예쁜 말 한마디 없고, 온통 미운 곳투성이인 못난 놈이었다. 나랑 맞는 부분도 찾기 힘든 데다, 원망스러운 과거의 잔재였다.

나는 장식을 거칠게 주머니에 쑤셔 박았다.

짓씹은 입술이 미세하게 떨려 왔다.

'그걸 지금 인형이라고 만든 거냐? 저주 인형인가?'

'……닥쳐라.'

'그쪽으로 취직 한번 해 보는 게 어때. 그 정도로 사악해 보이는 저주 인형이라면 불티나게 팔리겠는데.'

'⋯⋯젠장.'

지그문트는 공예에 특기가 없었다. 인형 만드는 아르바이트를 같이 했다가 그의 흉측한 작품에 내가 기함을 한 적이 있을 정도였다. 지그문트 스스로도 끔찍한 실력을 아는지 그는 평소 공예엔 손도 대지 않았다.

'그런 놈이, 이걸 만들었다고. 내 생일 선물로.'

엉성한 솜씨에 조금 특이한 매듭의 형태는 분명 지그문트의 솜씨였다.

나는 숨을 크게 들이쉬며 한 손으로 얼굴을 덮었다. 너무 오랫동안 주인을 찾지 못했던 장식엔 손때가 그득히 묻어 있었다. 지그문트가 어디 상자에 처박아 두기만 한 게 아님을 뜻했다.

"개새끼⋯⋯."

혼자 남은 골목에서 작게 중얼거렸다.

내가 이 장식을 사용하지도, 버리지도 못하리라는 것은 분명했다.

나는 능숙한 손놀림으로 검을 닦아 냈다. 검날은 은빛으로 빛나며 내 얼굴을 비추었다. 티 한 점 없이 깨끗한 검을 만족스럽게 바라보고 검집에 넣었다.

'빨리 달지 않으면 울겠군.'

내 양옆을 차지한 채 나를 초롱초롱한 눈으로 바라보고 있는 칼과 아리아를 보고 있자니 저절로 웃음이 나왔다. 나는 조심스러운 손길로 검에 붉은색과 하늘색의 장식을 달았다.

"좋네요."

두 사람의 얼굴이 단번에 밝아졌다. 검술 대회 증표라며 검 장식을 건네 온 둘은, 저번 사냥 대회 때 내게 줄 증표를 가지고 한바탕 싸운 것을 반면교사 삼아 이번엔 사전에 합의를 본 것 같았다. 아리아가 뿌듯함이 가득한 표정으로 내 허리를 와락 안았다.

"본선 잘 치르고 와. 계속 응원하고 있을 테니까."

"응. 이겨서 돌아올게."

나는 부드럽게 웃으며 아리아의 머리를 쓸어내렸다. 짧지만 부드러운 머리칼이 손가락을 간지럽혔다.

"검술 대회에서 오러를 사용할 생각이냐? 오러를 사용하면 곧바로 미르임이 밝혀질 텐데. 네가 원한다면 언제든 미르임을 밝혀도 괜찮긴 하다만."

카이사르는 턱을 괸 채 앉아서 고개를 기울였다. 검은 와이셔츠에 붉은 조끼로 가벼운 복색을 한 그는 느슨하게 풀린 기색이었다.

그 무뚝뚝한 성정에 입으로 직접 말하진 않겠지만, 그는 이 순간이 편하고 좋다고 온몸으로 말하고 있었다.

"이번 기회에 밝히긴 할 겁니다만, 바로는 아닙니다. 오러를 사용하지 않아도 이기는 데엔 문제없을 테니까요."

나는 태연스럽게 답했다.

검술 대회에서 오러 없이 승리를 거두는 것쯤은 어렵지 않을 듯했다. 오러를 보이는 건 조금 나중의 일이었다.

내 말에 세 사람 다 아리송한 표정을 지었지만, 내가 답으로 줄 수 있는 건 웃음밖에 없었다.

'아직은 말하면 안 되니까.'

나는 쓸개즙 같은 침을 삼켰다. 입안이 온통 썼다. 더는 무언가를 숨기고 싶지 않지만, 이건 불가피했다.

'이게 마지막이야.'

그것으로 위안을 삼으며, 나는 최대한 밝게 웃어 보였다.

충직한 검이 되려 했는데 2

"나는 네가 끝까지 네 자신이 미르임을 밝히지 않길 바랐는데."

조금 가라앉은 낯으로 찻잔 손잡이를 매만지던 칼이 중얼거렸다. 내가 어리둥절한 표정을 지으니, 그가 고개를 들어 나를 바라보았다.

원래 고귀하고 아름다운 것들엔 하나같이 전설이 따라붙기 마련이다. 소지자를 죽게 만든다는 무서운 전설이 있을 법한 섬뜩한 아름다움을 가진 루비가 시리게 번뜩였다.

"너는 미르가 검사들 사이에서 숭배되고 있다는 걸 모르겠지."

"네?"

나는 커진 눈을 깜빡였다. '미르'라는 이름이 유명한 것은 당연히 알고 있었지만 숭배 수준인 줄은 몰랐다. 유명세를 얻기 위해 검을 잡은 것도 아닐뿐더러, 그런 것에 관심을 가질 시간도 없었으니까.

칼이 과장하는 게 아닌가 싶어 눈을 가늘게 떠 보았지만 그는 진지했다.

"미르가 평범한 일상에선 무얼 하는지, 어떨 때 정말 행복하다는 표정을 짓는지 나만 알고 싶었다. 미르의 본모습을 독점하고 싶었어."

칼의 목소리는 심해 아래를 긁듯 낮았다. 옅은 광기에 사로잡힌 붉은 눈은 과거의 칼, 혹은 원작의 칼을 연상시켜, 나는 아주 오랜만에 그를 보며 긴장감을 느꼈다.

"칼. 궁금한 게 있는데, 물어봐도 됩니까?"

"무엇이든."

칼과 단둘이 보내던 어느 날의 오후, 나는 문득 의문이 떠올랐다.

"우리가 두 번째로, 그러니까 눈 내리는 공작가 정원에서 만났던 때를 기억하십니까?"

"잊었을 리가. 내 동생이 나무에 매달려 대롱대롱 흔들리고 있을 때 아닌가."

"그건 좀 잊으세요……."

민망함에 두 손으로 얼굴을 묻는 나를 보며 칼은 너털웃음을 지었다. 그와 처음 만났을 땐 감히 볼 수 있으리라 상상조차 하지 못했던 표정이었다. 내가 달라지고 성장한 만큼 칼 또한 부쩍 달라졌음을 새삼 깨달았다.

"그때, 제가 마수 토벌 때보다 훨씬 전부터 칼을 구해 왔다고 하지 않았습니까."

'넌 날 구한 사람이다.'

'그건 마땅히 해야 할 일…….'

'마수 토벌 때도 있지만, 그보다 훨씬 전부터 넌 날 구해 왔어.'

내가 그와 처음으로 만났던 건 루주 마을 마수 토벌 때다. 그렇기에 그 이전부터 내가 그를 구했다는 칼의 말을 이해할 수 없었다.

"……그랬지."

"그건 무슨 뜻이었습니까?"

내 물음에 과거를 회상하는 듯 깊어져 있던 붉은 눈이 조용히 내게로 굴러왔다. 그의 두 눈은 늘 피를 연상케 하는 섬뜩한 붉은색이었는데, 그때만큼은 저물녘 태양의 따뜻한 붉은색이 생각났다.

"카슈미르로서의 너를 처음 만난 건 그때였지."

"그랬죠."

"하지만 미르로서의 너는 이전부터 몇 번이고 만나 왔다."

"……네?"

여전히 그는 이해할 수 없는 말을 했다. 내가 자세한 설명을 요구하는 눈빛을 보내자, 그는 엷은 미소를 지었다.

"네가 징그럽게 생각할 것 같아서 자세히는 말하지 못하겠군. 양해해라."

"무슨……."

충직한 검이 되려 했는데 2

"다만 나는 네가 나를 알기 전부터 너를 알고 있었다. 너는 내 이름을 알기도 전에 내 세상에 생명을 불어넣었지."

칼이 나직하게 말했다. 그의 목소리는 뺨에 톡 떨어지는 새하얀 눈송이처럼 시원하고도 부드러워 기분 좋았다. 그의 날카로운 눈매가 낭창하게 휘어들었다.

"미르는 내게 삶을 알려 주었지. 이게 진정으로 사는 것이라고, 생을 잊은 내게 줄곧 말해 주었다. 나는 그것으로 네가 없는 시간을 버텨 왔지."

"……"

"미르를 만나서 참으로 다행이야. 그게 없었다면 나는 카슈미르와 만날 순간까지 버티지 못하고 목을 매달았을지도 모르니. 그랬다면 너무 억울했을 거다."

칼과 함께한 시간이 제법 지난 만큼, 나는 익히 들어 알고 있었다. 그가 평생을 숨 막히는 무료와 공허에서 버텨 왔음을. 칼은 나를 만나기 전의 과거가 흑역사라도 되는 양 말하기를 꺼려 했지만, 과거의 그를 아는 이들은 많았다.

'아가씨가 나타나셔서 다행입니다. 아가씨가 없었다면…… 저는 진작에 섬길 주인을 잃고 실직자가 되었을지도 모릅니다.'

칼을 오랫동안 섬겨 온 늙은 시종은 언젠가 내게 그런 말을 했다. 그 외에도 저택 내의 많은 사람들이 무심코 내가 칼을 살렸다는 투의 말들을 하곤 했다. 칼에게 입막음을 당한 건지 자세하게 말해 주진 않았지만.

"미르가 내게 생을 알려 주었다면, 카슈미르는 내게 행복을 알려 주었지. 나는 너를 보는 것만으로도 즐거워지고, 너라는 존재가 살아 있다는 사실만으로도 하늘에 있는 존재에게 감사하게 돼."

칼의 길고 하얀 손이 내 뺨을 쓸었다. 그의 손끝은 파충류의 피부처럼 서늘했지만, 나를 바라보는 눈동자는 명백히 사랑에 빠진 이의 뜨거운 눈빛을 담고 있었다.

내가 조금 멍해져 있었을까, 칼의 눈이 깊어졌다.

"사실 아직도 가끔은 공허함에 빠져 신을 저주하곤 한다. 어째서 나를 이 세상에 태어나게 했는지, 왜 나만 정상적으로 살 수 없는지, 어째서 들이쉬는 숨에 허무를, 내쉬는 숨에 회의를 불어넣었는지 수도 없이 원망했지."

태어남으로써 시작된 비극은 내게만 해당되는 게 아니었다. 모두가 각자 다른 모양의 배꼽을 가지고 있었다. 탯줄을 자른 순간 만들어지는 흉터 말이다.

"하지만 그러다가도 문득 이 생각을 하면 머릿속이 말끔해지지."

눈을 감은 칼이 내 뒷머리를 부드럽게 잡은 채 나와 이마를 맞대었다. 똑같은 채도지만 길이와 구불거리기가 다른 검은 머리칼이 이마 사이로 섞여 들었다. 그의 이마는 조금 뜨끈했다.

"그 원망스러운 신이, 이 사랑스러운 것도 만들었구나."

나는 그 순간 보았던, 그가 천천히 눈을 뜨는 모습을 평생 잊지 못할 것 같다.

확실하게 들은 것은 없으나, 정황상 칼이 '미르'에게 상당한 애착을 가지고 있다는 것만은 확신할 수 있었다. 나는 꽤나 살벌한 아우라를 풍기는 칼의 눈치를 살폈다.

"제가 미르임을 밝히는 게 싫으십니까?"

"그래. 싫어."

칼의 대답은 빠르고 단호했다. 나는 굉장히 난감해졌다. 거울을 보지 않았지만 내 동공이 흔들리고 있을 게 분명했다. 나를 물끄러미 바라보던 칼은 한숨처럼 긴 숨을 내쉬었다.

"하지만 내 감정보다 네가 더 중요하다. 네 목적이, 의견이 더 중요해."

칼이 상냥한 손길로 내 옆머리를 넘겨 주었다. 그의 입가엔 어쩔 수 없다는 미소가 감돌고 있었다.

충직한 검이 되려 했는데 2

"그러니 네 뜻을 행해라. 그게 무엇이든 응원할 테니."

나는 입술을 꾹 깨물었다. 이제는 다정에 조금 익숙해졌나 싶었는데, 소용돌이처럼 휘몰아치는 지독한 다정엔 또 어찌할 바를 모르게 되어 버렸다.

나는 눈을 느리게 감고 칼의 손에 머리를 기대었다. 큰 손이 순간 움찔했지만, 이내 능숙하게 내 머리를 받쳤다.

"실망시키지 않을게요. 정말요."

나는 이 다정한 이들을 실망시키고 싶지 않았다.

'조금 긴장되는군.'

나는 짧게 심호흡을 하고 고개를 쳐들어 눈앞의 건물을 바라보았다. 로마의 콜로세움을 연상케 하는 거대하고 탁 트인 건물. 이곳이 검술 대회 본선이 진행되는 장소였다.

아직 본선이 시작되기 한참 전이라 주위는 한적했다. 출전자들이 슬슬 모여드는 무척 이른 시간이었다.

'이렇게 긴장한 게 좀 웃기네.'

나도 모르는 새에 몸이 위축된 것을 깨닫고 피식 웃음 지었다.

나는 소드 마스터였다. 카이사르나 노아 정도가 나오지 않는 이상은 질 리 없었다. 비하자면 초등생 수학 올림피아드에 출전하는 수학자가 펜을 쥔 손을 긴장으로 떨고 있는 것이었다.

'무심코 오러를 내는 것만 조심하면 되겠지.'

나는 손을 꾹 쥐었다가 펴며 심호흡을 했다. 사실, 내가 느끼고 있는 이 감정은 긴장보단 흥분에 가까웠다.

검은 내 영혼이다. 나는 검을 휘두를 때 진정 살아 있음을 느끼곤 했다.

검사에게 대련은 가장 즐거운 일이었다. 타인과 검을 맞대며 다른 영혼을 알아 가고 나오는 다른 방식을 배워 가는 것은 짜릿했으니. 검사는 필연적으로 다른 검사와의 대련을 갈망했다.

'개자식! 오늘은 반드시 네 숨통을 끊는다!'

'웃기지도 않는군. 해 보든지.'

어렸을 적엔 대련에 대한 갈망을 지그문트와의 대련으로 채웠다. 그와 나의 검은 정반대라 상대하기 어려웠지만, 그만큼 배울 것도 많고 재미있었다. 하지만 지그문트와 완전히 엇갈리고 난 뒤로는 대련에 대한 갈망을 채워 줄 사람이 없었다. 마수를 잡기 위해 수도 없이 검을 휘둘렀지만, 마수를 일방적으로 도륙하는 것과 다른 검사와 대련하는 것은 차원이 달랐다.

크리시스의 일원이 된 후론 가끔 카이사르와 대련을 하긴 했지만, 그는 첫 대련에서 내게 상처를 입힌 뒤로 진심으로 임하지 않았다. 진심 없는 대련으로는 끓어넘치는 소드 마스터의 투기를 잠재울 수 없었다.

'진심으로, 필사적으로 부딪쳐 보고 싶어.'

찌릿거리는 손을 꽉 쥐었다. 저절로 입가에 미소가 피어올랐다. 내 실력과 비등한 수준의 검사를 만날 순 없을 것이다. 내가 전력을 사용할 일은 없겠지만, 그것까진 바라지도 않았다. 실력이 없어도 좋으니 진심으로 부딪쳐 오는 상대와 검을 맞대 보고 싶었다.

생각만으로도 피가 끓는 느낌에 누가 보면 미친 사람이다 싶을 정도로 히죽거리고 있을 때였다.

청아한 아침 공기 사이로 익숙한 향기가 섞여 들었다. 수많은 기운이 난잡하게 섞인 광장에서도 똑똑히 구분할 수 있을 만큼 따뜻하고 곧은 기운. 내 머리 위로 부스러지는 햇빛을 닮은 금빛 아우라.

"아."

내게로 다가오는 발걸음 소리에 작게 탄식을 뱉었다. 어쩐지 몸이 화끈 달아

오르는 느낌이었다. 조금 민망하고 쑥스러웠지만, 그것보단 그리움이 더 컸다.

나는 천천히, 그렇지만 너무 느리지 않게 몸을 돌렸다. 그리고 이내 두 눈이 마주했다.

"카슈미르."

소름 끼치도록 좋은 낮은 목소리가 내 이름을 불렀다. 나는 고개를 살짝 쳐들어 시선을 맞추었다. 왼쪽 입가가 참을 수 없게 간지러워졌다.

은회색 머리칼에 황금색 눈동자. 누구보다 올곧은 시선.

"라이너."

축제 이후 처음으로 만난, 라이너 아인하르트였다.

'젠장, 눈을 못 마주치겠어…….'

나는 라이너에게서 살짝 비껴 나간 허공에 시선을 둔 채 괜스레 목덜미를 쓸어내렸다. 점점 더 더워지는 여름 날씨 때문인지 몸에 은은하게 열이 올랐다.

"그간…… 잘 지내셨습니까?"

조금 어색하게 물었다. 라이너와 내 사이의 분위기가 가느다란 실 하나로 아슬아슬하게 지탱되고 있는 것 같았다. 나는 이유도 모르고 긴장한 채로 습관처럼 검 손잡이를 매만졌다.

황금빛 눈동자가 나를 물끄러미 응시했다. 조금 일렁이면서도 올곧은 눈빛이었다. 분명히 여느 때와 같았으나, 그날 밤 들끓던 그의 눈빛이 너무 강렬하게 뇌리에 남아서인지 나는 지금의 완벽히 절제된 시선이 되레 어색하게 느껴졌다.

"물론입니다. 저는 아주 무탈했습니다."

한참 말없이 나를 바라보던 라이너는 뒤늦게 대답했다. 엷게 미소 짓는 그의 얼굴을 보고 있자니 천천히 긴장이 풀리는 느낌이었다.

"제가 근신하고 있는 동안 대귀족 회의에 참가하셨다고 들었습니다."

"아, 맞습니다. 사냥 대회 때 일을 증언했죠."

"저도 함께 있었다면 증언을 도와 드릴 수 있었을 텐데…… 죄송합니다."

라이너는 매끄럽게 대화를 이어 갔다. 나는 나를 향해 눈꼬리를 살짝 늘어뜨리며 사과를 건네는 라이너를 향해 고개를 휘저었다.

"혼자서도 충분히 할 수 있는 일이었고, 제 일이었습니다. 라이너가 근신을 당하고 싶어서 당한 것도 아니잖습니까. 죄송해하지 마시죠. 라이너는 근신이 끝난 겁니까?"

내 물음에 라이너가 고개를 끄덕였다.

"네. 근신이 풀린 지는 조금 되었고, 어제는 기사단에서 훈장까지 받았습니다."

"축하드립니다. 무척 잘됐군요."

나는 유하게 눈꼬리를 휘며 진심을 다해 축하해 주었다. 내가 받은 것도 아닌데 괜히 뿌듯하고 자랑스러웠다.

라이너가 입술을 꾹 깨물었다. 그의 눈동자가 가라앉고, 표정이 무거워졌다.

"잘된 일이지만…… 저는 마음이 불편합니다."

"네? 어째서요?"

나는 눈을 크게 떴다. 훈장은 최고의 명예였다. 귀족들이 괜히 가슴팍에 훈장을 달고 다니는 게 아니었다. 심지어 황가를 지키다 받은 훈장이니 대단한 것일 게 분명했다.

"제겐 받을 자격이 없습니다."

"그게 무슨 소립니까."

라이너의 단호한 말에 나는 표정을 굳혔다.

"라이너가 받을 자격이 없다면 여태껏 세상엔 훈장이라는 제도조차 없었을 겁니다."

라이너는 내가 아는 모든 이들 가운데 가장 용맹하고 올바른 사람이었다. 위험을 무릅쓰고 테러를 막은 그는 훈장을 받아 마땅했다.

내 호언장담에 라이너가 복잡한 표정으로 나를 바라보았다. 내 말에 크게 감동을 받은 듯하면서도 나를 향한 미안함이 비치고 있었다.

라이너가 미안해하는 이유를 몰라 미간을 좁힐 때, 그의 붉은 입술이 천천히 달싹였다.

"훈장을 받아야 하는 사람은 제가 아니라 당신이었습니다. 테러에 관한 전반적인 사실을 알아낸 것도, 폭탄의 위치를 찾아낸 것도, 사람들을 구한 것도 카슈미르입니다."

나는 느리게 눈을 깜빡였다.

라이너가 훈장을 받는다면 나 또한 받아야 이치에 맞긴 했다. 나 또한 그와 함께 테러를 막았으니. 하지만 황궁에서 미르를 호출할 방도가 있을 턱이 없는 데다, 정체불명의 평민 용병에게 훈장을 주기에는 귀족들의 자존심이 상할 터였다. 내 존재가 지워지고 라이너만 훈장을 받은 건 당연한 일이었다.

"저는 훈장 같은 거 안 받아도 괜찮습니다. 그리고 정체를 숨기고 있는 입장에서 받는 건 우습지 않겠습니까?"

"그래도 당신이 받길 바랐습니다. 그편이 더 기뻤을 겁니다."

나는 라이너를 달래듯 부드럽게 말했으나 낮은 목소리가 고집스럽게 반박했다. 별것도 아닌 것에 마음을 쓰고 있는 라이너를 보고 있자니 고마우면서도 귀여웠다. 나는 시원하게 웃으며 그의 어깨를 두드렸다.

"제가 받지 못했다고 해서 라이너의 자격이 사라지는 건 아닙니다. 라이너는 충분히 받을 만한 자격이 있습니다."

그의 금색 눈동자가 별이 빛나는 것처럼 느리게 반짝였다. 나는 슬픔과 애정이 담긴 그 눈과 정면으로 마주하며 눈꼬리를 휘었다.

"저는 라이너가 받은 것으로 충분합니다. 제가 받은 것보다 더 기쁘군요."

정말이었다. 나는 역시 내 명예가 쌓이는 것보단 라이너의 명예가 높아지는 것이 좋았다. 내 주위 사람들이 바로 내 명예였으니까.

"……그렇습니까. 네, 생각해 보니 상관없겠습니다."

하늘에 둥둥 떠다니듯 몽롱함이 깃들어 있던 그의 두 눈이 이내 부드러운 기색을 띠었다. 직선으로 딱딱하게 굳어 있던 그의 입매가 호선을 그리며 말려 올라갔다. 라이너의 상체가 굽으며 내 위로 그림자가 졌다. 태양을 등진 그는 역광을 받으면서도 화사하게 빛나고 있었다.

"내 모든 게 당신 것이니, 내 훈장이 당신의 훈장입니다."

나는 라이너의 목소리가 좋았다. 중저음의 낮은 목소리는 늘 반딧불처럼 은은한 빛을 머금고 반짝였다. '빛나는 목소리'라는 게 우습게 들려도 사실이었다. 그의 목소리는 정말 반짝거렸다.

"검술 대회에 출전하신다고 들었습니다. 오늘 본선을 치르시겠군요."

"아, 네. 라이너도 출전한다고 들었는데요."

라이너의 다정한 말에 여운을 곱씹고 있을 무렵, 그가 자연스럽게 말문을 돌렸다. 내 되물음에 라이너는 고개를 끄덕였다.

"네. 저는 기사단장이라 준결승전부터 출전하게 되었습니다. 카슈미르와는 뒤늦게 만나게 되겠군요."

하기야, 무려 황궁 제2 기사단장이 본선 처음부터 참가해 웬만한 실력자들을 다 압살하고 올라와 버리면 곤란해질 터였다. 나는 내가 준결승전까지 올라올 거라 확신하는 라이너를 보며 조용히 눈을 빛냈다. 심장이 두근거렸다.

"이번에야말로 라이너와 검을 부딪쳐 볼 수 있겠군요."

라이너가 말없이 나와 눈을 맞추었다. 우리 사이에서는 잠시 사적인 감정이 사라졌고, 우리는 검사로서의 시선을 교환했다.

체력을 단련하며 라이너로부터 방어를 배운 지 꽤 오래되었지만, 나는 그와 정식으로 검을 맞댄 적이 한 번도 없었다.

'아인하르트 경, 저와 대련 한 번만 해 주실 수는 없습니까?'

나는 라이너의 검술이 좋았다. 올곧은 그의 영혼을 따라 강하고 단단한 그의 검을 상대하고 싶었다. 그래서 몇 번이고 대련을 요청하곤 했지만, 그때마다 그

충직한 검이 되려 했는데 2

는 특별한 이유 없이 거절을 해서 나는 내심 시무룩해지곤 했다.

'……조금만 더 기다려 주시기 바랍니다. 미르 님을 즐겁게 할 수 있는 경지가 되면 그때 제가 대련을 신청하겠습니다.'

언젠가 여느 때처럼 대련을 청했을 때였다. 한참 망설이던 라이너는 고해하듯 이렇게 말했다. 그가 나와의 대련을 계속 거절해 온 이유를 알게 된 순간이었다.

라이너는 이전부터 자신의 무력에 집착하는 모습을 보였다. 워낙 정신이 건강한 사람이었으니 광기 수준은 아니었지만, 가끔 빠르게 늘지 않는 무력에 고뇌하는 게 티가 났다.

'더는 무능하게 지켜지고 싶지 않다고 했지.'

나는 하라바나를 앞에 둔 라이너가 했던 말을 기억했다. 어렸을 때 몸이 약했던 그를 생각하면, 무력에 대한 집착도 충분히 이해가 되었다.

'언니, 나는 강해질 거야. 더는 누군가에게 지켜지기만 하지 않을 거야.'

나는 라이너와 닮은 인물을 알았다. 태생부터 약하여 남의 도움 없인 삶을 영위할 수 없다는 게 얼마나 괴로운 것인지 감히 이해한다고 할 순 없어도, 어떤 것인지는 알았다.

알을 깨고 보호에서 벗어나 스스로 날아가려고 하는 강인한 영혼들은 참으로 찬란했다.

'……그러시죠. 그때까지 기다리겠습니다. 다만 이건 알아주셨으면 좋겠습니다.'

나는 그런 이들을 응원했기에 그의 요청에 순응했다. 그러면서 한마디를 덧붙였다.

'제가 기대하는 건 강한 무력이 아니라 경의 검 자체라는 걸요.'

라이너와 검을 부딪치고 싶은 건 그가 강하기 때문이 아니었다. 물론 강하다면 더 좋긴 했지만, 본질적으로는 그와 검을 나누는 것 자체를 바라고 있었다. 대련은 검사 대 검사로 서로의 영혼을 엿보는 것과 같았다. 검이 허공에서 수놓이는 모양을 보며, 나는 그가 살아온 삶을 짐작하곤 했다.

나는 라이너가 궁금했다. 라이너의 영혼을, 그가 살아온 삶을 알고 싶었다. 그것들을 알게 되는 순간을 아직까지도 열망하고 있었다.

"이번엔 진심으로 검을 나눠 주시는 겁니까?"

나는 장난스럽게 물었다. 온화한 황금빛 눈동자가 나를 연필로 따라 그리듯 천천히 조심스럽게 담아내다, 이내 그의 눈꼬리가 내리막길을 그리며 휘어졌다.

"……네. 이제 더는 회피하지 않겠습니다. 오실 때까지 기다리고 있겠습니다."

고개를 숙인 라이너가 내 머리에 제 머리를 살짝 비볐다. 색채도 길이도 사뭇 다른, 검은색과 은회색의 머리칼이 섞여 들었다. 이마에 닿는 그의 머리칼은 부드럽고 간지러웠다. 기다리라는 명령을 충성스럽게 수행하는 대형견의 모양새라, 나는 작게 웃음을 터트리고 말았다.

"금방 올라가겠습니다. 미리 말씀드리지만, 저는 안 봐 드립니다."

나는 라이너와 검을 맞댈 날을 기약했다.

"저기 저 사람, 크리시스의 공녀 아닌가?"

"허…… 출전한다는 소문은 들었건만 정말 호위도 하나 없이 단신으로 올 줄은 몰랐군."

"뭐, 해 봤자 귀족 영애의 짧은 유흥 아니겠는가. 검술도 형편없겠지."

나는 다른 사람들의 수군거림을 모두 주워 들으면서도 태연하게 검 장식을 매만졌다.

'이런 건 미르로 살면서 이미 익숙해졌어.'

사람들의 시선도, 수군거림도 내겐 일상에 불과했다.

나는 내가 다 듣고 있는 줄도 모르고 조잘거리는 이들에게 시선도 주지 않은 채 내 차례를 기다렸다.

'몸은 첫 경기 때 풀어도 되겠지.'

딱히 몸을 풀 필요성을 느끼지 못해 의자에 늘어져 앉아 하품을 했다. 나는 무료해하며 통신 마도구가 보여 주는 본선 경기를 구경했다.

검술 대회는 토너먼트 형식으로 이루어졌고, 1차 본선은 이틀간 진행되었다. 나는 첫째 날 출전자로서 대기실에 앉아 다가올 내 경기를 기다리고 있었다.

'대진표를 봤을 땐 꽤 놀랐지.'

나는 며칠 전 대진표에서 봤던 내 첫 상대가 떠올라 피식 웃었다.

'여기서 떨어질 사람은 아니다만…… 어쩔 수 없지. 대진운이 나빴어.'

내가 질 리는 없으니 당연히 상대의 패배일 터였다. 나는 괜스레 내가 더 아쉬워져 한숨을 쉬었다. 그를 짓누를 생각을 하니 양심이 쿡쿡 찔려 왔다. 파릇파릇한 새싹 밭에 눈치 없이 끼어들어 정기를 쪽쪽 빨아먹는 얌생이 고목이 된 기분이었다.

'노아도, 카이사르도 예의상 출전하지 않는데 내가 제국 소드 마스터 위상을 다 깎아 먹고 있군.'

나는 더더욱 아파 오는 양심을 꾹 눌렀다. 그래도 그들은 중년이니 끼어들면 참 꼴불견이겠지만, 나는 외견만큼은 10대이니 어느 정도 정상 참작이 될 거라고 합리화할 때였다.

-다음 출전자는, 카슈미르 도레마 드 카이사르 크리시스 공녀님입니다!

'내 차례네.'

나는 여태껏 들려오던 평민들의 이름에 비해 무척 길고 거창한 내 이름을 들으며 자리에서 일어섰다. 그대로 두 팔을 쭉 뻗어 가볍게 스트레칭을 한 다음 전투장으로 발걸음을 옮기려다 문득 뒤를 돌아보았다.

"아. 자네, 알아 두는 게 좋네."

나는 눈을 조용히 빛냈다.

"피는 꽤 진하다는 걸 말이야."

"네, 네? 저 말입니까?"

나와 눈이 마주친 남자가 화들짝 놀란 표정을 지었다. 조금 전까지 내 뒤에서 나를 열심히 깎아내리던 사람이었다. 나는 미친 듯이 흔들리는 동공을 바라보다 뱀처럼 샐쭉 웃음 지었다.

"긴 역사간 수많은 검귀를 배출한 크리시스의 피는 그들의 눈만큼이나 진한 붉은색이지."

나는 허리춤에 검을 걸었다.

"내 눈은 그만큼 붉진 않지만, 그렇다고 검귀의 피까지 희석되진 않았어."

내 눈은 붉지 않았다. 가끔은 거울 속에서 빛을 반사하여 빛나고 있는 모습에 스스로 놀랄 정도로 쨍한 분홍색이었다. 언젠가는 카이사르나 칼의 눈처럼 붉지 않은 내 눈이 싫기도 했다. 하지만 이젠 아니었다.

내 눈은 검은 용의 붉은 눈은 아니었지만, 자랑스러운 크리시스의 공녀, 카슈미르 크리시스 본연의 분홍빛 눈이었다.

내가 자신의 수군거림을 들었다는 걸 깨달은 건지, 남자의 얼굴이 새하얀 눈과 비견할 수 있을 만큼 창백해졌다. 나는 어깨를 가볍게 으쓱이고 발걸음을 옮겼다. 특별히 죄를 물을 생각은 없었다.

와아아아—!

결투장에 들어서자 환한 빛이 내 머리 위를 내리쬐었다. 나는 귀가 아프도록 쏟아지는 함성을 흘려 넘기며 조금의 흐트러짐도 없이 걸어가 결투장 한가운데에 섰다.

나는 나에 대해 떠드는 군중들의 이야기를 모두 백색소음으로 여기며 내 상대가 나올 반대편의 문만 바라보았다. 얼굴을 볼 생각에 벌써부터 웃음이 흘러나왔다.

내 상대는 이미 내가 익히 아는 사람.

-그 상대는 세레논 오디세이 디 헬리오스 솔라티네 황자님입니다!

내 제자, 세레논이었다.

저벅저벅.

세레논은 2황자였지만, 디에고와는 다른 매력의 잘생긴 얼굴로 상당한 인기를 끌고 있었다. 그 인기를 증명하듯 세레논의 이름이 호명되자마자 굉음 같은 함성이 일대를 뒤흔들었다. 그러나 수많은 소음 사이에서도 내겐 모래 바닥을 밟고 다가오는 작은 발걸음 소리만 크게 들렸다.

"카슈미르 크리시스가 2황자 저하를 뵙습니다."

나는 작게 웃으며 허리를 굽혀 인사했다.

"이렇게 만나니 새롭네요."

천천히 고개를 든 세레논이 나와 눈을 맞추었다. 연한 라일락색 머리칼이 햇빛을 받아 투명하게 빛났다. 축 처진 눈꼬리가 휘어들어 가고, 그 중심에 박힌 푸른색 눈동자가 보석처럼 반짝였다. 검사보단 요정에 가까워 보이는 신비로운 얼굴은 무척이나 아름다웠다.

"보고 싶었습니다, 스승님."

내 첫 대전 상대는 나의 제자였다.

-참고로 카슈미르 크리시스 영애께선 현재 세레논 황자 저하의 검술 스승으로서…….

해설자의 쩌렁쩌렁한 목소리가 귀에 웅웅 울렸다. 나는 주위가 지나치게 시끄러운 게 싫었기에, 살풋 미간을 좁히며 투명한 마나의 막으로 세레논과 나를 덮었다. 소리가 완벽히 차단되자 이 세상에 나와 세레논만 남은 것 같았다.

-스승과 제자의 대결이라니, 상황이 참 짓궂습니다.

나는 갑자기 소리가 차단된 상황에 놀란 표정을 짓는 세레논을 향해 유한 목소리로 말했다. 잠시 눈을 깜빡이던 세레논은, 이내 안 그래도 축 처진 눈꼬리를 더욱 부드럽게 풀어 내렸다.

"그런가요? 저는 좋은데요."

"1차 본선에서 떨어져도 괜찮으십니까? 제가 가르친 저하는 여기서 떨어질 실력이 아닌데. 사람들도 시끄럽게 떠들어 댈 겁니다. 고작 귀족 영애에게 졌다고요."

나는 앞머리를 쓸어 넘기며 여상스럽게 물었다. 낮게 웃음을 흘린 세레논이 웃음기 어린 눈동자를 나와 맞추었다.

평소 인형처럼 생기가 없던 뿌연 푸른색 눈동자는 내 앞에서 검을 잡을 때면 언제 그랬냐는 듯 찬란하게 반짝거렸다. 그때만큼은 그의 눈이 우울한 안개가 아니라 신비로운 푸른 진주 같았다.

"괜찮아요. 대단한 강자에게 지는 것은 부끄러운 일이 아니니까요. 그리고 애초에 제 목적은 스승님이었으니까."

세레논이 유려한 손길로 발도했다. 자신이 가장 고귀한 피를 이었음을 증명하듯, 검을 뽑아 겨누는 그 일련의 과정조차 우아함이 돋보였다.

"이번엔 진심으로 싸워 주실 거죠?"

붉은 입술이 얇아지고, 입꼬리가 말려 올라갔다. 진심으로 행복하다는 듯 웃는 세레논은 지도에는 없는 어느 호수에 살고 있는 요정처럼 몽환적이었다. 나는 덩달아 피식 웃고 말았다.

"스승을 향해 거침없이 날을 세우다니, 대단한 불효로군요."

"사랑스러운 제자의 발칙한 애교 정도로 봐 주시죠."

내 장난스러운 꾸짖음을 세레논이 능글맞게 받아쳤다.

'나랑 싸우는 게 목적이었다고 하니 이겨도 괜찮겠지.'

제자를 쥐어패고 올라가야 한다는 사실에 쇠꼬챙이로 푹푹 찌르는 듯하던 양심의 고통이 한층 완화되었다. 나는 여유롭게 검 손잡이에 손을 올렸다.

"아쉽지만 오늘도 오러는 못 보여 드립니다."

'스승님. 제자가 빨리 오러를 뽑을 수 있도록 먼저 오러를 뽑는 시범을 보여 주

시면 안 됩니까? 스승님 오러를 보면 금방 오러를 만들 수 있을 것 같은데.'

'오늘 날씨가 무척 좋군요. 스승님 오러를 보기 좋은 날 아닙니까?'

이전부터 세레논은 내 오러에 지대한 관심을 보였다. 하루가 멀다 하고 오러를 보여 달라고 하니 이젠 조금 안쓰러울 정도였지만, 나는 아직까지도 오러를 보여 준 적이 없었다. 오러를 보여 준다는 건 내가 용병 미르라고 밝히는 것과 같았으니까.

세레논의 표정이 조금 시무룩해졌다. 나는 축 처진 그의 얼굴을 아기 고양이 보듯 바라보다, 검집에서 검을 뽑았다.

"하지만 적어도 진심을 다하도록 하죠."

사실 정말 진심으로 싸웠다가는 황족 살해자로 목이 잘릴 것이다. 그를 제자로서 가르치는 것이 아니라, 검사 대 검사로서 상대하겠다는 의미였다.

"무척, 기대가 됩니다, 스승님."

세레논의 양 뺨이 복숭앗빛으로 물들었다.

그는 검을 사랑했다. 황궁에 살며 거짓과 가식에 물든 면모를 보이기도 했지만, 검에 대한 마음만큼은 진심이었다. 나는 무척 들떠 보이는 세레논을 향해 검을 세우며 마나의 막을 해제했다.

와아아아—!

막이 사라지는 즉시 시끄러운 소음들이 쏟아져 나왔다. 나는 힐끔 눈을 들어 관중석을 바라보았다.

'아는 사람이란 아는 사람은 다 온 것 같군.'

나는 가장 상석에 앉은 헬리오스와 엘을 응시했다. 보통 황제와 교황은 준결 승전쯤부터 모습을 보였지만, 헬리오스는 세레논을, 엘은 나를 보기 위해 벌써 관전하러 온 듯했다. 그뿐만 아니라 황태자 디에고를 포함해 나와 친분이 있는 고위 귀족들 모두가 경기를 지켜보고 있었다.

"그럼, 경기를 시작하겠습니다!"

사회자의 한마디를 기점으로 세레논과 나 사이의 분위기가 단번에 팽팽해졌다. 세레논의 연한 벽안이 진지해졌다. 당장에라도 서로에게 달려들어야 하는 상황이었지만 그와 나, 둘 다 웃음을 잃지 않았다.

　"부디 부족한 제자와 잠시나마 어울려 주시기를."

　그 말을 끝으로, 세레논은 나를 향해 가볍게 도약하며 검을 휘둘렀다.

　챙!

　검날이 강하게 맞부딪쳤다. 세레논의 검엔 묵직한 힘이 실려 있었지만 나는 흔들림 없이 그의 검을 막아 내고 크게 내쳤다.

　'처음에 비하면 정말 늘었단 말이지.'

　나는 처음 세레논과 검을 마주했을 때를 떠올렸다. 검에 대한 열정이 돋보이고 재능도 있었던 반면, 제대로 배우지 못한 건지 전반적으로 엉성했다.

　지금도 부족함이 보이긴 하지만, 몇 달간 급속도로 성장한 세레논은 나를 뿌듯하게 했다.

　챙! 챙!

　나는 나를 향해 호기롭게 날아오는 세레논의 검을 매끄럽게 받아 내며 그를 응시했다. 시린 검날 두 개가 맞닿은 틈새로 보이는 세레논의 눈은 햇빛을 받은 모래알처럼 반짝이고 있었다.

　'내 검술과 닮아 가고 있단 말이지.'

　어깨 부근으로 빠르게 날아오는 검을 쳐 냈다. 힘에만 치중하던 세레논의 검에 예리함과 세밀함이 더해지고, 정적이던 움직임이 자유분방하게 변해 가며 점점 더 내 검술과 닮아 가고 있었다.

　'자기가 용병왕 미르의 검술을 전수받고 있다고는 상상도 못 하겠지.'

　나는 키득 웃었다. 자신이 미르의 단 하나뿐인 제자임을 알게 된다면 그가 어떻게 반응할지 정말 궁금했다.

　캉!

충직한 검이 되려 했는데 2

빠르게 움직이는 발을 따라 흙먼지가 자욱하게 날리고, 햇빛을 받아 시리게 빛나는 두 날붙이가 허공을 수놓았다. 실력을 드러내지 않고 가볍게 검을 교환하던 나는 고개를 들어 관중들을 확인했다.

관중들은 공녀와 황자의 대련이라는 쉬이 볼 수 없는 구경거리에 크게 환호하고 있었다. 그와 나의 대련 수준이 낮지 않았으니 더욱 그랬다.

나는 몇몇 사람들이 나를 보며 놀란 표정을 짓는 걸 포착했다. 공녀라 별달리 기대하지 않았던 내가 세레논과 대등하게 싸우는 모습에 많이들 놀란 것 같았다.

나야 가볍게 하고 있지만 무력이 없는 이들의 눈엔 지금까지도 충분히 화려해 보일 터였다. 나는 전체적으로 절제된 느낌인 내 본연의 검술을 잠시 내려놓고, 흥분한 관중들을 위해 더욱 화려하게 움직이기 시작했다.

'너무 쉽게 끝내면 안 돼.'

내 머리가 있었던 곳을 크게 베고 지나가는 세레논의 검을 피하며 적당한 타이밍을 노렸다.

관중들은 내가 미르라는 걸 몰랐다. 아무리 그의 스승 직위에 있다고 해도, 너무 쉽게 이겨 버리면 세레논의 명예에 흠집이 갈 수 있었다. 나는 서서히 속도를 높이기 시작했다.

쉬익!

거센 바람 소리가 고막을 자극했다. 빠르고 역동적인 내 움직임을 좇으려 애쓰는 세레논의 이마로 구슬땀이 흘러내렸다.

처음은 한자리에 서서 큰 움직임 없이 검만 움직이던 스타일을 바꿔, 움직임의 반경을 넓히기 시작했다. 경기장은 충분히 넓었고, 공간은 활용하면 활용할수록 박진감이 넘치는 법이었다. 나는 세레논을 점점 더 벽 쪽으로 몰아갔다. 흙먼지 바람에 포니테일로 묶은 머리카락이 크게 휘날렸다.

"저하, 제가 이전에 한 말 기억하십니까!"

점점 더 커지는 관중들의 소리와 전투 소음에, 세레논에게 말을 걸기 위해서는 반쯤 고함을 쳐야 했다. 세레논은 내게 눈빛으로 의문을 표했다.

'나를…… 닮긴 닮았군.'

나는 검을 나누면서 그의 얼굴을 보며 새삼스럽게 알아차렸다. 모자 사이도 아닌 사제지간인데 이렇게 닮아 간다는 것이 신기했다.

투쟁심과 흥분으로 물든 푸른 눈. 잔뜩 올라간 입꼬리. 피를 흘리면 흘릴수록 강해지는, 광전사를 닮은 분위기.

요정 같은 외모와 상반된 듯하면서도 잘 어울려서, 나는 짧게 헛웃음을 뱉었다. 지금의 세레논은 정말 즐거운 전투를 마주했을 때의 나와 똑같았다.

"실전에 강한 검사가 되고 싶다면."

나는 세레논의 검을 쳐 내며 발에 마나를 두른 채 도약했다. 내 힘에 순간 휘청거리며 자세가 무너진 세레논이 허공에 오른 나를 놀란 눈으로 바라보았다.

"지형을 이용하는 방법을 알아야 한다고!"

팟!

빙판에서 스핀을 돌듯 허공에서 측면으로 빙 회전한 나는, 무중력 상태에서 경기장 벽을 발판 삼고 압축되었다 풀린 스프링처럼 높게 박차 올랐다.

쉬이익!

정점에 달했을 때, 나는 세레논의 어깨를 향해 검을 던졌다.

"윽!"

세레논이 피가 흐르는 어깨를 부여잡으며 신음을 흘렸다. 일부러 빗맞힌 검은 그의 살갗을 얇게 베고 세레논의 등 뒤로 박혔다. 잠시 멍하니 나를 바라보던 세레논이 기분 좋게 웃음을 터트렸다.

"하하! 제가 스승님의 가르침을 어떻게 잊겠습니까!"

늘 환상을 부유하는 것 같던 그의 몽환적인 두 눈이 현실 한가운데로 내려앉아 세차게 불타올랐다.

"전투에선 어떤 행동도 비겁하다 할 수 없다고 하신 것도 스승님이죠!"

충직한 검이 되려 했는데 2

촤악!

세레논의 검이 선을 긋듯 땅을 긁었다. 공중으로 비산한 모래가 나를 향해 위협적으로 날아들어 시야를 방해했다.

'잘 배웠군.'

나는 팔로 눈가를 가려 눈을 보호하고, 머리 위로 높게 들어 올린 검을 내리찍으려는 세레논을 피해 옆으로 굴렀다. 옷이 온통 흙먼지로 더러워졌지만 상관하지 않았다.

'이 정도면 다들 만족했겠지.'

이 정도면 충분히 화려한 퍼포먼스를 펼쳤다고 할 수 있으니, 다들 세레논의 실력이 만만치 않음은 알았을 터였다.

'그럼 더 시간을 끌 필요는 없겠지.'

쉬익!

나는 더는 속도를 절제하지 않고 자리를 박차고 일어나 세레논의 뒤를 향해 달려갔다. 인간을 초월한 속도로 달리는 그 잠시간은 진공에 빠진 것만 같았다.

"뭐야! 분명 저기 쓰러져 있었는데……!"

"순간 이동한 거 아니야?"

관중들의 소리가 커졌다. 순간 내 속도를 따라잡지 못한 세레논이 내가 있었던 곳을 멍하니 바라보다 퍼뜩 뒤를 돌아보았다.

내게 시간은 광활하고 무궁무진한 벌판 같았다. 나는 빠르게 움직이고, 다른 것들은 느리게 보여 아무리 뛰어놀아도 여백이 남아 있었다.

"아직 많이 느리십니다."

평범한 이들에겐 찰나겠지만, 내겐 한세월이었다. 나는 세레논이 완전히 뒤를 돌아보기도 전에 땅에 박힌 검을 뽑고 그의 목에서 살짝 비켜난 곳을 향해 찔러 넣었다.

세레논이 크게 숨을 들이쉬었다. 그러나 나는 그에게 반격할 틈을 주지 않고 그의 무릎 뒤를 힘껏 걷어찼다.

"크윽……!"

세레논의 몸이 중심을 잃고 흔들렸다. 새삼 황족을 너무 거칠게 다루고 있는 게 아닌가 싶었지만, 도를 넘을 정도로 위험해지면 기사들이 난입할 게 분명했다. 그러니 외부에서 제지하기 전까진 브레이크를 걸지 않아도 될 듯했다.

캉! 캉!

검이 맞부딪치는 속도가 점점 더 빨라졌다. 나는 눈을 번뜩이며 춤추듯 검을 놀렸다. 공간을 넓게 쓰며 많이 움직이게 한 탓에 지친 건지, 세레논의 숨이 상당히 거칠었다. 내 속도는 점점 더 빨라지는 반면 그는 점점 더 따라오기 벅차 하고 있었다.

나는 그 모습을 바라보다 검을 세워 힘으로 밀며 그와 밀착했다. 검이 'X'자로 교차되고, 세레논은 가까스로 내 압박을 견뎌 냈다.

"당신은 왜 싸우고 있습니까, 세레논?"

나는 그 가운데, 처음으로 그의 이름을 불렀다. 황자 저하도, 제자님도 아닌 그의 이름을. 세레논이 놀라 눈을 크게 떴지만 나는 아랑곳하지 않고 말을 이었다.

"베고 싶은 것이 있습니까? 아니면 무언가를 지배하고 싶나요? 당신의 검 끝은 어디를 가리킵니까?"

"나는…….."

"이걸 알아내지 않는 이상."

콰앙!

결집된 마나가 세레논의 머리 위를 매섭게 날아가 굉음을 내며 벽에 부딪쳤다. 오러는 아니었지만, 오러의 기초가 되는 마나의 결정이었다.

"꺄악!"

벽면이 크게 무너져 내리고, 그 부근에 앉아 있던 관중들에게서 비명이 터져 나왔다. 오러가 아닌 만큼 건물 전체를 뒤흔들 정도의 위력은 아니었지만, 흉포한 하라바나의 발톱이 긁은 자리같이 초승달 모양의 거대한 자국이 남아 있었다.

그 폭풍 같은 흐름에 휩쓸려 짧게 잘려 나간 세레논의 라일락색 머리칼이 허공에 나부꼈다. 나는 흔들리는 그의 눈동자를 마주한 채 단호하게 얼굴을 굳혔다.

"세레논은 절대 오러를 만들어 내지 못하고, 절 이기지도 못할 겁니다."

정답을 찾기 위해선 과정이 있어야 했다. 한계를 뛰어넘으며 찾아낸 자신만의 답이 바로 오러의 주체니까. 반드시 검을 잡는 이유를 떠올려야 했다.

"계속 키프로스의 꼭두각시로 살고 싶으십니까? 그렇다면 검을 잡을 게 아니라 아무것도 하지 말아야죠. 아직도 디에고를 넘어설 방도가 검이기 때문이라 잡고 있는 겁니까? 정말 그게 다예요? 세레논은 디에고를 찍어 누르고 싶은 겁니까? 그게 검을 잡는 이유입니까?"

나는 무자비하게 검을 움직이며 세레논에게 끊임없이 물었다.

생기를 잃은 세레논은 스스로 질문할 줄 몰랐다. 그래서 나는 스승으로서 조금 도와줄 겸, 대신 질문해 주기로 했다. 다만 정답을 찾는 건 오로지 그 스스로의 힘으로 해야 했다.

"그런 게 아니야! 나는……!"

파지직!

세레논의 검날 위로 번개탄같이 작은 불꽃들이 튀었다. 이를 악문 세레논의 눈동자에 섬광이 깃들었다.

"나는, 형님이 좋은 제국을 만들어 가는 걸 돕고 싶어서, 검을 잡는 겁니다!"

콰!

세레논이 검을 휘둘렀다. 세레논의 검에 조금도 밀림이 없던 내가 처음으로 살짝 밀린 순간이었다.

맞닿은 검에서 광채가 번쩍였다. 나는 잠시 입을 벌렸다.

모두가 태양이 될 수 있는 것은 아니다. 태양의 자질이 있는 자가 있고, 없는 자가 있다. 리더가 있다면 팔로워도 있어야 하는 법. 이 세상 모두가 우두머리일 순 없었다.

그렇다면 우두머리가 아닌 이들은, 리더가 아닌 팔로워들은, 태양이 아닌 달은, 과연 가치가 없는 존재들인가?

그들 또한 반드시 존재해야 하는 세상의 일부였다. 가치 없는 것은 없다. 가치가 다를 뿐이었다. 그림자가 될 줄 알고, 뒤에서 지킬 줄 알며, 누군가를 진심으로 지지할 줄 아는 것. 나는 리더보단 오히려 팔로워가 더 멋진 이들이라고 생각했다.

'이것이 당신의 정답이구나.'

나는 세레논의 검을 보며 느리게 눈을 깜빡였다.

내가 정답을 유추한 과정 또한 세레논과 비슷했으나, 본질적으로 달랐다. 완전한 암흑을 택한 나와는 달리, 그는 다른 이를 빛내면서 자신 또한 빛나기를 선택했다.

'눈부시네.'

세레논의 오러는, 달빛을 닮은 찬연한 은색이었다.

챙!

맞닿은 검을 힘껏 내치자 세레논의 검이 허공을 날았다.

"하……."

검을 놓친 세레논이 숨을 몰아쉬었다. 그는 완전히 넋이 나간 얼굴을 하고 있었다. 나는 한숨처럼 웃었다. 그는 황자라는 자리가 어울리지 않을 만큼 땀범벅에 흙먼지투성이였지만, 그 가운데에서도 빛나고 있었다.

"방금, 보셨습니까? 저, 오러, 은색……."

"네. 봤습니다."

나는 말을 할 정신조차 없는 듯 띄엄띄엄 단어만 나열하는 세레논을 향해 고개를 끄덕이며 부드럽게 미소 지었다.

"해내실 줄 알았습니다. 자랑스럽군요."

나는 진심으로 기뻤다. 그가 오러를 꺼낸 것도 기뻤지만, 무엇보다도 그가 나처럼 시련에서 성장하지 않았음이 기뻤다.

내가 오러를 꺼낸 순간 또한 스승으로 비롯되었으나, 그 순간은 내게 지독한 악몽으로 기억되었다.

나는 아프면서 성장한다는 무책임하고도 허무한 말이 싫었다. 내 아픔은 씻을 수 없는 흉터로 기록되어 아직도 나를 아프게 하는데, 성장했다는 사실만으로 그 흉터가 긍정적인 것으로 변모하는 것이 괴로웠다.

'그래서 당신은 시련에서 성장하지 않기를 바랐는데, 당신에겐 오늘의 기억이 악몽이 아닐 것 같아 다행이야.'

그 사실에 나는 조금 눈물이 날 것 같았다. 내 스승은 제자에게 그리도 냉정하셨지만, 나는 그걸 되물림하지 않았다는 것에 슬픔을 닮은 기쁨이 울컥 솟아올랐다.

세레논의 멍한 푸른색 눈동자가 나를 응시했다. 한참 나를 바라보던 그는 갑작스럽게 휘청거렸다. 그의 몸의 중심이 무너지기 시작했다.

'초반엔 몸의 부담이 엄청나니까.'

나는 신속하게 세레논에게로 다가가 팔로 그의 허리를 받쳐 들었다. 나 또한 막 소드 엑스퍼트가 되었을 시기엔 조금만 오러를 사용해도 몸에 커다란 타격을 받곤 했다.

"황자 저하! 괘, 괜찮으신 겁니까?"

해설자의 놀란 목소리가 크게 울렸다. 관중들도 크게 들썩였다. 나는 그 모든 걸 무시한 채 덜덜 떨리는 세레논의 몸을 단단히 지탱했다. 어쩌다 보니 탱고를 추는 것처럼 화려한 자세가 되었지만, 그것보단 세레논의 상태가 더 중요했다.

"저도, 이제, 제 오러가 있는 겁니까?"

조금 걱정한 것이 무색하게도, 세레논은 오러를 냈다는 것에 흥분해 미친 듯이 눈을 반짝이고 있었다. 나는 허탈하게 웃고 말았다.

"그렇습니다. 다만 잊고 계신 거 같군요."

스르릉.

"저희는, 아직 전투 중인데 말입니다."

세레논의 새하얀 목덜미 앞으로 날카로운 검날을 들이댔다. 닿지 않을 정도의 거리를 지킨 채였다. 오러를 냈다는 사실에 정신이 팔렸다가 갑작스럽게 목에 들어온 검에 겨우 제정신을 차린 듯한 세레논이 나를 올려다보며 눈을 휘둥그레 떴다. 나는 눈을 곱게 휘었다.

"이제 경기를 끝내야 하는데, 항복하시겠습니까?"

세레논의 연보랏빛 눈동자가 색소 옅은 속눈썹 아래 사라졌다 나타나기를 반복했다.

이내 그의 얼굴에 환한 미소가 차올랐다.

"소드 엑스퍼트 데뷔전부터 패배를 경험하는군요."

"어쩔 수 없습니다. 저는 봐 드릴 생각이 없어서."

"뭐, 그래도 다행이라고 생각합니다."

세레논이 검지와 중지를 곧게 세운 채로 떨리는 왼팔을 높이 들었다. 경기 중 항복 표시였다.

"제 첫 번째 패배가 당신이라서 말입니다."

그가 나직하게 속삭였다. 나는 어깨를 으쓱이고는 사회자를 바라보았다. 나와 눈이 마주친 사회자가 퍼뜩 몸을 떨더니 다급하게 입을 열었다.

-세, 세레논 황자 저하께서 항복을 선언하셨습니다! 따라서 승자는······.

나는 굳어 있는 관중을 자신만만한 눈으로 한 번 훑어본 뒤 여유롭게 손을 흔들었다.

-카슈미르 크리시스 공녀님이십니다!

나는 1차 본선을 가볍게 넘겼다.

Chaphter 7

지킬과 하이드

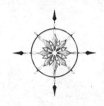

달칵.

나는 들고 있던 잔을 찻잔 받침 위에 올려놓았다. 흰 배경에 순금 장미가 세밀하게 새겨진 티 세트는 고급스러움을 넘어 예술 작품 같았다.

"역시 장미차는 로제의 것이 최고인 것 같습니다."

나는 입안이 한여름 밤의 이슬이 맺힌 장미 내음으로 가득한 것을 느끼며 작게 웃었다.

'로제'는 일류에 속하는 티 브랜드로, 데카르도 후작가가 론칭한 곳이었다.

"카슈미르가 즐겼다면 기뻐요."

부드럽게 웃은 눈앞의 인영이 가볍게 잔을 기울였다. 그 일련의 행동에서조차 우아함이 엿보였다.

"검술 대회 본선 출전 축하해요, 카슈미르."

넝쿨같이 구불거리는 붉은 머리칼이 정원에서 불어온 바람을 타고 허공에서 나부꼈다. 나를 바라보는 진녹색 눈동자는 다정함을 품고 있었다.

"감사합니다, 르웰린."

나는 상냥한 친우를 향해 배시시 웃음 지었다.

1차 본선이 끝난 지 이틀이 지난 시점이었다. 지금은 2차 본선이 진행되고 있기에 다른 출전자들은 눈코 뜰 새 없이 바쁘겠지만, 나는 1차 본선에서 시드로 선정되었기 때문에 시간 여유가 많았다.

검술 대회는 토너먼트식으로, 실력이 출중한데도 상대를 잘못 만나 떨어지게 되는 불상사가 있을 수 있었다.

주최측에서는 그걸 방지하기 위해, 그리고 일정 수준 이상의 강자들이 먼저 맞붙어 관람하는 재미가 떨어지지 않도록 선수들을 살펴서 몇몇 선수들을 후반부에 배치했다.

나는 1차 본선의 톱시드. 2차, 3차 본선을 모두 건너뛰고 4차 본선부터 경기에 돌입했다. 나야 귀찮은 일이 줄어들었으니 나쁠 것 없었다.

"경기, 지켜봤어요. 환상적이더군요. 제국이 그대의 검술 실력에 대한 이야기로 화끈하게 달아오른 것을 아나요? 그대가 멋으로 검을 차고 다니는 조숙하지 못한 여자라는 소문이 단번에 잦아드는 게 어찌나 속 시원하던지."

르웰린이 신랄한 어투로 말했다. 당사자인 나보다 더 들떠 보이고 자랑스러워하는 기색이었다. 나는 머쓱해져서 목덜미를 매만졌다.

"그렇게 대단하진 않은걸요. 황자 저하는 제 제자니 저하의 패턴을 이미 꿰고 있었던 덕이 컸습니다. 상대가 저하이셨으니 좀 화제가 된 거겠죠."

"아뇨. 그것보단 더 본질적인 이유가 있어요."

민망해서 이리저리 둘러대려 했으나 르웰린이 단호하게 잘라 냈다. 녹음을 머금은 그녀의 진녹색 눈동자가 반짝였다.

"카슈미르의 검술은 사람의 마음을 자극시키기 때문이에요. 한없이 자유분방하게 움직이며 움직임 하나하나에 자신이 살아 있음을 열정적으로 표현하죠. 카슈미르가 휘두르는 검을 보고 있자면 아득해지고 심장이 두근거려요. 분명 1차 본선 때를 기점으로 카슈미르의 팬이 많이 생겼을 거예요."

쏟아지는 칭찬에 나는 어쩔 줄 모르고 손가락을 꼼지락거렸다. 열정적으로 내 검술을 논하는 그녀의 말투는 너무도 진심이라 더욱 민망했다. 나를 향해 눈을 휘며 웃어 보인 르웰린이 결정적인 마침표를 찍었다.

"나도 그대의 팬인걸요."

어찌나 말을 잘 하는지, 르웰린이 어째서 사교계의 황제라 불리는지 알 법했다.

나는 하늘 끝까지 둥둥 뜬 것 같은 기분을 느끼며 두 손으로 붉어진 얼굴을 가렸다. 나는 칭찬에 극도로 약했다.

"크흠! 뭐, 저, 저도 르웰린의 팬이니 우린 서로의 팬인 거군요."

"카슈미르도 내 팬인 건가요?"

르웰린이 비음을 흘리며 나를 향해 상체를 숙였다. 흰 비숍 와이셔츠에 승마 바지로 무척 가벼운 차림인 르웰린이 유일하게 착용한 액세서리인 붉은 보석 보타이가, 그녀의 기울어진 몸을 따라 펜듈럼처럼 흔들렸다.

"그럼 내 어떤 모습이 좋은가요?"

턱을 괸 르웰린이 짓궂게 웃으며 물었다. 평소 상당히 까칠하고 예민한 성격인 르웰린은 내겐 상냥히 대해 주었지만, 가끔 이렇게 짓궂은 모습을 보였다.

"그, 어……."

"이런. 더듬거릴 정도로 내게 장점이 없나요?"

갑작스러운 질문에 당황하자, 르웰린이 낚시에 성공한 프로 낚시꾼처럼 능숙하게 섭섭한 표정을 자아냈다. 장난임을 알면서도 진땀이 흘렀다. 나는 필사적으로 고개를 휘저었다.

"그게 아니라, 너무 많아서 정리하는 중인 겁니다."

"……네?"

르웰린의 얼굴이 순식간에 달아올랐다. 제 머리칼에서 염료를 뽑아 물들인 듯 새빨간 얼굴은 잘 익은 사과 같았다.

나는 조용히 생각을 정리하고는 천천히 입을 열었다.

"저는 냉정한 르웰린이 좋습니다. 이성적이고 계산적인 모습이요. 공과 사에 철저하고 손익에 확실한 점을 닮고 싶습니다. 저는 르웰린과 달리 신념으로 움직이고 감정에 휘말리곤 하거든요."

"……그건 보통 단점 아닌가요? 다들 내가 너무 냉정해서 사람 같지가 않다고

충직한 검이 되려 했는데 2

하던데요."

차근히 이어지는 내 말에 움찔한 르웰린의 눈빛이 가라앉았다. 나는 느리게 눈을 굴렸다. 확실히, 레이디에게 냉정하다는 말은 칭찬이 아닌 욕에 가까웠다. 보통 레이디의 덕목이라 함은 따사롭고 다정해야 한다는 것이었으니까.

'하지만 이상하지.'

냉정한 레이디는 굉장히 부정적으로 들리는 데에 비해 냉정한 후작은 긍정적으로 들렸다. 같은 수식어인데도 뒤에 붙는 대상이 다르다는 것만으로 욕이 될 수도, 칭찬이 될 수도 있다는 건 이상한 일이었다.

"저는 냉정함이 나쁜 것이라고 생각지 않습니다. 현명한 것이라고 생각해요."

나는 나직하게 의견을 말했다. 옅게 일렁이는 진녹색 눈동자와 똑바로 마주한 나는, 눈꼬리를 부드럽게 휘었다.

"사람들이 뭐라고 하든 무슨 상관입니까? 제가 그런 르웰린을 좋아하는데."

르웰린이 느리게 눈을 깜빡였다. 에메랄드처럼 투명하게 반짝이는 그녀의 두 눈엔 몽롱한 빛이 깃들어 있었다. 그녀는 어쩔 수 없다는 듯 하, 하고 낮게 웃었다.

"……정말. 만나지 않은 동안 『사람을 매료시키는 101가지 방법』이라는 책이라도 정독한 건가요? 연락을 받지 않은 벌로 좀 더 골려 주려고 했는데…… 이래서야 내가 당하겠네요."

'연락'이라는 단어가 나온 시점에서 나는 흠칫했다. 테러를 막다가 쓰러졌을 때 받았던, 몇백 통이 넘는 부재중 연락이 떠오른 탓이었다.

"벌은 이미 받지 않았습니까…… 너그럽게 용서해 주시죠."

르웰린에게 초대를 받고 데카르도 후작가의 장미 정원 테라스에서 그녀와 마주한 직후, 내가 가장 먼저 들은 말이 이것이었다.

'아, 그, 르웰린. 하하. 오랜만……'

'저기서 무릎 꿇고 손 들고 있어요.'

'넵.'

나는 얌전히 벌을 섰다.

원래 후작 영애가 공작 영애를 벌세운다는 건 말도 안 됐다. 그렇지만 나는 르웰린을 후작 영애가 아닌 친구로 보고 있을뿐더러 나를 보는 르웰린이 너무 험악한 표정을 짓고 있어서 감히 거절할 생각을 하지 못했다.

그리고 그 순간 내가 거절했다면, 르웰린은 두 번 다시 나를 친구로 봐 주지 않았을 게 분명했다.

르웰린은 벌을 서는 내 바로 앞에 의자를 두고 앉아 내 머리 위에 찻잔 받침을 올려 두고 불꽃 같은 눈으로 나를 바라보며 지옥의 티타임을 가졌다. 나는 머리 위에 놓인 찻잔 받침을 떨어뜨리지 않기 위해 중심을 잡으며 르웰린의 눈빛에 식은땀을 뻘뻘 흘렸다.

'무슨 일이 있으면.'

'르웰린에게 연락한다……!'

'무슨 일이 있으면.'

'르웰린에게 연락한다!'

티 테이블 형에 처해져 세뇌를 당하던 나는, 30분가량이 지나서야 인간으로서 르웰린과 티타임을 가질 수 있었다. 나는 그때의 분노가 생각난 건지 눈꼬리를 치켜세우고 흘겨보는 르웰린의 시선을 슬금슬금 피했다.

"카슈미르에게 받은 게 너무 많아서 나도 카슈미르를 돕고 싶은데, 카슈미르는 나를 전혀 의지하지 않는 것 같아서 섭섭할 때가 있어요."

"아닙니다! 저는 르웰린을 의지하지만 이번엔……!"

"알아요. 은밀하게 처리할 필요가 있었겠죠. 아는데도 투정 부리는 거니까 조용히 들어요."

"……"

르웰린의 퉁명스러운 말에 나는 입을 닫았다. 아무리 르웰린이 전보다 유해졌다고 해도 고양이 같은 도도함과 까칠함은 아직도 남아 있었다. 르웰린에게 약한 나는 얌전히 무릎 위에 손을 모아 순종적인 자세를 취했다.

"……이제 메르헨을 거의 밀어냈어요."

진정하려는 듯 심호흡을 한 르웰린은 찻잔을 한 번 기울이고는 나직하게 입술을 열었다.

나는 얼마 전 불가피하게 메르헨을 도와준 것이 떠올라 일그러지려는 얼굴을 애써 정리하며 고개를 끄덕였다.

"아버지는 날 지지해 주세요. 당연한 일이에요. 나만큼 데카르도 후작 자리에 어울리는 이는 없으니. 내가 황금시대를 열 것이라고 확신하고 계시죠. 이제 내게 후계를 넘겨주실 준비를 하고 계세요. 아버지의 지지와 내 수완이라면 데카르도를 완전히 집어삼킬 수 있을 거예요."

르웰린이 차갑게 말했다. 서늘하게 가라앉은 톤은 내게 익숙하지 않은 것이었으나, 나는 그녀가 화난 게 아니라 진지한 것뿐임을 알 수 있었다.

이유가 타당한 자신감은 오만이 아니다. 그건 스스로의 반짝임을 스스럼없이 드러내는 것이었다. 나는 주저 없이 스스로의 가치를 말하는 르웰린을 부드러운 눈길로 바라보았다. 나는 이런 그녀가 좋았다.

진녹색 눈동자가 나를 직시했다.

"데카르도가 완전히 내 손으로 들어오면, 데카르도는 당신의 완벽한 조력자가 될 거예요."

이어진 르웰린의 말에 나는 순간 잘못 들었나 싶어 미간을 좁혔다. 나는 그녀의 말을 몇 번 곱씹어 보고는 눈을 크게 떴다.

"제 조력자요?"

"네. 데카르도의 주인인 내가 당신을 지지할 테니까. 붉은 장미는 언제고 당신의 마르지 않는 금고가 되어 주겠죠."

르웰린이 자신만만하게 웃었다. 그리고 작게 덧붙였다.

"처음에 내게 다가온 것도 이것을 위해서 아니었나요?"

작게 덧붙인 르웰린의 한마디에 가슴이 철렁 내려앉았다.

"알고…… 계셨습니까?"

나는 떨리는 눈으로 그녀를 바라보았다.

처음엔 그랬다. 아주 처음엔. 전쟁을 앞두었다는 생각에 조급했고 지금보다 생각이 어렸던 내게 그녀의 데카르도가 굉장히 탐스러워 보였음은 사실이었다.

내가 그녀와 친구가 된 첫 티타임에 갔던 이유는, 르웰린이 아닌 데카르도 때문이었다.

"이 내가 그것도 몰랐을까 봐요. 카슈미르와 처음으로 티타임을 가졌던 것도 이곳이었죠. 그땐 이렇게나 가까워질 거라고 상상도 못 했는데……."

"르웰린, 저는……."

"그것도 알아요."

내가 자신을 이용할 걸 알았으면서도 지나치게 담담한 르웰린의 태도에 내가 더 당황해 무어라 말하려 할 때, 그녀가 내 말허리를 끊었다. 진녹색 눈동자가 품은 눈빛은 여전히 부드러웠다.

"지금은 나를 진심으로 친구라 생각한다는 거 말이에요."

르웰린이 고개를 살짝 기울이며 과거를 되짚듯 허공에서 눈동자를 굴렸다.

"처음엔 당신이 어려운 사람이라고 생각했어요. 무뚝뚝하고, 표정 변화도 많이 없고…… 어쩌면 거짓말쟁이일지도 모른다고 생각했죠. 그런데 계속 알아가면서 유심히 관찰해 보니까 너무 솔직한 거 있죠. 표정은 무표정 하나밖에 없는 주제에 눈빛은 사사건건 바뀌는데 감정을 하나도 못 숨기잖아."

르웰린의 목소리엔 웃음기가 가득했다. 어떻게든 르웰린에게 그땐 그랬지만 지금은 다르다는 것을 납득시키기 위해 머리를 빠르게 굴리던 나는, 그녀의 정확한 평가에 얼굴이 달아올랐다.

나를 잘 모르는 이들은 내가 무슨 생각을 하는지 하나도 모르겠다고 하지만, 나를 어느 정도 아는 이들은 내 감정이 눈에서 다 보인다고 놀리곤 했다.

충직한 검이 되려 했는데 2

"어떻게 몰라요. 이렇게 열심히 나를 응원하고, 진심을 다해 내게 부딪쳐 오는데."

르웰린의 날카로운 눈매가 유하게 휘었다. 그녀의 눈가에 찍힌 눈물점이 슬쩍 내리막길을 탔다.

"당신은 나를 둘러싼 수많은 거짓 속에서 유일한 진실이었어요."

르웰린의 목소리는 높았으나 카랑카랑하지 않고 차분했다. 발음은 또박또박했고, 말투는 확신에 차 있었으며, 가을 해질녘 밤바람처럼 서늘하면서도 고혹적인 탱고 같았다.

"자랑스러워해도 좋아요. 당신은 냉정한 내가 이유를 따지지 않고 지지하는 유일한 사람이니까."

르웰린이 새침하게 말했다. 나는 그녀를 한참 동안 멍하니 보다가, 물기가 조금 섞인 헛웃음을 뱉었다. 이런 친구가 있다는 게 눈물이 나도록 기뻤다.

"르웰린이 내 지지자가 되어 준다면 나는 르웰린의 검이 되도록 할까요."

나는 손을 뻗어 조심스럽게 르웰린의 손을 쥐었다. 검은 레이스 장갑을 낀 르웰린의 손은 거칠기 짝이 없는 내 손과 상반되게 무척 예뻤다. 나는 그 손을 내 쪽으로 끌어, 손등 위에 짧게 입을 맞추었다. 부드러운 살갗이 맞닿는 순간 시선도 맞닿았다.

"내 신념에서 벗어나지 않는 한, 나는 당신을 위해 싸우겠습니다. 검이 필요하다면 언제든 부르세요, 레이디 르웰린."

나는 르웰린을 향해 활짝 웃었다. 눈을 깜빡이던 그녀는 작게 웃으며 내가 입술을 맞추었던 손을 들어 내 뺨을 쓸었다. 장갑을 사이에 두었음에도 르웰린의 온기가 느껴졌다.

"검은 재앙의 가호를 받게 되어 영광이라고 하죠. 사양하지 않을게요, 기사님."

우리는 한참 동안 서로를 바라보았다. 시선을 교환하는 것만으로도 느낄 수 있었다. 우리는 서로에게 도움이 되고 있음을.

"아악!"

외진 골목에서 비명이 터져 나왔다. 남자는 도망치려 했으나, 살아 움직이는 한 마리의 뱀처럼 빠르고 예리한 채찍이 그의 발목을 휘감았다. 볼성사납게 땅에 엎어진 남자는 뒤로 질질 끌려갔다.

"컥."

빠르게 찌른 채찍이 남자의 목을 휘감았다. 남자가 발버둥 치기를 잠시, 이내 몸이 힘없이 늘어졌다. 숨은 아직 쉬고 있었으나 충격으로 기절한 채였다.

"쯧."

혀를 찬 르웰린은 남자를 걷어찼다.

그녀의 두 눈은 쓰레기를 보듯 무감각했다.

그 모습을 조금 떨어진 곳에서 지켜보던 칼은 소리 없이 헛웃음을 뱉으며 왼손에 발동했던 마법진을 사그라트렸다.

칼이 오늘 르웰린을 마주한 것은 순전히 우연이었다. 여느 때와 같이 마탑에 들렀다가 저택에 돌아가는 길에 골목 너머에서 르웰린을 보았다. 평소였다면 길에서 르웰린을 봤든 말든 상관하지 않고 갈 길을 갔겠지만, 이번엔 볼일이 있기도 했고, 르웰린이 있는 곳이 보통 귀족들은 가지 않는 외진 골목이었기에 따라 들어갔던 것이다.

'그런데 이런 상황을 마주하게 될 줄은.'

전투를 하게 되리라 예상하고 오른손으론 마법진까지 미리 그리고 있었건만, 칼의 예상이 부끄럽게도 르웰린은 상황을 아주 깔끔히 정리한 상태였다.

르웰린은 인기척을 느끼곤 앞머리를 쓸어 넘기며 뒤를 돌아보았다. 그러고는

충직한 검이 되려 했는데 2

눈을 크게 떴다.

"……칼 크리시스 공자?"

제가 해치운 남자들의 패거리이리라 예상했건만, 상상치도 못한 인물이었다.

"르웰린 데카르도. 이런 곳에서 만나는군."

낮고 고혹적인 목소리가 거대한 뱀처럼 그녀의 몸을 휘감았다. 놀란 기색을 지운 르웰린은 비소에 가까운 미소를 띤 채 우아하게 허리를 굽혔다.

"칼 크리시스 공자를 뵈어요. 그날 이후 처음이네요."

르웰린의 목소리는 여느 때와 같이 나긋했으나, 말속엔 가시가 들어 있었다. 칼의 눈썹이 꿈틀거렸다.

"……그래. 아타라 사절단 축하 연회 이후 처음이군."

아타라 사절단 축하 연회는 르웰린에게도, 칼에게도 좋은 기억이 아니었다. 칼에겐 제 사랑이 별 같잖은 놈들에게 모욕당한 최악의 날이었고, 르웰린은 제 친구가 오라비에게 모욕당하는 걸 두고 봐야만 했던 날이었다.

적안과 녹안이 허공에서 치열하게 부딪쳤다.

"뭐, 좋지도 않은 기억을 곱씹는 건 이쯤 해 둘까요. 저도 조금 바빠서."

먼저 눈을 돌린 르웰린은 손에 쥐고 있던 채찍을 동그랗게 말더니 원피스 자락을 걷고 허벅지 가터에 걸어 놓았다. 후작 영애가 공작 영식 앞에서 보일 모습은 아니었지만, 거침없이 치맛자락을 드는 르웰린이나 그걸 앞에 둔 칼이나 태연했다.

'저 채찍은…….'

그 순간 채찍을 유심히 본 칼이 짧게 헛웃음을 뱉었다.

"카슈미르가 몇 달 전에 채찍을 구하더니, 그대 때문이었군."

"아, 카슈미르 영애가 선물해 준 무기죠."

르웰린이 여상스럽게 대답했다. 그녀가 쥐고 있던 채찍 손잡이에 박힌 브랜드 마크는 칼에게 아주 익숙한 것이었다.

"가장 빨리, 가장 빠르게 배울 수 있는 무기 중 하나는 채찍이겠죠? 기본 근력과 숙련도가 필요하지만 검보단 비교적 난이도가 낮으니까요."

어느 날 카슈미르는 칼과의 티타임에서 혼잣말처럼 중얼거렸다. 카슈미르에게 모든 신경을 기울이고 있던 칼은 그녀의 말을 곱씹으며 턱을 매만졌다.

"확실히. 단점도 있지만 장점도 확실한 무기지."

"이전에 저도 채찍을 잠시 사용해 봤는데 나쁘지 않더군요. 하지만 저는 역시 검이 제일 좋습니다. 혹시 괜찮은 채찍을 파는 곳을 아십니까?"

"음. 어느 정도는."

칼은 한때 고문을 취미로 삼았던 사람이었다. 어느 정도가 아니라 아주 잘 알았지만, 흑역사를 동생에게 밝히고 싶지 않았기에 대충 얼버무렸다.

"아, 그러면 혹시 초심자가 쓸 만한 채찍 하나만 구해 주실 수 있으십니까? 근력이나 신체 조건은 일반인 수준이고, 체격은 저와 비슷합니다."

"네가 필요하다면 구해 보도록 하지."

칼은 귀찮은 것을 싫어했지만, 그녀의 부탁을 기꺼이 승낙했다. 그 구실로 카슈미르와 티타임을 한 번 더 가질 수만 있어도 아주 만족스러울 터였다.

"역시 칼이네요. 감사합니다."

칼은 그날 카슈미르가 지었던 환한 웃음을 잊지 못했다. 그는 그 웃음을 사랑했다.

'슈슈가 검 말고 다른 무기를 쓸 리는 없으니 다른 사람에게 줄 거라는 건 알고 있었지만…… 그게 르웰린 데카르도였을 줄은.'

칼이 눈을 가늘게 떴다. 뱀처럼 샐쭉해진 눈매 사이로 번뜩이는 그의 붉은 눈동자는 고까운 기색을 담고 있었다. 직전에 만났을 때 르웰린의 행동이 생각난 탓이었다.

'……이번 일은, 침묵해 주셨으면 좋겠어요.'

물론 사절단 축하 연회에서 르웰린이 메르헨을 감싼 건 이유가 있었을 터였다. 하지만 그건 칼이 알 바가 아니었다.

칼은 르웰린이 그리 마음에 들지 않았다. 그날 일 때문도 있었지만, 무엇보다 카슈미르가 가족 다음으로 총애하는 사람이기 때문이었다.

마음은 한계가 있는 샘이다. 사람마다 샘의 크기는 다르지만, 아무리 샘이 크다 해도 퍼낼 수 있는 물의 양은 한정되어 있었다.

칼은 마른 샘을 가지고 있는 사람이었다. 태생부터 그의 샘에선 물이 솟지 않았다. 허나 카슈미르가 물을 나눠 준 덕분에 겨우 사람처럼 살고 있었다.

칼은 특별히 욕심이 많은 편은 아니었으나, 원하는 것은 반드시 갖고 독차지해야 했다. 그는 카슈미르의 물결이 확장되는 게 싫었다. 그렇게 물을 이곳저곳으로 퍼 주다 보면 저절로 제게 소홀해질 것 같았다.

'그것만 빼면 꽤 재미있는 인간이긴 한데.'

칼은 짙은 녹음 어린 르웰린의 눈을 바라보았다. 르웰린은 아주 당당하게 그와 마주했다. 그의 시선을 피하지 않는 이는 정말 오랜만이었다.

"뭘 하고 있는 건가요?"

어린 르웰린은 호기심이 많았다. 그녀는 머리를 싸매고 고뇌하고 있는 제 오라비, 메르헨과 그의 스승에게로 다가갔다.

"방해하지 말고 저리 가."

"하하. 데카르도 영애께선 호기심이 많으시군요."

귀찮다는 듯 짜증을 내는 메르헨과 달리, 나이 든 그의 스승은 호기심 많은 어린아이에게 상냥했다.

메르헨보다 10개월 늦게 태어났기에 아직은 특별한 수업을 받지 않는 르웰린은 궁금한 마음에 제 오라비가 공부하는 곳을 자꾸 기웃거렸다.

"데카르도 영식께서 문제를 많이 어려워하시는군요. 영애께서도 한번 풀어 보시겠습니까?"

"네!"

스승은 가벼운 어투로 제안했다. 그러나 이 제안은 르웰린의 궁금증을 풀어 주기 위함일 뿐, 진심으로 그녀가 풀 수 있을 거라 생각한 건 아니었다.

르웰린은 순진한 낯으로 고개를 끄덕였다.

"정상에 섰을 때 교만하지 않게 하는 동시에, 절망 속에서도 희망과 용기를 줄 수 있는 말이 있을까요? 특별히 정답이 있는 문제는 아니니 자유롭게 대답하시면 됩니다."

지식과 논리가 아니라 재치와 지혜를 가늠하는 물음이었다. 열 살도 되지 않은 어린아이들이 제 힘으로 풀어 낼 수 있으리라 기대하기에는 지나치게 까다로웠다.

어린 르웰린은 생각했다. 그리고 오래 지나지 않아 대답했다.

"'이 또한 지나가리라.' 어떤가요?"

인간의 인생은 짧고도 길었다. 정상의 순간도, 절망의 순간도 결국엔 지나갔다. 인생의 부질없음을 말하면서도 현재에 대한 응원을 함께 전하는 문장이었다.

스승의 눈이 커졌다. 그의 눈이 보물을 찾은 모험가처럼 반짝이기 시작했다.

"……그럼 이건 어떤가요. 지혜가 두 개의 상자 중 하나에 들어 있습니다. 한 상자는 금 상자, 다른 한 상자는 은 상자일 때, 데카르도 영애는 둘 중 무엇을 고르시겠습니까?"

충직한 검이 되려 했는데 2

질문을 들은 르웰린은 미간을 좁혔다. 이해가 되지 않는다는 얼굴이었다.

"왜 둘 중 하나를 골라야 하죠? 둘 다 가지면 되는데."

박장대소한 스승은 웃음기 가득한 눈으로 르웰린을 바라보며 입을 열었다.

"훌륭합니다. 내일부터 데카르도 영애도 함께 수업을 듣는 게 좋을 것 같다고 후작님께 건의해 보도록 하죠."

갑작스러운 말에 놀란 르웰린이 활짝 웃으며 제 오라비를 돌아보았다.

"메르헨! 들었어? 나 이제……!"

메르헨의 얼굴을 본 르웰린은 흠칫 굳었다. 기쁨에 달아올랐던 양 뺨이 식고, 두 눈이 흔들렸다. 르웰린 데카드로가 자신을 향한 원색적이고도 강렬한 증오를 최초로 마주한 순간이었다.

⋯•⋯⋅੩✦੩⋅⋯•⋯

'그때 본 그 자식의 눈이 내 평생을 통틀어 최고로 소름 끼치는 눈일 거라고 생각했는데…… 아니네.'

르웰린은 눈앞의 인영을 바라보며 생각했다. 겉으로 티 내진 않고 있지만, 온기라곤 찾아볼 수도 없는 붉은 눈을 마주하고 있자면 불가항력적으로 털이 곤두섰다.

'정말 웃기지도 않는군. 그대는 슈슈를 모욕한 치를 처벌하는 것보다 가문의 명예가 더 중요한가? 슈슈는 그대를 위해 나섰는데 그대는 손익이나 따지고 있다니 역겹기 짝이 없군. 장사치들 가문에서 나온 종자들은 다 이런 건가? 오라비나 동생이나……'

르웰린은 그날 칼이 제게 쏟아 냈던 거침없는 폭언을 똑똑히 기억했다. 그 당시엔 가슴이 찢어지는 것 같았지만, 지금은 괜찮았다. 생각해 보면 그때 칼의 발언은 틀린 말이 아니었으니까.

모욕을 당한 슈슈에게 한 번만 넘어가 달라고 하는 몰상식한 인간이 있다면 저 또한 칼처럼 반응했을 것이다. 르웰린에겐 불가피한 이유가 있었지만, 그런 건 칼이 알 바가 아니었을 터다. 르웰린은 칼을 이해했다.

'하지만 그것과는 별개로…… 참 가까워지기 싫은 인간이야.'

르웰린은 본능적으로 치솟는 섬뜩함을 억누르고 사교용 미소를 띠었다.

칼 크리시스는 시선만으로 사람을 짓눌렀다. 피만큼이나 붉은 두 눈을 보고 있자면 눈을 마주치는 것만으로 사람을 굳게 만든다는 바실리스크와 마주하고 있는 것 같았다. 분명 같은 인간임에도 이성으로 이해할 수 없는 인외의 존재를 마주한 듯 아득했다.

르웰린은 소름 끼치도록 아름다운 칼의 얼굴을 보며 조금 질려 버렸다. 위험하다는 분위기는 있는 대로 풍기는 주제에 얼굴은 시선을 돌릴 수 없을 만큼 아름다워서, 독가시가 있는 장미를 보는 기분이었다.

그에 대한 온갖 흉흉한 소문이 퍼졌음에도 그의 곁을 기웃거리는 영애들과 영식들이 산더미 같았던 까닭도 알 만했다.

'이런 인간이 슈슈 앞에만 서면 사랑에 빠진 눈을 한다는 게 웃기지.'

헛웃음을 뱉은 르웰린은 칼 크리시스가 다정한 손길로 슈슈의 옆머리를 넘겨 주던 것을 떠올렸다. 지금 제 앞에 있는 섬뜩한 인간과 그때 그 사람은 다른 존재라 해도 믿을 수 있을 것 같았다.

르웰린 데카르도는 사교계의 황제였다. 아무리 사교계에 관심이 없는 칼이래도 르웰린 데카르도에 대해서는 잘 알았다.

칼은 카슈미르가 없었을 때의 르웰린을 떠올렸다.

'나는 물을 달라고 했는데, 어째서 포도주를 준 거지?'

어느 날인가의 파티에서였다. 시종에게 잔을 받은 르웰린은 미간을 좁혔다. 화들짝 놀란 시종이 식은땀을 뻘뻘 흘렸다.

'죄, 죄송합니다! 제가 다시……!'

충직한 검이 되려 했는데 2

'쯧. 됐네.'

잔을 다시 가져가려는 시종을 가볍게 저지한 르웰린은 느리게 잔을 기울였다. 그 작은 동작조차도 숨 막히도록 고아했다.

'물이 나를 보고 얼굴을 붉혀 포도주가 된 모양이지.'

르웰린이 고고하게 웃었다. 주위에서 탄성이 터지고, 모두 르웰린에 대한 찬사를 늘어놓았다. 모두가 그녀를 고귀한 여왕이라 평했으나…… 우연히 그 광경을 본 칼은 생각이 달랐다.

새까맣게 죽은 두 눈. 거짓에 찌든 웃음. 분명 정점에 서 있었고 그곳에 걸맞았으나, 칼이 보기에 그녀는 불안해하고 있었다. 그녀의 오만은 자신감에서 비롯된 것이 아니라 자리를 빼앗길 수도 있다는 불안에서 비롯된 것이었다.

모두가 르웰린을 사교계의 황제라 칭송하였지만, 칼은 르웰린이 어울리지 않는 옷을 입고 있는 것 같다고 생각했다. 무겁고 거추장스러운 드레스를 입고 꽃처럼 한자리에 서서 웃기만 하는 것보다 가벼운 옷차림으로 세상을 누비는 게 더 어울릴 것 같았다.

'그렇게 생각했는데, 정말 그렇게 될 줄이야.'

칼은 그때와 다르게 생생히 살아 타오르는 녹안을 빤히 바라보았다. 그 숨 막히는 사교계 한가운데에서 서서히 시들어 가다 결국 죽으리라 짐작했건만, 르웰린은 그의 예상을 깨고 사교계에 대한 집착을 놓은 뒤 날아오르고 있었다.

그땐 정말 재미없는 사람이었으나, 지금의 르웰린은 웬만한 것엔 감흥조차 느끼지 못하는 칼의 흥미를 자극할 정도로 빛나고 있었다.

"시선이 뜨거운걸요, 크리시스 공자. 할 말이라도 있으신가요?"

르웰린은 용건 없다면 비키라는 투로 말하며 치맛자락을 다시 정리했다.

휘잉.

가까워지는 여름녘에 걸맞게 따사로운 바람이 골목을 휩쓸었다. 르웰린은 제 눈가로 들어오는 머리카락을 피해 살짝 눈을 감았다. 붉은 머리카락이 맞바람을 만난 불처럼 휘날리고, 가벼운 연둣빛 원피스 자락이 허공에 나부꼈다.

"그래. 내 그대에게 용건이 있어서."

스르륵.

손을 뻗은 칼이 바람에 흐트러진 르웰린의 앞머리를 살짝 넘겨 주었다. 그 손길에 조금 눈을 뜬 르웰린이 놀란 표정으로 그를 바라보았다.

칼의 표정은 여전히 무감각했으나, 그의 눈은 아주 희미하게 반짝이고 있었다.

"오늘 카슈미르의 부탁으로 그대의 마력총을 제작해 오는 길인데 마침 잘 만났군. 만난 김에 그대에게 바로 전해 주도록 하지."

"아."

칼이 들고 있던 상자를 건넸다. 르웰린은 짧게 탄성을 뱉었다.

'저는 검에 모든 걸 건 케이스지만, 르웰린처럼 무력 단련에 모든 걸 걸 수 없는 경우엔 사용할 수 있는 무기가 하나 이상인 게 좋습니다. 딱 두 개가 좋겠군요. 하나는 여태껏 사용하던 채찍으로 하고, 다른 하나는 총이 좋을 것 같습니다. 조작이 간단하고 한 방으로 큰 위력을 낼 수 있는 무기니까요. 소드 엑스퍼트 이상의 강자에게는 힘을 쓸 수 없겠지만 그 이하의 잔챙이를 상대하는 일에선 바로 승기를 잡을 수 있을 겁니다.'

카슈미르는 검술 대회 1차 본선 이후의 만남에서 그렇게 말했다. 마력총을 제작해 주겠다고 해서 연락을 기다리고 있었는데, 그걸 만들어 주는 사람이 칼 크리시스일 줄은 몰랐다.

'젠장. 그걸 구실로 한 번 더 만나려고 했는데.'

르웰린은 살짝 입술을 깨물었지만 금방 평정심을 되찾았다. 그녀는 매끄럽게 웃으며 상자를 받아들었다.

"이렇게 고마울 수가. 힘 써 줘서 고마워요. 잘 사용할게요."

고맙다는 말에 진심이 조금도 없음을 어렵지 않게 포착한 칼이 헛웃음을 뱉었

충직한 검이 되려 했는데 2

다. 그는 르웰린에게 손짓했다.

"열어 보게."

"네?"

"기껏 열심히 만들었는데 주인 손에 들어가는 모습 정도는 봐야 보람이 있지 않겠나. 총 한 번 잡아 보게."

르웰린은 상자를 내려다보았다. 칼 크리시스는 마주하고만 있어도 이성이 갈려 나갈 만큼 섬뜩한 사람이었지만, 그의 말이 아니라 해도 총이 궁금하긴 했다. 그녀는 잠시간의 망설임 끝에 고급스러운 상자를 열었다.

르웰린은 탄성을 터뜨렸다. 권총은 휴대하기 좋은 사이즈인 데다 살상 무기에 아름다움은 필요 없다는 듯 아무런 장식 없는 검은색이었지만, 잘 빠진 몸체는 충분히 고급스러웠다.

상자를 바닥에 툭 내려놓은 르웰린은 권총을 이리저리 돌리며 살펴보았다. 그녀의 녹안이 반짝거렸다.

'슈슈가 말해 준 좋은 총의 특징이 다 있네.'

르웰린은 카슈미르에게 총을 배우게 될 순간을 기다리기 힘들 정도로 총이 마음에 들었다. 기분 좋게 두근거리는 심장에 작게 웃었을까, 그 모습을 지켜보던 칼이 눈을 번뜩였다.

성큼 다가온 칼은 르웰린의 뒤에 서서 그녀를 끌어안듯 몸을 겹쳐 왔다.

"마력총은 마나를 주기적으로 충전해 줘야 하는 단점이 있지만, 그걸 감수하고도 사용할 만한 가치가 있지. 내가 만든 것이니 단연 최고일 거다."

"무슨……."

르웰린은 훅 다가온 칼의 체향에 놀랐으나, 특별히 불쾌함을 느끼진 않았다. 그의 눈빛에서 사심이라곤 조금도 없다는 게 충분히 느껴졌으니까. 칼은 그의 작품에 자부심을 느끼고 있을 뿐이었다.

"보통은 탄환에 마력을 덧씌워 공격력을 강화하는 수준에 그치지만, 내가 만든 건 달라. 총에 마나가 남은 한……."

찰칵.

르웰린의 손 위에 제 손을 겹친 칼이 그녀의 손을 움직여 총을 똑바로 잡게 한 뒤 안전장치를 풀었다.

"실탄이 없이도 발사되지. 응축된 마나가 탄환이 되거든."

르웰린은 칼의 체온이 상당히 서늘하며, 그의 체향은 소름 끼칠 정도로 매혹적이라는 걸 깨달았다.

칼은 르웰린을 반쯤 껴안은 채 뒤로 빙 돌았다. 르웰린은 얼떨결에 제가 죽사 발로 만들어 놓은 깡패들과 마주 보았다. 그녀의 손가락을 방아쇠에 끼워 준 칼은, 총구를 깡패 중 하나의 팔에 겨누었다.

"내 마력총엔 사용할 수 있는 기능도 많지. 예를 들어 이걸 두 번 누르면 음소거 마법이 걸려 총성이 들리지 않고, 이걸 이렇게 돌리면……."

찰칵.

칼은 몸체 중간에 있는 버튼을 두 번 누르고는, 손잡이 끝 부근의 톱니바퀴를 돌렸다. 경쾌한 소리가 허공에 퍼지고, 그의 검지가 방아쇠에 닿은 르웰린의 검지와 겹쳐졌다.

"맞은 대상이 음소거가 되지. 더러운 것들의 비명은 그대도 듣기 싫겠지?"

르웰린의 귓가 근처에서 낮은 목소리가 울려 퍼졌다, 살짝 고개를 돌린 그녀는 칼과 눈이 마주쳤다.

철컥.

칼은 웃고 있었다.

소리 없이 총구를 벗어난 총알이 패거리 중 하나의 팔에 박혔다. 기절해 있던 남자는 총을 맞고 깨어나 비명을 질렀지만, 소리는 들리지 않았다. 칼과 르웰린, 둘 사이에서 들리는 건 서로의 호흡소리뿐이었다. 녹색 눈동자가 가늘어지고, 붉은 눈동자가 미세하게 휘어졌다. 르웰린은 악마에게 유혹당한다는 게 바로 이런 느낌일 거라고 확신했다.

"……감사해요, 공자."

느리게 숨을 들이쉰 르웰린은 손을 내렸다. 칼은 스스럼없이 그녀의 손을 놔주었다.

"정말 마음에 들어요."

르웰린은 눈을 휘어 웃었다.

비명 소리를 듣지 않아도 된다는 점에서, 르웰린은 이 총이 참 마음에 들었다.

"당연히 마음에 들어야지. 누가 만든 건데."

칼은 당연하다는 표정을 지었다. 칼 크리시스는 예의상이라도 '마음에 들어 다행이다.' 같은 소리를 하지 않았다. 상당히 오만해 보였지만, 르웰린은 여느 영식들의 빈말보단 이게 나았다. 칼은 여전히 섬뜩한 사람이었지만, 어쩌면 생각만큼 나쁜 사람은 아닐지도 몰랐다.

"차후 기회가 된다면 감사의 의미로 차라도 한번 대접하죠."

르웰린은 총을 집어넣고 상자를 챙겼다. 그 모습을 잠시 지켜보던 칼은 인사도 없이 먼저 발걸음을 옮기며 말을 꺼냈다.

"총을 배울 곳이 필요하다면 내게 연락해."

르웰린은 주위를 정리하던 손길을 멈추었다. 그녀는 이해할 수 없다는 눈으로 칼을 바라보았다. 르웰린이 아는 칼은 이런 호의를 건네는 사람이 아니었다.

그가 고개를 돌리고, 다시금 불어온 바람에 밤의 한 자락을 실로 자아낸 듯 검은 머리칼이 허공에 나부꼈다. 붉은 눈이 그녀와 마주했다. 상업을 주로 삼는 가문의 딸로서 수많은 루비를 봐 온 르웰린조차 그의 두 눈보다 아름다운 붉은빛을 본 적이 없었다.

오랫동안 시선을 교환하고, 칼의 눈꼬리가 흐드러지게 휘어들었다.

"그 구실로 내 슈슈에게 개수작 부리지 말라는 소리야."

낮은 목소리가 사납게 말했다.

'미친 건 아니군.'

르웰린은 조금 안심했다. 경비대에 칼 크리시스가 미쳐서 무슨 짓을 벌일지도 모른다고 신고를 해야 하나 심각하게 고민하던 참이었다. 르웰린은 마음이 한층 편해진 채로 그에게 손을 흔들어 주었다.

"유감스럽지만 이미 카슈미르 영애께서 제게 총을 가르쳐 준다고 하셔서 말이죠. 정 가르쳐 주고 싶으시다면 번호표 뽑고 나중에 와 주셔야 할 것 같군요."

칼은 이를 으득 갈며 웃었다. 르웰린은 슬쩍 중지를 펼쳐 턱을 누르고 눈을 내리깔아 생각하는 척을 했다.

"그리고 개수작이라니, 공자가 할 말은 정말 아니지 않나요?"

'네가 슈슈 앞에서만 가식 떠는 걸 온 제국민이 다 아는데.'

가식으로는 칼이나 르웰린이나 도토리 키 재기였다. 순간 칼의 눈매가 날카로워졌으나, 이내 차갑게 웃음을 뱉고는 고개를 휙 돌렸다.

"슈슈의 총애를 계속 받을 거라고 자만하지 않는 게 좋을 거다."

"글쎄요. 계속 받을 것 같은걸요. 저는 슈슈의 가장 친한 친구라서."

"나는 그 아이의 하나밖에 없는 오빠고. 무려 혈육이지."

"나는 슈슈에게 손등 키스도 받았어요."

"나는 슈슈가 뺨에 키스도 해 줬다."

르웰린과 칼의 유치한 대치가 이어졌다. 르웰린도 이게 유치한 짓임을 알았지만, 슈슈의 애정이라는 면에서는 아리아 크리시스를 절대 뛰어넘지 못하리라는 걸 알기에 칼에게까지 밀리고 싶지는 않았다.

"나를 이기려면 그대도 슈슈의 혈육으로 다시 태어나라고."

르웰린이 대답하지 못하자 칼이 비죽 웃었다. 분해진 르웰린은 입술을 꾹 깨물다 이내 떠오른 생각에 서늘하게 웃으며 입을 열었다.

"하지만 혈육이기 때문에 못 하는 것도 있을 텐데요."

칼의 표정이 순간 굳었다. 평소의 무표정을 금세 되찾기는 했지만, 순간 칼의 표정에 스친 기색을 르웰린이 보지 못했을 리 없었다.

"……혈육이 아니면 못 하는 게 더 많을 거다."

칼은 부글거리는 속을 꾹 누르며 짓씹듯 대답하고는 발걸음을 성큼성큼 옮겼다. 후궁의 하극상으로 화가 난 황후 같은 칼의 뒷모습을 바라보던 르웰린은 썩은 미소를 지었다.

생각만큼 나쁜 사람은 아닐지도 모른다는 거 완전히 취소다.

칼 크리시스는 성깔 더러운 개자식이었다.

* * * * *

나는 건물 앞에 선 채 짧게 심호흡을 했다. 분명 각오를 하고 왔음에도 막상 이곳을 찾아오니 상념이 많아졌다.

'검술 대회 재개도 사흘밖에 안 남았는데, 참 바쁘네.'

나는 복잡한 마음으로 표지판을 올려다보았다.

[검푸른 까마귀]

나는 과거를 파헤치기 위해 이곳을 찾은 참이었다.

검푸른 까마귀. 귀중한 것을 운반하는, 실력 있는 까마귀들의 길드. 그리고 이 길드의 주인, '푸른 날개' 야샤.

라모나는 야샤에게 가면 내 어머니에 대해 들을 수 있을 거라고 말했다. 라모나가 내게 준 명함은 내 주머니에 고이 모셔져 있었다.

'무슨 말을 듣게 될까.'

나는 잠시 명함을 매만졌다. 사실 이 명함 하나로 '그' 푸른 날개 야샤를 만날 수 있을지는 확신할 수 없었지만, 라모나가 거짓말을 할 위인은 아닌 만큼 믿어 보기로 했다.

"무슨 일로 찾아오셨습니까."

건물 안에 들어서니 프런트에서 대기하고 있던 나이가 지긋한 여성이 정중하게 물었다. 검푸른 까마귀는, 용병 일은 남성의 일이라는 인식을 깨고 여성을 많이 등용한 길드였다.

'나도 한때는 검푸른 까마귀에 들어갈까 생각한 적이 있었는데.'

길드원 복지도 최상위급인 만큼 들어가도 나쁘진 않았겠지만, 내 능력치는 전투에만 치중되어 있었기에 검푸른 까마귀와 어울리지 않았다. 내가 잘하는 건 마수 머리를 깨부수는 거지 은밀하고 치밀한 물밑 작업이 아니니 말이다.

나는 내 동료가 되었을지도 모르는 여자를 바라보며 간결하게 대답했다.

"길드장을 만나러 왔습니다."

여자가 눈을 가늘게 떴다. 인자해 보이던 그녀의 얼굴이 순식간에 엄하게 돌변했다.

"죄송하지만 그건 어렵겠군요. 길드장님은 아무나 만나 주실 만큼 한가하지 않으십니다."

"이거, 확인해 주시겠습니까."

체스에서도 단번에 킹을 잡는 건 있을 수 없는 일. 여자의 거절은 당연했다. 정말 웬만한 의뢰인이 아닌 이상은 길드장이 직접 행차하진 않으니까. 나는 여자의 거절을 수긍하면서도 반신반의하며 명함을 내밀었다.

"이건······."

미간을 찌푸린 채로 명함을 살펴보던 여자가 이내 눈을 크게 떴다. 그녀의 손끝이 명함 귀퉁이에 휘갈겨진 사인에 닿았다.

"길드장님의 사인이군요."

'설마설마했는데 진짜였나.'

나는 조금 놀라 눈을 깜빡였다.

검푸른 까마귀처럼 쟁쟁한 길드의 길드장들은 아무에게나 자신의 사인을 주지 않는다. 유출되면 도용의 위험이 있으니까. 하지만 라모나는 그런 야샤의 사인이 있는 명함을 영수증 넘겨주듯 태연하게 내게 주었다.

'그러고 보니 왕년에 야샤랑 알고 지냈다고 하셨지. 라모나는 정체가 뭘까.'

라모나의 정체가 조금 궁금해졌다.

"······잠시만 기다려 주시죠. 길드장님께 말씀은 드려 보겠습니다."

"아, 잠깐."

나는 자리를 뜨려는 여자를 붙잡았다. 여자가 고개를 기울였다. 나는 아공간 주머니를 뒤적이다, 손끝에 닿는 익숙한 질감의 물건을 잡아 꺼내 던졌다. 여자는 물건을 가볍게 낚아챘다.

"길드장님께 보여 드리세요."

물건을 확인한 여자가 입을 크게 벌렸다. 그녀는 경악스러운 눈빛으로 나를 빠르게 훑어보았지만, 익숙한 반응이었기에 담담하게 마주했다.

"용병 미르가 만나러 왔다고 전해 주시면 얘기가 빠를 것 같습니다."

황금 방패 용병패. 내 정체를 증명하기에 가장 좋은 물건이었다.

'길드장님은 곧 오실 겁니다.'

응접실로 안내를 받은 나는 소파에 걸터앉아 주위를 둘러보았다. 숨 막히도록 엄숙하고 깨끗하던 'Hide & Ceek' 길드 건물과는 달리, 검푸른 까마귀 길드 건물은 비교적 자유분방해 보였다. 그곳과 마찬가지로 고급스럽지만 엄숙함보다는 세련됨에 중점을 맞춘 것 같았다. 인테리어에 주로 사용된 청량한 푸른색이 시원한 느낌을 주는 게 특히 인상적이었다.

'야샤는 어떤 사람일까.'

길드장은 길드의 마스코트처럼 이용되는 만큼 그녀의 강함이나 실력에 대해서는 어느 정도 알고 있었지만, 그녀의 성격같이 개인적인 정보는 알 수 있을 턱이 없었다.

'음…… 갑자기 결투 신청을 하진 않겠지.'

나는 깊은 곳에서 치솟는 걱정에 입술을 꾹 다물었다. 검은 머리에 보라색 눈의 생양아치 때문에 내 머릿속에서 '길드장'이란 존재에 대한 인식은 지하에 처박혀 있었다.

내가 그녀와 원활한 대화를 나눌 수 있길 바라며 짧게 기도를 올리고 있을 때였다.

"길드장님! 용병 미르와 일대일로 대화를 나누신다니요! 너무 위험합니다!"

"거 자존심 구겨지는구먼. 내 나이 좀 먹었기로서니 그런 애송이에게 위협을 당할 것 같나?"

"그래도……!"

"그 아해가 나랑 결판을 보고 싶은 거였다면 명함을 내밀 게 아니라 길드를 개판 냈겠지. 내가 알아서 할 테니 염려치 말라고, 바론."

나는 다가오는 묵직한 기운에 놀랐다가 대화 소리를 듣고 멈칫했다.

'애송이……? 아해……?'

산전수전 다 겪은 듯 낮고 중후한 목소리는 꽤 가벼운 말투를 구사했다. 나는 소드 마스터가 된 후 처음 겪어 보는 애 취급에 조금 멍해졌다.

쾅!

방문이 거침없이 열리고, 긴 인영이 방에 들어섰다. 나는 나타난 인물을 빠르게 훑어보았다.

짧은 단발로 잘린 흰 머리. 오른쪽 눈을 가린 검은 안대. 등에 멘 거대한 대검. 170센티미터 중후반쯤으로 보이는 큰 키. 검은 베스트에 넉넉한 품의 흰 와이셔츠, 풀어헤친 크라바트. 세월의 흐름으로 주름진 얼굴 사이에서도 형형하게 빛나

충직한 검이 되려 했는데 2

는 푸른 눈.

"나를 찾았나, 애송이?"

거친 손이 등 뒤에 메고 있는 검 손잡이를 잡고, 주름졌지만 날카로운 눈매가 유려하게 휘어들었다. 세월이 반드시 퇴화를 일으키는 게 아님을 증명하듯, 여전하게도 호기롭고 생기 넘치는 푸른 눈이 나를 직시했다. 분명 드러난 눈은 하나뿐이었음에도 수십 개의 눈동자를 앞에 둔 것처럼 위압적이었다.

소드 마스터를 애송이라고 부르기에 거침없는 이 중년 여성은 분명 이 길드의 주인, '푸른 날개' 야샤였다.

내가 야샤를 멍하니 바라보고 있을 때, 그녀는 제 등 뒤에서 대검을 뽑아 들었다.

스르릉.

두 손으로 들기도 어려울 것 같은 대검을 야샤는 한 손으로 잡았다. 대검의 무게가 느껴지지도 않는 건지 검을 뽑는 손길엔 버거움이 없었다. 야샤의 몸만 한 대검이 그녀의 손에서 가볍게 돌아갔다.

'공격하려는 건가.'

크기만으로도 위협적이라 나는 조금 긴장한 채로 야샤의 동태를 살폈으나, 그녀는 여상스러운 표정으로 내 맞은편에 털썩 앉아 제 다리 사이에 지팡이처럼 대검을 세워 몸을 지탱할 뿐이었다.

'푸른 날개' 야샤의 대검은 유명했다. 날렵하고 은밀한 이미지가 강한 브로커 길드, 검푸른 까마귀의 길드장이 날렵함, 은밀함과는 몇천만 리 정도 떨어진 거대한 대검을 사용하니 말이다.

어려서 대검을 한 번 사용해 보았다가 너무 무거워 곧바로 포기한 나로서는—물론 소드 마스터가 된 지금은 대검이 아니라 쇠기둥을 뽑아 사용해도 별문제가 없었지만, 역시 나는 가벼운 한 손 검이 익숙하고 좋았다—야샤가 대단해 보였다.

대검은 가볍게만 휘둘러도 큰 타격을 줄 수 있는 강력한 무기지만, 그만큼 사용하기 어려웠다. 들고 있기만 해도 체력 소모가 상당할뿐더러, 그걸 휘두르기까지 하려면 상당한 근력이 필요했다. 게다가 대검같이 거대한 무기는 공격 범위가 큰 만큼 적에게 적발되기 쉬웠다. 잘못하면 본인과 더불어 같은 편까지 공격할 수 있기 때문에 세밀한 힘 조절도 필요했다.

제대로 쓰기 위해서는 살과 뼈가 닳는 노력이 필요한 무기인 대검은 장점보다 리스크가 더 컸기에 애호가가 많지 않았다.

'그런 대검을 사용한다는 건, 자신감이겠지.'

다른 사람도 아니고 날렵함과 은밀함이 생명인 브로커가 대검을 사용하는 건 미친 짓이었다. 그럼에도 야샤가 대검을 사용하는 것은 그 모든 리스크를 감수하고도 성공할 자신이 있다는 자신감의 표현임이 분명했다.

나는 감탄이 서린 눈으로 그녀를 바라보았다. 나를 바라보는 푸른 눈은 얼핏 가벼워 보였지만, 깊이 들여다보면 세월이 겹겹이 싸여 무척 무거웠다.

'왜 이렇게 멋있지?'

나는 처음 느껴보는 강렬한 감정에 조금 당황하고 있었다. 분명 오늘 처음 본 사람인데 지독히 동경하게 될 것 같았다.

나이가 드는 것은 쇠퇴가 아닌 무르익음을 뜻한다는 걸 온몸으로 말하고 있는 사람. 눈매에 주름이 지는 와중에도 생기를 잃지 않은 두 눈이 신기하면서도 대단했다.

"뭐야. 요즘 젊은이들은 이렇게 예의가 없나? 인사도 안 하는군."

내가 아무 말 없이 바라보고만 있자, 야샤가 미간을 좁히며 핀잔을 주었다. 나는 거리감 없는 야샤의 태도에 당황하면서도 고개를 까닥였다.

"아, 안녕하십니까. 저는……."

"어허! 누가 인사를 앉아서 하나!"

야샤가 자리에서 벌떡 일어났다. 돌발 행동에 눈을 크게 떴을까, 대검을 내려

놓은 그녀가 주먹 쥔 오른손을 왼손으로 감싸며 깍듯하게 고개를 숙였다.

"검푸른 까마귀의 길드장, 야샤다. 만나서 반갑군."

흠 잡을 데 없이 정중한 인사였다.

'예를 중시하는 사람인 건가.'

앉아서 내 인사만 받으려고 했다면 감탄하던 것도 팍 식었겠지만, 야샤는 자신이 먼저 일어나 예의를 차려 보였기에 무시할 수 없었다.

나는 황급히 일어나 허리를 굽혔다.

"용병 미르입니다. 만나 뵙게 되어 영광입니다."

"그래야지."

야샤는 고개를 끄덕이며 만족스러운 표정으로 자리에 앉았다.

"요즘 젊은이들은 예절을 모른단 말이지. 자고로 인간이란 인의와 예가 기본이 되는 것일세. 기본을 갖추지 않으면 금수에 불과하단 말이야."

야샤가 주절주절 말을 늘어놓았다. 위압적이고 무게감 있는 사람이리라 예상했건만, 생각보다 말이 많은 편이었다. 나는 뻣뻣하게 앉은 채로 야샤의 눈치를 봤다.

"어…… 감사합니다."

"음? 그런데 그대 왜 존댓말을 하나?"

"네?"

내가 어색하게 감사 인사를 하자, 야샤가 문득 깨달았다는 듯 의아하다는 표정을 지었다. 나는 또다시 당황했다. 야샤는 사람을 당황하게 만드는 재주가 있는 모양이었다.

"그야 저보다 연장자시니까……."

"에잉, 쯧. 그거랑 존대가 무슨 상관인가. 요즘 젊은이들은 이렇게 뻣뻣한가? 지금 나도 말을 놓고 있지 않나. 그대도 놔 버려. 아니면 나도 존대를 사용해 드리랴?"

'이건…… 정말 뭐지?'

나는 야샤의 독보적인 성격에 멍해졌다. 요즘 젊은이들 타령을 하며 연신 꼬장꼬장하게 굴면서도 나이가 많은 것을 무기로 내세우지 않았고, 사상이 묘하게 진보적이었다. 나는 야샤의 성격 파악에 실패한 채로 목덜미를 긁적였다.

"괜찮습니다. 저는 존대가 더 편해서요. 어르신께선 편히 말을 놓아 주십시오."

"뭐, 그렇다면야. 젊은이가 딱딱하구먼. 편히 있게."

야샤가 소파에 편하게 기댄 채 팔을 등받이 위에 걸쳤다. 나는 이 독특한 인물 앞에서 잠시 할 말을 잃었다.

"그래. 그럼 이제 본격적으로 이야기를 시작해 볼까. 어째서 나를 찾아왔는지 듣기 전에……."

야샤는 느긋한 목소리로 대화를 이끌었다. 그녀가 내리깔았던 눈을 들어 나를 응시했다. 나를 가늠하는 날카로운 푸른 눈 아래, 분위기가 삽시간에 팽팽해졌다. 야샤는 검지와 중지 사이에 내가 가져온 명함을 끼운 채 흔들었다.

"이건 언제든 날 찾을 수 있는 인물이란 증표건만, 나는 용병 미르에게 이걸 준 기억이 없네. 이걸 그대가 어떻게 가지고 있지?"

이 지적이 나올 줄 알았다. 나는 침착하게 그녀와 마주했다.

"혹시 라모나를 아십니까?"

"뭐? 라모나? 그 할망구?"

라모나를 언급하자 야샤의 얼굴이 반갑다는 듯 화사하게 폈다. 날 서 있던 그녀의 분위기는 순식간에 부드러워졌다.

"알지! 그 할망구 젊어서 그렇게 몸이 날렵했다고! 협업도 많이 했지!"

"그……렇습니까……?"

"그래! 그렇게 검푸른 까마귀에 들어오라고 제안했건만 자기는 장사해서 먹고살 거라고 번번이 거절하더군. 그 늙은이 고집이 황소 같다니까. 에잉, 쯧."

충직한 검이 되려 했는데 2

야샤는 추억이 떠오른 것처럼 신나게 떠들다 끝엔 혀를 찼다. 손주에게 옛날 이야기를 하는 할머니 같았다. 나는 할머니가 없었지만, 만약 있었다면 이런 느낌이었으리라 생각하며 고개를 끄덕였다. 극도로 친근해진 야샤의 태도가 어색했지만, 어쩐지 싫지 않았다.

"아, 그리고 보니 라모나에게 이걸 줬었지. 나중에라도 들어 올 생각이 생기면 들고 찾아오라고 했건만…… 설마 그대, 라모나의 손주인가? 안 닮았는데!"

"아닙니다!"

명함을 보고 곰곰이 생각하던 야샤가 경악스럽다는 표정을 지었다.

나는 급히 고개를 휘저었다. 결혼도 안 한 라모나에게 갑자기 손주가 생긴다니, 안 될 일이었다. 그리고 가면을 써서 드러난 거라고는 두 눈과 입밖에 없는데 닮음의 여부를 어떻게 알았는지 모르겠다.

"라모나와는 그냥 아는 사이입니다. 라모나에게 도움을 많이 받았죠."

"흠…… 하기야. 그 할망구, 젊어서부터 묘하게 물러 터졌었지."

턱을 쓸어내린 야샤가 고개를 끄덕이며 납득했다. 다른 이가 라모나를 욕했다면 화를 냈겠지만, 야샤는 진정한 친구만 보일 수 있는 태도로 라모나를 까 내렸기에 무어라 할 수가 없었다.

"저는 길드장님께 물을 것이 있어서 왔습니다."

나는 짧게 심호흡을 하고, 야샤와 똑바로 마주했다. 유일하게 드러난 그녀의 왼쪽 눈이 푸르게 빛나고 있었다.

"길드장님께선 안테이아 헬라를 아십니까?"

쉭!

말이 끝나기도 전에 일어난 바람 때문에 깊게 눌러쓴 후드가 펄럭였다. 피할 수 있었으나 피하지 않은 나는, 살짝 눈을 내려 내 목 가까이로 들어온 검 끝을 확인했다.

한 손으로 대검을 쥔 야샤는 내 목에 검을 겨누고 있었다.

"너 뭐냐, 애송아?"

그녀가 시리도록 차갑게 웃었다.

푸르고 청명한 호수는 싸늘하게 얼어 있었다.

'무언가 있긴 한 모양이군.'

예상보다 난폭한 반응이었다. 나는 잠시 내 목에 들어온 대검을 쳐 낼까 고민했으나, 이내 순순히 두 손을 들어 항복 표시를 해 보였다.

생전 처음 듣는 이름에 이렇게 반응하진 않을 것이다. 야샤는 어머니와 아는 사이임이 분명했다. 아쉬운 건 나인 만큼, 내가 낮추고 들어가야 했다.

"진정하시죠. 싸우려고 온 것이 아닙니다."

"그 이름을 어떻게 안 건지부터 말해 줘야겠어, 젊은이. 그대가 싸우기 싫다 해도 나는 여차하면 싸울 마음이 있거든."

야샤의 입꼬리는 유쾌하게 올라가 있었으나, 그녀의 눈은 조금도 웃고 있지 않았다. 나는 조금 놀랐다.

'어머니와 무슨 사이기에 이렇게까지 나오는 거지.'

야샤는 소드 마스터를 직전에 앞둔 소드 엑스퍼트였지만 무르익은 연륜과 뛰어난 전투 감각을 탑재한 인물이었다.

대륙의 최강자를 다투는 반열에까진 오르지 못해도 그 바로 아래라 할 수 있었다. 아마 라이너도 야샤를 이기진 못할 터였다. 실력 자체는 막상막하겠지만, 아직 젊은 라이너가 연륜이 깊은 야샤를 이기긴 무리였다. 그녀는 강한 사람임이 분명했다.

"저를 이길 자신이 있으신 겁니까?"

하지만 소드 마스터인 나에 비할 바는 아니었다. 소드 마스터 앞에서, 같은 마스터가 아니라면 연륜 따위는 의미 없는 것이었으니까. 나는 내 강함에 자신이 있었다.

"하하하!"

충직한 검이 되려 했는데 2

악의가 있는 건 아니었지만 얼핏 불쾌하게 들릴 수 있을 만큼 호기로운 말이었기에 야사가 불쾌해할까 잠시 걱정했으나, 예상 외로 야사는 아무렇지도 않은 듯 시원스럽게 웃음을 터트렸다. 나를 바라보는 그녀의 눈은 어르신들이 재롱 부리는 손주를 보는 눈과 닮아 있었다.

"자신감이 넘치는구먼. 그래, 나이 든 늙은이가 강하면 얼마나 강할까 싶겠지. 하지만 말이다."

푹.

내 목 가까이에 위치하던 검끝이 유려하게 돌고, 내 목 바로 옆의 소파 등받이에 박혔다. 부드럽고 붉은 소파를 뚫는 소리는 인간의 살을 뚫는 소리와도 닮아 있어 묘하게 소름이 돋았다. 야사가 아무렇지도 않은 듯이 대검을 한 손으로 든 채 상체를 굽혀 내게 얼굴을 가까이하며 한쪽 입꼬리를 비틀었다.

"나도 인생을 허투루 보내진 않았다. 널 이기진 못한다 해도 쉬이 져 주진 않을 거다, 아해야."

드러난 한 알의 푸른 눈동자가 반짝였다. 바다의 청량한 푸름에도, 하늘의 광활한 푸름에도 비할 수 없는 독보적인 그녀의 색. 차가운 푸른색이 뜨겁게 느껴질 수 있다는 것을 그녀로 인해 알 수 있었다.

야사의 눈에선 청염이 타오르고 있었다.

"예민하게 반응하시는군요. 안테이아 헬라와 꽤 긴밀한 사이이신 모양입니다."

나는 야사의 눈을 피하지 않은 채로 그녀를 슬쩍 떠보았다. 혹시 철천지원수 같은 것이라면 내가 안테이아의 자식임을 밝히는 것은 곤란했다. 안테이아에게 못 한 복수를 나에게 하려 들지도 몰랐으니까.

'물론 그럴 사람은 아닌 것 같지만…… 혹시 모르니까. 이 사람이랑은 싸우기 싫어.'

자세한 이야기를 하기에 앞서, 안테이아와 야사의 관계부터 확인해야 할 것 같았다. '하' 하고 헛웃음을 뱉은 야샤가 눈을 번뜩였다.

"안테이아는 내 생명의 은인이었다."

'……생명의 은인?'

나는 나도 모르게 흠칫했다. 이건 예상치 못한 일이었다.

'그 강력한 푸른 날개 야샤가 위험해지는 일이 있었다고? 내 어머니는 그런 상황에서 야샤를 구할 만큼 강했고?'

나는 혼란스러움에 입술을 꾹 깨물었다. 아마 거울을 보면 눈동자가 미세하게 떨리고 있을 터였다.

"……정말입니까?"

내 어머니는 소외된 것들을 위해 노력하고, 위험에 처한 타인을 구해 주는 사람이었나.

가면 갈수록 악인이 아니라는 것만 알게 되어, 그녀를 원망해 왔던 시간들이 죄악같이 느껴질 정도였다.

복잡해진 마음을 추스르고 있을 무렵, 등받이에 박힌 대검을 가볍게 뽑아내고 검 끝으로 땅을 짚어 몸을 지탱한 야샤는, 검은 안대로 가리고 있는 오른쪽 눈을 가리켰다.

"내가 이놈을 잃은 날이었지. 내 인생 최초로 의뢰 수행을 실패할 뻔했을 때다. 그때 나를 도와줬던 것이 바로 그 아이야."

"아."

나는 짧게 신음했다. 이어진 부분이 없이 동떨어진 그림 사이로, 퍼즐 조각이 맞춰지듯 길이 슬슬 이어지기 시작했다.

"그 아이는 절체절명의 순간에 나를 도와주었고, 그 은혜를 갚기 위해 나 또한 그 아이를 도와주었다. 그 아이가 내게 자신을 보호해 달라고 했거든. 나는 한때 그 아이를 쫓던 이가 있었음을 안다. 아마 빚쟁이들이었겠지. 추적을 끊느라 꽤 힘들었던 기억이 나는군."

야샤의 벽안이 과거를 뒤쫓듯 깊어졌다. 그녀의 목소리에 회한이 깃들었다.

"나는 의뢰를 수행하기 위해 수많은 이들을 해쳤네. 선한 사람은 절대 아니지. 법과 규율은 날 잡아둘 수 없어. 다만 나는 나만의 정의를 가지고 있네. 인의가 없다면 인간이 어떻게 인간일 수 있겠는가. 나는 적어도 은혜는 잊지 않아."

정점에 오른 이가 있다는 건 그 정점의 탑을 쌓기 위한 패배자들이 있다는 의미였다. 그녀의 주름진 손으로 인해 수많은 이들이 피를 흘렸을 것이다.

최고의 브로커 길드, 무패 신화는 트럼프 게임으로 간단히 얻을 수 있는 게 아니었다. 애초에 누군가를 꺾지 않고는 살아남을 수 없는 게 세상이다. 나 또한 살인을 저지르지 않았을 뿐, 내게 도전하는 수많은 도전자들을 꺾고 이 자리에 서 있었다.

야샤가 말하는 그녀만의 인의는 아마 괴물이 되어 가는 가운데 그녀가 스스로에게 부여한 마지막 인간성이었으리라. 그것이 그녀의 정의였을 터였다.

"그 아이는 그때 도와준 것으로 빚을 다 갚은 거라고 했지만, 나는 그렇게 생각하지 않아. 한 번 은인은 영원히 은인이다. 설령 대상이 고인일지라도, 내가 살아 있는 한 끝까지 은인이야. 그대가 그 당시 안테이아를 쫓던 빚쟁이가 보낸 사람이며, 이제 와서 안테이아의 정보를 캐러 왔다면…… 유감스럽지만 나는 해 줄 말이 없군."

야샤에게서 위협적인 살기가 피어올랐다. 짐승의 영역 표시처럼 진해지는 마나의 흐름에 나는 본능적으로 검 손잡이 위에 손을 올렸다.

검을 잡은 내 손을 힐끔 본 그녀는 푸른 눈동자를 반짝이며 씨익 웃었다. 나와 대치하면서도 조금도 두려워하지 않는 낯을 보이는 사람은 참으로 오랜만이다. 야샤는, 죽음을 두려워하지 않았다.

"살 만큼 산 늙은이가 더 살겠다고 옛 은인을 팔아먹으면 주책도 그런 주책이 없을 걸세. 내가 푸른 날개의 야샤인데 무엇을 두려워하겠나!"

자신감 넘치는 목소리로 말하며 자리에서 일어난 야샤가 대검을 치켜세웠다.

저 거대한 대검이 바로 그녀가 가진 정의의 무게였다.

"일어나게. 어디 한번 겨루어 보자고."

쉬익!

검날 위로 마나가 밀집된다.

아샤의 오러는 그녀의 눈만큼, 그녀의 정의만큼 청명한 푸른색이었다.

나는 아샤를 빤히 바라보았다. 아샤는 참으로 빛나는 사람이었다. 나도 그녀처럼 나이가 들고 싶다는 생각이 어렴풋이 들 정도였다.

'나도 뻣뻣하고 융통성 없는 정의가 아니라, 당신처럼 자유롭고 당당한 정의를 가질 수 있을까.'

사람을 죽여선 안 된다는 집착에 가까운 집념 아래, 나는 아직까지도 전쟁에서 저질러야 할 학살을 걱정하고 있었다.

내 정의는 아직 미숙했다. 세월이 지나 풍화되어 부드럽게 된 토양이 아니라, 아직 단단한 돌바닥이었다.

나는 여전히 사람을 해치는 게 싫었고, 살인은 생각만으로도 구역질이 나왔다. 아마 영원히 그럴 것이다. 이 감각을 잊는 순간, 나는 인간이 아니게 될 테니.

하지만 내겐 이 정의만큼이나 중요한 내 사람들이 있었다. 법과 규율을 지키지 않아도 자신만의 정의가 있다는 그녀처럼, 나도 나만의 정의가 필요했다.

내 신념과 내 사람 모두 버리지 않고 균형을 맞춘, 어느 한쪽에 치우치지 않는 정의가.

'나도, 나만의 정의를 가지고 싶어.'

나는 아샤가 존경스러워지기 시작했다. 잠시 그녀를 바라보다가 짧게 심호흡을 하고, 알고 있던 지식과 아샤의 말을 조합시켜 퍼즐을 마저 맞춰 나가기 시작했다.

'빚쟁이들은 카이사르가 처리했다고 했어. 그러나 안테이아는 그 사실을 몰랐을 테니 빚쟁이들이 자신을 쫓아올 거라고 생각했을 거고, 빚쟁이들을 피해 아샤

에게 도움을 요청했다. 하지만 실질적으로 어머니를 쫓은 건 아버지였지. 아버지
는 나와 어머니를 찾기 위해 노력했다고 했으니까. 야샤는 어머니를 추격하는 아
버지의 수하를 어머니가 말한 빚쟁이라고 생각하고 추적을 필사적으로 끊어 냈
고, 그 결과 아버지는 정보를 얻지 못하고 어머니와 내가 죽었다고 생각한 거야.'

어디서부터 바로잡아야 할지 감이 안 잡힐 만큼 엉켜 버린 사건이었다.

'크리시스 공작가에서도 못 찾을 정도면 상당한 실력의 인물이 어머니의 정보
를 감췄을 거라고 생각하긴 했는데, 그게 야샤였을 줄이야.'

과거라는 퍼즐이 서서히 완성되어 가고 있었다. 내가 생각에 빠져 있느라 반
응이 없자, 야샤는 나를 보며 미간을 좁혔다.

"뭐야, 검 안 뽑나? 이 늙은이에게 겁 먹은 겐가? 에잉, 쯧. 젊은이가 그래서야
쓰나. 자고로 젊은이란……."

"드릴 말씀이 있습니다."

나는 야샤의 훈수를 최대한 부드럽게 잘라 내고 그녀와 눈을 맞추었다.

"첫째, 저는 어르신과 싸우고 싶지 않습니다. 둘째, 저는 안테이아 헬라의 빚과
관련하여 온 사람이 아닙니다. 그리고 셋째."

마지막 말을 하기에 앞서, 조금 망설였다.

나는 지금 미르로서 이곳에 왔다. 내 개인적인 정보를 말하는 건 위험할 수 있
었다.

'하지만 어차피 곧 밝혀질 건데.'

곧 온 제국민이 미르의 정체를 알게 될 것일뿐더러, 야샤에게라면 말해도 될
것 같았다. 그녀는 내 어머니를 정말 소중히 생각하고 있었으니까.

나는 단호하게 말했다.

"저는, 안테이아 헬라의 자식입니다."

야샤가 숨을 멈추었다. 그녀의 몸이 딱딱하게 굳었다. 손에 힘이 풀린 건지 대
검이 떨어질 듯 기우뚱하다 간신히 다시 잡혔다. 드러난 한쪽 벽안은 지금까지

사귀었던 남자친구가 이복동생이었다는 사실을 알게 된 사람처럼 경악으로 물들어 있었다.

"그대가, 용병 미르가…… 안테이아의 자식이라고? 진심으로? 지금 장난하는 거 아니지? 그러니까 내가 아는 '그' 안테이아 헬라의?"

"네. 그렇게 되었습니다."

믿기지 않는다는 듯 몇 번이고 되묻는 야샤를 향해 단호히 대답해 주었다.

'가면을 벗어서 얼굴을 보여 줘야 하나?'

확실히 단언했으나 야샤는 아무런 반응도 없이 굳어 있었다.

내 어머니가 어떻게 생겼는지 기억이 나지 않으니 닮았는지 말았는지는 확실히 모르지만, 이전에 카이사르가 내가 어머니를 닮았다고 말한 바가 있으니 맨얼굴로 증명하기라도 해야 하나 싶어 고민하고 있을 때.

"잠깐, 잠깐, 잠깐, 진짜?"

대검을 내던지고 불쑥 내 앞으로 얼굴을 들이민 야샤가 내 양 뺨을 꽉 붙잡고 제게로 끌어당겼다.

"그러고 보니 이 순둥한 눈매…… 직선형 입매…… 동그란 귀…… 달걀형 얼굴……! 애늙은이 같은 눈빛……! 완전 안테이아잖아! 게다가 어렸을 때랑 눈 색도 똑같아! 젠장, 어떻게 한 번에 못 알아본 거지!"

"자, 자까, 어르시……."

점점 손에 힘이 들어가더니 급기야 내 왼뺨과 오른뺨을 맞붙일 듯 강하게 모은 야샤가 소리쳤다.

입술이 복어처럼 모인 탓에 제대로 발음하기가 어려웠지만 당황스러움을 감추지 못하고 그녀를 저지하려 할 때, 야샤가 눈부시도록 환히 웃었다. 나를 만나게 되어 정말 반갑다는 낯이었다.

"네가 태어난 뒤에도 안테이아네 집을 몇 번 찾았지! 슈슈, 카슈미르! 너 맞으냐! 젠장, 이렇게 자랐을 줄이야! 아니, 네가 용병 미르라고? 그 검은 재앙 미르?

제국의 세 검 중 하나란 말이냐! 자랑스럽다, 이놈아! 어려서 네 눈빛 보고 내가 크게 될 줄 알았다 이 말이야! 아주 목마 태워서 시장 한 바퀴 돌고 자랑하고 싶구먼! 이 할미는 기억 안 나는 게냐! 내가 네 기저귀 몇 번 갈아 줬건만! 하이구, 세상에…… 그 꼬맹이가 이렇게 컸다고? 나보다 더 강하게? 세상 천지 갈라질 노릇이군!"

야샤의 입이 봇물 터진 듯 말을 토해 냈다. 나는 여전히 양 뺨을 꽉 잡힌 채로 빠르게 쏟아지는 말 속에 정신을 차리지 못했다.

어린 나를 야샤가 본 적이 있다는 게 놀라웠지만, 나는 그보다 한 가지 의문에 집중했다.

야샤는…… 내 할머니인가?

"저기, 어르신……."

"어허! 야샤라고 부르라니까! 어르신은 거리감 느껴지지 않나!"

"야, 야샤. 저 충분히 배가 부릅니다만……."

"무슨 소리를 하는 겐가, 이제 겨우 열다섯 개 집어먹고! 에잉, 쯧. 그렇게 코딱지만큼 먹으니 아직도 그렇게 마른 게야! 이리 비실비실해서야 어디 가서 소드마스터라고 말할 수 있겠나! 네 아비라는 놈은 밥도 안 챙겨 주디? 에잉, 썩을. 애비가 제대로 못 하면 내게 와라. 쯧, 처음부터 내가 길러야 했어. 아, 목이 멘 게냐? 물 더 가져다주리? 아니면 우유를 줄까?"

야샤의 단호한 손길 아래 열여섯 번째 감자를 입에 문 나는, 입이 막혀 반박조차 하지 못한 채 야샤가 쏟아 내는 말을 들어야 했다.

'그 아비는 하라바나 한 마리를 통째로 먹이려 했어요…… 두 분 참 닮으셨는데, 혹시 제 아버지의 어머니신가요…….'

나는 꺼내지 못할 말을 감자와 함께 꿀꺽 삼키고는 내 옆에 딱 붙어 앉아 열일곱 번째 감자를 까기 시작한 야샤를 죽은 눈으로 바라보았다. 활동량이 워낙 많은 만큼 먹는 양도 꽤 많은 편이었지만, 안 그래도 포만감 넘치는 감자를 계속 먹으니 배가 터질 것 같았다.

"자, '아' 해라."

"야샤, 저, 저는 여쭐 것이 있어서 온 겁니다!"

나는 감자를 또다시 내 입에 넣으려 하는 야샤를 보고 기겁해서 입에 남은 감자를 급하게 삼키고 화제를 돌렸다.

내 간절한 목소리에 야샤는 '아, 그랬지.' 하고 중얼거리고는 내겐 수류탄으로 보이기 시작한 감자를 내려놓았다. 나는 속으로 안도의 한숨을 쉬었다.

"그래. 내게 궁금한 것이 뭐냐."

내 오른편에 앉아 나를 향해 몸을 돌린 야샤가 부드러운 목소리로 물었다. 나를 바라보는 푸른 눈엔 간질거리는 다정이 깃들어 있었다. 나를 오랫동안 알고 있었던 이의 눈이었다.

'나는 야샤를 조금도 기억하지 못하는데.'

너무 어렸기 때문이었을까, 나는 야샤와 관련한 단편적인 장면조차 기억하지 못했다. 그녀만 나를 기억하고 있다는 것에 조금 미안해졌다.

나는 느리게 숨을 들이쉬었다.

가까이 다가온 야샤에게선 시원한 향이 났다. 여름날의 청량한 바다를 머금은, 물기 어린 향이었다. 짧은 백발이 그녀가 기울인 고개를 따라 허공에서 흔들릴 때면 백야가 펼쳐지는 것 같았다.

"저는 어머니에 대해 알고 싶습니다. 라모나가 야샤에게 오면 들을 수 있을 거라고 하더군요."

나는 나를 직시하는 짙푸른 눈과 똑바로 마주한 채 말했다.

"……안테이아에 대해 말이지."

그녀의 두 눈이 깊어졌다. 조금 즐거워 보였고, 동시에 슬퍼 보였다. 아무래도 어머니와 야샤는 내 생각보다 더 깊은 사이인 것 같았다.

"그래. 안테이아 성격에 네게 과거 이야기를 해 줬을 리도 없으니 궁금할 법도 하겠군."

소파에 몸을 깊게 기댄 야샤가 다리를 편하게 벌리고 의자에 팔을 걸쳤다. 나는 그녀의 바로 옆에 앉아 있었기에 야샤가 내게 어깨동무를 한 것 같은 모양새가 되었다.

야샤의 손이 내 목 옆에서 손가락을 까닥여 소파를 톡톡 두드렸다. 그녀의 손은 주름지고 길었다. 어디서부터 말해야 할지 고민하듯 허공을 바라보던 야샤가 천천히 입술을 열었다.

"내가 안테이아와 처음 만났던 건 한밤중 깊은 숲속에서였다. 그날 나는 예상치 못한 기습으로 쫓기고 있었지. 멍청했던 거다. 더 치밀했어야 했는데."

브로커의 삶은 험난하다. 특히나 야샤같이, 높으신 분들의 물건을 주로 운반하는 최상위 브로커들은 매일매일 살해 위협을 받는다고 보아도 과언이 아니었다. 한 번의 실수가 삶과 죽음을 갈랐다.

눈앞의 장수는 이미 정점에 다다랐음에도 끊임없이 자신을 채찍질했다. 짓씹듯 자신의 실수를 말한 야샤는 투박한 손으로 힘껏 안대를 끌어 내렸다. 안대를 지탱하던 매듭이 억지로 풀리고, 그녀의 왼쪽 눈이 드러났다. 나는 잠시 숨을 멈추었다.

감고 있는 눈꺼풀의 피부 조직은 새까맣게 죽어 있었다. 화상 흉터 같기도, 마법에 당한 흉터 같기도 했다.

고요하게 감긴 눈은 영원히 다시 뜨이지 못할 터였다.

야샤는 느릿한 손길로 죽은 피부 위를 매만지며 말을 이었다.

"나는 그때 죽음을 각오했다. 살아남긴 힘든 상황이었으니까. 다만 우스운 건 그때 내가 두려워했던 게 죽음이 아니라 첫 임무 실패였다는 거야. 너도 알겠지만 이 할미는 단 한 번도 의뢰 수행에 실패한 적이 없거든."

야샤는 자랑스럽게 말하며 낄낄 웃었다. 분위기를 풀기 위한 그녀의 노력이 보였기에, 나는 작게 마주 웃어 주었다.

"나는 더 도망칠 힘도 없어 나무에 기대 죽음을 기다리고 있었다. 그때 누군가 말하더군."

야샤의 눈이 추억을 되새기듯 반짝였다. 그녀의 입꼬리가 부드럽게 말려 올라갔다.

"'좀 비켜 주실래요? 제가 찾는 약초가 당신 발아래에 있어서.' 하고."

"……제 어머니가 그랬단 말입니까?"

나는 좀 놀란 채로 물었다. 죽어 가는 사람 앞에서 그런 소리를 하다니, 그 말만 들어도 내 어머니 성격이 장난이 아니었음을 알 수 있었다. 아리아의 맹수 같은 성격의 출처를 우연찮게 알아낸 나는 조금 미묘한 기분이 되었다.

"그랬다니까! 고운 갈색 머리에 은회색 눈을 한 맹랑한 아이였지! 살짝 비켜 주니 눈 깜짝 안 하고 내 발아래에서 풀을 뜯어 가더라니까! 그때 보통이 아니라는 걸 알아차렸다."

야샤는 안테이아에 대해 말할 때 무척 즐거워 보였다. 나는 묵묵히 고개를 끄덕이며 다음으로 이어질 말을 종용했다.

"그 아이는 풀을 다 뜯고 나서야 내게 눈길을 주더군. 무표정한 얼굴로, 죽기 직전인 내 몰골을 위아래로 훑어보더니 하는 말이 뭐였는지 아나? '살고 싶어요?' 였다니까! 아주 깜찍했지."

'그건 깜찍한 게 아니라 심히 무심한 거 아닌가.'

나는 질려 버린 채로 떨떠름한 표정을 지었다. 눈앞의 사람이 죽든 말든 상관은 별로 없는데 살려 주겠단 투였다. 내 어머니도 보통 귀족 영애는 아니었던 것이 분명했다.

"나는 처음으로 임무를 실패할 거란 생각에 조금 짜증이 난 상태였다. 암살자

수십 명이 날 쫓고 있으니 살고 싶어도 살 수 없다고 했지. 댁이 기적이라도 일으킬 수 있냐고 했다. 생각해 보면 나도 혈기가 좀 있던 시기군. 부끄럽구면."

'둘 다 장난 아니군.'

나는 두 사람이 신경전을 벌이던 그 장면이 얼마나 살벌했을지 가늠하며 웃음기 섞인 눈으로 야샤를 바라보았다. 야샤는 머쓱한 듯 머리를 긁적이다, 눈매를 부드럽게 휘었다.

"아직도 안테이아의 자신만만한 웃음이 또렷이 기억난다. 그 아이는 말했지."

야샤의 푸른 눈엔 그날 밤의 별이 촘촘히 박혀 있었다.

"'원한다면 오늘 밤 당신의 기적이 되어 주도록 하죠.'라고"

나는 아픈 심포니를 두었던 안테이아를 떠올렸다. 내가 아리아를 보며 죽음을 실감했듯이, 안테이아도 늘 죽음을 실감하고 있었으리라.

죽음을 실감하고 있는 이들은 타인의 죽음에 무뎌지기 어렵다. 상실의 파급력을 인지하고 있는 이들은 타인의 상실을 방관할 수 없었다.

안테이아가 야샤를 도와준 건 이 때문일 거라고 나는 예측했다.

"그 아이, 마법 실력이 천재적이었다. 나와 내 동료들을 모두 데리고 단번에 안전한 곳으로 텔레포트를 하더군. 그 정도의 텔레포트 실력자는 많지 않아. 그러고도 멀쩡해 보였으니 말 다했지."

'아리아의 마법 실력은 어머니에게서 온 건가.'

나나 아리아나 안테이아와 닮은 점은 하나도 없다고 생각했건만, 천천히 그녀를 알아가다 보니 나와 아리아의 많은 부분이 그녀에게서 유전되었음을 알 수 있었다.

내가 상념에 빠져 있을 때에도 야샤는 말을 이었다.

"이후 들어 보니 제국 아카데미 마법부를 수석으로 졸업했다더군. 그 실력이라면 당연한 일이겠지."

"제국 아카데미를 수석으로요?"

잠시 다른 생각을 하던 나는 그 말에 깜짝 놀라 눈을 크게 뜨고 고개를 확 쳐들었다.

제국 아카데미는 온 대륙을 통틀어 가장 유망한 학생들만 입학할 수 있는 최고의 아카데미였다. 그곳에서 수석으로 졸업했다는 건 대단하다 못해 어디서든 와 달라고 비는 인사가 될 수 있다는 뜻이었다.

'그렇게 유망했던 학생의 최후가 그래야만 했나.'

어머니에 대해서 알면 알수록 가슴이 아파 왔다. 이젠 그녀에 대한 원망은 거의 사라지고, 야속한 세상에 대한 원망이 불쑥불쑥 고개를 들었다.

"그래. 졸업 후에 마탑에서 연락이 왔을 정도라더군. 그런 아이가…… 그렇게 되어서는 안 됐는데."

야샤가 소파 위로 두른 손으로 소파 테두리를 으스러져라 잡았다. 그녀와 나 사이에 잠시 무거운 침묵이 감돌았다. 우리 둘 다 무어라 말하진 않았지만 알고 있었다. 이 침묵은 그리 죽어야 했던 안테이아를 향한 묵념이었다.

"……그 일 이후 나는 그 아이를 내 은인으로 삼았고, 내 도움이 필요하면 언제든 나를 찾으라고 했지. 네가 가지고 온 이 명함을 안테이아에게도 줬었다."

야샤가 검은 베스트 가슴팍 주머니에서 명함을 꺼냈다. 그녀의 사인이 남은 그 명함이었다.

"필요 없다고 하는 걸 억지로 쥐여 준 거라 다시 만날 가능성은 낮다고 생각했네. 누군가에게 도움받는 것에 자존심 상해하는 것 같았으니까. 그런데 어느 날, 그 아이가 이걸 가지고 날 찾아왔더군. 만신창이 상태에, 죽은 눈을 하고서."

짙푸른 눈에 어둠이 드리웠다.

무슨 말이 나올지 예상한 나는 질끈 눈을 감았다.

"자기와 자기 아이를 살려 달라더구나."

아, 지독한 이야기다. 인생은 멀리서 보면 희극이고 가까이에서 보면 비극이라는데, 안테이아의 이야기는 멀리서 보아도 비극이었다.

충직한 검이 되려 했는데 2

"사람을 숨기기 가장 좋은 곳은 예나 지금이나 사창가지. 나는 가장 은밀하고 안전한 곳에 안테이아의 거처를 만들어 주었다."

"……거기까지면 됐습니다."

한 손에 얼굴을 묻은 나는, 다른 손을 들어 야샤를 저지했다. 이후 이야기는 알고 있었다. 나를 낳고, 아리아를 낳고, 소설의 엑스트라로서 모든 일을 다 했다는 듯 죽어 버린 어머니. 이 비극을 더 듣고 싶지 않았다. 무겁게 고개를 끄덕인 야샤는 잠시 뜸을 들이다 입술을 열었다.

"우리를 돕는 건 우리다. 우리를 도울 건 우리밖에 없다. 잊지 마려무나."

가슴이 찡해지는 말이었다.

나는 입술을 꾹 물었다 놓고는 고개를 끄덕였다. 야샤는 나를 지그시 바라보았다. 한 알의 푸른 눈은 여전히도 따스했다.

"어렸던 네가 떠오르는군. 넌 작고 사랑스러운 아이였지. 나를 꽤 잘 따르기도 했다. 너는 내 마음의 일부를 차지한 가장 작은 존재였어. 너를 오랫동안 본 건 아니었지만, 잠시일지라도 너를 애정했다. 사랑의 규모는 시간의 길이와 비례하지 않음을 알아 주었으면 한다."

"……"

"너는 나를 기억하지 못한다 해도 나는 늘 너를 기억하고 있었다, 카슈미르."

나는 울컥 치미는 감정을 삼켜 냈다. 나도 기억하지 못하는 내 어린 날을 기억하는 사람이 있다는 게 왜 이리 가슴 저미는지 모를 일이었다.

"다시는 만나지 못할 줄 알았는데 이렇게 만나 기쁘구나."

야샤의 주름진 손이 내 뺨을 붙잡았다. 그녀의 손은 거칠고 투박했지만, 그녀의 손길은 조심스럽고 부드러웠다. 내 뺨을 엄지로 살짝 쓸어 본 야샤가 인자하게 웃음 지었다.

"지금까지 살아 있어 줘서 고맙다. 보고 싶었다."

나는 야샤의 상냥한 바다를 바라보며 생각했다.

새로운 도피처이자 인생의 스승을 만난 것 같다고.

······❖······

검푸른 까마귀 길드에서 나온 나는, 손 안에 있는 물건을 조용히 굴려 보았다. 한 쌍의 날개 형태를 띤 청금석 브로치였다.

'내 도움이 필요할 땐 언제든 이걸 들고 검푸른 까마귀를 찾아라. 명함보다 더 직방일 거다. 도움이 필요할 때 말고, 보고 싶을 때마다 와도 좋다! 이 할미 적적한데 자주 좀 찾아와라. 연락도 좀 하고!'

야샤는 브로치와 함께 자신의 통신구 번호를 주며 기꺼이 내 조력자를 자처했다. 은인의 자식 또한 은인이라고 하는 그녀에게선 곧은 신념이 엿보였다.

'진짜…… 멋졌지.'

야샤를 떠올린 나는 나도 모르게 배시시 웃음을 지었다. 어려서도 이런 적이 없었건만, 다 커서야 존경할 위인을 만난 것 같았다.

시원스러운 태도와 다정한 온기, 올곧은 신념. 젊음이 떠나간 자리를 지혜와 숙련으로 채운 사람. 나는 야샤를 닮고 싶었다.

해가 거의 지고 가로등이 켜지기 직전의 거리를 천천히 걸었다. 로브 자락을 흐트러트리는 시원한 바람이 기분 좋았다. 잠시 눈을 감고 밤의 정취를 맡기 위해 숨을 크게 들이쉬었을 때.

'어.'

나는 공기 사이로 익숙한 향취를 맡았다. 익숙한 인기척의 목적지는 나였다. 나는 빠르게 가까워지는 인기척에 작게 웃음을 뱉었다.

휙.

내가 서 있던 곳의 오른쪽 골목에서 불쑥 나온 큰 손이 내 손목을 부드럽게 끌어당겼다. 나는 저항하지 않고 그에게 끌려갔다.

"오랜만이에요, 그죠."

내 허리에 단단한 팔이 제자리를 찾은 듯 익숙하게 감기고, 낮은 목소리가 속살거렸다. 나는 동의하는 뜻으로 옅게 미소 지었다.

"당신도 내가 그리웠나요?"

축 처진 눈꼬리가 초승달처럼 휘며 은빛 눈동자가 가늘어졌다.

내 오랜 친구, 엘리오르 라였다.

"엘, 오랜만입니다."

나는 편하게 웃음을 지었다. 나를 담아내는 온화한 은빛 눈동자를 보자면 마음 한구석의 착잡함이 단번에 풀려나갔다.

엘은 흰 가면에 흰 로브를 착용하고 있었다. 정체를 숨기고자 한 것 같지만 머리부터 발끝까지 새하얀 데다 숨겨지지 않는 신성한 분위기 탓에 눈에 띄지 않는 건 무리일 것 같았다.

'무슨…… 빛이 강림한 것 같은데.'

나는 새삼스럽게 엘의 외모에 감탄했다. 인상을 희미하게 하는 마법은 꽤 단단하게 걸려 있었지만, 내겐 통하지 않았다. 내 눈엔 그의 새하얀 피부도, 물빛 머리칼도, 은색 눈동자도 또렷이 보였다.

한참 말없이 엘을 바라보고 있었을까, 그가 제 머리칼을 귀 뒤로 넘기며 풋사과보다 더 풋풋한 수줍음을 머금은 미소를 지었다. 입술을 느리게 혀로 훑고 눈을 내리까는 일련의 행동까지 그를 청초한 한 떨기 백합처럼 보이게 만들었다.

"그렇게 보면 떨려요, 슈슈. 계속 달아오르잖아요."

내 손을 겹쳐 쥔 엘이 내 손을 제 뺨 위로 올렸다. 투명하다 싶을 만큼 새하얀 피부엔 열기가 올라 뜨끈했다.

복숭앗빛으로 물든 그의 뺨을 본 나는 조금 흠칫했다. 어쩐지 나까지 달아오르는 느낌이었다.

"크흠! 엘, 잘 지내셨습니까?"

나는 헛기침을 뱉고 말을 돌렸다. 이런 종류의 분위기에 면역력이 없는 내가 뱉어 낸 건 어색한 안부 인사였다. 나는 잠시 내 끔찍한 임기응변 실력에 절망했으나, 엘은 부드럽게 웃으며 장단을 맞춰 주었다.

"그럼요. 당신과의 만남이 예정되어 있었으니까요. 다시 만날 생각을 하며 버티고 있었어요."

엘의 등 뒤로 있지도 않은 꼬리가 살랑거렸다. 엘을 오랫동안 지켜본 끝에 어렵고 의뭉스러운 그의 속내를 어느 정도 읽을 수 있게 된 나는 이게 칭찬해 달라는 뜻이라는 걸 알았다.

'강아지 같아.'

그의 후드 안으로 손을 넣어 조심스럽게 긴 머리칼을 쓸어내리자, 엘의 얼굴이 단번에 화사해졌다.

"오늘은 줄 게 있어서 온 거지만, 줄 것만 주고 헤어지긴 너무 아쉽잖아요."

내 허리에 둘렀던 팔을 푼 엘은 내 앞으로 손을 내밀었다. 이젠 엘에게 안기는 게 너무 익숙해 안겨 있다는 것조차 자각하지 못하고 있었기에, 조금 멈칫하다 하얀 손을 바라보았다.

깜빡거리는 가로등 하나만이 해가 완전히 진 거리를 비추고 있었다. 더러운 뒷골목과 어울리지 않게 우아한 몸놀림으로 손을 내민 엘은 마치 무도회에서 춤을 청하는 것 같았다.

"부디 오늘 밤은 나와 함께해 주겠어요? 정처 없이 거리를 걸어도 당신과 함께라면 즐거울 것 같은데."

나는 엘과 함께 춤을 췄던 데뷔탕트를 떠올리고, 흘러나오는 웃음을 막지 않았다. 답은 정해져 있었다.

"기꺼이요."

그때 그랬듯, 지금도, 이후에도 나는 엘의 손을 잡을 터였다.

충직한 검이 되려 했는데 2

검술 대회로 인해 활기를 얻은 수도의 거리는 언제 테러가 일어났었냐는 듯 북적거렸다. 작년 이맘때의 수도가 사람 지옥이었다는 걸 떠올리면 확실히 인원이 줄긴 했지만, 그래도 적은 수는 아니었다.

"이렇게 거리를 걷는 건 오랜만이네요. 교황이 된 후론 늘 마차를 타야 했거든요."

느긋하게 주위를 돌아본 엘이 작게 속삭였다. 거리를 걷는 그는 평소 교황 정복을 입고 왕좌에 앉아 있을 때보다 훨씬 자유로워 보였기에, 나는 마음이 조금 불편해졌다.

"교황으로 사는 게 답답하진 않으십니까?"

엘은 한때 귀족도 아닌 평민이었다. 예법도 규칙도 없이 자유로웠던 그에게 교황이란 직위는 그렇게까지 즐겁지만은 않을 수 있겠다는 것에 이제야 생각이 닿았다.

"조금은 그럴지도 모르죠. 보고 싶을 때 무작정 당신을 찾아갈 수 없고, 사람들 앞에서 당신 발등에 입 맞출 수 없다는 점이요. 나는 그럴 수 있지만 교황과 엮이면 당신이 곤란해질 테니까."

잠시 생각하던 엘이 진지한 표정으로 고개를 끄덕였다. 나는 그가 언급한 자유의 기준이 모두 나와 관련되어 있다는 점을 지적할까 하다가 그만두었다.

엘이 고개를 돌려 나를 바라보았다.

"그래도 괜찮아요. 당신이 이렇게 숨구멍이 되어 주니까. 막강한 힘을 쥔 대가이니 불평할 생각은 없어요."

습관처럼 휘어진 엘의 눈에선 성숙함이 엿보였다. 어려서부터 나이답지 않게 어른스러웠던 소년은 여전히 스스로의 책임을 알았다.

"……가끔 답답해지는 밤엔 언제든 절 부르시죠. 은밀히 찾아가 함께해 드리겠습니다."

"흐음."

엘이 눈을 빛냈다. 고개를 기울인 그가 장난스럽게 웃음 지었다. 하지만 가벼운 웃음과는 별개로 은빛 눈동자엔 묘한 빛이 깃들어 있었다.

"밤에…… 찾아와서 어떻게 해 줄 건가요? 내 침대에서 함께해 줄 건가요?"

'엘은 파자마 파티를 하고 싶은 건가?'

나를 내려다보는 그의 눈을 바라보았다. 같이 자 줄 거냐는 뉘앙스를 보니 그는 꼭 안고 잘 바디 필로우가 필요한 걸지도 몰랐다.

커다란 곰돌이 인형을 안고 자는 엘을 상상해 버린 나는, 바람 빠지는 웃음소리를 내었다.

"필요하다면 안고 잘 바디 필로우가 되어 드릴 수 있지만 말입니다. 그것보단 엘을 데리고 신전을 빠져나와 잠시 밤 산책을 나가는 것 정도를 생각하고 있었습니다. 제가 몰래 탈출하는 건 또 잘해서요."

"……바디 필로우? 그게 아니라, 후…… 그래요. 좋네요."

내 말에 미간을 좁힌 엘은 무언가 반박하려는 것처럼 말문을 떼다 한숨을 쉬고는 해탈한 듯 긍정했다. 할 말이 많지만 하지 않겠다는 표정이었다.

"그럼 달이 밝아서 외롭다고, 별이 예뻐서 보고 싶다고 해도 받아 주시는 거예요."

엘은 천천히 발걸음을 옮기며 속삭였다. 발걸음을 옮길 때도 그의 시선은 앞이 아니라 내게 고정되어 있었다. 나는 아름답고 신빙성 없는 이유들에 즐거워져 고개를 끄덕였다.

"달이 밝지 않거나 별이 예쁘지 않아도 찾아가겠습니다. 엘과 제가 이유를 필요로 하는 사이는 아니니까요."

굳이 천체를 핑계로 두지 않아도 되는 사이라고 생각했다. 엘이라면 그냥 보고 싶다는 말로도 충분했다.

거리를 걷던 엘이 멈칫했다. 내 손을 맞잡은 그의 손에 힘이 들어갔다. 나는 고개를 돌려 그를 올려다보았다.

"아닙니까?"

눈을 느리게 깜빡인 엘이 한숨처럼 웃었다. 두 눈이 크게 요동쳤고, 눈가가 붉게 달아올랐으며, 휘어 올라간 그의 입꼬리가 희미하게 떨리고 있었다.

"……그럴 리가요. 물론이죠."

환한 달빛을 등 뒤에 두고 있어서였을까, 엘은 금방이라도 아스라이 사라질 것 같았다.

• •ჴ❀ჴ• •

엘의 말대로 그와 나는 정처 없이 거리를 돌기만 했으나 충분히 즐거웠다. 도란도란 대화를 나누며 거리를 몇 바퀴고 돌았을까, 텅 빈 골목에서 지나치게 어두워진 하늘을 확인한 나는 문득 아쉬워졌다.

"이제 그만 헤어져야겠군요."

"벌써요?"

엘의 눈매가 축 처졌다. 은빛 눈동자가 애처로운 물기로 반짝이는 것이, 금방이라도 그의 처진 눈매를 타고 녹아 버린 은이 흘러내릴 것 같았다.

"……금방 또 만나게 될 겁니다. 검술 대회에서도 절 보실 수 있지 않습니까."

그런 엘의 표정에 나는 조금 약해졌으나, 이내 마음을 굳게 먹었다. 지금 엘에게 끌려갔다가는 밤새도록 이 거리를 빙빙 돌아야 할지도 몰랐다.

"그래도 당신과의 작별은 언제고 아쉬워요."

백합 위로 떨어진 아침 이슬처럼 청초한 목소리로 속삭인 엘이 제 주머니에서 작은 케이스를 꺼냈다. 열린 케이스에서 나온 것은 반지였다. 그가 눈꼬리를 낭창하게 휘었다.

"오늘은 이거 주려고 온 거예요. 받아 주기로 한 거 기억하죠?"

"네, 기억합니다만, 이건······."

나는 잠시 할 말을 잃고 반지를 내려다보았다. 반지에서는 강력한 신성력이 느껴졌다.

푸른빛이 도는 투명한 테에 겉에 황금색으로 새겨진 정밀한 문양. 한눈에 봐도 예사 물건이 아닌 반지의 정체를 나는 알고 있었다.

"이거······ 신성모독 아닙니까······?"

엘이 내게 건넨 것은 교황에게만 허락된 반지였다.

"내가 주겠다는데 누가 반발을 할까요. 신의 목소리를 듣는 건 나뿐이라서 내가 행하는 건 모두 신의 뜻이거든요."

엘은 느긋하게 내 오른손을 잡아 쥐었다. 그는 교황으로서 참 무서운 말을 하고도 아무렇지 않아 보였다.

"됐다. 예쁘죠."

반지를 내 새끼손가락에 조심스럽게 끼운 엘은 만족스러운 표정으로 물러났다. 내 왼손 약지 집착광처럼 보이던 칼과 아리아와는 다르게 엘은 새끼손가락에 끼우는 것으로 충분한 듯했다.

반지를 끼고 있는 내 새끼손가락을 만지작거리던 엘은 싱긋 웃었다.

"새끼손가락 걸고 약속했던 것들 잊지 말라는 뜻이에요. 약속 안 지키면 바늘 백 개 삼켜야 한다는 거 기억하죠? 당신이 말해 준 건데."

그 말에 나는 그와 나, 모두 어렸던 시절을 떠올렸다.

'앤이 자꾸 당신을 찾아요.'

'스읍······ 다음 주엔 정말 보러 갈게. 오늘은 조금 힘들어.'

'당신, 저번 주에도 그 말 한 거 알죠.'

'······그땐 일이 좀 크게 있었어. 진짜라니까! 다음 주에도 이러면 그땐 내가 바늘 백 개를 삼킬게!'

'좀 끔찍한데. 그게 약속을 지키지 않은 죗값이에요?'

'그럼. 공연히 거짓말을 한다는 건 입으로 가시를 뱉는 거나 마찬가지니까. 뱉은 가시 대신 바늘을 삼키는 걸로 되돌려 받는 거지.'

여러 사정으로 약속을 지키지 못했던 나는, 어렸던 엘에게 꽤 살벌한 죗값을 알려 주었다. 그래도 이런 죗값을 걸고 말할 땐 내가 한 말을 반드시 지켰다.

"나는 당신이 아픈 게 싫으니까 약속 꼭 지켜요."

엘은 나긋하게 말하며 내 머리를 쓸어내렸다. 벌칙을 물러 줄 생각은 없으니 반드시 지키라는 소리였다. 조금 살벌했지만, 애초에 나는 지킬 자신이 있는 약속만 했기에 기꺼이 고개를 끄덕였다.

"엘에게 돌아서지 않겠다고 한 약속 기억합니다. 꼭 지킬 겁니다."

나는 새롭게 자리를 차지한 반지를 매만지며 단언했다. 그의 어두운 면까지도 내가 감당해야 할 숙제였다. 그의 악과 부족함까지도.

"……그래요?"

나를 지그시 내려다보던 엘이 작게 중얼거렸다.

그의 목소리가 평소보다 낮았다. 천공에서 살고 있을 것만 같은 신비롭고 성스러운 외향과는 달리 바닥을 기는 목소리. 허리를 숙인 그가 제 얼굴을 내게로 가까이했다.

"그럼 지금도 돌아서면 안 돼요. 할 수 있죠?"

엘은 웃지 않았다. 평소 습관처럼 눈을 휘는 것도 없이, 그의 본연 그대로 무표정을 보여 주고 있었다.

가라앉은 은빛 눈동자는 가슴을 내려앉게 하는 능력이 있다. 나는 늘 무중력 상태를 유지하던 심장이 갑작스럽게 중력의 영향을 받기 시작한 것을 느끼며 얼떨결에 고개를 끄덕였다.

"방금 슈슈가 말했죠. 우리는 이유가 필요하지 않은 사이라고."

붉은 와인을 한 모금 머금은 듯 몽롱한 목소리로 속삭인 그가 내 턱을 잡고 꾹 눌렀고, 저절로 입술이 벌어졌다.

분위기는 미약이라도 뿌려 놓은 것처럼 자극적이었다. 이런 상황 자체가 낯설고 어색해서인지, 어딘가가 간질간질해졌다. 나는 나도 모르게 몸을 움츠렸다.

엘은 지긋한 시선으로 내 입술을 바라보았다. 노골적이라 착각할 수도 없었다. 그 시선에 얼굴이 화끈해진 나는 시선을 굴리다 무심코 그의 입술에 시선을 멈춰 세웠다.

붉은 빛깔이나 베어 물면 단 향이 날 것 같은 모양새나, 신의 말씀을 전하는 입술답지 않게 색정적이었다. 보는 것만으로도 죄를 짓는 느낌이라 또다시 도망치듯 시선을 굴리다가 빼도 박도 못 하게 엘과 눈이 마주쳤다.

그의 두 눈은 평소 속내를 잘 드러내지 않았으나, 지금은 번들거리는 욕망을 숨기지 않고 드러내고 있었다. 성스러워 보여야 할 은빛은 사람을 죄는 사슬의 은빛이 되어 끈적끈적하게, 그리고 관능적으로 나를 탐했다.

백합 향이 어지러울 만큼 진해지고 그가 코앞까지 가까워졌다.

내 향을 가져가겠다는 듯 크게 숨을 들이쉰 엘이 곱게 눈을 휘었다. 눈 틈새로 봇물 터지듯 넘쳐흐르는 욕망은 숨기지 않은 채로. 동시에 그는, 왠지 모르지만 조금은 슬퍼 보였다.

"그러니, 이것도 이유 없이 했다고 해요."

그르렁거리는 목소리를 끝으로 엘의 고개가 살짝 틀어졌다.

그리고 그와 나의 입술이 맞물렸다.

말캉한 촉감이 입술에 퍼졌다. 가장 예민한 피부에 닿는 그의 입술은 소름 끼치도록 부드러워 저절로 몸이 파드득 떨렸다.

단단한 팔이 허리를 감싸고, 내 뒷머리를 붙잡은 손이 나를 제 쪽으로 끌어당기며 몸이 밀착되었다.

"읏."

모든 사고를 정지한 채 굳어 있던 나는, 내 아랫입술에 닿는 무언가에 척추를 곤두세운 채로 반자동적으로 입을 열었다.

그것을 시작으로 입안에 온통 백합 단내가 진동했다. 나는 숨을 급하게 들이쉬었다.

'으, 읍.'

목 아래에서 신음이 올라왔으나 뱉지 못하고 안에서 울릴 뿐이었다. 척추를 타고 오르는 낯선 감각에 나도 모르게 뒷걸음질 치자 내 뒷머리를 잡은 엘의 손이 나를 제 쪽으로 끌어당겼다.

그는 눈을 감지 않았다. 내 얼굴 근육의 움직임 하나하나 눈에 담겠다는 듯 번뜩이는 눈으로 나를 담아냈다. 그 강렬한 은빛 눈과 마주하고 있을 때면 더욱 숨을 쉴 수가 없어서, 나는 그의 어깨를 꾹 잡은 채 눈을 감았다.

"아."

그가 송곳니로 내 아랫입술을 살짝 깨물었다. 이후 달래듯 입술을 건드리는 느낌에 그의 어깨를 더 꽉 잡았다.

이상했다. 어쩔 줄 모를 만큼 자극적이었다.

"흐……."

"하, 슈슈."

내 입술을 느리게 놓아준 엘은 나와 이마를 맞댄 채 열기가 들끓는 목소리로 내 애칭을 속삭였다.

내가 질끈 감았던 눈을 간신히 떴을 때 본 것은 붉게 무른 그의 눈가와 욕망을 억누르는 그의 표정이었다.

"……우리는 이유가 필요 없는 사이라고 했잖아요. 이건 내가 이유 없이 하고 싶어서. 그래서 한 거예요. 놀라게 해서 미안해요."

갈라진 목소리로 다정을 흉내 낸 그는 시선을 내리깐 채 웃어 보였다. 여느 때와 같은 미소를 지으려 했던 것 같지만, 내겐 균열이 보였다.

나는 연인만이 이런 스킨십을 하는 게 아니라는 것을 알고 있었다. 무엇보다도 처음 살던 곳이 사창가였으니까. 그곳에서 감정은 이유가 되지 않는다. 그저 충동이면 충분했다.

나는 충동적이었다는 엘을 이해했으나, 뇌에 열이 올라 사고가 잘 되지 않는 것도 컸다. 고장 난 나를 지그시 내려다보던 엘은 묘한 미소를 지었다.

"……나는 좋았는데. 슈슈는 싫었어요?"

엘의 물음에 얼굴이 화끈 달아올랐다. 거울을 보지 않아도 얼굴이 새빨개졌으리라는 걸 알 수 있었다. 그의 집요한 눈길 아래 안절부절못하던 나는, 이내 살짝 고개를 돌리고 손등으로 얼굴을 가린 채로 중얼거렸다.

"시, 싫지는 않았습니다."

엘은 내가 친애하는 이였고, 그는 상냥했으며, 부드러웠다. 온몸이 달아오르고 참을 수 없이 부끄러웠지만 싫을 이유는 없었다.

멈칫.

하릴없이 내 머리칼을 쓸어내리던 큰 손이 멈췄다. 한참 굳어 있던 그는, 이내 손등으로 입가를 가렸다. 엘의 얼굴은 온통 붉게 달아올라 있었다.

"나한테 왜 그러는 거죠?"

"네?"

엘이 황급히 몸을 돌렸다. 성큼성큼 벽 쪽으로 가더니 미처 말릴 틈도 없이 이마가 부을 정도로 벽에 박아 댄 엘은 나를 돌아보았다. 그의 귀와 목덜미까지 새빨갛게 달아올라 있었고, 나와 눈을 마주치지 못한 채였다.

"미안해요. 나 먼저 가야 할 것 같아요."

"어, 어, 네, 자, 잘 가세요."

우리 둘 다 상당히 고장 난 상태였고, 엘은 왜인지 상당히 다급해 보였다.

눈을 질끈 감았다 뜨기를 반복하던 엘은 이내 주머니에서 순간 이동 아티팩트를 꺼냈다. 아티팩트를 으스러져라 쥐고 발동하기 직전, 엘은 홍조를 진정시키지 못한 채 나를 똑바로 보고 말했다.

"나는 실수로 한 거 아니에요. 후회 안 해요."

"……"

"그러니까 당신도 그래 줬으면 좋겠어요."

엘은 목이 살짝 졸린 사람처럼 메마른 목소리로 말했다.

화악.

그리고 내가 대답하기도 전에 그는 환한 빛과 함께 사라졌다.

털썩.

엘이 사라지고 10초를 센 나는, 그 자리에 힘없이 쪼그려 앉았다. 두 손으로 덮은 얼굴은 무척 뜨거웠다.

'기분이 너무 이상해.'

열기는 쉬이 식지 않을 듯했다.

검술 대회 4차 본선은 시시하게 끝났다.

상대에겐 나와의 경기가 하드 모드를 넘어 헬 모드였겠으나, 내겐 애들 장난이나 다름없었다. 쌍검을 꽤 그럴듯하게 사용하는 상대는 안타깝게도 나로 인해 곤죽이 되어 4차 본선에서 좌절해야 했다.

"크리시스의 공녀가 정녕 그레고리를 이겼단 말인가? 대체 어떻게? 공작가의 수작이 있었던 겐가?"

"그렇다기엔…… 경기에서 그레고리가 너무 일방적으로 밀렸네. 공녀가 확실히 위였지."

요 근래 길을 걷다가 좀 북적거린다 싶으면 4차 본선의 내 경기 얘기를 하고 있었기에, 나는 내 상대가 유명한 이였음을 알게 되었다. 용병 출신 방랑 기사라는 그레고리는 그를 검술 대회의 승자로 점치고 돈을 걸었던 이들이 꽤 될 정도로 유망주였다.

상대가 유명한 강자였던 만큼 그를 이긴 내게도 저절로 시선이 쏠렸다. 이제 내게 돈을 거는 이들까지 생겼다. 아직도 내가 크리시스의 후광으로 여기까지 올라왔다고 생각하는 이들이 있긴 했으나, 이쯤 되니 사람들은 슬슬 내 무력에 관심을 가지기 시작했다.

'하지만 지금 중요한 건 그게 아니지.'

나는 품 안에 한 아름 안은 새하얀 국화를 느리게 쓸어내렸다. 새하얀 꽃잎을 보면 저절로 떠오르는 설원에 가슴이 울렁거렸다.

검은 제복까지 차려입은 나는, 순간 이동 아티팩트를 쥔 손에 힘을 주었다.

'미르'의 정체를 세상으로 드러내기 전 만나야 하는 사람이 있었다. 이 이름을 지어 준 사람이었다. 나는 작게 속삭였다.

"텔레포트."

시야에 담긴 세상이 단번에 뒤집혔다.

"으……."

나는 인상을 구긴 채로 짧게 신음을 뱉었다. 순간 이동 특유의 역겨운 느낌은 익숙해지려야 익숙해질 수가 없었다.

'용병 시절 말 타고 올 땐 이런 문제는 없었는데.'

딱 2회 사용이 가능한 순간 이동 아티팩트를 처음으로 사용한 나는, 아티팩트를 바지 주머니에 아무렇게나 넣다 문득 손등에 떨어진 차가운 액체를 보았다. 그리고 자동적으로 하늘을 올려다보았다.

"아."

하늘에서는 굵은 눈송이가 떨어지고 있었다.

초여름을 이제 막 지나는 제국과 달리, 이곳은 겨울이었다. 만년설을 자랑하는 북부엔 겨울 말고 다른 계절이 찾아오지 않았다.

'북부도 오랜만이네.'

충직한 검이 되려 했는데 2

용병 일을 할 땐 매일같이 오던 곳이었는데, 크리시스 가문에 들어간 뒤로는 올 일이 아예 없었다. 나는 벌써부터 머리에 쌓이기 시작한 눈을 털어 내고는 주위를 짧게 두리번거렸다.

익숙한 'S' 모양의 나무가 시야에 들어왔다. 이곳이 어딘지 단번에 파악한 나는, 능숙하게 오른쪽으로 발걸음을 옮겼다.

푹, 푹.

눈이 발목까지 쌓여 있어 발걸음을 옮길 때마다 푹푹 눌렸다. 긴 부츠를 신고 와서 다행이었다. 눈에 대한 껄끄러움을 꾹 참고 꾸준히 발걸음을 옮기던 나는, 목적지에 가까워질수록 점점 속도를 줄였다.

발걸음이 무거워지는 것은 불가항력이었다.

탁.

끝엔 느리다 못해 거북이 기는 속도로 걷던 나는, 새하얀 설원 한복판에서 유일하게 새까만 바위 앞에서 멈춰 섰다. 미간이 슬픔을 담아 저절로 찌푸려졌다.

이 투박하고 볼품없는 돌이 바로 내 스승, 카라쇼의 죽음을 기리는 유일한 비석이었다.

"……스승님. 많이 늦었죠."

나는 작게 속삭이며 바위 앞에 들고 온 국화 꽃다발을 내려놓았다. 하얀 꽃잎은 얼마 지나지 않아서 눈꽃과 섞여 날리고 사라지리라는 걸 알면서도, 나는 늘 꽃을 가져왔다. 덧없고 약하기에 아름다운 것이 있는 법이니까.

나는 카라쇼의 기일마다 이곳을 찾았다. 꽃다발을 내려놓고, 그동안의 일상을 한탄하듯 털어놓은 뒤 돌아가는 것이 연례행사에 가까웠다. 원래는 술도 가져오곤 했지만, 오늘은 그녀의 기일도 아니니 꽃다발만 가져온 참이었다.

"그동안은 말씀드릴 수 있는 제 일상이 한정적이었죠. 어제도, 그제도, 죽도록 마수 토벌해서 돈 벌었다는 이야기밖에 해 드릴 게 없었잖습니까. 하지만 이젠 다릅니다. 저, 아리아 말고 다른 소중한 사람들이 생겼고 돌아갈 곳도 생겼거든요."

이젠 카라쇼에게 생사의 기로에서 겨우 살아남았다는 말 외에 다른 말도 할 수 있었다. 나는 잠시 카라쇼가 살아 있었다면 어땠을까, 생각했다.

'네 아버지를 찾았다고! 아니, 공작이든 말든! 어때, 좋은 사람이더냐? 네게 잘 대해 주든? 하하, 그러면 되었다!'

그녀라면 내가 새로운 가족과 돌아갈 곳을 찾게 된 것에 대해 진심으로 축하해 주었으리라. 자기 일처럼 기뻐해 주고, 더는 함께 용병 일을 못 한다는 것을 조금 아쉬워하면서도 내 앞길을 응원해 줬을 거다. 그녀는 상냥했으니까.

나는 입술을 꾹 깨물었다. 물 밀 듯 밀려오는 그리움과 슬픔이 나를 잠식했다.

소중한 사람들이 많아졌다고 하여 카라쇼의 상실이 없던 것이 되는 건 아니었다. 사람의 빈자리는 다른 사람으로 채워질 수 없었다. 빈자리는 영원히 빈자리고, 채워지는 것은 다른 자리였다.

나는 오래된 양피지를 복원하듯 천천히, 조심스럽게 카라쇼를 곱씹었다. 보기 좋게 탄 갈색 피부에 온화한 검은색 눈. 따뜻한 동쪽에서 왔다는 용병은 마음씨도 따뜻했다.

나는 카라쇼에게서 많은 것을 배웠다. 지금의 나를 지탱하고 있는 수많은 기둥들 중 반은 그녀로 인해 형성되었다고 해도 과언이 아니었다. 그녀는 내게 검을, 인생을, 신념을 가르쳐 주었다. 망아지 같던 내가 사람 구실을 할 수 있게 된 건 그녀 덕이라고 해도 과언이 아니었다.

"저, 당신께서 주신 가르침들 하나도 잊지 않고 모두 기억하고 있습니다. 특히 마지막에 주신 가르침은…… 절대 잊을 수 없겠죠. 스승님 말씀이 맞습니다. 스승님은 돌아가셨어도 스승님의 가르침은 남아 있습니다."

머릿속에 새겨진 가르침은 모두 내 인생의 나침반과 지침서가 되었다. 흐트러짐 없이 곧고 뻣뻣한 내 신념은 그녀에게서 온 것이었다. 나는 그녀를 동경했고, 닮고 싶어 했다. 천성 또한 없다고는 못 하겠으나 현재 내 많은 부분이 그녀의 가르침에 의해 형성된 것이었다.

나는 그녀의 옷을 물려받아 입고 있었다.

"하지만 전 이제 당신의 가르침을 뛰어넘어 제 신념을 찾고 싶어요."

나는 비석 위에 쌓인 눈을 조심스럽게 털어 냈다. 내 손길 아래 쌓인 눈이 사라지듯, 내 마음속 설원도 이렇게 천천히 사라지고 있었다.

이젠 악몽을 잊을 때였다.

나는, 이제 내 옷이 입고 싶었다.

"스승님의 신념이 틀렸다는 게 아닙니다. 이제 당신으로부터 졸업해 제 것을 찾을 때가 됐죠. 이제 다 컸으니까요."

비석 위에 쌓인 눈을 싹 털어 낸 나는 허리를 펴고 똑바로 섰다. 여전히 슬펐지만, 이제 카라쇼는 더 이상 내 악몽이 아니었다. 추억이었고, 소중히 간직할 보물이었다.

"이번 겨울은 조금 바빠 기일에 제때 찾지 못할까 봐 미리 찾아왔습니다. 기일에 찾아오지 못한대도 용서해 주세요. 모든 일이 다 끝난 뒤 찾아뵙겠습니다."

나는 비석 위에 짧게 이마를 맞대었다. 이마에 닿는 딱딱한 돌은 분명 시리도록 차가웠으나, 내겐 따뜻하게 느껴졌다.

"여전히 존경하고 사랑하고 있습니다. 그곳에서 편히 쉬세요."

나는 진심을 꾹꾹 눌러 담은 목소리로 속삭였다.

카라쇼는, 죽었어도 여전히 내 스승이었다.

깊게 숨을 내쉰 나는 머리 위로 내려앉은 눈을 가볍게 털어 냈다. 주머니에 있는 로브를 꺼내 입고 후드를 쓰면 조금 더 편하겠지만, 카라쇼를 보기 위해 검은 제복을 똑바로 차려입고 온 만큼 제복을 가릴 로브를 꺼내 입진 않았다. 나는 그 잠시 서 있는 새에 어깨에 소복이 쌓인 눈을 털어 내며 여상스럽게 입을 열었다.

"너는 언제까지 거기 서 있을 거냐?"

사박.

내 질책에 등 뒤에서 눈 밟는 소리가 들렸다. 나는 어깨에 쌓인 눈을 싹 털어 내고 고개를 돌렸다.

"지그문트 하이드."

큰 인영이 나무 뒤에서 나와 내게로 걸어왔다. 깊게 눌러쓴 후드가 벗겨지고, 지독하게 아름다운 얼굴이 드러났다.

"그 재수 없는 낯짝은 여전하군그래."

나는 비소를 흘렸다.

이 하늘 아래 나를 제외하고 유일한 카라쇼의 제자, 지그문트 하이드였다.

거친 눈발을 사이에 둔 채 미묘한 대치가 계속되었다.

나는 그를 아니꼬운 눈으로 바라보면서도 검에 손을 대진 않았다. 스승의 묘 앞에서 다른 제자와 싸우는 불효막심한 짓을 저지르고 싶지 않았으니까.

지그문트도 나와 같은 마음인지 검 손잡이에 손을 얹진 않았다. 싸우고 싶지 않았던 나는 조용히 안도의 숨을 내쉬었다.

"여긴 왜 기어 왔지? 너 나 따라다니냐?"

나는 짜증스럽게 얼굴을 구긴 채로 물었다.

내가 홀로 세운 이 비석의 위치를 지그문트가 알고 있는 건 이상한 일이 아니었다. 예전에 위치를 알려 주었으니까. 다만 조금 놀란 것은, 그가 아직도 이 위치를 기억하고 있다는 것이었다.

'잊어버렸을 거라 생각했는데.'

스승님 기일에 하루 종일 이곳에 죽치고 있어도 코빼기도 보이지 않던 놈이었으니 이곳에 대해선 까맣게 잊고 사는 줄 알았다. 싫은 것도, 좋은 것도 아닌 싱숭 생숭한 기분에 그를 흘겨보고 있자니, 눈송이가 내려앉은 검은 앞머리를 쓸어 넘긴 지그문트가 한쪽 입꼬리를 비죽 올렸다.

"유감스럽지만 먼저 온 건 나였다. 날 따라다니는 건 너 아닌가?"

"애초에 넌 이곳에 왔던 적도 없으면서 무슨 헛소리냐. 진짜 날 따라온 게 아니라고?"

"우연이다. 그리고……."

너무 공교로운 타이밍에 내가 의심을 지우지 못하자, 지그문트가 우연이라고 딱 잘라 단언했다. 눈밭을 가로질러 성큼성큼 내 쪽으로 다가온 지그문트는 나를 지나쳐 비석 앞에 섰다. 이제 보니 그의 손엔 꽃 한 송이가 들려 있었다.

"이곳에 온 거, 처음 아니다."

톡.

꽃이 비석 앞에 떨어졌다.

새하얀 바탕에 샛노란 꽃술, 꽃술 테두리를 두르고 있는 다섯 개의 핏빛 점.

지그문트가 가져온 꽃은 시스투스였다.

나는 한숨을 쉬었다. 새하얗게 피어오른 입김은 순식간에 사라져 버려서, 나는 숨결을 타고 퍼진 것이 분노인지, 슬픔인지, 원망인지, 안도인지 알 수 없었다.

"……기일에 코빼기도 안 보이던 새끼가……."

"꼭 기일에 찾아야 한다는 법은 없지 않나."

"꼭 기일이 아닌 날에 찾아야 한다는 법도 없지. 지금 네가 얼마나 뻔뻔하게 굴고 있는지 자각은 있나?"

나는 차갑게 말했다. 그의 짙은 보랏빛 두 눈은 여느 때와 같이 새까맣게 죽어 아무 감정도 내비치지 않는다는 사실이 나를 더욱 짜증나게 했다.

나는 분명 그에게 카라쇼의 기일에 찾아오라고 말했고, 매년 기일마다 그가 오기를 기다렸다. 물론 저놈이 내 기다림에 부응한 적은 단 한 번도 없었다.

"……모든 이들이 너처럼 당당하게 살 순 없는 법이다. 누군가는 악역을 맡아야지."

비석에 손을 올려놓고 눈을 감았던 지그문트는 얼마 지나지 않아 눈을 떴다. 그는 내가 이해할 수 없는 말을 중얼거렸다.

'저 반반한 얼굴을 쳐, 말아…….'

나는 주먹을 꽉 쥔 채 심각하게 고민했다. 지그문트의 태도를 걸고 넘어지려면 한도 끝도 없었다. 내가 세운 비석에 멋대로 찾아오지 말라며 유치한 심술을 부릴 수도 있었다. 분명 이전이라면 그렇게 굴었을지도 모르겠다. 나는 지그문트에 한해 유치해지곤 했으니.

"……야, 밥은 먹고 다니냐?"

카라쇼의 묘 앞에서였기 때문일까? 아니면 내가 야샤를 만난 뒤 새로운 결심을 했기 때문일지도 몰랐다.

이유가 무엇이든, 나는 어쩐지 지그문트에게 날을 세우고 싶지 않아져서 힘을 풀고 한숨을 쉬듯 나직하게 물어보았다.

내 유한 반응에 지그문트가 놀란 듯 눈을 크게 떴다. 첫 재회 땐 죽일 듯 싸우고, 두 번째엔 레이샤의 유품을 두고 죽음의 술래잡기를 했으며, 그 이후 만남엔 싸우진 않았으나 살벌한 분위기를 이어 갔다. 내가 그를 유하게 대한 것이 처음이니 그럴 법도 했다.

"……화 안 내나?"

"그러니까 내가 너한테 성질만 내는 나쁜 자식 같잖아. 이제 그쪽으로 정신력 소모하는 것도 지쳐서. 스승님을 욕한 건 나중에 저승 가서 스승님이랑 대화로 원만하게 해결해라."

아직도 지그문트가 카라쇼를 '뭣도 없는 용병'이라고 칭한 걸 생각하면 카라쇼 비석에 지그문트 대가리를 처박아 버리고 싶었다. 하지만 침착하게 생각해 보면, 분명 카라쇼는 자신 때문에 지그문트와 내가 싸우는 것을 바라지 않을 터였다.

"이리 와 봐."

나는 카라쇼의 비석 앞에 살짝 굳은 채로 서 있는 지그문트에게 손가락을 까닥였다. 그는 미간을 확 좁혔다.

"무슨 생각인 거지?"

"쫄았냐? 안 칠 테니까 이리 와 봐."

나는 피식 웃었다.

지그문트는 내 행동을 이해하지 못한 듯 얼굴을 일그러트리면서도 순순히 내게로 다가왔다. 그와 나 사이 거리가 딱 한 걸음 정도 남았을 때, 나는 그에게 따라오라는 뜻으로 손짓하곤 설원을 천천히 가로지르기 시작했다.

나와 지그문트는 정원을 산책하듯 눈밭을 걸었다. 이렇게나 평화로운 분위기는 정말 오랜만이었다.

"너. 예전에 용병 일을 할 때, 번 돈을 다 고향으로 보냈었지."

멈칫.

지그문트의 발걸음이 잠시 멈췄다. 아무 일도 없었다는 듯 금방 다시 움직이긴 했지만, 내가 그 움직임을 포착하지 못할 리 없었다. 나는 설원으로 시선을 돌리며 과거를 떠올렸다.

'야, 너는 특산품 안 사냐?'

마수 토벌을 위해 대륙 각지를 돌아다니다 보면 각 지역의 특산물을 살 일이 많았다. 비싼 건 아니더라도 아리아가 좋아할 만한 물건을 발견하면 틈틈이 구매하던 나와는 달리, 지그문트는 뭔가를 사는 일이 없었다.

'그런 곳에 쓸 돈은 없다.'

'돈도 잘 버는 놈이 무슨……'

지그문트는 구두쇠 같다 싶을 정도로 지출이 적었다. 나는 아리아의 약을 사느라 많이 벌어도 늘 빈털터리였다지만 지그문트는 돈 쓸 일도 없는 주제에 빈곤하게 살았기에, 나는 한때 그가 도박에 돈을 탕진하는 줄 알았다.

'지그문트는 늘 돈을 보내는 곳이 있다.'

그런 내 오해를 깨트린 건 카라쇼였다. 지그문트는 늘 내게 설명 한번 제대로 해 주지 않고 불친절했으나 카라쇼와는 많은 이야기를 나누었기 때문에, 나는 카라쇼에서 지그문트의 속사정을 전해 듣곤 했다.

'무슨…… 설마 그 자식 부모가 그 자식한테 돈 벌어 오라고 용병 일을 시킨 겁니까?'

'그건 아니다. 지그문트의 부모님은 둘 다 돌아가셨으니까. 맨 처음엔 그러지 않았는데, 나와 함께 다니기 시작한 지 조금 되었을 때쯤 어딘가로 서신을 주고 받기 시작하더니 언제부턴가 번 돈을 모두 그곳으로 보내더군. 그 아이 말로는 고향과 연락이 되었다더구나.'

나는 지그문트가 그 고향이라는 곳에서 착취당하고 있는 게 아닌가 염려했다. 아주 고약한 놈이었지만, 미운 정이 들었기에 그 자식이 다른 사람한테 당한다고 하면 좀 짜증이 날 것 같았다.

'걱정하지 마라. 강제로 돈을 보내는 건 아니니까. 자기가 보내고 싶어서 보낸다더구나. 고향이 많이 어려워서 도와줘야 한다고. 다만…… 애 얼굴이 의무감으로 찌들어 있어서 조금 염려스럽기도 해.'

내 걱정을 알아본 건지 카라쇼가 말을 덧붙였으나, 끝엔 카라쇼도 지그문트를 걱정하고 있었다. 나는 그 말을 들은 뒤 지그문트를 소년 가장으로 인식해 버렸다.

'야, 너 오늘도 아무것도 안 샀지?'

'그래. 나는 됐어…… 이게 뭐지?'

'너무 많이 사서. 너랑 닮은 말라비틀어진 과일이다. 네가 좀 처리해라.'

'……지금 시비 거는 건가?'

'이 자식이 줘도 지랄이야.'

이후 왠지 안쓰러운 마음에 내 것을 살 때 지그문트의 것도 같이 사곤 했다. 지그문트는 처음엔 미심쩍어 하더니 이후엔 곧잘 받았다. 그 자존심 굳건한 성정에 내게 고맙다는 말은 절대 하지 않지만, 가끔 마수 토벌 때 내 일을 도와주는 걸로 고마움을 표했다.

"그 고향엔 가 봤냐?"

나는 지그문트를 슬쩍 돌아보며 물었다. 서로 연락하지 않았던 공백 사이에서 그가 자신의 헌신에 보답을 받았을지 궁금했다.

"……그래. 가 봤다."

무거운 표정으로 입술을 꾹 물던 지그문트는 느리게 대답했다. 그의 짧은 머리칼이 시린 바람에 휘날리고, 새까만 암흑 새로 하얀 눈송이가 스며들었다. 지그문트의 얼굴은 세상 모든 비극을 깎아 조각으로 만든 듯 애달파 보였다.

"네가 보내 준 돈으로 잘 살고 있든?"

"아니. 그 정도로는 근본적인 문제를 해결할 수 없더군."

지그문트의 짙은 보랏빛 눈동자에 섬광이 스쳐 지나갔다.

저벅저벅.

그와 나의 발걸음은 계속 설원을 가로질렀다.

"근본을 뒤바꾸려 한다. 문제가 된 땅부터 갈아엎어야 비로소 제대로 자랄 수 있겠지. 나는 그걸 위해서 일하는 중이다."

"……지금 하고 있는 길드장 일도 고향을 위한 거냐?"

"그래."

나는 지그문트를 지그시 바라보았다. 그는 정면에서 시선을 떼지 않은 채 묵묵히 걸었다. 나는 헛웃음을 뱉었다.

"예전에 나보고 이타주의에 찌든 멍청이라고 한 주제에 알고 보니 네가 더하군."

"네 이타는 무분별하다. 너는 모두를 살려야 한다는 강박에 빠져 있잖나. 다만 내 기준은 명확하지. 고향을 지키는 게 내 의무고, 나는 내 고향을 살리는 것만을 목표로 한다."

지그문트가 단호하게 잘라 냈다. 그는 국가 이기주의와 비슷한 관념을 가지고 있는 모양이었다. 나는 반박할 수 없어 그저 눈송이가 묻은 머리를 긁적거리다 입을 열었다.

"그런데 그렇게 살면 넌 언제 네 삶을 살아?"

지그문트가 나를 돌아보았다. 그의 보랏빛 눈동자엔 옅은 파동이 일었다. 나는 그와 똑바로 눈을 맞추었다.

너무 오랫동안 자신이 아닌 다른 것을 위해 살다 보면 자신의 이름을 잊어버린다. 나라는 존재는 사라지고 직책과 위치만 남는 것이다. 평생을 아리아를 위해 살아온 나였기에 그것을 잘 알았다.

'이제 언니의 삶을 살아. '카슈미르 크리시스'의 삶을.'

그랬기에 언젠가 아리아가 했던 그 말이 그렇게나 어색하게 느껴졌던 것이리라. 그렇게 사는 것에 익숙해져서 종종 내 이름을 잊어버리곤 했으니까.

아리아의 언니로 사는 삶이 괴롭고 후회되는 것은 아니었지만, 온전히 행복할 수도 없었다.

"너는 지금 행복해?"

나는 지그문트에게 물었다.

그는 조금도 행복해 보이지 않았으니까.

"나는……."

지그문트가 말끝을 길게 끌었다. 그는 할 말을 잃은 듯한 표정이었다. 입술을 몇 번 달싹이던 그는, 내 눈을 피했다.

"내겐 이루어야 할 사명과 끝마쳐야 할 의무가 있다. 그런 걸 생각할 여유는 없어."

그러고 보면 지그문트는 늘 어깨에 짐을 지고 있는 사람 같았다. 지나치게 정적이었고, 무거웠다. 나는 그가 내 눈을 피하는 찰나, 보랏빛 눈동자에 스며든 찌든 때 같은 사명감을 발견할 수 있었다. 지그문트는 거대한 무게에 눌려 있었다.

"그래서 여태껏 널 찾지 않았던 거다. 넌 내가 사명을 이루는 데 방해가 되는 존재니까."

지그문트가 낮게 뇌까렸다. 상처가 될 법한 말이었으나 그의 목소리는 무던

충직한 검이 되려 했는데 2

칼날처럼 매섭지 못하고 누그러져 있었기에 아프지 않았다. 그저 그 무딘 칼날을 내찌를 수밖에 없게 만드는 그의 사명이라는 것이 궁금해질 뿐이었다.

"너는 내 사명이 무엇인지 모르니 나를 네 곁에 두고 있는 거겠지."

탁.

검은 구두가 설원 한복판에서 멈춰 섰다. 나도 그를 따라 멈추었다. 아예 내게로 몸을 돌린 지그문트가 가라앉은 눈으로 나를 바라보았다.

"나는 말이다, 이곳의……."

순간 허공을 찢고 다가오는 존재감.

나와 지그문트가 동시에 숨을 멈추었다. 우리는 시선을 빠르게 교환했다. 아주 희미하디 희미하지만, 그와 나는 마나에 아주 예민한 존재였기에 느낄 수 있었다.

강대하고 흉포한 존재감이 우리를 향해 빠르게 다가오고 있었다.

'운도 더럽게 없군.'

정말 길 가다 돌부리에 걸리는 것도 모자라 넘어지는 곳에 철천지원수가 있어서 우연찮게 입술 박치기를 해 버릴 만한 운수였다. 나는 실소를 터트리며 검 손잡이에 손을 올렸다.

"대화는 나중에. 우선 이것부터 처리하자고."

지그문트가 짧게 고개를 끄덕이며 마찬가지로 검 손잡이를 쥐었다. 이제 보니 카라쇼가 그의 생일날 선물로 준 그 검이었다. 나는 그 검이 더러워질 거라는 사실에 조금 탄식하며, 문제의 그 존재감이 바로 앞까지 다가왔을 때 거칠게 발도했다.

촤악!

크아아아악!

아무것도 없던 곳에 거대한 괴물의 아가리가 나타났다. 나는 형태가 드러난 찰나, 그 아가리를 향해 검은 오러를 날렸다. 괴물이 빠르게 입을 닫은 탓에 안타깝게도 입천장을 공격하진 못했지만 입가에 큰 상처를 입힐 수 있었다. 검은 피가 터져 나오고 괴물이 비명을 질렀다. 내가 빠른 발걸음으로 하라바나에게서 거리를 벌리자 따라붙은 지그문트가 제자리인 것처럼 익숙하게 내 오른쪽에 섰다. 검을 세운 그의 모습은 오랫동안 봐 왔던 그 자세와 습관을 유지하고 있었다. 나는 피식 웃으며 검날 위로 오러를 덧씌웠다.

"오랜만에 너랑 협공하는군."

크르릉…….

6년 만에 그와 협공하는 상대는 깊은 숲속의 폭군, 하라바나였다.

크아아아앙!

하라바나가 크게 울부짖었다. 거대한 몸집에 두꺼운 가죽, 흉측한 송곳니는 객관적으로 보았을 때 상당히 위협적이었으나 나는 두렵지 않았다.

"하라바나의 입천장을 공격하는 건 나다. 엄호해라."

지그문트가 태연하게 검을 세웠다. 나는 헛웃음을 뱉으며 그를 앞질러 섰다.

"웃기지 마. 엄호는 네가 해."

오래전부터 그와 협공을 할 때면 늘 부상하는 문제. 누가 공격수를 하고 누가 보조를 하느냐였다. 지그문트나 나나 각자의 무력에 자존심이 대단했던 만큼, 서로 보조가 아닌 공격수를 하려 했다.

"나는 마법을 쓸 수 있기 때문에 비상 상황에 빠져나오기 용이하다. 내가 들어가는 편이 나아."

"쓸데없는 소리. 내가 더 강하니 내가 간다."

"하?"

내 자신만만한 단언에 지그문트가 어이없다는 표정으로 나를 돌아보았다. 하라바나가 코앞에서 으르렁거리든 말든, 그와 나는 서로를 물어뜯으며 티격태격했다.

"헛소리를 하는 걸 보아 제정신이 아니군. 제정신이 아닌 놈을 하라바나 입에

충직한 검이 되려 했는데 2

보내 봐야 결과는 뻔하니 내가 간다."

"내가 너보다 강하다는 건 자연의 섭리고 우주의 이치다. 너는 내 들러리나 해."

지그문트의 보랏빛 눈동자가 짜게 식었다. 그의 두 눈에서 인간적인 기색을 보는 것이 무척 오랜만이라, 나는 유쾌한 상황이 아닌데도 어쩐지 조금 즐거워졌다.

캬아아악!

자기를 앞에 두고 우리 둘이 싸우고 있으니 짜증이 난 걸까, 하라바나가 크게 울부짖었다. 나와 지그문트는 그제야 하라바나에게 시선을 돌렸다.

파앗.

하라바나는 깊은 숲속의 '고요한' 폭군답게 자신의 존재를 일정 시간 동안 아예 사라지게 할 수 있었다. 거대한 몸집의 괴수가 단번에 투명해지며, 기척조차 완전히 없어졌다. 나는 혀를 쯧 찼다.

"네가 꾸물거리니까 사라져 버렸잖아."

"같이 한 주제에 무슨……."

"조용히 하고, 우리 공평하게 승부를 보자."

나는 주머니에서 주섬주섬 동전을 꺼내어 씨익 웃었다.

"동전 던지기로 공격수를 정하자고."

흉포한 하라바나를 앞에 두고 동전 던지기를 한다니. 누군가 본다면 미쳤다고 하겠으나, 나는 진지했다. 이건 무력의 문제가 아니라 자존심 문제였다. 깊은 보랏빛 눈동자로 동전을 지그시 응시하던 지그문트는 한숨을 쉬었다.

"……내가 뒷면이다."

"좋아. 그럼 내가 앞면."

챙.

나는 하늘로 동전을 튕겨 올렸다.

탁.

빙글빙글 구르며 낙하하는 동전을 두 손으로 잡았다. 위를 덮은 손바닥을 떼어 냈다. 그리고 드러난 것은 동전의 뒷면이었다.

"아악!"

"운명이군."

내가 짜증을 내며 두 손으로 머리를 부여잡으니, 지그문트가 비웃음을 흘리며 전투태세를 갖추었다.

지그문트는 이런 사소한 일에서 제 운을 보여 주곤 했다. 어쩐지 자존심이 상해 삼판 이선승으로 하자고 구질구질하게 굴고 싶기도 했으나, 다시 생각해 보면 그쪽이 더 자존심 상했기에 속으로 구시렁거리면서도 검을 꽉 잡았다.

"빨리 끝내고 나와라."

"너보단 훨씬 빠를 거다."

'이 자식, 하라바나 저녁밥이 장래희망인가.'

나는 지그문트의 얼굴을 검 손잡이로 쳐 찌그러트리고 그를 곱게 접어 하라바나 목구멍에 넣고 싶은 욕망을 가까스로 눌렀다. 불길한 감각이 경종을 울렸기 때문이었다. 놈의 존재감이 느껴지지 않을 때에도 예민한 소드 마스터의 직감은 위험을 감지했다.

지그문트와 나, 둘 다 숨을 죽인 순간. 새하얀 설원은 폭풍전야처럼 고요했다.

신경을 날카롭게 세운 채 다가올 공격을 대비하고 있을 때.

내 머리 위에서 거대한 입이 쩌억, 하고 벌어졌다.

입이 닫히는 찰나에 빠르게 몸을 굴려 한입에 먹히는 것을 피한 나는, 검날에 씌운 검은 오러를 하라바나의 몸통으로 날려 보냈다. 초승달 모양 오러가 난폭한 기세로 날아갔다.

촤악!

하라바나의 몸에서 터져 나오는 검은 피는 무척이나 익숙한 것이었고, 내게

어떤 감흥도 주지 못했다. 나는 코끝을 훅 찌르는 역겨운 냄새에 곧바로 숨을 참
았다.

'마지막으로 하라바나를 상대했을 때보다 실력이 늘었어.'

나는 내가 남긴 큰 상처를 보며 뿌듯하게 웃었다. 하라바나의 가죽은 아주 두
꺼워 단번에 뚫는 것은 불가능에 가깝건만, 내 오러는 그런 가죽을 단번에 뚫을
정도의 위력을 자랑했다.

"하라바나가 두 번째 투명화를 하기 전에 끝낸다! 들어갈 준비 해!"

"알았다."

푹!

캬아아아악!

하라바나의 발등 위에 오러로 강화시킨 검을 처박자 검은 피가 분수처럼 솟구
쳤다. 설원의 새하얀 눈이 뜨거운 검은 피로 인해 빠르게 녹아내렸다. 귀청을 찢
을 듯 큰 하라바나의 울부짖음에 귀가 먹먹해지는 것을 무시하며 이마에 묻은 검
은 피를 거칠게 닦아 냈다.

쾅!

고통으로 몸부림치던 하라바나가 나와 지그문트를 향해 앞발을 휘둘렀다. 소
름 끼치는 속도였다. 덩치도 크고 힘도 강하고 속도까지 빠른 하라바나는 먹이사
슬 자체를 파괴하는 무자비한 포식자였다.

'이런 걸 마음대로 조종할 수 있단 말이지.'

북부가 마수 테이밍을 통해 이런 하라바나를 조종할 수 있다고 생각하면 저절
로 착잡해졌다.

"점화."

나와 다른 방향으로 하라바나의 앞발을 피한 지그문트가 조금 떨어진 곳에서
새하얀 손을 빠르게 움직이며 작게 속삭였다. 그의 손과 내가 상처 입힌 하라바
나의 발등 위에 붉은색 마법진이 나타났다.

그의 짙은 보랏빛 눈동자가 번뜩였다.

콰앙!

반 박자 뒤, 하라바나의 발등 위에 거대한 불기둥이 치솟았다.

카아아아이악!

살이 지져지는 냄새가 후각을 지배하고, 하라바나의 비명 소리가 고막을 때렸다. 나는 잠시 동안 경이롭다고 표현할 만한 지그문트의 마법 실력을 멍하니 바라보았다.

아무리 칼과 아리아가 마법에 천재적이라고 해도 지그문트는 독보적이었다. 그는 어려서부터 실전에서 실력을 쌓은 이였으니까. 마법진을 만드는 속도도, 마법진의 강도도 여태껏 내가 봐 온 수많은 마법사들 중 독보적이었다. 마법을 저 정도 실력으로 구사하며 검의 경지도 소드 엑스퍼트까지 다다랐다는 건 징그럽다고 할 만했다.

'내 유일한 라이벌.'

내 동시대 사람 중 나와 무력으로 맞먹을 수 있는 유일한 인물. 평소 무시하긴 해도, 내가 라이벌로 인정하는 사람은 지그문트뿐이었다.

하라바나가 고통에 눈이 먼 틈을 타, 나와 지그문트는 빠르게 움직이며 하라바나의 몸 이곳저곳에 상처를 냈다. 말하지 않고 눈만 마주쳐도 서로의 의도를, 방향을 파악할 수 있었기에 그와 나는 환상의 팀워크를 보이며 하라바나의 움직임을 무디게 만들었다.

크아아아아앙!

지그문트의 검에 뺨이 베인 하라바나가 입을 크게 벌리며 비명을 질렀다. 빈틈이었다. 지그문트와 나는 빠르게 시선을 교환했다.

쉬이이익!

내 난폭한 검은 오러가 하라바나의 입을 향해 날아간 것과 지그문트가 자리를 박찬 것은 거의 동시였다. 지그문트는 번개를 뒤따르는 천둥처럼 날뛰는 내 오러를 쫓아갔다. 나는 그 광경을 바라보다 잠시 헛웃음을 뱉었다.

눈빛만 봐도 심중을 읽을 수 있는 데다, 오랜 시간 상대방과 겨루며 전투 스타일이 비슷해졌다. 그는 나를, 나는 그를 잘 알았다. 아무리 지그문트가 싫어도 인정할 수밖에 없었다. 그와 나는 최고의 조합이라는 걸.

촤아악!

검은 오러가 하라바나의 입을 찢었다. 광대처럼 입꼬리가 찢어진 하라바나가 더욱더 입을 벌릴 때, 지그문트는 거침없이 하라바나의 입속으로 뛰어들었다.

'내가 하라바나의 입에 뛰어드는 걸 본 라이너가 이런 마음이었을까.'

나는 새삼 내 과거의 업보를 회개했다. 분명 지그문트가 먹힐 리 없다는 걸 알면서도 작은 인영이 거대한 입안으로 뛰어드는 걸 보고 있자니 심장이 뚝 떨어지는 느낌이었다. 대재앙을 앞에 둔 인간은 너무도 작아 보였다.

서걱!

하지만 인간은 작을지언정 나약하진 않았다. 하라바나의 이빨 새로 오러의 빛이 터져 나왔다. 지그문트가 입천장을 향해 오러를 날린 모양이었다. 흉측한 송곳니 새로 검은 피가 흘러넘쳤다.

캬아아아악!

하라바나가 마지막 발악처럼 새된 소리를 질렀다. 그 장면을 모두 묵묵히 지켜보며, 나는 확신했다. 역시 내가 이전에 잘못 본 것이 아니었다.

지그문트의 오러는, 분명 색깔이 두 개였다.

쿵!

하라바나가 설원을 뒤흔들며 쓰러졌다. 순간 대지가 들썩인 게 아닌가 싶을 정도였다. 하라바나의 검은 피가 흰 설원을 흠뻑 적셨다.

하라바나를 상대한 게 스승님 비석에서 조금 떨어진 곳이라 다행이었다. 스승님 비석에 검은 피가 묻으면 안 되니까.

'만약 내가 지금처럼 강했다면, 당신은 그때 이 설원에서 그리 허무하게 죽진

않았겠지.'

잠시 상념이 일었다. 이젠 하라바나쯤은 그와 나, 단둘이서 가볍게 처리할 수 있었다. 마음이 미세하게 아려 왔으나 그래도 전처럼 고통스럽진 않았다. 이젠 악몽이 아니니까.

나는 쓰러진 하라바나를 향해 성큼성큼 다가가 놈의 주둥이를 발로 툭툭 찼다.

"야. 죽었냐?"

하라바나의 입이 들썩였다.

"죽었길 바라는 투군."

"티 났나."

내 무심한 대답에 헛웃음 소리가 들려왔다. 철벅, 하는 물 튀는 소리도 얼핏 들린 것 같았다. 이윽고 하라바나의 입이 열리고, 검은 피를 뒤집어쓴 지그문트가 그 안에서 나왔다.

"몰골이 말이 아니군. 마수 피에서 끝내주는 수영을 했나 본데."

나는 지그문트를 보며 웃음을 참지 못했다.

새까만 마수 피를 뒤집어쓴 그는 얼굴을 일그러뜨린 채로 제 머리를 쓸어 넘겼다. 검은 머리카락에 뒤엉켜 뚝뚝 떨어지는 검은 피는 아예 그의 머리카락이 녹아내리는 것 같단 착각이 들 지경이었다.

점액질에 젖은 모습까지도 묘하게 야살스럽고 치명적이라는 점이 재수 없긴 했지만, 그래도 객관적으로 보았을 때 꽤 망가진 모습이라 나는 조금 즐거워졌다.

늘 고고한 조각처럼 구는 지그문트가 망가지는 모습을 보기란 쉽지 않았다. 비죽 입꼬리를 올린 내 표정을 보고 짜증스럽게 얼굴을 구긴 지그문트는 허공에서 손을 빠르게 움직였다.

"점화."

화아악!

거대한 불꽃이 일더니 하라바나의 몸을 살라 먹기 시작했다. 시린 눈밭 위에서도 활활 타오르는 불길이 지그문트의 마법 실력을 가늠하게 했다. 내 비웃음에 꽤나 빡친 모양인지 하라바나를 더욱 거칠게 불태우는 지그문트를 보며 다시 놀릴 시동을 걸던 나는, 그의 몸 상태를 확인하고 미간을 좁혔다.

"너…… 독에 뒤덮인 거군."

입천장을 꿰뚫으며 재수 없게 하라바나의 맹독 주머니를 뚫은 모양이었다. 지그문트를 뒤덮은 검은 피에서는 맹독의 기운이 스멀스멀 올라오고 있었다. 그는 오늘 운을 동전 던지기에서 다 쓴 것 같았다.

"됐다. 내가 알아서 처리할 테니 넌 가라."

얼굴에 묻은 피만 대충 닦아 낸 지그문트가 손을 까닥이며 가라는 제스처를 취했다. 독이 피부에 스며들어 안색이 새파래지는 게 보이는데도 참 고집스러운 놈이었다.

'뭐, 이렇게 내버려 둬도 죽진 않겠지만……'

지그문트 정도 되는 강자가 독에 죽을 리 없다. 하지만 보통 사람이라면 닿기만 해도 위험한 하라바나의 맹독을 온몸에 뒤집어쓴 상태이니 여기에 내버려 두면 이 자리에서 쓰러져 5시간 정도는 못 일어날 가능성이 높았다.

"역시 넌 손이 많이 가는 스타일이야."

"뭐 하는……."

쓱.

나는 온몸에 마나의 막을 두르고, 혀를 차며 지그문트의 팔을 내 어깨에 걸쳤다. 처음엔 저항하는가 싶던 그는 몸에 힘이 없는지 비틀거리다 내게 더욱 기댔다. 나는 묵직한 무게를 묵묵히 지탱하며 주머니에서 순간 이동 아티팩트를 꺼냈다.

'1시간 거리에 자연 온천이 있지.'

자연은 참 신기했다. 이 설원 한복판에서도 뜨거운 물이 솟아나니. 그곳에 가서 지그문트 몸에 묻은 독을 씻어 내야 할 것 같았다.

'이제 마지막이긴 한데.'

나는 아티팩트를 내려다보았다. 이런 변수가 있을 거라고는 상상도 못 했기에 딱 2회용 순간 이동 아티팩트를 가져왔다. 지그문트를 위해 사용하면 나는 걸어서 집에 돌아가야 했다.

"너······ 지금 나를 도우면 후회할 거다."

내게 몸을 지탱한 채 숨을 고르던 지그문트가 낮게 뇌까렸다. 경고하듯 묵직한 목소리였다. 그 말에 잠시 눈송이가 쏟아지는 하늘을 올려다본 나는, 피식 웃으며 그를 돌아보았다.

희망 한 점 없는 짙은 보랏빛 눈동자. 조각처럼 섬세하게 깎인 새하얀 얼굴. 그 위를 뒤덮은 검은 피.

나의 유일한 라이벌이자 안티테제.

"그럴지도. 하지만 돕지 않고 후회하는 것보다 나아."

나는 단호하게 말했다. 이건 그가 말하는 것처럼 무분별한 이타가 아니었다.

"텔레포트."

지그문트가 아직도 내게 소중했기에 하는 미련한 짓이었다.

순간 이동 아티팩트로 단숨에 이동했으나, 이쪽으로 오지 않은 지 꽤 되어 장소를 혼동한 건지 나와 지그문트는 온천에서 조금 떨어진 설원 한복판에 도착했다.

가는 길은 똑바로 기억하고 있었기에, 나는 하라바나의 독으로 반쯤 정신을 잃은 지그문트를 끌다시피 하며 온천으로 가고 있었다.

"새끼, 살쪘냐? 이전보다 훨씬 무겁네."

나는 투덜거리며 지그문트를 부축한 채 질질 이끌었다. 사실 지그문트는 하나도 무겁지 않았으나, 원수로 생각하던 놈을 살려 주고 있다는 생각에 저절로 퉁명스러운 말투가 튀어나왔다. 내가 선택한 것이긴 하지만 어쩐지 억울했다.

"열일곱 살 때와, 무게가 같으면, 그게 더 이상한 거 아닌가. 그리고 그냥 날 두고 가면 되는 일…… 큭."

펵.

독 때문에 열이 올라 달뜬 숨소리를 내며 띄엄띄엄 말하던 지그문트가 신음을 흘렸다.

"내 말에 반박하지 마. 한 번만 더 반박하면 공주님 안기로 모셔 주지."

지그문트의 옆구리를 걷어찬 나는 날카롭게 쏘아붙이고는 다시 발걸음을 옮겼다. 내게 안기고 싶진 않았는지 그는 단번에 입을 다물었다.

지그문트와 나 사이에 대화가 사라진 지 얼마 지나지 않았을 때, 눈앞에 김이 폴폴 올라오는 물웅덩이가 보였다. 지그문트의 몸이 점점 더 굳어 가는 것을 느끼던 나는 안도의 한숨을 쉬며 발걸음을 재촉했다.

"드디어 도착했네."

나는 온천 앞에 서서 뿌듯하게 웃었다. 시린 한기에 얼어 있던 몸이 온천 열기에 녹아내리기 시작했다.

차가운 눈이 퍼부어지듯 내리는 설원 가운데, 유일하게 온기를 품은 이 온천은 다른 세계를 향해 난 균열 같았다.

잠시 온기를 즐기고 있었을까, 색색거리며 가쁜 숨을 쉬던 지그문트가 가까스로 말을 꺼냈다.

"멍청한, 놈. 버리고, 가라니까, 미련하게……."

"어휴, 진짜 말 많네. 그래, 그래. 버린다. 이제부터 여기가 네 집이다, 지푸라기야."

휙.

지그문트의 버리고 가라는 말에 질려 버린 나는 짜증스럽게 그를 온천으로 내동댕이쳤다. 독에 중독되어 약해진 지그문트는 버티지 못하고 종잇조각처럼 속절없이 날아갔다.

풍덩!

거대한 소리와 함께 지그문트의 인영이 물속으로 사라졌다.

촤아악, 그 여파로 물이 사방으로 튀어 오르며 옆에 서 있던 나까지 적셨다. 나는 뺨에 묻은 물방울을 손등으로 닦아 내고, 입고 있던 제복 재킷을 벗었다. 검은 피를 뒤집어쓴 몸은 온통 끈적거렸다.

"야, 너 혼자 씻을 수 있지? 혹시 씻겨 줘야 하냐?"

"……드디어 미친 건가? 나는 독에 노출된 거지 사지가 부러진 게 아니다."

온천에서 얼굴을 든 지그문트가 물에 젖은 제 앞머리를 쓸어 넘기며 질린 목소리로 대답했다. 그의 검은 머리칼을 따라 동그란 물방울이 떨어지고, 설원만큼이나 새하얀 피부가 물기를 머금었다. 물에 젖은 검은 와이셔츠가 그의 잘 짜인 몸에 딱 달라붙었다.

'왜 저 와중에도 잘생긴 거지.'

나는 조금 떠꺼운 눈빛으로 지그문트를 바라보았다. 인정하기 싫지만 인물 하나는 참 출중한 놈이었다.

독이 씻겨 나가며 마비되었던 근육이 완화됐는지 제 몸을 살짝 움직여 보던 지그문트는 와이셔츠 단추 위로 손을 올렸다. 새하얗고 긴 손가락이 단추를 풀어 내리고, 짙은 보랏빛 눈동자가 나를 바라보았다.

"계속 보고만 있을 건가?"

"아니."

나는 비죽 웃으며 부츠 하나를 벗었다.

"나도 같이 씻을 거다."

내 대답에 지그문트의 표정이 묘해졌다. 하라바나가 야옹 하고 우는 걸 본 사람 같았다.

"……같이 씻겠다고?"

"그래. 뭐가 문제냐. 설마 이 큰 온천을 너 혼자서 차지하려는 건가? 이 자식이 은혜도 모르고……."

"굳이 씻겠다면 말리지 않겠다만, 너와 내가 같이 씻을 만한 사이는 아닐 텐데."

"그럼 예전엔 씻을 만한 사이라서 씻었나?"

나는 온천에 더러운 두 손을 대충 닦으며 말했다. 나와 지그문트, 카라쇼가 같이 다닐 땐 좋은 숙소를 바랄 처지가 아니었기에 숙식과 몸 씻기까지 함께했던 게 하루 이틀이 아니었다.

쏟아지는 눈을 맞아 몸은 차갑고, 옷에 말라붙은 피는 찝찝했다. 특히 마수 피는 피부에 닿으면 흡수가 빨라 몸에 묻은 피는 빨리 닦아 내야 했다.

내가 검은 피로 범벅되어 버적거리는 망토를 벗어던질 때, 지그문트가 심란한 표정으로 물었다.

"……옷을…… 다 벗고 들어올 생각인 건가?"

"뭐?"

나는 양말을 벗으며 그에게 경멸 어린 눈빛을 보냈다.

"하라바나 송곳니에 정수리를 찔려 뇌에 손상이라도 입은 거냐? 당연히 옷은 입고 들어간다. 대체 무슨 생각을 한 거냐."

"그래. 그 정도 인식은 박혀 있어서 다행이군."

내 거친 확언에 지그문트가 그제야 편안한 표정을 지었다. 나는 쯧 혀를 차고는 허리에 두른 벨트를 풀어냈다. 그리고 온천으로 가볍게 뛰어들었다.

풍덩.

청량한 소리와 함께 따뜻한 물이 내 몸을 덮었다. 긴장되어 있던 근육들이 천천히 이완되기 시작했다. 곤두서 있던 신경들이 풀려나가는 기분 좋은 느낌에, 나는 한숨을 쉬며 느리게 웃었다. 나이 든 사람 같은 감탄사가 절로 나왔다.

"으어. 시원하다."

"네가 올해로 환갑을 맞이했던가?"

"너는 계속 그렇게 아가리 놀리다간 꽃다운 나이에 여기 거꾸로 처박혀 신기한 관광 명소가 될 거다."

지그문트와 나 사이에 익숙한 말싸움이 오갔다. 역시 먼저 입을 다문 건 지그문트였다.

나는 머리끝까지 물 안에 집어넣었다가 뺐다. 추위로 붉었던 얼굴이 이제 열기로 붉어지기 시작했다. 몸에 물든 검은 피를 충분히 닦아 낸 나는, 물미역 같은 앞머리를 쓸어 넘기며 그제야 지그문트의 상태를 확인했다.

"야, 너 괜찮냐?"

내 부름에 보랏빛 눈동자가 천천히 내게로 굴러왔다. 물에 젖은 검은 머리칼 위로 눈송이가 떨어지고 있었다. 잠시 나를 응시하던 그가 무심하게 눈을 돌렸다.

"네 알 바가 아니다. 더는 상관하지 마라."

'저게 지금 구해 준 사람한테 할 말인가?'

지그문트의 지독한 말본새를 두 귀로 듣게 된 나는 내 청각의 기능을 의심했다. 원래 저런 놈이라는 걸 알긴 했지만, 저렇게 환상적으로 입을 터는 순간을 마주할 때면 적응이고 뭐고 저 자식 대가리엔 뭐가 들었나 확인해 보고 싶었다.

"이야…… 너 길드장 때려치우고 지옥에 이력서나 내 보지 그러냐? 악마도 그 싸가지에 한 수 가르쳐 달라고 하겠다."

"난 거기서라도 일할 수 있지만 미련하고 냉정하지도 못한 네 녀석은 받아 줄 곳이 있을까 싶군. 천국도 널 받아 주진 않을 거다. 천사를 하기엔 입이 너무 더러우니까."

내 비아냥을 신랄하게 받아친 지그문트가 한쪽 입꼬리를 비죽 끌어올렸다. 그 모습을 본 나는 이성을 지탱하는 머릿속 얇은 선이 뚝 끊겨 나가는 걸 느꼈다.

촤악!

충직한 검이 되려 했는데 2

내 주위로 마나가 요동치고, 온천물이 파도처럼 일어나 내 등 뒤에서 위험하게 넘실거렸다. 마나를 운용해 내 키의 다섯 배쯤 될 법한 물의 벽을 만든 나는 지그문트를 향해 인자하게 웃었다.

"덤벼, 인성파탄자."

저 박살 난 인성을 내버려 둔다면 지그문트는 그에게 인성을 가르쳤던 스승, 카라쇼의 얼굴에 먹칠을 하고 다닐 게 분명했다. 그녀의 제자로서 그런 꼴을 볼 순 없었다.

내 흉포한 물의 벽을 물끄러미 바라보던 지그문트는 코웃음을 쳤다. 가소롭다는 기색이었다. 그의 주위로 마나가 끓어올랐다.

촤아악!

마나를 오러 만들 때만 주로 쓰기에 다른 방식으로 운용하는 건 그리 능숙하지 않은 나와 달리, 지그문트는 마나의 세밀한 조작으로 기적을 만들어 내는 마법사였다. 그의 능숙한 마나 운용 아래, 그의 등 뒤로 치솟은 물이 뱀과 용 사이쯤 되는 괴물의 모습을 띠었다.

"도전하겠다면 상대해 주지."

맞물리는 시선. 지그문트와 나 사이에 치열한 신경전이 오갔다. '하!' 하고 헛웃음을 뱉은 나는, 두 발에 마나를 두른 채 지그문트를 향해 번개 같은 속도로 뛰어갔다.

"그 인성으로 어디 가서 스승님 제자였다고 하지 마라, 개자식아!"

콰앙!

내 물의 벽과 지그문트의 물 괴물이 부딪쳤다. 물과 물의 접촉이었음에도 흡사 운석이 떨어질 때와 같은 굉음이 터져 나왔다.

바야흐로, 세계관 최강자 후보들의 물싸움 시간이었다.

"한 번만 더 인성 파탄 난 말씨를 구사하면 그땐 술통에 구겨 넣어서 바다에 던져 주지."

나는 이마에 송골송골 맺힌, 땀인지 물인지 모를 액체를 손등으로 닦아 내며 의기양양하게 말했다. 지그문트는 내 발밑에 나가떨어져 있었다.

물싸움의 승자는 나였다. 마법사인 지그문트가 세밀한 물 운용에선 앞섰지만, 독에 중독된 상태인 그는 멀쩡한 나를 이길 수 없었다.

"지독한 놈⋯⋯."

지그문트가 물에 처박혔던 얼굴을 들며 중얼거렸다. 그가 물에 젖은 제 앞머리를 넘기며 한숨을 쉬었다. 투명한 물방울이 그의 흰 피부를 타고 흘러내렸다.

'네가 더 지독해⋯⋯.'

지그문트를 바라보던 나는 뱉지 못할 말을 속으로 중얼거리며 질린 표정을 지었다. 미인은 물에 젖으면 두 배로 아름답다는 말이 사실인 모양이었다.

조금 풀린 기색에 딱 달라붙는 검은 와이셔츠, 아찔하게 드러나는 굴곡. 홀딱 젖은 지그문트는 우스워 보이기는커녕 아슬아슬하고 치명적이었다.

'조금만 덜 아름다웠어도 저 재수 없는 낯짝에 주먹을 수백 번은 더 갈겼을 텐데.'

나는 인정하기 싫어도 인정할 수밖에 없는 지그문트의 미모에 쯧 혀를 찼다. 신은 싹퉁바가지인 지그문트에게 인성을 주지 않은 대신 어디서 맞아 죽지는 말라고 경이로운 미모를 준 것 같았다.

"독 완벽하게 풀고 나와. 약 줄 테니까."

나는 그에게서 애써 눈을 돌리고 온천에서 나왔다. 혹시 모를 일을 대비해 용병 일을 할 때 입는 아공간 주머니 망토를 입고 온 게 다행이었다. 이 주머니에는 긴급 상황을 대비하여 웬만한 건 다 준비되어 있었고, 개중엔 독을 완화시키고 면역력을 올리는 약초도 있었다.

'무너진 하늘의 조각이 쏟아지는 것 같네.'

나는 온천 바로 옆 동굴에서 익숙하게 불을 피우며 눈이 내리는 하늘을 바라보았다.

눈에 파묻혀 삭막한 땅을 보면 북부인들이 대체로 생명력이 강하고 끈질기다는 말도 이해할 수 있을 것 같았다. 이런 곳에서 사람이 살아남으려면 저절로 강해질 수밖에 없을 테니.

저벅저벅.

"어, 왔냐."

불을 피운 뒤 짓이긴 약초에 물을 타 약으로 만들던 나는 다가오는 발걸음 소리에 고개를 들었다. 겨울의 향취가 훅 가까워졌다.

마법으로 벌써 다 말린 건지, 지그문트는 뽀송뽀송한 상태였다. 그는 동굴 안으로 들어와 내 맞은편에 앉았다. 제자리를 찾듯 익숙한 모양새였다.

'이상하지. 부재보다 존재가 더 익숙하니.'

생각해 보면 함께 지낸 시간은 겨우 1년쯤이고 떨어져 지낸 시간이 무려 6년인데 지그문트와 나는 아직까지도 서로의 존재에 익숙했다. 아무래도 그와 나, 모두에게 그 1년의 시간은 무척 깊고 소중했던 모양이었다.

"마셔라."

나는 야매로 급하게 만든 약을 지그문트에게로 던졌다. 그는 가볍게 허공에서 병을 낚아챘다. 작은 유리병을 이리저리 돌려 보던 그가 중얼거렸다.

"독을 넣진 않았겠지."

"번거롭게 굳이? 널 없애고 싶었다면 독을 줄 게 아니라 하라바나의 저녁밥으로 던져 줬겠지. 녀석, 만찬이었겠군."

그의 의심에도 나는 태연스럽게 반응했다. 피식 웃은 지그문트가 단숨에 약을 들이켜 병을 비웠다.

휙.

텅 빈 유리병이 내게로 날아왔다. 나는 병을 가뿐히 받아 냈다.

"의심은 습관이라서 해 본 거다. 안 넣었다는 거 안다."

하기야, 무려 'Hide & Ceek'의 길드장으로 살아남으려면 먹고 마시는 모든 것에 의심과 주의를 기울여야 할 터. 의심이 습관이라는 말도 이해가 되었다.

약을 먹고 조금 피곤해 보이던 지그문트는 이내 축축하게 젖어 있는 나를 바라보았다. 잠시 가늘어지는 눈. 두 눈이 일렁이는 듯싶다, 금방 평소의 무미건조함을 되찾았다.

"말려 주지."

뼈대가 보기 좋게 튀어나오고 마디마다 붉은 기가 도는 지그문트의 손이 허공에서 움직였다.

화악.

내 눈앞에 빛나는 마법진과 함께 온몸을 타고 퍼져 나가는 따뜻한 바람. 봄바람에 한바탕 휩싸인 느낌이었다.

'이래서 마법사랑 같이 다니는 게 좋다니까.'

나는 단번에 마른 옷과 머리를 만족스럽게 내려다보았다. 지그문트와 함께 다닐 때는 그가 마법으로 웬만한 귀찮은 것들은 모두 해결해 주었기에, 그와 절연한 지 얼마 안 된 몇 달 동안은 혼자서 하는 야영과 토벌에 적응하지 못했다.

그의 흔적은 여전히 내게 남아 있었다. 6년이나 지났으니 이젠 토벌 지역에서 기념품을 살 때 2인분을 사거나 마수 토벌 중 무심코 마법의 보조를 기다리는 실수는 하지 않았지만, 추억 속에서, 습관 속에서 그를 찾아낼 때가 있었다.

나는 모닥불이 타닥거리는 소리만 들리는 가운데 지그문트를 응시했다. 누군가와의 침묵이 어색하지 않다는 건 그 누군가가 제 존재의 일부라는 뜻이었다. 그와 나 사이에 짙은 고요가 편안하게만 느껴진다는 걸 자각한 나는 조금 착잡해졌다.

"카슈미르."

"……왜."

투명한 보랏빛 눈동자가 나를 향해 굴러왔다. 나를 직시한 그는, 나만큼이나 복잡하고 미묘한 표정을 짓고 있었다.

"우리, 친구인가."

벌써 세 번째 하는 질문이었다. 지그문트는 자꾸 우리 관계의 정의를 내게 떠넘겼다. 나를 친구로 생각하는지 아닌지, 자신의 의견은 단 한 번도 말하지 않으면서 말이다.

나는 잠시 허공을 보며 과거를 곱씹었다. 그가 첫 번째로 물었을 땐 아니라고 확답했다. 그땐 친구는 무슨, 철천지원수였으니까. 그가 두 번째로 물었을 땐 나도 모르겠다고 했다. 때늦은, 버적버적한 애증을 우정이라 부를 수도, 아니라고 할 수도 없었다.

나는 입술을 달싹였다. 지금은 첫 번째 대답도, 두 번째 대답도 어울리지 않았다. 그와의 관계는 계속 변했고, 나도 그도 성장을 계속하고 있었으니까.

나는 오랫동안 고민한 끝에 고개를 들었다. 보랏빛 눈동자는 여전히 나를 응시하고 있었다.

"아마도."

부정할 수 없었다. 친구가 아니라고 하기엔 지나치게 소중했다. 그렇다고 친구라고 확답하기엔 아직도 그를 완전히 받아들인 것이 아니었다.

부정과 긍정, 그 사이에서 긍정에 조금 더 추가 기울어져 있는 답변.

나는 그제야 완전히 인정했다.

나는 지그문트를 완전히 배척할 수 없음을.

3권에서 계속